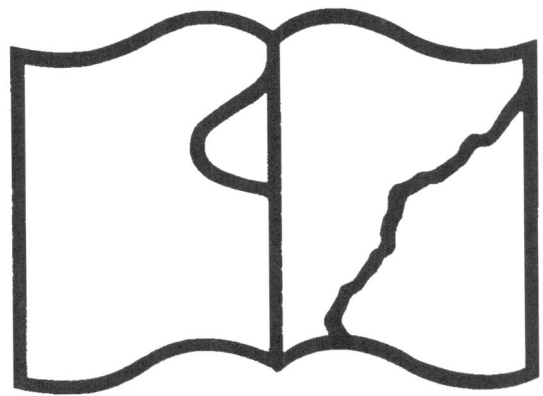

Texte détérioré — reliure défectueuse

NF Z 43-120-11

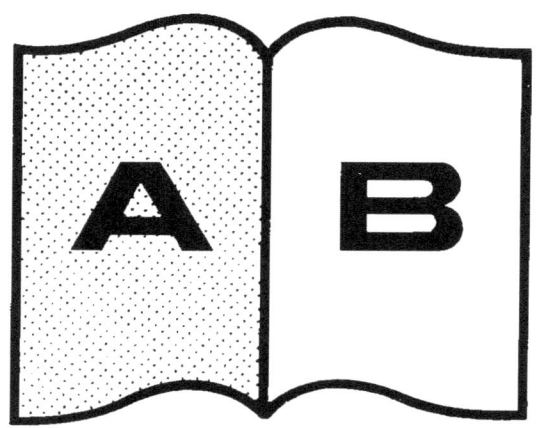

Contraste insuffisant

NF Z 43-120-14

CAUSERIES

ET

MÉDITATIONS.

II.

Ouvrage du même auteur :

LES ORIGINES DU THÉATRE MODERNE,

OU

HISTOIRE DU GÉNIE DRAMATIQUE, DEPUIS LE Ier JUSQU'AU XVe SIÈCLE. IN-8°.

IMPRIMÉ CHEZ PAUL RENOUARD,
RUE GARANCIÈRE 5.

CAUSERIES

ET

MÉDITATIONS

HISTORIQUES ET LITTÉRAIRES

PAR

M. CHARLES MAGNIN.

TOME SECOND.
(PARTIE ÉTRANGÈRE).

PARIS.
BENJAMIN DUPRAT, LIBRAIRE DE L'INSTITUT,
DE LA BIBLIOTHÈQUE ROYALE ET DE LA SOCIÉTÉ ASIATIQUE DE LONDRES,
N. 7, RUE DU CLOITRE SAINT-BENOIT.
1843.

I.

DE LA GRÈCE SUIVANT L'OPINION DU COLLÉGE

ET

DE LA GRÈCE VÉRITABLE,

A L'OCCASION DU POEME DE WILLIAM HAYGARTH,
INTITULÉ : *THE GREECE*. (1)

(*Globe*, 17 août 1827.)

C'est à Athènes, en 1811, un peu après la publication de l'*Itinéraire* de M. de Châteaubriand, et
quand Byron venait de recueillir de si belles inspirations sur les rivages de cette Grèce, où il devait trouver plus tard une mort encore plus belle,
que le jeune William Haygarth esquissa ce poème.
Elégant et soigné dans la forme, mais froid et timide
dans la conception, cet ouvrage, par sa disposition
régulière et strictement géographique, a plutôt
l'allure modeste d'un voyage que la marche libre
et inspirée d'une œuvre d'imagination. Ce ne sont
pas les éclairs brillants, les saillies poétiques, la
lyrique mélodie et les sceptiques hardiesses de
Childe-Harold ; c'est bien moins encore l'intérêt
profond des scènes du *Corsaire* et du *Giaour*. Mais,
si la partie musicale et passionnée du poème de

(1) Traduit en français par Mademoiselle Pauline Flaugergues,
Paris, 1827, 1 vol. in-18.

M. Haygarth est fort inférieure aux morceaux analogues de lord Byron, la partie pittoresque et des-
criptive de cet ouvrage est souvent d'un grand mérite; et, grâce à la célébrité et à l'extrême beauté
des lieux, elle offre un attrait fort puissant.

En effet, s'il peut jamais être poétique et judicieux de décrire sans aucun but, comme ont fait
l'abbé Delille et les écrivains de son école, c'est,
je pense, à un voyageur et surtout à un voyageur
en Grèce, que cette fantaisie peut être permise.
Sans doute, il vaudrait mieux, comme l'auteur
des *Lusiades* ou celui des *Martyrs*, répandre les
descriptions dans un récit dont elles augmente-
raient l'effet et le charme; mais pourquoi le disciple de Thomson ne contemplerait-il pas en paysa-
giste et en philosophe ces ruines de cités célèbres,
ces monts couronnés de neiges, ces fleuves bordés
de lauriers, cette Grèce, enfin, dont l'aspect est
empreint d'une telle beauté, que les formes dont
elle a fourni le type sont encore aujourd'hui celles
de la poésie même? L'ignorance ou l'oubli de cette
nature grecque, qui a forcé, en quelque sorte, le
sentiment poétique à se dégager de l'âme des my-
thologues, a été cause, dans notre Occident, que
nous avons laissé dégénérer et se flétrir des formes
et des fictions que nous avions empruntées à cette
région privilégiée, sans conserver une idée assez
nette de leur origine et de leur valeur. Un voyage,
avec M. Haygarth, sur les bords du Céphise et du

Ladon, au milieu des neiges de l'Olympe et du Pinde, aura le double avantage de nous plaire par la nouveauté et de nous satisfaire par l'explication des plus belles et des plus naturelles allégories antiques. Qui de nous, sur la foi de nos poètes, si improprement appelés classiques, ne se figure le Parnasse comme un rocher difficile à gravir, mais fleuri et paré, jusque sur son sommet, de lauriers, de myrtes, voire de lis et de roses? Qui de nous a jamais pensé que sa double cime fût couverte de neiges, comme celle du Mont-Cenis? Nous confondons pour l'ordinaire dans une même idée abstraite le Pinde, le Parnasse et l'Hélicon. Nous regardons à-peu-près comme synonymes, et nous employons selon les besoins de la mesure ou de la rime, l'Hippocrène, le Permesse, la fontaine de Castalie, ou d'Aganippe. Cette strophe de J.-B. Rousseau, admirable d'harmonie,

> A la source d'Hippocrène
> Homère ouvrant ses rameaux. . . . .

finit par ces vers,

> Avec elles il partage
> Le sceptre du Double Mont....

ce qui semble supposer que l'Hippocrène coule près du Parnasse. Cette confusion d'objets, trop généralement admise pour devenir le sujet d'un blâme particulier, vient de ce que nos poètes ont adopté l'idée allégorique, sans s'embarrasser des

1.

réalités locales qui lui avaient donné naissance. Nous avons sous les yeux un *Cours de mythologie*, imprimé au commencement du siècle, où les personnes de notre âge ont pu apprendre, comme nous, dans leur enfance, cette étonnante définition du Parnasse : *Le Parnasse, montagne fabuleuse, à laquelle on donne aussi le nom de Pinde et d'Hélicon.* Nous aurions été fort mal venus au collége d'appliquer au Parnasse l'épithète de *neigeux*, νιφόβολος, νιφόεις, que lui ont donnée tous les anciens poètes, et que lui ont restituée Haygarth, Châteaubriand et Byron. On aurait regardé comme une bien froide inspiratrice une montagne hérissée d'éternels frimas. Aussi était-ce sur l'Hélicon, qui offre un aspect beaucoup plus riant (1), que la mythologie avait placé *la demeure* des Muses. Le Pinde et le Permesse leur étaient seulement consacrés ; et certes ces lieux sauvages et sublimes méritaient bien cet honneur. Qu'on ouvre le livre de M. Haygarth, et que l'on contemple les deux belles gravures qui représentent, l'une, l'escarpement du Pinde, son pic nuageux et les peupliers que l'orage a brisés sur sa pente ; l'autre, le double sommet du Parnasse, projetant sur le sol où fut Delphes son ombre majestueuse (2) ; et qu'on nous dise

(1) Pausan., lib. IX, cap. 27.

(2) Les gravures qui ornent l'édition anglaise ont été lithographiées avec beaucoup de talent par M. A. Joly. Voy. le recueil intitulé : *Vues de la Grèce moderne*, Paris, 1824 in-4 oblong.

si les muses d'Homère, de Pindare et d'Eschyle
n'ont pas dû souvent errer sur ces cimes, et si ce
n'était pas là que le dieu des vers devait cacher la
source de l'enthousiasme et de la terreur ?

Un écrivain célèbre a remarqué que nos anciens
anachorètes ont su choisir par toute la terre, avec
une admirable sagacité, les lieux de l'aspect le plus
poétique, pour y élever leurs pieuses retraites, et
qu'il n'y a pas d'ermite qui ne saisisse, aussi bien
que Claude Lorrain ou Le Nôtre, le rocher où il
doit placer sa grotte. Cet instinct à la fois religieux
et pittoresque, cette harmonie de l'œil et de l'âme,
ce rapport de la forme et de la pensée, se font remarquer à un tout aussi haut degré dans la beauté
des sites qu'occupaient les temples du paganisme.
Le sol de la Grèce entière en fait foi.

Nous avons dit que le poème de M. Haygarth ne
lui avait pas coûté de grands frais de composition.
C'est un simple *tour*, moins la familiarité du ton et
le piquant des aventures personnelles. Entré en
Grèce par l'Épire, il cherche les bords de l'Aché-
ron. Peu d'accord avec Strabon, Thucydide et Byron, il place le chemin des enfers au-dessous des
mornes rochers qui dominent le lac de Janina. Là,
quelques cyprès, quelques noirs sapins balancent
leurs funèbres rameaux; d'arides genévriers et des
feuilles flétries jonchent cette terre désolée. Là,
d'ailleurs, régnait le cruel Aly. Par son ordre, la
jeune Phrosine a péri sous cette eau stagnante.

Pour complaire à l'une des femmes de son fils Mouctar , il a ordonné que cette jeune fille et seize de ses plus belles compagnes fussent arrachées des bras de leurs mères , et ce gouffre vraiment infernal les a englouties vivantes.

Après être allé respirer un air plus pur sur le Pinde , et avoir gravi ses flancs escarpés à l'aide de rochers rompus et façonnés en échelons , le poëte se laisse conduire par le cours du Pénée dans la vallée fameuse de Tempé , que l'Olympe et l'Ossa ombragent de leurs cimes gigantesques. Il ne quitte pas la Thessalie sans saluer cet immortel défilé des Thermopyles, ce sentier héroïque, resserré entre la mer et les flancs du Kissavo (l'ancien mont OEta), où de modernes enfants de la Grèce dorment aujourd'hui près des Trois cents.

En entrant dans la Phocide, Haygarth se dirige vers le Parnasse, devenu le Liakura. C'est ici le berceau commun de la poésie et de la religion. Jadis la métropole du paganisme, le temple de Delphes, s'élevait au-dessous de ces rochers , qui ne retentissent plus que des cris de l'aigle sauvage et qui ont oublié les chants cadencés des suppliants. A la place de cette cathédrale païenne, dont le trésor était plus riche que celui d'aucune de nos royales abbayes (1), vous ne verrez que l'humble village de Castri; et il vous faudra , comme Byron, hésiter

(1) Voy. Pausan. , lib. X , cap. 9, seqq

entre cinq ou six ruisseaux assez peu limpides, avant de trouver la véritable source de Castalie. Mais ce lieu, tout dépouillé qu'il est de son temple et des statues des Muses, conserve encore un caractère solennel qui impose aujourd'hui même. Avant de sortir de la Phocide, Thèbes et le Cithéron, Leuctres et Chéronée, fournissent encore au poète de grands souvenirs et de beaux vers.

Tout le second chant est consacré à l'Attique. C'est passer des fables héroïques aux réalités de l'histoire. Athènes et ses monuments, l'Acropole et le Pnix, le Parthénon et les colonnes d'Hadrien, le temple de Thésée encore intact, près de celui d'Érecthée, dont le canon des Turcs vient d'achever la ruine; telle est la matière de ce chant et le sujet de trois lithographies.

Après avoir reconnu la plaine de Marathon, cette plaine glorieuse que l'on offrit de vendre à lord Byron pour seize cents piastres, et où, six cents ans après la victoire de Miltiade, Pausanias raconte, avec une foi digne de nos vieux chroniqueurs, que l'on entendait toutes les nuits les hennissements des coursiers et les cris des combattants, Haygarth s'embarque et se rend à Napoli de Romanie, dans l'ancienne Argolide. Il va s'asseoir sur ce rivage plein des souvenirs de la tragédie et de l'épopée antiques. Mais de toute la gloire de Mycènes, il ne reste qu'une porte et quelques pans de murs cyclopéens. Cette porte est surmontée de deux énormes lions de pierre, disposés comme ceux qui soutiennent nos écussons féodaux, ouvrage de géants et qui semble avoir survécu pour attester la force des guerriers des temps homériques, de ces héros qui lançaient sans peine des quartiers de roche.

De l'Argolide, Haygarth passe dans l'Arcadie. Il peint en poète la vallée qu'arrose le fleuve Ladon, et ces solitudes à la fois sauvages et gracieuses où est née la poésie pastorale.

Des monts sourcilleux, coupés par des précipices, nous avertissent que nous entrons dans la Laconie. Voilà les hauteurs du Taygète, sa ceinture de pins noirâtres, et sa couronne de neiges que le soleil colore. Voici l'Eurotas qui roule son filet d'eau limpide sur un lit semé de petits cailloux et bordé de longs roseaux, comme au jour où il reçut d'Euripide l'épithète de καλλιδόναξ.

Les champs déserts de Pise et d'Olympie excitent les tristes méditations du poète, qui déplore le silence de l'Elide. Enfin, il atteint l'Achaïe, et c'est sur les ruines de Corinthe qu'il envoie son dernier regard et ses derniers vœux à la Grèce.

Cette course poétique à travers la Hellade n'offre pas seulement des peintures de lieux. Haygarth esquisse les figures variées des populations ennemies qui, en 1811, vivaient encore paisibles sur ces ruines. Le portrait qu'il trace des Grecs est loin d'être flatté. Comme tous les voyageurs de cette époque, y compris lord Byron, il gourmande en pédago-

gue ce peuple qu'il eût été plus à propos d'encou-
rager et de consoler. Quelque justes et sensés
qu'aient pu être alors ces jugements, aujourd'hui
leur sévérité nous étonne et nous blesse. Un seul de
ces arrêts, désormais cassés par la gloire, subsis-
tera. C'est la boutade peu érudite de cet honnête
M. Roques, négociant français, qui avait résidé
longtemps à Athènes et qui croyait avoir à se plaindre de la probité grecque : *Voyez-vous ces Grecs ?*
disait-il en 1810 à Byron, avec la plus plaisante
gravité, *c'est la même canaille qu'au temps de
Thémistocle.* Depuis lors, Canaris et ses compagnons ont pleinement justifié cette magnifique injure.

Malgré l'opinion peu favorable que Haygarth
avait des Hellènes, il ne fait pas moins des vœux
fréquents pour leur indépendance. Une fois, entre
autres, il exprime ce vœu sous la forme de prophétie. Le traducteur nous paraît, dans sa préface, attacher un peu trop d'importance à cette
figure poétique. Ce n'est là, s'il faut le dire, qu'une
prévision assez vulgaire, et rien n'indique, d'ailleurs, dans M. Haygarth une sagacité politique extraordinaire. Si l'on en doutait, il suffirait de lire
cette autre *prophétie* relative à l'Angleterre :

« O ma patrie ! c'est en vain que tu fermes l'oreille aux accents
des Muses. Elles triompheront enfin et obtiendront un temple
dans l'île de la liberté. Alors que tous tes plans seront oubliés,
que cette voix qui dans le sénat se proclame elle-même l'oracle

de la sagesse, sera reconnue pour le langage de la futile vanité ; quand cet essaim d'insectes éphémères qui s'agitent dans le
temple législatif auront cessé de nous troubler par leurs bourdon-
nements ; alors les Muses rompront le nuage épais qui voile mo-
mentanément leur flambeau. Ce seront elles, ô Albion, qui rendront ton nom immortel et le transmettront aux siècles les plus reculés. »

Certes, il n'était pas doué d'une surnaturelle di-
vination politique, l'écolier fraîchement sorti de
Cambridge qui ne voyait dans des orateurs tels que
Pitt, Fox, Sheridan, Burke, Canning, qu'une nuée
d'insectes qui bourdonnaient et obscurcissaient le
flambeau des Muses. Comment le digne *Esquire* aurait-il donc caractérisé un essaim de poètes de cour
ou de collège ?

La traduction de Mademoiselle Flaugergues est
écrite avec beaucoup d'élégance. Mais elle-même
s'accuse dans son avertissement de s'être souvent
écartée du texte, et de n'avoir voulu faire qu'une
simple imitation. Ce système de traduction libre,
qui a eu tant de vogue dans le dernier siècle, est,
avec raison, moins goûté dans le nôtre. Les notes
sont aussi considérablement abrégées. Cependant,
des anecdotes de voyage, des observations de
science, des faits racontés simplement, ne pouvaient que délasser l'esprit du lecteur un peu fatigué par la monotonie du style descriptif. Il y a,
d'ailleurs, quelque mérite à traduire des choses
naturelles et familières.

II.

EXAMEN

DES

SYSTÈMES DE VICO ET DE WOLF

SUR LA FORMATION DES POÈMES HOMÉRIQUES.

(*Globe*, 14 juin et 23 juillet 1820.)

Il n'est, sans doute, aucun de nos lecteurs qui, sous le nom de *système de Wolf*, n'ait au moins entendu parler de l'audacieuse hypothèse qui, sans égard pour la plus haute de toutes les renommées littéraires, regarde les poèmes homériques comme un recueil de chants nationaux, rassemblés et mis en ordre par les soins d'un ou de plusieurs Macpherson. Cette opinion, d'abord émise en France, au xvii° siècle, par l'abbé d'Aubignac, à titre de conjecture purement esthétique, puis élevée à la philosophie par Vico, et plus tard à l'érudition par Wolf, est devenue classique et populaire en Allemagne, tandis qu'elle n'a paru longtemps à nos érudits qu'un paradoxe insensé, indigne de leur examen. Un seul, M. le baron de Sainte-Croix, membre de l'Académie des Inscriptions et Belles-Lettres, opposa, en 1798, une réfutation de quelques pages aux fameux *prolégomènes* (1), et fut désapprouvé de ses confrères. L'illustre Villoison, qui se reprochait d'avoir fourni, par la publication des *Scholies de Venise*, quelques arguments à M. Wolf, voyait avec peine qu'on ébruitât cette opinion en la réfutant. C'était, suivant lui, une nouveauté impie qu'il convenait d'étouffer par le silence. Cependant, voici que, par une de ces réactions qui ne sont pas rares dans les lettres, cette idée commence à gagner des partisans parmi nous, en même temps qu'il se forme de l'autre côté du Rhin d'assez nombreux champions qui l'attaquent. M. Benjamin Constant, qu'un long séjour à Weimar a familiarisé avec les idées wolfiennes, vient dans le plus sérieux de ses ouvrages (2) de prêter toute la souplesse de sa spirituelle dialectique à l'exposition de ce système, qui a pu retrouver sous sa plume ingénieuse l'attrait piquant d'un paradoxe.

Exposer la naissance et les progrès du système de Wolf, et les réponses de ses plus récents adversaires (3) ; montrer ce qui, dans la récente et singulière hypothèse de M. Constantin Koliadès,

---

(1) *Réfutation d'un paradoxe sur Homère;* in-8° de 60 pages.

(2) Voyez *De la religion considérée dans ses sources*, etc. t. III, presque tout le livre septième.

(3) Nous citerons, entre autres, une lettre adressée à Gœthe, par M. Georges Lange (Darmstadt, 1826, in-8°), dans laquelle cet écrivain se déclare pour *l'école esthétique*, en opposition avec Wolf, le fondateur de *l'école historique*.

peut avancer ou reculer nos connaissances sur Homère (1); indiquer, enfin, quelle route la philologie devrait suivre, selon nous, pour amener cette curieuse recherche à ses derniers résultats, tel est le but que nous nous proposons d'atteindre dans ces articles (2).

Mais avant de commencer cet examen, nous avons à repousser certaines fins de non-recevoir, que deux classes de personnes élèvent contre toute espèce de recherches qui risquent de jeter du doute sur l'existence d'Homère ou sur l'unité de ses poèmes.

Les premiers opposants, artistes et poètes, frappés des beautés incomparables de l'Iliade et de l'Odyssée, plaident pour l'existence d'Homère, comme un ami pour celle d'un ami. Ce serait pour

(1) Voy. l'ouvrage intitulé : *Ulysse—Homère, ou du véritable auteur de l'Iliade et de l'Odyssée*, par C. Koliadès (M. Lechevalier), Paris, de Bure, 1830, 1 vol. in-folio.

(2) Nous regrettons de n'avoir pu tenir toutes nos promesses. Le second de ces articles parut le 23 juillet 1830, et les événements qui suivirent, ne nous laissèrent pas la liberté d'esprit nécessaire à l'achèvement de notre travail. Depuis lors (en 1831), M. Dugas—Montbel a composé sur cette question plusieurs mémoires qu'il a réunis sous le titre d'*Histoire des poésies homériques*, après les avoir lus préalablement à l'Académie des Inscriptions et Belles-Lettres, où ils ont soulevé des tempêtes. En 1836, M. Fauriel a traité ce sujet à la Faculté des lettres, et un jeune professeur, M. Egger, a rendu compte, dans le journal de l'Instruction publique, de ces excellentes leçons malheureusement encore inédites. Enfin, M. Guigniaut a, dans l'article *Homère* de l'encyclopédie des gens du monde, t. XIV, essayé de résumer et de concilier les diverses opinions émises sur ce sujet jusqu'à présent (*note de* 1842).

eux presque une infortune personnelle que d'être
contraints de reporter sur plusieurs le culte qu'ils
sont dans l'habitude de concentrer sur un seul. Ils
souffriraient d'être obligés de ne plus voir dans ces
deux magnifiques compositions qu'une œuvre col-
lective et qu'une ordonnance de seconde main. Un
Homère en plusieurs personnes leur paraîtrait une
sorte de polythéisme, et, comme quelques-uns
l'ont dit, un délire presque semblable à celui des
athées (1). A ces âmes si pieusement enthousiastes,
nous répondrons que, pour être anonymes ou sortis de plusieurs mains comme les grandes épopées
de l'Inde, les *Sagas*, les *Niebelungen* et presque
tous les grands monuments de l'art au moyen âge,
les poèmes homériques n'en seraient, après tout,
ni moins admirables ni moins beaux. Nous leur de-
manderons si, pour être duc aux Pisistratides, ou
aux ingénieux critiques de l'école d'Alexandrie,
l'économie de l'Iliade et de l'Odyssée en serait
moins digne de nos louanges; s'il n'y a pas autant
de plaisir à voir croître une épopée sous la main
lente et majestueuse des siècles qu'éclore du cer-
veau d'un seul homme? Mais, ce qui domine tout,
c'est que ce n'est point ici une question de plaisir
ni de sentiment, mais de vérité. L'existence d'un
ou de plusieurs Homère n'est pas un objet de sim-

---

(1) Payne Knight, *Prolegomena*; M. Aignan, *Discours préliminaire*, p. 18; M. Bignan, *Essai sur l'épopée homérique*, p. 5., etc.

ple curiosité littéraire ; c'est , comme on le verra dans Vico , une question importante et décisive pour l'histoire du genre humain.

Les seconds opposants font valoir un argument plus spécieux. Ils sont loin de nier la gravité de la question ; mais ils la déclarent insoluble. S'enquérir de la personne d'Homère, c'est, à leur avis, perdre son temps et ses soins . « Puisque l'antiquité, « disent-ils (1), fournit si peu de choses sur Ho- « mère (si peu de choses concluantes apparem- « ment), on a dû chercher dans ses ouvrages quel- « ques indices qui pussent le faire connaître. Mais « tous les efforts à ce sujet *n'ont abouti à rien*, et « il était facile de le prévoir. Comment pourrait- « on croire que les anciens, qui ont tant retourné « les poèmes homériques, qui y ont vu tout ce qui « s'y trouve et même ce qui n'y a jamais été, au- « raient laissé passer inaperçu quelque indice qui « pouvait les mettre sur la voie d'un fait qu'ils ont « tant cherché? Il n'est que trop vrai que l'auteur « de ces poèmes, quel qu'il soit, *semble avoir pris* « *à tâche* de soustraire à la postérité tout moyen « de le connaître (2). »

(1) *Journal des savants*, décembre 1829. Article de M. Letronne.

(2) Ainsi *l'auteur* de l'Iliade et de l'Odyssée , comme celui des *Lettres de Junius*, aurait *pris à 'tâche* de nous dérober tous les moyens de parvenir jusqu'à lui ! C'est là peut-être le plus hardi, sinon le plus vraisemblable, de tous les paradoxes auxquels cette question a donné lieu.

Nous ne partageons point cet avis pour deux motifs : d'abord, il n'est pas bien prouvé que les anciens n'aient rien su de certain sur Homère ou les homérides. Nous sommes loin de posséder tous leurs écrits, et les scholies, retrouvées à Venise et publiées par M. de Villoison en 1788, ont prouvé qu'ils avaient eu en partie les idées de Wolf et de Vico. Ensuite, quand même les anciens n'auraient pas résolu cette question d'une manière complétement satisfaisante, il n'en faudrait pas conclure qu'elle fût insoluble pour les modernes. Ceux-ci (bien que cela puisse avoir l'air d'un paradoxe) nous semblent plus favorablement placés pour la résoudre. Nous avons, en effet, outre l'impartialité religieuse, l'avantage de pouvoir rapprocher des poésies homériques les anciens monuments des littératures primitives qui nous sont aujourd'hui connues, et nous pouvons appliquer au Vyasa de la Grèce (1) toute une grande loi d'analogie dont les anciens ne possédaient pas les éléments.

Ainsi, d'une part, les recherches sur l'existence d'Homère et sur l'unité de ses poésies n'ont rien de sacrilége; de l'autre, il n'est nullement prouvé que ces recherches soient sans espoir de solution. Voyons, à présent, comment est née et a grandi l'opinion qui porte le nom de Wolf.

(1) Les Indiens ne font nulle difficulté d'attribuer à l'ancien poète Vyasa une épopée de deux cent mille vers, le Mahâbhârata.

A la renaissance, toute l'Europe lut l'Iliade et l'Odyssée avec admiration et délices, et sans concevoir le moindre doute sur l'existence de leur auteur. Plusieurs même se le figuraient menant en Grèce, malgré sa condition mendiante, une espèce de vie d'homme de lettres assez semblable à celle d'Ennius ou de Lucrèce à Rome. Eh! comment aurait-en douté de l'existence d'Homère? Pindare (1), Hérodote (2), Thucydide (3), Aristote, toute l'antiquité ne lui rend-elle pas témoignage? Aussi, tant que la critique ne fut pas sortie de ce premier état d'innocence où sont encore bon nombre de liseurs de grec, on n'aperçut dans l'opinion commune aucun sujet de doute. Mais, quand on voulut sérieusement accorder entre elles les traditions, et qu'on eut acquis des notions plus exactes sur l'état de l'ancienne Grèce, l'incrédulité commença à naître. Casaubon, le premier, initié par divers passages d'Eustathe au scepticisme des *Chorizontes* (on appelait ainsi les Wolfiens de l'antiquité), laissa percer quelques soupçons (4).

Ce n'est qu'à la fin du XVIIe siècle, en 1692, au plus fort de la querelle dite des anciens et des modernes, que Charles Perrault nia l'existence d'Ho-

(1) Pind. *Pyth.*, IV, v. 493 ; *Isthm.* IV, v. 63; *Nem.* VII, v. 31.
(2) Hérod., liv. II, 23, 116; IV, 29, 32, V, 67.
(3) Thucyd., liv. I, 3, 9, 40, 11, 41; III, 104.
(4) Is. Casaub. in Diog. Laert., *Timon.* ;d ent. Meibom., Amstel, 1692, t I, p. 600, et t. II, p. 440.

mère, (1), d'après les conjectures et à l'aide d'un manuscrit de l'abbé d'Aubignac. Ce livre curieux ne fut publié par Charpentier qu'en 1715 (2), lors de la reprise de cette longue guerre poétique.

On ne sent, il faut l'avouer, dans le pamphlet de d'Aubignac, nul goût sain et véritable de l'antiquité. C'est, à toutes les pages, cette sotte délicatesse qui taxe de fautes contre le goût la rudesse des mœurs homériques. Il faut essuyer, à tout moment, la fastidieuse redite de ces attaques d'esprit fort que ne cessèrent d'adresser à la théologie d'Homère tous les philosophes dissidents de l'antiquité, depuis Platon jusqu'à Lucien. Quelquefois, c'est avec notre spiritualisme chrétien que d'Aubignac anathématise le demi-fétichisme des anciens Grecs. Au lieu de reprocher aux dieux d'Homère leur grossièreté et leurs vices, il aurait bien mieux fait d'admirer les prodigieux embellissements qu'ils commençaient à recevoir. Rien n'égalait en Grèce, avant la création des types homériques, la monstruosité des simulacres divins. Pausanias signale plusieurs anciennes idoles à figure de poisson, qu'on voyait encore de son temps. Les Arcadiens conservaient à Phigalie une Cérès avec une tête et des crins de cheval (3); ailleurs Proserpine avait

(1) *Parallèle des anciens et des modernes*, tom. III. Paris, 1692, in-12.

(2) *Conjectures académiques* ou *discours sur l'Iliade*, in-12.

(3) Pausan., lib. VIII, cap. 42.

quatre yeux et quatre cornes(1). D'autres fois, c'est
avec les notions modernes du droit des gens que
d'Aubignac reproche à Homère les pirateries èt les
brigandages de ses héros. Mais au milieu de toutes
ces critiques, esthétiquement et historiquement absurdes, commence déjà à poindre, escortée de bon
nombre de preuves, la conjecture qui réduit l'I-
liade et l'Odyssée à n'être que deux recueils de
chants nationaux.

Le malheur de l'abbé d'Aubignac est d'être entré
dans cette découverte par une mauvaise route, et,
si nous l'osons dire, à mauvais dessein. C'est par
une vue étroite de polémique et par une fausse idée
de ce qu'il appelle les défauts d'Homère, qu'il conçut le projet ironique de le disculper, en rejetant
sur plusieurs poètes ces répétitions d'histoires, cette
multiplicité de généalogies, cette fréquence de repas, etc., qui lui semblaient blesser l'art et le goût.
Mais la fausseté de ce point de départ ne l'a pas
empêché de faire d'utiles et ingénieuses observations : 1° Il signale plusieurs contradictions et,
comme les Wolfiens les appellent, plusieurs *discrépances* remarquables, soit entre les diverses parties

(1) Voy. Fréd. Creuzer, *Religion de l'antiquité*, trad. par J. D.
Guigniaut, liv. VII, t. 3, p. 210.—L'épithète de Βοῶπις donnée à Junon et celle de Γλαυκῶπις donnée à Minerve dans les poèmes homériques rappellent, selon quelques critiques, le temps où l'une était
adorée comme vache et l'autre comme hibou. La présence de ces
épithètes dans Homère montre par quels degrés s'est opéré le passage du fétichisme égyptien à l'anthropomorphisme hellénique.

2.

de l'Iliade, soit entre l'Iliade et l'Odyssée; 2° il a entrevu les différences de mythes que l'érudition plus pénétrante de ses successeurs a su démêler dans la mythologie des deux poèmes; 3° il a pressenti l'argument capital que Wolf a tiré de l'ignorance ou du moins du peu d'usage de l'écriture; 4° il a fait ressortir le peu de valeur des témoignages anciens qui attribuent à Homère l'Iliade et l'Odyssée : il remarque que, s'il fallait en croire l'antiquité sur parole, on devrait ajouter à ces deux poèmes, sept ou huit autres épopées, l'*Amazonide*, la *Thébaïde*, les *Epigones*, la *Phocaïde* (1). Pindare, cité par Élien (*Var. Hist.*, IX, cap. 15), n'avance-t-il pas que les *Cypriaques* étaient d'Homère? Thucydide (lib. III, 104) n'attribue-t-il pas formellement à Homère l'hymne à Apollon? et, enfin, Strabon n'a-t-il pas accueilli l'opinion qui attribuait l'*Æchalie* au même poète? Il en fut des poésies d'Homère comme de nos livres saints, auxquels les Pères et les conciles des premiers siècles n'ont guère rendu témoignage, sans leur en associer plusieurs autres reconnus depuis pour apocryphes.

De Paris l'idée de l'abbé d'Aubignac passa à Londres, où la querelle des anciens et des modernes eut son contre-coup. Wotton et le chevalier Temple furent les deux principaux champions de cette

(1) Voyez, à la fin du quatrième volume de l'Homère de Wolf (Leipsick, 1804-1807), les fragments qui nous restent de ces divers poèmes.

guerre. Mais , à Londres, l'érudition ne manqua pas à l'armée des modernes, comme elle lui avait manqué à Paris. Bentley fut sur quelques points leur auxiliaire et, d'un trait de plume, sanctionna l'opinion des anti-homéristes. Il appela les poèmes d'Homère *loose songs*, chansons détachées (*Phileleuthe rus Lipsiensis* , p. 8), hardiesse qui, jointe à quelques autres griefs, lui attira la colère de Pope et, dans la *Bataille des livres* (1), les railleries, cette fois un peu pédantesques, du docteur Swift.

Cependant, en Italie, un philosophe indépendant, hardi, placé tout-à-fait en dehors de la querelle esthétique de Paris et de Londres, aborda la question de l'existence d'Homère, non par entraînement de polémique, mais dans un but plus élevé et pour une meilleure fin. Vico (car c'est de ce penseur original que nous allons parler) est, comme on sait, le fondateur d'une science nouvelle, la *philosophie de l'histoire*. Le premier, il a cherché à déterminer les lois selon lesquelles s'opère le développement de l'humanité; le premier, il a essayé d'écrire l'histoire idéale du genre humain (2).

(1) *The battle of the books*, 1697, satire allégorique , et froide comme toutes les allégories prolongées. — Le plus spirituel et le moins cité des opuscules auxquels a donné lieu la querelle des anciens et des modernes, soit à Paris , soit à Londres , est le *parallèle d'Homère et de Rabelais*, par notre ingénieux Dufresny. Ce morceau est inséré dans le tome cinquième de ses œuvres.

(2) Voy. *Principj di Scienza nuova*, Napoli, 1725 , et la traduc-

Une des croyances fondamentales de Vico, c'est que l'origine des sociétés a dû être faible, comme la nature veut que le soient les commencements en toutes choses. Cependant, des renommées colossales apparaissent sur le seuil de toutes les civilisations. Zoroastre, Confucius, Hermès, Orphée, Pythagore, Homère sont comme les Titans de l'intelligence. Les âges suivants ont regardé ces premiers hommes comme ayant possédé, non-seulement la sagesse instinctive, mais la sagesse réfléchie et l'art perfectionné des temps modernes. Vico ne peut admettre cette opinion : il croit qu'on a exagéré les lumières des premiers hommes, et personnifié dans quelques noms devenus symboliques, la sagesse de toute une époque. C'est un fait prouvé par l'observation que les enfants ont l'habitude de classer sous des dénominations semblables tout ce qui leur paraît analogue; ainsi font les peuples enfants. Longtemps, en Grèce, tout héros fut un Hercule, tout médecin un Hippocrate, tout poète un Homère ; c'est à l'introduction dans l'histoire, de ces types idéaux et métaphoriques qu'il faut attribuer la confusion des origines. En effet, le moyen de regarder Hermès comme l'inventeur de toutes les découvertes scientifiques de l'ancienne Égypte , Romulus comme le

tion de M. Michelet.—M. Argnan a cru a tort Vico antérieur à l'abbé d'Aubignac. Voy. *Trad. de l'Iliade*, Discours préliminaire , p. 15, deuxième édition.

seul auteur de toute la première organisation civile et politique de Rome, et les Douze-Tables elles-mêmes comme la source unique d'une foule de dispositions légales d'une date évidemment postérieure?

Pour éclaircir ces ténèbres, il n'y a qu'un moyen : il faut que nous, peuples arrivés à l'âge de raison, défassions ce travail poétique des peuples enfants. Sans doute, il en coûte d'amoindrir ces hautes renommées; il en coûte de ne plus voir dans l'antique Hermès que le type de l'esprit inventif des Égyptiens, dans Romulus que le symbole de la société romaine à son berceau, dans Homère que le représentant de la poésie populaire de l'Ionie et de la Grèce. Mais, à ce prix seulement, les difficultés tombent et les invraisemblances disparaissent.

Cependant Homère, comme Orphée, comme Romulus, ne nous a pas laissé seulement un nom qu'on puisse à volonté considérer comme générique : il nous a légué deux grands poèmes dans lesquels la postérité s'est accordée à voir, soit directement, soit allégoriquement, toute la sagesse et tout l'art des âges de civilisation. La sagesse d'Homère et la perfection de ses ouvrages forment donc pour ou contre l'idée de Vico un argument décisif. Aussi, dans la *Scienza nuova,* cette question et celle des Douze-Tables sont-elles soigneusement débattues, comme deux points de critique positive, dont plus tard le génie philologique de Wolf

et de Niebuhr saura s'emparer pour en tirer les
plus beaux et les plus féconds résultats.

L'appréciation de la sagesse d'Homère n'occupe
pas longtemps Vico. La grossièreté de cette théologie, où la force physique est la mesure de la grandeur divine (1), la gloutonnerie et la vénalité des
dieux, qui reprochent sans cesse aux hommes qu'ils
ne leur immolent pas assez de bœufs et de mou-
tons (2), la barbarie des coutumes, la férocité des
héros (3), toutes ces imperfections morales des fables homériques, dont se raillaient les incrédules et
que tâchaient d'atténuer et d'expliquer par des allégories les dévots du polythéisme, prouvent assez
qu'Homère n'eut que la sagesse vulgaire des peuples grecs à demi barbares. Le caractère des plus
parfaits guerriers de l'Iliade, choque toutes nos
idées modernes d'héroïsme. De là sont nées les critiques si peu sensées de Scaliger, de Bayle, de Saint-
Évremont, répétées par l'abbé d'Aubignac, Perrault.
de la Motte et tous les partisans exaltés modernes.

Arrivant à la question d'existence, Vico cherche

(1) Jupiter, dans l'Iliade (VIII, v. 20), se vante d'avoir la force
d'enlever tous les dieux avec une chaîne d'or, en signe de sa toute-
puissance.

(2) « Pardonnons aux Grecs ces idées matérielles, dit avec raison
M. Benjamin Constant. Ne lit-on pas dans la Genèse : Noé sacrifia
au sortir de l'arche, et le Seigneur sentit l'odeur agréable (cap. VIII,
v. 20, 21)? »

(3) Les Grecs, au temps de la guerre de Troie, empoisonnaient leurs
flèches comme les nègres de la côte d'Afrique. Voy. Odyss, I, 260.

d'abord où l'on peut placer la patrie d'Homère. Après avoir conjecturé de deux passages que l'auteur ou les auteurs de l'Odyssée ont dû naître dans la partie occidentale de la Grèce, et ceux de l'Iliade dans l'Asie Mineure, Vico pèse les prétentions des nombreuses cités grecques, qui revendiquaient Homère pour citoyen, et il trouve ces prétentions toutes bien fondées. Il pense que les quatre-vingt-dix villes que cite Suidas se disputaient à bon droit l'honneur d'avoir vu naître Homère. Chacune d'elles, en effet, reconnaissait dans l'Iliade et l'Odyssée ses héros, ses dieux, ses traditions, son dialecte. Homère était donc sinon, comme l'a dit Proclus, le *citoyen du monde*, du moins le citoyen de la Grèce entière.

Quant à l'époque où vécut Homère, Vico cherche à la déterminer par l'étude attentive des coutumes et des arts dont il est fait mention dans l'Iliade et dans l'Odyssée. Il remarque à cet égard les plus grandes divergences entre les deux poèmes et leurs diverses parties. Ici l'on ne peut méconnaître une certaine élégance de mœurs, et comme une aurore de civilisation ; là une férocité, une grossièreté de Caraïbes. De ces oppositions, Vico conclut que toutes les opinions sur le temps où vécut Homère sont vraies, et qu'en effet Homère a vécu depuis la guerre de Troie (1) jusqu'au temps de

(1) C'est remonter bien haut. Lorsque, dans l'Iliade, Diomède (V, 302), Hector (XII, 445), Énée (XX, 285) lancent à leurs enne-

Numa ; c'est-à-dire que sa vie a duré environ 460 ans. En un mot, Homère, aux yeux de Vico, n'est pas un individu, ou du moins un seul individu ; c'est un être collectif, un type ; c'est la Grèce elle-même, racontant sa propre histoire dans une série de chants nationaux.

Cela posé, tout ce qui était absurde ou contradictoire dans l'Homère *unique*, que l'on s'était figuré jusqu'ici, devient dans ce nouvel Homère *multiple* convenance et nécessité. Les contradictions, les répétitions, les diversités d'âge, de patrie, de noms, tout s'explique. Dans sa jeunesse, c'est-à-dire dans celle de la Grèce, il composa l'Iliade : la Grèce était alors sauvage, passionnée, turbulente ; elle devait admirer Achille, le héros de la force. Dans sa vieillesse, il composa l'Odyssée : la Grèce plus mûre et un peu refroidie devait préférer Ulysse, le héros de la prudence. La pauvreté, la cécité d'Homère ont été celles des rhapsodes, pauvres aveugles (1), qui allaient répétant, de bourgs en bourgs, des fragments de poésies, bien ou mal cousues, des *rhapsodies*, comme eux-mêmes appelaient leurs chants. (2)

---

mis d'énormes pierres, le poète fait remarquer que deux hommes, *tels qu'ils étaient de son temps*, n'auraient pu les ébranler.

(1) D'où leur venait le nom d'ὅμηροι, ὁμηρίδαι. (Μὴ ὁρᾶν). — Vico a eu tort de confondre les Homérides et les rhapsodes. Voy. plus loin ce qu'étaient les Homérides, p. 32.

(2) Boileau, dans sa troisième réflexion sur Longin, où il traite

Et remarquez que l'hypothèse de Vico rend très-ingénieusement raison de la suprême beauté des épopées homériques, que tout l'art, tout le génie, toute la critique des siècles policés n'ont pu surpasser ni égaler. Quel homme, en effet, fût-il Dante Alighieri ou Milton, pourrait lutter de poésie contre tout un peuple? Aussi, pour trouver quelque chose à opposer aux œuvres d'Homère, faut-il remonter aux plus vastes monuments de poésies primitives, aux épopées de l'Inde, aux chants nationaux de l'Écosse, à la Bible.

Tel est le système de Vico. Déjà peut-être, malgré la sécheresse de notre exposition, a-t-il ébranlé quelques-uns des préjugés de nos lecteurs; mais, à cette hardiesse de conjectures il manque presque tout un genre de preuves que la nature du sujet demande. En pareille matière, on ne peut rien conclure sans prendre avis de l'érudition. D'ailleurs, ce n'est que subsidiairement et comme corollaire d'un plus important théorème que Vico s'est occupé d'Homère. Il est temps de voir cette

avec un dédain trop superficiel la question de l'existence d'Homère, oppose à Perrault que le mot *rhapsodie* ne vient pas de ῥάπτεω ᾠδας, mais de ῥάβδος, branche, parce que les chanteurs des poèmes homériques portaient à la main des branches de laurier. Le ton magistral de Boileau ne rend pas plus certaine cette étymologie, qui de son aveu, compte moins de partisans que la première. Il y a, de plus, une troisième opinion qui fait des *rhapsodes* et des *rhabdes* deux classes de chanteurs distincts.

belle question abordée directement et étudiée pour elle-même.

Depuis Vico jusqu'à Wolf, la chaîne des travaux homériques n'a pas été rompue. A Londres, Wood chercha à déterminer, entre autres points historiques, si Homère a écrit ou non ses ouvrages (1), et se déclara pour la négative. En 1789, Mérian inséra, dans les *Mémoires de l'Académie de Berlin,* une dissertation où il soutient la même thèse. Wolf, qui ne cite pas une seule fois Vico, et qui affecte pour l'abbé d'Aubignac un mépris que ce savant homme ne mérite pas, reconnaît avoir profité des travaux de Wood et de Mérian. Mais, soit qu'en effet, Wolf n'ait pas connu Vico; soit, comme il est plus probable, que les opinions de la *Scienza nuova* ne soient arrivées jusqu'à lui, que par cette voie d'émanation insensible, et, pour ainsi dire, atmosphérique, que suivent les idées nouvelles, peu importe. Toujours est-il qu'en 1794, lorsque Wolf se préparait à donner une édition d'Homère (2) le système de Vico sur Homère et sur ses ouvrages était arrivé à ce degré de probabilité au delà duquel il ne reste plus qu'une gloire, celle de la démonstration. Au reste, telle a été, dans les sciences elles-mêmes, la marche de toutes les vérités. De la

(1) *An essay on the original genius of Homer.* London, 1769, et seconde édition, 1775.

(2) Dix ans auparavant (1784, 1785), Wolf avait publié une Iliade et une Odyssée pour les classes, 4 vol. in-8°.

conjecture on s'élève au système; du système on redescend aux expériences partielles, puis on arrive à la démonstration totale et rigoureuse. Ici, par la nature de la question, les preuves devaient être surtout philologiques, et elles le furent.

Qu'on ne s'y trompe pas, toutefois; l'objet de Wolf, dans ses *Prolégomènes* (1), n'était pas de traiter *ex professo* de l'existence d'Homère : c'était surtout comme éditeur qu'il s'adressait au public. Son but était de faire ressortir les difficultés de sa tâche, et de justifier son texte. En effet, quand il n'est question que de reproduire un des écrivains des beaux siècles, comme on les appelle, Xénophon, Thucydide ou Démosthène, malgré la rareté et la jeunesse relative des manuscrits, on peut espérer, à force de soins, d'arriver à la leçon ancienne et véritable; les règles de cette critique sont connues. Mais quand il s'agit d'ouvrages qui étaient antiques dans l'antiquité; quand il s'agit de poésies orales et traditionnelles, d'œuvres progressives et ondoyantes, pour ainsi dire, qui se sont formées, accrues, complétées par de secrètes et continuelles alluvions, le terrain manque à l'éditeur, et il ne sait où asseoir les bases de son travail. C'est le tableau de ces mouvements de textes, de ces atterrissements poétiques, si l'on nous passe ce mot, que Wolf a essayé de tracer dans sa préface.

(1) *Prolegomena ad Homerum*. Halis Saxonum, 1795, in-8°,

Il a partagé l'histoire de ces curieuses révolutions en six époques. Il distingue : 1° l'Homère des rhapsodes, coupé par petits poèmes, et seulement oral ; 2° l'Homère écrit, réuni en corps et allant toujours se coordonnant depuis Pisistrate jusqu'à Zénodote ; 3° l'Homère des Alexandrins, depuis Aristarque jusqu'à Appion ; 4° l'Homère de Longin et de Porphyre ; 5° l'Homère Byzantin, avant et depuis Eustathe jusqu'à Démétrius Chalcondyle ; 6° enfin, l'Homère imprimé, tel que nous l'avons depuis la fameuse édition donnée par les Nerli de Florence, en 1488. Tel était l'espace qu'auraient embrassé les *Prolégomènes* si, par une fatalité que l'on n'a pas assez déplorée, l'auteur ne s'était arrêté à moitié route. De ces six phases qu'a suivies le texte homérique, Wolf n'a parcouru que les trois premières, heureusement les plus importantes. Elles nous conduisent depuis les rhapsodes jusqu'à l'édition d'Aristarque. Wolf, comme on sait, considère, avec Vico, l'Iliade et l'Odyssée comme une agrégation de poésies nationales. Quant à ses preuves, on peut les ranger sous quatre chefs :

1° Les arguments d'autorité : ce sont ceux qui établissent, d'une part, que l'opinion des anti-homéristes a été celle d'une classe assez nombreuse de critiques grecs ; de l'autre, que les absurdités et les contradictions où les anciens sont tombés en parlant d'Homère, infirmeraient, s'il en était besoin, le prétendu consentement de l'antiquité.

2° Les arguments historiques : ce sont ceux qui établissent l'état de barbarie où fut plongée la Grèce du xıı⁰ au vııı⁰ siècle avant notre ère ; barbarie qui rend tout-à-fait improbable la composition de deux épopées aussi étendues et, à beaucoup d'égards , aussi parfaites. 3° Les arguments d'analogie : ce sont les preuves que Wolf tire de la comparaison des chants primitifs, qui offrent chez tous les peuples un phénomène à-peu-près semblable à celui de la formation de l'Iliade et de l'Odyssée. 4° Les arguments esthétiques : c'est le relevé des nombreuses discrépances ou contradictions qu'on a remarquées, soit entre ces deux poèmes, soit entre certaines parties de chacun d'eux , arguments qui répondent à l'objection si souvent répétée de l'unité de conception.

Les Scholies de Vienne, et surtout celles de Venise, ont fourni à Wolf ses principaux arguments d'autorité. En effet , ces Scholies ont mis hors de doute l'existence de l'ancienne école de critiques appelés *chorizontes*, qui professaient des opinions fort rapprochées des siennes (1). Cependant, même avant la découverte de ces Scholies, on pouvait tirer du chaos des opinions anciennes un ensemble de témoignages assez imposant.

(1) Voyez, entre autres, les Scholies sur les chants II , 356, 649; IV, 354; X, 476; XI, 147, 691 ; XII, 96; XIII , 365; XV, 747; XXI, 416, 550.

Lycurgue, selon plusieurs auteurs, dont Héraclide de Pont est le plus ancien, importa d'Ionie à Sparte les chants homériques, non, comme le dit Plutarque, au moyen de l'écriture (Lycurgue n'écrivit pas même ses propres lois), mais, comme il est plus vraisemblable, en se faisant suivre en Grèce de quelques rhapsodes de l'Asie Mineure, peut-être de l'île de Chios, où se maintint longtemps une tribu de chanteurs voués au culte et à la récitation des poésies d'Homère et que l'on appelait *Homérides*.

Durant les trois siècles suivants, ces petits poèmes furent chantés çà et là en Grèce, sans autre suite que celle qu'y introduisait le caprice des chanteurs ou que demandait la vanité de certaines villes; mais, à la fin de cette période, Solon ordonna que dans les fêtes et cérémonies publiques on les récitât dans l'ordre des événements, ἐξ ὑποβολῆς (Diog. Laert., I, 57). Cette tradition confirme ce que nous apprend Élien (*Var.*, *Hist.*, XIII, 14), que dans l'origine, chacun de ces récits formait un tout et portait un nom particulier : la *Dolonéide*, la *Cyclopie*, la *Patroclée*, la *Rançon d'Hector*, etc., titres que nous ont conservés les anciens éditeurs, mais qui ne répondent pas exactement aux chants actuels, dont la division a été faite par Aristarque. Ainsi, pour ne citer qu'un exemple, la rhapsodie intitulée *les exploits de Diomède*, a été coupée et répartie inégalement entre la fin du cinquième chant et le commencement du sixième. Or Hérodote (II, 116) cite un fragment de ce petit poëme, Διομήδους ἀριστεία, qui ne faisait de son temps qu'un seul tout.

Pisistrate, au dire de Pausanias (VIII, 25) et de Cicéron (*de Orat.*, III, 34), est le premier qui ait eu l'idée de rassembler et de conserver par l'écriture tous ces débris antiques. C'est ainsi que Charlemagne, placé à une semblable époque de civilisation, rechercha et fit transcrire les anciens chants de la Germanie. Ceux d'Homère étaient tellement épars que Pisistrate, au rapport de Denys de Thrace (Villois. *Anecd. Græc.*, t. II, p. 182), proposa un prix pour chaque vers qu'on lui apporterait. Il les fit copier et mettre en ordre par des grammairiens qu'on appela *diaskévastes* (*les arrangeurs*). Peu après, Hipparque ordonna la lecture publique de ce recueil aux Panathénées (Pseudo-Plat., *Hipparch.*, p. 228, b).

Cependant, cet Homère des Pisistratides n'est pas à beaucoup près celui que nous connaissons. On ne peut pas même dire que nous possédions l'édition de la cassette, revue deux cents ans après par Aristote. Hippocrate, Platon, Démosthène, Eschine, Aristote lui-même, citent divers passages de leur Homère, qui ne se trouvent plus dans le nôtre. Il y a tel vers que nous possédons de trois manières (1). Nous n'avons pas davantage l'édition

_____

(1) Par exemple, le quinzième vers du second chant de l'Iliade. Voy. M. Dugas-Montbel, *Observations sur l'Iliade*, t. I, p. 68.

des Alexandrins. Cicéron, Strabon, Pausanias,
qui devaient se servir du texte de Zénodote, font
allusion à des récits dont il ne reste plus de trace.
Eustathe nous apprend que, dans la récension
d'Aristarque, l'Odyssée se terminait au deux cent
quatre-vingt-seizième vers du XXIIIe chant (1).
Bien plus, quelques passages se lisent, par double
emploi, dans Homère et dans Hésiode, ce qui
prouve avec quelle facilité les rhapsodes, et après
eux les diaskévastes transportaient des morceaux
d'un poëte dans un autre (2).

Ce fut contre cet abus et pour remédier aux
erreurs des diaskévastes, que s'éleva une célèbre
école de critiques qui se vouèrent à l'épuration des
textes anciens et que l'on appela *diorthontes* (*les*
correcteurs). Les Scholies de Venise contiennent
d'assez nombreux détails sur ces critiques, à qui
l'on doit les *diorthoses* ou éditions corrigées,
dites de Sinope, de Chios, de Cypre, de Marseille, de Crète, d'Argos, et enfin la fameuse édition d'Aristote. A ces critiques, à la fois savants

(1) Eust. p. 1948, l. 47, seqq. — M. Dugas-Montbel pense qu'A-
ristarque ne supprima pas ce morceau suspect de son édition, et
qu'il se contenta de consigner son opinion dans le commentaire.

(2) Les poëmes homériques ne sont pas les seuls que l'âge des
Pisistratides ait à la fois recueillis et falsifiés. Onomacrite, un des
grammairiens de Pisistrate, fut convaincu d'avoir inséré dans les
œuvres de l'ancien Orphée de longs morceaux apocryphes (Herodot.,
lib. VII, 6).

et circonspects, succédèrent d'autres grammairiens plus entreprenants. Non-seulement ceux-ci rayèrent des œuvres d'Homère les Cypriaques, les Epigones, les Cercopes, le Margitès que les siècles de Pindare, de Thucydide et même d'Aristote attribuaient à l'auteur de l'Iliade; mais plusieurs, tels qu'Hellanicus et Xénon, cités dans la Chrestomathie de Proclus, étendirent leurs doutes jusqu'à l'Odyssée; enfin, les plus hardis cherchèrent à reconstituer l'unité des divers poëmes qui composent ces deux épopées : c'était entreprendre un travail inverse de celui qu'avaient exécuté les diaskévastes, ce qui fit donner à ces démolisseurs le nom de *chorizontes* (*ceux qui séparent*). Aristarque et plus tard Lucien et Sénèque (*De brevit. vitæ,* 113) ont qualifié durement toutes ces témérités érudites. Mais toujours est-il que, dès une haute antiquité, la question qui nous occupe était débattue en Grèce.

La seconde classe d'arguments employés par Wolf se compose des preuves historiques. Parmi celles-ci, l'ignorance où le siècle d'Homère a été de l'art d'écrire tient, comme on sait, le premier rang. Quelques personnes, et tout récemment M. Bignan, ont cru pouvoir admettre l'opinion de Wolf sur l'écriture, sans en adopter les rigoureuses conséquences. C'est ne pas comprendre la portée de cet argument. Qu'Homère ait gardé dans sa mémoire le plan et tous les détails de ses deux poë-

3.

mes, le fait est possible (1), et, en l'absence de
l'écriture, il faut bien que ce soit la mémoire de
l'auteur ou celle des rhapsodes qui nous ait conservé ces deux chefs-d'œuvre. Seulement, la difficulté est bien moindre dans le système de Wolf,
qui ne nous force point à supposer qu'une même
personne ait retenu les quinze mille vers de l'Iliade
et les douze mille vers de l'Odyssée, ce qui n'aurait, d'ailleurs, rien d'incroyable (2). Mais ce qui
est absolument inadmissible, c'est de supposer un
travail sans but. Or, si l'écriture n'était pas connue en Grèce du temps d'Homère, dans quelle intention ce poëte aurait-il composé des épopées si
longues et si bien liées, dont il ne lui aurait été
possible de réciter que de courts fragments? Pour
qui cette admirable unité et cet habile entrelace-
ment d'épisodes? Apparemment pour sa propre
satisfaction et la jouissance intime de son génie!
Dira-t-on qu'il aurait pu chanter la totalité de l'I-
liade ou de l'Odyssée, en y consacrant plusieurs
jours? Mais cette hypothèse est aussi contraire à la
vraisemblance qu'à ce que nous savons des mœurs

(1) Crébillon n'écrivait aucune de ses tragédies ; le Tasse com-
posait de tête et gardait dans sa mémoire jusqu'à quatre cents stances de sa *Jérusalem* (*Vita di Torquato Tasso dall' abate Serassi*,
Roma , 1785 , in-4, p. 179).

(2) Nicérate, dans le *Banquet* de Xénophon , se vante d'être en
état de réciter l'Iliade et l'Odyssée. Antisthene lui répond qu'il n'y
a pas de rhapsode qui n'en pût faire autant.

héroïques. L'Iliade et l'Odyssée ne nous montrent les chanteurs (ἀοιδοί) que dans les festins qu'ils égaient par de courtes histoires. Le chant, d'ailleurs, implique la brièveté. L'écriture seule a pu permettre les longs ouvrages.

L'antiquité ne nous a transmis que des fables sur l'origine de l'écriture. Denys de Milet (1) et Hérodote (V, 58) placent cette invention cinq cents ans avant Homère, et attribuent à Cadmus l'introduction de l'alphabet en Grèce. D'autres rapportent la gloire de cette découverte à Cécrops, d'autres à Linus, d'autres à Orphée. Eschyle en fait honneur à Prométhée, et Euripide (2) à Palamède. Toutes ces traditions prouvent seulement que l'alphabet fut très-lent à se compléter (3) et que plusieurs personnes ont dû contribuer successivement à sa formation. Il est à remarquer que l'inventeur de l'écriture n'a pas, comme celui du labour, de la forge et des autres arts, été placé au rang des dieux. Parmi les Muses, il en est qui président à la musique, à la poésie, même à la danse;

(1) Cité par Diodore de Sicile. Lib. III, 66.

(2) Fragm. Palamed., ap. Stob. (*Floril.*, t. XCI). Le scholiaste d'Euripide attribue à Palamède l'invention de dix-huit lettres (*Orest.*, 432).

(3) Les vingt-quatre lettres apportées de Samos par Callistrate ne furent reçues par décret à Athènes que la deuxième année de la quatre-vingt-quatorzième olympiade, sous l'archontat d'Euclide (Voy. Villois., *Anecdol. Græc.*, t. II, p. 122.)

aucune ne préside à l'écriture. Est-ce que les Grecs
des temps héroïques, comme nos preux du moyen
âge, et comme les sauvages de l'Amérique, n'ont
eu que du mépris pour cet art? Il semble qu'il y
ait dans cet oubli des vieux poëtes et des mytholo-
gues une sorte d'antipathie et comme de rancune.
En effet, la poésie, cette mnémonique admirable,
perdit beaucoup de son importance par l'invention de l'écriture (1). Avant cette découverte, la
poésie servait à tout, aux lois, au culte, au gouvernement, à l'histoire. Quand l'écriture fut inventée, la prose détrôna la poésie : celle-ci ne fut
plus qu'un art agréable, un plaisir de luxe. La
prose, qui n'a pas, comme les vers, la propriété
de se graver dans la mémoire, ne peut venir qu'a-
près l'écriture. Or, les premiers prosateurs grecs,
Phérécide, Cadmus de Milet, Hellanicus, sont à-
peu-près contemporains de Pisistrate.

A quels usages doit-on supposer que l'art d'écrire
ait servi d'abord? A expédier des ordres, à promul-
guer des lois, à fixer, par de courtes inscriptions,
le souvenir des grands événements. Eh bien! nous
ne trouvons dans l'histoire des siècles homériques, aucune trace de ces premiers emplois de

---

(1) L'écriture changea jusqu'au nom de la poésie. Dans l'origine,
on la confondait avec la musique, et on la nommait ἀοιδή, *chant*, et
les poëtes ἀοιδοί *chanteurs*. On trouve pour la première fois le nom
de ποιητής dans Hérodote et dans Pindare.

l'écriture. Deux ou trois inscriptions anciennes, espèces d'*ex voto* qui, du temps d'Hérodote, se voyaient dans quelques temples, et que les prêtres disaient contemporaines de Cadmus, sont recon-nues pour de pieuses fraudes. Nulle loi ne paraît avoir été écrite avant celles de Zaleucus (1). So-lon lui-même ne fit graver les siennes que sur de grossiers cylindres de bois, en se servant de la manière d'écrire appelée *boustrophédon*, parce qu'elle allait de droite à gauche et revenait de gau-che à droite, comme les sillons que trace un bœuf; enfin, Homère et Hésiode ne disent rien de cet art, eux qui rendent témoignage à tous les autres. S'il se conclut un traité dans l'Iliade, c'est de vive voix. Envoie-t-on des messagers, ils sont chargés d'ordres qu'ils répètent mot pour mot. Sur la tombe d'El-pénor, c'est une rame que les Grecs enfoncent et non une épitaphe qu'ils inscrivent (*Odyss.*, XII, 15). Télémaque, dans le moment où sa présence est le plus nécessaire à Ithaque, va chercher à Pylos des nouvelles qu'une lettre lui aurait plus facile-ment procurées. La fable entière de l'Odyssée n'est qu'un conte absurde, comme l'a remarqué J.-J.

(1) Les lois furent chantées jusqu'à Dracon. Aristote croit que le nom de νόμος vient de cet ancien usage (*Probl.*, sect. XIX, pro-pos. 28). Le Pseudo-Platon (*Min.*, p. 320) dit, il est vrai, que Minos laissa ses lois écrites sur l'airain. Cette tradition, adoptée par Saint Clément d'Alexandrie, est aussi sûre que celle qui at-tribue à ce même roi l'invention de la tragédie (*Min.*, *ibid.*).

Rousseau (1), si l'on ne suppose pas que les héros
du poëme ont ignoré l'art d'écrire.

On a cité souvent deux passages à l'appui de la
thèse opposée. Le premier est celui des tablettes de
Bellérophon (*Iliad.*, VI, 135). Nous ne pensons pas
qu'après les preuves données par Wolf (*Prolegom.*,
p. 81) personne persiste à croire qu'il s'agisse, en
cet endroit, de caractères alphabétiques. Le second
passage (*Iliad.*, VII, 179), loin de contredire
l'opinion de Wolf, nous paraît décisif en sa faveur. Provoqués par Hector, neuf des principaux
d'entre les Grecs se disputent l'honneur de le combattre. On s'en remet au sort. Ce n'est pas un billet
portant son nom, mais un signe et, comme nous
dirions, *un gage,* que chaque guerrier jette dans le
casque d'Agamemnon. Le héraut tire un des signes,
et fait le tour de l'assemblée. Quand il approche
d'Ajax, celui-ci étend la main, et reconnaît son
gage. Est-ce là franchement ce que feraient des gens
qui connaîtraient l'écriture? Comparez la même
scène dans la *Jérusalem délivrée.*

Et de quels matériaux Homère se serait-il servi?
L'écorce d'arbre, les tablettes de cire, le papyrus,
le vélin, le coton, sont des moyens beaucoup plus
récents. Il eût donc fallu graver ces trente mille
vers sur l'airain, sur la pierre, sur le plomb ou
sur le bois. Comment n'être pas effrayé de l'idée

(1) Dans son ouvrage sur l'*Origine des langues.*

d'un tel travail, du temps, des matériaux qu'il eût demandés, de la difficulté du transport? Et pour qui tout ce labeur? Pour un peuple à qui les fatigues de la vie sauvage ne laissaient assurément pas le temps de lire (1).

Mais, si Homère n'a ni écrit ni pu vouloir écrire les deux poëmes qu'on lui attribue, si d'aussi longues et aussi belles épopées sont absolument incompatibles avec l'état de barbarie où était plongée la Grèce, il reste alors à résoudre une immense difficulté. Comment concevoir qu'une inspiration secondaire ait pu produire deux ouvrages aussi admirables, si artistement conçus et composés? C'est à cette objection que répondent les deux dernières classes d'arguments : les arguments d'analogie et les arguments esthétiques.

Les premiers tendent à démontrer que chez tous les peuples, aux époques de civilisation analogues à celle de la formation des poésies d'Homère, le même phénomène s'est présenté. N'est-il pas aujourd'hui prouvé que les poëmes rassemblés et traduits par Macpherson, sous le nom d'Ossian, sont des chants nationaux sortis de plusieurs mains? Les habitants du pays de Galles ne mettent-ils pas

---

(1) Les Grecs ne furent jamais fort adonnés à la lecture. Lisait-on Pindare? non. Hérodote composa son histoire pour la faire entendre aux Panathénées; Socrate parlait et n'écrivait pas. Les rhapsodes eux-mêmes survécurent de plusieurs siècles à l'écriture

sur le compte du seul Taliésen des poésies composées à plusieurs siècles d'intervalle ? L'Allemagne ne possède-t-elle pas dans les *Niebelungen* une épopée formée de plusieurs rhapsodies anciennes ? Croit-on que cette *Dschangariade*, ce poëme calmouck de trois cent soixante chants, que nous a fait connaître M. Bergmann (1), soit l'ouvrage d'un seul poëte ? Et ces épopées gigantesques de l'Inde, ce Ramayana, ce Mahâbhâarata, dont le premier a plus de quarante mille vers, et le second deux cent mille, les attribuerons-nous, comme les Brahmanes, au seul Valmiki et au seul Vyasa (2) ? On objecte cette foule de caractères si bien tracés, si bien soutenus, qui se pressent dans l'Iliade et dans l'Odyssée. D'abord, ce grand nombre de héros prouverait moins l'unité que la pluralité des poëtes. Ensuite, ces figures ne sont pas toutes, à beaucoup près, des créations. La voix du peuple fait les héros ; les poëtes les peignent et ne les inventent pas. C'est ainsi que les chevaliers de la Table-Ronde, Roger, Roland, Renaud, Ferragus, Charlemagne, et tous les preux qui forment ce cycle d'exploits chantés par nos romanciers, ont conservé dans le Boyardo et l'Arioste le type que leur avait imprimé la tradition.

L'uniformité de ton n'est pas un argument plus

(1) Dans ses *Excursions nomades chez les Calmoucks*, 1802.
(2) Le nom de *Vyasa* signifie en sanscrit *compilateur*.

solide. On trouve la même uniformité dans toutes
les poésies primitives, dans Ossian, dans les Sagas,
dans les épopées indiennes, dans la Bible. Et quant
à l'unité si vantée de composition, n'a-t-elle pas
été un peu exagérée? Plusieurs critiques anciens et
modernes ont signalé de nombreuses et graves disparates, sòit entre les deux poëmes attribués à Homère, soit même entre quelques-unes de leurs parties (1). Ceci, comme on voit, nous conduit à la
dernière classe des arguments de Wolf, aux arguments esthétiques et critiques, qui ont pour but
de réfuter l'objection tirée de l'unité de conception.

Ces arguments ne se proposent point d'affaiblir
le sentiment d'admiration qu'excite ce magnifique
ensemble. Ils ont pour objet de montrer seulement
que, malgré les soins de tant de mains habiles, il
est resté dans cette fusion des anciennes épopées
grecques quelques bouillons, et, comme on dirait
dans le langage de la toreutique, quelques *barbures*
que la lime a négligé d'enlever. Ces disparates, ces
διαφωνίαι, comme les appelle l'historien Josèphe,
sont surtout nombreuses et frappantes entre l'Iliade
et l'Odyssée. Cette partie de la question a été traitée
séparément par plusieurs critiques et portée par
W. Müller, Payne Knight et, en dernier lieu, par

(1) Voyez Franceson, *Essai sur la question si Homère a connu
l'usage de l'écriture, et si les deux poëmes de l'Iliade et de l'Odyssée
sont en entier de lui:* Berlin, 1848, in-8°.

M. Benjamin Constant, au plus haut degré de vraisemblance.

Dans l'Odyssée la notion des peines et des récompenses futures est bien mieux établie que dans
l'Iliade (1). Les dieux, dans l'Odyssée, ne com-
battent pas habituellement contre les hommes, et
se montrent plus souvent les protecteurs de la
vertu. Dans l'Iliade ils doivent, pour n'être point
vus, s'envelopper d'un nuage; ils sont invisibles
dans l'Odyssée, et leur apparition est un prodige.
La métamorphose des dieux et des hommes en animaux n'a lieu que dans l'Odyssée. On ne voit point
dans ce dernier poëme l'usage, assez fréquent dans
l'Iliade, de désigner les demi-dieux sous deux noms,
l'un qui leur sert sur la terre, l'autre dans l'O-
lympe (2). La condition des femmes est améliorée
dans l'Odyssée, et les railleries sur l'infidélité con-

(1) Dans le onzième chant de l'Odyssée, l'ombre d'Hercule réside
aux enfers, tandis que le héros lui-même se réjouit à la table des
dieux. Dans l'Iliade, au contraire, les âmes des héros sont en-
voyées dans les enfers, pendant qu'eux-mêmes sont la proie des
chiens et des oiseaux (Guigniaut, *Des religions de l'antiquité*, t. 2,
première partie, p. 354).

(2) Cette remarque de M. le comte de Maistre (*Soirées de Saint-
Pétersbourg*, t. I, p. 187, édit. de 1821), quoique trop générale,
nous paraît fondée. On trouve bien dans l'Odyssée deux exemples
de la langue des dieux (X, 305, et XII, 61); mais ce sont des
noms de choses; et, de plus, on ne voit pas dans ces deux passages,
comme dans l'Iliade (I, 402; II, 320; XIV, 291; XX, 74), la traduction du nom divin en langue humaine.

jugale attestent elles-mêmes une civilisation relativement plus moderne. En général, les mœurs dans cette seconde épopée sont plus douces; les formes de gouvernement plus perfectionnées : il y est plusieurs fois question de lieux d'assemblée et de récréation publiques (XVIII, 328); on y trouve des serviteurs qui ne sont point esclaves. La culture des arts y est plus avancée. On y voit des câbles faits avec le biblos (XX, 390); l'usage des colonnes inconnu à l'auteur de l'Iliade est plusieurs fois mentionné par celui de l'Odyssée (1, 127; xvii, 29; XIX, 38). Les lyres qui n'ont que des cordes de lin dans l'Iliade (XVIII, 570), sont dans l'Odyssée, pourvues de cordes à boyaux (1). Dans ce dernier poëme (XXI, 406) on commence à apercevoir l'usage de la chasse à l'oiseau et de la pêche au filet (XXII, 302, 386). Les notions relatives aux divinités secondaires sont très-discordantes. Vulcain, dans l'Iliade, a pour femme Choris, dans l'Odyssée, Vénus. Au seizième chant de l'Iliade (v. 187) et au dix-neuvième de l'Odyssée (v. 188), le poëte ne reconnaît qu'une Ilithye, fille de Junon; il en reconnaît plusieurs au onzième chant de l'Iliade (v. 290). Zéphyre est toujours dans ce dernier ouvrage un vent impétueux; dans l'Odyssée il est tantôt considéré comme le vent des tempêtes, tan-

(1) Cette observation de M. Payne Knight a été combattue par M. Thiersch.

tôt comme doux, fécondant et favorable à la navigation. Payne Knight, très-opposé d'ailleurs à l'hypothèse de Wolf, a fait remarquer que, dans l'Odyssée seulement Neptune a le trident pour attribut (1). L'auteur de l'Iliade mentionne les funérailles d'Œdipe sans faire allusion aux malheurs de ce prince (XXIII, 679); celui de l'Odyssée raconte la sanglante histoire d'Œdipe parricide et incestueux (XI, 271). On ne trouve, je crois, que dans l'Odyssée les pluriels *nous* et *vous* employés pour désigner une seule personne (*Odyss.*, II, 60; X, 448; XXVI, 300, 441). Les philologues ont même signalé entre les deux poëmes de notables dissemblances de syntaxe et de métrique. Enfin, les procédés de composition diffèrent à tel point que l'on ne compte guère que vingt comparaisons dans l'Odyssée, tandis qu'il y a tel chant de l'Iliade qui en contient à lui seul plus du double.

Les contradictions et les discrépances ne sont pas moins nombreuses dans l'intérieur de chacun des deux poëmes.

Dans l'Iliade Vulcain raconte sa chute du ciel

---

(1) Boileau, traduisant le fameux passage du vingtième chant de l'Iliade, a dit :

« Il a peur que ce Dieu (Neptune), dans cet affreux séjour,
« D'un coup de son trident ne fasse entrer le jour. »

C'est un petit anachronisme mythologique. Le Neptune de l'Iliade n'a point de trident. Pauvre Perrault! que ne peux-tu rire à ton tour de ce lapsus de ton rigoureux antagoniste!

de deux manières : au premier chant, c'est Jupiter, au dix-huitième, c'est Junon qui l'a précipité.
Schedius dans les chants deux (v. 517) et dix-sept
(v. 306) est fils d'Iphitus ; au quinzième, il est fils
de Périmède (v. 515); et, ce qui est plus grave,
c'est que ce Schedius est tué deux fois par Hector,
une première fois au quinzième chant et une seconde au dix-septième. Pylémène, mort au cinquième chant (v. 576), ressuscite aussi au treizième (v. 657). Au cinquième chant Sarpédon est
blessé gravement (v. 660), et, deux ou trois jours
après, il combat dans les rangs troyens (XII, 292).
Teucer a l'épaule droite fracassée (VIII, 329), et le
lendemain, dans le chant treizième (v. 170), on
le voit combattre et lancer des flèches. Hébé, au
quatrième chant, sert d'échanson aux dieux ; et
nous lisons, au vingtième, le récit de l'enlèvement
de Ganymède, fiction que Payne Knight croit,
avec beaucoup de vraisemblance, postérieure aux
temps homériques. Diomède dit à Glaucus, dans
le chant six, qu'il ne se mesure pas avec les dieux,
et, dans le chant qui précède, il a blessé Mars et
Vénus. Dans la grande rhapsodie qui commence
au onzième chant et qui finit au dix-huitième,
nous voyons figurer Polydamas, dont les exploits
ne le cèdent qu'à ceux d'Hector. Comment ne pas
nous étonner que le poëte n'ait pas nommé ce guerrier dans le *catalogue*? Asius, au contraire, occupe
une place distinguée dans la liste des héros troyens

(II, 837), et cependant, il ne paraît dans aucun des combats qui précèdent le onzième chant. Ennomus est annoncé dans le *catalogue* (II, 858) comme devant périr de la main d'Achille dans le combat près des vaisseaux, et, en cet endroit du poëme, il n'est fait mention ni d'Ennomus ni de sa mort. Enfin, on a remarqué que les allégorisations des forces de la nature qui remplissent les derniers chants de l'Iliade, appartiennent à un autre ordre de croyances et de mythes que les traditions admises dans le reste du poëme.

L'Odyssée ne présente pas moins d'incohérences et de superfétations; le travail des arrangeurs en a laissé subsister un si grand nombre qu'un habile critique de Copenhague, M. Koës, leur a consacré un volume entier.

Tels sont les arguments de Wolf et de ses principaux adhérents. Depuis la publication des Prolégomènes, Heyne, W. Müller, Franceson et Guillaume de Schlegel ont été encore plus loin. Ils ont essayé de déterminer la date et l'étendue des diverses rhapsodies, et de retrouver leur unité primitive. C'est le travail que, dans l'antiquité, ont essayé, sans fruit, les chorizontes. D'autres, comme M. Payne Knight, fermement persuadés de l'existence d'un seul Homère et de l'antique unité de ses deux poëmes, reconnaissent, pourtant, entre les divers épisodes, d'évidentes et nombreuses contradictions, et s'efforcent à l'exemple des diorthoutes, d'écarter les superfétations (1) et de remonter au texte primitif du vieux poëte. Dans cette vue, M. Payne Knight rejette la division par chants, restitue ou plutôt institue dans le texte l'ancien *digamma*, comme plus conforme à la prétendue orthographe homérique, frappe enfin de l'obèle alexandrin et rejette comme interpolés une foule de passages plus ou moins suspects (2). Cet imprudent admirateur d'Homère a ainsi, de sa propre autorité, supprimé, dans la seule Iliade, plus de deux mille vers, que cette proscription n'a heureusement pas eu le pouvoir d'anéantir; car, malgré les entreprises de l'esprit de système, nous pouvons, grâce à l'imprimerie, dire aujourd'hui avec plus de vérité que du temps de Macrobe : « Trois choses sont également impossibles, arracher la foudre à Jupiter, à Hercule sa massue et un vers à Homère. »

(1) Chr. Herm. Weisse dans son ouvrage intitulé *Ueber das studium des Homer, etc.* Leipsick, 1826, in-8°, soutient qu'il faut supprimer tout le cinquième chant de l'Iliade

(2) L'illustre Hermann est entré aussi dans cette carrière de l'épuration du texte Homérique. Voy. sa dissertation *De interpolationibus Homeri*, publiée en 1832 et réimprimée dans le tome cinquieme de ses *Opuscula academica.* — Plus récemment un jeune philologue, M. K. Lehrs, a entrepris de remonter au texte fondamental d'Aristarque. Voy. *de Aristarchi studiis Homericis*, Koenigsb., 1833. in-8. (*Note de 1842.*)

III.

DE L'ÉPOPÉE AU MOYEN AGE,

D'APRÈS LES OPINIONS ÉMISES
PAR M. FAURIEL ET PAR M. AMPÈRE, A LA FACULTÉ DES LETTRES.

(*National*, 15 septembre 1852.)

Dans la *Revue des Deux Mondes* des 15 mai et
1er août derniers, M. Ampère, suppléant du cours
de littérature étrangère à la Faculté des lettres, a
inséré, en les adaptant à ce nouveau cadre, plusieurs lectures qu'il a faites à la Sorbonne sur
l'ancienne poésie scandinave; et dans le dernier
numéro (celui du 1er septembre), M. Fauriel, titu-
laire de la même chaire, a publié les trois premières leçons de son cours de cette année, sur l'o-
rigine des épopées chevaleresques au moyen âge.
Nous allons indiquer le sujet et les principaux résultats de ces deux importantes communications, et
nous en tirerons, relativement à la grande question
de l'épopée primitive et, en particulier, relativement à la formation des poëmes homériques, une
conclusion d'autant plus probante, que les deux
auteurs ne se la sont pas proposée spécialement
pour objet.

Les monuments de l'ancienne littérature scandinave sont conservés dans une langue qui ne se parle

plus, si ce n'est sur la terre volcanisée, brumeuse
et glaciale de l'Islande. Cette île désolée, vaste désert de neiges et de laves, où se voit à peine un
arbre et où longtemps n'habitèrent que les ours
apportés sur des glaçons polaires , se peupla , au
ixᵉ siècle , d'émigrants Scandinaves qui protes-
taient par leur retraite contre l'établissement des
nouveaux royaumes de Suède, de Danemarck et
de Norwége , et contre l'invasion des dogmes du
Dieu blanc, comme ils appelaient le dieu des chrétiens (1). Ces représentants du paganisme septen-
trional se réfugièrent dans les brouillards de l'Islande, emportant avec eux leur vieille religion ,
et les traditions de liberté patriarcale qu'aujour-
d'hui encore tant de peuplades sauvages de l'Afrique et de l'Amérique s'obstinent à préférer dans
les solitudes de l'Orénoque et au-delà de l'Atlas , à
notre civilisation perfectionnée. Ces fugitifs , logés
dans des huttes , formèrent une espèce de république qui dura quatre siècles. Ils se gouvernaient eux-
mêmes sous l'autorité d'un chef annuel, nommé
l'*Homme de la loi;* ils avaient, de plus, des assemblées locales et une assemblée générale qui se
réunissait une fois l'an sur le plateau volcanique de
Thing-Valla, appelé aussi la *Montagne de la loi.*

(1) Probablement à cause de la blancheur de l'hostie. Nous trouvons cette singulière expression dans une aventure très-curieuse
rapportée par Snorri Sturlason.

4.

IV.

LE THÉATRE ANGLAIS A PARIS.

LETTRE A M. L'ÉDITEUR DU GLOBE,
AU SUJET DES DEUX PREMIÈRES REPRÉSENTATIONS D'HAMLET.

(*Globe* , 19 septembre 1827.)

MONSIEUR,

L'ouverture à Paris d'un théâtre anglais, où l'on pourra voir jouer les meilleures pièces de Shakspeare, est un événement littéraire si important, une occasion de comparaisons si désirée et si capable d'amener la solution des problèmes poétiques qui nous divisent, que je n'ai pu m'empêcher, moi profane et sans mission, de jeter sur le papier quelques remarques que m'ont suggérées les deux premières représentations d'*Hamlet*. Dans ces deux soirées, en effet, tout était sujet d'observation et d'étude, la pièce, les comédiens, le foyer, la salle : c'était comme une grande épreuve tentée sur le goût et le bon sens publics. Avant de tirer de l'incontestable succès que cette épreuve a obtenu, une conclusion qui serait, sans doute, fort légitime, il me semble à propos de recueillir

sables preuves de parenté entre les deux littératures
et les deux peuples de l'Islande et de la Germanie.
Dans le poëme allemand des *Niebelungen*, recueil
de chants nationaux, rédigé vers le commencement
du XIIIe siècle, M. Ampère signale la trace des légendes et des traditions scandinaves. Il a pris surtout pour point de comparaison un des plus beaux
épisodes de l'*Edda*, l'histoire de Sigurd, le héros
ou, comme il l'appelle, l'Achille du Nord. Il
prouve que dans les chants décousus de l'*Edda* et
dans le poëme mieux ordonné des *Niebelungen*, ce
sont les mêmes récits à trois siècles d'intervalle, là
purement barbares et idolâtres, ici déjà à demi
revêtus d'une teinte chevaleresque et chrétienne ·

« On pressent, dit le jeune critique, de quelle utilité doit être
cette étude pour celle des autres poésies primitives. Ainsi, quant
aux poésies homériques, on n'a que le résultat définitif; on n'a point
les divers degrés de l'élaboration plus ou moins longue, plus ou
moins compliquée, de laquelle elles sont sorties. La critique est
obligée de distinguer après coup les divers éléments qui se sont ag-
glomérés pour former ces admirables masses épiques, que la portion
la plus cultivée du genre humain admire depuis trois mille ans. Ici
les monuments de ces transformations subsistent; on a dans l'*Edda*
les rhapsodies isolées, et les rhapsodies réunies en corps de poëme
dans les *Niebelungen*. »

Le sujet traité par M. Fauriel n'offrait ni moins
de difficultés, ni moins d'importance. C'est encore
de poésie primitive, de grandes épopées anonymes
et nationales, qu'il s'agit. M. Fauriel a porté le
flambeau de sa critique, aussi pénétrante que sûre

et circonspecte, dans l'histoire fort complexe et fort obscure jusqu'à ce jour, de l'origine de nos romans chevaleresques du moyen âge. Les trois premières leçons de l'habile professeur, publiées comme elles ont été prononcées à la Faculté des lettres, n'arrivent pas jusqu'à la complète solution du problème; mais elles la préparent de la manière la plus satisfaisante et font vivement désirer la suite de ce beau travail (1). Les deux objets principaux que s'est proposés l'auteur sont : 1° De donner une idée générale des romans de Charlemagne et de ceux de la Table-Ronde; de leurs matériaux, de leur forme, de leur caractère et de leur esprit; 2° de rechercher si ces notions générales ne renferment pas des données suffisantes pour fixer l'âge et le lieu de leur composition, et, ce qui ne serait pas moins important, le plus ou le moins d'antiquité des traditions qu'ils renferment.

Les romans ou les poëmes de Charlemagne et de la Table-Ronde forment, comme on sait, dans la littérature épique du moyen âge, un fond général de traditions commun à l'Europe entière. L'origine de ces romans est-elle française, armoricaine ou galloise? M. Fauriel la croit provençale; et c'est à la découverte et à la preuve de cette épopée provençale qu'il a consacré son cours de cette année. Quoi

(1) Cette suite a paru dans les livraisons suivantes de la *Revue des Deux Mondes* (Note de 1842)

qu'il en soit de cette origine, ceux de ces romans
qui ont été rimés par les trouvères dans notre lan-
gue des xiie et xiii^o siècles sont en très-grand nombre, et, à notre honte, ils sont restés jusqu'à ce
jour enfouis dans nos poudreuses bibliothèques.
Ce sont ces grandes épopées nationales de vingt, de
trente et de cinquante mille vers, toutes à-peu-près
inédites, sur lesquelles M. Edgar Quinet s'est ef-
forcé récemment de ramener par ses poétiques et
enthousiastes conjectures, l'attention du public et
surtout celle du gouvernement (1). Au reste, l'examen plein de bonne foi, de critique et de scrupuleuse érudition que M. Fauriel vient de faire de ces
monuments, dont la collation et la lecture ont occupé une partie de ses veilles, rectifie sur quelques
points et confirme sur plusieurs autres, les opinions émises par M. Goerres et jetées, sans assez de
ménagement peut-être, par M. Quinet dans notre
monde littéraire, si méticuleux et si rétif aux idées
qui ont un peu de hardiesse et de nouveauté.
M. Fauriel pense que ces poëmes furent composés
entre 1100 et 1300, c'est-à-dire dans l'époque la
plus brillante de la chevalerie, et qu'ils peignent
beaucoup moins les mœurs de l'époque où l'action
est censée se passer que celles de leur propre temps.

(1) Voy. *Rapport au Ministre des travaux publics sur la publication des anciennes épopées françaises restées jusqu'à ce jour inédites dans les Bibliothèques du Roi et de l'Arsenal*, brochure in-8.

Cependant, M. Fauriel reconnaît ailleurs que, sur plusieurs points, les romans du cycle de Charlemagne sont en opposition avec la délicatesse de mœurs et d'idées qui dominait à l'époque de la chevalerie, surtout en ce qui se rapporte à l'amour. Les femmes, par exemple, se montrent d'une facilité ou plutôt d'un empressement peu conforme aux lois de la galanterie chevaleresque. On voit dans les romans carlovingiens qui, sur ce point, diffèrent de ceux de la Table-Ronde, les dames, filles d'émir, de roi, d'empereur, chrétiennes ou sarrasines, s'éprendre au premier coup-d'œil du premier chevalier venu, avouer leurs désirs, et ne reculer devant aucune avance pour arriver à l'accomplissement de leurs vœux. L'auteur a tiré du roman d'Aiol un charmant et naïf exemple de cette manière expéditive de faire l'amour. Ce qui a rapport aux ambassades et aux défis offre également une rudesse fort éloignée des mœurs des xii° et xiii° siècles. Toujours le messager prend le ton le plus arrogant ; et celui qui le reçoit prouve d'autant mieux son courage qu'il le traite avec plus de férocité ; s'il le fait pendre, c'est un héros. Il y a dans les récits de plusieurs de ces missions des incidents qui rappellent les scènes analogues rapportées par Grégoire de Tours : « Enfin, dit l'habile et consciencieux critique, on remarque dans ces romans une foule de traits qui se rapportent à une barbarie antérieure plus franche, plus décidée, et qu'on ne peut guère se défendre de regarder comme des réminiscences du *caractère franc*, *à une époque assez rapprochée des agitations et des mouvements de la conquête.* »

Quant à la forme de ces poëmes, M. Fauriel prouve, de la manière la plus incontestable, qu'ils ont été écrits originairement en vers, et que leur première rédaction est la rédaction métrique. Il s'inscrit contre l'opinion qui veut que ces romans aient été composés d'abord en prose et ensuite traduits en vers, contrairement à une loi constante de l'esprit humain. Il ne reconnaît qu'une exception à la règle, c'est le petit roman d'*Aucassin et Nicette*, qui fut, à son avis, rédigé d'abord en prose.

Et non-seulement M. Fauriel pense que les poëmes carlovingiens étaient composés en style mesuré et par longues tirades monorimes ; mais il croit que la formule initiale qui se trouve dans tous ces ouvrages : « Seigneurs, voulez-vous entendre une belle chanson d'histoire, la plus belle que vous ayez jamais entendue? Approchez-vous de moi, cessez de faire du bruit, et je vais vous la *chanter*, » n'a pas toujours été une simple formule sans conséquence. Il pense que dans l'origine, ces compositions étaient véritablement chantées et accompagnées par un instrument. Mais alors se présente l'objection si souvent opposée aux rhapsodes ou chanteurs des poésies homériques. Y a-t-il moyen de chanter ou seulement de retenir par cœur des ouvrages de vingt, de trente, de cinquante mille vers? Et, si l'on ne devait chanter de ces poëmes que les parties les plus saillantes et les plus populaires, pourquoi le poëte se serait-il donné la peine d'inventer tant d'épisodes et de coordonner des narrations si longues et si complexes?

M. Fauriel résout très-habilement ce problème, dont l'importance est décisive pour l'histoire de l'épopée chez tous les peuples. Ce que l'on chantait, ce n'étaient point ces histoires recueillies et réunies en corps de poëmes par la main des compilateurs et des copistes aux xiiie et xive siècles; c'étaient ces histoires avant qu'elles n'eussent été amalgamées et fondues ensemble. Du moment où l'on travaille à réunir les chants populaires et à en former de grands corps d'ouvrages, on peut affirmer que l'âge du chant est passé et que celui de la lecture commence.

Sans doute, il fut composé pendant les xiie et xiiie siècles quelques romans entiers et d'un seul jet, mais ce fut le petit nombre; la plupart des épopées gigantesques dont nous avons les manuscrits sont de pures compilations ; ce sont des récits divers juxtà-posés, et quelquefois plusieurs versions des mêmes récits su perposées; car M. Fauriel a fait à ce sujet une observation qui, en attestant l'exactitude de ses recherches, prouve, en même temps, le peu d'attention avec lequel tous ces recueils ont été lus jusqu'ici. Il a remarqué que la même aventure est plusieurs fois répétée. Le nombre de ces répétitions ou variantes, qui ont passé dans le texte et qui en interrompent la suite, est indéterminé. Il y a tel épisode dont on compte jusqu'à cinq ou six rédactions; mais, pour l'ordinaire, il n'y a guère que deux variations pour un même thème. C'est presque toujours sur les endroits les plus intéressants et les légendes les plus célèbres que tombent ces redites. M. Fauriel cite trois rédactions successives des adieux que Roland adresse à sa bonne épée Durandal, cette bonne épée que le paladin, blessé à mort dans la vallée de Roncevaux, veut briser contre une pierre, de peur qu'un *mauvais homme ne la ceigne; mais Durandal pourfend la pierre jusqu'à l'herbe menue, et s'il ne l'eût bien tenue, elle aurait disparu à jamais en terre.*

M. Fauriel cite un grand nombre d'autres exemples, qui ne sont pas moins remarquables; entre autres, un épisode de dix-huit cents vers du roman de *Guillaume-au-court-nez,* composé de soixante couplets ou tirades monorimes, qui forment deux séries tout-à-fait distinctes, dont l'une n'est que la doublure de l'autre.

On voit que nos épopées françaises sont des Iliades qui n'ont eu que d'inhabiles collecteurs, de grossiers Pisistrates, pour ainsi dire; des Iliades qui n'ont rencontré ni ingénieux *diaskevastes* ni savants *diorthontes,* et qui n'ont pas reçu les judi-

cieux, quoique insuffisants coups de lime, donnés
aux poésies homériques par les grammairiens d'A-
lexandrie.

Au reste, ces doubles emplois et ces intercala-
tions bizarres dans le texte des ouvrages primitifs
sont bien loin d'être un fait isolé et sans analogues.
Nous rappellerons, à ce sujet, un curieux travail
essayé en France au dernier siècle et que la légèreté
du nôtre a laissé tomber dans l'oubli, mais qui a
porté des fruits en Allemagne. Le célèbre médecin
Astruc dans un livre publié en 1753 et intitulé :
*Conjectures sur les Mémoires originaux dont il pa-
raît que Moïse s'est servi pour composer le livre de
la Genèse*, a établi, par des arguments à la fois
philologiques et rationnels, que la rédaction de la
Genèse, telle que nous l'avons, est un composé de
diverses légendes juxtà-posées. Il compte jusqu'à
quatre mémoires distincts, amalgamés et cousus
bout à bout par l'éditeur ou par les copistes. C'est
à-peu-près comme si des quatre Évangiles on n'en
eût fait qu'un seul. Ouvrez, en effet, les premiers
chapitres de la *Genèse;* vous y verrez un double
récit de la création : le second ne diffère du premier que par quelques nouvelles circonstances.
Vous trouverez également deux descriptions du
déluge; d'évidentes répétitions surchargent l'histoire de Jacob et celle de Joseph. Nous n'avons pas
la prétention de prononcer sur de si graves matiè-
res; mais nous avons saisi avec empressement l'oc-

les voix, les avis, les remarques, et de comparer
le résultat de toutes les impressions? C'est dans
cette vue, monsieur, que je vais vous rendre compte
des miennes. Peut-être trouverez-vous mes observations bien futiles, et trop semblables à celles de
ce Chinois qui, revenant d'Angleterre à Pékin,
composa un poëme sur la ville de Londres. Il n'a-
vait été frappé dans cette ville que des choses qu'il
ne voyait pas dans la sienne, de la hauteur des
maisons, *d'où l'on pouvait cueillir les étoiles*, de
la familiarité des hommes et des femmes, qui se
promenaient ensemble dans les rues et dans les
champs ; et quant aux théâtres, il s'était borné à
observer que les rôles de femmes sont remplis par
des actrices, que les spectateurs de tout rang sont
confondus dans les loges, que les décorations représentent des maisons et des arbres, et *qu'on les
change fort souvent*. Vous avez pu voir dans les
feuilletons de ces jours derniers que, sur ce point,
bien des critiques français se sont rencontrés, sans
le savoir, avec le profond observateur du Céleste
Empire.

Pour moi, monsieur, ce qui m'a le plus frappé
dans la représentation d'*Hamlet*, c'est la contenance du public. Il faut que nous ayons fait de bien
grands progrès en raison sociale et littéraire, en
sincère et sérieux désir d'instruction, ou que l'intérêt de ce bizarre et mélancolique ouvrage ait
un charme bien puissant, pour que la vue d'un

spectacle si nouveau n'ait pas provoqué une seule
marque de dérision parmi les deux ou trois mille
assistants. Notre vieille manie française de tout
mesurer à notre aune, notre triste facilité à ridi-
culiser ce qui n'est pas nous et ce qui n'est pas
de tous les jours, avaient fait place cette fois à la
volonté ferme et judicieuse d'entendre un grand
poëte étranger et de recueillir en silence les impressions qu'il produirait. Dans la scène où Hamlet,
simulant la folie, s'assied à terre pour écouter la
comédie qu'il a concertée et qui doit arracher de
Claudius l'involontaire aveu de son crime, cette
posture si peu conforme à la *tenue tragique*,
comme on dit, n'a causé qu'une surprise légère,
presque aussitôt comprimée. On semblait pressen-
tir que quelque grand effet dramatique sortirait
de cette violation du *decorum*, qui ne pouvait être
gratuite. On ne s'était pas trompé. D'abord, le
jeune prince badine aux pieds d'Ophélia, qu'il af-
flige par quelques dures réparties, joue noncha-
lamment avec son éventail ; puis, à mesure que la
comédie avance, il glisse vers sa mère, rampe vers
elle, comme le serpent ennemi de la femme, la
questionne pour l'éprouver, épie les moindres
mouvements du roi avec une anxiété convulsive qui
passe de son cœur dans toute la salle, et, aux premières marques d'émotion que donne Claudius, il
se dresse sur ses genoux, prend avec force la parole, explique avec une effrayante volubilité ce

que les acteurs lui semblent trop lents à dire ; et, au moment où Claudius épouvanté demande les flambeaux et sort, lui se lève, ou plutôt bondit sur le théâtre, avec tout le transport de la ruse satisfaite et de la joie d'une première vengeance obtenue. Des cris d'admiration partis de tous les points de la salle ont prouvé, mieux que des dissertations, qu'il est pour atteindre au sublime des chemins que nous ignorions.

Au quatrième acte, la vue d'Ophélia devenue folle comme par une funeste sympathie, accourant devant la reine, en habit de deuil et la tête bizarrement parée avec des fleurs et de longs brins de paille, surtout la première mesure de son chant si singulier, avaient provoqué un léger frémissement de surprise. Mais, en moins d'une seconde, la touchante pantomime de l'élégante miss Smithson, ses traits si décomposés et toujours si jeunes et si agréables, ce chant si plaintif, ces sanglots si vrais, ces paroles sans suite, ce long voile de crêpe qu'elle jette à terre et que l'instant d'après elle prend pour le drap qui couvre le cercueil de son père, ces fleurs qu'elle y répand comme sur un tombeau, cette prière étouffée qu'elle murmure, ces ris effrayants mêlés de larmes, toute cette scène à la fois poétique et réelle, déchirante et gracieuse, naïve et sublime, a ému jusqu'au fond de l'âme tous les spectateurs, ceux mêmes qui n'entendaient pas parfaitement les paroles.

Et en effet, chose remarquable! le génie de Shakspeare est tellement pittoresque, cet homme dispose si naturellement la scène, dessine si exactement, si largement chaque situation, que les yeux peuvent suivre et comprendre ses drames presque sans le secours des mots. La variété des tableaux qu'il fait passer sous nos yeux dans *Hamlet* est si grande, malgré les mutilations que la pièce a subies, notamment dans la scène des fossoyeurs, que l'ennui ni la fatigue ne peuvent s'appesantir sur le spectateur; et cet ouvrage, dont la représentation dure plus de trois heures, et qui exige de la plupart des auditeurs l'attention la plus soutenue, nous a paru infiniment plus court que telle de nos tragédies qui dure une heure de moins.

Si la calme et studieuse attitude de la salle nous avait vivement frappé, la vue du foyer, après la pièce, n'était pas un sujet moins digne d'attention. C'est là que les chefs des deux partis avaient établi leur champ de bataille. Charles Kemble et miss Smithson avaient enlevé tous les suffrages. Mais le moyen de passer condamnation sur les applaudissements qui s'adressaient à Shakspeare? Un groupe très-animé protestait contre les transports de toute la salle. L'un des orateurs préludait d'une voix sonore à son factum du lendemain. Dans sa disette vraiment amusante d'émotions personnelles, il ressassait les vieux sarcasmes de Voltaire contre ce

bateleur, ce barbare, ce maître Gilles, ce misérable
auteur de *Jules César* et d'*Othello*. Puis, le grand
critique (ce n'est pas de Voltaire que nous parlons),
partant de la supposition fausse, accréditée par la
tragédie de Ducis, qu'Hamlet, cet écolier métaphysicien de Wittemberg, véritable type de l'étudiant des universités d'Allemagne, est évidemment
un Oreste, critiquait vigoureusement les deux derniers actes de la pièce anglaise, qui donnent un
démenti à cette assertion, et qui complètent si
bien la peinture d'un jeune métaphysicien allemand, chez lequel l'intelligence et le sentiment
sont extrêmement développés et la puissance d'action presque nulle ; ce qui est encore aujourd'hui
le caractère de la jeunesse allemande et de celle des
autres nations qui se piquent de l'imiter. Enfin, le
champion classique ne défendait sa thèse que par
des arguments ruinés depuis vingt ans. Il faisait ,
cependant, au génie de Shakspeare et à la dureté
des temps quelques concessions bénévoles : il louait,
par exemple, comme d'un grand effet moral (notez
le mot), l'apparition de l'ombre. Dans quelques
groupes shakspeariens, au contraire, on remarquait comme ayant été froides et monotones les
fréquentes entrées et surtout la longue narration
du spectre. Le jeu de Kemble à la vue du fantôme
est, sans doute, admirable, d'abord au premier
acte, quand il reçoit ses tragiques confidences,
puis au quatrième, quand le spectre vient se pla-

cer entre sa mère et lui. Nous aurions compris,
cependant, que l'on eût contesté, dans ces deux
scènes, la supériorité de Shakspeare et de Kemble.
Les paroles que Talma adressait à l'ombre invisible,
ses yeux, son geste, son accent, la rendaient vraiment présente, et la pantomime si expressive de
Kemble, qui suit avec une terreur si pieuse le fantôme paternel et tombe sans connaissance à ses
pieds, ne produit peut-être pas plus d'effet que
Talma, aidé du seul prestige de sa voix et de son
geste. C'est donc le seul point peut-être où l'infé-
riorité de notre système ne soit pas absolument évidente que l'Aristarque bien avisé prenait pour sujet
de ses éloges. *Risum teneatis.*

D'un autre côté, un groupe enthousiaste, avec
grande raison, du talent, de la beauté et de la jeunesse de miss Smithson, décriait sans aucune justice le jeu de mademoiselle Mars dans *Emilia*. Il est
vrai que les émotions produites dans cette pièce
par notre grande actrice sont loin d'être aussi
déchirantes, aussi gracieuses, aussi poétiques que
celles que cause la jeune et élégante Ophélia. Mais
que conclure de là? que mademoiselle Mars manque de poésie et de grandiose? Il serait plus équitable de rappeler que, malgré son mérite, M. Soumet n'est pas Shakspeare, et que tout parallèle est
impossible entre deux actrices, à-moins de les voir
dans les mêmes rôles, ou du moins dans des rôles
d'un mérite et d'un effet égal.

Nous avions souvent entendu dire que les acteurs anglais avaient un système de déclamation et de gestes parfaitement naturel. Cela ne nous a paru vrai que par moments. M. Kemble, par exemple, peint l'agonie et exhale le *dernier soupir* avec une réalité, sans contredit, plus parfaite que ne faisait Talma. Mais leur déclamation et même leur panto-mime sont loin d'être d'une vérité absolue. Les co-médiens anglais, et Charles Kemble en particulier, déclament et étudient leurs poses, avec non moins d'apprêt que nos acteurs. Le désir de conserver la beauté, sous les diverses altérations de l'expression passionnée, paraît être leur soin principal, comme cela était la continuelle étude de Talma, et doit l'être de tout artiste. Ils ne sont même pas exempts de manière; et les vignettes qui ornent les éditions récentes de leurs poëtes peuvent donner une idée assez juste de la façon dont ils composent leur dé-marche et leur maintien. La véritable supériorité que les comédiens anglais nous paraissent avoir sur nos acteurs vient du genre d'ouvrages qu'ils ont à représenter, ouvrages d'où l'esprit n'est pas banni, comme dans les nôtres, au profit du pathétique et trop souvent du boursouflé. Un personnage tel que celui d'Hamlet, par exemple, n'est-il pas une bonne fortune pour un comédien? Amour, haine, regrets, amitié, mélancolie, terreur, ironie, bouf-fonnerie, grâce du corps, études académiques de tout genre, depuis la philosophie jusqu'à l'escri-

me, l'acteur peut tout montrer, et le contraste de
tant de choses si disparates centuple leur effet sur
le spectateur. Pour aborder de tels rôles, on sent
que le double talent d'acteur tragique et comique
est indispensable. On cesse de s'étonner de l'égale
supériorité que Garrick déployait dans l'un et l'autre genres, en songeant que, sans cette variété de
mérite, il est impossible de bien jouer Shakspeare.
Le tragédien anglais n'a pas, comme le nôtre, seulement une ou deux cordes graves à faire vibrer :
il faut qu'il parcoure avec puissance et liberté tout
le clavier de l'âme humaine.

Nous étions fort en peine de savoir quelles impressions produirait sur nous et sur l'assemblée le
mélange tant reproché à Shakspeare du tragique et
du comique. Mais, comme on l'a fort bien remarqué dans *le Globe*, ce mélange est tellement inhérent
au caractère du héros, les facéties amères et les
cruelles bouffonneries d'Hamlet sont si profondément empreintes du sérieux de son caractère, qu'on
peut presque soutenir qu'il n'y a point de comique
dans cette pièce, tant le grotesque même y devient
tragique et poignant. Polonius *pris pour un rat* et
tué derrière la tapisserie n'a fait rire personne, tant
il est vrai que les mots n'ont de sens que celui que
la situation leur prête. Sur ce point donc, l'expérience n'est peut-être pas absolument complète. Il
faudra voir dans d'autres pièces (dans la première
et la seconde partie de *Henri IV*, si nous pouvons)

quel effet résultera de l'alternative des scènes touchantes et des scènes bouffonnes. Toujours est-il prouvé par *Hamlet* que la plaisanterie peut concourir à enfoncer plus profondément dans l'âme les impressions tragiques.

Ainsi, monsieur, la critique s'enrichit chaque jour de nouvelles observations. Les recueillir pour les commenter ensuite, voilà son office. On lui a reproché souvent, et on lui reprochera, sans doute, encore plus d'une fois, l'impuissance de ses théories ; on voudrait qu'elle fît des miracles, qu'elle eût le pouvoir de susciter des chefs-d'œuvre. Plût à Dieu ! mais qu'on nous permette de remarquer que c'est là confondre toutes choses. La critique travaille sur le passé, et n'a point la prétention de créer des poëtes de génie. Comme toutes les sciences d'observation, elle recueille et étudie les faits : elle écrit l'histoire du talent, rien de plus. Quelques-uns décorent cette simple histoire du beau nom d'*art poétique*, de *code du goût ;* mais ces codes, comme tous les autres, que peuvent-ils établir que l'état de la science au moment où on les rédige? L'apparition d'un nouveau talent, quelques faits nouvellement ou mieux observés, suffisent pour déranger ces prétendus codes. Il suffit de l'irruption d'un grand écrivain pour bouleverser nos poétiques, comme de l'épée d'un conquérant pour déchirer nos géographies et allonger nos histoires. On conçoit que cette mobilité contrarie les gens qui n'aiment pas à apprendre sans cesse; mais qu'y faire? Les laisser gémir, et saluer de nos acclamations la poésie et la beauté, de quelque point de l'horizon qu'elles nous arrivent.

V.

ROMEO AND JULIET. — OTHELLO.

LES ABRÉVIATEURS DE SHAKSPEARE.

(*Globe*, 22 septembre 1827.)

Deux pièces de Shakspeare, *Roméo et Juliette* et *Othello,* ont été jouées cette semaine, avec un succès fort inégal. L'impression produite par *Roméo et Juliette* a presque égalé celle d'*Hamlet.* Pour la première fois, on voyait en France ce sujet si touchant, traduit sur la scène avec les circonstances passionnées, naïves, déchirantes qui ont passé des récits populaires dans les Nouvelles, et qui n'avaient garde d'échapper aux pinceaux de Shakspeare. La scène du balcon, celle des adieux, celle de la nourrice étaient des nouveautés pour nous. On a pu juger si c'est à tort que nous en avons si amèrement regretté l'absence dans les diverses imitations qu'on nous a données jusqu'ici de cette pièce.

Il ne manque à M. Kemble, pour être un Roméo accompli, que cette fleur de jeunesse dont l'imagination revêt l'amant de Juliette. A ce désavantage près, qui n'a été un peu sensible que dans la scène du bal, où une sombre robe de pélerin cachait sa taille élégante, il a joué tout le rôle, y compris les

scènes d'amour, avec un charme extrême. Mais c'est
dans les moments de force qu'il a excité un juste
enthousiasme. Nous citerons le duel avec Tybalt,
l'entretien avec le frère Laurence, surtout sa douleur quand il reçoit, dans une rue de Mantoue, la
fausse nouvelle de la mort de Juliette. Peut-être
n'avions-nous jamais vu au théâtre un désespoir
aussi vrai : c'est la nature même. Dans son court
et énergique colloque avec le famélique *apothe-
cary*, il a retrouvé cette ironie amère qu'il montre si
souvent et avec tant de bonheur dans *Hamlet*. Mais
où il a excité de véritables transports, c'est dans
cette admirable dernière scène, la plus tragique et
la plus touchante qui se puisse voir. L'instant où,
le poison déjà dans les veines, il entend sortir comme une parole des lèvres de Juliette, qu'il croyait
morte, a été sublime. Sa joie, l'entier oubli de lui-
même, la vigueur qu'il retrouve pour l'enlever du
cercueil, ses dernières et brûlantes caresses ; l'en-
gourdissement de la jeune fille, son trouble, sa
frayeur naïve, son cri de joie en reconnaissant
Roméo ; les douleurs du poison qui gagnent celui-ci
et commencent à déchirer ses entrailles et à glacer
ses embrassements ; sa pâleur, son tremblement, ce
tournoiement convulsif sur lui-même, sa chute,
ses gémissements, son délire ; cette force d'un
moment que lui rend l'idée des Capulet ; ces pas
si fermes qu'il fait en se relevant, comme pour
protéger son amante, et la mort qui l'arrête et le

renverse ; le désespoir de Juliette qui se frappe, tombe à quelques pas, et se traîne jusqu'à Roméo, pour appuyer en mourant sa tête sur celle de son amant; toute cette succession d'images si vraies et si tragiques a produit dans la salle une émotion inexprimable et dont l'empreinte est restée visible sur tous les visages longtemps après la chute du rideau.

Mademoiselle Smithson a été une excellente Juliette. Dans l'entretien du balcon, surtout dans le moment où elle boit le philtre et où son amour pour Roméo l'emporte sur toutes ses craintes de jeune fille, et encore plus au moment de son réveil, elle s'est élevée à la hauteur de sa tragique situation. Cependant, il faut le dire, quelques juges un peu sévères auraient désiré plus de naïveté et d'abandon dans plusieurs parties du rôle. Elle peint on ne peut mieux l'amour qui s'empare de tout elle-même sans combat, sans réflexion, sans résistance; mais ne donne-t-elle pas à cet entraînement une expression un peu forte et quelque chose de trop prononcé ? Ce premier amour d'une jeune fille, tel que l'a peint Shakspeare, a quelque chose de si poétique, qu'il faudrait, ce nous semble, que l'actrice l'entourât d'un peu plus d'indécision et de vague, afin de laisser à chacun le plaisir de le rêver à son gré.

Ce qui a empêché la représentation de *Roméo* d'être dans toutes ses parties aussi satisfaisante que celle d'*Hamlet*, c'est que ce drame amène sur le

premier plan un plus grand nombre d'acteurs secondaires. Mercutio a été représenté par Abbott,
qui a détaillé avec beaucoup d'art le portrait fantastique de la reine Mab. Mais la nourrice a été
détestable ; elle crie comme une chouette pendant
toute la pièce ; elle gâte par ses charges déplacées
une des plus jolies scènes, dans laquelle miss Smithson déploie une grâce ravissante. Le tableau de
désolation qui suit la mort supposée de Juliette a
été à-peu-près supprimé, sans doute par l'impossi-
bilité de le faire représenter par des acteurs aussi
froids que ceux qui sont chargés des rôles de Capulet, de sa femme et du comte Paris.

La mise en scène mériterait aussi quelques critiques. Mais on ne peut guère reprocher à la troupe
anglaise l'insuffisance de son mobilier, et l'indulgence à cet égard n'est que justice. Aussi n'avons-
nous remarqué qu'un léger sourire dans l'assemblée, quand la cellule de frère Laurence nous est
apparue avec toutes les dorures d'un salon de fi-
nancier ou de ministre.

Nous ferons encore observer que ce n'est pas
dans le jardin de Capulet, mais dans la chambre
à coucher de Juliette, ou plutôt sur son balcon,
d'où pend une échelle de corde, que les jeunes
époux doivent maudire l'alouette qui donne à Roméo le signal du départ. Ce n'est pas en tenant Roméo par la main, mais du haut du balcon, que
Juliette doit dire à son amant, qu'elle ne reverra

que glacé par la mort (1) : « O ciel! mon âme ne
« pressent que des malheurs. Il me semble que je
« te vois, *à présent que tu es descendu,* comme
« un trépassé couché au fond d'un cercueil; ou ma
« vue se trouble, ou tu me parais pâle. » A quoi
Roméo répond : « En vérité, mon amour, tu pa-
« rais de même à mes yeux. C'est le chagrin qui
« boit notre sang. »

Le spectacle est une partie importante et consti-
tutive du drame de Shakspeare. Ce poëte ne fait pas
marcher son action par des récits ; il montre tout
aux yeux : de là le plaisir qu'il procure à ceux même
des assistants qui comprennent peu ou ne comprennent point sa langue. Mais il faut respecter
l'ordre et le dessin des tableaux. Si l'on en supprime
quelques-uns, plus d'effet, plus de variété, plus de
vraisemblance. Pourquoi avoir retranché l'entretien entre frère Laurence et frère Jean, qui était
allé à Mantoue instruire Roméo de la feinte mort
de Juliette, et qui n'a pu le joindre? Cet entretien
était nécessaire à l'action. Pourquoi avoir retranché la scène des musiciens venus pour la noce
et dont la grossière indifférence contraste si bien
avec le deuil où est plongée la maison des Capulet ?
Pourquoi ne nous avoir pas fait voir l'enterrement
de la jeune fille, que l'on descend vivante dans le

(1) Ceci n'est vrai que dans le dénouement de Shakspeare
changé, comme on sait, par Garrick.

- caveau de sa famille, au son d'un hymne funèbre
dont le fameux Handel a composé la musique, et
qu'il était si facile de nous faire entendre à l'Odéon?
Pourquoi, en adoptant le dénouement que Garrick
a substitué à celui de Shakspeare, avoir retranché
le duel avec Paris, et l'arrivée des deux pères qui
se réconcilient sur le corps de leurs enfants? (1)

Ces causes, en quelque sorte matérielles, qui ont
affaibli l'effet de *Roméo et Juliette* ont été presque
fatales à *Othello*. Il faut pour représenter cette
dernière pièce, une réunion encore plus nombreuse d'acteurs habiles. Il est surtout indispensable d'avoir un Iago. Nous n'avons pas reconnu
le moindre trait de ce satanique personnage dans
le brave M. Egerton, gros, gras, rubicond, sans
mouvement, sans physionomie, qui est venu réciter, sans y entendre malice, quelques lambeaux
du rôle. Le public a bien voulu regarder cet excellent homme comme placé là uniquement pour donner la réplique. Mais qu'est-ce qu'une représentation d'*Othello* sans Iago? Ce rôle est d'une si grande
importance que Garrick le jouait quelquefois, de

(1) James Howard porta le premier la main sur *Roméo et Juliette*
et en fit une tragi-comédie dont l'issue était heureuse. Plus tard, en
1744, Théophile Cibber refit ce drame. Enfin, en 1750, Garrick
le remania, et lui donna un nouveau dénouement. Ce qu'il y a de
plus bizarre, c'est qu'en 1680, Thomas Otway avait mis au théâtre, sous le titre de *History and Fall of Caius Marius*, la légende
de Roméo et Juliette, en lui conservant presque tous ses accessoires,
notamment l'apothicaire, le prêtre et la nourrice. (*Note de 1842*).

préférence à celui du Maure, et que Kean s'y montre souvent. Miss Smithson a été un peu faible dans Desdemona, même dans la dernière scène. Son effroi, son innocence, ses prières, la crainte qu'elle a de la mort, n'ont pas été rendus par elle avec cette pantomime si terrible et si vraie qu'elle avait déployée dans Ophélia et dans Juliette. Pour M. Kemble, il ne nous a paru vraiment beau que dans les deux scènes avec Iago, surtout dans la première, où le traître dépose dans le cœur du Maure les premiers germes du soupçon. Depuis ce moment, M. Kemble nous a semblé monotone. Il a, nous le reconnaissons, rendu avec beaucoup d'art la jalousie concentrée; mais cet amour brûlant qui seul peut la faire excuser, ces retours de tendresse si passionnés qui le ramènent vers Desdemona et que Shakspeare a si fortement accusés, M. Kemble les a trop faiblement reproduits. On n'a pas assez entendu ce froissement terrible de l'amour et de la colère. La haine froide a trop constamment prévalu. Après le meurtre de Desdemona, ces défauts de l'acteur ont été surtout sensibles. Entre l'instant où Othello tue sa femme et celui où il se poignarde lui-même, le Maure, dit un critique, est plongé, comme les démons de Milton, dans le feu et dans la glace; il passe par toutes les sensations de frénésie, de rage, de conviction désespérante; puis par le doute, la certitude de l'innocence de Desdemona, le remords, la honte, l'exécration de lui-même, la tendresse, la pitié déchirante, et l'entier abandon, jusqu'au sombre et profond recueillement dans lequel il se tue. Combien M. Kemble est loin de nous avoir montré toutes ces nuances! Il y a trop de sang anglais et trop peu de sang africain dans ses veines. Nous ne savons aussi pourquoi, après avoir étouffé Desdemona avec un oreiller, ce qui empêche heureusement le public et lui de la voir, il la frappe de deux coups de poignard. Le texte de Shakspeare n'indique rien de semblable. Othello s'écrie, il est vrai: « Je ne veux pas te laisser languir! » Mais Emilia frappe, et il ouvre. Ces deux coups de poignard augmentent sans nécessité l'horreur du dénouement et rendent peu vraisemblables les mots touchants que Desdemona doit prononcer quelques instants plus tard.

Mais ce qui a le plus nui à *Othello*, ce sont les retranchements qu'on lui a fait subir. Cette pièce a été plus mutilée que *Roméo* qui l'avait été plus qu'*Hamlet*. Aussi, le succès a-t-il été en raison inverse de ces changements. Croirait-on qu'il s'est trouvé en Angleterre une plume capable d'effacer l'admirable scène *de la romance* où Desdemona se livre à ses pressentiments de mort, pressentiments qui adoucissent la catastrophe en la préparant? Le rôle d'Othello n'a pas été plus respecté. Les barbares (nous parlons des arrangeurs de *Covent-Garden* et de *Drury-Lane*) ont retranché la scène dé-

chirante du quatrième acte, où le Maure, méditant
sa vengeance, en proie tour à tour à la tendresse et
à la fureur, hésitant entre les naïves et innocentes
réponses de Desdémona et les convictions qui font
bouillonner sa rage, ne prononce que des mots
brisés, rompus, sans suite, et, épuisé par cette lutte
horrible, tombe enfin sans connaissance aux pieds
d'Iago, qui jette sur sa victime un sourire de pitié
triomphante, tel que le tentateur victorieux dut en
jeter un sur l'homme déchu. Ce n'est pas tout; on
efface un rôle entier, celui de *Bianca*, et une scène
tellement nécessaire à l'action, que, sans elle, la
pièce roule sur un pivot presque aussi frêle que
celui de *Zaïre*. Certains critiques n'ont pas manqué déjà de relever l'invraisemblance du mouchoir
perdu; mais ils ne disent pas que Shakspeare avait
écrit une scène qu'on ne joue plus, où les soupçons du Maure se changeaient en certitude par le
double témoignage de ses oreilles et de ses yeux.

On nous demandera peut-être comment de telles
profanations ont pu être commises. L'histoire de ces
outrages fournira une page déplorable aux annales
de la littérature anglaise. Nous y reviendrons. Con-
tentons-nous de dire pour aujourd'hui qu'un long
siècle de classicisme a pesé sur l'Angleterre; que,
pendant ce règne d'un soi-disant purisme, Shakspeare fut à-peu-près banni du théâtre. Johnson et
Garrick l'y rétablirent, on sait avec quel succès; mais
il fallut faire de nombreux sacrifices au goût du

temps et mettre le vieux poëte en morceaux, comme Éson, pour le rajeunir. *Othello,* en particulier, est devenu méconnaissable. Outre ces mutilations consacrées par l'usage, on s'en permet d'autres à Paris, que la nécessité commande. Admirons Shakspeare de pouvoir résister à de pareilles atteintes; mais plaignons l'Angleterre d'en être venue à ce point de barbarie littéraire, que l'on puisse y défigurer ainsi chaque jour son poëte favori, son idole, sans que le parterre et les loges, qui le savent par cœur, réclament contre le faux goût qui, du grand Shakspeare, fait un nain à demi-classique, un colosse brisé, dont les plus beaux traits ont disparu.

Ce qu'il pouvait y avoir à retrancher de *Roméo* et d'*Othello* se bornait à quelques locutions surannées, à quelques *concetti,* et, si l'on veut encore, à quelques mots trop libres qui offensent les pudiques oreilles de nos faiseurs de feuilletons, mais qui ne choquaient point la susceptibilité virginale d'Elisabeth. Il est vraiment plaisant de voir reprocher ces licences à un écrivain antérieur d'un demi-siècle à Molière, quand on a vingt fois, et avec raison, défendu les libertés de ce genre prises par l'auteur de *George Dandin,* et gourmandé vertement la pruderie du parterre, qui siffle le latin de *la comtesse d'Escarbagnas!* Que l'on retranche donc ces passages qui effarouchent la délicatesse de notre siècle, nous n'y tenons pas; que l'on retranche encore quelques longueurs, soit! Mais si

l'on rend, à force de coupures maladroites, Shakspeare presque aussi sec et aussi ennuyeux que l'auteur de *Warwick* et de *Virginie*, nous poursui-
vrons de nos cris les mutilateurs. Nous n'ignorions
pas qu'en une foule de choses plus importantes,
nous sommes, à son insu, de beaucoup en avant
de l'Angleterre. On voit qu'il en est de même en
littérature : la société anglaise est aujourd'hui plus
courbée que la nôtre sous l'empire du classicisme.
Si le public nous prête aide et secours, peut-être
obtiendrons-nous que l'on représente à Paris, les
pièces de Shakspeare à-peu-près telles qu'il les a
écrites, et reporterons-nous ainsi la réforme en
Angleterre, après être allé la chercher dans cette
prétendue patrie de la liberté politique et littéraire.

~~~

VI.

DU STYLE DE SHAKSPEARE

EN PARTICULIER, DE CELUI DE *ROMÉO ET JULIETTE*.

(*Globe*, 25 septembre 1827.)

On savait bien que Shakspeare avait emprunté le sujet de sa *Juliette* à une Nouvelle de Bandello, traduite en français par Boistuau, importée en Angleterre par Arthur Brooke en 1562 et insérée par Praiter dans son *Palace of Pleasure,* en 1569. Mais peu de personnes savaient que Bandello n'avait fait que paraphraser un récit plus ancien, antérieur même à celui de l'historien de Vérone, Girolamo della Corte, à qui l'on a longtemps attribué à tort la première rédaction de cette touchante aventure. La priorité appartient à Luigi da Porto, gentilhomme de Vicence, qui mourut l'année même de la naissance de Girolamo, en 1529. Sa Nouvelle intitulée *la Giulietta,* parut à Venise en 1535.

M. Delécluze vient de traduire cet ouvrage (1); mais ce n'est ni à Bandello ni à Girolamo della

___

(1) *Roméo et Juliette*, nouvelle de Luigi da Porto, suivie de quelques scènes de la *Juliette* de Shakspeare, 1 vol. in-12.

Corte qu'il compare le nouvelliste italien. Il a cru pouvoir mettre en parallèle le style simple , concis, énergique de Luigi da Porto avec celui de Shakspeare. Il a pensé qu'il n'était ni sans utilité ni sans intérêt d'étudier comparativement deux productions littéraires composées sur le même sujet, presque dans le même siècle, par deux auteurs de pays aussi différents que l'étaient et que le sont encore l'Italie et l'Angleterre. On connaît la manière anglaise; on peut juger de l'italienne, grâce à la transparence de la traduction.

Il est impossible de n'être pas frappé dans la Nouvelle de la pureté du trait, de la naïveté des sentiments et de la parfaite convenance du style. On voit clairement que Luigi da Porto emploie une langue dès longtemps épurée par Boccace. C'est un singulier phénomène, pour le dire en passant, que cette sobre simplicité de la prose italienne, comparée aux arabesques de la poésie de Guarini, de Marini et même de Pétrarque. Mais cette question nous mènerait trop loin. Nous ne voulons parler que du parallèle que M. Delécluze a établi entre le style de Shakspeare et celui de Luigi da Porto.

Ce parallèle ne porte point sur l'effet dramatique. L'auteur n'a pour but que de rechercher, par l'étude comparative de la phrase italienne et de la phrase anglaise, lequel des deux idiomes anglais ou italien , a le plus d'affinité avec le nôtre; et il arrive à cette conclusion, que la langue de Luigi da Porto est un aussi bon modèle que celle de Shakspeare en est un dangereux. Nous ne pouvons nous empêcher de soumettre à M. Delécluze quelques observations.

D'abord, peut-on comparer ces deux écrivains sous le rapport du style? La parfaite similitude du sujet qu'ils ont traité peut-elle effacer l'extrême dissemblance des genres ? Nous comprendrions que l'on comparât une Nouvelle et une tragédie sous tous les points, l'*allure de la phrase* seule exceptée. On pourrait rapprocher la fable, les sentiments, les caractères : car, si toutes ces choses ont leur développement complet dans le drame, elles existent au moins en germe dans la Nouvelle. Mais comment comparer la diction? Le style d'une Nouvelle doit-il être celui d'un drame? Le style poétique est-il celui de la prose? Et, toutes ces choses supposées égales, la langue italienne, en 5129, déjà formée par des écrivains demeurés classiques, n'était-elle pas un instrument plus flexible, plus parfait, plus maniable, que ne l'était la langue anglaise en 1595? Un des mérites de Shakspeare n'est-il pas d'avoir donné, dans ses beaux morceaux, à ce langage brut encore, un éclat, une grâce, une énergie incomparables? Si sa diction continue d'offrir çà et là les défauts contraires, peut-on reprocher ce tort à Shakspeare, et accuser, à son occasion, la langue anglaise de vices

qu'elle n'a plus? Ce qui dans l'auteur de *Roméo*
excite notre admiration et celle de M. Delécluze,
c'est le génie dramatique et passionné; la disposition hardie, claire, saisissante des masses, et la
beauté exquise de beaucoup de détails. Mais qui a
jamais loué sans restriction le style de Shakspeare?
Qui en a jamais recommandé l'imitation? Qu'importe, dira-t-on, si on l'imite. Qui? les cinq ou
six poëtes de la défunte *Muse française?* Encore
imitaient-ils beaucoup plus, à notre avis, lord Byron que Shakspeare. M. Delécluze regarde ce dernier comme le chef d'une école de style qui s'est
perpétuée jusqu'à nos jours et dont il fait remonter
la première origine à Lucain. Il donne à cette
école le nom de *romantique.* Mais les défauts de
Lucain et ceux de Byron, si l'on veut, sont ceux
d'une langue et d'une société vieillissantes. Ceux de
Shakspeare, au contraire, sont les défauts d'un
idiome inculte et naissant. Appellera-t-on toute
espèce de mauvais style, *romantique?* Soit; qu'im-
portent les noms? Mais ce serait pourtant ici le cas
plutôt de distinguer que de confondre. Au reste, il
ne faut pas faire trop bon marché du style de Shakspeare. Peut-être l'a-t-on trop critiqué, même en Angleterre, et peut-être a-t-on, en particulier, trop
sévèrement jugé celui de *Roméo.* Ce qui choque,
dans cette pièce, ce sont quelques jeux de mots,
quelques phrases alambiquées, obscures, et qui ne
paraissent de si mauvais goût que parce qu'on y

cherche un sens précis; tandis qu'elles n'ont pour
but que de reproduire ce bavardage amoureux,
cette surabondance d'images et de sentiments, en un
mot, cette musique de l'amour, bien plus faite pour
l'imagination et le cœur que pour la raison. Qui n'a
pas eu occasion de lire la correspondance réelle de
deux amants? En quelque siècle et en quelque langue que ce soit, l'abondance et la subtilité de leurs
idées sont incroyables. C'est un chaos que l'on comprendrait à peine, s'il n'était éclairé de temps à
autre par de brillants éclairs de naturel et de vérité. Tel est, dans quelques parties, le style de
Roméo. M. Delécluze le trouve bavard : c'est qu'en
effet rien n'est plus bavard que l'amour. On voit
par les poésies arabes, persanes, provençales et
même italiennes, que cette passion n'est ni moins
subtile ni plus laconique dans le midi que dans le
nord. Un tel style, relevé, d'ailleurs, à chaque instant par les traits les plus passionnés et les plus
vrais, ne doit pas être épluché phrase à phrase,
mais jugé par masses; et alors, de l'aveu de M. Delécluze, il laisse un souvenir ravissant. Quant aux
obscures subtilités, aux phrases bizarrement figu-
rées qui se rencontrent dans les autres pièces de
Shakspeare, où elles ne peuvent recevoir la même
excuse, elles sont à blâmer, sans aucun doute, et
ne sont pas moins fausses, en leur genre, que les
tirades creuses de nos tragédies médiocres. Mais il
est bon de remarquer que ces passages pèchent par

l'abus de l'esprit et de l'imagination, et que s'ils choquent souvent, ils n'ennuient jamais. Je ne sais si l'on pourrait en dire autant des mauvais morceaux de nos poëtes tragiques, même de ceux du grand Corneille.

Ce qu'il y a d'excellent, et ce que nous ne pouvons trop louer dans le travail de M. Delécluze, ce sont plusieurs aperçus sur la dissemblance des idées anglaises et italiennes, et sur la réaction que ces idées ont exercée sur la langue des deux peuples. On sent que l'auteur connaît à fond les deux pays ; et il apporte dans cette discussion un savoir solide et une parfaite bonne foi. Souvent nous avions émis le vœu que l'on nous donnât des chefs-d'œuvre étrangers des calques fidèles. La traduction de la Nouvelle de Luigi da Porto et des scènes de Shakspeare qui la suivent, est moulée sur l'original. L'intention qu'a eue le traducteur de rendre juges de la diction des deux auteurs les personnes même à qui les langues anglaise et italienne ne sont pas familières, lui a imposé ce système de fidélité scrupuleuse auquel il s'est astreint comme à un devoir de conscience. Il peut y avoir deux avis sur les conclusions de son parallèle : il n'y aura qu'une voix sur l'excellence de ses traductions.

VII

DE LA COMÉDIE EN ANGLETERRE

VERS 1780.

THE BELLE'S STRATAGEM, COMÉDIE DE MISTRISS ANNA COWLEY.
THE WEATHER-COCK (LA GIROUETTE.)

(Globe, 2 octobre 1827.)

Ces deux comédies et surtout le désir de voir
miss Foote, une des plus célèbres actrices et des
plus jolies femmes de l'Angleterre, avaient attiré une
assemblée brillante, mais moins nombreuse que
de coutume. La comédie anglaise, surtout celle de
la fin du dernier siècle, ne paraît pas devoir exciter parmi nous une bien vive curiosité. En effet,
le théâtre de Londres à cette époque, si l'on excepte le chef-d'œuvre de Sheridan, n'offre qu'assez
peu d'originalité ; et ce n'est pas pour voir des comédies aussi pâles que celles d'Imbert ou de Poin-
sinet que des auditeurs parisiens braveront les
difficultés d'un idiome qui ne leur est pas suffisamment familier. Pour entraîner la foule au théâtre
anglais, il ne faut rien moins que les plus purs et
les plus fortes conceptions britanniques. Dans la comédie comme dans la tragédie, c'est à Shakspeare
et toujours à Shakspeare qu'il faut revenir. Veut-
on effacer toute inégalité de succès entre les deux
genres, que l'on représente les *Merry wives of*

Windsor ou les première et seconde parties de
Henri IV; qu'on nous montre le plus célèbre et le
plus divertissant caractère comique qu'ait produit
la vieille Angleterre, *Falstaff;* et, si l'on croit devoir sortir de ce cercle, que l'on choisisse parmi
les auteurs dramatiques ceux qui, après Shakspeare, offrent la physionomie la plus anglaise,
Farquhar, par exemple, ou Congrève lui-même,
si sa licence ultra-britannique le permettait. Il ne
faut point s'y tromper; ce n'est pas nous et notre
théâtre que nous aimons à retrouver dans celui de
nos voisins : ce sont les Anglais, avec leurs mœurs
et leur génie, que nous désirons étudier. Mais les
acteurs qui viennent de l'autre côté du détroit ne
peuvent nous jouer que les pièces qu'ils savent,
celles qui sont à Londres au courant du répertoire.
Cela est vrai; et, sous ce point de vue, les représentations qu'ils nous donnent même d'ouvrages
assez médiocres acquièrent un certain degré d'intérêt; elles nous mettent à même de juger du goût
actuel de l'Angleterre. C'est à-peu-près à cette
étude que se sont bornées nos jouissances à la représentation des deux comédies *the Belle's stratagem* et *the Weather-Cock.*

Il est arrivé à Londres, pendant la dernière
moitié du xviiie siècle, ce qui est arrivé alors en
France. Le peuple, qui, comme on sait, n'a pas
dans la Grande-Bretagne donné sa démission des
affaires publiques, a, cependant, perdu peu-à-peu

presque toute son influence au théâtre. Avec son
règne ont disparu le gros sel et le bas comique,
mais aussi la gaîté franche, l'originalité, la verve :
la licence froide est seule restée. La haute société,
qui donne aujourd'hui le ton, ne veut voir qu'elle
au théâtre, et n'approuve là, comme ailleurs, que
ce qui lui ressemble ou s'efforce de lui ressembler.
Or, cette bonne compagnie, qui, par son cosmopolitisme, conserve très-peu des mœurs du pays,
a introduit sur la scène de Shakspeare un genre de
comédie prétentieux comme elle, et qui a toute la
nullité polie de la comédie de Dorat, de Barthe et
de Delanoue. Nous nous récrions en France contre
ce genre compassé et faux : Que serait-ce, bon Dieu!
si nous vivions en Angleterre, dans le pays où le
decorum social a atteint ses dernières limites? On y
joue Shakspeare, il est vrai; mais Shakspeare mutilé, et tel que l'on nous jouera avant peu Molière,
pour peu que le bon goût et la politesse fassent encore quelques progrès; on y joue Shakspeare, par
une de ces rares exceptions que le génie impose et
qui ne tirent point à conséquence; on l'y joue pour
complaire au gros de la nation, dont il est l'idole
et qui vient chercher au théâtre de franches et fortes
impressions; en un mot, Shakspeare est tout ce
qui reste au peuple anglais de sa part de souveraineté théâtrale. Nous pouvons juger, par les pièces
qui composent le répertoire avec les siennes, quel
est le misérable goût des fashionables, et dans

quelle profonde décadence le *bon ton* a précipité la poésie dramatique chez nos voisins.

Comme toutes les comédies destinées à plaire exclusivement au beau monde, celles de mistriss Anna Cowley sont extrêmement spirituelles. Le dialogue de *the Belle's stratagem* étincelle de mots piquants. Mais n'y cherchez ni une action vraisemblable, ni une intrigue conduite avec verve, ni un seul caractère vrai. Tout y est faux et maniéré. On objectera peut-être que, l'auteur voulant peindre une société où tout est factice, jusqu'au vice, il est d'autant plus exact qu'il est moins naturel, ce que l'on peut dire aussi de Marivaux. Soit; mais mistriss Cowley ne devait-elle pas jeter alors dans son tableau quelques êtres de notre espèce, bonnes et franches figures humaines, ne fût-ce que pour nous faire souvenir que nous avons sous les yeux des hommes, et non des poupées et des mannequins. Cette pièce, cependant, mérite d'être vue, sinon comme un bon ouvrage dramatique, au moins comme le type des ridicules et des vices d'une petite coterie de Londres en 1780. Nous y voyons des dandys singer les mœurs françaises, dont ils médisent; un élégant, l'arbitre des modes, qui ne s'éprend de la jeune fille qu'il doit épouser qu'après avoir reconnu en elle, sous le masque, tous les talents et toutes les ruses de la coquette la plus exercée; nous voyons une conspiration de femmes pour enlever une nouvelle mariée de province à la

très-sage surveillance de son mari; nous voyons
l'homme raisonnable, l'Ariste de la pièce, qui,
pour donner une leçon de modestie à un fat et
sauver une jeune femme d'un piége infâme et grossier, emploie une contre-ruse qui ne l'est guère
moins; nous voyons, enfin, une courtisane que
tout le monde connaît, et qui semble dans l'inti-
mité de tous les acteurs : en un mot, l'élégance la
plus glaciale et la corruption la plus sérieuse, tel
est cet ouvrage. Un voyage à Londres, à la fin du
siècle dernier, ne nous en aurait pas plus appris.

Cette comédie et ses semblables sont curieuses
encore à étudier sous le point de vue littéraire.
Elles nous montrent quels sont, sous une plume
spirituelle, mais sans génie, les faibles résultats du
système plus libre et moins artificiel dont jouissent
les auteurs anglais. Il est bon d'observer, à deux
jours d'intervalle, quel emploi différent le génie et
la médiocrité peuvent faire d'une même forme et
d'un même système. Ici, comme dans Shakspeare, la
scène change à tout moment; mais mistriss Cowley
n'a pas recours à ce moyen, comme l'auteur d'*Hamlet*, pour dérouler à nos yeux toutes les parties vi-
sibles de son action. C'est tout simplement une
manière plus expéditive et plus commode de mener
à fin son intrigue ou plutôt ses intrigues, car il y
en a deux dans sa pièce, non pas croisées, comme
dans *Figaro*, mais disposées parallèlement et sans
action l'une sur l'autre. De toutes les libertés que

l'auteur pouvait prendre et qu'il ne s'est pas refu-
sées, il ne résulte aucune beauté. Mistriss Cowley,
par exemple, ne rejette pas moins volontairement
derrière la toile, comme nous le faisons souvent
par nécessité, les motifs de scène les plus dramatiques, et dont un talent plus fort que le sien, eût
tiré les plus grands effets. Ainsi, quand un père
s'avise dans sa pièce de se mettre au lit et de jouer
le mourant pour marier sa fille, et arracher ainsi,
par le pathétique, le consentement d'une dupe,
cette ruse, qui pouvait fournir un pendant aux
fameuses scènes du *Légataire*, est froidement exposée dans un récit.

Au reste, c'était beaucoup moins l'œuvre de mistriss Cowley que sa charmante interprète, miss
Foote, que la plupart des spectateurs étaient venus
voir. La pièce était assez bien choisie puisqu'elle
fournissait à cette jolie actrice l'occasion de développer tous ses talents. Dans une scène où elle joue
l'*Agnès,* miss Foote a montré la plus gracieuse gaucherie et la plus spirituelle sottise. La coupe de son
visage est sentimentale, et, par un très-piquant contraste, l'expression de ses traits la plus habituelle est
la malice. La grâce de sa personne est extrême. Mais
ce n'est point cette espèce de grâce que nous connaissons, et que produisent la justesse et la molle
régularité des mouvements : celle de miss Foote
est tout agitée et toujours mobile. A peine l'œil le
plus attentif peut-il la surprendre dans un instant

de repos. Cette excessive vivacité, qui nous semble, à nous qui passons pour légers, dégénérer en affectation, paraît avoir un charme tout particulier pour la gravité britannique.

Le succès de miss Foote a été beaucoup plus complet dans la petite pièce que dans la grande. *The Weather-Cock* n'est qu'une mauvaise parade. La prétendue *girouette* est un extravagant que l'on enfermerait en France, mais dont les folles visées n'excèdent pas trop, à ce qu'il paraît, les limites de l'excentricité anglaise. Miss Foote, qui représente la maîtresse de ce fantasque personnage, prend plusieurs déguisements pour lui plaire. Elle a paru surtout charmante sous le costume d'une jeune et sévère quakeresse, et dans celui d'une agaçante Alsacienne. La walse qu'elle chante et danse, en agitant avec grâce ses petits balais a été redemandée par toute la salle. Dans le peu de comédies anglaises que nous avons vues, nous avons déjà été frappé d'une chose, c'est de l'extrême différence de talents qu'exige l'emploi des *jeunes premières* à Paris et à Londres. Pour jouer ces rôles en Angleterre, il faut posséder toutes les qualités que nous exigeons des *grandes coquettes*. Ce sont des courses, des intrigues, des travestissements de toute espèce. Ainsi le veulent les mœurs, du moins les mœurs un peu chargées du théâtre; car, à en croire la comédie, la vie d'une jeune Anglaise serait un bal masqué perpétuel.

VIII

SHERIDAN

ET

THE SCHOOL FOR SCANDAL

(L'ÉCOLE DE LA MÉDISANCE).

(*Globe*, 6 octobre 1827.)

Qui ne connaît Sheridan et *the School for Scandal*, le chef-d'œuvre dramatique de cet homme qui alliait tous les contrastes, qui fut à la fois insouciant auteur comique et orateur infatigable de l'opposition, directeur de théâtre et ministre de George III? N'y a-t-il pas un intérêt plus que littéraire dans cette pièce dont la mordante originalité ouvrit à son auteur la chambre des communes, dans cette comédie par laquelle le futur compagnon de Fox, l'homme qui devait mériter l'amitié, et, s'il faut en croire Thomas Moore, la secrète jalousie de Burke, préludait à ses succès parlementaires et faisait sur le public de Drury-Lane l'essai de cette vigueur d'esprit, de ce feu d'imagination et de cette puissance de sarcasme, qui rendirent, pendant vingt ans, le député de Straffort un des plus redoutables adversaires de M. Pitt? Tout a été

II.   7

dit depuis longtemps, même en France, sur les mérites et les défauts de cette vive et spirituelle production. Traduite, imitée, lue par toutes les personnes qui commencent à savoir l'anglais, *the Shool for scandal* nous est aussi familière que *the Vicar of Wakefield.* Il ne nous reste donc à parler que de l'impression que fait au théâtre ce style si amusant à la lecture, et qui joint à la causticité de Chamfort la gaieté maligne de Beaumarchais. Soit par la faute des acteurs, soit par celle du genre, la représentation a paru froide. On sait d'ailleurs que c'est l'effet que produisent à la scène *la Métromanie* et *le Méchant,* et généralement toutes les pièces où l'esprit de l'auteur est répandu trop également sur tous les personnages. Ce n'est pas qu'il n'y ait dans la comédie de Sheridan de fortes oppositions de caractères, des scènes attachantes, et une action vive et bien conduite. Mais ce qui domine tous ces mérites, ce qui constitue la manière de l'auteur, c'est la verve soutenue du style et un dialogue étincelant de traits piquants. L'esprit coûte si peu à Sheridan, que l'Orgon de la pièce, le crédule sir Peter Teazle, n'en a pas reçu une moindre dose que les personnages les plus favorisés; le petit Nabob en est pétri; le juif Moïse en a beaucoup, et il n'est pas même bien certain que le vieil intendant Rowley ne soit qu'un bonhomme. Cette uniformité est tellement le contre-pied du génie dramatique, que, quelque brillants qu'aient été les succès dramatiques de Sheridan, nous ne pensons pas qu'on doive regretter beaucoup que ses combats législatifs l'aient détourné de la carrière théâtrale. Nous croyons qu'en préférant le parlement à Drury-Lane, Sheridan a suivi, et a eu grand'raison de suivre, la pente naturelle de son talent. Cet homme, qui avait tant d'esprit, avait, en même temps, un si grand fonds de paresse et une si funeste habitude de dissipation, qu'il ne pouvait s'assujettir aux longues et solitaires études qu'exige la culture des arts. Soit qu'il ne se donnât pas le temps d'inventer et de féconder ses inventions, soit que réellement l'originalité de la conception lui manquât et qu'il n'eût que celle des détails, il empruntait les plans de ses pièces et les caractères de ses personnages, comme aurait pu faire un auteur stérile. Il y avait, au contraire, dans la vivacité des querelles parlementaires et l'agitation de la vie politique un intérêt accidentel et toujours nouveau très-propre à stimuler sa paresse et à arracher sans travail des chefs-d'œuvre à son indolence. Il fallait, pour forcer Sheridan à produire tous les trésors de son esprit railleur, éloquent et sarcastique, ces combats quotidiens, ces luttes corps-à-corps, ces engagements de parti, qui font de la victoire une nécessité de toutes les heures; il lui fallait ces sujets variés, importants, fournis sans cesse à l'orateur par le mouvement de la politique ou le hasard de la discussion; surtout il lui fallait cette gloire et ces périls de l'improvisation qu'un homme de son caractère devait tant rechercher, ne fût-ce qu'à titre de plaisir et comme la plus enivrante des émotions. Et certes, quand on pense à la véhémente harangue qu'il prononça dans le procès de Hastings, et à son étonnant discours sur l'armement de Catherine II, on ne peut regretter, même littérairement parlant, qu'il ait remplacé par les vives productions de sa facile et naturelle éloquence ces labeurs d'artiste, qui demandent une application constante et un amour désintéressé de la perfection, pour lesquels cet homme, si bien doué d'ailleurs, n'était pas né.

Sheridan, toutefois, ne vivra pas moins comme écrivain dramatique que comme orateur. Bien que l'*École de la médisance* soit un composé assez bizarre d'une idée de Tom Jones, d'une scène de Tartufe, et de quelques emprunts faits au *Misanthrope*, elle conserve, cependant, au milieu de ces imitations, un tour original et libre, cachet d'un esprit supérieur. Quelques conceptions très-dramatiques, entre autres celle de la vente des portraits de famille, appartiennent en propre à l'auteur. Dans cette scène excellente, le passage de la gaieté à l'attendrissement est ménagé avec un art infini ; et ce simple mot, *il n'a pas vendu mon portrait !* qui d'abord nous avait touché, répété avec une très-amusante persévérance par le vieux sir Olivier, nous ramène aux émotions comiques,

dont il nous avait un moment distrait. Malgré la
spirituelle et satirique vivacité du dialogue, qui
bannit trop souvent de cette pièce le rire franc et
naïf, quelques scènes sont des modèles de vrai comique. De ce nombre est celle où le vieux sir Peter
et sa jeune moitié lady Teazle montrent un accord
si rare dans leur ménage, et, de tendresse en tendresse, finissent par en venir à la querelle accou-
tumée. Une autre scène n'est pas moins parfaite :
après la chute du paravent, qui a démasqué en
partie sir Joseph, dans ce moment, où l'on croit
l'action finie et la verve de l'auteur épuisée, le
voilà qui ramène sur la scène la *médisante* assemblée dont il a déjà su tirer une si complète et si piquante exposition ; il livre alors à ces furets de
scandale la réputation de leurs propres associés,
lady Teazle et sir Joseph; il nous montre ces bonnes
gens tombant dans une suite de quiproquos satiri-
ques et d'exagérations calomnieuses les plus diver-
tissantes, et achève de rendre ainsi misérablement
ridicule cette coterie qui tenait *école* ouverte de satire et regardait comme du bon air de déchirer le
genre humain.

Dans la notice pleine de goût et d'intérêt dont
M. Villemain a fait précéder la traduction de
cette pièce, nous avons été un peu surpris de la
qualification d'*excellente* donnée à l'imitation de
feu M. Chéron. Il est possible que cette épithète
s'applique avec équité à quelque scène du *Tartufe*

de mœurs ; mais n'a-t-elle pas besoin de correctif, si l'on veut l'étendre à l'ensemble ? Le premier tort de M. Chéron est, ce me semble, d'avoir beaucoup trop rembruni le caractère principal. Valsain, dans M. Chéron, ne veut séduire madame Gercour, femme du tuteur de Julie, que pour arriver plus sûrement à la main de cette riche héritière. Cette machination est bien fausse et bien froide. Le Joseph de Sheridan, au contraire, s'est trouvé embarqué dans une intrigue dangereuse avec lady Teazle, sans préméditation et par le seul attrait du plaisir. C'est une faute qu'il a commise, et s'il échoue dans ses manœuvres, c'est, comme il le reconnaît lui-même, parce qu'il s'est écarté du droit chemin de l'iniquité, et n'a pas été assez attentif à ne commettre qu'une mauvaise action à la fois. En rejetant de sa pièce la peinture du petit club médisant, présidé par miss Sneerwell, qui, blessée jadis par de méchants propos, n'a pas de plus grande satisfaction que de rabaisser les autres au niveau de sa mauvaise renommée, M. Chéron s'est privé d'une source abondante de traits comiques. Son drame, ainsi réduit à la partie sérieuse, rappelle trop exclusivement le *Tartufe,* tandis que Sheridan avait joint, avec une extrême habileté, plusieurs traits de cette pièce à quelques situations imitées du *Misanthrope.*

La pièce de Sheridan est d'une très-difficile exécution. Le premier soin des acteurs devrait être

de faire vivement ressortir les traits caractéristi-
ques de leurs rôles, ne fût-ce que pour dégager la
physionomie de chaque personnage de cette uniformité spirituelle qui est comme une enveloppe
commune à tous. Ce devoir des acteurs n'a pas été
fort bien rempli par tous. Abbott a de la grâce
dans le rôle de sir Charles; mais combien il est loin
de montrer cet excès d'étourderie, cette franchise
de mauvais penchants et ce génie du désordre,
que Sheridan, qui était en fonds, a libéralement
départis à son héros. Dans la scène de l'enchère,
où le contraste si bien accusé de sa mauvaise tête
et de son bon cœur doit faire passer le spectateur
du rire à l'attendrissement, il a laissé l'auditoire
sans émotion. Miss Foote a reproduit à merveille
la grâce, la malice et l'étourderie de la digne moitié de sir Peter. Ses deux querelles conjugales ont
été charmantes. Mais, dans la scène du paravent, dans les aveux si nobles et si francs qu'elle
fait à sir Peter, elle est restée fort au-dessous de
notre attente. Ce passage est un de ceux où l'on
peut juger une actrice. Si miss Smithson nous a
paru dans Ophelia égaler un instant mademoiselle
Mars, combien celle-ci ne nous paraît-elle pas supérieure à miss Foote dans la haute comédie, ou
plutôt dans cette tragédie de salon, où il faut passer de l'enjouement au pathétique sans cri, sans
efforts, et presque sans geste. Le talent de miss
Foote ne paraît pas de force à atteindre ces grands

contrastes. La grâce, la malice, la coquetterie, voilà tout son domaine. C'est beaucoup plus qu'il ne faut pour être une actrice fort agréable; mais ce n'est pas assez pour prendre rang parmi les grandes actrices.

IX.

THE WONDER

OR

A WOMAN KEEPS A SECRET.

[LE PRODIGE, OU UNE FEMME GARDE UN SECRET].

NOTICE SUR MISTRISS SUSANNA CENTLIVRE.

(*Globe*, 9 octobre 1827.)

L'installation du théâtre anglais à Favart (car la chose s'est passée d'une manière si modeste, que nous n'osons dire l'inauguration) a eu lieu jeu di dernier. Cette salle, ou plutôt ce salon aristocratique, va devenir, dit-on, une sorte de terrain neutre, où les chanteurs italiens et les comédiens anglais donneront chacun deux représentations par semaine. Les avis sont partagés sur les avantages ou les inconvénients présumables de cette mesure. Quant à ce qui intéresse plus particulièrement le théâtre britannique, il n'est pas bien démontré qu'il lui soit avantageux de passer, avec les idées qui doivent résulter de sa présence, sous le patronage immédiat des classes élevées. On peut regretter que ce théâtre, objet de comparaisons et d'études sérieuses, ait été rejeté si loin du quartie r des écoles, où il eût été peut-être moins exposé

aux caprices de la mode. D'ailleurs, comme on l'a
remarqué, le peu d'étendue de la scène s'opposera
au développement du spectacle, si nécessaire à la
représentation des grands drames de Shakspeare.
Mais ces considérations ont dû céder à la loi suprême, à la nécessité; et puisque ce n'est qu'à Favart que M. Laurent peut obtenir un établissement
stable, il faut applaudir à cette translation et nous
réjouir de voir la troupe anglaise obtenir, en quelque sorte, droit de cité parmi nous.

La première pièce jouée à Favart, *the Wonder,
or A woman keeps a secret* (le Prodige, ou une
Femme garde un secret), n'est pas, comme ce titre
épigrammatique pourrait le faire supposer, une
satire contre les femmes. Au contraire, cet ouvrage
sorti de la plume ingénieuse de mistriss Susanna
Centlivre, qui écrivait sous Guillaume et Marie,
est un imbroglio d'amour, assez semblable aux
Nouvelles de Cervantès et aux épisodes que le Sage
a insérés dans ses romans. C'est une histoire fort
compliquée, mais très-claire, grâce à la liberté du
système anglais, qui permet d'exposer aux yeux
ce que l'esprit seul aurait de la peine à saisir. L'intrigue de cette comédie est à-peu-près celle de
l'*Amant jaloux*, mais infiniment plus développée.
Il est probable que l'Anglais d'Hèle (1) aura emprunté l'idée de son opéra-comique à cette pièce

---

(1) Son nom véritable était Hales.

de sa compatriote, pièce restée au théâtre , plutôt qu'à la comédie oubliée de la Grange, les *Contre-temps*, comme le veut M. de la Harpe. Le rôle de Lissardo , valet galant et fat , est fort amusant. La scène où deux soubrettes se disputent sa posses-sion , avec une énergie de gestes , qui ferait croire qu'il n'y a pas que les hommes qui boxent en An-gleterre, est un exemple de ce vieux comique où les coups tenaient une si grande place. Le person-nage de don Félix est plein de naturel : c'est par ce rôle passionné que Garrick prit congé de la scène en 1776.

Si cette pièce est romanesque , la vie de son au-teur, mistriss Susanna Centlivre, ne l'est pas moins. Son père, M. Freeman , gentilhomme du comté de Lincoln, s'étant montré zélé partisan de la révolu-tion de 1649, eut ses biens confisqués à la restau-ration. Suzanne , privée de sa mère avant l'âge de trois ans , et bientôt après de son père, qui s'était remarié, éprouva de si durs traitements dans la maison de sa belle-mère, qu'elle s'en échappa très-jeune encore et se dirigea vers Londres. Voyageant seule et à pied , elle rencontra un jeune écolier , nommé Antoine Hammond, qui fut frappé de sa jeunesse et sensible à sa beauté. Il exagéra à la jeune fille les périls qu'elle allait courir et la pressa de l'accompagner, sous des habits d'homme, dans un des colléges de l'université de Cambridge, où il étudiait. Elle y consentit et passa avec lui six ou

sept mois au collége. L'étudiant alors, soit par
crainte, soit par inconstance, lui conseilla de se
rendre à Londres, avec promesse de l'y rejoindre
bientôt. Il lui remit une petite somme d'argent et
une lettre de recommandation pour une dame de
cette ville. La confiante Susanne partit; mais elle ne
revit plus son condisciple. Malgré cette singulière
entrée dans le monde, Susanne épousa, dit-on,
avant l'âge de seize ans, le neveu de sir Stephen
Fox, qui mourut l'année d'après (1). Elle se rema-
ria à un jeune officier, nommé Carroll, qui fut tué
en duel au bout de dix-huit mois. Ce fut alors
qu'elle entra dans la carrière littéraire. Dès l'âge de
sept ans, elle avait composé une chanson qui a mérité d'être conservée. Son début théâtral fut une tragédie, l'*Époux parjure*, représentée en 1700; puis,
après quelques essais, qui tous ne furent pas heureux, elle fit jouer *the Gamester* (*le Joueur*), imité
du *Dissipateur* de Destouches, *a bold stroke for
a wife* (*un coup hardi pour une femme*), et *the
Busy-body* (l'*Affairé*). Cette dernière pièce, presque rejetée par les comédiens de Drury-Lane, et
dans laquelle le célèbre Wicks avait refusé de prendre un rôle, fut très-applaudie et est restée à la
scène, ainsi que *the Wonder* (*le Prodige*), que
l'on vient de nous montrer à Favart. La belle miss
Susanne essaya aussi, mais sans un grand succès,

(1) Il y a du doute sur ce premier mariage.

de paraître sur le théâtre. Ce fut, dit-on, en jouant
à Windsor devant la cour, en 1706, le rôle d'A-
lexandre-le-Grand (1) , dans une tragédie de Nathaniel Lee, *les Reines rivales*, qu'elle fut remarquée de M. Joseph Centlivre, officier de la maison
de la reine, qui lui offrit son nom et sa main. Mistriss Centlivre réunissait dans sa maison de Spring-
Gardens les plus célèbres écrivains du temps,
Steele, Rowe, Farquhar, Budgell, etc. Les personnes de la plus haute distinction se plaisaient à
l'accueillir. Des couplets piquants qu'elle fit contre la traduction d'Homère lui attirèrent l'inimitié
de Pope, qui la maltraita dans la *Dunciade*. Elle
mourut le 1ᵉʳ décembre 1723, à l'âge de quarante-
trois ans. La vie si courte de cette femme célèbre
nous a paru si remplie d'incidents romanesques,
qu'on nous pardonnera peut-être de l'avoir ainsi
racontée tout au long.

(1) Le choix de ce rôle, quelque peu vraisemblable qu'il soit, est
attesté par tous les biographes de Mistriss Susanna Centlivra.

X.

DE L'EXPÉRIENCE EN MATIÈRE DE GOUT.

BULLETIN D'UNE VICTOIRE. — MISS FOOTE DANS JULIETTE.

(*Globe*, 13 octobre 1827)

Nous savions bien que Shakspeare n'avait qu'à se montrer en France pour dissiper les préventions qu'un étroit patriotisme et l'esprit de routine avaient élevées contre lui. En effet, voilà que nos absolutistes littéraires commencent à se laisser gagner par le plaisir, et à convenir qu'il est plus d'un chemin pour arriver au but de l'art. A peine quelques représentations ont-elles eu lieu, et de tous côtés l'on se rapproche. C'est que, dans les questions d'art, et surtout de poésie dramatique, les sens et l'expérience sont la vraie pierre de touche. Vous prétendez que Shakspeare nous jette, aussi bien que Racine et Corneille, dans cette fascination poétique et merveilleuse où tout est jouissance, même les pleurs. Voyons. Le rideau vient de se baisser sur Roméo et Juliette. Suis-je ému ? l'ai-je été jamais davantage ? — A présent, chacun peut répondre. Nous avons lu dans vingt dissertations, brochures et discours académiques qu'il faut être abreuvé d'*ale* et de *porter* pour pouvoir s'intéresser à ces

pièces monstrueuses, qui font passer sous nos
yeux en quelques heures des événements qui
ont duré plusieurs années. Vous avez répété cela
vingt fois, messieurs les conservateurs poétiques.
Eh bien! vous ne retomberez plus dans ce lieu
commun. Vous avez vu, comme nous, *Roméo et
Juliette ;* et il est impossible que vous n'ayez pas
senti que quand l'âme est vivement intéressée,
l'esprit et les yeux ne sont pas de si rigoureux cal-
culateurs. Encore cette tragédie de *Roméo,* par la
nature de ses défauts et même de ses beautés,
donne-t-elle prise plus qu'aucune autre à la critique. Mais telle est la puissance de cette composition
à la fois si gracieuse et si terrible, qu'elle a, dès la
troisième représentation, subjugué les juges les
plus prévenus. Les mêmes critiques qui traitaient,
il y a quinze jours, cette pièce de monstruosité
dégoûtante, gagnés dès la troisième épreuve, con-
sentent enfin, ce qui n'est que justice, à la juger
sur ses beautés, et non sur quelques écarts d'imagination que personne ne défend, et qui, comme
les inégalités de Corneille, n'affaiblissent ni le plaisir du spectateur, ni l'admiration due au poëte.
Quelques restrictions faites pour la forme et pour
sauver l'honneur des armes, quelques voix qui gé-
missent dans le désert, sont la seule opposition
qu'éprouve à présent chez nous la gloire de l'Eschyle anglais. Une si faible résistance ressemble à
ces derniers feux qu'avant d'abandonner ses lignes

et d'enclouer ses pièces, l'ennemi fait entendre quelquefois le soir d'une défaite.

Nous ne voulions pas revenir sur *Roméo*. Mais le moyen de passer sous silence le beau succès de miss Foote? Cette charmante comédienne nous a fort agréablement surpris par son talent tragique. Ce sont bien toujours les mêmes grâces anglaises, la même élégance agitée, la même souplesse voluptueuse; mais elle nous a montré de plus de la passion, de la force, de la douleur. Elle a rendu avec beaucoup plus d'aisance, la première partie du rôle de Juliette, où ses qualités naturelles sont le plus en évidence; mais elle s'est montrée tragédienne habile et passionnée dans toute la pièce; elle a laissé, enfin, la victoire indécise entre elle et miss Smithson. Les seuls passages où elle nous ait paru inférieure à sa compatriote, sont le monologue avant de boire la potion : *stay*, *Tybalt*, *stay... Romeo, I come; this do I drink to thee*, et au cinquième acte, au moment où Roméo vient de l'enlever du cercueil. Dans cet instant où, encore assoupie, elle se dégage, comme avec peine, de son linceul, miss Foote n'a pas produit une impression aussi vive que miss Smithson. Il n'y avait pas assez de sommeil dans son geste, ni assez de poésie dans cette espèce de résurrection. Son cri de bonheur en reconnaissant Roméo n'a pas été non plus assez vrai. Mais elle a été charmante dans l'entrevue du balcon, et dans la scène si naïve où elle veut tirer de sa nourrice jusqu'à la moindre parole que lui fait passer Roméo. Elle a pressé, prié, embrassé la vieille messagère, l'a entourée des mêmes cajoleries mignardes que nous avions applaudies dans miss Smithson, et s'est jetée dans le sein de la *bonne* nourrice, avec une effusion peut-être encore plus caressante et plus enfantine. Enfin, miss Foote a été supérieure à son émule et à elle-même dans la scène des adieux. Il est impossible d'y mettre plus de charme et d'abandon, de s'arracher avec plus de regrets des bras de son époux et de s'y enlacer de nouveau d'une manière à la fois plus voluptueuse et plus chaste. Nous persistons à croire que l'on a tort de ne pas jouer la scène, comme elle est indiquée par Shakspeare, sur le balcon de la chambre à coucher. Nous avons déjà fait remarquer que les derniers mots de Juliette quand Roméo est descendu dans le jardin,

. . . . . I have an ill-divining soul :
Methinks, I see thee, *now thou'rt parting from me*
As one dead in the bottom of a tomb;
Either my eye-sight fails, or thou look'st pale. . . . .

perdent une partie de leur effet par ce changement de position. Nous devons avouer, toutefois, que miss Foote accompagne ce vers

Either my eye-sight fails, or thou look'st pale

d'une pantomime si charmante, que nous avons presque changé d'avis. En prononçant ces mots,

II. 8

elle écarte avec l'intérêt le plus expressif et le geste le plus passionné les cheveux de Roméo, et le considère un moment avec un regard rempli d'inquiétude et de tendresse.

Depuis le peu de temps que nous suivons le théâtre anglais, nous avons déjà pu remarquer l'influence qu'y exercent les traditions. Nous avons retrouvé dans miss Foote la plus grande partie des jeux de scène qui nous avaient émerveillé dans miss Smithson ; et ces agréments viennent probablement de fort loin. Au reste, il ne faut pas s'étonner de trouver cette fidélité traditionnelle chez un peuple qui professe en toutes choses la religion des *précédents*. Une seconde remarque, que nous ont suggérée surtout le jeu d'Abbott et celui de miss Foote, c'est que les comédiens anglais, ceux du moins qui ne sont pas du premier ordre, sont loin d'avoir une diction habituellement simple et vraie. Leur pantomime est par moments plus rapprochée de la nature que celle de nos acteurs ; mais on ne peut pas en dire autant de leur déclamation. La cantilène de miss Foote diffère de celle de mesdemoiselles Bourgoin et Duchesnois ; mais elle est au fond tout aussi artificielle. Il n'y a pas jusqu'au hoquet tragique qui ne soit venu dans cette soirée couper les vers de Shakspeare. A dire vrai, aucun des acteurs anglais que nous avons entendus jusqu'ici, n'approche de la simplicité poétique à laquelle Talma était parvenu chez nous à ramener la diction

tragique. Garrick a été le Lekain de l'Angleterre;
mais la Grande-Bretagne ne paraît pas avoir possédé depuis un acteur qui ait, comme notre Talma,
achevé la réforme. John Kemble, dit-on, l'a essayé.
S'il y est parvenu lui-même, ses procédés ne lui ont
pas survécu. Talma (on sait en dépit de quels obstacles et l'on n'a pas oublié les feuilletons de Geof-
froy), Talma avait rejeté la mélopée tragique de
Baron, respectée encore par Lekain. Il parlait la
tragédie, tout en lui conservant le grandiose auquel elle a droit à titre d'art. C'est ce que ne font
point les acteurs anglais; ils parlent ou ils déclament, et passent sans transition d'un de ces procédés à l'autre. Il est vrai qu'il faudrait entendre Kean
et Macready, pour être sûr d'avoir une idée juste
de la diction théâtrale anglaise? Qu'aurions-nous
dit de nos voisins s'ils avaient jugé, du vivant de
Talma, notre système de déclamation par la psal-
modie monotone de nos acteurs de second ordre?

XI.

JANE SHORE, A TRAGEDY,

BY NICHOLAS ROWE.

ESSAI DE TRANSACTION ENTRE SHAKSPEARE ET CAMPISTRON.

(Globe, 10 octobre 1827.)

Parmi les objections sans nombre qu'on a faites
au drame de Shakspeare, nous en avons remarqué
une tout-à-fait étrange. Nous avons entendu plusieurs gens de lettres exprimer la crainte qu'en nous
relâchant des règles aristotéliques, nous ne ren-
dions l'art trop facile. Quand on se permet tout, di-
saient-ils, rien n'est plus aisé que d'avoir du talent.
Plût à Dieu! Mais, par malheur, il n'est pas prouvé
que le drame romantique soit plus aisé que la tragédie ordinaire. Cette forme met à la disposition
du poëte beaucoup de sujets, que la forme ancienne lui interdit ; elle fait jouir les spectateurs
d'une plus grande variété d'émotions : ce sont là ses
avantages, et ils sont considérables. Mais ce genre
exige de ceux qui l'adoptent les talents les plus
variés ; il demande notamment deux qualités qui
marchent rarement ensemble, l'esprit et le pathétique. Il n'impose pas, il est vrai, de difficultés
puériles et sans but; il ne s'agit point, dans ce sys-

tème, de marcher seulement d'une certaine manière et sans s'écarter d'une certaine ligne; mais il faut accomplir une longue course avec aisance et sans laisser voir de fatigue; il faut faire oublier au spectateur le cours du temps par le plaisir, et les changements de lieux par l'émotion; il faut disposer la fable avec clarté, la montrer aux yeux sous ses faces les plus frappantes; multiplier les épisodes, en conservant l'unité; ranimer la poussière des siècles passés, et peindre l'homme de tous les temps sous le costume d'une seule époque; il faut élever à l'idéal les détails vulgaires de la vie réelle, sans que l'on s'aperçoive que ces traits de prétendue nature sont de la poésie. On n'opère pas de tels miracles sans art, et sans beaucoup d'art; et Shakspeare, qui souvent a fait tout cela, nous paraît en avoir eu beaucoup plus qu'on ne lui en accorde communément.

Au reste, l'exemple de l'Angleterre doit rassurer suffisamment les personnes qui craignent que bientôt les grands poëtes ne soient trop communs parmi nous et que les œuvres du génie ne deviennent trop faciles. Dans ce pays, le drame romantique est en honneur depuis trois siècles, et pourtant combien peu voyons-nous de beaux ouvrages de ce genre? Ce qu'il y a de plus étonnant, ce sont les singulières méprises des poëtes qui, comme Rowe, admirateurs déclarés de Shakspeare, ont cru écrire dans sa manière. Si l'auteur de *Jane*

Shore n'avait pas eu la précaution de nous mettre dans sa confidence, nous n'aurions jamais deviné qu'il avait voulu dans cette pièce imiter l'auteur de *Richard III.* Pareil mécompte est arrivé de nos jours à un homme d'un grand talent, à M. Manzoni, qui est resté dans la tragédie romanesque, tout en croyant s'être élancé dans le drame historique. La méprise de Rowe n'a pas échappé à Johnson. La dissemblance des deux manières est si visible, qu'elle a frappé toutes les personnes qui ont suivi les représentations du théâtre anglais. Sans doute, il y avait dans le sujet de *Jane Shore*, emprunté, comme la plupart de ceux de Shakspeare, à une tradition populaire, la matière d'une tragédie romantique. Pour la composer, Shakspeare n'aurait vraisemblablement pas eu trop de la vie entière de l'héroïne. Il est probable qu'il nous l'aurait montrée d'abord au milieu des ateliers bruyants et des plaisirs modestes de la maison conjugale; qu'il nous aurait initiés ensuite aux mystères de la cour voluptueuse d'Édouard IV, et ne nous aurait qu'après ce détour montré la malheureuse Jane, dépouillée de tout, même de ses charmes, mourant de douleur et d'inanition dans un carrefour de Londres (1). Mais Rowe, qui avait

_____

(1) Rowe ne s'est pas conformé à l'histoire dans le dénouement de sa tragédie. Il fait mourir Jane Shore trois jours après sa condamnation, tandis qu'il paraît certain qu'elle traîna sa misère jus-

étudié notre théâtre, a envisagé tout différemment
son sujet. Il l'a traité, à mon avis, d'une manière
beaucoup plus facile et beaucoup moins intéressante. De ce qui n'eût fourni qu'un acte ou deux à
Shakspeare, il en a fait cinq, au moyen de longues
et traînantes conversations. Sa manière est une espèce de moyen terme et comme une sorte de com-
promis entre la tragédie anglaise et la tragédie française. Il a pris de la France une demi-régularité et de
la poétique anglaise une demi-hardiesse. L'action
ne dure que peu de jours; mais la scène change plusieurs fois, même dans un acte. Nous passons in-
cessamment de chez Jane Shore dans le palais, et
du palais chez Jane Shore, alternatives monotones
qui peuvent bien accommoder le poëte, mais qui
sont fastidieuses pour le spectateur. Les personnages portent bien des noms historiques; mais
c'est là tout. Rowe a pris sans façon et en ami une
scène entière du *Richard III* de Shakspeare, celle
où le tyran accuse le loyal Hastings de magie et de
sortiléges contre sa personne, et montre pour
preuve de son accusation son bras séché et frappé
de paralysie. Mais, à part ce passage fort beau et
qui lui a peu coûté, Rowe a dessiné très-faiblement

qu'à l'âge de quatre-vingt-six ans. Thomas Morus assure que,
pendant le règne de Henri VIII, quarante ans après la sentence
barbare prononcée contre elle, il la vit cueillir des herbes sauvages
pour sa nourriture, dans un champ voisin de la Cité et qui maintenant fait partie de Londres.

le caractère de Richard. Il a mieux réussi dans ce-lui de Jane Shore; mais, à l'exemple des poëtes secondaires de notre théâtre, il a tout sacrifié à ce personnage unique. Malgré de si grands défauts, cette pièce est restée à la scène, et elle est vue avec plaisir, toutes les fois qu'il se trouve une actrice capable de bien rendre le rôle principal. C'est qu'il y a dans ce sujet un intérêt profond, et que le cinquième acte excite un genre d'émotion dont l'effet est immanquable. Une femme, naguère l'i-dole d'une cour brillante, est condamnée à errer sans asile et à périr de misère, et cela moins pour la punition de ses fautes que par suite de sa fidé-lité généreuse aux enfants du roi son ancien amant; réduite à mendier à la porte d'une noble amie, dont les valets la chassent, couchée sur la pierre où elle va mourir, elle retrouve son mari offensé qui la soutient et lui apporte un pardon qui semble moins venir de la terre que du ciel; c'est là un ta-bleau tout-à-fait propre à émouvoir les cœurs, et la gloire de Rowe est d'avoir osé le tracer avec franchise et vérité.

Cette pièce est, d'ailleurs, si dépourvue d'ac-tion, que, quand M. Lemercier, frappé de la beauté du dénouement, voulut la transporter sur notre scène, il la trouva trop vide, même pour une tragédie française. Il sentit le besoin d'ajouter de nouveaux incidents, et de puiser surtout de la vé-rité historique dans Shakspeare. Il emprunta à ce poëte quelques-uns des traits les plus énergiques de son *Richard III*, et fortifia avec beaucoup d'art quelques ressorts défectueux de la pièce de Rowe. Ces changements, cependant, ne sont pas tous heureux. Il n'était peut-être pas bien nécessaire de toucher au rôle de Shore. Ce mari, dans la pièce anglaise, vient, sous le nom et sous les habits d'un vieux domestique, observer lui-même la conduite et le repentir de sa femme. Ce déguisement, dit M. Lemercier, lui ôte toute dignité tragique, et il est contre toutes les possibilités naturelles qu'il ne soit point reconnu. M. Lemercier a cru remédier à ce défaut en l'introduisant près de Jane comme le frère de son mari. Mais cette parenté supposée, en excitant davantage l'attention de sa femme, ne fait, ce me semble, qu'ajouter à l'invraisemblance. Dans la pièce anglaise, Jane Shore confie ses bijoux à sa rivale cachée, la jeune Alicia, qui doit, au cinquième acte, lui refuser un verre d'eau et du pain. M. Lemercier a poussé cette idée encore plus loin. Repentante de ses erreurs, Jane Shore remet à son amie les gages d'amour qu'elle a reçus d'Édouard et surtout son portrait, qu'elle n'ose revoir. Ces riches joyaux qui lui sont inutilement rendus quand elle meurt de faim, et ce médaillon qu'Alicia en délire passe autour du cou de sa victime évanouie, sont des traits ingénieux ajoutés à l'original, mais qui décèlent trop de recherche et de calcul. C'est avec plus de naturel et de délicatesse que Jane

Shore, dans la tragédie française, appelée près
de Richard, reconnaît l'appartement d'Édouard et
rougit de ses souvenirs. Dans la piéce de Rowe, un
échange de papiers, par lequel une requéte adressée à Richard, est furtivement remplacée par une
dénonciation anonyme, forme un imbroglio assez
mesquin. M. Lemercier a substitué à ce ressort une
audience accordée par Richard, à la jalouse Alicia, dans laquelle l'hypocrisie et la cruauté de ce
fourbe qui craint d'avoir été deviné, sont peintes
de main de maître. Mais la meilleure correction,
ou plutôt la plus belle création de M. Lemercier
dans cet ouvrage, est le rôle du mendiant, qui
nous transporte idéalement dans les rues de Londres, que Rowe a eu le tort de laisser désertes, et
que M. Liadières dans la pièce qu'il a faite sur ce
sujet, a encombrées de trop de peuple. Il n'y aurait, qu'à louer cette conception si M. Lemercier
n'avait pas prêté à son mendiant des sentences phi-
losophiques et une générosité raisonnée, au lieu
de cette bonté irréfléchie et de ce courage d'instinct,
que la misère donne et dont l'auteur devait seul
avoir le secret.

Le style de la tragédie de Rowe offre, comme
sa conception, un *mezzo termine* entre la rudesse
de Shakspeare et la politesse de Campistron. Cette
diction intermédiaire réunit les inconvénients des
deux systèmes, sans offrir les beautés de l'un ni de
l'autre. Puisque Rowe consentait à se priver de

toutes les ressources de l'imagination et de l'esprit,
que ne s'efforçait-il d'atteindre à la hauteur poétique de nos grands maîtres! Il s'est contenté de tirades simples, graves, quelquefois fleuries. Mais,
comme il vise à la manière de Shakspeare, il lâche de temps à autre quelques gros mots, qui jurent étrangement avec la politesse de son langage
habituel. Cette grossière répartie de Hastings, par
exemple, quand Shore, sous le nom de Dumont,
vient au secours de sa femme insultée,

'Tis wond'rous well! I see, my saint-like dame,
You stand provided of your braves and ruffians,
To man your cause, and bluster in your brothel,

produit une singulière dissonnance. Dans Shakspeare, où la scène s'ouvre d'ordinaire par une conversation de soldats ou de valets, l'oreille est pré-
parée à tout. Mais dans un ouvrage écrit, comme
celui-ci, d'un style presque toujours épuré, de
pareils mots révoltent et font, comme le remarquait un de mes amis, l'impression d'une chenille
sur une rose.

Nous étions, comme le public, fort curieux de
savoir comment miss Smithson composerait cette
nouvelle figure tragique, si différente de celles
qu'elle nous a déjà montrées. Ce n'est point ici une
Ophélie, une Juliette, une Desdemona, une jeune
fille dans la fraîcheur de l'âge, de l'amour et de
l'innocence; Jane Shore est une beauté mélanco-

lique que les larmes ont pâlie. Elle-même trace
ainsi son portrait dès la première scène :

> My form, alas! has long forgot to please ;
> No roses bloom upon my fading cheek,
> Nor laughing graces wanton in my eyes ;
> But haggard grief, lean-looking, sallow, care...
> Dwell on my brow, all hideous and forlorn.

Malgré ces paroles, qui sont empreintes d'une
exagération passionnée , cette *belle pénitente* ,
comme Rowe aurait pu l'appeler, conserve assez
de ses premiers attraits pour enflammer un jeune
lord. Mais la trace des pleurs doit pourtant un peu
sillonner ses joues; et sa beauté, comme celle de
la Madeleine de Canova, doit être voilée par le repentir et par les larmes. Miss Smithson a bien saisi
cette nuance. Son front a offert pendant tout le
rôle cette mélancolie touchante que lui a imprimée l'auteur. Peut-être aurait-elle pu l'éclaircir
un peu plus quand Shore, en qui elle ne voit
qu'un intendant, lui fait, en style un peu trop
pastoral, la description de l'habitation solitaire où
elle croit pouvoir aller cacher ses jours.

Nous étions surtout curieux de voir au théâtre
la scène hardie où Hastings, s'autorisant de la position de Jane, des obligations qu'elle lui a, de la
solitude et de la nuit, lui déclare son amour, ou
plutôt ses désirs, avec une familiarité insultante
qui couvre de confusion la repentante maîtresse
d'Édouard. Il était à craindre que cette scène , si

éloignée de nos mœurs théâtrales, ne choquât notre délicatesse. Au contraire, elle a été le triomphe de miss Smithson et d'Abbott. Les réponses si humbles, si fermes, si douloureuses, qu'oppose la malheureuse Jane Shore aux désirs outrageants de Hastings, ses refus que celui-ci prend pour une ruse de coquette, le geste vraiment sublime de Jane Shore quand Hastings passe des paroles à la violence, ont transporté l'assemblée. La courtisane royale avait disparu; il ne restait que la femme digne des respects d'un lord.

Dans tout le cinquième acte, miss Smithson a atteint le plus haut degré de pathétique. Lorsque mourante de faim et de fatigue, mais seule, et enfin délivrée de la foule, qui s'est lassée de la poursuivre, elle ose lever les yeux et reconnaît la maison de sa chère Alicia, cette maison où si souvent elle a été reçue au temps de sa fortune, une émotion douloureuse agite tous ses membres. Elle frappe à cette porte avec les convulsions de l'espérance et du besoin. Mais les valets la repoussent. Elle tombe alors de douleur et de faiblesse devant cette maison d'où sort bientôt la maîtresse. Jane lui demande, d'une voix affaiblie, une goutte d'eau et un peu de pain. Elle s'attache à la robe de cette perfide amie que le ciel a déjà frappée par la perte de son amant et de la raison. Dans cette longue scène, où se déploie le terrible contraste d'une faible femme punie par les hommes et d'une méchante

femme châtiée par la Providence, la pantomime de
miss Smithson a été admirable. Seulement nous
avons été surpris de lui voir porter si fréquemment,
et par une sorte de mouvement involontaire, la
main à son front, comme dans *Hamlet*. Ce geste,
si expressif, pour indiquer les souffrances d'Ophelia, est ici insignifiant et faux. A cela près, miss
Smithson a rendu tous les tourments de Jane Shore
de la manière la plus tragique et la plus touchante.
Elle s'est surpassée dans le moment où, près d'expirer, elle reconnaît son mari. Quand, le repentir
gravé dans tous ses muscles, elle fait effort pour
parler, et que la voix et les forces lui manquent,
on ne peut, sans l'avoir vue, se faire une idée de
l'impression qu'elle produit.

XII

ANGLAIS ET FRANÇAIS,

COMÉDIE A-PROPOS, EN UN ACTE.

[*Globe*, 15 octobre 1827.]

Les personnes qui ont assisté à l'ouverture du théâtre anglais, se rappellent que quand les spectateurs transportés redemandèrent Charles Kemble, Abbott vint annoncer en français que les règlements s'opposaient à ce désir du public. Sa phrase inachevée, sa prononciation étrangère, son sourire et son geste explicatif prêtèrent à cette courte harangue une valeur et une finesse tout-à-fait particulière. L'hilarité générale qui s'ensuivit a donné à MM. Bayard et Gustave de Wailly l'heureuse idée de renouveler l'espèce de plaisir causé par l'étrangeté de cette scène fortuite. Il était, d'ailleurs, fort naturel que nos jeunes auteurs profitassent de la présence des comédiens anglais, et surtout de la manière dont Abbott balbutie notre langue, pour nous montrer, non plus des *Anglais pour rire*, mais un Anglais tout de bon. Il suffisait, pour rendre cette *exhibition* piquante, de nous montrer un jeune gentleman, voyageant en France, jeté dans quelque quiproquo ; de le supposer amoureux et fai-

sant la cour à une Française; en un mot, de le placer dans une des situations où la lutte de la pensée
contre la langue pût avoir le plus de comique et
de singularité. Les auteurs ont aisément trouvé un
cadre pour cette idée; et leur canevas, sans prétention, a paru suffisant pour une bluette. Tout ce
qu'on voulait, c'était entendre Abbott parlant et
faisant l'amour en français; et il faut convenir qu'il
était impossible à un étranger d'exécuter cette double tâche avec plus de grâce et d'esprit.

Le jeune Eugène de Verneuil a, aux yeux d'un
sien oncle, le double tort d'avoir fait des dettes et
d'être amoureux d'une Anglaise, qu'il se propose
d'épouser. Sa maîtresse habite Londres, et il veut
l'aller rejoindre. Mais son oncle, qui frémit à la
seule idée d'une alliance quelconque avec l'Angleterre, s'ingère d'acheter ses créances et de le faire
arrêter. Le jeune homme, qui apprend qu'on le
poursuit, n'est que plus empressé de franchir le détroit. Il endosse un habit anglais, épaissit sa taille,
s'affuble d'une perruque un peu plus que blonde,
parle de la gorge, baragouine à tout propos *god-
dem*, *yes*, *madam*, et, dans cet équipage, arrive
sans encombre à Lille. Survient la diligence de Paris. Parmi les voyageurs se trouve un gentleman,
mais un gentleman véritable, plus une jeune veuve,
madame Marilly, et un M. Deschamps, ami de l'oncle d'Eugène, lequel s'est chargé de la singulière
commission de faire arrêter le fugitif. Comme il

demande des renseignements à tout le monde, il
s'adresse au faux Anglais, qui, fort effrayé, redou-
ble son baragouin. Deschamps, qui n'y comprend
rien, prie l'Anglais véritable, avec lequel il a fait
route, de vouloir bien interroger son compatriote.
Grand embarras d'Eugène, dont le vocabulaire n'est
composé que de cinq ou six monosyllabes. Heureusement, il trouve moyen de faire comprendre à sir
Richard qu'il s'agit d'une affaire d'amour, et aussitôt celui-ci lui prête charitablement assistance.
Le jeune Anglais est indulgent pour ces sortes d'affaires : il est lui-même amoureux. On devine que
c'est de madame Marilly avec laquelle il voyage.
Mais, hélas ! il va la quitter et ne lui a pas encore
exprimé toute la vivacité de ses sentiments. La scène
où il hasarde cette terrible déclaration est fort
amusante. Sa facilité à s'exprimer, tant que la
jeune veuve l'écoute sans colère ; sa joie de la ra-
pidité avec laquelle les paroles lui viennent ; puis,
quand il a prononcé le mot d'amour et que la jeune
dame croit devoir lui montrer un front sévère,
l'embarras de son maintien et de son langage ; son
impatience de ne plus trouver d'expressions ; les
mots anglais qui se mêlent à ses excuses ; enfin, sa
joyeuse promptitude à reparler anglais dès qu'il est
seul, tout cela a paru charmant de gaieté et de naturel.

II.   9

XIII.

VENICE PRESERV'D,

OR

A PLOT DISCOVER'D,

A TRAGEDY WRITTEN BY THOMAS OTWAY.

(*Globe*, 10 novembre 1827.)

Les partisans et les détracteurs de Shakspeare unissent assez volontiers dans leurs éloges et dans leurs critiques les deux noms de Shakspeare et d'Otway. Il y a, en effet, quelque ressemblance entre ces deux hommes, d'un génie d'ailleurs si disproportionné. Tous deux, doués de l'imagination la plus vive et la plus passionnée, joignent à une foule de traits d'un naturel exquis un penchant marqué pour l'hyperbole; tous deux poussent leur idée jusqu'à ses dernières limites; tous deux font plus agir que discourir leurs personnages, et possèdent au plus haut degré l'art de mettre les caractères en relief et de dérouler aux yeux la partie la plus intéressante de leurs sujets. Nous avons donc vu avec plaisir annoncer une représentation de *Venice preserv'd*. Cette pièce, tirée du roman de Saint-Réal, si bénévolement comparé à Salluste par Voltaire, nous offre avec toutes ses circonstan-

ces une conjuration populaire, comme le *Fiesque*
de Schiller nous montre dans tous ses détails une
conspiration de grand seigneur. Ce drame porte
tellement l'empreinte du goût anglais, que pour
qui cherche, comme nous, dans les représentations
de Favart, une occasion de comparaison et d'expérience, il y avait lieu de se réjouir. Après avoir
vu sur notre scène tant de conspirateurs ampoulés
et froidement déclamateurs, nous espérions voir
enfin de véritables conjurés, non pas des patrio-
tes de 1789 ou des constitutionnels de 1827,
marchant avec les idées du siècle, vers un but
honorable et désintéressé, mais de hardis coquins
sans ressource, étrangers la plupart à Venise et
ne voulant conquérir le pouvoir que pour se plon-
ger dans la débauche; nous espérions voir une conjuration tramée, comme cela devait être à Venise
et à cette époque, dans le réduit d'une courtisane,
et terminée sur un échafaud. Nous nous promet-
tions une soirée de plaisir et d'étude : notre attente
a été en partie déçue.

Les pièces de Shakspeare et d'Otway ne sont pas
de celles auxquelles on puisse toucher impunément. Il faut les représenter telles qu'elles sont, ou
ne les pas jouer. Calculées pour agir sur l'imagination, elles exigent impérieusement qu'on n'épargne rien pour leur mise en scène : tout ce qui parle
aux sens est l'auxiliaire obligé de ce genre de drame.
Cela, sans doute, est fort onéreux pour un direc-

9.

teur, et doit l'entraîner dans des dépenses excessives. Quatre mauvaises coulisses suffisent pour jouer *Cinna*, *Andromaque* ou *Mérope*; il faut, au contraire, un grand attirail de décorations pour représenter *Richard III*, *Roméo et Juliette*, *Venise sauvée*. De plus, dans le drame de Shakspeare, l'intérêt ne se concentre jamais sur un ou deux rôles; de là l'indispensable nécessité d'une troupe nombreuse. Ce sont là des difficultés très-grandes qui sollicitent l'indulgence, mais qu'il faut pourtant qu'une administration théâtrale parvienne à surmonter, au moins en partie, pour pouvoir conserver la bienveillance du public.

Il y a, par exemple, dans *Venise sauvée*, quatre rôles principaux qui demandent quatre acteurs intelligents, Pierre, Renaud, Jaffier et Belvidera. Abbott et miss Smithson se sont convenablement acquittés des deux derniers; mais les deux autres étaient livrés à des comparses. Il est résulté de là que cette tragédie, si attachante et si pathétique, a laissé l'auditoire glacé, et que nous n'avons retrouvé qu'à grand'peine quelques-unes des vives émotions que notre lecture du matin nous avait fait éprouver.

Cette lecture nous avait transporté à Venise. Nous avions pu juger de la dureté de ses maîtres par celle du seigneur Priuli, qui voue sa fille à l'indigence pour la punir d'un mariage qu'il désapprouve. Nous avions pu juger de la dépravation

du sénat par la grossière et stupide luxure d'un de
ses membres, le grotesque Antonio, qui fatigue la
courtisane Aquilina de toutes les ineptes singeries
d'un vieux débauché. Nous avions reconnu le type
d'un hardi conspirateur dans cet aventurier Jacques Pierre (1), vivant dans le désordre, et amant
aimé d'Aquilina; homme violent, ne craignant
pas plus les lois humaines que l'enfer, mais fidèle
comme son poignard, et le cœur ouvert à l'amitié.
Nous l'avions vu, à minuit, sur une place de Venise, mettre une bourse dans la main du pauvre
Jaffier, et, lui sifflant ses conseils à l'oreille, comme
un esprit tentateur, l'enrôler dans sa bande; nous
l'avions vu, au milieu de ses associés, se faire la
caution de sa nouvelle recrue, puis, trahi par
la faiblesse de son ami, l'accabler d'imprécations.
Enfin, au moment suprême, et au pied de l'échafaud, nous l'avions vu repousser les exhortations
du prêtre; mais, apercevant dans la foule Jaffier au désespoir, retrouver un serrement de main
pour son ami. Nous l'avions vu montant déjà les
marches fatales, et, quand l'exécuteur s'apprête à le
saisir, dire un mot à voix basse à Jaffier, qui, à l'instant, le frappe d'un coup de poignard et se perce
ensuite, tandis que le prêtre se signe, à la vue de
cette *fin damnable*, et que l'officier qui préside à

_____

(1) Capitaine de corsaire, normand de naissance. Voy. Saint-
Réal, *Conjuration des Espagnols contre la république de Venise.*

l'exécution admire à part soi cette *belle mort*. Mais
à la représentation, il ne subsistait presque plus
rien de tout cela. A la place de ce hardi gaillard,
de cet héroïque gibier de potence, nous avons vu
gesticuler gauchement un grand jeune homme
raide, compassé, criard, parlant des lèvres et jamais de l'âme : Jacques Pierre avait disparu.

A côté de ce conjuré, Otway en a placé un autre
non moins bien dessiné. C'est encore un aventurier
français, beaucoup plus vieux, et partant plus
corrompu que Pierre ; Renaud est l'âme de la conspiration, sous le marquis de Bedmar, qui paraît
à peine. Malgré son âge et ses soucis de conjuré,
Renaud trouve le temps de courtiser, à sa manière,
Belvidera, la femme de Jaffier, que celui-ci a
remise en otage entre les mains de ses compagnons.
Lâche et tremblant devant la colère de Jaffier, il
n'en harangue pas moins, l'instant d'après, avec
vigueur, et saura mourir avec courage. Ce sensuel et déterminé vieillard, si différent d'Antonio,
exige un acteur consommé. Le brave homme qui a
joué ce rôle, poudré à blanc et la face enluminée,
n'a pas songé un seul instant à quel étrange composé de hardiesse et de vices il prêtait son honnête
personne.

Quant au sénateur Antonio et à son Aquilina ou
Quilina, Naquilina, Acky, Nacky, comme il l'appelle, par une foule d'abréviations mignardes, ces
deux personnages ne paraissent plus depuis long-

temps sur la scène de Londres. Sans doute, c'est
une hideuse caricature que celle de ce luxurieux
patricien qui se met à beugler comme un bœuf,
pour amuser sa maîtresse et à japper, *like a
dog*, pour avoir occasion de lui mordre les jambes. Mais, outre que ces extravagances ne s'éloi-
gnent pas trop de l'idée que nous avons des mœurs
vénitiennes, cela déverse le ridicule sur le sénat et
relève un peu les conspirateurs. Il y a loin même
de la vie déréglée de Pierre et de ses complices à
ces folies ignobles de l'impuissance. La suppression totale de ces deux rôles a surtout l'inconvénient de nous priver d'une des plus belles scènes
de la pièce, celle où Aquilina, au désespoir de la
condamnation de son amant, vient trouver Antonio, qui veut recommencer ses gentillesses, mais
à qui elle montre un poignard et fait jurer d'empêcher la mort de Pierre, s'il tient à la vie.

L'appareil de l'exécution a été entièrement supprimé. On est dans l'usage à Londres de retrancher le rôle du prêtre; mais on y joue le reste de
l'acte. L'échafaud, tendu de noir et entouré du
peuple, est dressé au fond du théâtre, et l'exécution des condamnés est censée avoir lieu pendant
que, sur le devant de la scène, Pierre tend la
main à Jaffier, et le prie de le poignarder. Au lieu
de cela, nous avons vu les deux amis précédés de
quatre fusiliers, ayant l'air de deux hommes qu'on
mène au violon. Il est vrai que l'impression de ce

terrible cinquième acte, tel qu'il a été conçu par le poëte, doit dépasser, nous le croyons, les bornes de la terreur tragique. Mais c'est précisément là ce que chacun était curieux de sentir et de juger. La pièce qu'on nous a montrée n'est plus l'œuvre d'Otway ; ce n'est plus *Venise sauvée*, cette Venise que rien ne pouvait mieux caractériser qu'une courtisane et des gibets. Il semble qu'on ait fait effort à la fin du dernier siècle, pour élever cette pièce à la dignité de *Manlius*. On avait donc, en Angleterre, sous le règne de Charles II, un sentiment de la vérité historique plus juste et plus vif qu'aujourd'hui que l'on se pique de savoir admirer Walter Scott ! Cela est triste à penser.

Nous arrivons, enfin, à la partie la plus douce de notre tâche : il nous reste à parler du jeu d'Abbott et de miss Smithson. Jaffier, ce mari idolâtre de sa femme, qui s'est ruiné pour la parer et la traiter en fille de sénateur; cet homme que ses passions dominent, qui conspire par colère, et trahit ses amis par faiblesse, a été bien représenté par Abbott. Ses épanchements d'amour avec Belvidera ont été pleins de naturel et d'abandon. Il a mis aussi de la force dans les menaces qu'il adresse à Renaud, et trop peut-être. Enfin, dans ses entretiens avec Pierre, la lutte de ses sentiments a été on ne peut mieux marquée par son jeu muet. Ce n'est pas sa faute si les paroles de son interlocuteur n'arrivaient pas au-delà de la rampe. Nous l'avons dit, l'acteur chargé du rôle de Pierre, n'était pas de force à donner à des vers tels que les suivants l'accent passionné qui leur convient :

> . . . For all this I am a villain. . . .
> Yes, and a most notorious villain;
> To see the sufferings of my fellow—creatures,
> And own myself a man; to see our senators
> Cheat and delude people with a shew
> Of liberty, which yet they ne'er must taste of...., etc.

« Oui, je suis un coquin; cela est très-clair. Je suis un coquin de voir les souffrances de mes semblables et de me croire un homme; de voir nos sénateurs se jouer du peuple, abusé par une apparence de liberté dont il n'a jamais goûté. Ils disent que par eux nos mains sont affranchies de fers, et pourtant ils jettent qui leur plaît dans les plus vils liens; ils précipitent qui leur plaît dans l'opprobre et la douleur. Ils nous ballottent, comme des naufragés, sous les vagues de leur pouvoir, et il ne nous reste pas une planche pour notre salut. Oui, tous ceux qui supportent ces affronts sont de lâches coquins, et moi le premier. Oui, c'est une honte de ne pas répondre au noble appel de la nature, de ne pas s'opposer à ces brigands domestiques, qui nous rendent esclaves et couvrent du nom de charte leur tyrannie. »

Miss Smithson a rendu avec talent toute la partie tendre et pathétique de son rôle. Dans la scène où Belvidera arrache à son mari le secret de la conspiration, elle a été parfaite de séduction, de noblesse et de terreur. Après la condamnation des conjurés, quand Jaffier au désespoir veut venger leur sang sur Belvidera et qu'elle le désarme par des caresses, sa pantomime a eu un charme irrésistible; nous disons sa pantomime, car, par suite de cette manie de retranchements qui règne à Londres, on a supprimé les beaux vers qui suivent et qui expliquaient si bien son action :

> . . . . . Now then kill me ,
> While thus, I cling about this cruel neck
> Kiss thy revengeful lips and die in joys
> Greater than any I can guess hereafter.

« Hé b'en! tue-moi donc, à présent que je me presse sur ton sein cruel, à présent que je baise tes lèvres qui frémissent de vengeance; et je mourrai ainsi dans des joies plus grandes que toutes celles que je puis concevoir au-delà de ce monde. »

Dans quelques autres parties du rôle , le jeu de miss Smithson nous a semblé appeler plusieurs critiques. Au moment où Jaffier se sépare de sa femme et la livre comme otage aux conjurés, peut-être Belvidera a-t-elle mis un peu trop d'exagération dans sa douleur. La surprise, la honte, la présence de plusieurs inconnus , les assurances de Jaffier, qui n'oublie rien pour la rassurer, tout semble conseiller à l'actrice une douleur plus concentrée et moins éclatante.

Dans la scène du délire qui termine la pièce (et , pour le dire en passant, il paraît que la folie est devenue en Angleterre un lieu commun tragique), dans cette scène, où miss Smithson a été si remarquable de diction et de poses, nous nous étions attendu à lui entendre dire autrement qu'elle n'a fait la première moitié de ce couplet :

. . . . . Come, come, come, nay come to bed,
Prithee, my love, etc.

« Viens, viens, viens te coucher, je te prie, mon amour. Les
vents, entends-tu comme ils sifflent, et comme la pluie tombe? Oh!
je suis transie de froid!... (*L'ombre de Jaffier paraît.*) Vous voilà
revenu! Voyez, mon père : Suis-je à blâmer de l'aimer? etc. »

Nous pensions qu'elle aurait jeté sur ces dix vers
une teinte à demi voluptueuse. Ce n'est que quand
l'officier vient annoncer, à l'oreille de Priuli, la
mort de Pierre et de Jaffier; ce n'est que quand
leurs spectres apparaissent unis et sanglants, qu'un
délire furieux s'empare de Belvidera, et qu'elle
tombe dans cette crise mortelle qui doit la rejoindre à son amant.

XIV.

DE LAFOSSE ET D'OTWAY.

SECONDE REPRÉSENTATION DE *VENICE PRESERV'D*

(*Globe*, 17 novembre 1827.)

Cette représentation a été plus satisfaisante que
la première. Nous avons été frappé surtout, le premier jour, de tout ce qu'on ne nous montrait pas.
Moins puissante qu'une lecture solitaire, la vue de
la pièce ne nous avait guère fait éprouver que des
regrets. Cette fois, prévenu et sagement résigné,
nous avons joui davantage des beautés qui restent.
Cette tragédie, telle qu'on la joue à Paris et même
à Londres, n'offre plus la peinture naïve et complète d'une conjuration populaire, où le sublime
se mêle au trivial. Les puristes anglais qui, à la fin
du dernier siècle, croyaient, par des coupures,
rapprocher cette pièce de *Manlius*, ont maladroitement affaibli son caractère propre, sans pouvoir
lui donner, en retour, des beautés d'un ordre différent. Croire que l'on francise un poëte tel qu'Otway en le mutilant, est une idée peu raisonnable.
Autant vaudrait s'efforcer de changer l'ale en vin
d'Aï. Ces braves aristarques à la suite des nôtres,
auraient dû se rappeler les vers du maître :

Chacun pris en son air est agréable en soi ;
Ce n'est que l'air d'autrui qui peut déplaire en moi.

Vraiment, Boileau est un furieux romantique en comparaison de Hugues Blair.

Ce serait une étude curieuse et utile pour l'art théâtral qu'un parallèle impartial de *Venise sauvée* et de *Manlius*. Un examen de ces deux ouvrages montrerait, avec la plus exacte précision, le point de contact et de séparation des deux genres. Lafosse est, je crois, le plus ancien tragique français qui ait puisé dans le théâtre de Londres. Il a commencé cette série d'imitations étrangères qui, depuis, ont été faites avec moins de discernement. Ce qui distingue Lafosse de tous ceux qui ont suivi la même route, c'est l'allure fière, originale, et tout-à-fait française de sa copie. Il a recréé tout ce qu'il empruntait. Comme le fond des deux pièces est le même, et que l'exécution est à-peu-près d'un égal mérite, il n'y a pas d'ouvrages dramatiques qui mettent plus à nu l'esprit et, en quelque sorte, le mécanisme de ces deux modes de composition. Otway, d'ailleurs, tient dans la littérature anglaise à-peu-près le même rang que Lafosse dans la nôtre, et il n'y a pas entre eux une assez grande inégalité de génie pour qu'on puisse attribuer à une cause personnelle la supériorité de l'un ou de l'autre ouvrage. C'est une question toute de système.

La première différence qu'on aperçoive entre ces deux pièces, c'est que tout dans celle d'Otway est en action, tandis que tout se passe en récits et en conversation dans celle de Lafosse. Comme Jaffier, Servilius met sa femme en otage entre les mains des conjurés; mais nous n'assistons pas dans *Manlius* à cette douloureuse séparation. Comme Renaud, Rutile harangue ses compagnons pour éprouver Servilius; mais, dans Otway, nous entendons Renaud assigner à chacun son poste, prescrire l'heure, le lieu, et jusqu'aux moindres détails du carnage. Rutile, au contraire, ne fait que raconter la harangue qu'il vient de tenir aux conjurés. Comme Pierre, Manlius est dénoncé par son ami; mais le spectateur n'est pas témoin de la dénonciation; mais il ne suit pas l'accusé devant ses juges. Pierre et Manlius échappent tous deux, sinon à la mort, du moins au bourreau; mais, dans Otway, on voit cette dernière scène avec tous ses sanglants accessoires, tandis qu'un confident vient raconter la catastrophe dans la pièce française.

Par ce rapide parallèle, nous ne prétendons pas rabaisser *Manlius*, ni même mettre en balance les inconvénients et les avantages qu'offrent ces deux systèmes de tragédie. Nous ne faisons que montrer en quoi ils diffèrent.

Voilà pour le plan. Passons aux caractères. Tout le monde est d'accord sur la nécessité de l'unité d'intérêt. Mais nous ne sentons guère en France

celte unité, à moins que l'intérêt ne porte sur une
personne. De là la nécessité d'*un héros*. C'est, pour
ainsi dire, l'esprit de la monarchie transporté dans
le drame. Fidèle à cette loi, aussi sacrée pour nous
que la loi salique, Lafosse a concentré tout l'intérêt de sa tragédie sur Manlius, sur ses projets, ses
ressentiments, son malheur, sa mort. Les autres
personnages sont éclipsés, sacrifiés ; toute l'affection du poëte et du spectateur s'arrête sur son héros.
Servilius, Valérie, Rutile, ne reçoivent qu'une
très-faible lumière de cette planète souveraine. Au
contraire, le poëte anglais, bien plus occupé de
peindre une conjuration qu'un conjuré, une action
qu'un homme, ne s'attache à aucun rôle de préférence. Chaque personnage concourt à l'action pour
sa part ; tous sont des moyens, aucun n'est le but.
Aussi Jaffier, qui, dans *Venise sauvée,* a plus d'espace pour se livrer à ses passions flottantes, est-il
bien plus intéressant que Servilius. Valérie ne peut
soutenir aucune comparaison avec la tendre, la
passionnée, la tragique Belvidera. Nous connaissons beaucoup mieux Renaud que Rutile. Il n'y
a que Pierre dont la physionomie soit, je ne dirai
pas moins animée, mais tracée sur de moindres
proportions que celles de Manlius. Le beau développement de ce rôle, la tragique scène de la lettre,
dont Talma tirait un si grand parti, cette scène qui
appartient à l'auteur français et qui découlait naturellement de son système, tout cela vaut-il mieux

ou moins que les tableaux à plusieurs figures tracées par Otway? C'est au goût et à l'expérience
d'en décider. Si l'on nous avait joué *Venise sauvée* avec ses épisodes et tout son spectacle, la
question aujourd'hui serait tranchée.

On pense bien que le contraste des deux manières
se retrouve jusque dans le style. Lafosse, lors même
qu'il traduit Otway, fait subir aux pensées et aux
sentiments de cet écrivain des modifications remarquables. Les classiques diront qu'il l'épure, les romantiques qu'il le gâte. M. de la Harpe, par exemple, déclare nettement que Lafosse a écarté *tout le
fatras et toutes les folies d'Otway* : c'est une manière
expéditive de juger les littératures étrangères. Nous
serons plus circonspect et moins dur pour Lafosse.
Nous ne dirons pas qu'en retranchant tout l'esprit,
toute la naïveté et presque toute la partie passionnée du drame anglais, en ramenant tout à un certain diapason solennel et grave qui, s'il ne bannit
pas toujours le naturel, exclut du moins toute imagination de style, Lafosse est tombé souvent dans
la sécheresse et la froideur. Nous citerons un seul
passage, entre cent autres, où l'idée des deux poëtes
est la même, et nous laisserons juger le lecteur.
Jamais peut-être la différence de l'expression n'a
été plus significative.

Nous choisissons la scène où Manlius rappelle à
Servilius les injustices qu'il a souffertes, pour l'engager à entrer dans la conspiration :

C'est peu pour t'accabler que le sénat cruel
Te condamne aux rigueurs d'un exil éternel :
Pour te faire un tourment des jours que l'on te laisse,
Tes biens te sont ravis, tes titres, ta noblesse,
Ta maison, dont bientôt les trésors précieux
Vont être le butin du soldat furieux,
Et qui, par mille mains aussitôt démolie,
Va dans ses fondements tomber ensevelie.
Pour remplir cet arrêt, déjà l'ordre est donné ;
Le fier Valérius lui-même l'a signé.
En un mot, tu perds tout ; et, dans ce sort funeste,
Juge s'il te suffit de partager le reste
Des biens qu'avec mon sang versé dans les combats
J'ai prodigués en vain en servant des ingrats.

SERVILIUS.

Ainsi, père cruel, ainsi ta barbarie,
En éclatant sur moi, tombe sur Valérie !
Son sort au mien uni devait.. .. Ah ! Manlius !
Tu sais dans les périls quel est Servilius ;
Tu sais si jusqu'ici le destin qui m'outrage
Au moindre abaissement a forcé mon courage.
Mais quand je songe, hélas ! que l'état où je suis
Va bientôt exposer aux plus cruels ennuis
Une jeune beauté, dont la foi, la constance,
Ne peut trop exiger de ma reconnaissance,
Je perds, à cet objet, toute ma fermeté;
Et pardonne, de grâce, à cette lâcheté,
Qui, me faisant prévoir tant d'affreuses alarmes,
Dans ton sein généreux me fait verser des larmes.

MANLIUS.

Des larmes ! ah ! plutôt par tes vaillantes mains
Soient noyés dans leur sang ces perfides humains !
Des larmes ! jusque-là ta douleur te possède !
Il est pour la guérir un plus noble remède,

H.   10

Un privilége illustre, un des droits glorieux
Qu'un homme tel que toi partage avec les dieux,
La vengeance. Ma main secondera la tienne ;
Notre sort est commun, ton injure est la mienne.
C'est à moi qu'on s'adresse ; et, dans Servilius,
On croit humilier l'orgueil de Manlius.
Unissons, unissons dans la même vengeance
Ceux qui nous ont unis dans une même offense ;
De tant d'affronts cruels vengeons notre vertu ;
Perdons et sénateurs et consuls ....

Passons à Otway. Il ne faut pas oublier, en le lisant, qu'il manque au morceau qui suit le rhythme
et l'harmonie des vers :

PIERRE.

Je passais tout à l'heure devant ta porte : Je l'ai trouvée gardée
par une troupe de misérables. Ces fils de la ruine publique étaient
là occupés à te détruire. Ils m'ont dit qu'une sentence avait ordonné
la saisie de tous tes biens. C'est la main du cruel Priuli qui a signé
l'arrêt. Là commandait un homme à face hideuse, qui faisait en-
tasser une pile de vaisselle d'argent dont il pressait la vente. Un
autre faisait les plus indignes plaisanteries sur ton malheur : il
s'était emparé de tes plus anciens meubles domestiques, de tes
riches tapis où l'or se mêle à la soie ; ton lit même, le lit qui, la nuit
de ton mariage, livra Belvidera à tes bras, ce théâtre de tous tes
plaisirs, était profané par leurs mains grossières et traîné ignomi-
nieusement à l'encan.......

JAFFIER.

Je te remercie du fond de mon cœur pour ce récit. Du moins à
présent je sais ce qui pouvait m'arriver de pire. Ah! Pierre ! mon
cœur peut supporter les coups les plus rudes de la fortune ; mais
quand je songe aux souffrances de Belvidera, à l'amertume dont
son tendre cœur a dû se remplir, j'avoue toute ma lâcheté. Par-

donne à ma faiblesse, et si, me jetant ainsi dans tes bras, comme un enfant, je sanglote sur ton sein. Ah! je te noierai de mes larmes !

PIERRE.

Sois plutôt tout de feu, et entraîne Venise dans ta ruine. Sommes-nous donc de pauvres marmots qui, par le froid de l'hiver, ne savent qu'attendre en pleurant la mort au coin d'une haie ! Toi et ta cause, vous ne manquerez jamais d'assistance, tant que j'aurai une goutte de sang et de l'argent à ton service. Ordonne à mon cœur ; tu peux en disposer pour toutes choses.

JAFFIER.

Non. Il y a un secret orgueil à mourir en honnête homme.

PIERRE.

Mourir!... Les rats meurent dans leurs trous. Les chiens courent quand ils sont enragés. L'homme connaît un plus digne remède à son chagrin, la vengeance. C'est l'attribut des dieux ; ils l'ont empreinte, avec leur image, dans la nature humaine. Mourir! Considère bien la cause qui t'appelle, et si tu es assez vil pour mourir, meurs . Souviens-toi des souffrances de ta Belvidera. Belvidera ! mourir ! Damne-toi d'abord. Quoi ! tu serais régulièrement enterré au cimetière, et tu mêlerais ta noble poussière avec ces infects coquins qui pourrissent dans leur linceul, avec ces imbéciles morts d'indigestion, avec ce vulgaire fumier de la terre!....

On n'a pas oublié quelle valeur Talma donnait à ces deux mots, *la vengeance!* Il faudrait entendre dire par un grand acteur la tirade qui précède pour pouvoir juger combien l'accent passionné peut ajouter de poésie à ce jargon véhément et populaire. Mason, chargé du rôle de Pierre, n'a pas assez de puissance dans la voix et dans le geste pour rehausser de pareils détails. Ce jeune comédien a pourtant bien dit son apostrophe aux conjurés qui veulent immoler Jaffier à leurs soupçons :

Thou die! thou kill my friend! or thou? or thou?
Or thou?

Ces deux derniers mots, lancés à Renaud, ont été jetés, comme il le fallait, avec l'accent du plus inexprimable mépris.

Le rire qui précède la mort de Pierre n'a pas été bien compris du public. La faute n'en est ni à l'acteur ni au public. Dans le dénoûment d'Otway, cette fin est admirable. La place est encombrée de peuple; la troupe est sous les armes; l'exécuteur est prêt; le prêtre, repoussé, s'éloigne. En ce moment, Pierre fait un signe à Jaffier. Celui-ci s'approche, le frappe et se poignarde. Ils tombent tous deux, et Pierre s'écrie dans sa joie : « *We have deceiv'd the senate!* (Nous avons trompé le sénat!) » et les convulsions du rire se mêlent au râle de l'agonie. Sur une place déserte et en face de quatre soldats, ce rire sublime n'a plus aucun sens.

Miss Smithson a eu de nouvelles et toujours heureuses inspirations dans le rôle de Belvidera. Elle a su, avec beaucoup d'art, donner à la folie de cette faible femme un caractère tout différent de celle d'Ophélia! que de tendresse et de remords dans son regard ! A peine regrette-t-on que les ombres de Pierre et de Jaffier ne paraissent pas. On les voit, grâce à l'admirable pantomime de l'ac-

trice. Le moment où, appuyée sur ses genoux, elle
a l'air de remuer et de creuser la terre pour retrouver le corps de celui qu'elle aime , *I' ll dig, dig
the den up*, est un des plus déchirants tableaux que
jamais poëte ou peintre ait tracés.

XV.

THE STRANGER,

IMITÉ DE *MISANTHROPIE ET REPENTIR*, DRAME DE KOTZEBUE.

(*Globe*, 13 décembre 1827.)

Cette soirée a été annoncée comme une soirée d'adieu. *L'étranger*, pièce d'origine allemande, sera donc le dernier grand ouvrage que le théâtre anglais nous offrira cette année. Ce drame, célèbre par les larmes qu'il a fait verser, a fourni à miss Smithson l'occasion de se montrer dans un genre nouveau pour elle. Sous ce rapport, l'administration ne pouvait clore, d'une manière plus convenable, la galerie des pièces étrangères dont elle nous a fait prendre une idée. Après avoir monté cinq tragédies, *Hamlet*, *Romeo and Juliet*, *Othello*, *Jane Shore*, *Venice preserv'd*, et un égal nombre de comédies, elle a pensé devoir nous donner au moins un échantillon du drame. Celui dont elle a fait choix, naturalisé depuis longtemps en Angleterre par Benjamin Thompson, est très-propre à nous faire juger comment nos voisins conçoivent ce genre de pièces.

En comparant l'original allemand avec les imitations anglaise et française, on est surpris de voir qu'en beaucoup de points le goût britannique ait été plus sévère que le nôtre. Il reste dans *Misanthropie et Repentir* un plus grand nombre de niaiseries germaniques que dans *The Stranger*. La fameuse scène des *pipes* a disparu des deux pièces. Mais les papillons après lesquels court l'innocent Peter ne se trouvent pas dans Benjamin Thompson. Ce sont, au demeurant, de grands destructeurs d'insectes que les personnages de Kotzebue. Outre Peter, qui ouvre la pièce, il y a dans le cinquième acte allemand un homme qui fait la chasse aux mouches. C'est le Général Comte de Wintersée qui se livre à ce noble passe-temps. Voici quelques-unes des réflexions les plus profondes que lui inspire ce salutaire et agréable exercice :

« Autrefois je faisais la guerre aux hommes; aujourd'hui, je la fais aux mouches. Ces deux engeances sont également incommodes. J'ouvre aujourd'hui la campagne par ennui. Les grands font de même; et souvent, pour passer le temps, ils tourmentent l'humanité. L'empereur Domitien tuait des mouches aussi bien que moi..... Charlemagne tuait des hommes comme des mouches, quand ils ne voulaient pas prier comme lui....., etc. »

Quoique ces graves puérilités et beaucoup d'autres de même force aient disparu des deux imitations, il reste encore beaucoup trop de ces belles choses dans les deux pièces. Que dire, par exemple, de ce dialogue conservé par les deux traducteurs?

LE COMTE DE WINTERSÉE.

Vous voyez devant vous, madame, un invalide qui jure de ne servir désormais que sous vos étendards.

EULALIE.

Mes étendards , monsieur le comte , ne se déploient que pour la retraite.·

L'imitateur anglais ajoute, de peur qu'on ne se méprenne sur ce jeu de mots : *For retreat and rural happiness,* « ne ne déploient que pour la retraite et le bonheur champêtre. » Honnête monsieur Thompson !

Malgré toutes ces pauvretés, dont on a fait justice depuis longtemps, il y a dans cet ouvrage un intérêt profond et qui repose sur les sentiments les plus naturels et les plus intimes du cœur humain. Le récit de Meineau, celui d'Eulalie, la scène de la reconnaissance, celle du pardon, sont des morceaux touchants, et les plus touchants peut-être qui se trouvent en aucun drame. Ils ont obtenu et devaient obtenir grâce pour toutes les longueurs et les invraisemblances de l'ouvrage, même pour le style si doucereusement poétique du mendiant Tobie, parodiste de Gessner, et pour le langage de Francis, si disproportionné à sa condition.

La représentation de cette pièce a été satisfaisante. L'effet des deux derniers actes, de quelque manière et en quelque langue qu'on les traduise, sera toujours du plus irrésistible intérêt. Mais pourquoi les enfants n'ont-ils pas prononcé ces mots : *Good father, good mother*, mots si simples et si nécessaires, puisque seuls ils dénouent la pièce? Après un long entretien, Meineau et Eulalie vont se séparer, déterminés à faire aux convenances sociales le sacrifice de leurs sentiments; ils se donnent rendez-vous dans un meilleur monde (*in a better world*), quand tout-à-coup un cri de leurs enfants les arrête, triomphe de leurs résolutions et les précipite dans les bras l'un de l'autre. Miss Smithson n'est pas entrée, ce me semble, dans l'idée de l'auteur, en hésitant à se jeter dans les bras de son mari et en y tombant plutôt avec les convulsions du repentir qu'avec l'effusion irréfléchie de la tendresse. En ce moment Eulalie doit oublier tout, jusqu'au souvenir de sa faute. Faire autrement, c'est réaliser en partie l'idée d'un critique allemand (1) qui a soutenu que la pièce gagnerait beaucoup *du côté de l'intérêt,* si Eulalie et Meineau persistaient à regarder le pardon comme impossible. Sans doute , ce dénoûment serait plus convenable ; cette conduite serait plus digne et plus élevée. Serait-elle aussi théâtrale? j'en doute; ce qui est sûr, c'est que ce serait un autre ouvrage. L'intention de Kotzebue est évidente : il a voulu montrer la soudaine victoire d'un sentiment naturel sur un sentiment pu-

(1) Voy. *Journal analytique et critique*, etc., publié à Hambourg, par Schink, numéro d'octobre 1790.

rement social ; il a accumulé les plus grands obstacles, pour les renverser par deux simples mots prononcés par deux enfants. Il y a là-dedans un grand
contraste et une idée vraiment belle et dramatique.

C'était une curiosité piquante que de voir miss
Smithson débuter dans le drame. Une tragédienne
si pathétique, une comédienne si pleine de verve
et de gaieté pouvait-elle réussir dans ce genre mixte,
où l'expression des sentiments doit toujours être
à demi-voilée par l'observation des bienséances ?
C'eût été un miracle. Il faut, pour jouer, comme
pour composer le drame, des qualités toutes particulières, et, à beaucoup d'égards, différentes de
celles qu'exigent les deux genres extrêmes. Le
drame n'est pas, comme la tragédie ou la comédie, la peinture idéalisée des ridicules ou des passions : c'est une représentation exacte de scènes
prises dans la vie réelle. Le bien, le mal, la passion, le vice, tout doit, dans ce genre, conserver
la mesure et l'uniformité convenues, dont nos
mœurs nous font une loi. Le poëte tragique exprime par la mystérieuse et musicale harmonie
des vers, une foule de sentiments qui jamais peut-
être n'ont franchi le seuil du cœur où ils bouil-
lonnent, mais qui, pour n'avoir jamais encore
trouvé de paroles, n'en sont pas moins vrais, ni
moins profonds, ni moins humains. L'auteur qui
se voue au drame, au contraire, transcrit la parole
humaine telle que son oreille a pu la recueillir. Ce

sont deux arts différents. Nous ne prétendons pas
les juger ici; nous ne voulons que signaler leur
différence. L'acteur, dans le drame, a donc une
tout autre tâche à remplir que dans la comédie et
la tragédie. Il ne doit s'élever que peu au-dessus du
réel. Il doit nous montrer l'amour, la jalousie, la
colère, le désespoir, non tels que nous les rêvons,
mais tels que nous les apercevons, ou tels plutôt
que nous les devinons sous tous les voiles et toutes
les dissimulations sociales. Aussi rien n'est-il plus
rare que de voir un même acteur exceller dans ces
deux arts. Mademoiselle Mars nous a quelquefois
montré ce prodige; et, quoique nous préférions
de beaucoup son sourire à ses larmes, elle joue
néanmoins plusieurs rôles de drame, et, entre autres, le rôle d'Eulalie, avec une étonnante perfection. Cependant, ce n'est pas dans les personnages
de ce genre que ses admirateurs se la rappelleront
avec le plus de charme. Talma aussi jouait très-bien
les rôles de Meineau, de Danville, de Falkland et
autres; mais combien il se montrait plus à l'aise
dans les douleurs poétiques d'Oreste, d'OEdipe ou
de Charles VI! L'actrice qui jusqu'ici nous paraît
avoir eu la plus parfaite vocation pour ce genre,
celle qui excitait l'intérêt le plus vif par les moyens
les plus simples, qui touchait sans cris, sans éclats,
presque sans gestes, c'était madame Talma.

Miss Smithson, que l'on n'accuse d'avoir trop
d'art que parce qu'elle n'en a pas encore assez,

et ne le déguise pas suffisamment dans les moments de calme, a mis beaucoup trop de force dans son rôle. On a trop vu la tragédienne. Son trouble, par exemple, quand le baron de Stainfort la questionne et lui demande si elle est mariée, a été beaucoup trop significatif. De tels gestes seraient trop aisément interprétés dans le monde et équivaudraient presque au récit qu'elle fait plus tard à la comtesse. En général, miss Smithson ne sait pas encore s'envelopper de ce charme tranquille et de cet intérêt mélancolique qui est l'idéal du genre. Peut-être même est-elle trop franchement tragédienne et comédienne pour pouvoir jamais bien jouer le drame. Ce ne serait pas un grand malheur.

XVI.

KING LEAR (LE ROI LEAR),

REFAIT PAR M. NAHUM TATE, POETE LAURÉAT.

(*Globe*, 12 janvier 1828.)

Nous pensions avoir dit adieu aux acteurs anglais; mais une autorisation nouvelle leur a été accordée, et quelques représentations auront lieu encore à l'Odéon. Un renfort même vient de leur arriver : M. Terry, comédien estimé à Londres, est en ce moment à Paris. Il a débuté par le *Roi Lear*.

Cette pièce est un des ouvrages de Shakspeare les plus maltraités par cette manie de corrections que nous avons déjà signalée et qui accompagna la réaction littéraire, opérée sous Charles II. Le *Roi Lear* n'a pas eu seulement à supporter des coupures, comme *Othello*, *Hamlet*, et *Romeo* : ce drame a subi (ce qui est bien plus fâcheux) de nombreuses et absurdes additions. Plusieurs critiques parisiens ont trouvé la pièce trop longue, même après les suppressions qu'elle a subies (la représentation dure, en effet, trois heures et demie). Ils auraient pu signaler un fait encore plus étrange : c'est que, malgré les coupures, elle est encore presque aussi longue que l'original. Le nouvel auteur, poëte lauréat de Guillaume III et de la reine Anne, dis-

ciple et admirateur de Dryden, a supprimé, il est
vrai, le rôle du fou, ce rôle si original et si touchant, transporté dans *Ivanhoe*, par Walter Scott;
mais il l'a remplacé par un rôle de confidente insignifiant; il a ajouté plusieurs monologues, al-
longé plutôt qu'étendu le rôle de Cordélia; il a
tiré, enfin, de sa cervelle deux ou trois scènes d'a-
mour presque aussi passionnées que celles qu'à la
même époque la coterie de madame Deshoulières
admirait dans la *Phèdre* de Pradon. Toutes ces
belles choses, qui nous ont aussi paru longues, ont
été blâmées et, ce qui est plus piquant, ont été
louées dans certaines feuilles qui se donnent pour
littéraires, comme appartenant à Shakspeare. Il
n'est pas besoin, cependant, d'être bien profondément versé dans l'histoire du théâtre anglais
pour savoir que Nahum Tate, poëte irlandais, dé-
signé par Warburton dans les notes de la *Dunciade*,
comme un écrivain froid et d'une imagination stérile, *writer of no invention*, refit en 1681 l'histoire du roi Lear, *the History of king Lear* et la
décora du titre de *tragédie* (1). C'est, à peu de

(1) Depuis, on a effacé le mot *History*. Pour rapprocher davantage l'Eschyle anglais des poëtes grecs, on a imaginé de ne
mettre d'autre titre à ses pièces que le nom du principal personnage : *Hamlet*, *Macbeth*, *Othello*, *King Lear*. Il y a un peu loin
de là au titre de la pièce qui nous occupe, tel qu'on le lit dans l'édition originale. Le voici : « M. William Shakspear his true chronicle history of the life and death of King Lear and his three Daugh-

chose près, cette nouvelle pièce que l'on joue encore aujourd'hui à Londres sous le nom de Shakspeare. Nous avons sous les yeux un exemplaire de
cet ouvrage réimprimé en 1729. Il contient une
épître dédicatoire, où le modeste auteur expose à
son estimable ami, Thomas Boteler Esq., les motifs qui l'ont engagé à polir ce diamant brut, qu'il
venait de *découvrir*, avec l'aide du dit Th. Boteler.
Ce morceau, plein de la plus grande bonhomie et
d'une orthodoxie si pure qu'on le dirait écrit d'hier,
nous a paru trop curieux pour ne le pas traduire
en partie. Il donnera une idée des opinions littéraires qui dominaient en Angleterre à cette époque.
Il fera aussi connaître le génie de l'homme qui n'a
pas craint de mêler ses conceptions à celles d'un
des plus grands génies des temps modernes :

« A mon estimable ami THOMAS BOTELER, esq.

. . . Le remaniement de cette histoire m'a imposé la tâche difficile de faire moi-même parler quelquefois les principaux personnages dans l'esprit de leur caractère et sur des sujets dont il n'y avait
aucune indication dans mon auteur. . Le compte rendu par vous
convient bien à l'ensemble. C'est un amas de pierreries non montées, et auxquelles le poli manque, et qui sont néanmoins si écla-

ters ; With the infortunate life of Edgar sonne and heir to the earl
of Gloucester and his sullen and assumed humour of Tom of Bed-
lam. As it is playd before the king's majesty at Whitehall, uppon
St-Stephen's night in Christmas Hollidaies, by his majestie's ser-
vants players usually at the Globe on the bank side. 4°, 1608. »

tantes dans leur désordre, que j'ai bientôt connu que *ce que j'avais découvert* (1) était un trésor. »

Quel coup-d'œil !

« J'eus la bonne fortune de trouver un moyen de suppléer à ce qui manquait à la régularité et à la vraisemblance du plan. »

On ne dirait pas mieux de nos jours; mais écoutons la bonne fortune :

« J'imaginai l'amour d'Edgar et de Cordélia, qui n'échangeaient pas seulement une parole dans l'original; j'ai rendu ainsi vraisemblable la réponse froide de Cordélia à son père et la colère du vieillard dans la première scène. Je donne, de même, une meilleure raison du déguisement d'Edgar, et transforme en un dessein généreux ce qui n'était auparavant qu'un pauvre expédient pour sauver sa vie. La faiblesse de l'intrigue se trouve ainsi corrigée, et j'ai trouvé par là l'occasion de placer quelques nouvelles scènes qui ont eu peut-être plus de succès qu'elles n'ont de mérite. Ce nouveau plan m'a conduit à la nécessité de dénouer la pièce d'une manière heureuse pour les personnages innocents et persécutés (*to the innocent distressed persons*). Autrement, j'aurais été forcé de remplir la scène de cadavres, ce qui, dans beaucoup de tragédies, rend bien déplacées les bouffonneries qui les terminent... Si le lecteur n'est pas satisfait de ces changements, je lui produirai une autorité qui le fera indubitablement changer d'avis. »

(1) Cette singulière annonce d'un chef-d'œuvre de Shakspeare, *découvert en 1681*, n'est pas au fond aussi ridicule qu'elle le semble. Il est certain qu'à cette époque, et longtemps après, le nom et surtout les ouvrages de Shakspeare étaient presque oubliés. Le spirituel auteur du *Tatler*, voulant citer un passage de *Macbeth*, transcrivit des vers de la pièce *alter'd*, ou *reviv'd*, comme dit le titre, par William Davenant, croyant citer les vers de Shakspeare. —M. Nahum Tate a encore découvert et retouché, en cette même année 1681, le *Richard II* de Shakspeare dont, par parenthèse, les représentations furent interdites. Il refit *Coriolan*, en 1682.

Cette autorité n'est autre que la citation suivante, extraite de Dryden, que son humble disciple imprime en lettres majuscules.

« Faire finir une tragédie heureusement, est toujours moins trivial, car il est plus aisé de tuer que de sauver. Le poignard et la coupe de poison sont toujours prêts. Mais amener l'action à la dernière extrémité, et puis s'en tirer tout-à-coup d'une manière vraisemblable demande dans l'écrivain de l'art et du jugement, et lui coûte beaucoup de peine. »

Ce qui suit surpasse encore le reste :

« Je dois m'excuser d'une chose : c'est d'avoir employé moins de délicatesse de langage que je n'aurais dû, et cela même dans les parties les plus nouvelles de la pièce. J'avoue qu'il y a eu intention de ma part ; *j'ai voulu me conformer au style de mon auteur et conserver une même couleur à toutes les scènes...* »

Ainsi, M. Nahum Tate, s'est abstenu à dessein de cette délicatesse de style qu'il possédait et dont nous venons de voir un si remarquable échantillon, de peur que ce mérite ne tranchât trop vivement avec le style de Shakspeare (1) ! *Alas! poor William!*

(1) Cependant, M. Nahum Tate est presque modeste en comparaison d'un autre poëte lauréat, M. Thomas Shadwell, qui refit, en 1678, le *Timon* de Shakspeare et se vanta sur le titre d'en avoir fait une pièce : *Made into a play !*... Ainsi, avant les retouches de cet irrespectueux plagiaire, le *Timon* de Shakspeare ne méritait pas même le nom de pièce ! — On voit que Shakspeare et ses ouvrages ont été pendant plus d'un siècle la proie des poëtes lauréats. On ne sera peut-être pas fâché de trouver ici la liste chronologique de ces grands génies à titre d'office. Ben Jonson fut poëte lauréat de Jacques Ier et de Charles Ier ; William Davenant, de Charles Ier et de Charles II ; Dryden, de Charles II et de Jacques II ; Thomas

II.   11

On voit, par ces aveux, d'une naïvèté précieuse, que M. Nahum Tate a bouleversé tous les incidents et tous les caractères de la pièce originale. Ne fallait-il pas être possédé d'un démon classique, pour faire de Cordelia, ce type de l'amour filial, une amoureuse vulgaire; pour changer cette fille tendre et réservée de Geoffrey de Monmouth et de la chronique de Holinshed en une fille rusée, qui choque exprès son père afin de se faire déshériter, et ne pas épouser le duc de Bourgogne; enfin, pour nous la montrer, rejetée des bras de son père, fuyant dans ceux de son amant? N'est-ce pas défigurer comme à plaisir une des plus pures et des plus célestes figures que la poésie moderne ait tracées?

Il ne paraît pas que ces froides et prosaïques inventions de M. Nahum Tate aient rencontré en Angleterre beaucoup de contradicteurs. Il ne s'est guère élevé de discussions que sur le dénoûment heureux imaginé par le poëte lauréat, et reçu avec applaudissements par les dernières galeries, *upper galery*, dit Steevens. Malgré le certificat de moralité et de bon goût donné par Dryden et l'approbation du docteur Johnson, Addison, dans *le Spectateur* (1), s'est permis de blâmer ce change-

Shadwell de Guillaume III; Nahum Tate, de Guillaume III et de la reine Anne; Nicholas Rowe, de George Ier; Eusden, de George Ier et de George II; et enfin Colley Cibber, un des correcteurs de Shakspeare, de George II.

(1) Tome I, n° 40.

ment. Il déclare que, dans son humble opinion,
le *Roi Lear*, réformé d'après cette chimérique notion de justice poétique, a perdu la moitié de sa
beauté.

En 1768, George Colman fit jouer à Covent-
Garden le *Roi Lear* avec le dénoûment original;
mais cette tentative romantique n'eut que peu de
succès. Enfin, en 1808, John Kemble revit et
corrigea la pièce du poëte irlandais. C'est cette
dernière version que l'on joue actuellement à Londres (1) et qu'on vient de représenter à l'Odéon.
Dans cette nouvelle révision, quelques beautés,
épargnées par Nahum Tate, ont encore disparu,
entre autres, la mort du duc de Cornouailles, tué
par un de ses gens, que révoltent les cruautés
auxquelles le duc se livre sur la personne de Glocester. Cependant, on vient de rétablir le dénoûment de Shakspeare. Que ce soit un nouvel usage
introduit à Londres ou une judicieuse innovation,
nous n'en remercions pas moins vivement la direction du théâtre Anglais.

King Lear est peut-être, après *Romeo and Juliet*
et *Othello*, la plus complète, la plus poétique, la
plus touchante des histoires populaires dramati-

(1) Mistriss Inchbald, dans son *British Theatre*, a donné *King
Lear* en suivant à peu près le texte de John Kemble, mais avec le
dénoûment heureux imaginé par Nahum Tate. Cependant, par une
singulière contradiction, l'estampe jointe à la pièce représente la
catastrophe qui termine le drame original. Soigneux éditeurs!

11.

sées par Shakspeare. Il était impossible de donner
un plus entier et plus parfait développement à la
*complainte lamentable de la mort du roi Lear et
de ses trois filles* (1). Les caractères si divers des
trois sœurs; les nuances si habilement établies entre
leurs époux ; Kent si hardiment, le fou si gaîment,
Glocester si timidement dévoués à Lear; l'épisode
de Glocester si bien lié au sujet principal ; Edgar
fuyant les préventions paternelles, comme Lear
l'ingratitude de ses filles; Edmund inspirant un
double et criminel amour aux deux méchantes
sœurs ; Lear aussi colérique, aussi fantasque, aussi
gâté par le pouvoir que dans la chronique et les
ballades, et cependant si touchant, si vénérable,
si poétique; enfin, Cordelia, cette figure si pure
et si céleste, qui plane presque invisible et à demi
voilée, comme dit M. Guizot, sur la composition
qu'elle remplit tout entière de sa présence, quoiqu'elle en soit presque toujours absente ; voilà les
traits qui placent cette *chronicle history* au nombre
des plus beaux ouvrages de Shakspeare. La gloire
du poëte anglais est d'avoir su transformer ce simple conte de nourrice en un magnifique drame,
sans lui rien enlever du caractère naïf d'où lui était
venue sa popularité. On a fait à la pièce, pour ce
mérite même, des critiques vraiment plaisantes.

(1) *A lamentable song of the death of king Leir and his three
daugthers.* Voy. Percy, *Reliques of ancient English poetry.*

Quelques personnes, par exemple, se plaignent gravement de l'*invraisemblance* de la conduite du roi Lear envers sa fille, à-peu-près comme cet humaniste, admirateur d'Ovide, qui ne trouvait rien à redire aux *Métamorphoses* de ce poëte, si ce n'est qu'elles étaient un peu invraisemblables. Les mêmes personnes acceptent, cependant, et avec raison, comme suffisamment vraisemblable la première scène d'*Iphigénie en Aulide*, où Agamemnon paraît décidé, non pas seulement à déshériter, mais à immoler sa fille, pour un motif assurément aussi peu sensé que celui qui détermine le vieux Lear. Mais, dites-vous, les fictions de la Grèce nous sont familières depuis l'enfance; ce sont d'anciennes connaissances. A ce titre, nous les acceptons dans les arts sans examen. Cela est vrai; mais croyez-vous que, depuis bientôt un demi-siècle que s'agite parmi nous la controverse romantique, aucun des nombreux spectateurs qui vont applaudir Shakspeare n'ait été bercé avec les contes de cette autre mythologie? Pour vous, Hamlet, Cordelia, Lear n'ont pas d'existence propre; et la preuve, c'est que vous ne pouvez vous faire une idée de ces personnages qu'en les comparant à Oreste, à Antigone, à Œdipe. Pour nous, Hamlet est Hamlet, Lear est Lear, Cordelia est Cordelia. Vous avez lu Shakspeare à quarante ans, quand déjà votre imagination moins flexible ne se prêtait plus aisément à de nouvelles fables; nous l'avons lu à quinze : voilà pourquoi nous jouissons des beautés du poëte, sans être choqués de l'invraisemblance des sujets qu'il traite.

Le grand avantage des pièces de Shakspeare, c'est que, quelque mutilées, quelque corrigées, quelque bouleversées qu'elles soient, pour peu que les arrangeurs aient oublié une ou deux scènes, ce débris soutient tout le reste. C'est ce qui vient d'arriver. Le rôle de Lear, bien qu'extrêmement affaibli, a cependant produit son effet. Ce roi caduc, imbécile, enfant, marchant comme Dandin, presque perdu dans cette vieille pelisse royale, dont la tradition ne s'est conservée que sur nos *cartes à jouer*, a forcé les applaudissements et a fait couler des larmes. M. Terry a justifié dans cette première soirée la réputation qui le précédait : il a été pathétique, surtout dans les moments où il a fait le moins d'efforts pour l'être. Combien on comprend mieux l'idée de Shakspeare après cette représentation, et combien, en se rappelant miss Smithson et M. Terry, on jouira mieux de la lecture complète et solitaire de l'original ! Pour rendre compte, en deux mots, de l'effet de la soirée, nous dirons que tout ce qui subsiste de Shakspeare a intéressé l'auditoire, et que toutes les fadaises du poëte irlandais l'ont prodigieusement fatigué. Néanmoins, quelques morceaux de Shakspeare, entre autres, les scènes de folie du troisième acte, ont paru longs et monotones. La raison en est facile à deviner. On a supprimé le fou du roi, qui, pendant

que son vieux maître s'emporte en plaintes contre
ses filles et contre l'orage, gambade et revient toujours aux idées sensuelles et terrestres. Il résulte de
ce contraste un effet piquant, analogue à celui de
la cloche de Schiller, qui, comme on sait, nous
balance entre les deux points extrêmes de l'idéal et
de la réalité. Nous ne pouvons mieux faire entrevoir ce qu'on a perdu par la mutilation de cette
scène qu'en citant quelques passages de la belle imitation qu'en a faite madame Tastu :

LEAR.

Soufflez, vents orageux ; mugis, sombre tempête ;
Cataractes des cieux, que rien ne vous arrête !
Fleuves, sources, torrents, débordez à la fois,
Inondez nos cités, engloutissez nos toits !
Et vous feux sulfureux, plus prompts que la pensée,
Frappez ces cheveux blancs, cette tête glacée,
Pourvu qu'un même coup détruise avec éclat
Ces principes féconds, germes de l'homme ingrat !

LE FOU.

O maître ! sans retard courons chercher un gîte.
Vers tes filles, crois-moi, retournons au plus vite ;
Dussions-nous les prier longtemps, j'aime encor mieux
L'eau bénite de cour que l'eau froide des cieux.
Viens, ou pour tes enfants charge-moi d'un message :
Cette nuit n'a pitié ni du fou ni du sage.

LEAR.

Grondez, noirs ouragans, redoublez vos efforts,
De ma débile vie usez tous les ressorts !
Des célestes fléaux redoutables familles,

Grêle, foudres, éclairs, vous n'êtes point mes filles,
Je n'ai point entre vous partagé mes États, ..
Et l'amour paternel ne vous fit point ingrats. . .
Venez, je me soumets à vos fureurs sinistres!
Mais non, de mes enfants vils et lâches ministres ;
De ces perfides cœurs vous servez les desseins,
Ah! pourquoi leur prêter vos secours assassins
Contre un faible vieillard, et du haut de la nue
Assaillir sans pitié sa tête chauve et nue?

LE FOU.

Pour la tête qui loge une ombre de raison
Le meilleur couvre-chef est un toit de maison.

(*Il chante :*)

On me dit fou ; mais, sur mon âme,
Je voudrais bien qu'à mon choix on eût mis
Un mauvais gîte et la plus belle femme :
Un fou courrait droit à la dame,
Et moi je prendrais le logis.

. . . .
. . . .
. . . .

LEAR.

Eh! que m'importe, à moi, ce tonnerre qui gronde,
Ce vent âpre et glacé, cette eau qui nous inonde?
De leurs coups redoublés ils m'accablent en vain :
Je ne sens que l'orage enfermé dans mon sein.
Dans une telle nuit! Cruelle Gonérille !
Malgré le froid, la pluie !... O Régane ! ô ma fille !
Enfants pervers! Chasser ce père infortuné !
Votre vieux père! lui qui vous a tout donné ! . . .
Paix; ma tête s'égare. Et toi, bruyant orage,
Poursuis, je ne crains rien de ton aveugle rage!
Les dieux te sauront bien montrer leurs ennemis,

Et chercher dans l'oubli les forfaits endormis.
Cache-toi, main sanglante; et vous, lèvres parjures,
Tremblez!

. . . .

. . . .

Oui, ma raison revient; je vous connais. . . C'est toi,
Mon pauvre Fou! J'ai froid; as-tu froid comme moi?
Mon corps s'est épuisé dans cette horrible lutte.
Allons, conduisez-nous : où donc est cette hutte?
Montrez-moi cette paille, ami, ce pauvre seuil,
Qu'aurait sans doute hier dédaigné mon orgueil,
Tant la nécessité sous sa verge nous plie!
Pauvre Fou! ne crois pas que ton maître t'oublie;
Viens, ce cœur insensible à des malheurs nouveaux
Sait plaindre encor ta peine, et souffrir de tes maux.

LE FOU, *chantant.*

Ici-bas le vrai sage
De loin prévoit l'orage,
Ou, paisible et content,
Le reçoit en chantant;
Prend sans plainte importune
Son lit comme il l'obtient,
Comme il peut la fortune,
Et le temps comme il vient.

LEAR.

Bien, mon enfant, marchons; car ma tête affaiblie
Craint de toucher ce point qui mène à la folie.
Suis-moi, pauvre garçon, viens! . . .

C'est alors que Lear et le fou essaient d'entrer dans
la cabane où est caché Edgar, qui sort en contre-
faisant l'insensé; et alors commence cette scène
admirée de tous les critiques anglais, mais qu'on

ne joue depuis longtemps que défigurée et telle qu'il a plu au poëte lauréat de nous la faire. Dans l'original, le mélange de la folie réelle, de la folie spirituelle et de la folie feinte, forme un trio unique en son genre, et que Shakspeare seul pouvait concevoir et exécuter.

Miss Smithson, dans le rôle trop court de Cordelia, a été d'un naturel et d'un pathétique achevés. Lorsqu'elle apparaît, au cinquième acte, renversée dans les bras de son père, il est impossible d'être à la fois plus morte et plus belle.

Quant à Brindal, qui représente un majordome impertinent, nous ne savons pas pourquoi il affecte le ton et le sautillement d'un *Crispin*. C'est peut-être une tradition. Il est possible qu'on ait voulu remplacer par cette charge, la gaîté que jetait dans la pièce le fou du roi. Mais, encore une fois, comment avoir supprimé ce rôle? comment avoir privé cette majesté gothique de cet accessoire indispensable? Autant vaudrait supprimer le fou du jeu d'échec ou le valet du jeu de cartes.

XVII.

THE MERCHANT OF VENICE.

(*Globe*, 22 janvier 1828)

Le Marchand de Venise est un des ouvrages de Shakspeare les plus estimés en Angleterre ; c'est un de ceux que l'on y joue le plus souvent et qui fournit à la conversation le plus de citations piquantes. Le cinquième acte, qui fait succéder des émotions si suaves aux tragiques émotions du quatrième acte, est surtout admiré des Anglais. En France, cette singulière composition est peu connue et rarement citée. *Hamlet, Macbeth, Othello, Richard III* ont absorbé, depuis quelques années, toute l'attention de la critique. Nous sommes si moutonniers, même quand nous nous croyons réformateurs, qu'il n'est pas surprenant que nous ayons laissé un peu en oubli ceux des chefs-d'œuvre étrangers qui ne pouvaient guère nous fournir d'arguments pour soutenir ou combattre deux ou trois arguties en litige. De tous les services que nous rend la présence à Paris d'un théâtre anglais, le plus grand peut-être est ce renouvellement continuel d'émotions et d'idées, qui empêchera, nous l'espérons, les partisans

actuels de la liberté poétique de se pétrifier comme
leurs adversaires, et, parmi tous les types du beau,
du gracieux, du sublime, d'en choisir un exclusif
pour règle unique et pour loi. En voyant chaque
jour par combien de moyens différents il est possible d'amuser, d'intéresser, d'attendrir, on donnera à l'art une base plus large, et mieux propor-
tionnée à l'étendue infinie de l'esprit humain.

Le *Marchand de Venise* est une comédie composée dans le genre si rarement essayé en France,
qui se propose surtout le plaisir de l'imagination.
La donnée de cet ouvrage est d'un merveilleux
presque oriental. Une jeune fille, belle et immen-
sément riche, est condamnée par le testament de
son père à n'épouser que celui de ses prétendants
qui de trois coffres, un d'or, un d'argent, un d'é-
tain, aura choisi celui qui renferme le portrait de
la belle. A côté de cette fable se déroule une autre
légende aussi peu vraisemblable, et qui se retrouve
néanmoins dans les chroniques et la vieille littérature de presque tous les peuples. Un armateur,
dont toute la fortune est exposée sur mer, em-
prunte trois mille ducats à un juif pour rendre service à un ami. Le juif, qui hait l'armateur, comme
chrétien et de plus comme honnête homme, sti-
pule, par forme de plaisanterie, qu'en cas de non-
paiement du billet à l'échéance, il lui sera loisible
de couper une livre de chair sur le corps de son
débiteur. Déjà, avant Shakspeare, des nouvelles,

des ballades (1), même des pièces de théâtre (2),
avaient été composées en Angleterre, en Italie, en
France, sur la supposition de cette convention singulière. On trouve cette histoire dans le Pecorone,
dans Boccace, dans le *Gesta Romanorum*. Gregorio
Leti attribue à Sixte-Quint un sage jugement dans
un procès pareil. Notre *Roger Bontemps* fait honneur de la même sentence à Solyman (3). Mais ce
qui est plus étrange, c'est que, de nos jours, les
cours d'assises aient été saisies d'une affaire presque semblable. On se rappelle un sanglant pari fait,
il y a peu d'années, dont l'enjeu était une oreille.
L'oreille perdue fut coupée, et le gagnant livré aux
tribunaux.

Des deux histoires, déjà réunies par plusieurs
nouvellistes, entre autres, par ser Giovanni, Shakspeare a composé ce drame, sur lequel il a répandu
la poésie la plus riche et la plus brillante. Mais un
incident du sujet, un caractère fourni par la légende a tiré le poëte des régions fantastiques et romanesques, et l'a fait rentrer dans la peinture du
monde réel. *Le Marchand de Venise* offre donc
deux choses qui semblaient devoir s'exclure et

(1) Entre autres, *Gernutus the jew of Venice*, inséré par le docteur Percy, dans le premier volume de ses *Reliques of ancient English poetry*.

(2) Steevens cite une pièce joué longtemps avant Shakspeare sous
ce titre : *The jew shown at the bull, representing the greedinesse of
worldly choosers, and the bloody minds of usurers.*

(3) Voy. *Roger Bontemps en belle humeur;* 1731, t. II, p. 105.

dont l'union produit l'ensemble le plus piquant, à savoir le merveilleux dans l'action et la vérité dans les sentiments. Le caractère de Shylock est un des plus vrais, des plus effrayants, des plus passionnés qu'ait tracés l'auteur de Richard III. On ne pouvait peindre plus au naturel ce fils d'une race dégradée par le mépris public et corrompue par l'oppression. C'est peu de l'or chrétien, il lui faut du sang pour assouvir sa haine; il lui faut du sang, mais sans péril, et versé sous l'égide de la loi. Comme il se rappelle avec amertume tous les affronts qu'il a subis! Quand Antonio le presse de lui prêter trois mille ducats : « *Un chien* a-t-il de l'argent? *Un dogue* peut-il prêter trois mille ducats? » Comme la fuite de sa fille Jessica avec un ami d'Antonio vient encore redoubler ses désirs de vengeance! Comme ses préjugés, son avarice, ses sentiments de père se soulèvent et s'entrechoquent à cette nouvelle! « Elle sera damnée pour cela. » *She is damn'd for it.* Puis comme il revient à l'idée de l'argent et des pierreries qu'elle a emportés! Quel soupir donné à la perte de sa turquoise qu'il reçut jadis de Lia! « Que ma fille n'est-elle ensevelie à mes pieds, et mes ducats dans sa bière! » Quelle joie féroce, quelle béatitude infernale dans son regard, quand il apprend le naufrage des riches navires d'Antonio et qu'il entrevoit l'espérance de couper une livre de sa chair! Nous ne dirons rien de la scène du jugement. Il faut la voir;

il faut assister aux affreux apprêts de cet assassin légal, qui aiguise déjà son grand couteau et
ajuste ses balances. Il faut entendre ses joyeuses
et risibles exclamations : *O savant juge ! ô sage
jeune homme ! ô second Daniel !* quand il voit
Portia, sous une robe de juge, reconnaître la vali-
dité de sa créance; épithètes toutes judaïques qui
sont répétées par Gratiano, d'une manière si plaisante, quand le sage jeune homme, le nouveau
Daniel, ordonne à Shylock de prendre sur Antonio *sa livre de chair,* mais ni plus ni moins, sans
se tromper d'un vingtième de grain, sans verser
une seule goutte de sang, sous peine de la vie.

Le caractère d'Antonio, cet ami si généreux, si
dévoué, si courageux, a tout ce qu'il faut pour
rendre cette situation aussi attendrissante qu'elle
est terrible. Dès la première scène, ses pressentiments sinistres et sa tristesse involontaire excitent
un intérêt touchant et mélancolique.

Les amours de Bassanio et de Portia sont pleins
de charmes. L'enjouement domine dans le caractère de la jeune fille. Dès l'abord, tout ce qu'il y
a en elle de finesse se montre dans les portraits sa-
tiriques qu'elle trace de ses amants. Dans cette jolie scène, Shakspeare montre plus de gaieté et non
moins d'esprit que Sheridan. On a abrégé, par
courtoisie, sans doute, le portrait du prétendant
français, et l'on a supprimé tout-à-fait, je ne sais
pourquoi, celui de *Falconbridge,* l'amant anglais.

Ce portrait contient, cependant, quelques traits assez curieux sur le cosmopolitisme de la toilette des fashionables d'alors. « Comme il est mis singulièrement, dit Portia. Je crois qu'il achète ses pourpoints en Italie, ses hauts-de-chausses en France, son bonnet en Allemagne, et ses manières par tout pays. »

Sur le second plan, Lorenzo et Jessica nous montrent le tendre badinage de deux jeunes gens chez qui le sentiment de l'amour et des plaisirs est plus développé que celui de l'obéissance et du respect filial. L'entretien de ces deux époux à la clarté des étoiles, dans les jardins de Portia, la musique qu'ils font ensemble et qu'on a eu tort de supprimer, ainsi que la tirade si célèbre en Angleterre sur le pouvoir de la musique, prouvent qu'avec le secours du talent le tableau d'un bonheur calme et complet n'est pas aussi contraire à l'intérêt du drame qu'on l'a si souvent avancé chez nous.

Malgré ces légères altérations et la suppression d'une scène importante entre Shylock et le geôlier, suppression qui n'est peut-être qu'une étourderie du machiniste, nous nous hâtons de reconnaître que le *Marchand de Venise* n'a éprouvé aucune de ces mutilations brutales et de ces additions ineptes qui défigurent d'autres ouvrages de Shakspeare. Les arrangeurs se sont bornés cette fois à quelques coupures faites avec discernement et discrétion. Ce n'est pas que cette comédie ait

échappé plus qu'une autre aux inévitables rema-
niements des disciples de Dryden. M. George Gran-
ville, depuis lord Lansdowne, la refit en 1701 et la
remit au théâtre sous le titre de *The Jew of Venice*.
Dans cette nouvelle forme, elle a longtemps remplacé la pièce originale. Nous n'avons pu nous procurer cet ouvrage *with alterations*, comme disent
les Anglais. Tout ce que la *Biographia dramatica*
nous apprend à ce sujet, c'est que, sous la plume
du noble lord, le caractère du juif était devenu
complètement comique et avait cessé de soulever
la haine et l'indignation. Entre autres plaisanteries,
on voyait, dans un festin, Shylock placé à une
table séparée, boire à son argent (*drink to his mo-
ney*), comme à son seul ami. Enfin, le véritable
Shylock, le Shylock de Shakspeare, le Shylock à la
fois plaisant et tragique, a prévalu sur son rival.

Le rôle du juif est un des plus difficiles du théâtre anglais. Juger un comédien capable de le remplir
est déjà un éloge. C'est celui qu'un journal anglais
(*the Athenæum*) donnait ce mois-ci à M. Farren.
On sait que Kean affectionne ce rôle; il a fait, par
Shylock, sa rentrée cet hiver à Drury-Lane. Un critique anglais avance que, pour réussir dans ce personnage, il ne faut pas craindre de montrer presque
constamment la malice d'un mauvais esprit et le
sourire de Satan s'applaudissant des misères humaines. Un journaliste français parlait ces jours
derniers de Shylock sur le même ton et en faisait

un diable incarné. Nous ne savons pas si Kean lui donne la physionomie d'un démon ou d'un homme; mais, pour nous, nous ne voyons dans Shylock ni un Méphistophélès, ni rien qui ressemble même à un Iago. Shylock a le désir du crime, mais non pas le génie du mal. C'est l'usure, la bassesse, la cruauté personnifiées. C'est un homme dépravé par des lois oppressives; mais c'est un homme, et rien de plus. La preuve, c'est que, malgré l'indignation qu'il excite, on sent pour lui, dans deux endroits de la pièce, comme un sentiment de pitié : la première fois, quand il énumère avec tant d'amertume les outrages qu'on fait subir aux juifs; la seconde, au quatrième acte, quand on l'oblige à se faire chrétien. Le juge paraît en ce moment plus cruel que le coupable. Terry nous a semblé rendre les principales nuances de ce caractère avec beaucoup de vérité. Il a fait rire et frémir d'un bout à l'autre du rôle.

Miss Smithson a bien joué le personnage de Portia. Spirituelle dans la jolie scène des portraits, enjouée dans celle de la bague, elle s'est élevée au pathétique dans celle du jugement. Il est à remarquer que, dans cette scène, les prestiges de la pantomime ne sont pour rien; tout l'effet dépend de la diction. Le beau morceau sur la miséricorde, si souvent cité comme un des chefs-d'œuvre de la langue anglaise, a paru plus beau encore, placé dans son cadre.

XVIII.

KING RICHARD III,

ALTERED BY COLLEY CIBBER

(RICHARD III, AVEC LES CHANGEMENTS DE COLLEY CIBBER.)

(Globe, 16 février 1828.)

Il nous faut prendre, une fois pour toutes, notre parti sur la manière dont on représente aujourd'hui Shakspeare : c'est le seul moyen d'éviter la mauvaise humeur, et de jouir pleinement de ce qu'on nous montre. Tenons-nous donc pour bien avertis qu'aujourd'hui l'on ne joue plus Shakspeare que par fragments; heureux quand on peut apercevoir, comme dans *Hamlet* et *Romeo*, les principaux traits de ces poétiques compositions. Les pièces historiques, nécessairement moins régulières, sont aussi devenues plus méconnaissables. L'Allemagne, grâce à des traducteurs de génie, et à un développement poétique presque fraternel, est le seul pays du monde où les ouvrages du poëte anglais soient représentés sous leur forme primitive. Partout ailleurs on ne joue guère plus Shakspeare qu'Eschyle ou Térence. Un pas encore dans cette voie, et le grand dramatiste de l'Angleterre ne sera qu'un auteur de bibliothèque. Quelques

12.

contrariétés que nous causent ces malencontreuses *altérations*, elles ne laissent pas de mériter elles-mêmes, par un côté, l'intérêt et l'examen. Voulez-vous connaître *la Vie et la mort de Richard III*, cette histoire dialoguée, où quatorze années des annales de la Grande-Bretagne se déroulent si poétiquement? Ouvrez Shakspeare, et lisez. Mais, si vous voulez savoir quelle singulière révolution de goût s'est opérée chez nos voisins, et quel a été à Londres le contre-coup des progrès tardifs de notre scène, allez à Drury-Lane, ou, ce qui est plus facile, entrez à Favart. Certes, ce qui nous étonne, ce n'est pas que les Anglais des deux derniers siècles aient répudié en partie le poétique héritage de leurs pères. Nous comprenons fort bien que le drame du xvie siècle n'ait pu plaire, sans amendement, aux spectateurs des xviie et xviiie siècles; ce qui nous surprend, c'est que les Anglais d'aujourd'hui n'essaient pas de remanier à leur tour et d'accommoder au goût actuel, ami du seizième, bien plus que du dix-septième, ces pièces, qui sont une partie de la gloire britannique? La cause en est peut-être dans la tiédeur fort singulière que les Anglais montrent aujourd'hui pour l'art théâtral. Le peuple seul, à Londres, s'intéresse *sérieusement* aux spectacles; mais il y est sans influence : le ton y est donné par les classes supérieures qui n'y apportent qu'un goût blasé et la plus distraite indifférence; elles ont, en effet, mieux à faire et à penser ; toutes leurs facultés sont tendues vers un autre théâtre; elles n'ont d'attention que pour la pièce qui se joue pour elles et par elles à Westminster.

Nous avions lu dans toutes les préfaces et tous les commentaires que la tragédie de *Richard III* avait joui, plus qu'aucune autre pièce de Shakspeare, d'une vogue soutenue et populaire. Nous avions conclu de là que ce drame avait dû rester au théâtre à-peu-près tel qu'il était sorti des mains de son auteur. Il n'en est rien. La pièce que l'on représente depuis cent vingt-huit ans à Londres, sous le nom de *Richard III*, est de Colley Cibber, homme d'esprit, quoique poëte lauréat, et auteur dramatique applaudi, quoique bafoué par Pope, qui l'a pris pour héros de la *Dunciade*. Les journaux parisiens ont annoncé avec leur intrépidité ordinaire que le *Richard III* qu'on joue aujourd'hui avait été arrangé par Garrick. L'auteur des *Essais littéraires sur Shakspeare* a répété lui-même cette assertion dans une feuille de théâtre. La vérité est que Garrick n'a fait que rétablir cinq ou six vers supprimés dans un monologue du premier acte. Du reste, il a à peine retouché l'œuvre de Cibber (1). Ce drame, où tout est sacrifié à un seul personnage, à l'instar de nos tragédies françaises, devait convenir mieux que celui de Shakspeare à l'acteur chargé des premiers

(1) Cibber (Théophile), à l'exemple de son père, s'est attaqué à deux chefs-d'œuvre de Shakspeare, *Roméo et Juliette*, et *Henri VI*.

rôles, qui se trouvait ainsi placé presque seul en évidence. C'est peut-être tout uniment cette raison qui a maintenu jusqu'ici cette tragédie au théâtre, et qui s'opposera longtemps encore à ce qu'on tente une *altération* moins irrévérencieuse et plus poétique de *la Vie et la mort de Richard III.*

L'économie de la pièce de Cibber diffère essentiellement de celle du drame original. Ce dernier est une *chronique ;* c'est la peinture d'une cour, d'une minorité et de tout un règne. Cibber, de ce vaste tableau d'histoire, a fait une pièce de caractère. Il semble qu'ainsi isolée, la hideuse figure de Richard soit trop repoussante. Shakspeare pour la faire supporter, avait jeté autour d'elle un entourage de poésie plus riche que dans aucune de ses autres pièces.

Ce qui fait, sans contredit, de Richard III la plus belle des *chronicle plays* de Shakspeare, c'est qu'une profonde intelligence historique y est jointe à une sorte de grandiose introduit par un être presque surhumain qui domine tout le sujet, et qui, par ses menaces prophétiques, en circonscrit l'étendue. La vengeance divine qui plane sur la maison d'York, alors triomphante, et déjà près de sa chute, est admirablement personnifiée dans l'implacable Marguerite. Cette vieille reine déchue, débris effrayant de la branche desséchée de Lancastre, apparaît, au premier acte, au milieu de ses ennemis vainqueurs, et leur prédit à tous, dans leur palais, une mort prochaine et violente ; elle ne reparaît plus que quand ses imprécations sont exaucées. Cette espèce d'Hécube, habile à maudire, vient alors donner des leçons de désespoir à ses mortelles ennemies, la vieille duchesse d'York et la veuve d'Édouard. Après le meurtre des deux enfants, quand ces malheureuses mères se jettent sur le pavé, échevelées et en larmes, Marguerite s'assied à côté d'elles, et forme avec ces infortunées un concert de gémissements, de malédictions et de larmes, de l'effet le plus terrible. Ces trois femmes privées de leurs enfants par la guerre civile, et mêlant les récriminations à leurs sanglots, sont une des plus terribles et des plus sublimes créations de la poésie moderne.

En retranchant ce rôle admirable, qui fait planer, dès l'abord, sur le drame l'idée d'une intervention supérieure, et prépare les auditeurs à l'apparition des ombres qui doit le terminer, Cibber a repoussé une figure digne du pinceau de Michel-Ange, et a privé sa pièce de cette teinte mélancolique et religieuse qui tempère si heureusement dans Shakspeare l'ironie déchirante et le comique atroce du caractère de Richard III.

La suppression du rôle d'Édouard IV a entraîné la perte de plusieurs scènes d'intérieur remplies d'intérêt. Celle surtout où le roi, sentant sa fin prochaine, s'efforce vainement de rétablir la paix dans sa famille et de réconcilier sa femme avec son

frère, offre, dans l'original, un tableau plein de
tristesse et de vérité. On a regretté encore la scène
où le Protecteur accuse lord Hastings de sortiléges,
et montre, pour preuve, son bras frappé de paralysie. Ce morceau justement célèbre, même sur notre
scène, serait banni du théâtre anglais, si Rowe,
grand admirateur de Shakspeare et son premier
biographe, ne l'avait, comme nous l'avons vu,
encadré dans sa *Jane Shore*.

Ces coupures n'ont que fort peu raccourci la
pièce. En effet, Cibber a rempli les vides par plusieurs morceaux tirés de *Henri VI*. Il a pris dans
cette pièce l'assassinat du roi dans la tour de Londres. Il a aussi risqué quelques scènes de sa façon.
Il est juste de dire qu'une de ces dernières, celle
des adieux de la reine à ses jeunes fils, a été fort
applaudie, grâce au jeu de miss Smithson.

Parmi les fragments de Shakspeare qui sont demeurés intacts, plusieurs sont magnifiques, et il
n'en est aucun dont il ne soit curieux de prendre
une idée plus juste par la représentation. De ce
nombre est la scène où Richard arrête, près de
Saint-Paul, le convoi du feu roi, conduit par la
princesse de Galles, dont il a poignardé le mari.
Richard renouvelle l'aventure de la *matrone d'É-
phèse*, et fait, par ses séductions, quitter le deuil
à la faible veuve fascinée par ses artifices. Cette
scène, conduite avec un art infini, produit beaucoup plus de plaisir à la lecture qu'au théâtre, où

l'illusion est impossible. L'auteur n'a pas craint d'augmenter les difficultés de la situation en supposant que, dès l'abord, la jeune princesse crache au visage du vil meurtrier d'Édouard, qu'elle doit bientôt suivre complaisamment à Crosby. On pense bien que cette énergique marque de mépris est supprimée, et avec raison. Mais là, pourtant, réside en partie la force de la scène, et là aussi est caché le secret du génie tout hyperbolique de Shakspeare. Soyez sûr qu'en toute situation il poussera toujours son idée jusqu'à la dernière limite, et que son expression, dans les régions de la beauté ou de la laideur, atteindra toujours ce point extrême qu'il est impossible à la pensée humaine de dépasser.

Chapmann, en se chargeant du rôle écrasant de *Richard III*, n'a pu avoir d'autre but que de faire jouir le public d'un bel ouvrage. Il est sorti à son honneur de cette louable entreprise. Il a indiqué, s'il ne les a pas toujours fait saillir, la plupart des difformités morales de ce roi bossu. Il faut toute la souplesse originale du talent d'un Garrick ou d'un Kean pour se montrer égal à un personnage qui réunit les vices les plus opposés. Chapmann a dit de façon à les faire applaudir les traits principaux du rôle; il a surtout bien accentué ce vers :

Wise too young they say do ne'er live long.

Nous devons un éloge à la finesse du jeu très-remarquable de la petite miss Chapmann, chargée

186 KING RICHARD III, ALTERED BY COLLEY CIBBER.

de représenter le plus jeune des enfants d'Édouard. Elle a raillé le hideux duc de Glocester avec une malice qui a contribué au grand effet que cette belle scène a produit.

Le songe qui précède la mort de Richard a été rendu d'une manière assez pittoresque. On sait que, dans Shakspeare, après avoir maudit la couche du tyran, les ombres de ses victimes vont, une à une, bénir le sommeil de son rival. Aujourd'hui, l'on ne voit plus que la première moitié de ce spectacle. C'est un malheur. Je ne puis adopter sur ce point l'opinion d'un écrivain avec lequel je regrette de n'être pas plus souvent d'accord. L'auteur des *Essais littéraires sur Shakspeare*, M. Duport, blâme comme invraisemblable la *simultanéité* de ces deux rêves. Que, dans les choses qui sont de l'ordre naturel, on exige qu'un auteur respecte la vraisemblance, je le comprends; mais quand le poëte s'est placé dans un ordre d'idées surnaturelles, le chicaner sur la vraisemblance ne me semble pas raisonnable. Le double songe de Richard et de Richemond était sublime. Le simple songe de Richard ne me semble que commun, précisément parce qu'il est vraisemblable.

XIX.

LECTURE DE MACBETH,

PAR M. BALL.

Globe, 6 avril 1828.,

Pendant les courtes vacances du théâtre anglais, les personnes que leur goût porte vers l'étude de la poésie dramatique de nos voisins ont pu jouir d'une sorte *d'intermède* plein d'intérêt. M. Ball a fait l'ouverture d'un cours qu'il doit consacrer à l'analyse et à la lecture des principaux ouvrages de Shakspeare. Le sujet de la première séance était bien choisi; M. Ball a parlé de la tragédie de *Macbeth,* que nous verrons bientôt à Favart. A ce commentaire préparatoire, le professeur a joint des observations critiques sur le jeu de Kean et de Macready dans ce rôle, où se sont successivement distingués à Londres tant de grands acteurs, Batterton, Cibber, Quin, Mossop, Garrick et John Kemble. Ces observations, dont nous pourrons dans peu de jours mieux apprécier la justesse, ont été récemment fort bien accueillies en Angleterre. On nous avait annoncé que non-seulement M. Ball jugeait en critique habile le talent des plus célèbres tragédiens de son pays, mais encore que sa manière de lire donnait une idée de leur débit et de leur jeu. Nous n'avons pas été frappés de cette flexibilité qui eût été si intéressante. La déclamation de M. Ball mérite beaucoup d'éloges. Il fait sentir le mouvement de chaque phrase et presque la nuance de chaque mot. Mais ces qualités précieuses sont accompagnées d'une gravité et d'une froideur de débit qui sont loin d'aider l'intelligence aussi bien que l'action et la vérité théâtrales. Il y a, sans doute, une extrême difficulté à représenter seul dans un salon des fragments de rôles tragiques. Cette difficulté, que Talma a souvent surmontée, s'accroît encore quand il faut employer une langue qui n'est pas celle de l'auditoire. Un exemple célèbre prouve cependant qu'un talent de premier ordre peut triompher de ces obstacles. Parmi les morceaux récités par M. Ball, s'est trouvé l'étonnant monologue de Macbeth apostrophant le poignard fantastique qu'il voit, dans son délire, voltiger devant ses yeux et qui le guide à la couche où il doit frapper Duncan. Le professeur a exposé la façon toute différente dont les grands acteurs de Londres disent ce morceau. Lui-même l'a dit ensuite, mais d'une manière plus propre à en faire ressortir l'harmonie poétique que le grand effet théâtral. Cependant Garrick, dans un voyage qu'il fit en France, en 1751, récitant ce même morceau dans un dîner où se trouvait Collé, produisit sur les auditeurs, dont le plus grand nombre, sans doute, entendait peu l'anglais, une de ces impressions qui sont le triomphe de l'art scénique. Voici comment Collé, dans son *Journal historique*, raconte cette anecdote assez curieuse :

« J'ai dîné hier, 12 du courant (juillet 1751), avec Garrick, le comédien anglais. Il nous joua une scène d'une tragédie de Shakspeare, dans laquelle nous aperçûmes facilement que ce n'est point à tort que cet homme jouit d'une aussi grande réputation. Il nous esquissa la scène où Macbeth croit voir un poignard en l'air qui le conduit à la chambre où il doit assassiner le roi. Il nous inspira la terreur ; il n'est pas possible de mieux peindre une situation, de la rendre avec plus de chaleur et de se posséder en même temps davantage. Son visage exprime toutes les passions successivement, sans faire aucune grimace, quoique cette scène soit pleine de mouvements terribles et tumultueux. Ce qu'il nous joua était une espèce de pantomime tragique, et, par ce seul morceau, je ne craindrais point d'assurer que ce comédien est excellent dans son art. Il a trouvé tous les nôtres mauvais, du plus au moins ; et, à cet égard, nous avons fait *chorus* avec lui. »

Pour revenir à M. Ball, nous l'engageons à modifier son système. Sa manière grave et professorale est excellente pour des Anglais ; mais elle nous paraît un peu sévère pour des étrangers. Nous avons bien pu être émus par le jeu de Charles Kemble et de miss Smithson, et par des beautés d'art très-prononcées ; mais nous ne sommes pas encore de force à prendre intérêt aux fines et délicates discussions de la critique ? Ce sont encore nos sens, plus que notre intelligence, qu'il faut frapper. M. Ball, il est vrai, ne vise pas à un succès d'enthousiasme ni à une vogue populaire ; il s'adresse aux sincères, et par conséquent peu nombreux amateurs de la littérature shakspearienne. Ses lectures seront-elles aussi suivies qu'elles le méritent? Nous le souhaitons. Cela prouverait que nous commençons à étudier sérieusement les littératures étrangères.

XX.

MACBETH,

POUR LE DÉBUT DE MACREADY.

(Globe , 1 avril 1828)

Le théâtre anglais, dont quelques personnes regardaient la vogue comme un pur caprice de la
mode, vient de reprendre ses représentations au
milieu d'une affluence égale à celle de l'année dernière. Il est vrai que Macready, l'un des premiers
acteurs de Londres, est venu protéger de son talent
cette seconde inauguration. Grâce à sa présence,
l'administration de Favart va pouvoir monter plusieurs ouvrages que le public souhaitait vivement.
Déjà nous avons vu *Macbeth*, et bientôt, si nous
sommes bien informé, apparaîtront *Virginius* et
Coriolan. Ainsi peu-à-peu nous ferons connaissance
avec le théâtre de nos voisins, et les questions d'art
qu'il soulève et que la polémique des brochures
et des feuilletons menaçait d'éterniser, s'éclairci-
ront d'elles-mêmes en devenant de simples questions de plaisir et de sens commun.

La première surprise que nous a causée la représentation de *Macbeth* a été de retrouver presque intact le texte de la pièce originale. Quelques

coupures légères et généralement bien entendues
sont les seules *altérations* qu'ait subies cette tragédie. Ce n'est pas qu'elle ait échappé, plus que le
reste du théâtre de Shakspeare, à la manie des transformations qui envahit la scène anglaise sous le
règne de Charles II. Sir William Davenant, poëte
lauréat, celui-là même qui s'associa à Dryden pour
défigurer la *Tempête* et *Jules César*, se chargea seul
du soin d'abréger, de corriger et même d'ampli-
fier *Macbeth* (1). C'est retouché par cette plume
à la mode que le drame de *Macbeth* est resté en
possession du théâtre, de 1674 jusque vers 1750.
Alors Garrick eut le talent de le faire goûter du
public sous sa forme véritable et à-peu-près tel que
l'a composé l'auteur.

Tant qu'on n'a fait que lire *Macbeth*, on n'a
qu'une idée bien imparfaite des beautés et des défauts de cette pièce. Pour moi, si j'ose le dire, je
n'en avais guère senti à la lecture que les effets dramatiques. Au théâtre, au contraire, ce sont, chose
étrange! les beautés épiques qui m'ont le plus
frappé. Les scènes si tragiques de l'assassinat de

---

(1) Sir William Davenant, célèbre d'ailleurs par ses propres œuvres dramatiques, avait refondu, en 1673, deux pièces de Shakspeare,
Mesure pour mesure, et *Beaucoup de bruit pour rien*, et les avait
données sous le titre de *The law against lovers*. — Il n'est peut-
être pas sans intérêt de rappeler que, suivant une tradition très-accréditée, sir William Davenant était, non-seulement le filleul, mais
le fils naturel de Shakspeare.

Duncan, de l'apparition de Banquo, celle du somnambulisme, qui absorbent toute l'attention des
lecteurs, reprennent au théâtre leur rang dans le
drame, et ne sont plus que les épisodes admirables
d'un grand poëme, dont le spectateur suit avec
intérêt la marche jusqu'au dénoûment.

On a souvent essayé de rapprocher le fatalisme,
tel qu'il domine dans le drame d'Eschyle, et l'intervention d'un pouvoir malfaisant, tel qu'il apparaît dans *Macbeth*. Ces rapports me frappent peu.
Quand on vient de voir se dérouler cette sombre
chronique tout empreinte des mœurs écossaises et
de la mythologie sauvage du moyen âge, si l'on
peut songer à autre chose qu'à elle-même et lui
chercher un analogue, l'idée qui se présente la
première est, ce me semble, celle d'une épopée homérique. L'emploi du merveilleux, les combats
corps à corps, les rapports nombreux qui existent
entre les mœurs héroïques et les mœurs féodales,
appellent naturellement ce souvenir. Si l'on excepte
quelques trivialités jetées çà et là et les lazzis du
portier, ajoutés peut-être après coup, on ne rencontre dans *Macbeth* presque aucun mélange du
comique et du tragique. Point de Mercutio, point
de Polonius. Dans aucun autre ouvrage, Shakspeare
n'a plus constamment cherché l'idéal. Seulement,
c'est l'idéal du Nord, au lieu de l'idéal de la Grèce.
Les héros de cette Iliade septentrionale ont des
points curieux de ressemblance avec ceux d'Ho-

mère. Le courage de Macbeth, par exemple, comme
celui des chefs de clan grecs, n'est guère fondé que
sur la confiance en ses forces, garantie par un pouvoir surhumain. Ce brave *Thane* laisse voir sa
frayeur, comme Hector, quand il se sent privé de
l'appui des êtres surnaturels auxquels il a foi. Dans
ce court moment de faiblesse, la pantomime de
l'acteur a été très-belle. En général, Macready exprime avec beaucoup d'art l'ascendant qu'exerce la
superstition sur l'âme de Macbeth. Au moment où
il apprend que la *forêt de Birnam s'ébranle et marche vers Dunsinane,* son geste a été sublime. C'est
là autre chose encore qu'un trait de passion ou de
caractère : c'est un trait de mœurs.

Remarquons en passant que le merveilleux s'est
introduit dans *Macbeth,* comme dans les poëmes
anciens, naïvement et à titre d'histoire. Shakspeare
a pris ses sorcières dans la chronique de Hollen-
shed, comme il y a pris ses autres personnages. Les
sorcières sont, en quelque sorte, la plus ancienne
population des montagnes d'Écosse. Le public n'a
point paru surpris de trouver là les ancêtres de
tant de personnages que Walter Scott lui a fait connaître.

Une autre *machine*, l'ombre de Banquo, appartient plus en propre à Shakspeare. C'est une belle
création à mon avis, et tout-à-fait en harmonie avec
les autres parties du drame. Malgré tous les raisonnements qu'on oppose à cette apparition, nous ne

croyons pas que l'on pût comprendre la scène du festin sans elle. Que la douleur solitaire de Belvidera lui fasse illusion au point qu'elle croie parler à Jaffier mort, on le conçoit. Mais Macbeth, environné de courtisans, apostrophant un siége vide, ne serait compris de personne. Il faut que le convive qu'il a fait assassiner vienne, comme la statue du Commandeur, s'asseoir sanglant à sa table : sans elle, la scène n'aurait ni effet ni sens.

Un écrivain du dernier siècle, Robert Lloyd, dans un petit poëme intitulé *The actor*, condamne en masse toutes les ombres du théâtre anglais, et ne trouve celle de Banquo bonne qu'à effrayer les enfants :

> When keenest feelings at his bosom pull,
> And fancy tells him that the seat is full ;
> Why need the ghost usurp the monarch's place ,
> To frighten children with his mealy face ?
> The king alone should form the phantom there
> And talk and tremble at the vacant chair.
> If Belvidera her lov'd loss deplore,
> Why for twin spectres bursts the yawning floor? etc.

Les comédiens, faisant droit à cette requête, ont, pendant quelque temps, supprimé toutes les apparitions qui se trouvent dans Shakspeare et dans Otway ; mais le public a réclamé et obtenu qu'on lui rendît au moins quelques-uns des fantômes de Shakspeare. L'arrêt de Lloyd n'a été maintenu que contre Otway.

Tout ce que la représentation nous a révélé d'as-

13.

pects nouveaux dans *Macbeth*, est dû au jeu de
Macready. Il est impossible de mieux dessiner un
caractère et, en même temps, de mieux commander
l'attention. C'est surtout de l'imagination des spectateurs qu'il s'empare. Tout son jeu est calculé
pour stimuler fortement cette faculté. Il y a dans
son action muette, dans ses passions voilées, dans
ses remords involontaires et sans expansion, quelque chose d'extraordinaire qui excite à le pénétrer,
jusqu'à ce qu'enfin, dépouillant tout remords et
déposant toute crainte, il s'élance dans l'arène du
crime le front levé et faisant face au péril.

Macready ne nous a rappelé Charles Kemble que
par l'énergie de la pantomime. Sa diction est d'une
école toute différente. Elle est tout-à-fait naturelle,
simple, exempte de chant. Les cordes basses de
sa voix sont sonores et distinctes, comme étaient
celles de Talma. La seule chose en lui qui puisse
choquer un spectateur étranger, c'est la roideur
de maintien qui paraît faire partie en Angleterre de
l'étiquette théâtrale.

Le rôle de lady Macbeth n'est pas moins important que celui de son mari. Tandis que Macbeth
indécis hésite et calcule les suites d'un premier
meurtre, elle, plus emportée, parce qu'elle est
plus faible, sans réflexion, sans examen, provo-
que, excite, entraîne son mari, et met la main sur
la couronne sans s'inquiéter du sang qui la souille.
Mais à mesure que le cœur de Macbeth s'échauffe

et s'ouvre au crime, celui de sa femme se glace et se ferme : elle n'avait prévu ni les meurtres qui devaient suivre le premier meurtre, ni les remords qui devaient attrister sa couche. Elle se repent, parce que le crime ne la rend pas heureuse. Cette admirable peinture du cœur humain est en même temps une des conceptions les plus théâtrales. Par cette intermittence de sentiments, la chaleur de passion nécessaire au drame ne manque jamais. D'abord l'action marche entraînée par l'ambitieuse frénésie de lady Macbeth; puis, quand les soucis et l'effroi atteignent cette faible femme, Macbeth affranchi de ses remords, qui n'étaient que de la crainte, redonne, par une crise de passion, la vie et le mouvement au drame.

Pour jouir complètement de ce chef-d'œuvre et pouvoir bien juger la diversité d'émotions qu'il peut produire, il faut que ces deux rôles soient joués par des acteurs de force égale. Malheureusement le personnage de lady Macbeth n'est ni dans l'emploi ni dans les moyens physiques de miss Smithson. Pendant les premiers actes, où ses passions effrénées sont tout en saillie, elle a montré de fréquents éclairs de talent; mais quand les remords et les chagrins l'atteignent, quand ses angoisses cachées ne doivent plus avoir d'autres signes que l'oppression de son sein et l'altération de ses traits, miss Smithson a été fort loin de vaincre la difficulté de sa tâche. Pendant le banquet, elle n'a pas assez montré l'anxiété cruelle où doit la jeter ce qu'elle entend et ce qu'elle craint d'entendre. La scène de somnambulisme a été faible; sa voix, si bien brisée par la souffrance dans Jane Shore, n'a pas trouvé pour lady Macbeth des accents assez douloureux. On ne sentait pas, sous chaque parole, la blessure incurable dont elle est l'indice. Au reste, il eût été merveilleux qu'une si jeune actrice se fût élevée du premier coup à la hauteur d'un pareil rôle : elle le jouera mieux en le rejouant, et le succès de Macready lui en fournira plus d'une occasion.

XXI.

MACREADY DANS LE ROLE DE VIRGINIUS,

DE LA TRAGÉDIE DE M. JAMES SHERIDAN KNOWLES.

(*Globe*, 19 avril 1828.)

Si nous étions resté sur l'opinion que *Macbeth*
nous avait fait prendre du talent de Macready, nous
n'aurions de ce grand acteur qu'une idée très-impar-
faite. Nous l'avions trouvé dans cette pièce remarquable surtout par l'art de concevoir et de dessiner
le rôle principal; mais son jeu, même dans les parties les plus parfaites, nous avait paru plus propre à saisir l'esprit et l'imagination qu'à remuer
vivement le cœur. Dans *Virginius*, il s'est montré
tout autre. La même force de combinaison préside
bien toujours à la composition du rôle ; mais quelle
chaleur dans l'exécution ! quelle tendresse d'âme !
quelle sensibilité communicative et profonde! Aussi
n'a-t-il pas obtenu seulement, comme dans *Macbeth*, un succès d'estime et de réflexion : il a obtenu un succès d'enthousiasme, attesté par les
frémissements involontaires de toute la salle, par
des acclamations sympathiques, et, qui mieux est
encore, par des larmes. Dans ce personnage d'un
centurion idolâtre de sa fille, et qui la poignarde

plutôt que de la voir arrachée de ses bras et flétrie
du nom d'esclave, on ne peut montrer à la fois
plus de rudesse romaine et plus de tendresse de
père. Macready a été simple, passionné, terrible. Il faut évoquer le souvenir de Talma, pour
avoir l'idée d'une telle variété, d'une telle puissance de moyens, d'un tel mélange d'accents humains et de douleur idéale. Le grand effet que
produisit chez nous l'an dernier Charles Kemble
dans *Hamlet*, était dû en partie à la poésie merveilleuse de ce rôle unique au théâtre. Ici Macready
crée tout, ou presque tout. Le drame de M. Knowles, habilement disposé pour la scène, est pauvre
et quelquefois ridicule dans les détails; c'est l'âme
de l'acteur qui l'anime. On conçoit, mais seulement après l'avoir vue telle que la fait Macready,
que Hazlitt ait proclamé cette pièce la meilleure
tragédie de la scène moderne : *the best acting tragedy that had been produced on the modern stage.*

Il ne faut pas, toutefois, que notre reconnaissance pour l'acteur nous rende ingrat envers le
poëte. M. Knowles est, depuis dix ans, une des
principales gloires du théâtre britannique. *Virginius*, qui parut en 1820, à Covent-Garden, et dans
lequel Macready joua dès l'origine le premier rôle,
a été suivi de *Guillaume Tell*, qui obtint un succès
égal. L'auteur, qui a été quelque temps comédien,
n'ignore aucun des secrets de la mise en scène : il
possède surtout à fond la partie pittoresque de son

art et excelle à découvrir les points du sujet qui veulent être montrés aux yeux. Mais il dispose mieux ses canevas qu'il ne les remplit, et les éloges que Hazlitt lui donne, comme écrivain et comme poëte, nous semblent exagérés. Il en est un, cependant, qui nous paraît bien mérité. Hazlitt appuie beaucoup sur l'originalité de M. Knowles ; il l'appelle *a mere poet*, *boy-poet*, *regardless of models*, et il a raison. Bien qu'il suive le système des n'ilibertés shakspeariennes, l'auteur de *Virginius* mite pas Shakspeare. Il a adopté cette forme de drame tout simplement, parce qu'elle lui convient davantage et lui paraît plus favorable à l'effet théâtral.

S'il était encore possible de douter de bonne foi des avantages qu'offre la forme romantique pour traiter la plupart des sujets d'histoire, le succès du *Virginius* de M. Knowles et le peu d'effet qu'a produit le même sujet traité par Campistron, la Harpe, et même Alfieri, devraient convaincre les plus incrédules. Campistron, pour qui la soumission aux règles des unités était le beau idéal de l'art tragique, fit dans sa *Virginie*, un tour de force qui n'est pas assez connu. Il a établi et maintenu la scène pendant les cinq actes dans le *palais* d'Appius. Cette aventure, qui ensanglanta le Forum, se passe ainsi dans un salon. Virginius, dont la rudesse embarrassait l'auteur, paraît à peine dans la pièce ; un récit adressé à la mère de Virginie nous apprend la catastrophe. Un poëte si habile à ménager les convenances mériterait bien que les critiques classiques lui élevassent une statue. La Harpe et Alfieri sont restés bien loin d'une aussi exquise délicatesse. L'un et l'autre ont cru qu'une pareille tragédie devait se passer sur la place publique; l'un et l'autre ont entrevu que ce qu'il y avait de vraiment tragique dans le sujet était moins la mort de la victime que les souffrances d'un père forcé de poignarder sa fille par honneur et par tendresse. Mais pour intéresser à Virginius, il fallait nous le faire bien connaître. Gênés par l'unité de temps et de lieu, la Harpe et Alfieri ne l'ont presque introduit dans leur pièce qu'au dénoûment. Ni l'un ni l'autre ne nous l'ont fait voir dans la simplicité de la vie domestique, déployant, avant son malheur, ce caractère si ferme et si tendre qui doit rendre inévitable et si douloureuse la résolution qui amène la catastrophe. A défaut de Virginius, la Harpe, pendant les trois premiers actes, a placé près de Virginie sa mère pour se plaindre et demander justice. Alfieri, ordinairement si économe de personnages, a fait de même. Cette disposition a l'inconvénient de partager l'intérêt, que M. Knowles a su concentrer bien plus poétiquement sur Virginius. C'est là que l'unité est belle et vraiment tragique. Mais ce n'était qu'en se plaçant dans le système shakspearien, ou, pour mieux dire romantique (car Shakspeare ne l'a pas inventé, mais suivi), que l'on pouvait tracer dans toute sa

beauté le caractère de Virginius. C'est ce qu'a fait
le poëte anglais, et ce qui lui a valu la gloire de
réussir dans un sujet où plusieurs écrivains distingués et un poëte de talent avaient échoué.

Les premières scènes nous transportent dans le
Forum. Là nous apprenons le mécontentement
qu'excite le gouvernement des Décemvirs encore
soutenus par une portion du peuple, mais attaqués
par un parti plus ferme que dirigent Virginius et
Dentatus. Du Forum, l'auteur nous introduit dans
la maison de Virginius, où nous sommes témoins
des amours d'Icilius et de la jeune Virginie. Icilius
n'est pas, comme dans Alfieri, un déclamateur am-
poulé, reprochant aux patriciens leurs esclaves,
comme si les plébéiens n'avaient pas aussi des esclaves, et ressemblant moins à un tribun qu'à un moderne philanthrope. Dans la pièce anglaise, Icilius
n'est qu'amant, ce qui ne serait qu'à louer, s'il n'a-
vait dans son langage beaucoup trop d'affectation
sentimentale. L'intérieur de la maison de Virginius
offre une gravité toute romaine, mêlée d'une familiarité enjouée, de laquelle Macready et miss Smithson ont su tirer des effets remplis de grâce. Mais
ici, comme en d'autres parties de l'ouvrage, les détails ne répondent pas à l'intention du poëte.
Quand M. Knowles, par exemple, nous montre Virginie occupée à tracer à l'aiguille les initiales du
nom de son amant, et entourant ces lettres d'une
guirlande de roses, il nous semble tomber dans de

vraies niaiseries *à la Kotzebue* (1). Mais, grâce à l'habileté des acteurs, ces légers défauts disparaissent, et le fond seul du tableau demeure. Quand survient la nouvelle de la guerre, quand on apprend que Virginius est obligé de quitter Rome, on partage la douleur de Virginie et celle de son père.

C'est seulement au troisième acte, quand le spectateur s'intéresse déjà vivement à Virginie, que la jeune fille, traversant le Forum, est aperçue par Appius, dont elle éveille les désirs coupables. La scène du rapt et celle du tribunal ouvrent, au contraire, la pièce d'Alfieri. Aussi quelle différence ! Dans la tragédie anglaise, cette jeune fille n'est pas pour nous une inconnue. Tout à l'heure, nous l'avons vue heureuse et charmante dans la maison paternelle. A présent la voilà réclamée comme esclave et traînée par Claudius dans les rues de Rome. Notre pensée se porte d'elle-même vers son père. Le poëte le sait, et il nous conduit au milieu du camp romain. Là, sur une civière, nous apercevons le corps de Dentatus, assassiné par l'ordre des Décemvirs et, à côté, Virginius, qui jure d'obtenir vengeance. C'est à ce moment qu'arrive de Rome la nouvelle de l'outrage fait à sa fille. Rien

(1) En voici un échantillon :

. . . . I think
There's nothing strange in that; an L and an I
Twin'd with a V, three very innocent letters. . . etc.

n'est beau, rien n'est vrai, rien n'est pathétique
comme les mouvements variés de sa douleur et de
sa colère. D'abord, à l'abattement du messager et
au nom de Virginie, le malheureux père croit que
sa fille est morte. Il se rassure en apprenant qu'elle
existe. Mais quelle profonde surprise, quelle indignation il éprouve, quand on lui rapporte que
Claudius ose la réclamer comme son esclave! Puis
rapprochant quelques circonstances, et entre-
voyant l'horreur de cette intrigue, avec quelle fureur vraiment paternelle il s'élance hors du camp,
et vole à Rome!

Nous l'y devançons. Nous y trouvons Virginie
dans les larmes. Elle tremble que son père ne puisse
arriver assez tôt pour la sauver. Enfin, nous l'entendons; il arrive; il est dans les bras de sa fille.
Ces simples cris : *My child! my child!— I am! I
feel I am! I know I am! my father! my dear father!*... ont ici un pathétique qu'ils ne peuvent
avoir dans les pièces de la Harpe et d'Alfieri, où
nous ne connaissons ni la voix ni les traits de Virginius. Nous ne saurions donner une idée de la
grande scène du Forum au quatrième acte. Il faut
voir Virginius maîtrisant sa fureur, tantôt mena-
çant, tantôt suppliant le Décemvir, tantôt invo-
quant l'appui du peuple; et après que l'arrêt
inique est rendu, quand Appius a prononcé que
Virginie n'est pas sa fille, quand il faut se séparer
d'elle, de quelles étreintes il la serre renversée et

évanouie dans ses bras! Il espère un moment dans
les efforts d'Icilius et dans le secours du peuple.
Mais quand ses défenseurs sont dispersés par la
force, quand il n'y a plus d'espérance, quand son
œil a aperçu le couteau fatal et l'a saisi avec espoir,
quand sa résolution est prise, de quels longs regards passionnés il caresse l'enfant qu'il aime plus
que lui-même, et qu'il n'a plus d'autre ressource
que de poignarder! Jamais action plus forcenée n'a
été rendue plus excusable, plus naturelle et n'a été
mise plus à la portée de tous les cœurs. L'impression a été des plus profondes et des plus tragiques.

Il semble que la pièce soit terminée, avec cet acte,
et que quelques vers suffisent pour annoncer le
châtiment d'Appius. Mais l'idée du poëte serait in-
complète. Dans cette tragédie, c'est Virginius surtout qui nous intéresse. Nous voulons le voir après
son action, et ne le quitter que quand son âme sera
sortie de la crise affreuse qui la bouleverse. Son
esprit s'est égaré après qu'il a frappé Virginie. Sa
rentrée dans sa maison déserte est déchirante. Cependant, le peuple s'est soulevé; Appius est arrêté;
c'est à sa prison que court Virginius. Le tableau
d'Appius étranglé sous les pieds du père de Virginie est d'un effet terrible. La raison du malheureux
père n'est pas revenue; mais on voit que déjà le
poids de sa douleur est moins pesant. A la voix
d'Icilius, le souvenir d'une voix plus chère semble
se réveiller en lui. On lui présente l'urne de sa fille,

et un long gémissement sort de sa poitrine; ses yeux fixes deviennent humides, et le nom de Virginie sort enfin de sa bouche, mêlé à ses sanglots et à ses larmes.

Cet acte, qui nous avait paru fort étrange à la lecture, offre à Macready l'occasion de déployer tant de talent, que nous n'avons plus la force de faire remarquer ce que quelques-uns des incidents ont de trop mélodramatique.

XXII.

RICHARD III,

POUR LE DÉBUT DE KEAN.

(*Globe* , 17 mai 1828.)

L'affluence qui s'est portée à Favart pour assister au début de Kean était immense. Depuis que
l'attention publique s'est tournée vers le théâtre de
nos voisins, il est peu de noms plus populaires. Le
talent que Macready vient de déployer dans *Macbeth* et dans *Virginius* avait encore élevé Kean dans
l'opinion. Ce n'est pas qu'on s'attendît à trouver en
lui ce jeu si sûr et si correct que l'on vient d'admirer dans son rival : on savait qu'il joue sous l'inspiration du moment, qu'il est journalier et inégal.
Mais on comptait sur des traits de force, sur des
éclairs imprévus, sur une puissance de moyens
merveilleuse. Cette disposition admirative de l'assemblée n'a pas été entièrement satisfaite. Soit fatigue du voyage, soit émotion, les forces de l'acteur
n'ont pas répondu à ses efforts. Les personnes qui
l'ont vu à Londres, il y trois ans, ont remarqué
qu'il a pris un embonpoint qui donne à ses traits
une expression moins tragique. Sa voix aussi a
perdu de son mordant et de sa netteté, surtout dans

les moments où la passion anime son débit et le précipite. Ce défaut, que depuis un certain temps les journaux anglais lui reprochent, est surtout fâcheux devant un auditoire étranger, pour qui l'expression musicale de la passion facilite et souvent remplace l'intelligence exacte des paroles. Le désappointement a été général. Au lieu de ces grands effets faciles à saisir que l'on attendait, Kean n'a guère révélé son talent que par la justesse et l'originalité d'une diction habilement nuancée. Pendant les premiers actes, l'hypocrisie, l'ironie, la bouffonnerie infernales qu'il déploie ont été à-peu-près telles que nous les attendions, telles qu'on nous les avait souvent dépeintes. Mais, dans les grandes agitations du dernier acte, l'artiste ne nous a pas paru égal à sa renommée. C'est au moment où Richard doit retrouver quelque grandeur sur le champ de bataille, quand nous espérions le voir s'ennoblir au bruit des armes, qu'il a produit sur nous le moins d'impression. Le courage et la passion, qui embellissent tout, n'ont pu opérer sur lui de métamorphose, et le Richard du cinquième acte est resté le Glocester du premier. L'inconvénient des pièces disposées pour faire briller un seul acteur est de causer un ennui sans compensation ni remède, quand l'acteur est faible ou mal inspiré. Nous avons fait lundi une épreuve assez triste de cette vérité.

Déjà quand Chapmann essaya, il y a quelques

II.   44

mois, le rôle de Richard, nous nous élevâmes contre
cette fatigante et monotone tragédie à un seul
personnage, que Colley Cibber a substituée à la
chronique si poétique et si variée de Shakspeare.
L'impuissance de Kean à nous faire supporter cet
ouvrage nous confirme plus que jamais dans notre
opinion. Certes, les critiques anglais ont mauvaise
grâce à nous reprocher les préjugés étroits de notre
scène, eux qui ont tellement perdu l'intelligence
de leurs chefs-d'œuvre qu'ils laissent défigurer le
drame romantique par les mêmes vues d'unité qu'ils
censurent si amèrement dans nos écrivains. Jamais
du moins chez nous un poëte médiocre n'a porté la
main sur un de nos chefs-d'œuvre, et n'en a impunément changé la forme et le genre. Le bel esprit
qui a proposé de mettre *en action* le dénoûment
d'*Iphigénie en Aulide*, en a été pour le ridicule de
sa motion. On a effacé quelques vieilles locutions
dans Corneille et dans Rotrou; on a retranché les
rôles de l'Infante et de Livie, rien de plus. Que
l'on fasse des changements de cette nature à Shakspeare, il le faut pour le pouvoir jouer. Mais joindre bout à bout deux pièces, comme a fait Cibber,
supprimer tous les personnages intéressants, hormis un seul, grossir encore par des additions étrangères ce rôle qui dévore ainsi tout l'ouvrage, ce
n'est plus corriger, c'est détruire. C'est comme si,
pour mieux faire ressortir le rôle d'Athalie, on retranchait les trois quarts de celui de Joad, tout

celui d'Abner, et que, pour combler ces lacunes,
on mît à contribution quelque autre pièce, *Rodo-*
gune ou *Médée,* par exemple. Ne serait-ce pas un
moyen infaillible de rendre faux le caractère le plus
vrai, et de faire d'une tragédie admirable par la
variété et l'opposition des figures, un monstre re-
poussant et impossible? C'est là précisément ce que
Colley Cibber est parvenu à faire de *Richard III.*

Shakspeare dans la dernière partie de *Henri VI,*
avait esquissé le caractère du jeune Glocester. Il
l'avait montré brave dans les combats, inébranla-
ble dans les revers, féroce dans la victoire. A la fin
de cette pièce, Richard poignarde le duc de Galles
sous les yeux de sa mère, et court à la tour de
Londres assassiner le vieux roi. Ces crimes étaient
la conclusion naturelle de la trilogie de *Henri VI.*
Qu'a fait Colley Cibber, il a cousu devant la pièce
de *Richard III* l'assassinat de Henri VI qui, pour
nous, à cette place, n'a plus ni intérêt ni sens. Ce
meurtre horrible, commis de sang-froid sous nos
yeux, détruit toute gradation dans les crimes de
Richard, et rend encore plus invraisemblables la
scène du convoi et la séduction précipitée de lady
Anne.

Dans Shakspeare, le premier crime de Richard
est la mort de Clarence, qu'il calomnie auprès d'É-
douard. Ce premier forfait, quelque odieux qu'il
soit, l'est moins au théâtre qu'un assassinat positif.
Le désespoir d'Édouard en apprenant que ses or-

14.

dres sont exécutés, la paix qu'il s'efforce vainement, avant de mourir, de rétablir entre Glocester
et les parents de la reine, tout ce tableau des misères royales si vrai et si triste a disparu de la pièce
de Cibber, pour faire place à une exposition qui
n'expose rien.

Les scènes de l'invention de Cibber sont loin
d'être une compensation pour celles qu'il a si maladroitement dérangées. Du nombre des morceaux
qui lui appartiennent est le monologue si niais de
Richard pendant le meurtre de ses neveux, et l'entretien où il déclare à lady Anne, devenue sa femme,
qu'il la hait autant qu'il l'a aimée. Combien, à la
place de cette froide cruauté, nous aurions préféré
voir la scène, bien autrement dramatique, où l'on
vient annoncer à lady Anne, alors dans la compagnie de la reine, que Glocester l'attend à Westminster pour la couronner. Le saisissement de la
reine, celui de la vieille duchesse d'York, la douleur plus profonde de lady Anne et ses funestes pressentiments sont des traits de vérité admirables, que
l'on regrette de voir remplacés par une conversation qui a trop l'air d'être tirée de la *Barbe Bleue.*

Les derniers mots que le vieux poëte fait prononcer à Richard, sont ce fameux cri de détresse,

A horse ! a horse ! my kingdom for a horse !

et il nous épargne l'agonie du monstre. A présent,
Richard débite, en héros classique, le couplet de

rigueur avant d'expirer. Mais il faut être juste.
Les huit ou dix vers qu'il prononce ne sont pas de
Cibber ; c'est Garrick qui les a mis là pour arran-
ger sa mort.

Shakspeare, par un instinct de grand artiste,
avait senti qu'à côté de ce colosse du crime, le
spectateur avait besoin de trouver une autre grande
figure sur laquelle il pût de temps en temps reporter, sinon reposer son attention. Il n'a trouvé
que Marguerite d'Anjou, qui fût de taille à servir
de contre-poids à Richard III. Ecartant le souvenir
de ses fautes, qu'il n'avait pas épargnées dans
Henri VI, il l'introduit ici, non comme un personnage historique et réel, mais comme une création idéale. Exemple à la fois et interprète de la
colère céleste, elle fait rentrer dans ce drame sanglant l'idée de la juste punition des crimes. Cette
reine cruelle, relevée de ses fautes par le malheur,
semble l'organe de la Providence, et ses malédictions, qui frappent à l'avance chaque victime de
Richard, ajoutent une sorte de consécration religieuse et fatale à la froide série de crimes politiques qui ensanglantent la cour du tyran.

Dépouillée de tous ces poétiques accessoires, concentrée dans le seul Richard, cette pièce avait tellement oppressé l'assemblée, que quand est venue la
seule scène qui puisse provoquer la sympathie,
celle où la reine pleure sur ses enfants qu'on lui
arrache, une triple salve d'applaudissements a re-

mercié miss Smithson du bien qu'avait fait cette rapide apparition d'un sentiment naturel.

En relevant, comme nous venons de faire, quelques-unes des nombreuses imperfections de l'œuvre de Colley Cibber, nous n'avons pas prétendu disculper entièrement Shakspeare ni soutenir qu'aucun des défauts de la pièce actuelle ne lui soit imputable. Loin de là. Nous sommes porté à croire, au contraire, que le rôle de Richard est un des moins vrais qu'il ait tracés. Glocester, dans l'original, s'analyse trop lui-même, se complaît trop dans la vue de sa difformité physique et morale. Ce que nous avons voulu établir dans cet article, c'est que le but, la marche, le genre des deux pièces sont différents; c'est qu'on ne peut arguer contre l'une de la fatigue et de l'ennui causés par l'autre. Ce que nous aurions surtout voulu faire sentir, c'est que Shakspeare, par le plus poétique entourage, a cherché à diminuer l'impression d'horreur que devait causer la vue de son principal personnage. Autre chose est de jeter une bête féroce, une hyène, dans un vaste tableau; autre chose est de l'isoler, de la peindre seule et pour elle-même. Eh bien! cette hyène peinte avec amour et qui remplit à elle seule toute une toile, c'est *Richard III,* tel qu'on le joue. Se plaise qui voudra à ce spectacle; pour mon compte, il me fait horreur.

XXIII.

KEAN DANS OTHELLO.

(*Globe* , 24 mai 1828.)

Cette seconde épreuve a été plus favorable à Kean que la première. Le public, moins prévenu d'espérances exagérées, a mieux apprécié son talent. On savait cette fois que ce n'était ni la puissance ni la verve soutenues de l'exécution qui allaient électriser l'assemblée. On s'attendait et l'on a pu applaudir à des beautés d'un autre genre. Il s'est opéré depuis quelque temps dans le jeu de Kean une révolution surprenante : il a gagné plusieurs qualités qu'il n'avait pas, et il a perdu quelques-unes de celles qui ont fait sa renommée. Nous avions craint de le trouver outré, frénétique, extravagant; il l'est encore par l'idée, mais non par l'exécution. Celle-ci est sage et même un peu froide. Trahi par la nature, il s'est réfugié dans la science, et il se montre encore supérieur dans cette nouvelle route. Il y a dans sa diction plus du professeur que du tragédien, plus de Michelot que de Talma. Sans atteindre dans *Othello* à un succès d'enthousiasme et populaire, sa manière de composer le rôle a vivement frappé les spectateurs attentifs. Par les effets qu'il trouve, comme par ceux qu'il cherche, par les traits sur lesquels il appuie, comme par ceux qu'il néglige, il est aisé de se former une idée de sa première manière. Le coloris a perdu de son éclat, mais le dessin reste; et, quoique moins saillante, la pensée du grand artiste est encore distincte pour qui sait l'étudier et la saisir.

Déjà nous avions pu voir dans *Richard III* que ce sont les sentiments les plus énergiques et les moins nobles du cœur humain, les passions les plus perverses et les plus atroces, qu'il s'applique et excelle à faire ressortir. Que Richard ait été un scélérat royal, un assassin de cour, peu lui importe. C'est le scélérat seul qu'il veut peindre. Il ne tient compte ni du rang ni de l'époque. Tel qu'il nous le montre, ce pourrait être tout autre que Glocester; ce pourrait être un roué de taverne, un coupe-jarret vulgaire, on ne sait; mais pour un scélérat, cela est sûr. L'acteur, quand son jeu était dans toute sa force, devait obtenir par cette unité de teinte, un degré d'énergie extrême, et de là, sans doute, la cause de son immense succès.

Dans *Othello*, c'est encore le même artifice. Le Maure est un barbare que n'ont qu'imparfaitement civilisé les mœurs de l'Europe, et dont la bonté irréfléchie, l'âme naïve et les passions ardentes peuvent aisément devenir cruelles. Eh bien! Kean, cédant à sa prédilection d'artiste pour ce qu'il y a de plus irrégulier dans l'âme humaine, et à l'in-

stinct qui le pousse vers l'unité, fait saillir, aux
dépens de tout le reste, les côtés les plus farou-
ches et de plus barbares de la nature africaine. Il
est impossible d'empreindre les trois derniers actes
d'une couleur plus sauvage et d'en bannir plus
exactement tout mélange de sentiments généreux et
d'idées morales. Dans les deux premiers actes, où
Othello se repose avec fierté dans son amour et
dans sa gloire, Kean est faible et indécis ; il aurait
à montrer de la raison, de l'amour, de la grandeur
d'âme : ce ne sont pas là les parties du rôle qu'il
veut éclairer. Talma, dès les premiers mots qu'il
prononçait dans l'*Othello* de Ducis, révélait tout
le courage naturel, toute la fougueuse tendresse,
toute la brûlante énergie d'un Africain adouci par
les mœurs italiennes. On devinait l'homme qui
pourra bientôt se rendre le témoignage d'avoir aimé
no wisely, but too well. Kean, au contraire, dans
les deux premiers actes, n'excite ni sympathie ni
attente. Tant qu'il n'éprouve que les chances communes de la vie, il a le flegme d'un Anglais. Ce
n'est que quand Iago l'a frappé au cœur, que l'A-
fricain se révèle. Il se débat alors sous le trait,
comme un lion blessé ; et, quand il s'élance sur
Iago, on croirait qu'il va le mettre en pièces. C'est
là une belle composition ; mais ce n'est pas assez.
Il est bien de nous montrer le Maure jaloux jusqu'à la rage ; mais il faudrait que son amour éclatât
par des traits de tendresse d'une égale énergie.

Faites Othello aussi Africain que vous voudrez;
mais il faut qu'il aime; qu'il aime en sauvage, soit;
mais qu'il aime avec transport : rien ne peut l'excuser que la violence d'un sentiment qui est pour
lui plus que la vie, plus que la gloire. Ainsi l'a
peint Shakspeare. Loin de décroître devant sa colère, loin de s'anéantir devant ses projets de vengeance, sa tendresse, son enthousiasme pour les
charmes de Desdémona grandissent et s'exaltent.
Les dernières marques d'amour qu'il lui donne,
ses derniers regards, son dernier baiser, doivent
avoir cette ardeur enthousiaste, ce lent et profond désespoir d'une passion que son excès pousse
à la barbarie. Si vous ne nous montrez que la férocité naturelle d'une créature presque irraison-
nable, l'horreur remplacera l'intérêt. Il n'y a que
la passion, les tourments, l'agonie d'Othello, qui
puissent faire flotter l'intérêt entre Desdémona et
lui. Si l'on ne plaint pas le meurtrier autant et
plus que la victime, tout le cinquième acte reste
sans effet. On frémira d'horreur; mais pas une
larme ne coulera. On en verse à la lecture, et point
au théâtre. D'où cela vient-il? Ne serait-ce pas que
jusqu'à présent nous n'avons point vu un véritable
Othello, un Othello complet? Kean ne nous en
montre que la moitié. Nous donnerions beaucoup
pour voir Macready dans ce rôle. Lui qui sait si
bien exprimer le mélange de tendresse, d'honneur
et de cruauté qui porte un père à donner la mort à

la fille qu'il idolâtre, trouverait peut-être le secret de rendre cette fièvre effrayante d'amour et de jalousie qui brûle le sein du Maure et lui fait chercher un repos horrible dans l'anéantissement de la beauté qu'il adore.

Au reste, ce qui peut excuser les acteurs et expliquer pourquoi les nuances passionnées du rôle sont si peu apparentes à la représentation, c'est que, dans la pièce telle qu'on la joue, les passages où l'amour d'Othello est le plus vivement accusé n'existent plus. Ainsi, dans une scène qu'on a retranchée du quatrième acte, Othello, convaincu de la trahison de Desdémona et n'hésitant que sur le choix de la vengeance, s'abandonne dans Shakspeare au souvenir de tous les charmes qui l'attachaient à elle : *A sweet woman !... So delicate with her needle !... An admirable musician !* Avec la scène ont disparu toutes ces exclamations si naturelles et si douloureuses qui forçaient Iago de s'écrier : « Si vous idolâtrez jusqu'à sa perfidie, donnez-lui toute licence de vous outrager. » Au dénoûment, après qu'Othello s'est poignardé, Shakspeare nous le montre recueillant ses forces et se traînant vers le lit sanglant de Desdémona. Ses derniers mots sont ceux-ci :

I kiss'd thee, ere I kill'd thee. — No way but this,
Killing myself, to die upon a kiss.

Je t'ai donné un baiser avant de te tuer. En me tuant, je ne puis m'empêcher d'aller mourir sur les lèvres.

Ce n'est qu'un trait, mais qu'il est touchant et vrai! Aujourd'hui on le supprime. Kean le remplace par une pantomime fort expressive, qui peint avec une grande vérité le recueillement du suicide, et mieux encore l'effet graduel et physique d'un coup de poignard. Il semble que l'acteur ait calculé combien il faut de secondes pour que le sang étouffe Othello. Au moment où il tombe à la renverse, on bat des mains, et l'on s'étonne que l'imitation puisse aller jusque là. On a vu mourir un homme; mais est-ce bien Othello qu'on a vu mourir?

Assurément nous sommes loin de souhaiter qu'on ôte au Maure rien de sa couleur africaine. Au contraire, c'est là ce que nous admirons dans le jeu de Kean; mais nous ne voudrions pas qu'elle parût seule. Nous ne demandons pas qu'on fasse d'Othello un Orosmane, un Européen, un Bajazet. Mais nous voudrions voir dans ce nègre quelque chose de plus passionné, tranchons le mot, de plus humain. Othello sans amour est un monstre : il nous fait l'effet d'un *homme des bois*.

J'ignore qui a retouché cette pièce; mais les suppressions qu'on lui a fait subir ne sont pas fort anciennes. J'ai sous les yeux une édition de 1724, conforme à la représentation d'alors; on jouait à cette époque la scène de la *romance*, ainsi que la scène du quatrième acte, où le Maure, se représentant l'affreuse image de l'infidélité de Desdémona, tombe sans connaissance aux pieds de Iago, après avoir prononcé quelques mots sans suite, mais dont chacun atteste une profonde blessure. Un critique du dernier siècle, au sujet de ce chaos de sentiments et de pensées sous lequel succombe Othello, a remarqué que, quand on lit cette scène dans son cabinet, on peut s'étonner de l'incohérence des idées et des demi-phrases que prononce le Maure. « Mais, ajoute-t-il, *quiconque a vu la pièce et le jeu de l'acteur*, convient qu'il n'y a pas un mot à ajouter, et qu'il n'est pas possible, dans la situation où Othello se trouve, qu'il fasse des phrases plus complètes. » Que dirait l'auteur de cette remarque, s'il savait qu'aujourd'hui aucun acteur de son pays ne prête les accents de la nature à ce passage qu'il trouvait plus pathétique encore au théâtre qu'à la lecture?

La scène la plus regrettable, celle qu'il appartiendrait au talent de miss Smithson de nous restituer, c'est celle de la *romance*. Elle est dans *Othello* ce que la scène des adieux est dans *Roméo et Juliette*. Elle ouvre le chemin à la terreur par la mélancolie, et jette à l'avance comme un voile de poésie sur la catastrophe. Supprimer ces teintes plus douces qu'un poëte aussi tragique que Shakspeare a cru devoir jeter sur un fond aussi sombre, c'est montrer, il faut le dire, une bien triste prédilection pour l'horrible. Cependant, quelque regrettables que soient les coupures faites à *Othello,* la pièce a conservé du moins sa forme et sa marche

primitives : c'est l'œuvre de Shakspeare amoin-
drie; mais, enfin, c'est encore l'œuvre de Shakspeare. Cette modération des arrangeurs nous permet d'affirmer que le travail opéré sur ce drame
est d'une date assez récente. *Othello* nous serait
parvenu bien autrement mutilé, s'il avait été retouché sous le règne de Guillaume ou de la reine
Anne.

XXIV.

KEAN DANS *THE MERCHANT OF VENICE.*

(*Globe*, 19 mai 1828.)

Enfin nous avons vu Kean, Kean dans toute la beauté, dans toute la plénitude de son talent. Nous n'avons eu besoin cette fois pour le comprendre ni de réflexion ni d'étude. Toutes ses intentions étaient à découvert, tous ses effets en saillie. L'exécution a été aussi vive, aussi poétique, aussi puissante que sa pensée. Ce n'est pas une étude d'atelier que les seuls connaisseurs peuvent apprécier ; c'est un tableau achevé, plein de vie, c'est Shylock lui-même que nous avons vu. Ce rôle, moins fatigant que celui de Richard III, exempt du conflit passionné qui rend si difficile celui d'Othello, convient particulièrement au jeu de Kean, qui aime à tirer tous ses effets d'une seule idée, qu'il choisit avec génie et qu'il rend avec vigueur. Ici l'unité n'est pas factice. Shylock n'a qu'une pensée, qu'un sentiment, qu'un mobile : la haine. Cette passion unique perce à tout instant dans la voix, dans le rire sardonique, dans le regard sanguinaire du Juif. C'est à cette passion qu'aboutissent tous les traits de son caractère, et Kean les exprime tous avec la plus vive et la plus effrayante vérité.

Nous avons déjà parlé du *Marchand de Venise*, lors des représentations de M. Terry. Nous ne reviendrons pas sur la charmante moitié de ce poëme, dont la fantastique et orientale bizarrerie contraste et s'harmonie si bien avec l'horrible et fabuleuse férocité de Shylock. Ce juif avait, comme on sait, prêté trois mille ducats à un marchand chrétien, et avait stipulé qu'en cas de non-paiement, il lui serait loisible de couper une livre de la *belle chair* de son débiteur sur telle partie du corps qu'il lui plairait choisir. Le cas prévu étant arrivé, l'impitoyable créancier se présente avec son couteau, ses balances et son contrat. Le génie de Shakspeare n'a peut-être réuni nulle part plus de traits de vérité que dans ce rôle qui semble, au premier coup-d'œil, placé en dehors de la nature humaine.

La haine invétérée qui est le fond du caractère de Shylock n'a rien de hardi ni d'ouvert. Avec l'instinct carnassier du loup, Shylock a, comme cet animal, une cruauté lâche et patiente. Ce fils d'une race humiliée offre un effroyable exemple de la profonde dépravation morale où peuvent tomber les castes que les lois oppriment, et du degré de haine qui peut réagir contre d'injustes préjugés. Rien, dans le jeu de Kean, ne trahit mieux la soif de vengeance à la fois craintive et violente qui dévore Shylock, que le contraste de sa démarche lente, pesante, circonspecte, et de son œil ardent, qui s'élance et se plonge, pour ainsi dire, dans le

cœur de son ennemi. La passion de Shylock est
une. Rien ne fait diversion à sa haine; mais elle
s'alimente de tous ses vices, et l'acteur ne manque
à la peinture d'aucun. La vile usure, l'avarice sor-
dide, le ressentiment des injures, il exprime tout.
Le trait le plus saillant, celui qui domine et, il faut
le dire, celui qui relève et ennoblit un peu tous les
autres, c'est sa profonde antipathie pour les chrétiens en tant que chrétiens. Kean prête à ce sentiment la plus grande énergie. Il faut entendre avec
quelle amère dérision il profère ces mots : *Your
prophet, the Nazarite* ; et quand il refuse de dîner
avec un chrétien (*I will not eat with you, drink
with you, nor pray with you*), quelle répugnance
dans son accent, et comme ce *nor pray with you*
sort bien du plus profond d'une âme juive !

La scène la plus difficile à rendre, peut-être parce
qu'elle est la moins naturelle de la pièce, est celle
où Shylock apprend à la fois de son ami Tubal les
déportements de sa fille à Gênes et les malheurs qui
fondent sur Antonio. Le passage de la joie scélérate
aux tortures du désespoir est rendu par l'acteur
avec une vérité si parfaite, que cette scène, qu'on
peut trouver à la lecture trop symétriquement con-
trastée, a produit la plus profonde impression.

Kean a conservé pendant toute la durée du rôle,
la vigueur de ses moyens. Sa voix a été constamment pleine, mordante, passionnée. Il a été surtout bien inspiré dans sa réponse à Solario. Ce-

H.   15

lui ci lui demande *à quoi lui servira la chair de son ennemi* :

« A amorcer les poissons. Elle nourrira ma haine, si elle ne nourrit rien de mieux. Il m'a fait tort d'un demi-million; il a ri de mes pertes; il s'est moqué de mon gain; il a insulté à ma nation; il est allé sur mes marchés; il a refroidi mes amis, échauffé mes ennemis; et pour quelle raison? Parce que je suis un Juif ! —(*Après une longue pause*). Un Juif n'a-t-il pas des yeux? Un Juif n'a-t-il pas des mains, des organes, des proportions, des sens, des affections, des passions? Ne se nourrit-il pas des mêmes aliments (1)? N'est-il pas blessé des mêmes armes, sujet aux mêmes maladies, guéri par les mêmes remèdes, étouffé par le même été et glacé par le même hiver, qu'un Chrétien? Si vous nous piquez, ne saignons-nous pas? Si vous nous chatouillez, ne rions-nous pas? Si vous nous empoisonnez, ne mourons-nous pas? Et si vous nous outragez, ne nous vengerons-nous pas? (*Ces derniers mots ont été prononcés par Kean avec un accent inexprimable.*) Si nous sommes semblables à vous dans tout le reste, nous vous ressemblons aussi en ce point. Si un Juif outrage un Chrétien, quelle est la modération de celui-ci? la vengeance. Si un Chrétien outrage un Juif, comment doit-il le supporter? d'après l'exemple du Chrétien. En me vengeant, je mettrai en pratique les leçons de méchanceté que vous me donnez, et il y aura malheur si je ne surpasse pas mes maîtres (2). »

Quand nous vîmes jouer ce rôle par Terry, l'impression que nous remportâmes fut très-différente et bien moins profonde. Le côté comique du rôle dominait; dans le jeu de Kean, c'est le côté terrible. L'endroit où cette différence est le plus marquée est la sortie de Shylock au quatrième acte.

(1) M. Casimir Delavigne s'est rappelé ce beau passage de Shakspeare en écrivant une des plus poétiques tirades du *Paria*. Voyez acte II, scène 5.

(2) Traduction de M. Guizot.

Terry montrait, à chaque nouveau coup qui le frappait, une sensibilité risible qui finissait par attendrir. Quand on voyait ce malheureux, condamné à opter entre sa ruine totale ou l'abjuration de ses croyances, il paraissait trop puni. Kean, qui donne une bien autre force d'âme à Shylock, nous le montre aussi plus ferme dans le malheur. Il a perdu ses biens, sa fille, sa vengeance; mais il lui reste sa haine, et elle le soutient. Quand il sort du tribunal, il lance à ses juges un regard foudroyant. C'est Shylock vaincu, ruiné, terrassé; mais c'est toujours Shylock, seulement avec un degré de rage de plus dans le cœur.

XXV.

DES IMITATEURS CLASSIQUES DE SHAKSPEARE,

A L'OCCASION DU JUNIUS BRUTUS,

TRAGÉDIE DE M. J. HOWARD PAYNE. — KEAN, DANS LE RÔLE DE BRUTUS.

(*Globe*, 4 juin 1828.)

Lorsque, vers 1727, le jeune Arouet esquissait à Wandsworth le plan de sa tragédie de *Brutus,* dont il écrivit le premier acte en prose anglaise pour son hôte et son ami, M. Falkener, il s'étonnait que les compatriotes de Shakspeare n'eussent pas encore traité ce sujet, qui lui paraissait, de tous peut-être, le mieux convenir à leur théâtre. « Il y a, dit Voltaire dans son *Discours sur la tragédie* adressé à mylord Bolingbroke, un *Brutus* d'un auteur nommé Lee (1) ; mais c'est un ouvrage ignoré, qu'on ne représente jamais à Londres. » Voltaire aurait pu ajouter que cet ouvrage, composé de lambeaux pris de Tite-Live, d'*Hamlet* et même de notre *Clélie,* parut si dangereux pour l'État, que, dans ce prétendu pays de liberté, un ordre du lord Chancelier défendit la pièce à la troisième représentation. Depuis cette époque, six poëtes se

(1) C'est le dramatiste très-connu Nathaniel Lee.

sont exercés sur le même sujet. Si nous jugeons du mérite de ces ouvrages, par le dernier qui est comme le résumé de tous les autres, ces six tragédies de *Brutus* n'ont pas été fort heureuses. Un des éditeurs de M. Howard Payne (1) nous apprend que ce poëte a pris sans scrupule ce qu'il y avait de mieux dans ses devanciers, et il compare le talent de son auteur à celui d'un jardinier qui choisit et dispose les fleurs d'un *parterre*. Etrange éloge en vérité! Au reste, M. Payne n'a pas composé sa corbeille tragique seulement de fleurs indigènes; il en a admis d'exotiques, ce que, par parenthèse, son éditeur n'aurait point dû oublier. Il n'y aurait eu que de la justice à dire que M. Payne a fait d'amples emprunts au *Brutus* de Voltaire et à la *Lucrèce* de M. Arnaud. Il a pris à ce dernier plusieurs traits de la folie simulée de Brutus et à Voltaire l'idée de l'amour de Titus pour la fille de Tarquin, ainsi que plusieurs passages très-pathétiques du cinquième acte. Malheureusement ces passages sont fort affaiblis dans sa pâle imitation. Ainsi les adieux si touchants de Titus à son père :

A cet infortuné daignez ouvrir les bras ;
Dites du moins : mon fils, Brutus ne te hait pas, etc.

que Voltaire avait imités lui-même, en les embellissant, du *Brutus* latin de son maître, le père Porée,

. . . . . Hoc unum extremum dato ,
Age, pande nato brachia. . . . . . ,

(1) Celui qui soigne la collection de Cumberland.

ont perdu, sous la plume de l'auteur anglais, tout ce qu'ils avaient de poétique et d'attendrissant.

La tragédie de M. Howard Payne offre les larges proportions et la forme pittoresque du drame de Shakspeare; mais c'est là que s'arrête la ressemblance. Cette pièce est une longue page historique qui nous déroule la vie entière de L. Junius Brutus. Ce sont douze années de l'histoire romaine mises en action. Nous voyons d'abord Lucius Brutus enveloppé de sa feinte imbécillité, objet des railleries de la cour de Tarquin. Puis nous passons de Rome au camp devant Ardée; nous assistons à la querelle de Sextus avec ses convives et au défi qui la termine. De là nous sommes introduits sous le chaste toit de Collatin. Là nous voyons Brutus, jetant son masque d'insensé, relever et agiter le poignard sanglant de Lucrèce et appeler le peuple romain à la liberté. Enfin, Junius devenu consul, nous apparaît assis sur son tribunal, prononçant l'arrêt de mort de son fils. C'est une suite de tableaux, une sorte de galerie dramatique, un précis d'histoire romaine avec figures. Ce n'est pas, comme dans le *Virginius* de M. Knowles, un fait unique dont le poëte nous présente toutes les faces; ce sont des événements qui se succèdent comme les gravures d'un livre d'histoire, et dont l'*exhibition* prolongée occupe l'œil sans échauffer ni remuer l'âme. Pourquoi? c'est que cette reproduction superficielle du passé n'est qu'une œuvre de mémoire, et que l'imagination glacée de l'écrivain n'échauffe jamais celle du spectateur. Il est évident qu'aujourd'hui la forme du drame de Shakspeare est tombée en Angleterre aux mains de la médiocrité, comme chez nous celle de la tragédie de Racine. La forme romantique a ses *classiques* à Londres, qui sont à peu près de même force que les nôtres. Nulle part le xıxᵉ siècle n'a encore fait preuve d'originalité dramatique, et l'Angleterre en ce genre n'est pas plus avancée que le continent.

Toutefois, sachons gré aux acteurs anglais de nous avoir montré cet échantillon de la tragédie moderne. S'il est utile d'admirer les œuvres des grands poëtes, il ne l'est pas moins d'étudier celles de leurs successeurs : c'est peut-être le meilleur moyen de juger le côté faible d'une école. Privés de la séduction du génie, les ouvrages des disciples trahissent les défauts du genre. C'est surtout depuis la mort de Voltaire que nous nous sommes aperçus de tout ce qu'il y a de faux dans notre système tragique. Ce sont les peintres médiocres, froids copistes de David, qui ont amené une réaction contre la manière du maître. Pourquoi épargner cette épreuve à la forme romantique? Dans les ouvrages secondaires l'absence de création, d'invention, de poésie, la pâleur des caractères, tout se réunit pour prouver l'insuffisance de cette forme, quand elle n'est pas employée par le génie. Ce que l'on ne découvrait pas dans le grand poëte frappe ici tous les yeux. On voit que, dans ce système, chaque événement est placé bout à bout, que chaque groupe de personnages ou d'actions défile sur un même plan, et que la composition n'a, pour ainsi dire, pas de profondeur; on voit l'histoire se dérouler sans fin ni terme, comme un ruban, que coupe arbitrairement la chute du rideau. Les faits et les personnages disposés à la suite les uns des autres, ressemblent moins à un tableau, où les figures sont en perspective, qu'aux bas-reliefs du moyen-âge ou à la tapisserie de la reine Mathilde. Ce sont là, nous en convenons, des défauts dont on peut apercevoir quelque chose dans Shakspeare lui-même, surtout dans ses *Chroniques;* mais ils disparaissent sous l'éclat de son pinceau. Il est donc bon que de prosaïques imitateurs nous révèlent les inconvénients du genre, pour que nous n'imaginions pas qu'il y a dans l'adoption de ce système une vertu miraculeuse qui dispense de tout talent et de tout effort. Malgré ces remarques, la forme de Shakspeare nous paraît encore plus capable de soutenir la médiocrité que la forme plus savante de Racine. Avec cette dernière, le génie manquant, il ne reste rien; dans le système opposé, il reste au moins l'intérêt du spectacle et une image telle quelle du passé. Les mauvais poëtes romantiques nous présentent les faits bruts, sans en tirer de poésie; mais les mauvais poëtes classiques nous donnent leurs détestables inventions, c'est-à-dire eux-mêmes, à la place des faits. Entre ces deux maux extrêmes, le choix est triste; mais, pour mon compte, j'aime encore mieux les faits.

Par malheur, dans le *Brutus* de M. Payne l'histoire n'a de vérité que pour les yeux; les oreilles sont blessées à chaque instant par les plus étranges anachronismes de langage. Le style n'a rien de la simplicité des premiers temps de Rome. Toujours la mélancolie mystique et rêveuse du nord est substituée aux passions franches et ardentes de l'Italie. Partout on rencontre des idées et des expressions empruntées au christianisme. Pour n'en citer qu'un exemple entre cent, voici les paroles que Junius Brutus prononce (*seated in a melancholy posture on the tribunal*) au moment où son fils est entraîné par les licteurs :

> Poor youth! *thy pilgrimage is at an end!*
> A few sad steps have brought thee to the brink
> Of that tremendous precipice, whose depth
> No thought of man can fathom.

Nous le demandons; est-ce le père Aubry, ou Junius Brutus qui s'exprime ainsi ?

Le jeu de Kean dans *Brutus* a été, comme la pièce, mêlé de beautés et de défauts; et, par une singulière ressemblance, l'acteur a, comme le drame, mieux valu pour les yeux que pour l'oreille. Son jeu muet a été presque toujours fort beau: Il est impossible de mieux rendre les scènes de folie. Il nous a montré avec une rare vérité cette nature appauvrie d'un malheureux tombé presque au rang d'esclave et devenu le jouet des fils du tyran. Son œil, qui n'est distrait ni par les mouvements de sa pensée ni par aucun mouvement extérieur, est à la fois hébété pour ceux qu'il veut tromper, et plein d'une sublime idée fixe pour le spectateur. Les éclairs qu'il lance, quand l'insulte devient plus forte que son courage, sont admirables. Dans les deux entretiens avec son fils, le mélange de la folie et de la raison est de l'effet le plus tragique. Sa pantomime est belle encore dans la scène mélodramatique de l'orage, quand le tonnerre abat à ses pieds la statue de Tarquin. Mais il a été fort au-dessous de notre attente, dans la scene où Brutus, jetant le masque et redevenant Lucius Junius, saisit le poignard sanglant de Lucrèce et se montre tout-à-coup un autre homme. Sa transformation ne nous a pas paru assez sensible, ni sa métamorphose assez complète. L'immense effet qu'il produisit sur l'esprit des Romains vint de ce grand et subit passage de l'idiotisme à la raison sublime. C'était, ce nous semble, sur ce contraste que l'acteur devait porter toutes ses forces. Ce rôle est trop long, trop fatigant pour Kean. Sa voix ne peut suffire aux efforts qu'il exige. Dans la longue harangue du troisième acte, l'épuisement de l'acteur était évident et pénible. Ce rôle confirme plus qu'il ne change l'idée que nous nous étions faite

du talent de Kean. Ce sont les parties du rôle où
des habitudes vulgaires se mêlent à une nature
énergique qu'il rend avec le plus d'aisance et de
vérité. Mais quand l'âme de Brutus doit se dégager de sa vulgarité d'emprunt, Kean est loin de
répondre à l'idéal du rôle. Cependant, à force
d'art, ses traits ont pris dans de courts instants
un caractère antique. Mais il y a effort de sa part
et l'on sent qu'il ne se plie qu'avec peine à exprimer la noblesse simple et la gravité romaine. Quant
à la scène pathétique du tribunal, il y a produit
peu d'effet. Ce rire mêlé de sanglots, qu'il affectionne et qui est un des lieux communs de sa manière, revient ici comme dans toutes les crises de
passions violentes quelles qu'elles soient. Dans
Othello, cette sorte de modulation contre nature,
ou du moins très-rare dans la nature, nous avait
peu touché; mais dans Brutus, ce hoquet convulsif nous paraît ce qu'il y a de plus contraire à la
mâle douleur d'une âme aussi forte et aussi maîtresse d'elle-même. Ce sont des mouvements con-
tenus, involontaires, silencieux, que l'on attend
de Brutus, surtout sur la place publique. On ne
comprendrait la douleur expansive, que si le poëte
nous avait montré, comme David, le père dans
sa demeure et au milieu de sa famille. Mais, dans
cette longue histoire officielle, il n'y a pas une
seule peinture d'intérieur.

XXVI.

KEAN DANS *NEW WAY TO PAY OLD DEBTS,*

(NOUVELLE MANIÈRE DE PAYER DE VIEILLES DETTES),

COMÉDIE DE PH. MASSINGER

[*Globe*, 14 juin 1828.]

Cette pièce, dans laquelle Kean vient d'obtenir un succès mérité, n'a guère pour nous d'autre intérêt que de nous faire connaître l'état de l'art dramatique en Angleterre un peu après Shakspeare. Cette comparaison d'un homme de génie et d'un homme habile qui écrivaient à peu près dans le même temps, fait vivement ressortir ce qui appartient au génie, de ce qui est le fait de l'époque. Dans *New way to pay old debts,* il n'y a ni vraisemblance, ni vérité, ni connaissance de l'art; et ces défauts ne sont pas rachetés, comme dans Shakspeare, par d'éclatantes compensations. Il ne faut chercher dans Massinger ni la poésie, ni la passion, ni la profondeur de Shakspeare; c'est Boursault à côté de Molière. La vie de ce poëte fut honorable et longue. Il vécut quatre-vingts ans, et fit jouer trente pièces de théâtre. Ses biographes citent comme un fait notable qu'il fut aimé de tous les auteurs ses confrères. L'idée sur laquelle est fondée

sa comédie *New way to pay old debts* pouvait être
neuve en 1633, époque où elle fut représentée par
les comédiens du *Phénix*. C'est le stratagème d'un
jeune prodigue que ses folles dépenses ont ruiné et
qui obtient d'une veuve, belle, sage et surtout fort
riche, de lui témoigner publiquement de l'intérêt.
La perspective de ce brillant mariage suffit pour
rétablir son crédit. Rien de ce qui aurait pu pallier
l'invraisemblance de cette historiette n'est employé
par l'auteur. La jeune veuve consent, au premier
mot, à jouer le rôle assez peu séant qu'on lui offre.
Mais si les ressorts sont de la plus extrême faiblesse,
les effets sont assez dramatiques. Cette pièce, est,
je crois, le seul ouvrage de l'auteur qui soit resté au
théâtre. Elle doit cet honneur moins à son mérite,
qui est assez mince, qu'à l'occasion de briller qu'elle
fournit aux acteurs capables de bien rendre l'odieux
caractère de sir Gilles Overreach, l'oncle du jeune
étourdi. Kean joue admirablement ce personnage,
qui ne ressemble en rien aux oncles de comédie.
Toutes les nuances d'avarice, de cruauté, d'orgueil, de bassesse et de violence, dont le poëte a
gratifié ce personnage, sont rendues par l'acteur
avec la plus parfaite vérité. Ce n'est pas sa faute si
de tous ces traits réunis il résulte un ensemble
monstrueux et presque entièrement fantastique.
On n'aperçoit pas dans Overreach, comme dans
Shylock, la cause cachée de tous ses vices. Une
longue et injuste oppression n'explique ni ne jus-

tifie sa méchanceté. La scène avec lord Lowel, son futur gendre, où Overreach expose à nu et sans nécessité, toute la férocité de son naturel, est absurde. La crédulité qui le fait tomber dans deux piéges des plus grossièrement tendus atteste l'enfance de l'art. Mais, ces invraisemblances admises, la rage de ce méchant homme désappointé est fort théâtrale. Quand il voit, au cinquième acte, toutes ses espérances déçues, et la fortune dont il avait cru dépouiller son neveu lui échapper; quand il voit sa fille, dont il voulait faire à tout prix une *honourable, right honourable lady*, mariée à un simple page, sa surprise, sa stupeur, son désespoir, sa colère d'abord éclatante, et bientôt apoplectique et muette, sont rendus par Kean avec la plus effrayante réalité. C'est dans cet ouvrage et dans le *Merchant of Venice* qu'on peut prendre une idée juste et complète du talent de ce grand comédien.

~~~~~~

XXVII.

MACREADY DANS *GUILLAUME TELL*,

PIÈCE EN CINQ ACTES DE G. SII. KNOWLES.

(*Globe*, 9 juillet 1828.)

Avant la clôture du théâtre anglais, que la saison
rend nécessaire, M. Laurent vient de nous faire
jouir de ce nouvel ouvrage de l'auteur de *Virginius*,
dans lequel Macready a obtenu un grand succès
à Londres, et où il est vraiment admirable. La
tragédie de *Guillaume Tell* a été représentée pour
la première fois en 1825, et est dédiée au général
Mina. On peut, sans injustice, attribuer la plus
grande partie de son succès au mérite éminent de
l'acteur chargé du rôle de Tell, auquel sont sacrifiés tous les autres rôles. On pense bien qu'ayant
fait de ce drame une pièce à un seul personnage,
l'auteur n'a eu ni la volonté ni le pouvoir de tracer
un large tableau d'histoire tel que celui de Schiller.
C'est une composition d'un tout autre ordre. Nous
n'assisterons donc pas ici, comme dans le drame allemand, à ce mouvement patriotique qui fermente
dans toutes les chaumières; nous n'entendrons pas
les plaintes des bergers, des pêcheurs, des ouvriers
de Schwitz et d'Uri, les doléances confidentielles

des honnêtes bourgeois qui se visitent, et ces entretiens de famille où l'on murmure les mots de
tyrannie et d'insurrection; nous ne verrons pas la
forteresse que Gesler, lieutenant de l'Autriche, fait
élever contre le pays par les mains mêmes des habitants; nous n'entendrons pas le piqueur de cor-
vée insulter ce *mauvais peuple, qui n'est bon qu'à
traire des vaches et à promener sa paresse sur les
montagnes;* nous ne serons pas témoins du dernier
soupir du vieux sire d'Attinghausen, ami des fran-
chises nationales à sa manière, qui s'émerveille que
les paysans aient entrepris une si belle chose sans
le secours des gentilshommes, et qui se réjouit de
ce que la dignité de la nature humaine vient de
trouver dans la roture un nouveau et plus ferme
soutien; noble figure, belle et équitable person-
nification de la féodalité, naguère protectrice, à
présent inutile et expirante. Rien, ou presque rien,
de ce tableau si naïf et si complet de l'oppression,
du soulèvement et de la victoire des cantons de
Schwitz, d'Uri et d'Underwald, ne nous est montré dans la pièce anglaise.

Le poëte nous introduit dans une seule chaumière, dans celle, il est vrai, du plus intrépide enfant de la Suisse, de Guillaume Tell. Il se complaît,
comme dans *Virginius*, à nous montrer l'amour
paternel heureux d'abord, pour nous le faire voir
ensuite aux prises avec la douleur et le désespoir.
C'est à préparer et à exprimer tout le pathétique

contenu dans la fameuse scène de l'arc, c'est à re-
tracer, avec toutes leurs nuances, les angoisses de
ce père, à la fois si courageux et si tendre, que
M. Knowles a borné sa tâche, et, sous ce point de
vue, il l'a bien remplie. On retrouve dans *Guillaume Tell* le même talent pour tracer les scènes
d'intérieur, la même familiarité sans bassesse, le
même art de prolonger, sans l'affaiblir, une situation déchirante, qui produisent une si vive émotion
dans *Virginius*. Mais ces mérites sont-ils suffisants
dans une tragédie de *Guillaume Tell?* C'était une
idée heureuse et neuve que d'avoir, dans le sujet
tant rebattu de *Virginie*, rejeté sur l'arrière-plan
les intérêts politiques qui nous intéressent assez
peu, pour ne nous montrer qu'une touchante histoire domestique. Il en est bien autrement ici. La
révolution suisse nous touche de beaucoup plus
près que la chute des Décemvirs. Le but, les causes,
les résultats de cette révolution sont encore vi-
vants. Aussi n'avons-nous pu voir sans déplaisir
M. Knowles employer pour amener cette grande
et glorieuse catastrophe, d'où jaillit le premier
rayon de la liberté européenne, de misérables
moyens d'opéra-comique, et une espèce d'écer-
velé, amoureux d'une petite Autrichienne, s'intro-
duire dans le château de Gesler afin d'en ouvrir les
portes aux conjurés.

M. Knowles ayant réduit son drame au seul personnage de Guillaume Tell, il semblait que cette

figure unique dût avoir chez lui bien plus de relief
et de grandeur que dans la tragédie allemande ; cela
n'est point cependant. Le Tell de M. Knowles est
le chef, l'âme de la révolution, le Procida de son
pays ; tandis que Schiller, qui n'a fait de son héros
rien de tout cela, Schiller, qui ne le suppose même
pas membre de la ligue des trois cantons, nous
donne pourtant de Guillaume Tell une idée bien
plus haute. C'est là, il faut le dire, une des plus
belles conceptions du poëte allemand. Tell, dans la
pièce de Schiller, comme dans l'histoire, n'est pas
un des riches et courageux citoyens, chefs de l'insurrection. Il ne prête même pas serment au Rutli,
et cependant il domine tout, et sa figure, comme
son nom dans les traditions populaires, passe avant
tout autre. Sa femme lui demande pourquoi il
n'est pas allé au Rutli : c'est qu'il n'est pas fait
pour le conseil et qu'il ne saurait discuter et déli-
bérer avec lenteur. Il n'a rien juré à Stauffacher ;
il ne s'est engagé à rien ; il n'a rien promis ; mais
celui qui s'est jeté au secours d'un agneau tombé
dans un précipice pourrait-il délaisser ses amis dans
le péril ? S'il marche isolé, c'est qu'il est assez ferme
pour ne s'appuyer que sur lui-même, et que le fort
est plus puissant tout seul. Loin donc que, dans
Schiller, le mouvement sagement concerté, mais
un peu prosaïque, de la révolte des Cantons, rape-
tisse la figure héroïque de Guillaume Tell, ce voisinage la fait grandir ; Tell nous apparaît plus poé-

tique par ce contraste ; car son arc et ses exploits solitaires font plus pour la liberté de la Suisse que les plans combinés des trois cantons.

M. Knowles ne s'est pas contenté de nous présenter son héros comme un chef de parti; il a fait de lui un libéral de 1824. Dans Schiller, Tell est un homme simple, ignorant de la politique, mais ayant le profond sentiment de la justice et de la liberté, uni à une force d'âme sans égale. Dans le poëte anglais, c'est un déclamateur patriote et sentimental, apostrophant les rochers et les montagnes, *dont le sourire donne le bonheur (whose smile makes glad*). Il entretient sa femme de la tyrannie des anciens Romains, cite *Claudius, Drusus* et *Néron.* Cette extrême différence dans la manière de peindre leur principal personnage éclate dès la première scène. M. Knowles nous le montre pour la première fois au milieu des paysans que les archers de Gesler mènent en prison. Tell profite, en chef habile, de cet incident pour essayer de grossir le nombre des conjurés. L'exposition de Schiller est tout autre. On sent que le poëte a un caractère tout différent à annoncer. Qu'on nous permette d'insister un moment sur cette remarque et de citer le début de Schiller. Il est si beau !

Un pêcheur, un berger, un chasseur, se rencontrent au bord du lac des quatre cantons, cherchant un abri contre l'orage. Ils voient accourir vers eux un homme souillé de sang et hors d'haleine. C'est

Baumgarten, habitant de Alzellen. Ce malheureux prie le pêcheur de détacher le bateau et de le passer à l'autre bord. Des cavaliers du gouverneur le poursuivent : s'ils l'atteignent, c'est fait de lui. Il a tué d'un coup de hache le bailli de l'Empereur, qui voulait exiger de sa femme des actions infâmes. Mais l'orage augmente ; le batelier déclare le passage impossible. En vain Baumgarten le supplie à genoux ; en vain les assistants intercèdent : ce serait courir à une mort certaine. Alors paraît Tell. Le batelier le prend pour juge :

« Tell qui sait aussi manier la rame, vous dira comme moi, si l'on peut risquer le passage. Peut-on s'exposer à cette furieuse tempête ? Y a-t-il un homme sensé qui le voulût faire ?

TELL.

Un brave homme ne songe jamais à lui-même. Fiez-vous à Dieu et secourez les opprimés.

LE BATELIER.

On pense ainsi lorsqu'on est tranquille dans le port. Mais la barque est là, le lac est devant vous : essayez.

TELL.

Les flots pourront s'apaiser et seront moins impitoyables que le Gouverneur. Tentez un effort, batelier.

LE CHASSEUR ET LE BERGER.

Sauvez-le ! sauvez-le !

LE BATELIER.

Quand ce serait mon frère ou mon propre enfant, la chose est impossible. C'est aujourd'hui le jour de saint Simon et de saint Jude. Le lac ne s'apaisera pas ; il veut une victime.

TELL.

Avec d'inutiles paroles, rien ne se fera. L'heure s'avance; il faut secourir cet homme. Parle, batelier; veux-tu le passer?

LE BATELIER.

Non, pas moi.

TELL.

Eh bien! à la grâce de Dieu! Donne-moi ton bateau; je veux essayer ce que pourra faire mon faible bras. »

Je ne sais si cette exposition est classique ou romantique, si elle vaut plus ou moins que celle de *Bajazet*, par exemple; mais ce que je sais bien, c'est qu'elle est admirable, et que jamais tant de choses n'ont été dites en moins de mots. Il n'a fallu que quelques lignes au poëte pour nous faire connaître la Suisse, le malheur de ses habitants, la cruauté de ses oppresseurs et toute l'âme de Guillaume Tell.

Malgré les imperfections de la pièce anglaise, malgré les nombreux défauts qui se rencontrent, soit dans la conception, soit dans le style, elle produit au théâtre un grand effet. Il y a dans la disposition de quelques scènes, dans l'invention de plusieurs détails, dans divers traits du dialogue, un art et un naturel remarquables. C'est un mérite analogue à celui de *Charles VI;* c'est un canevas bien disposé, que Macready, comme Talma naguère, anime, corrige, vivifie. Heureux les auteurs de Londres! ils ont un acteur-poëte

capable de donner l'âme, la vérité, la vie à leurs
esquisses. Il est impossible d'approcher plus près
que Macready de l'idéal de Guillaume Tell. Ses
gestes, sa démarche, ses poses, toutes ses habitudes sont d'un montagnard. Avec quelle aisance
il manie le bâton ferré qui doit le soutenir sur la
glace! Au commencement de la scène, d'ailleurs
fort insignifiante, du serment du Rutli, comme sa
voix, qui appelle ses amis, résonne dans les rochers et semble prolonger son écho dans les montagnes! De retour chez lui après une course, il se
délasse en donnant une leçon d'arc à son jeune fils
Albert. Dans tous ses mouvemens, il est simple,
beau, vrai. Mais voici que se traîne vers lui un
vieillard plaintif: c'est Melctal, à qui le cruel
Gesler vient de faire crever les yeux. Voyez comme
à ce spectacle toutes les facultés de Tell restent
suspendues; sa vie tout entière s'est réfugiée dans
ses regards, qu'il tient fixés sur le pauvre mutilé.
Enfin, sa colère éclate et s'exhale en imprécations :
elle est si terrible et si véhémente, qu'elle le suf-
foque; il étouffe; il demande de l'eau, qu'il ne
peut boire; mais il punira le crime, il le jure. Cette
idée le calme : il pleure avec tendresse sur le vieillard, demande ses flèches, ses meilleures flèches ;
envoie son fils avertir de ses desseins les amis qu'il
a au mont Faïgel; examine avec un œil de père
l'équipement de l'enfant, qui a bien des pas dangereux à franchir, et enfin il s'élance hors de sa

chaumière. Cependant l'enfant tombe entre les mains du gouverneur, dont il sauve la vie, par suite d'un incident des plus romanesques. Il est retenu , parce qu'il refuse de livrer le nom de son père. Tell, de son côté, est arrêté, pour avoir soutenu les habitants , qui refusaient de saluer le chapeau du gouverneur. Gesler soupçonne que ce montagnard est le père du jeune obstiné : il les confronte. C'est là que commence une suite de scènes qu'il faut avoir vues, pour savoir jusqu'où peut aller la puissance de la pantomime , et quelle foule de sentiments profonds, tendres, véhéments, il est donné à Macready d'exprimer. D'abord l'enfant feint de ne point reconnaître le prisonnier ; mais le père, à la vue de son fils, ne peut maîtriser son émotion : il lui jette un coup d'œil de tendresse et d'intelligence. Lui qui tout-à-l'heure écrasait Gesler de son regard, le voilà tremblant , inquiet, sans contenance. Condamné à mourir, il demande à charger ce jeune homme de ses derniers conseils à son fils. Il lui parle, il l'embrasse. Alors voyez quelle expression de paternité souffrante dans tous ses traits! et comme des bras dont il le presse , il semble le vouloir cacher à ceux qui l'entourent! Il est impossible de trouver une voix, un geste, un regard plus profondément passionnés. La vérité de son jeu dans la scène suivante , celle de l'arc, est au-dessus de nos éloges. Son indignation , sa douleur, ses combats, sa résignation , sa force d'âme, qui, au milieu des plus vives angoisses, ne lui laissent négliger aucun de ses avantages; son refus de tirer en face du soleil; le choix qu'il fait des flèches, de la pomme; le soin qu'il prend de mesurer la distance; l'attention avec laquelle il bande l'arc, et la manière dont deux fois ses bras retombent; enfin, après le coup parti, la défaillance, dont à peine le tirent la voix et les caresses de son fils, tout cela est d'une vérité parfaite, et nous n'avons jamais vu peut-être, dans une situation si peu variée, toute une salle éprouver une suite d'émotions plus vives et plus prolongées.

XXVIII.

MACREADY DANS HAMLET.

(*Globe*; 19 juillet 1828.)

Nous ne dirons rien de la pièce; la clôture est prononcée. Nous n'avons pas dessein de rentrer dans la discussion. D'ailleurs les critiques les plus habiles de l'Angleterre et de l'Allemagne, Hazlitt, Schlegel, Goethe, Tieck, n'ont presque rien laissé à dire sur ce curieux et poétique monument de la tragédie populaire au xvie siècle. Mais le jeu d'un grand acteur est aussi un commentaire. C'est même le plus clair, le plus animé, le plus frappant qu'on puisse consulter. L'acteur n'en est pas réduit, comme le critique, à confier à une feuille muette son opinion pâle et glacée; il la colore, la vivifie, la soumet aux impressions du parterre, et le silence ou l'émotion de l'assemblée décide aussitôt de sa valeur. Le public parisien s'est montré très-empressé de jouir du commentaire de Macready. On savait, d'ailleurs, que l'Angleterre a particulièrement applaudi à la manière dont cet artiste a recréé ce rôle; et *recréer* est bien ici le mot, car, sous la nouvelle physionomie qu'il lui prête, à

peine Hamlet est-il reconnaissable. C'est une autre
pièce, mais, à notre avis, bien moins vive, bien
moins originale', bien moins poétique que l'ancienne. C'est un drame plus rapproché du goût
français; c'est comme une sorte d'imitation de
l'*Hamlet* du bon Ducis. N'y cherchez pas cette
haute ironie, cette profonde amertume, cette
anxiété du doute, cette fièvre de la pensée, qui
percent dans chaque mot du poëte anglais. Tout
cela disparaît sous le jeu sentimental et larmoyant
de Macready. Son Hamlet, honnête et solennel, ne
ressemble en rien à celui de Charles Kemble. Pas
une inflexion, pas un trait ne s'en rapprochent. Il
semble que ce soit une gageure, et que Macready ait
juré de parcourir le même clavier que son émule,
sans mettre une seule fois le doigt sur les mêmes
touches. Mais, dans cette lutte fatigante et puérile,
l'œuvre de Shakspeare périt. Habitué à accommoder à sa taille les pièces de MM. Shiel et Knowles,
Macready a cru pouvoir en user sans plus de façon
avec Shakspeare; il a cru, par deux ou trois tableaux où sa pantomime est fort belle, pouvoir
suppléer à la poésie qu'il efface : il s'est trompé.
Doué de l'heureuse faculté d'exprimer dans toute
leur pureté et toute leur force les plus intimes sentiments de la nature, il a voulu offrir un nouveau
type en ce genre et représenter un modèle de piété
et de douleur filiales : soit; mais n'aurait-il pas pu
alors prier M. Knowles de lui bâtir un canevas *ad*

hoc? Ne voir dans Hamlet qu'un fils pieux, un Oreste pleureur, une belle figure de catafalque, c'est tomber dans le système d'abstraction classique qui ne s'attache qu'à la peinture des sentiments et dédaigne tout ce qui a rapport au caractère et à l'esprit. Or, dans *Hamlet* l'esprit est mis en jeu autant et plus que le cœur. C'est la tragédie de la pensée, bien plus que celle de la passion.

On sent que, le rôle ainsi conçu *à la française*, il y a beaucoup plus de points de comparaison possibles avec Talma. Mais dans aucune partie du rôle Macready ne nous a paru s'élever à la hauteur de notre grand tragédien. Cela peut venir de ce que Talma trouvait tous les éléments de ses effets dans son auteur, tandis que Macready est en lutte continuelle avec le sien. Le pis est que la majeure partie de la pièce ainsi jouée devient complétement inintelligible. Il n'y a plus moyen de rien comprendre à la conduite d'Hamlet avec Ophélia, à la bouffonnerie cruelle qui amène la mort de Polonius, à la scène des deux écoliers : c'est une suite de non-sens intolérables. Il faut, en vérité, que le sentiment de Shakspeare et de son drame soit entièrement perdu en Angleterre pour que l'on puisse y risquer avec succès un pareil travestissement d'un caractère qui naguère encore y était si populaire. Notre public a montré plus de tact. Il est resté froid devant cette fausse conception d'un artiste que, d'ailleurs, il apprécie si bien. Macready, malgré la

supériorité de ses moyens, n'a pas obtenu la moitié
du succès de Charles Kemble.

Miss Smithson a été très-applaudie dans les scènes de folie. Nous avons pourtant remarqué quelques changements dans sa manière, et nous ne
pouvons dire que ce soit en mieux. Elle donne à
présent, ce nous semble, à cette folie d'une jeune
fille un caractère trop fort et trop prononcé. Il n'y
a plus assez de ce vaporeux si poétique et si gracieux qui avait enlevé les suffrages aux premières représentations. Il ne faut pas vouloir faire trop bien.
Il y a des rôles, comme *Jane Shore*, où tout doit
être arrêté et dessiné; il en est d'autres à qui un peu
de vague sied mieux et que l'acteur, comme le
poëte, doit laisser dans le demi-jour. Ophélia est
de ce nombre. Cette réflexion, que nous soumet-
tons à miss Smithson, c'est elle-même et son jeu
d'autrefois qui nous la suggèrent.

XXIX.

MACREADY DANS OTHELLO.

(Globe, 13 juillet 1828.)

Le théâtre anglais vient de clore ses représentations, comme il les a ouvertes, par un succès
éclatant. Cette dernière soirée ne laissera pas de
moins mémorables souvenirs que l'inauguration
faite l'an passé par Charles Kemble. L'immense
succès que Macready a obtenu et mérité dans
Othello doit le flatter d'autant plus que le public, qui vient de l'applaudir si vivement, a vu
ses deux rivaux dans le même rôle. Pour nous,
que ni le jeu de Kemble, ni celui de Kean, si original d'ailleurs et si profondément passionné dans
le troisième acte de cette pièce, n'avaient pas
complétement satisfait, nous avouerons que Macready, à cela près de quelques poses trop académiques, nous a fait voir, pour la première fois, ce
que nous souhaitions si ardemment, un *Othello*
véritable. Il est impossible de faire plus habilement
ressortir toutes les nuances de ce caractère à la
fois si violent et si tendre; de mieux allier l'amour
à la fureur, la force à la faiblesse, l'énergie du
crime à l'abattement des remords. Admirable dans

les scènes avec Iago, Macready surpasse, à mon
sens, ses rivaux et lui-même dans le cinquième
acte, où il réalise tout ce que l'imagination peut
rêver de plus pathétique et de plus déchirant. Les
scènes qui suivent celle du meurtre, ces scènes si
variées et si vraies à la lecture, mais jusqu'à présent
si froides et si monotones au théâtre, offrent à
Macready l'occasion d'exprimer avec la plus poignante vérité toutes les tortures qui déchirent
l'âme bouleversée du Maure. Nous le voyons bien
cette fois, comme les damnés de Milton, qu'une
main vengeresse plonge du feu dans la glace, passer
successivement par la frénésie, le doute, la surprise,
le désespoir, la pitié, la tendresse, l'horreur de lui-
même, et arriver enfin à la ferme et profonde résolution du suicide. Il est impossible de se montrer peintre de passions plus exact, plus énergique. Dans cette
longue crise, ses moindres mouvements ont un sens
et un sens terrible. L'âme d'Othello, cette âme ago-
nisante, se peint à chaque instant dans les traits et
les regards de Macready, avec une expression toujours nouvelle et toujours juste : il ne se peut rien
voir de plus savant ni de plus tragique. C'est à la
fois de la psychologie et de la statuaire.

Des transports d'enthousiasme ont éclaté à la
chute du rideau et ont succédé bruyamment à la
muette émotion de l'assemblée. Le grand artiste qui
venait de faire de si admirables adieux à la France
a été redemandé à grands cris par toute la salle.

Abbott est venu rappeler au parterre la bizarre ordonnance de police qui ne permet plus au public d'émettre un vœu dans une enceinte où, de temps immémorial, sa volonté a fait loi; mais le public a protesté. Vingt minutes d'attente, au milieu du bruit, n'ont pas lassé la persévérance des réclamants. Enfin cette scène, vraiment dramatique, et dont il commençait à devenir difficile de prévoir le dénoûment, s'est terminée par un coup de théâtre. Macready, entraîné par de jeunes députés du parterre, a paru dans l'orchestre et s'est trouvé porté par eux, en un clin d'œil, sur l'avant-scène, où une couronne est venue tomber à ses pieds. Jamais hommage rendu à un grand talent ne nous a paru plus mérité.

Mademoiselle Smithson a beaucoup perfectionné son jeu dans le rôle de Desdemona. La vérité de sa pantomime, au cinquième acte, ajoute infiniment au pathétique de la situation. Seulement ce serait à elle, ce nous semble, et non pas à Othello, à fermer les rideaux du lit et à s'en faire comme un rempart. Othello, dans cette chambre où il est sans témoins, ne peut évidemment prendre cette précaution que dans l'intérêt des spectateurs. La variante que nous proposons donnerait plus de vraisemblance à cette délicatesse d'ailleurs louable.

XXX

PIZARRO, TRAGÉDIE DE KOTZEBUE,

IMITÉE PAR SHERIDAN.

(*Globe* , 25 juillet 1829.)

Les comédiens anglais sont de retour à Paris pour quelques jours. Ils viennent de donner la première des six ou huit représentations qu'ils nous promettent. M. Wallack et madame West, artistes distingués de Drury-Lane, ont débuté dans *Pizarro*, devant une assemblée assez clair-semée et, nous regrettons de le dire, moins bien disposée que les années précédentes. Notre curiosité pour le théâtre de nos voisins est-elle épuisée, et, après la salutaire révolution produite dans nos idées théâtrales par la vue de quelques drames de Shakspeare, croyons-nous n'avoir plus rien à apprendre à cette école? Il se peut : cependant, il ne paraît pas que telle soit la cause unique de l'abandon qui menace cette année la troupe anglaise. Nous sommes loin de connaître tout Shakspeare, et nous ne croyons pas qu'il manquât de spectateurs pour voir représenter *Henri IV*, *la Tempête, les Joyeuses commères de Windsor* ou *Jules César;* mais *Pizarro*, bon Dieu! qui pourrait, pour un pareil fatras, braver vingt-cinq degrés de

chaleur? Cette insipide rhapsodie, à laquelle Sheridan a eu le tort d'attacher son nom, n'a point de
rang dans la littérature anglaise. Cette pièce n'a
dû son succès dans les premières années du siècle
qu'à des circonstances toutes politiques. Son apparition à Drury-Lane coïncida avec des bruits de
débarquement et d'invasion. John Bull se plut à
insulter dans Pizarre le vainqueur des Pyramides
et d'Arcole. Les critiques les plus bienveillants ont
baptisé cette pièce de *well timed* (venue bien à propos) : c'est tout l'éloge qu'ils en ont fait, et le
seul, en vérité, qu'elle mérite. Pour trouver chez
nous quelque chose d'aussi faux, il faudrait chercher parmi nos mélodrames de la même époque.
Rolla, le héros de la pièce, est un sauvage sentimental et généreux, qui joint l'emphase philan-
thropique de l'abbé Raynal à toute la subtile délicatesse des parfaits amants de mademoiselle de
Scudéri. Il a commencé par céder la main de la
belle Cora qu'il aimait, à un transfuge espagnol.
Rolla, après ce début, poursuit son héroïque carrière. D'abord, le roi du Pérou, devisant incognito
dans une forêt avec un vieil aveugle, se laisse prendre par trois Espagnols : vite, Rolla se met en campagne et le délivre. Alonso, l'époux de Cora, tombe
entre les mains des ennemis : c'est encore Rolla,
déguisé en ermite, qui s'introduit dans la prison,
et le sauve. Il n'y a pas jusqu'à Pizarre dont il ne
préserve les jours. Ce n'est pas tout : Cora et Alonso

II.   17

oublient assez niaisement leur enfant dans un bois,
et un parti espagnol l'enlève. Aussitôt Rolla, qui
mériterait, à plus juste titre que Bolivar, le nom de
libérateur, implore à genoux, de Pizarre, la liberté
du petit innocent; mais, refusé par l'inflexible Espagnol, le Péruvien, d'un bras d'Hercule, enlève
tout à coup l'enfant, traverse avec lui un pont étroit
qu'il coupe à grands coups de sabre, et, blessé à
mort, il vient avec peine déposer son fardeau aux
pieds de la mère, où il expire comme Jocko.

Le dialogue est à la hauteur de la conception.
Nous en citerons un échantillon pris au hasard. Au
premier acte, un prisonnier péruvien est amené
devant Pizarre. Celui-ci lui offre de l'or, s'il veut
lui indiquer un chemin par où il puisse aller surprendre l'armée ennemie. Le sauvage lui répond
fièrement qu'il porte avec lui ses richesses : « Et
où sont-elles cachées? — Au fond de ma conscience
pure et sans reproche. » Pizarre lui demande ensuite quelle est la partie faible du camp péruvien :
« Il n'a pas de partie faible; il est fortifié de tous
côtés par la justice. — Et où avez-vous caché vos
femmes et vos enfants? — Dans le cœur de leurs
maris et de leurs pères. » La pièce offre une série
non interrompue de pareilles niaiseries qui laissent
à cent lieues derrière elles le style prétentieux des
Incas.

Il est assez difficile d'apprécier le talent d'un
acteur dans un rôle aussi complétement absurde

que celui du *romantic savage* Rolla. Quand il n'y a ni sens ni vérité dans un personnage, comment l'acteur qui le représente se montrerait-il intelligent et vrai? Nous ne savons donc trop que penser du savoir faire de M. Wallack. Tout ce que nous pouvons dire, c'est que son organe est sonore et sa pantomime quelquefois expressive, quoique généralement trop académique. Sa manière, dans ses bons moments, nous a rappelé celle de Marty, l'ancien tyran de l'*Ambigu*. Au fait, cette manière est peut-être la meilleure, quand on est obligé de jouer le mélodrame.

Mistriss West a été moins courtoisement accueillie que son compagnon. Ses traits agréables, mais dénués de mobilité et d'expression, son défaut de naturel et de sensibilité, ses grâces étudiées et mignardes, ont été jugés avec une excessive sévérité. Dans la petite comédie *The Day after the wedding*, imitation de *la Jeune femme colère*, de M. Etienne, quelques spectateurs ont usé et même abusé de leur droit de juges. Le silence eût été aussi significatif, et n'eût pas donné l'air d'une cabale à une improbation méritée.

XXXI.

CORIOLAN,

TRAGÉDIE TIRÉE DE SHAKSPEARE ET DE THOMSON, PAR THOMAS
SHERIDAN. — UN DERNIER MOT SUR LE DRAME DE
SHAKSPEARE.

(*Globe* , 5 août 1829)

Coriolan est, avec *Jules César* et *Antoine et
Cléopâtre*, une des trois seules tragédies dans lesquelles Shakspeare se soit proposé de peindre des
mœurs romaines. Il est curieux de voir comment
la puissante et gracieuse imagination de l'auteur
de tant de drames passionnés, terribles ou fantastiques, s'est pliée à la gravité un peu sèche et
au génie tout positif de ce peuple sérieux qui ne
sut que vaincre et gouverner le monde. Dans ces
trois ouvrages, qui forment un groupe à part dans
son théâtre, l'auteur du *Rêve d'une nuit d'été* et
de *la Tempête* ne se permet aucun brillant écart
d'imagination. La stricte réalité est sa muse; il
anime les caractères et met en action les récits de
Plutarque, mais sans quitter sa trace et sans le perdre de vue. De cette retenue pleine de force il est
résulté dans *Coriolan* un tableau de la vie romaine

d'une vérité frappante et qui n'a depuis, ce me semble, été ni surpassé ni même atteint.

Nous n'ignorons pas que les admirateurs de Shakspeare sont peu d'accord sur cette extrême fidélité que nous croyons reconnaître dans *Coriolan* et dans *Jules César*. Tandis que M. de Schlegel avance sans hésiter que *ces pièces sont la chose même*, d'autres critiques, dont l'avis mérite aussi d'être pesé, ne voient dans Caius Marcius qu'un *Hotspur*, un héros du moyen âge, et dans le peuple romain que la populace de l'Angleterre. Et nous aussi, nous croyons que Shakspeare a bien pu ramasser dans les carrefours de Londres quelques-uns des quolibets qu'il prête à ses Romains. Mais n'est-ce pas s'être déjà beaucoup rapproché de la vérité que de nous avoir montré dans l'exercice de la vie politique cette populace qui fait des consuls? N'y a-t-il pas quelque chose qui rappelle l'ancienne Italie dans cette action qui se passe presque toujours en plein air? Et puis, ne peut-on pas supposer que les charpentiers, les forgerons, les tanneurs de Rome, ressemblaient en beaucoup de points à ceux de Londres? Mais, sans nous arrêter à cette fin de non-recevoir, il nous est facile de prouver que Shakspeare a peint des couleurs les plus nettes et les plus tranchées la populace des deux pays. Relisez les scènes de sédition dans la *seconde partie de Henri VI*. Jacques Cade, le drapier, et Dick, le boucher, ces vrais types des sans-

culottes anglais au quinzième siècle, ont-ils les
mêmes passions, les mêmes vues, le même langage, que les deux tribuns Brutus et Sicinius? Cette
troupe de forcenés en guenilles, qui va faisant
main-basse sur les riches et les clercs, et pend, le
cornet au cou, quiconque est convaincu de savoir
lire et écrire, ressemble-t-elle à ce peuple de Rome
qui s'insurge avec concert et mesure pour le soutien ou le recouvrement de ses droits? Shakspeare
n'a certes pas flatté le peuple romain; il l'a montré
sot et crédule, parce qu'il est peuple; mais il a
distingué, comme il le devait, par les traits les
moins équivoques, les libres mouvements qui sont
la vie d'un état populaire, de cette fermentation
putride qui agite si souvent la lie des gouverne-
ments absolus. Quant à Coriolan, on aperçoit dans
sa fierté patricienne, dans sa valeur, dans sa modestie, et jusque dans son respect filial, quelque
chose de si rude et de si *malaccointable,* comme dit
Amyot, qu'il est impossible de ne pas reconnaître
en lui le vrai Coriolan de Plutarque. Qu'est-ce donc
qui a fait prendre le change? Quelques fautes de
costume, à la vérité, fort étranges. Shakspeare avait
reçu du ciel un admirable talent pour saisir et deviner les caractères. Il les discerne au milieu des
longs récits de l'histoire, comme dans une courte
ballade, comme dans le monde. Mais il était loin
de posséder au même degré les qualités d'un érudit
et le savoir d'un antiquaire. Il n'y a pas de jeune

écolier qui ne sourît en entendant un des personnages s'écrier, au souvenir de Coriolan, qu'il croit
resté sur le champ de bataille :

> . . . . . Thou wast a soldier
> Even to Cato's wish. . . . . . .

« Tu étais le soldat accompli tel que le souhaitait Caton . . . »

et qui ne sifflât Sicinius, qui, dans l'énumération
des aïeux de Coriolan, compte

> . . . Censorinus, darling of the people,
> And nobly nam'd so for twice being censor. . .

« Censorinus, chéri du peuple, et qui reçut ce noble nom pour
avoir été deux fois censeur. . . . »

mêlant ainsi les ancètres et les descendants de Marcius. Lorsque Coriolan rentre dans Rome après
avoir battu les Volsques, les démonstrations de
la joie publique ont un caractère plutôt féodal et
chevaleresque que romain :

> . . . . The matrons flung their gloves,
> Ladies and maids their scarfs and handkerchiefs
> Upon him as he pass'd. . . .

« Les dames jetaient leurs gants sur son passage, les jeunes
femmes et les jeunes filles leurs écharpes et leurs mouchoirs. »

Il est plusieurs fois question d'acteurs et de théâtre;
et il n'y eut, comme on sait, de théâtre à Rome que
deux siècles plus tard. Ailleurs, Menenius Agrippa
se moque des ordonnances de Galien :

« The most sovereign prescription in Galen is but empiric...

Plus loin ce sont les yeux affaiblis des Romains qui
s'aident de lunettes (*the sights spectacled*); ou bien
c'est Coriolan qui ne fait non plus de cas du peuple
que de *chameaux à la guerre,* et qui se place sur
un siége que l'on dirait préparé pour *Alex andre !*

Sans doute, ce sont là des étourderies bien singulières et qui, dans notre siècle pédant, feraient
tomber le plus bel ouvrage. Mais ces inadvertances
sont tellement superficielles, qu'elles nuisent peu
à l'illusion. Ce sont quelques fausses notes dans
un magnifique opéra, quelques vétilles dont au
pis-aller un trait de plume peut faire justice.

M. Guillaume de Schlegel va plus loin : il en-
treprend de justifier tous les anachronismes de
Shakspeare. La plupart, à son avis, sont volontaires
et calculés dans une intention dramatique. Par
exemple, c'est à dessein que Shakspeare fait dire à
Hamlet qu'il a étudié dans l'université de Wittemberg, quoiqu'au temps d'Hamlet il n'existât point
encore d'université. Sans ce nom moderne et sans
les idées qui s'y attachent, le poëte n'aurait pu
jeter sur son héros cette teinte de philosophie rêveuse et de subtilité sceptique qui est l'idée même
de la pièce. Cette remarque très-fine nous condui-
rait à voir non pas seulement une inadvertance de
date dans l'*université* de Wittemberg, mais un anachronisme de caractère dans le personnage entier
d'Hamlet; mais nous devons nous hâter de dire que
ce genre d'anachronisme, fort rare dans Shakspeare,

surtout dans ses pièces historiques, mérite à peine
d'être relevé dans un drame tel qu'*Hamlet* où dominent l'esprit, le caprice et la passion.

Et même dans les pièces historiques, l'imitation
théâtrale ne saurait atteindre à une vérité complète. Ce ne peut jamais être, comme dit M. de
Schlegel, *la chose même.* La vérité du drame est
bornée par la nécessité de plaire aux spectateurs,
et même par celle de s'en faire comprendre. On ne
peut présenter un siècle à un autre siècle, un peuple à un autre peuple, sans qu'il se fasse de part et
d'autre de mutuelles concessions. Combien de pas
chacun doit-il faire? C'est là, comme pour un rè-
glement d'étiquette, le point délicat; et c'est de ce
plus ou de ce moins que résulte le vrai ou le faux
du drame. Croit-on par hasard que nos poëtes érudits ne fourmillent pas aussi d'anachronismes ?
Quel nom donnerez-vous à ces *beaux feux* dont
brûlent tous les Romains du grand Corneille? Ser-
torius, Cinna, Britannicus même, ne tombent-ils
pas presque à chaque mot dans des anachronismes
presque aussi forts et bien plus fâcheux pour la vérité des caractères que ceux que l'on peut relever
dans *Coriolan* et *Jules César?* En général, les concessions que Shakspeare fait aux spectateurs, en
leur montrant soit des Romains, soit des héros du
moyen âge, sont infiniment plus légères que celles
que l'on peut signaler dans nos tragiques. Aussi
Shakspeare, dans *Coriolan*, dans *Richard III*, dans

Jules César, a-t-il fondé, à proprement parler, la tragédie historique, tandis que nos poëtes n'ont guère traité jusqu'ici, sous des noms pris dans l'histoire, que la tragédie philosophique ou passionnée.

Cette opinion, que nous avions prise à la lecture, a failli nous abandonner au théâtre. Le jeu des acteurs a replacé pour nous les Romains de Shakspeare tout juste au niveau de ceux de la Harpe et de Lafosse. La crédule mobilité du peuple, l'insolence des tribuns, la sagesse joviale de Menenius, l'inflexibilité de Coriolan, la fierté de sa mère, la douceur timide de sa femme, qu'il appelle lui-même *my gracious silence,* toutes ces nuances si multipliées et si délicates ont entièrement disparu. Quelle illusion pouvait faire un tribun poudré, un Menenius maussade, une Volumnie sans orgueil et sans maternité? Nous n'avons pas même eu la consolation de trouver un vrai Coriolan dans M. Wallack. Cet acteur crie le rôle d'un bout à l'autre, sans en nuancer aucune partie. Combien, cependant, ce caractère prête à l'effet scénique! Quel plus beau champ pour un acteur habile que la scène si souvent citée, où Coriolan, faisant violence à sa fierté patricienne, parcourt les rues de Rome demandant aux moindres citoyens leurs voix pour le consulat, d'abord avec une répugnance visible et une gaucherie hautaine, puis avec une ironie déguisée et, enfin, avec une brusquerie et une co-

lère ouvertes ! Et dans cette autre scène où Volumnie, effrayée des dangers qui menacent son fils, le
conjure de se contraindre et de courber la tête devant le peuple, l'indignation de Marcius, son obéissance ironique, puis son explosion de colère soudaine en franchissant le seuil de la porte, tous ces
sentiments si justes et si variés ne prêtent-ils pas
merveilleusement à l'art du comédien ? M. Wallack
a débité tout cela rondement, chaudement, parfois
avec une ironie bruyante, mais qui ne partait que
des lèvres : on n'a jamais senti bouillonner amèrement dans son sein la bile patricienne. Il est vrai
que les deux belles scènes dont je parle ont été
bien maladroitement mutilées. L'arrangeur n'a pas
senti que leur étendue faisait une partie de leur
mérite; il a supprimé la moitié de cette longue
torture de l'orgueil aristocratique aux prises avec
l'ambition.

On voit que les coupures n'ont pas été opérées
sur Coriolan avec plus de discernement que de coutume; mais ce qui nous a plus surpris que des
coupures, c'est de voir jetés au milieu de la pièce
de Shakspeare de longs fragments d'un assez médiocre *Coriolan* de Thomson (1). On ne peut se

(1) *Coriolan* a été d'abord refait par Nahum Tate, en 1682, et
joué longtemps sous le titre de *The ingratitude of a commonwealth*.
M. Thomas Sheridan, en 1755, remania de nouveau cette tragédie
et la donna sous le titre de *Coriolanus, or the Roman matron*, a

figurer quelle étrange dissonance produisent les
vers de l'auteur des *Saisons* accolés à ceux du vieux
William. Mais, ce qui passe toute croyance, c'est
que les derniers éditeurs anglais, mistriss Inchbald
et l'écrivain qui revoit la jolie collection dramatique du libraire Cumberland, ne disent pas un
mot dans leur préface de ce singulier amalgame. En
vérité, c'est traiter Shakspeare et le public avec
une légèreté qui ressemble trop à l'ignorance.

Puisque nous voilà retombés sur le chapitre des
arrangeurs, un dernier mot. Pour nous autres
étrangers, qui avons vu dans les représentations
anglaises moins un délassement habituel qu'une
occasion d'études et de comparaisons, rien ne pouvait être plus désagréable que des changements
quels qu'ils fussent : c'était Shakspeare, bon ou
mauvais, que nous voulions. Il n'en est pas ainsi à
Londres : ce ne sont pas exclusivement les gens de
lettres et les curieux de littérature qui fréquentent
le théâtre; il y va des gens de toutes sortes, non
pour étudier, mais pour se distraire. Or on a remarqué que les pièces de Shakspeare fatiguaient
par leur longueur : on a donc été forcé de les ac-
courcir. Ces longs drames, qui plaisaient tant à nos
aïeux du seizième siècle, ne sont plus en propor-

---

tragedy, taken from Shakspeare and Thomson. Cette double pièce,
un peu retouchée par John Kemble, est celle que l'on représente
aujourd'hui.

tion avec les goûts légers de la génération présente. Ces comédies d'une si grande dimension et d'un travail si achevé ressemblent à ces vastes armures de la même époque, que l'on dirait faites pour des géants par des fées. Les curieux recueillent dans leurs cabinets ces nobles reliques ; mais l'usage en serait accablant pour notre faiblesse. Le mal n'est donc pas, si l'on veut employer les diamants de Shakspeare, de les remonter à la mode actuelle, mais de s'y prendre avec trop peu de discernement. Le mal est de supprimer les beautés les plus éclatantes, telles que la scène de la romance dans *Othello,* et d'ajouter des pierres fausses, telles que l'amour de Cordelia pour Edgar dans le *Roi Lear.* Au reste, on nous aurait mal compris si l'on supposait que, parce que nous admirons en antiquaire le noble et large drame de Shakspeare, nous pensons qu'il le faille imposer de force au temps actuel ou l'importer sur notre scène. Loin de là : ce qui ce passe en Angleterre nous prouve que cette forme plus épique que dramatique, avec ses libertés et son ampleur, telle, enfin, qu'elle nous charme à la lecture, a fait son temps au théâtre, aussi bien que le drame serré et laborieusement rétréci des poëtes du dix-septième siècle. La forme qui convient au drame de notre temps, si notre temps est assez artiste pour se créer un drame, n'est pas encore trouvée. La trouvera-t-on ? on peut l'espérer. Si ce que l'on publie, un peu prématurément, de *Marion Delorme* est vrai, bientôt un notable essai en ce genre nous sera soumis. Espérons que les scrupules plus littéraires, dit-on, que politiques d'un ministre qui a la malheureuse prétention de se faire le *tuteur* des poëtes, ne priveront pas plus longtemps la scène française d'un ouvrage composé sous la seule inspiration de l'art et de la poésie.

XXXII.

VIE DE LUIZ DE CAMOENS [1].

Agora toma a espada, agora a penna.
Il prend tantôt l'épée et tantôt la plume.
CAMOENS, Sonnet 192 (2).

(*Revue des Deux-Mondes*, 15 avril 1832.)

On s'est proposé deux objets en composant cette esquisse. On a voulu d'abord tâcher d'éclaircir divers points demeurés obscurs dans la vie de Camoens, et l'on s'est flatté de l'espoir peut-être téméraire, de résoudre quelques-uns de ces problèmes plus heureusement que les précédents biographes (3), en mettant à profit plusieurs documents récemment découverts, en recourant diligemment aux sources anciennes et surtout en interrogeant les œuvres mêmes du poëte.

(1) Cette notice a été reproduite en 1841, avec d'assez nombreuses additions, à la tête de la traduction des *Lusiades* de la Collection-Charpentier. Je la réimprime ici, en lui donnant quelques développements nouveaux. (*Note de 1842*).

(2) Adressé à Estacio de Faria, brave soldat et poëte distingué, aïeul de Manoel de Faria e Souza, célèbre biographe, éditeur et commentateur de Camoens. — On trouve la même pensée dans les *Lusiades* « Numa mão sempre a espada e noutra a penna » que le poëte s'applique à lui-même. Voy. cant. VII, oct. 79.

(3) Voy. à la suite de cette notice, la liste raisonnée des principaux historiens de Camoens.

Outre ce but de curiosité érudite, on s'en est proposé un second de pure fantaisie. On a désiré montrer ce qu'était la vie d'un homme de lettres en Portugal pendant l'âge héroïque de ce petit et prodigieux royaume.

Rien ne diffère autant d'un siècle à l'autre et de peuple à peuple, que ce qu'on appelle la vie d'homme de lettres. Aujourd'hui, en France, un homme de lettres est un homme de plaisirs et d'affaires, qui, s'il n'a pas trop d'ambition, cherche à devenir chef de division dans un ministère ou directeur d'un établissement public. Le titre d'homme de lettres est un écriteau de disponibilité administrative. Au dix-huitième siècle, la vie des gens de lettres était une vie à la fois casanière et sensuelle, partagée tout entière entre l'académie, l'opéra, les salons de l'aristocratie ou de la finance et le café Procope. Dans le siècle de Louis XIV, c'était quelque chose de plus grave, de plus rangé, de plus frugal ; l'homme de lettres semblait alors emprunter de Port-Royal quelque chose des habitudes et de la régularité claustrales. Si nous remontons au-delà, l'aspect est encore plus sévère ; l'imagination se représente le savant du seizième siècle sous les traits du *philosophe en méditation*, peint par Rembrandt. Dans ce lointain, l'homme de lettres est un être nécessairement vieux, podagre, portant manteau, calotte et besicles, et toujours cloué dans un grand fauteuil noir. Un fauteuil ! en

effet, c'est bien là ce qui s'associe le plus naturellement dans notre esprit à l'idée d'homme de lettres :
un fauteuil d'étude, un fauteuil d'académicien, un
fauteuil de chef de division. Oui, un fauteuil! ce
mot dit tout : repos, veilles, vie courbée et inactive, résidence à Paris, que sais-je? absence ou
suspension de toutes les facultés locomotives. Le
peuple, qui, chez nous, joint si souvent l'image
grotesque à la pensée, a traduit l'idée d'*homme de
lettres* par le mot trivial et pittoresque de *cul
de plomb*.

Cette définition populaire, assez généralement
exacte en France, serait une étrange contre-vérité,
si on l'appliquait toujours et partout. Il s'est rencontré en Europe une petite nation, chez qui l'idée
d'homme de lettres a répondu longtemps à celle
de voyages, de guerres, de captivité chez les
Maures, de naufrage au Brésil, d'exil aux Moluques. Il ne se trouva peut-être pas chez elle,
durant la belle période de son histoire, un seul
poëte qui n'eût fait ses deux ou trois mille lieues
sur mer, combattu en Afrique, en Amérique ou
dans l'Inde. Cette nation eut une littérature, et pas
de littérateurs de profession : elle eut de beaux
ouvrages et pas de gens de lettres ; de grands
poëtes et rien qui ressemblât à une classe à part,
sédentaire, inactive, payée et patentée uniquement
pour écrire.

Et les choses n'étaient ainsi ni par choix, ni par

II.   18

système : c'était par nécessité. Personne n'avait alors en Portugal le temps de demeurer tranquille dans un cabinet d'étude et de ne vaquer qu'à une seule besogne. L'État était emporté au dehors par un mouvement si précipité : il était entraîné dans un courant de conquêtes et de grandeur si rapide , que , comme sur le pont d'un navire qui veut forcer ses voiles , tous les bras étaient nécessaires à la manœuvre.

Pour nous , vieille nation continentale , presque sans colonies, sans goût pour la mer, sans amour des contrées lointaines , peuple depuis longtemps assis , puissant par le sol , par la population , par l'industrie , qui vivons clos , chez nous ou dans le voisinage , devers le Rhin ou les Alpes , nous pouvons à peine comprendre ce qu'il a fallu d'efforts , de contention , d'activité , de sacrifices , de dépense de forces individuelles , pour qu'à un moment donné , un petit peuple de hardis marins , comme celui de Portugal, ait pu fonder des capitales à deux mille lieues de ses foyers, et conserver, pendant près d'un siècle , un empire qui fut un moment plus vaste que l'empire romain. La gloire de ce petit coin de terre , prédestiné par sa position géographique à la découverte de l'Océan et des mers de l'Inde , est de n'avoir pas failli à sa mission; d'avoir, avec d'aussi faibles ressources que les siennes , changé les voies du commerce , reculé les bornes de la civilisation et du christianisme , transporté l'Europe dans l'Afrique, dans l'Amérique et dans l'Asie, météore inouï de puissance et de gloire, aussi merveilleux, aussi brillant, aussi passager que celui qui a tant illustré un autre petit coin du globe appelé *la Grèce*.

Et puis, pour qu'un royaume ait des gens de lettres, il lui faut de l'argent pour les pensionner. Le Portugal, qui épuisait son épargne en flottes, en armées, en constructions d'arsenaux et de citadelles, ne pouvait ouvrir dans son budget un chapitre d'encouragement pour les lettres et les arts. Bientôt même le royaume, appauvri par les conquêtes, obéré par la victoire, n'eut plus de quoi suffire aux besoins de ses armées. L'État finit par ne pouvoir plus nourrir ceux qui l'avaient le mieux servi. Camoens mourut à l'hôpital ou à peu près ; mais ce ne fut pas à titre de poëte ; ce ne fut pas, comme Gilbert et Malfilâtre, en face d'autres écrivains largement rentés ; ce fut comme un vétéran, dont la solde manque ou dont la pension de retraite est suspendue. Il mourut, après les revers de sa patrie, comme beaucoup de ses compagnons d'armes, comme mouraient alors les grands capitaines (1) et les vice-rois eux-mêmes, qui n'avaient pas toujours (témoin Dom Jean de Castro) de

(1) Camoens a dit à propos de la mort de Duarte Pacheco Pereira, vainqueur dans sept batailles : « On verra mourir sur un pauvre lit d'hôpital des hommes qui ont servi de rempart au roi et à l'État. » *Lusiadas*, cant. \, oct. 23.

18.

quoi acheter une poule dans leur dernière maladie.

Je ne prétends pas que cette vie de privations,
de voyages, de périls, soit précisément le régime
le plus favorable au développement poétique et à
la production du beau ; je repousse, avec M. de
Châteaubriand (1), le sophisme cruel qui fait du
malheur une des conditions du génie ; je me borne
à signaler un fait. Le Portugal, au milieu de cette
tourmente de gloire, eut une admirable littérature.
Depuis lors, ce pays a possédé des versificateurs de
talent ; mais il n'a plus compté ni poëtes ni grands
écrivains, et il est douteux qu'il en retrouve.

En cherchant à montrer la différence qui sépare
la vie aventureuse et active des écrivains portugais,
notamment celle de Camoens, de la vie monotone
et en quelque sorte cloîtrée de la plupart de nos
gens de lettres, je ne prétends pas élever par là les
œuvres des uns ni déprimer celles des autres. Je ne
crois pas les élégies ni les canções de Camoens plus
touchantes, parce qu'elles sont datées d'Afrique,
de la Chine ou de l'Inde ; je n'estime pas *Polyeucte*
ou *Cinna* moins admirables, parce que le grand

_____

(1) Voyez le *Génie du Christianisme*, 2ᵉ partie, liv. I, ch. 4. —
La vie agitée et les longs exils de l'auteur des *Natchez* et des
Martyrs semblent un éclatant démenti à ce que nous venons
de dire de nos littérateurs paralytiques ; mais cet exemple, et
quelques autres plus récents, sont de rares exceptions qui confir-
ment la règle.

Corneille n'a guère fait de pérégrinations plus longues que le voyage de Paris à Rouen. Je ne conseille à aucun de nos jeunes poëtes de louer un cabinet d'étude à Macao ; mais je crois que, si les ouvrages écrits au milieu des traverses et au feu des périls ne sont pas plus beaux, les vies de leurs auteurs sont plus belles. Indépendamment de la variété des aventures, on y trouve plus d'enseignements. J'admire et j'honore, comme je le dois, la Fontaine et Racine ; mais j'honore et j'admire encore plus, comme hommes, Cervantès et Camoens. Une histoire littéraire du Portugal serait, à mérite de rédaction égal, un meilleur et un plus beau livre qu'une histoire littéraire de notre dix-septième ou dix-huitième siècle. C'est une chose vraiment bonne et saint que la lecture de ces vies d'épreuves, que ces *passions* douloureuses des hommes de génie. Je ne sache rien de plus capable de retremper le cœur. C'est pour cela que, dans ce temps de souffrances oisives, de peines factices ou frivoles, de molles contrariétés et de petites douleurs, j'ai cru bon d'écrire l'étude suivante sur la vie de Luiz de Camoens.

Si nous remontons aux temps héroïques et fabuleux de la famille de Camoens, nous trouvons, avant la fin du xviie siècle, ses ancêtres établis en Galice, où ils possédèrent jusqu'à dix-sept paroisses (1). On fait dériver leur nom patronymique d'un très-ancien château situé près du promontoire de Nérée, aujourd'hui le cap Finistère, et appelé successivement *Cadmon*, *Camon*, *Camones* et *Caamanos*. D'autres préfèrent une étymologie plus merveilleuse : ils disent que les Camoens tirent leur nom d'un oiseau nommé *Camon* ou *Camão* (2), qui mourait de douleur, comme le *Porphyrion* des anciens, aussitôt qu'il se commettait dans le logis de ses maîtres la plus légère infraction à la fidélité conjugale(3). Pendant plusieurs siècles, toute maison bien réglée dans la Péninsule eut son Camão bien portant; mais, enfin, dans ce pays comme ailleurs, l'espèce s'en est peu à peu éteinte. Une aïeule de notre poëte, en butte aux mauvais propos, en appela, dit-on, à ce singulier juge. L'honneur de la dame fut rétabli, et, par reconnaissance, le mari voulut garder le nom de Camão. On peut lire des *redondilhas*, où Camoens parle de cet

(1) Voy. Joào Salgado de Araujo, *Casas de Galicia*, p. 24, Ms. cité par Duperron de Castera.

(2) On donne aujourd'hui ce nom à l'oiseau appelé *Martin-Pêcheur*.

(3) Voy. Ælian, *de Animal. natur.*, lib. IV, cap. 2. — Alciat (*Embl.* 47) parle, comme il suit, du Porphyrion :

Porphyrio domini si incestet in ædibus uxor
Despondetque animum præque dolore perit.
Abdita in arcanis naturæ est causa : sit index
Sincere hæc volucris casta pudicitiæ

oiseau merveilleux (1), mais sans allusion à aucune dame de sa famille.

Une querelle qui s'éleva entre les Caamanos et les Castera, et qui coûta la vie à un de ceux-ci, contraignit Vasco Pires de Caamanos (2), trisaïeul de Camoens, d'abandonner la Galice en 1370, et de se retirer en Portugal, où son nom se contracta en celui de Camoens. Il embrassa le parti du roi Dom Fernand contre Henri II, roi de Castille. Pour prix de ses services, Dom Fernand le combla de biens et d'honneurs. On peut lire dans Duarte Nunes de Leão (3) la liste de tous ses titres et seigneuries. Mais, après la mort de ce prince, arrivée en 1383, Vasco Pires ayant, par reconnaissance, suivi le parti de sa veuve et de sa fille, Dona Léonor et Dona Béatrix, contre le Grand-Maître d'Aviz, depuis Dom Jean Ier, de Portugal, il conserva quelque temps Alemquer dans le parti de Léonor et combattit enfin sous le drapeau de Castille à la bataille d'Aljubarrota (souvenir qui devait être bien amer au cœur portugais de Luiz de Camoens). Fait prisonnier dans cette journée, il perdit presque tous ses domaines, sauf celui d'Evora, que ses descendants ont érigé en un fief appelé par le peuple *Camoeyra* (4).

(1) *Carta a huma dama*, t. IV, p. 192, édition de Paris, 1815.
(2) Voyez *Cron. de dom João*, t. I, p. 258.
(3) Page 237, édit. de 1774.
(4) C'est de ce fief ou château de Camões en Galice, qu'est venu le nom des fruits nommés *Camoezes*, sortes de pommes très-com-

Sarmiento a publié une savante lettre du marquis de Santillane, où ce Vasco Pires est cité parmi les poëtes les plus renommés du xıvᵉ siècle. La grand'mère du marquis de Santillane, Dona Mencia de Cisneros, possédait un ancien Cancionero manuscrit dans lequel Sarmiento conjecture que devaient se trouver des vers de cet ancêtre de Camoens (1). Ce qui est certain, c'est que la bibliothèque royale a acquis, depuis quelques années, un précieux Cancionero, connu sous le nom de Baena, dans lequel on peut lire deux pièces adressées, non à Vasco Pires ou Peres, mais à Vasco Lopes de Camões, et la réponse en vers de ce dernier (2). Camoens a-t-il donc eu deux de ses ancêtres distingués comme poëtes? ou bien Sarmiento a-t-il lu dans le manuscrit de Santillane, Pires au lieu de Lopes? Je crois d'autant plus aisé-

---

munes dans la Péninsule. — Les descendants dont il est ici question sont ceux de la branche aînée. Notre poëte, qui sortait de la branche cadette, n'eut jamais aucun droit sur ces domaines, qui étaient possédés en 1613, par Antonio Vaz de Camoens, suivant Pedro de Mariz.

(1) *Memorias para la historia de la poesia y poetas Españoles; Obras posthumas*, p. 154, 309 et 310.

(2) Je dois à M. le comte Albert de Circourt, l'indication de ces curieuses poésies. — La rubrique qui précède la réponse de Vasco Lopes de Camões à Maestro Fray Diego, est fautive dans le manuscrit, et ferait croire que la pièce est de Fray Diego; mais la lecture ne permet pas de douter qu'elle ne soit de Vasco Lopes de Camões.

ment à cette erreur, que le livre de Sarmiento est rempli de fautes semblables.

C'est de Dom Jean Vaz, second fils de Vasco Pires, que descend notre Camoens. Ce Jean Vaz porta le titre, alors très-illustre, de *vassal* de Dom Alfonse V. Il servit bien ce prince en Afrique et en Castille, de 1438 à 1481. Il habitait Coimbre, où il exerça plusieurs grandes charges et où il a un magnifique mausolée dans le cloître de la cathédrale; mais, longtemps avant 1624 le cintre de cette chapelle était muré, dit Manoel de Faria Severim, parce qu'il n'y avait plus personne de cette branche des Camoens pour en prendre soin.

On ne sait rien d'Antonio Vaz, fils de Jean Vaz de Camoens et d'Ignez Gomes da Sylva, si ce n'est qu'il épousa Guiomar da Gama, parente de l'illustre Vasco da Gama, et qu'il eut pour fils Simon Vaz. Celui-ci prit pour femme Anna de Sà e Macedo, d'une famille noble de Santarem, et fut le père du *prince des poëtes de son temps*, de Luiz de Camoens.

Lisbonne, Coimbre et Santarem, se disputent l'honneur de l'avoir vu naître. Les plus fortes présomptions sont pour Lisbonne. Deux contemporains de Camoens, Pedro de Mariz et le licencié Manoel Correa (1), nous apprennent que son père

(1) Voyez, à la suite de cette notice, la liste des principaux historiens de Camoens.

était né dans cette ville, et nous savons qu'il
l'habitait encore en 1550. Si nous cherchons des
preuves dans les vers du poëte, nous trouvons
qu'il appelle à tout instant le Tage, *meu Tejo*,
patrio Tejo, et les Nymphes de ce fleuve, *Tagides
minhas*, expressions caressantes et filiales, qu'il
n'a jamais employées pour d'autres fleuves, même
pour le Mondego. Il est vrai que Faria e Souza,
qui, dans sa première vie de Camoens, s'est déclaré
pour Santarem, fait remarquer que le Tage passe
aussi dans cette ville; mais il oubliait que, lorsque
Camoens, banni de Lisbonne, fut obligé de se
retirer à Santarem, il se compara dans l'élégie
(*O Sulmonense Ovidio desterrado*), à Ovide exilé
de sa patrie. Aussi Faria, dans sa seconde vie de
Camoens, qui précède son commentaire sur les
Rimas varias, s'est-il rangé à l'opinion qui fait
naître notre poëte à Lisbonne. On a cité en faveur d'Alemquer, petite ville à huit lieues de Lisbonne, les deux vers suivants de Camoens :

> Criou-me Portugal, na verde e cara
> Patria minha Alemquer....

« Le Portugal m'a engendré ; ma chère patrie est la verte Alemquer... »

mais ce n'est qu'une méprise : la suite de ce sonnet
prouve que c'est ici l'épitaphe d'un jeune soldat
mort dans l'Inde.

Il ne s'est pas élevé moins de controverses sur l'année de sa naissance. Le docteur Manoel de Faria Severim , son plus ancien biographe après Pedro de Mariz , le fait naître sous le règne de Dom Manoel, en 1517, et Faria e Souza (dans sa seconde vie) en 1524, sous le règne de Dom Jean III. La preuve apportée par Faria e Souza est un extrait des registres de la maison des Indes de Lisbonne, pour l'année 1550. Cette pièce est ainsi conçue : « Luiz de Camoens, fils de Si-« mon Vaz et de Anna de Sà, demeurant à Lis-« bonne en la Mouraria (quartier des Maures), « écuyer, âgé de vingt-cinq ans, de barbe rousse, « a donné son père pour répondant. Il part sur le « vaisseau le *São Pedro dos Burgalezes*, sur « lequel le vice-roi Dom Alfonse de Noronha se « rend aux Indes ». Si , comme le dit cet acte , Camoens était âgé de vingt-cinq ans en 1550, il est né en 1525 ou 1524.

Cependant, comme , malgré cette preuve, qui semble péremptoire, l'opinion de Severim a été suivie dans ces derniers temps , notamment par madame de Staël (1), il faut examiner sur quel fondement elle repose. Severim ne cite d'autre autorité que celle de Manoel Correa, qui fut l'ami, le commentateur anecdotique et comme le Brossette de Camoens. Or, Correa, au lieu indiqué , ne

—————

(1) *Biographie universelle*, art. Camoens.

parle ni de l'année 1517, ni d'aucune autre date. En y regardant même de plus près, on trouve dans Correa l'opinion contraire. Il note sur l'octave 9 du Xe chant des *Lusiades*, que Camoens avait quarante ans et plus quand il l'écrivit (1), et ensuite, sur l'octave 119, que le Xe chant fut composé en 1570. Or, si Camoens était né en 1517, il aurait eu non pas quarante ans, mais cinquante ans et plus en 1570. Enfin Severim lui-même ne persévère pas dans son premier avis. Il fait mourir Camoens en 1579, à l'âge de cinquante-cinq ans, ce qui revient à le faire naître en 1524 (2).

Si l'on en croyait une tradition accréditée par Pedro de Mariz, les malheurs de Camoens auraient commencé avec sa vie. L'année même de sa naissance, son père Simon Vaz, capitaine de vaisseau, allant aux Indes, se serait perdu sur des bas-fonds

(1) L'opinion de Manoel Correa sur l'âge de Camoens est d'un très-grand poids, parce que outre ses liaisons personnelles avec le poëte, Correa était curé de la paroisse de Saint-Sébastien dans la Mouraria, paroisse qu'habitaient les père et mère de Camoens et dont il possédait les registres.

(2) On ne sera pas peu surpris d'apprendre que Manoel de Faria Severim a consigné dans la vie de Camoens les divers prodiges qui ont, suivant lui, annoncé la naissance de notre poëte, naissance qui, ce nonobstant, est restée fort difficile à fixer. Les arguments que Severim oppose aux incrédules ne sont pas moins singuliers que l'assertion elle-même : « Camoens, dit-il, n'est inférieur ni à Virgile, ni à Homère..... et l'on peut croire avec plus de raison qu'il y eut plus de prodiges pour un poëte catholique que pour un poëte païen. »

en vue du port de Goa, et, ayant gagné la terre,
il serait mort quelque temps après dans cette ville.
Ce récit est formellement démenti par l'extrait des
registres de la maison des Indes, que nous avons
cité plus haut, et dans lequel on voit Simon Vaz
figurer comme répondant de son fils en 1550.
Toutefois, comme il arrive rarement à une tradition d'avoir tout-à-fait tort, je pense qu'il faut
conserver de celle-ci le plus possible. J'estime
donc que ce fut l'aïeul de Camoens, Antonio Vaz,
probablement de même profession que son fils,
qui a été le héros de cette tragique aventure. Peut-
être notre poëte faisait-il allusion à cette catastrophe de famille, quand, arrivé à Goa, après
une effroyable tempête, il disait dans une de ses
plus mélancoliques élégies : « C'est ainsi que mon
« destin me fit parvenir à cette terre lointaine et
« désirée, sépulture de tout pauvre homme d'hon-
« neur (1) ».

Il est probable qu'il perdit sa mère étant encore
en bas âge, et que son père, obligé par sa profession à de fréquentes et longues absences, le confia
aux soins de quelques personnes étrangères. Ca-

---

(1) Voy. élégie première.— Les élégies de Camoens sont de petits poëmes composés de strophes en nombre indéterminé, mais
toutes en tercets. Un vers isolé termine la pièce, ou, si l'on veut, la
pièce finit par un quatrain. Quant à l'enlacement des rimes, le
premier et le troisième vers riment ensemble, et le second rime
avec le premier du tercet suivant.

moens n'a pas un seul souvenir de la maison paternelle; sa mémoire d'enfant ne remonte pas au-delà
de l'université de Coimbre, et déjà l'adolescence
lui ôte une partie de sa pureté sereine et de sa naïve
candeur. Il ne connaît rien de plus reposé, de plus
calme, de plus pur que les eaux du Mondego qui
parlent de la belle et malheureuse Inez. Lisez les
doux adieux qu'il leur adresse en quittant Coimbre : *Doces e claras aguas do Mondego...* (1). C'est
là que son cœur vient chercher de l'ombre et du
frais quand le feu de ses passions s'allume; à son
premier chagrin d'amour, c'est vers ces bords
que son imagination revole : *Vão as serenas aguas
do Mondego descendo,* etc... (2).

Vers l'âge de treize ans, on l'envoya à l'université
qui venait d'être, en 1537, transférée de Lisbonne à
Coimbre. Il fit dans cette ville toutes ses études, y
compris la philosophie (3). John Adamson présume
qu'André Govea, Teive et surtout l'illustre poëte

---

(1) Sonnet CXXXIII. — Ce sont là peut-être les premiers vers
de Camoens. Severim pense qu'ils furent composés à l'Université de
Coimbre. Je crois, au moins, que Camoens les fit, soit sur la route
de Coimbre à Lisbonne, soit peu après son arrivée dans cette ville.
Il y a de l'inexpérience dans la forme et dans la pensée. « Le
corps, vêtement de l'âme » se sent du cours récent de philosophie.
Les églogues IV et V me paraissent postérieures, quoique plusieurs manuscrits les attribuent à la première jeunesse de l'auteur.

(2) Canção IV. — Voyez encore le sonnet CXI.

(3) Voyez Nicolas Antonio, *Bibliot. Hispan. nova,* art. Ludov.
de Camoens, t. II, p. 25.

écossais Buchanan, appelés à professer à Coimbre
par Dom Jean III, durent exercer une heureuse influence sur le développement du génie poétique de
Camoens. Cette supposition ingénieuse n'est pas
confirmée par les dates. Cette petite colonie savante
n'arriva à Coimbre qu'en 1547 (1); Camoens avait
alors vingt-trois ans, et il avait déjà, depuis trois
ans au moins, quitté Coimbre et l'Université.

La grande idée et le grand mérite de Camoens,
comme poëte, a été de créer en Portugal la langue
épique. L'esprit moderne associé dans l'épopée à
la forme antique, tel fut le monde qu'il chercha,
et il ne mourut pas sans l'avoir trouvé. Mais il cul-
tiva, chemin faisant, tous les genres de poésie usités jusque là par ses compatriotes, l'églogue à la
manière de Virgile et de Sannazar, l'ode et l'épître (2) à l'imitation d'Horace, le sonnet et la canção
à la mode de Pétrarque et de Bembo, les trovas,
les endechas, les redondilhas à la façon des Pro-
vençaux et des Catalans (3), le drame même dans

_____

(1) Barbosa, *Bibliot.*, *Lusit.*, art. André de Gouvea, t. II, p. 130.
— Buchanan, pour se rendre à Coimbre, quitta Paris où il professait au collége de Sainte-Barbe. Cet illustre Ecossais, dont la vie
a été presque aussi agitée que celle de Camoens, a laissé, comme
Cardan et quelques autres érudits de la même époque, des *mémoires* ou, comme on disait alors, un livre *de propria vita.*

(2) *Estancias*, ce mot répond dans plusieurs cas à ce que nous
nommons *Epîtres.*

(3) Camoens se livra même à toutes sortes de jeux et de tours de

la double forme de Plaute et de Gil Vicente. Le
génie poétique dut être en lui très-précoce, puisque nous le voyons, dès son arrivée à Lisbonne,
âgé de dix-neuf à vingt ans, s'ouvrir par son mérite les premières maisons du royaume, adresser
des sonnets à Dom Theodosio de Bragança, à Dom
Manoel de Portugal, lui-même poète de mérite, au
vice-roi Dom Jean de Castro (1), aux mânes de Dom
Fernand de Castro (2), et dédier deux églogues (3)
au duc d'Aveiro. Nous retrouvons dans le recueil
de ses *Rimas varias*, des sonnets et quelques *trovas*
à l'adresse de Dona Francisca de Aragão et de Dona
Guiomar de Blasfé. Nous remarquons même qu'il
était assez familier avec cette dernière pour lui
adresser une *volta* et un sonnet sur une brûlure
qu'une bougie lui avait faite au visage (4). C'est ici
le lieu de relever une erreur répétée dans les diverses vies anglaises et françaises de Camoens. Elles
nous disent toutes qu'il ne fit qu'un pas de Coimbre à la cour. Ceux qui ont emprunté les premiers
ce fait aux biographies portugaises n'ont pas songé
que *a corte* signifie simplement *Lisbonne*. Camoens,

force poétiques. Nous trouvons dans ses *Esparsas* des redondilhas
en pieds brisés, des sonnets en écho, d'autres sonnets partagés en
demi-vers, etc., etc.

(1) Sonnet CLXIXX.
(2) Sonnet LXIII. Dom Fernand était fils de Dom Diogo de Castro.
(3) Les sixième et huitième.
(4) T. IV, p. 250, édit. de Paris, 1815, et le sonnet XXXIX.

issu d'une branche cadette et non titrée, n'a jamais
été reçu à la cour : *No Paço.*

La multitude de poésies légères et galantes recueillies dans ses œuvres prouve combien il rechercha toute sa vie la société des femmes. Tantôt c'est
une *volta* en réponse à trois dames qui lui disaient
qu'elles l'aimaient; tantôt ce sont des *redondilhas*
à de jolis yeux, qui ne voulaient pas le regarder ;
une autre fois ce sont des couplets à une certaine
espiègle qui l'avait appelé *diable,* et à laquelle il
propose cavalièrement de *se donner à lui ;* plus
loin, c'est un sonnet adressé à quatre femmes qu'il
compare à Pallas, à Vénus, à Diane et à Junon (1).
Toutes ces faciles bagatelles prouvent la délicatesse
de son esprit, sans accuser l'inconstance de son
cœur ; mais, pour ne rien taire, parmi ses sonnets
et ses canções, il en est de fort tendres qui portent
des adresses fort diverses. C'est Violante, puis Natercia, Dinamène, Belisa, Nise, Gracia, Beatrix,
Inez, Orithya, que sais-je ? nous pourrions dérouler
une liste de noms féminins aussi longue que celle
des maîtresses de Don Juan. Les commentateurs,
qui ont tous la manie des assimilations et qui vou-
draient faire de Camoens un second Pétrarque,
fidèle au culte d'une seule *Laure,* ont trouvé un
biais merveilleux pour ramener ces noms divers à

(1) Sonnet XLIV.

l'unité : ils ont découvert un certain jour, en lisant une certaine églogue, que toutes ces appellations s'appliquent à une seule et même personne. Cela est possible ; cependant ils auraient été, suivant moi, plus près de la vérité, s'ils avaient dit que la plupart de ces pièces ont été composées soit dans les derniers temps de son séjour à Coimbre, soit à son arrivée à Lisbonne, avant qu'il eût fait la rencontre de celle qui a été, depuis, l'occupation et la pensée unique de toute sa vie ; et même encore faut-il avouer que, pendant et après ce long et malheureux attachement, il lui est arrivé de se jeter, comme nous le verrons, dans des distractions bien singulières. Lui-même, d'ailleurs, confesse de bonne grâce l'inconstance de ses premières liaisons : « Au temps, dit-il, où j'avais l'habitude de vivre d'amour, je n'étais pas toujours attaché à la rame ; mais, tantôt libre et tantôt esclave, je changeais de flammes et je brûlais diversement (1). » Au reste, Camoens a tant aimé, il a si bien et si longtemps célébré celle qu'il préféra, que, s'il eût vécu au temps des cours d'amour, il n'aurait pu manquer d'être absous par elles.

On croit que ce fut un vendredi saint, et dans une église, comme Pétrarque, qu'il devint amoureux. Lope de Vega, qui ne nomme jamais Camoens que *l'excellent*, qui dédia à sa mémoire la

(1) Voy. le sonnet VII.

comédie *Del marido mas firme,* et qui, au dire de
Faria e Souza, dont il était l'ami, rafraîchissait souvent sa pensée par la lecture de ce grand poëte,
appuie cette tradition, fondée sur les soixante-et-
dix-septième et cent-vingt-troisième sonnets de Camoens (1). Faria e Souza, en rapprochant cette
pièce d'un passage de la septième cançao, a été jusqu'à vouloir prouver astronomiquement (2) que la
première entrevue de Camoens et de sa maîtresse
eut lieu le 11 avril 1542, ce qui supposerait un
amour bien précoce, car notre poëte était encore
au collége. Plus tard, dans une note de *Cintra,*
Manoel de Faria e Souza se contente d'assurer
que la rencontre eut lieu dans l'église *das Chagas*
(l'église des plaies du Christ), à Lisbonne. Quant à
moi, j'ai grand'peur que le sonnet LXXVII ne soit

(1) Lope de Vega a dit dans le *Laurel de Apolo :*

> El culto celestial se celebrava
> Del mayor Viernes en la iglesia pia,
> Quando por Laura Franco se encendia,
> Y Liso por Natercia se inflamava.

Liso et Natercia sont les anagrammes imparfaites de Luiz et de
Catarina. — Lope de Vega, dans un éloge en prose de Faria e
Souza qu'il composa *comme il se mourait,* et qui est imprimé de-
vant le commentaire des *Lusiades* (édit. de 1639), a dit que, comme
Camoens était le prince des poëtes, Faria e Souza était le prince
des commentateurs. Il est permis de croire que, par cette hyperbole,
Lope de Vega quêtait de Faria un commentaire pour lui-même.

(2) *No touro intrava,* etc., cançao VII.

tout simplement une traduction des fameux vers de Pétrarque :

Era 'l giorno ch' al sol si scoloraro....

ce que je crois d'autant plus, que, parmi les sonnets de Camoens, plusieurs ne sont que des traductions du poëte italien (1).

Il nous serait plus aisé de peindre la maîtresse de notre poëte que de dire son nom. Camoens a tracé bien des portraits d'elle (2), et il ne l'a jamais nommée. Pedro de Mariz nous apprend seulement qu'elle était dame du palais et qu'elle mourut fort jeune. Faria e Souza s'est signalé dans la recherche de son nom. Les nombreuses variations de cet écrivain sur ce sujet attestent au moins sa bonne foi. Il pensa d'abord, d'après l'autorité de João Pinto Ribeiro, un des précédents éditeurs des *rimas*, que cette dame était Dona Catarina de Almeyda, parente de Camoens (3). Plus tard, il crut découvrir que ce fut Dona Catarina de Atayde, fille de Dom Antonio de Atayde, favori de Dom Jean III (4), et cette opinion a prévalu. Ceux qui y ajoutent une foi entière

(1) Entre autres, les beaux sonnets xxxix et ci. — Le sonnet cxxv est traduit de Garcilasso.

(2) Voyez, entre autres, les cancões 1re, 3e, 5e et 12e, l'ode 2e, l'élégie 5e et les sonnets xxxv et cxxxviii. — La vérité nous oblige à confesser que plusieurs de ces portraits diffèrent notablement les uns des autres.

(3) Voy. *Lusiadas*, Vida del poeta, § ix.

(4) Voy. *Rimas varias*, Vida del poeta, § viii.

ne savent probablement pas que, dans les notes 7 et
9 de *Cintra,* Faria e Souza est venu à penser que ce
pourrait bien avoir été une certaine *Isabel,* souvent
chantée par Camoens sous l'anagramme de *Belisa.*

On voit que ce mystère est impénétrable. Pour
moi, je trouve qu'il y a dans ce secret, si bien
gardé et qui défie toutes les recherches, quelque
chose de délicat et de pudique qu'il faut respecter.
Je n'imiterai donc point l'indiscrète curiosité de
mes devanciers ; je ne chercherai pas à percer le
mystère dont le poëte a si convenablement, à mon
avis, voilé le nom de sa Beatrix ; j'appellerai tout
simplement cette belle inconnue *celle qu'il aima.*

Les poésies de Camoens qui se rapportent à ces
premiers temps d'amour, sont pleines de passion
et de délire. En voici un échantillon :

SONNET IX.

« Je suis en proie à un état indéfinissable ; je frissonne et je
brûle en même temps; je pleure et ris au même instant, sans en
savoir la cause. J'embrasse le monde entier, et je ne puis rien
étreindre. Toutes mes facultés sont bouleversées : mon âme exhale
un feu terrible; des ruisseaux de larmes coulent de mes yeux. Tantôt j'espère, tantôt je me décourage ; quelquefois je tombe dans
le délire, d'autres fois ma raison revient. Je suis sur la terre, et ma
pensée traverse l'espace. En une heure je vis une année; en mille
années, je n'en puis trouver une qui me satisfasse. Si quelqu'un
me demande pourquoi je suis ainsi, je répondrai que je l'ignore. Je
soupçonne, cependant, Madame, que c'est pour vous avoir vue (1). »

(1) Faria e Souza attribue a ces premiers temps l'élégie IX. Le
sonnet CXXXII me paraît de la même époque.

Une passion si vive et si ingénieuse à la fois dut être payée de retour. Dans plusieurs de ses poésies Camoens rappelle ses courtes espérances. Un de ses sonnets laisse même entrevoir qu'il reçut de sa maîtresse un gage d'amour (1); mais le rang et la fortune élevaient entre les deux amants une barrière infranchissable. Les parents de sa maîtresse, puissants à la cour, intervinrent, et un ordre d'exil l'obligea à quitter Lisbonne.

La date de ce premier malheur est incertaine; mais elle ne peut qu'être fort rapprochée de 1547. Le poëte, dans le sonnet XXIV a peint les angoisses de cette cruelle séparation. Les vers suivants donnent à penser qu'il ne pleura pas seul cette disgrâce :

SONNET CCLIV.

« J'ai vu dans une grotte ténébreuse que la mer bat avec une fureur sauvage, la tête appuyée sur sa main, une nymphe charmante, mais soucieuse, également jolie et affligée. Des pleurs coulaient de ses yeux ; la mer apaisait sa fureur en voyant une chose si triste et si belle. Quelquefois elle promenait ses beaux yeux sur les horribles rochers, avec une douceur suffisante pour amollir leur dureté. D'une voix angélique elle disait : Hélas ! pourquoi si souvent le bonheur manque-t-il là où se trouvent, avec tant d'abondance, tous les éléments du bonheur?

Dans sa troisième élégie (*O Sulmonense Ovidio desterrado*), Camoens se représente suivant de ses tristes regards les barques qui sillonnent le Tage.

(1) Voy. le sonnet CVI, un peu obscur.

Et, comme ce fleuve, à la hauteur de Santarem, ne peut porter que des bateaux, on en a conclu qu'il fut exilé à Santarem. Cette induction est précipitée. Les vers du poëte peuvent désigner une foule d'autres lieux du Ribatejo (1).

Pendant les deux années que dura son exil, il composa plusieurs morceaux où il déplore les peines de l'absence (2). Il fit aussi alors deux pièces de théâtre mêlées de vers et de prose, *El Rey Seleuco* et *Filodemo* et une toute en vers, les *Am-*

(1) Le Ribatejo est tout le pays que côtoie le Haut-Tage. — De l'exil de Camoens à Santarem, patrie de sa mère, on a conclu qu'il était né en cette ville : ses persécuteurs l'auraient ainsi renvoyé dans ses foyers; mais, comme on voit, l'exil du poëte à Santarem, base de ce raisonnement, n'est pas suffisamment prouvé.

(2) Entre autres, le sonnet ccxxiii et les élégies 15, 16, 17 et 18. Le sonnet et les élégies 17 et 18 sont écrits en espagnol. — Le choix de cette langue pour correspondre avec sa maîtresse et le titre de *notre* que Camoens donne à Boscan dans le sonnet cclxxxvi, prouvent l'estime que les gens instruits en Portugal faisaient de la littérature espagnole; mais il n'en était pas de même parmi les gens du peuple. Pour complaire à ceux-ci, les poëtes comiques portugais, lorsqu'ils introduisaient un niais, un Maure, un magicien, le diable ou un fantôme sur la scène, les faisaient parler espagnol, quoique le reste de la pièce fût en portugais. Camoens s'est conformé lui-même à cet usage dans ses *Amphitryons*, son *Seleuco* et son *Filodemo*. Voy. le Comment. de Faria e Souza sur l'oct. 29 du VIe chant des *Lusiades*. — Nous trouvons dans les œuvres de Camoens vingt sonnets espagnols; ce sont les sonnets clxi à clxvi, ccxiii à ccxix, ccxxii à ccxxvi, cclvi et cclx, auxquels il faut ajouter les sonnets cclxxii, cclxxxiii, ccxcix qui sont suspects. — Camoens a écrits deux sonnets galiciens; ce sont les ccxcx et ccxcxi; ils font partie des trente-six sonnets ajoutés et qui sont moins authentiques.

fitriões. Il écrivit même dès lors plusieurs chants des *Lusiades* (1) , ce poëme auquel il rêvait depuis son enfance.

Il obtint en 1549 la liberté de revenir à Lisbonne. Peut-être son éloignement avait-il cessé d'être nécessaire à la tranquillité de sa maîtresse ; nous le craignons , et nous pensons que c'est à cette époque qu'il faut rapporter plusieurs pièces où il se plaint de l'inconstance et du manque de foi (2). Il avait alors vingt-cinq ans ; on se battait en Afrique, au Brésil et aux Indes : il résolut de s'embarquer pour Goa. Le registre de la maison des Indes, que nous avons cité , porte, en 1550, son nom parmi ceux des volontaires inscrits pour le départ. Cependant un reste d'espoir lui fit préférer de passer en Afrique , où commandait Dom Pedro de Menezès , oncle de Dom Antonio de Noronha , jeune cavalier de grand mérite et son ami. On peut lire ses adieux au Tage dans son cent huitième sonnet (*Brandas aguas do Tejo*), et dans le cent cinquante-huitième (3).

---

(1) Camoens fait allusion à ce poëme commencé, dans les églogues IV et V qu'il composa à cette époque ou très-peu après.

(2) Voy. le sonnet LXXXVII, le plus parfait pour le style, suivant Faria e Souza, et les églogues IV et V. —Dans cette dernière, que l'on croit adressée à Antonio de Noronha, il y a de très-jolis vers sur le passereau qui cherche et qui ne retrouve plus dans son nid sa compagne.

(3) Le sonnet CVIII (*Brandas aguas*) est une des pièces qui se

Dès cette première campagne, Camoens se conduisit en brave. Aussi a-t-il pu dire plus tard de
lui-même, sans qu'on le taxât de forfanterie : « Ma
« peau a le privilège de celle d'Achille, qui n'é-
« tait vulnérable que par le talon. Personne n'a vu
« les miens, et j'ai vu ceux de bien des gens (1). »

On trouvera peut-être bizarre cette prétention
d'être invulnérable, surtout quand on songe qu'il
reçut dans un combat naval un coup de feu qui
lui fit perdre l'œil droit. Il a fait plusieurs fois allusion à cet accident, notamment dans des vers
adressés à une dame qui le raillait à ce sujet. Il
fut atteint, dit-on, en combattant à côté de son
père, Simon Vaz, capitaine du vaisseau sur lequel
il servait comme volontaire. C'est la dernière fois
que nous aurons à parler de Simon Vaz de Camoens : il est probable qu'il mourut peu après ce
combat, et que sa mort fut une des causes qui décidèrent notre poëte à partir pour l'Inde.

Pendant son séjour en Afrique, la plume de
Camoens fut aussi active que son épée. Il y composa la première ode, la seconde élégie (*Aquelle
que de amor descomedido*) et les tristes et misan-
thropiques *estancias* sur le *désordre du monde*
(*Quem pode ser no mundo tão quieto*), où il dé-

_____

trouvent à la fois dans le *Lima* de Diogo Bernardes et dans les œuvres de Camoens.

(1) Première lettre écrite de l'Inde

plore les abus de l'ordre social (1). On croit qu'il les envoya d'Afrique à son ami Dom Antonio de Noronha. C'était un présent bien austère pour un jeune homme de quinze ans. Aussi quelques critiques ont-ils pensé qu'il n'écrivit cette pièce que beaucoup plus tard, pendant son séjour en Orient, et qu'il l'adressa à Dom Antonio de Noronha, gouverneur de l'Inde. Je crois, d'ailleurs, que Camoens envoya d'Afrique à son jeune ami sa septième églogue (*les amours des Faunes*), qui est d'une touche beaucoup moins sévère; on remarque même dans cette pièce une scène très-voluptueuse et très-vive, que notre poëte a répétée dans la peinture de l'Ile enchantée des *Lusiades*. C'est aussi, nous le supposons, pendant ces dures années d'épreuve, qu'il écrivit le beau sonnet biblique que nous allons citer :

SONNET XXIX.

« Pendant sept années, Jacob servit de pasteur à Laban, père de Rachel, belle montagnarde; mais il ne servait pas le père : il servait l'aimable fille; car il prétendait à elle seule pour récompense. Il passait toutes les journées dans l'attente d'un seul jour, se contentant de la voir. Mais le père, usant de ruse, au lieu de Rachel, lui donna Lia. Le triste pasteur, voyant que par cet artifice sa bergère lui était refusée, comme s'il ne l'avait pas méritée, recommença à servir sept autres années, en disant : Plus longtemps encore je servirais, si la vie n'était pas trop courte pour un si long amour. »

(1) Outre ces stances, Camoens a composé des *endechas* sur le même sujet et sous le même titre.

Camoens attiré, sans doute, par l'espoir, revint à Lisbonne en 1552. L'accueil qu'il y reçut de la personne aimée lui prouva qu'il s'était abusé. D'autre part, les fleurs de sa muse, comme dit Manoel de Faria Severim, ne produisaient point de fruits; ses services militaires ne recevaient nulle récompense. Dom Antonio avait quitté Lisbonne. Le père de ce jeune homme, Dom Francisco de Noronha, second comte de Linhares, s'étant aperçu de l'amour de son fils pour Dona Margarida da Sylva, petite-fille du comte d'Abrantès, l'avait envoyé à Ceuta servir près de son oncle, pour le distraire de cette passion qu'il désapprouvait. Tout manquait à la fois à Camoens; il résolut d'avoir recours à l'absence (1), de s'embarquer pour l'Inde et de mettre deux mille lieues entre son amour et lui.

On trouve dans ses *Esparsas* plusieurs pièces qui expriment les douleurs du départ et les tortures de l'amour dédaigné (2). Voici, entre autres, un sonnet que nous croyons écrit dans ce moment suprême. Il peint bien, ce nous semble, ce que le poëte dut souffrir avant de s'expatrier. On comprendra mieux, après l'avoir lu, comment, pour consommer ce sacrifice, il fut obligé de s'y prendre à deux fois :

(1) Voy. le sonnet CCXXI.
(2) Voy. notamment, le sonnet CXXXIX.

SONNET XLIII.

« Le cygne, quand il sent approcher l'heure qui met un terme à sa vie, élève sur la rive solitaire une voix plus mélancolique et des chants plus harmonieux. Il voudrait voir son existence se prolonger ; il pleure son pénible départ ; il célèbre douloureusement la fin de son triste voyage. Ainsi, Madame, quand je vis la triste fin de mes amours et me sentis arrivé à la dernière crise, je déplorai, avec une plus suave harmonie, vos rigueurs, votre manque de foi et mon amour. »

Le dernier vers de ce sonnet est en espagnol. Camoens marie fort souvent les deux langues. Il dit dans sa *seconde lettre écrite de l'Inde*, à propos de quelques strophes ainsi mélangées, qu'elles ont un pied portugais et un pied castillan (1). Camoens a répété dans la canção troisième, cette gracieuse comparaison du cygne. Voici l'*envoi* qui termine cette pièce mélancolique.

« Chanson de Cygne, faite à l'heure extrême, sur la pierre dure et froide de mémoire : Je te laisse en compagnie de l'inscription de ma sépulture ; car l'ombre obscure me cache déjà le jour. »

Les motifs qui décidèrent Camoens à quitter l'Europe ne venaient pas tous de ses chagrins d'amour. Les derniers mots qu'il prononça sur le vais-

---

(1) Camoens mêle aussi quelquefois aux vers portugais des vers latins ou italiens ; il s'est permis ce mélange, qui d'ailleurs semble naturel aux langues néo-latines, dans ses poésies les plus graves et jusque dans les *Lusiades*. Voy. ch. IX, oct. 78 — C'est un souvenir de la poésie farcie, si usitée au moyen âge.

seau qui l'emportait loin de Lisbonne ne s'adressaient pas à sa maîtresse. Il nous apprend lui-même,
dans sa première lettre écrite de l'Inde, qu'il s'écria comme Scipion : *ingrata patria, non ossa
mea possidebis* (1). Il est vrai que, peu de lignes
après, il se plaint « d'avoir vu son lierre bien-
aimé séparé de lui et attaché à un autre mur (2). »
Ce qui peut très-raisonnablement faire supposer
que sa maîtresse s'était mariée.

Il mit à la voile au mois de mars 1553 (3). On
lit dans un état des troupes de la maison des Indes
pour cette année : « Fernand Casado, fils de Manoel Casado et de Branca Queymada, demeurant à
Lisbonne, écuyer ; Luiz de Camoens, fils de Simon
Vaz et de Anna de Sà, écuyer, partit à sa place;
il a reçu, comme les autres, 2,4oo reis (environ
15 fr., qui feraient aujourd'hui à peu près 75 fr.). »

Camoens s'embarqua sur le *São Bento* (le Saint-
Benoît), l'un des quatre navires que Fernand Alvares Cabral conduisait dans l'Inde. Il composa
diverses poésies pendant le voyage, notamment
l'ode troisième, complainte plutôt élégiaque que

(1) Quelques antiquaires d'une imagination complaisante ont cru
reconnaître dans le mot *patria*, qui se lit sur une pierre d'un vieux
bâtiment de Literne, un reste de l'épitaphe que Scipion avait composée pour lui-même : *Ingrata patria, ne ossa quidem mea habes.*
Val. Maxim., lib. V, cap. 3.

(2) Cette phrase, comme beaucoup d'autres de la même lettre,
est écrite en espagnol.

(3) Nicéron, *Mémoires*, t. XXXVII, p. 246.

lyrique (1). A la hauteur du cap de Bonne-Espérance, l'escadre fut assaillie d'une violente tempête, que notre poëte a décrite dans l'élégie première (*O poeta Simonides*). Trois des bâtiments furent jetés hors de leur route et ne purent arriver à Goa que l'année suivante. Le *São Bento* y aborda seul dans les premiers jours de septembre 1553 (2). C'est peut-être l'unique occasion où Camoens ait eu à se louer de la fortune.

A son arrivée, il trouva le vice-roi Dom Alfonse de Noronha occupé à préparer une expédition contre le roi de Pimenta ou de Chembé, qui avait conquis plusieurs îles sur les rois de Cochin et de Porca, alliés du Portugal. Il obtint d'être admis sur la flotte, qui mit à la voile en novembre 1553 (3).

Cette campagne, la seconde que faisait Camoens, eut un plein succès. Il y fait modestement allusion dans un passage de sa première élégie où il raconte comment on punit en deux jours cette nation habile à se servir de l'arc recourbé. Il rentra à Goa en même temps que le vice-roi. à la fin de 1553.

Ce fut à cette époque qu'il apprit la mort de son ami Dom Antonio de Noronha, tué devant Ceuta avec son oncle Dom Pedro de Menezès, le 18 avril

(1) Les odes de Camoens paraissent avoir reçu ce titre, moins en raison des sujets qui y sont traités, qu'à cause du mécanisme des vers et de la strophe lequel a quelque rapport avec celui des anciens.

(2) Voyez Diogo do Couto, *Dec.* 6. liv. X, cap 14.

(3) *Id.. ibid.*, cap. 15.

1553, dans une expédition mal concertée contre les Maures de Tétuan. Ce jeune ami de notre poëte n'avait que dix-sept ans, comme on le peut lire sur le tombeau que sa sœur lui fit élever dans la principale chapelle du monastère de São Bento de Xabregas. L'inscription que l'on y lit encore nous apprend qu'Antonio était l'aîné de sa race, que deux de ses frères périrent à Alcacer-Kébir et deux autres dans l'Inde. Camoens a déploré cette perte d'abord dans la belle églogue d'Umbrano et Frondelio (la première du recueil), dans les douzième et deux cent vingt-neuvième sonnets, et dans la canção XVII, si toutefois cette dernière pièce est bien de lui.

Dom Alfonse de Noronha, qui avait pu juger de la bravoure de Camoens dans la campagne contre le roi de Chembé, fut rappelé en Europe et remplacé par Dom Pedro Mascarenhas, qui prit le gouvernement de l'Inde en septembre 1554. Vers cette époque, Camoens écrivit à Lisbonne une lettre (1), dont nous avons déjà cité quelques fragments, et dont nous allons extraire de plus longs passages, qui donneront une idée des mœurs de Goa et jetteront un jour nouveau sur l'humeur à la fois enjouée et caustique de Camoens.

(1) Première lettre écrite de l'Inde. — Je ne pense pas, avec M. John Adamson, que la seconde lettre soit de la même année. On verra plus loin que je la crois écrite pendant le séjour forcé que Camoens fit plus tard sur les côtes de Mozambique.

Il commence par prémunir son correspondant contre les illusions qu'on était porté à se faire en Portugal sur les avantages du séjour de l'Inde. « Il a éprouvé que là, comme à Lisbonne, on est sous l'empire de méchantes fées. » Il se félicite ironiquement « d'avoir échappé aux tracasseries et aux embûches qu'il rencontrait partout dans sa patrie, et s'estime heureux de s'être retiré dans un pays où il est plus respecté que les taureaux de Merceana, et plus tranquille que la cellule d'un moine prédicateur. » Les derniers biographes de Camoens, MM. Barreto Feio et Monteiro, ont eu l'étrange idée de prendre au sérieux cette amère plaisanterie, sur le sens de laquelle la suite de la lettre ne peut laisser le moindre doute : « La ville « de Goa, dit-il, est une excellente mère pour les « méchantes gens; mais elle est la marâtre des gens « de bien : ceux qui viennent y chercher de l'ar- « gent se soutiennent comme des vessies sur l'eau; « les braves seuls sont réduits à sécher sur pied. » Après avoir cité pour preuve quelques noms propres, il ajoute : « Quant à Manoel Serrão, qui, « *sicut et nos*, cloche d'un œil, il s'est assez bien « conduit depuis son arrivée. Je puis en parler, « car j'ai été choisi pour arbitre de certaines pa- « roles, sur lesquelles il a fait revenir un militaire « qui ne manque pas ici d'autorité. » Ce passage prouve que Camoens joignait à la bravoure du champ de bataille une susceptibilité d'honneur qui

ne lui permettait pas, comme il le dit au même
endroit, « de refuser jamais *certaines conversations*
« auxquelles les lâches donnent un mauvais nom,
« aimant mieux se venger avec la langue qu'avec
« le bras. » — « Si vous voulez à présent, conti-
« nue-t-il, que je vous parle des femmes, sachez
« que toutes les Portugaises que nous avons ici
« sont terriblement mûres. » Impertinence qu'il
fait suivre d'un commentaire encore plus solda-
tesque. « Et quant aux femmes du pays, outre
« qu'elles sont de couleur bise, faites-moi la grâce
« de les courtiser à la manière de Pétrarque ou de
« Boscan, et elles vous répondent dans un langage
« mêlé d'ivraie qui s'arrête dans le gosier de l'in-
« telligence et jette de l'eau sur le brasier le plus
« ardent. Jugez ce que doit éprouver un homme
« habitué à soutenir les agaceries du petit minois
« rose et blanc d'une dame de Lisbonne, toujours
« prête à soupirer comme un *pucarinho* (1) qui
« reçoit l'eau pour la première fois. En se voyant
« au milieu d'objets si peu capables d'inspirer de
« l'amour, comment ne pleurerait-on pas sur ses
« souvenirs? Dites, pour l'amour de moi, aux da-
« mes de votre connaissance, que, si elles veu-
« lent monter en grade et voir leur entrée annoncée
« par des fanfares, il leur suffit de ne pas redouter

(1) Petit pot de terre qui crie la première fois qu'on y verse de
l'eau

« six mois de traversée un peu pénibles. Nous irons
« tous au-devant d'elles en procession et la ban-
« nière en tête. Nos dames leur porteront les clefs
« de la ville, comme leur âge les y oblige. Je vous
« envoie un sonnet sur la mort de Dom Antonio
« de Noronha. Vous y verrez quel chagrin sa perte
« m'a causé. J'ai fait encore une églogue sur ce su-
« jet, et j'y ai inséré quelque chose sur la mort du
« prince (1). C'est, à mon avis, la meilleure que
« j'aie faite. Je voulais vous l'envoyer pour que
« vous la montrassiez à Miguel Diaz, qui, à cause
« de l'amitié qu'il portait à Dom Antonio, aurait
« été bien aise de la voir; mais j'ai eu beaucoup
« de lettres à écrire pour le Portugal, et le temps
« m'a manqué. Je me propose de répondre à Luiz
« de Lemos. Si ma lettre ne lui parvient pas, qu'il
« sache que la faute en est à la traversée, dans la-
« quelle tout se perd. *Vale* (2). »

La première mesure importante que prit le nouveau vice-roi fut l'armement d'une flotte qui devait

(1) Camoens parle ici de Dom Jean, fils du roi Dom Jean III et
père du roi Dom Sébastien. Ce jeune prince mourut le 21 janvier
1554. Niceron (*Mémoires*, t. XXXVII, p. 153) a cru à tort qu'il
s'agissait ici du roi Dom Jean III. Ce grand monarque ne mourut
qu'en 1557.

(2) Pour l'intelligence de ce morceau très-difficile, comme pour
la plupart des traductions portugaises insérées dans ce volume,
j'ai mis à contribution le savoir et la sagacité philologique de
mon ami et collègue, M. Louis Dubeux. (*Note de* 1842.)

aller croiser à l'entrée de la mer Rouge, pour fermer le détroit aux vaisseaux des Maures.

Avant que Vasco da Gama eût découvert la route de l'Inde par l'Océan, le commerce de l'Europe avec les contrées orientales se faisait par la Méditerranée et la mer Rouge. Les Vénitiens, facteurs de l'Europe, venaient prendre, à l'entrepôt d'Alexandrie, les denrées que les Maures, facteurs du Levant, allaient chercher sur les côtes de Malabar. La découverte de la route de l'Inde par le cap de Bonne-Espérance ruina ce commerce, et causa peu à peu l'affaiblissement et la mort de Venise. Aussi quand, à la fin du dernier siècle, Napoléon heurta de son épée cette reine de l'Adriatique, il se trouva que ce n'était plus qu'un cadavre.

En 1555, les choses n'en étaient pas encore arrivées à ce point : les Vénitiens et les Maures s'efforçaient de soutenir la concurrence des Portugais. L'Égypte continuait d'expédier tous les ans une flotte dans les mers de l'Inde. Dom Pedro Mascarenhas résolut de fermer aux Égyptiens l'entrée de cette mer. Le commandement d'une escadre fut confié dans ce but à Dom Manoel de Vasconcellos; Camoens s'embarqua sur cette flotte qui appareilla en février 1555.

Le résultat de cette expédition ne fut pas heureux. Les Portugais ne purent rencontrer les Maures. Après plusieurs mois de croisière inutile, il fallut aller passer la mousson d'hiver à Ormuz. Ce fut

20.

pendant la durée de cette longue station en face du
cap Guardafù, au milieu d'une mer souvent agitée,
et à la vue des cimes dépouillées du mont Félix,
que Camoens, reportant ses pensées vers l'Europe,
composa son admirable cançâo dixième : *Junto de
hum seco, duro, esteril monte...*

CANÇAO X.

« Près d'un mont aride, escarpé, stérile, terrain inculte et nu,
chauve et difforme, abhorré de toute la nature, où nul oiseau ne
vole, nulle bête sauvage ne dort; où nulle pure rivière ne coule,
nulle fontaine ne bouillonne, nul vert rameau ne s'agite avec un
doux bruit; mont que le vulgaire a nommé *felix* par une triste an-
tiphrase, et que la nature a jeté à l'endroit où un bras de la haute
mer sépare les terres abassiques des sables de l'Arabie, sur le lieu
même où fut jadis fondée Bérénice, du côté où le soleil qui la brûle
se cache pour elle;

« Près de ce mont, on découvre le cap, limite de la côte africaine,
qui court du Midi au Nord; on l'appelle le cap des Aromates, ou
plutôt on l'appelait ainsi autrefois, car, la roue du temps accom-
plissant son tour, la langue rude et mal ordonnée des habitants a
imposé à ce lieu un autre nom. Là, sur cette mer dont les flots se
pressent pour entrer dans la gorge du détroit, ma cruelle fortune
m'a amené et retenu longtemps; là, dans cette lointaine et âpre
partie du monde, la destinée a voulu que ma brève existence lais-
sât une courte partie d'elle-même, afin que ma vie fût dispersée
comme par lambeaux dans le monde entier.

« Là, je demeurai, usant mes tristes jours, jours de malaise, de
contrariétés, de solitude, jours mauvais, pleins de fatigues, de dé-
pits et d'afflictions; ayant non-seulement à lutter contre la vie, le
soleil ardent, les eaux froides, l'épaisseur des brouillards tièdes et
lourds, mais ayant encore pour ennemis mes propres pensées, mes
pensées, ce moyen de donner le change à notre propre nature.
Elles rappelaient à mon souvenir ce peu de gloire fugitive et de-

puis longtemps écoulée qui m'était échue dans le monde, au temps où je vivais, comme pour doubler le sentiment de mes maux, et me montrer qu'il existe sur la terre beaucoup d'heures de contentement.

« Là, je roulais en moi ces idées, perdant mon temps et ma vie; et ces idées me transportaient si haut sur leurs ailes, que je retombais (et dites si la chute était petite!) de ces vains rêves de satisfaction dans le désespoir de posséder jamais ce que j'avais rêvé. Là, mes imaginations se changeaient en pleurs soudains et en soupirs qui fatiguaient les airs. Là, mon âme captive et blessée étalait ses plaies vives, entourée de douleurs et de chagrins. Démantelée et sans défense, elle était exposée aux coups de la superbe Fortune, de la Fortune hautaine, inexorable, tyrannique.

« Elle n'avait, mon âme, aucun lieu de refuge, aucune espérance où elle pût appuyer un peu sa tête et se reposer. Tout lui était douleur et cause de souffrance. Faut-il donc qu'elle périsse? Non, il lui faut subir ce qu'a décidé le cruel Destin. Oh! qui peut par des plaintes adoucir cette mer irritée? Les vents, importunés par ma voix, paraissent se calmer; seulement le ciel sévère, les étoiles et le Destin toujours farouche, se récréent au spectacle de ma perpétuelle infortune et déploient leur courroux et leur puissance contre un corps formé de limon, vil et misérable insecte qui rampe sur la terre (1).

« Si, du moins, de tant de fatigues je retirais l'avantage de savoir avec certitude qu'une heure viendra où les yeux que je voyais se souviendront de moi; si cette triste voix, en s'exhalant, frappait les oreilles angéliques de celle en présence de qui je vivais; si, revenant un peu sur elle-même, et repassant dans son âme agitée, le temps déjà écoulé de mes douces erreurs , de mes maux pleins de charme et des fureurs que je cherchais, que je souffrais pour elle; si, quoique bien tard, devenue compatissante, elle éprouvait un peu de regret et s'accusait elle-même de cruauté!

« Cela seul, si je le savais, pourrait être un repos pour ce qui me

(1) Cette définition de l'homme , empruntée à la Bible , est répétée dans les *Lusiades*. Voy. ch 1. oct dern.

reste de vie, et adoucirait mes souffrances. Ah! Madame! Madame! vous êtes donc bien riche, puisque, loin comme je le suis de toute joie, vous me nourrissez par une douce fiction. Dès que ma pensée me retrace votre image, peines et chagrins s'évanouissent; soutenu de votre souvenir, je me sens l'assurance de regarder face à face la mort cruelle; puis, viennent se joindre à ce souvenir des espérances qui rendent mon front plus serein, et qui changent mes profonds tourments en regrets doux et suaves.

« Là, je demande de vos nouvelles, Madame, aux vents amoureux qui soufflent de la contrée où vous habitez; je demande aux oiseaux qui volent au-dessus de moi, s'ils vous ont vue, ce que vous faisiez, ce que vous disiez; où? comment? avec qui? quel jour? à quelle heure? Ici, ma vie fatiguée s'améliore: elle reprend de nouvelles forces, capables de vaincre la Fortune et les fatigues, uniquement pour retourner vous voir, uniquement pour aller vous servir et vous aimer. Le temps me dit qu'il m'en donnera les moyens; mais l'ardent désir, qui ne souffre aucun retard, rouvre sans pitié mes blessures à de nouvelles douleurs.

« Ainsi je vis, et si quelqu'un te demande, Cançâo, pourquoi je ne meurs pas, tu peux lui répondre que j'endure une mort plus cruelle; c'est la mort que me fait souffrir l'amour. »

N'y a-t-il pas dans cette douleur, dont les blessures se rouvrent et saignent à la vue des rochers sauvages de Bab-el-Mandeb (1), dans ce retour passionné vers un bonheur perdu, quelque chose du désespoir si bien exprimé dans la lettre de Saint-Preux, écrite des âpres rochers de Meillerie? En vérité, quand on lit de si beaux vers, on ne peut qu'être stupéfié de l'étrange jugement porté par la Harpe, dans la préface de sa traduction des *Lusiades* : « Le

(1) Ces rochers sont ceux de l'île de Perrim, située en travers du détroit de Bab-el-Mandeb.

Camoens, dit-il, a laissé des poésies diverses qui ne sont pas dignes de sa réputation, et qui ne méritent pas d'être traduites. » Qu'en pensez-vous ?

Camoens retourna à Goa au mois d'octobre 1555. Depuis le 16 juin, le vieux vice-roi Dom Pedro Mascarenhas n'existait plus ; Dom Francisco Barreto venait de lui succéder avec le titre de gouverneur.

L'installation de ce nouveau dignitaire donna lieu à des fêtes qui ne furent pas, à ce qu'il paraît, du goût de tous les habitants de Goa. Il se répandit, à cette occasion, une satire en prose mêlée de vers, qui porte, dans les œuvres de Camoens, le titre suivant : *Plaisanteries sur quelques hommes qui ne sont pas ennemis du vin.* Après ce titre vient une espèce d'argument ainsi conçu : « L'auteur feint qu'à Goa, dans les fêtes données pour l'installation du gouverneur, de certains galants se présentent pour jouer au jeu de cannes (1) ; ils ont sur leurs banderoles des devises et des emblêmes qui font connaître leur caractère et leurs intentions. » Cette plaisanterie, attribuée à tort ou à raison à Camoens, lui fit un ennemi mortel du gouverneur. Je crois qu'il écrivit à cette même époque le sonnet suivant :

SONNET CXCIV.

« Ici, dans cette Babylone d'où découle tout le mal qui remplit le monde; ici, où le pur amour est sans valeur, parce que sa mère,

(1) Espèce de tournoi mauresque où l'on combattait avec des roseaux.

plus puissante que lui profane tout ; ici où le mal se raffine, où le
bien se corrompt, où la tyrannie peut plus que l'honneur ; ici où
la monarchie aveugle et égarée croit qu'un vain nom est un gage
de bonne foi ; ici, dans ce labyrinthe où la noblesse, la valeur et le
savoir vont demandant l'aumône aux portes de la bassesse et de la
cupidité ; ici dans cet obscur chaos de confusion, je remplis le
cours de la nature ; vois si je t'oublierai, ô Sion ! »

C'est dans cette disposition mélancolique qu'il
composa ses *redondilhas* mémorables intitulées :
Disparates na India (inconséquences ou folies des
Européens dans l'Inde). Il stigmatisa dans cette satire, avec une vertueuse indignation, la cupidité,
les rapines, les mœurs dissolues et tous les vices
dans lesquels se plongeaient ses concitoyens. Cette
pièce, écrite avec la verve sévère qu'il déploie si
souvent dans les *Lusiades,* est le digne pendant
des stances sur le *Désordre du monde.* On admire,
dans la misanthropique tristesse dont ces deux
pièces sont empreintes, quelque chose de la profonde amertume qui a dicté, de nos jours, les plus
poétiques invectives de lord Byron ; mais il y a de
plus, dans les vers de Camoens, une louable discrétion sur les personnes et un généreux pardon de
toutes les injures souffertes, deux qualités qui n'é-
taient pas les vertus dominantes du dernier barde
de l'Angleterre.

Quoiqu'il ne se trouvât pas, dans les *Disparates,*
un seul nom propre ni une seule personnalité, Dom
Francisco Barreto, qui ne cherchait qu'un prétexte,

voulut y voir une attaque à son autorité. Camoens fut mis en prison, et comme plusieurs vaisseaux partirent, peu après, de Goa pour la Chine, le gouverneur le fit embarquer, avec ordre de rester aux Moluques ; c'était jeter douze cents lieues de plus entre Camoens et sa patrie.

Quelques vers du poëte, insérés plus tard dans la paraphrase du psaume 136 (*super flumina Babylonis*), nous apprennent combien profondément il ressentit cette injustice : « Puisse, dit-il, le souvenir de cet exil demeurer sculpté sur le fer et sur la pierre ! » Ce vœu fut toute sa vengeance ; il ne nomma pas même son persécuteur. Il s'est plaint encore de cet exil, et avec la même réserve , dans plusieurs passages des *Lusiades* (1). Les vaisseaux qui l'emmenèrent vers le sud mirent à la voile au commencement de 1556.

On n'a que des notions peu précises sur ce que fit Camoens pendant les trois premières années de son exil. On croit qu'il fut déposé à Malacca, d'où il se rendit aux Moluques. Plusieurs de ses poésies les plus mélancoliques sont de cette époque, entre autres, je crois, la première sextine (2), où il se

___

(1) Voy. ch. VII, oct. 79-82.

(2) Les lois métriques des *sex inus* sont très-compliquées et très-singulières. Ces sortes de pièces sont composées de six strophes de six vers chacune, plus un envoi en tercet. Les mots qui forment les rimes de la première strophe sont seuls admis à servir de rimes aux cinq autres et au tercet. Ces mots ne peuvent se placer

plaint de la fuite des années qui s'écoulent tandis
qu'il est privé de la présence de sa maîtresse et de
la vue de sa patrie, et l'ode sixième, où il raconte
la vision qu'il a eue de celle que, dans son amour
de plus en plus mystique, il compare à Laure et à
Beatrix(1). Nous avons la preuve qu'il visita l'île de
Ternate, dont il a décrit le volcan, le climat et les
habitants dans sa sixième cançâo. Nous croyons
qu'il dut passer la majeure partie de ces trois années dans les îles de Timor ou de Tidor, qui étaient
les lieux d'exil ordinaires des Portugais dans l'Inde.
C'est à cette extrémité du monde que notre poëte,
livré au souvenir de toutes ses infortunes, écrivit,
je crois, la belle cançâo XI, où il raconta sa vie entière et toute l'odyssée de ses malheurs. Quoique

que dans l'ordre suivant. La rime du dernier vers de la première strophe devient la rime du premier vers de la deuxième. La
rime du premier vers de la première strophe devient la rime du second vers de la deuxième; la rime du deuxième vers de la première
strophe devient la rime du quatrième vers de la deuxième; la rime
du troisième vers de la première strophe devient la rime du sixième
vers de la deuxième; la rime du quatrième vers de la première strophe
devient la rime du cinquième vers de la deuxième; la rime du cinquième vers de la première strophe devient la rime du troisième
vers de la seconde. Et de même pour les strophes suivantes. La loi
du tercet final est que les derniers mots des trois vers qui le composent soient ceux qui terminent les trois premiers vers de la
sixième strophe.

(1) On peut voir une autre comparaison avec Laure dans le sonnet CIII.

très-longue, on me pardonnera, j'espère, de citer
cette pièce en entier.

CANÇAO XI.

« Viens çà, discret dépositaire des plaintes que j'exhale sans
cesse, papier, sur qui je décharge mes chagrins. Disons les injustes traverses que, pendant tout le cours de ma vie, m'a susci-
tées le Destin contraire, inexorable, sourd aux larmes et à la
prière. Jetons un peu d'eau sur un ardent foyer, et qu'à grand
bruit s'élève une plainte plus forte que celles que toutes les mémoires se rappellent. Disons mes malheurs à Dieu, au monde, au
genre humain et aux vents, à qui bien des fois déjà je les ai contés
tout aussi vainement que je les conte à cette heure. Mais, comme
je suis né pour les mécomptes, je ne doute pas que ce projet lui-
même ne finisse par en être un. Impuissant à réussir, comme je le
suis, qu'on ne m'accuse pas si j'erre encore en ce point; c'est une
sorte de consolation de pouvoir parler et errer librement et sans
recevoir de blâme. Bien triste est le sort de celui qui se contente
de si peu!

« Je suis, depuis longtemps, désabusé de l'espérance de trouver
un soulagement dans la plainte. Mais au malheureux qui souffre,
force est de crier, si sa douleur est grande. Je crierai donc, quelque faible et impuissant que soit le secours de la parole pour me
soulager, car la douleur ne se calme pas toujours en criant. Qui
me donnera, au moins, le pouvoir de répandre des larmes et des
soupirs sans fin, égaux au mal qui habite en mon âme? Mais peut-
on jamais atteindre la mesure de la souffrance par des cris ou par
des larmes? Je dirai, enfin, ce que m'enseignent la colère et la
tristesse, et le souvenir de ces pénibles sentiments, autre douleur
plus poignante et non moins réelle. Hommes désespérés, venez
m'entendre! et loin, bien loin d'ici ceux qui vivent d'espérances,
et qui livrent leur imagination crédule à de vains rêves! qu'ils s'é-
loignent, car l'Amour et la Fortune ont décidé qu'on ne pourra
comprendre la douleur que dans la mesure où on l'a sentie.

« Quand je sortis de la sépulture maternelle, hôte récent du
monde, incontinent de funestes étoiles m'asservirent et m'enlevèrent

mon libre arbitre. En effet, j'ai mille fois connu dans ma vie la meilleure route, et, en dépit de moi-même, j'ai suivi la plus mauvaise. Dès qu'enfant j'ouvris doucement les yeux, la Destinée, pour proportionner mes tourments à mon âge, voulut qu'un petit dieu aveugle me blessât. Les pleurs de mon enfance elle-même coulèrent pour des chagrins amoureux. Les vagissements de mon berceau résonnaient déjà comme des soupirs. Mon âge et mon destin étaient d'accord. Quand, d'aventure, on me berçait, si l'on me chantait de tristes vers d'amour, aussitôt je m'endormais : tant mon naturel était porté à la tristesse.

« Ma nourrice fut une bête féroce, car le destin n'a pas voulu qu'une femme reçût un tel nom de moi, et il ne s'en fût pas trouvé. Ainsi je fus nourri, sans doute, afin que je suçasse le poison amoureux, que je devais boire dans un âge plus avancé, sans que, grâce à l'habitude, il me devînt mortel. Dès lors, je vis l'image et l'apparence de cette créature féroce (1), si belle, si suave et si venimeuse, qui m'a allaité au sein de l'espérance. Je vis plus tard l'original, qui ne rend pas seulement excusables, mais triomphantes et glorieuses les fautes où m'a jeté ma frénésie. Elle avait, comme il me sembla, une forme humaine; mais elle resplendissait d'un éclat divin. Sa taille et sa démarche étaient si charmantes, qu'à sa vue tout mal se changeait en bien. En elle, ombre et lumière, tout excédait le pouvoir de la nature.

« Quelle sorte de tourments l'Amour a-t-il jamais inventée qu'il n'ait, je ne dis pas essayée, mais épuisée sur moi? D'abord, les implacables rigueurs, qui découragent, détournent de leur but et font rougir sous le dédain les désirs brûlants, dans lesquels la pensée puise sa force ; puis, des ombres fantastiques, introduites par de téméraires espérances. Tantôt c'étaient des faveurs imaginaires et chimériques, folles illusions que disperse et met en fuite la douleur des mépris reçus, cette douleur qui brise l'aile de l'imagination; tantôt c'était le supplice de conjecturer et de tenir mes conjectures pour certaines, puis, tout aussitôt, d'avoir l'humiliation de me dé-

(1) « Aquella humana fera tâo formosa. » Camoens paraît affectionner cette expression. Son ode IVe commence par ce vers :

« Formosa fera humana. »

dire ; c'était d'attribuer à tout ce que je voyais un autre sens que
le sens véritable ; c'était, enfin, de chercher des raisons à toutes
choses , tandis que je n'étais environné que de choses sans raison.

« J'ignore comment la flamme de ses regards savait dérober les
cœurs qui, par les yeux, s'élançaient subtilement vers elle ; peu-à-
peu elle attirait le mien d'une manière invincible , comme le soleil
ardent pompe insensiblement la moiteur d'une voile humide. Un
visage pur et transparent, pour qui les noms de beau et de charmant ne sont qu'un insuffisant éloge, un doux et attrayant regard
qui ravissait les âmes, telles ont été les herbes magiques que le
ciel m'a fait boire, et qui, pendant de longues années, m'ont tenu
transformé en un autre être , et rendu si content de ma métamorphose , que je trouvais dans mes illusions un remède à mes chagrins. Je plaçais un bandeau devant mes yeux pour me cacher
mon infortune, qui croissait comme un enfant élevé par les soins
d'un maître, pour lequel il grandit.

« Qui peut peindre ce qu'il y a de tristesse à vivre, comme moi,
absent et mécontent de tout ce que je voyais ; à être si loin du lieu
où j'étais ; à parler sans savoir ce que je disais ; à marcher sans
voir ma route ; à soupirer même sans m'apercevoir que je soupi-
rais? Et, quand j'étais tourmenté par cette douleur sortie des eaux
du Tartare, et que j'éprouvais ce mal, le plus douloureux de tous ,
et qui, cependant, a changé souvent mes âpres colères en de douces
afflictions, alors , tantôt emporté par l'excès de la souffrance, je
voulais et ne voulais pas cesser d'aimer et porter ailleurs, par
vengeance, mes désirs désespérés, qui depuis longtemps ne pouvaient plus changer ; tantôt je me replongeais dans le regret du
passé, tourment pur, doux et mélancolique, qui transformait ma
douleur en tristes larmes d'amour.

« Je ne cherchais d'excuses que pour moi seul ; car le doux
amour ne me permettait pas d'apercevoir la moindre faute dans
l'objet aimé, et si tendrement aimé ! C'étaient là tous les remèdes
qu'inventait la crainte de la douleur, qui enseignait à ma vie à se
nourrir d'illusions. Ainsi s'écoula une partie de mon existence, durant laquelle, si j'ai goûté quelques courtes satisfactions, imparf-
faites, timides, honteuses, ce n'a été pour moi que la semence d'un
long et amer chagrin. Ce cours non interrompu de souffrances, ces

pas toujours vainement fourvoyés, ont fini par éteindre en moi le goût ardent et si profondément enraciné des pensées amoureuses dont s'est nourrie ma tendre nature, qui, par une longue habitude des rigueurs qui surpassent les forces humaines, s'est enfin convertie en un goût constant pour la tristesse.

« Ainsi, je changeai ma vie; je changeai, non : ce fut le Destin cruel qui la changea dans sa colère; car moi, malgré mes souffrances, je ne l'aurais pas changée. C'est lui qui me força d'abandonner ma patrie, ce nid tant aimé (1), et me fit traverser les vastes mers qui, plus d'une fois, ont menacé mes jours. Tantôt j'eus à subir les plus rares effets de la colère de Mars, qui voulut tout d'abord que mes yeux vissent et ressentissent les coups les plus cruels. On peut voir, en effet, imprimées sur mon écu les traces du feu ennemi (2). Tantôt j'errais, pèlerin vagabond, au milieu de peuples de langues, de coutumes, de cieux et de caractères divers, et cela pour te suivre d'un pas diligent, Fortune inconstante, qui consumes nos années en nous présentant des espérances qui, de loin, brillent comme des diamants, et qui, tombées de tes mains, ne sont plus qu'un verre fragile.

« La pitié des hommes me manqua. Je vis, au premier péril, mes amis se tourner contre moi. Au second, je ne trouvai plus de terre où poser mon pied. On me refusa l'air pour respirer. Enfin, le temps et le monde me manquèrent. Quel mystère incompréhensible! naître pour vivre, et m'apercevoir que je manquais, pour vivre, de tout ce que le monde possède à cette fin! Ne pouvoir pas même me débarrasser de cette vie, que j'ai si souvent risquée! Il n'y a pas de détresse, pas de dangers, pas de tristes événements, pas d'injustices commises par ceux que l'ordre confus du monde et d'anciens abus élèvent au-dessus des autres, que je n'aie soufferts, attaché à la fidèle colonne de ma souffrance, ce pilori que l'implacable persécution du malheur a mille fois brisé et relevé de son bras puissant.

(1) « O patrio ninho amado. » Expressions favorites de Camoens, qu'il a répétées dans les *Lusiades*, et dans le sonnet CLXVIII, que nous citerons plus loin.

(2) Allusion à la blessure qui lui fit perdre un œil.

« Je ne raconte pas ces maux comme le matelot, après une violente tempête, raconte ses périls dans un port joyeux. Aujourd'hui
même, la Fortune houleuse me soumet à de si grandes misères,
que je crains de hasarder un seul pas. Je ne cherche plus à détourner les disgrâces qui m'arrivent ; je ne prétends plus au bien qui me
manque. Pour moi, toute l'habileté humaine est impuissante ; c'est
d'une force souveraine, c'est de la Providence divine que je dépends. Cette pensée, bien claire pour moi, m'offre souvent une
consolation dans mes malheurs ; mais quand, vaincu par la fragilité humaine, je jette un regard sur le cours du temps (1), et n'en
rapporte que le souvenir des années si tristement écoulées, alors
l'eau que je bois et le pain que je mange se changent en larmes
amères, et je ne puis calmer ma douleur qu'en laissant ma fantasie se créer de chimériques peintures de joie.

« S'il était possible que le temps, comme la mémoire, retournât en arrière, et repassant sur les vestiges 'du premier âge, me
ramenât près des fleurs que j'ai vues dans ma jeunesse ! S'il était
possible qu'un jour le souvenir de ma mélancolie présente devînt
mon plus doux contentement ! S'il se pouvait que je retrouvasse la
joyeuse et suave conversation de mon amie, qui ouvrît à la fois
mon intelligence et mon cœur ! que je revisse la campagne, nos
promenades, ses signes d'intelligence, ses regards, sa beauté de
neige et de rose, sa grâce, sa douceur, son exquise politesse, et
cette amitié sincère qui détournait toute idée basse, toute intention
impure et terrestre, amitié telle que je n'en vis plus depuis lors !...
Oh ! vains souvenirs ! où emportez-vous ce faible cœur, dont je ne
puis encore dompter les vains désirs ?

« Rien de plus, Canção ; rien de plus ! car je pourrais parler
ainsi mille ans sans m'en apercevoir ; et si, par hasard, on t'accuse d'être longue et fastidieuse, réponds que l'eau de la mer ne
peut tenir dans un vase étroit. Je ne chante pas de feintes galan-

(1) Je lis :

Os olhos na que corte, e não alcança,

et non,

Os olhos na que corre, e não alcança,

qui offre un mauvais sens.

teries , dans un vain désir de louange; j'expose des choses vraies
et qui me sont arrivées. Plût à Dieu que ce fussent des fables et
des songes ! »

Camoens a plusieurs fois insisté sur la réalité de
ses poésies amoureuses. Voici la fin de son premier
sonnet destiné à servir de préface au recueil de ses
Rimas, que quelques - uns ont appelées : Tristes
en matière d'amour :

« ...O vous, que l'amour soumet à des volontés changeantes,
quand vous lirez dans ce livre peu étendu des événements si divers, sachez que ce sont de pures vérités et non des fables. Suivant que vous connaîtrez l'amour, vous aurez l'intelligence de mes
vers (1). »

C'est dans cette pénible situation de cœur, à trois
mille lieues de son pays, que Camoens reçut la seule
nouvelle qui pût aggraver ses peines : *celle qu'il
aimait* n'existait plus.

Nous pouvons juger de la violence et de la durée
de sa douleur par le nombre des poésies dans lesquelles il a déploré cette perte. Six de ses sonnets (2), une églogue (3) et deux de ses sextines (4)
ont immortalisé ses regrets. Toutes ces pièces sont
empreintes de la douleur la plus vive, de l'abattement le plus profond. Voici un de ces sonnets, dont

(1) Voy., sur le même sujet, le sonnet CLXXXII.
(2) Les sonnets. XIX, XXIX, XCII, CLXXIV, CLXXXVI, CCXXX.
(3) La quinzième.
(4) La troisième et la quatrième.

presque tout le mérite consiste malheureusement dans une ravissante mélodie, qu'aucune traduction ne saurait rendre.

SONNET XIX.

« O mon âme charmante (1), qui as pris si tôt congé de cette triste vie, repose là-haut dans le ciel éternellement, et que je vive moi, sur cette terre, toujours triste ! Si là-haut, dans la demeure céleste où tu es montée, il est permis de se souvenir de notre monde, n'oublie pas l'amour ardent que tu as vu briller si pur dans mes yeux ; et, si tu crois que le chagrin qui m'est resté du malheur sans remède de t'avoir perdue mérite de toi quelque retour, demande à Dieu, qui a abrégé tes années, qu'il m'enlève d'ici pour te revoir, aussi vite qu'il t'a enlevée. »

Dom Jose Maria de Souza, celui des biographes de Camoens qui a le plus attentivement étudié cette partie de l'histoire de notre poëte, pense qu'il n'apprit la mort de sa maîtresse que longtemps après avoir quitté les Moluques, et seulement en 1564 (2). Voici nos raisons pour la placer ici.

Nous ne savons avec certitude que deux choses sur la maîtresse de Camoens : elle était dame du palais, et mourut jeune. Cette dernière circonstance a fait penser à plusieurs biographes qu'elle était morte avant le départ du poëte pour Goa. Je ne puis admettre cette supposition, contredite par plu-

(1) Les traités de versification portugaise blâment très-ridiculement l'équivoque de *Alma minha* et *maminha*.

(2) Voyez une lettre adressée par Dom Joze Maria de Souza à M. John Adamson. (*Memoirs of the life of Luis de Camoens*, t. I, p. 96.)

II.   21

sieurs pièces évidemment composées dans l'Inde, et qui sont toutes pleines d'elle. On doit, pour accorder les vers du poëte avec la tradition, n'éloigner la mort de cette jeune femme que le moins possible de l'arrivée de Camoens dans l'Inde. La dernière pièce qui lui soit adressée est la cançào sixième, écrite à Ternate, et à qui on peut assigner la date de 1557. Nous croyons donc que la maîtresse de Camoens mourut vers 1555; il fallut bien deux ans pour que ce malheur allât trouver notre poëte à l'extrémité du monde.

Il est permis de présumer que ce fut alors qu'atteint d'une maladie désespérée, il reçut dans un hôpital les soins qu'on accorde à l'indigence. Il ne revint à la vie, comme il nous l'apprend, que par un miracle égal à celui qui prolongea les jours du roi Ézéchias (1).

Dans sa résignation douloureuse à ses malheurs passés, et dans l'attente de nouvelles peines, Camoens écrivit le sonnet suivant aux Moluques.

SONNET XCII.

« Que pourrai-je donc demander encore au monde, lorsque dans l'objet où j'ai placé un si grand amour, je n'ai vu que les rigueurs, l'indifférence et enfin la mort, que rien ne peut surpasser? Puisque je ne suis pas encore rassasié de la vie, puisque je sais déjà qu'une grande douleur ne tue pas, s'il existe une chose qui cause de plus grandes angoisses, je la verrai; car je puis tout voir. La mort, pour mon malheur, m'a déjà mis en sûreté contre tous les maux. J'ai déjà

---

(1) Voy. *Lusiadas*, cant. VIIe, oit. 80.

perdu ce qui m'a enseigné à perdre la crainte. Je n'ai vu dans la
vie que le manque d'amour ; je n'ai vu dans la mort que la grande
douleur qui m'est restée. Il semble que pour cela seul je sois né. »

Ces pressentiments, qui annonçaient à Camoens
d'autres infortunes, ne furent pas trompés. Cependant, pour quelque temps, sa position s'améliora.
Francisco Barreto fut remplacé, le 3 septembre
1558, par un prince du sang royal, Dom Constantino de Bragança, frère de Dom Theodosio, qui
avait montré à Lisbonne de l'estime pour le talent
de Camoens. Ce vice-roi se hâta de réparer les torts
du dernier gouverneur, et nomma Camoens curateur des successions vacantes à Macao. M. Francisco Alexandre Lobo, apologiste trop indulgent
des ennemis de notre poëte, veut qu'il ait dû cette
faveur à Barreto ; mais cette supposition est contredite par tous les témoignages. Barreto n'était
que gouverneur, et ceux des historiens qui rapportent ce fait sans nommer Dom Constantino, attribuent unanimement cet acte de justice au vice-roi.

Camoens se rendit à son poste à Macao en 1559.
Cette jolie ville, demi-portugaise et demi-chinoise,
ne faisait que de naître. Notre poëte put jouir pendant dix-huit mois, dans ce séjour, d'un de ces intervalles de tranquillité et d'aisance qui ont été si
rares dans sa vie. C'est là, dit-on, qu'il acheva en
partie ses *Lusiades*.

Il vécut, toutefois, très-retiré dans cette ville,
tout occupé de son poëme et du souvenir de sa mai-

21.

tresse. Lui-même l'a dit dans un charmant sonnet : « Aimer, c'est marcher solitaire au milieu du
monde (1). »

On montre encore aujourd'hui à Macao une
grotte qui a conservé le nom de Camoens. Suivant
une tradition reçue dans la ville, il se retirait souvent dans cet endroit solitaire pour travailler à son
poëme et se livrer à ses pensées :

SONNET CLI.

« Tout le monde me juge un homme perdu, en me voyant si
profondément livré à mes soucis, marcher toujours séparé des
hommes et négligeant toutes relations humaines; mais moi qui ai
connu le monde et qui ai été presque écrasé par lui, je tiens pour
bas, grossier et abusé celui dont l'âme ne grandit pas sous un mal
tel que le mien. Qu'il retourne affronter la terre, la mer et les vents;
qu'il cherche honneurs et richesses sous d'autres climats, domptant
le fer, le feu, le froid et le chaud! Moi, tout à l'amour, je me contente de tenir sculpté pour l'éternité votre charmant visage au fond
de mon cœur. »

Ce lieu, que les gens du pays nomment aussi *la
Grotte de Patané,* est situé à peu de distance de la
ville. Plusieurs voyageurs, notamment Eyles Ir-
win (2), et plus récemment M. Rienzi (3), en ont

(1) Sonnet LXXXI.
(2) Voy. sir William Ouseley's *Oriental collections*, vol. I, p. 126.
—Lord Macartney, Voyage à la Chine, trad. française, 2e édit.,
t. IV, p. 179. — Hüttner, t. Ve du voyage précédent. — Ellis,
Voyage en Chine, trad. fr., t. II, p. 271. — De Guignes, Voyage à
Péking, t. III, p. 181.
(3) Ce voyageur eut, en 1828, l'idée de consacrer ce lieu poétique par un monument. On a rendu compte dans la *Revue des Deux-*

donné des descriptions et des dessins. La grotte,
proprement dite, occupe la partie inférieure d'un
roc élevé, qui est aujourd'hui enclavé dans un vaste
jardin. On pénètre dans ce réduit par une haute et
large ouverture pratiquée entre deux montants de
pierre, sur lesquels s'appuie transversalement un
bloc énorme de granit. Une ouverture cintrée,
beaucoup plus haute et plus étroite que la première, est pratiquée d'un des côtés du roc, et permet de monter au sommet. De cette espèce de bel-
védère naturel, la vue s'étend au loin sur la mer et
les îles voisines. Ne semble-t-il pas que ce soit là
précisément cet antre isolé, cette grotte déserte que
Camoens, dans un accès de mélancolie farouche,
appelait si ardemment par ces beaux vers?

SONNET CLXXXI.

« Où trouverai-je un lieu tellement écarté, tellement à l'abri de
tous les souffles du Sort, qu'il ne soit point fréquenté, je ne dis pas
par les hommes, mais par les bêtes féroces; quelques taillis effrayants et sombres, une forêt solitaire, triste, obscure, sans claire

---

Mondes (nº de novembre 1831, 1ʳᵉ édit.), de cet hommage payé à la
mémoire de Camoens. Malheureusement, d'après les termes mêmes
du récit, on ne peut guère louer que le bon vouloir. Il paraît que
M. Rienzi a, dans les meilleures intentions du monde, rendu presque
méconnaissable la grotte du poëte : « Il a fait, dit-il, creuser une ni-
che de plus de six pieds de haut sur cinq de large, à l'endroit même
où venait s'asseoir Camoens rêvant à son poëme. » Le granit fut
taillé par le ciseau et le monument aurait été complet, si le maître
du jardin (grâces lui soient rendues !) n'avait arrêté le zèle monu-
mental du trop impétueux admirateur de Camoens.

fontaine, sans agréable verdure ; enfin un lieu conforme à mes soucis ; afin que là, dans les entrailles des rochers, à la fois vivant et
mort, enseveli et vivant, je puisse me plaindre sans mesure et sans
contrainte! Là, du moins, puisque ma peine est sans remède, je
ne serai pas triste dans des jours gais, et des journées entières de
tristesse me rendront content. »

Le vice-roi Dom Constantino ne se contenta
pas d'avoir placé Camoens à Macao. En 1560, il le
rappela à Goa, où notre poëte espérait rapporter la petite fortune qu'il avait amassée dans sa
place. ou, comme il est plus probable, dans une
heureuse spéculation commerciale; mais un nouveau malheur l'attendait en route. Sur les côtes
de la Cochinchine, dans la baie de Camboge, son
vaisseau toucha sur un écueil et fut mis en pièces. Grâce au calme de la mer, Camoens parvint
à gagner, sur une planche brisée, les bords du
fleuve Mécom, ne sauvant de ce naufrage que ses
Lusiades. Je lis, mais dans un seul auteur (1), qu'il
eut un compagnon de salut : c'était cet esclave de
Java qui le servit si fidèlement jusqu'à la mort. Ce
renseignement est pour moi d'un grand prix. J'aime
à voir commencer par cette communauté de périls
l'affection si touchante du Javanais et de son maître; j'aime à penser qu'ils se durent mutuellement
la vie, et que c'est peut-être aux efforts de ce pauvre serviteur inconnu que l'Europe est redevable
de la conservation des *Lusiades*. Nicéron, ou plutôt

(1) Nicéron (*Mémoires*, t. XXXVII), répété par lord Strangford.

l'auteur portugais de l'article inséré dans ses *Mé-moires,* nomme *Jean* cet esclave auquel Pedro de Mariz, Manoel de Faria e Souza (1) et la commune renommée ont attribué le nom d'*Antonio,* désormais impérissable. Le souvenir de cet événement a inspiré à Camoens de mélancoliques actions de grâces dans le dixième chant des *Lusiades.*

OCTAVE CXXVIII.

« Fleuve secourable! Un jour tes rives paisibles recueilleront d'un triste et lamentable naufrage des chants déjà mouillés de l'onde amère, seul débris échappé aux écueils, aux tempêtes, aux dangers sans nombre et à toutes les misères qui accableront cet exilé dont la lyre harmonieuse aura plus de renommée que de bonheur.»

Les deux naufragés furent reçus avec hospitalité par les familles chinoises établies au bord du fleuve Mécom. Il paraît que ce fut sur cette rive étrangère que Camoens composa ses *Redondilhas mer-veilleuses,* selon l'expression de Lope de Vega (2), belle et touchante paraphrase du psaume 136, *Super flumina Babylonis* (3). Dans cette pièce il passe en revue sa vie et ses malheurs : Il suspend sa flûte aux saules et dit adieu au chant. C'est dans cette glose poétique que se trouve un long et gracieux morceau sur le pouvoir de la musique, qui n'a

---

(1) *Rimas varias,* t. III. p. 179.

(2) Prologue du poëme de *Saint-Isidore.*

(3) Il a composé sur le même texte les sonnets CCXXXVII, CCXXXVIII, CCXXXIX et CCLXXXII.

de comparable que les vers de Shakspeare dans le cinquième acte du *Marchand de Venise*. Voici une de ces charmantes strophes :

« On me demandait pourquoi je renonçais au chant et à la musique que je pratiquais à Sion ; car le chant aide toujours à faire oublier quelques peines passées. Il chante, celui qui chemine gaîment dans le chemin pénible ; effrayé de l'obscurité du bois épais et de la nuit, l'homme craintif chasse la peur en chantant. Le prisonnier chante doucement en frappant sa chaîne pesante ; il chante le joyeux moissonneur ; et le journalier qui travaille, s'il vient à chanter, sent moins le poids de sa tâche. »

Camoens, à peine remis et séché de son naufrage, se confia de nouveau à la mer : il passa d'abord à Malaca, où l'on trouvait pour Goa des occasions fréquentes; enfin il arriva dans cette ville en 1561.

Il s'acquitta généreusement de ce qu'il devait au vice-roi, en lui adresant les fameuses stances : *Comonos vossos hombros* (1), imitées de l'épître d'Horace à Auguste : *Quando sustineas....* dans lesquelles il célèbre surtout la conquête récente de la ville de Damao. Notre poëte, en louant l'administration de Dom Constantino, ne fut sans doute pas fâché de pouvoir régler honnétement ses comptes avec celle de Barreto. Cependant, quoique le blâme du prédécesseur résonne toujours agréablement aux oreilles de celui qui lui

(1) Estancias II.

succède, Camoens eut la généreuse délicatesse de
ne pas prononcer le nom de l'ancien gouverneur.

C'est dans ce temps de demi-prospérité que Camoens donna l'agréable festin poétique dont le
menu nous a été conservé dans ses œuvres. Il in-
vita plusieurs amis, dont nous savons les noms :
Dom Francisco d'Almeyda, Dom Vasco de Atayde,
Heitor da Sylveira, surnommé *Draco*, Jean Lopes
Leitâo (1) et Francisco de Mello. Il les reçut dans
une salle disposée avec élégance, et les fit asseoir
devant une table bien servie; puis quand on vint à
découvrir les plats, chaque convive, au lieu de
mets, trouva une stance à son adresse. Nous avons
toutes ces petites pièces de vers avec les réponses
impromptu qui y furent faites.

Il ne faut pas s'étonner de trouver dans un écrivain aussi mélancolique et aussi malheureux que
Camoens, de pareilles traces d'enjouement. Ces contrastes sont très-naturels. On peut citer du même
poëte plusieurs morceaux empreints d'une naïve
gaieté, l'épisode de Velloso, par exemple, dans les
Lusiades. Les traits bouffons abondent dans les
trois comédies qu'il nous a laissées : il a même pris
quelquefois les peines amoureuses du côté comique.
Nous avons de lui deux sonnets espagnols, qui ne
diffèrent que par quelques variantes (le CCLX^e et le
CCXCIX^e), sur une larme qu'une dame un peu rail-

(1) Celui à qui Camoens a adressé le sonnet CXXXIV.

leuse lui avait envoyée entre deux assiettes. De tels badinages prouvent que Camoens était loin d'être naturellement ou systématiquement mélancolique. Son âme, au contraire, était ouverte à la gaieté, comme à toutes les impressions vives, et s'il se montre plus ordinairement triste, c'est que le Sort l'a voulu ainsi.

Le 17 septembre de cette année (1561), le vice-roi Dom Constantino fut rappelé et eut pour successeur Dom Francisco Coutinho, comte do Redondo. La politique de ce nouveau vice-roi rendit quelque influence aux partisans de l'ancien gouverneur, Francisco Barreto. Les ennemis de Camoens se réveillèrent. Ne sachant comment l'attaquer, on l'accusa de malversation dans l'exercice de sa charge à Macao. On l'emprisonna; mais l'examen de sa conduite ne pouvait qu'apporter la preuve éclatante de sa probité. Elle fut reconnue. Alors une des créatures de Barreto, Miguel Rodrigues, surnommé, soit à cause de son avarice, soit à cause de sa dureté, *Fios seccos* (fils secs), le fit retenir en prison, suivant Pedro de Mariz, pour une ancienne dette de 200 creuzades. Faria e Souza, qui a écrit son commentaire en espagnol, ne parle même que de quelques maravedis. Nous trouvons dans Diogo do Couto un renseignement qui explique la mauvaise humeur de ce Fios Seccos. Cet homme avait eu, sous l'administration de Barreto, le commandement de dix

vaisseaux de guerre, et il avait perdu cet avantage
à l'avénement du nouveau vice-roi (1).

Camoens prit cette mesquine persécution du côté
plaisant : il adressa au comte do Redondo un placet comique, où il jouait à chaque vers sur le so-
briquet de Fios Seccos : c'est, je crois, la seule
épigramme nominale qui soit échappée à Camoens.
Il terminait ces *Trovas* ou couplets, en priant le
vice-roi, qui était prêt à *s'embarquer* pour une
expédition, de vouloir bien le *désembarguer*, afin
qu'il pût prendre part à la campagne. Cette plaisanterie eut son effet. Il recouvra sa liberté.

On a dit que Camoens ne recourut que cette seule
fois à la bourse des grands. Je crois que, dans cette
occasion même, il s'adressa beaucoup plus à l'autorité qu'à la bourse du vice-roi. Ce qui a causé
peut-être la méprise de Dom Jose Maria de Souza,
c'est qu'une autre requête en vers, écrite et pré-
sentée à Dom Francisco par Heitor da Sylveira, a
été insérée dans les œuvres de Camoens. Ce placet
s'adressait effectivement à la bourse de Coutinho.
Camoens apposa au bas, comme apostille amicale,
les vers suivants :

« De doctes livres nous apprennent que la colère du grand Achille
donna la mort à l'Hector troyen. Voilà maintenant que la faim va
tuer notre Hector lusitanien. Il court risque d'être accablé par son
adversaire, si votre main secourable ne s'interpose et ne met les
combattants hors de lice. »

---

(1) *Dec.* III, liv. VII, cap. 1.

Il nous reste une autre preuve du noble emploi que Camoens faisait de son crédit. C'est une ode où il recommande à la bienveillance de Dom Francisco un grand naturaliste maltraité par la fortune, le médecin Garcia da Orta, auteur d'un ouvrage très-estimé sur les plantes de l'Inde. N'est-il pas touchant de voir Camoens, si souvent exposé à la pauvreté, solliciter des grâces pour autrui, lui dont la muse pleine de fierté ne demanda jamais rien pour lui-même? En comparant le texte de cette ode imprimé à Goa en 1563, avec celui que nous lisons dans ses *Rimas*, on peut juger, par le nombre des variantes, du soin que Camoens apportait à perfectionner ses moindres écrits. On a une autre preuve de ce soin : le sonnet adressé en 1572 à Manoel Barata, auteur de l'*Art de l'écriture* et imprimé d'abord dans ce livre, se retrouve dans les œuvres de Camoens avec de notables corrections.

Depuis son retour de la Chine jusqu'à son départ de l'Inde, Camoens, tous les étés, s'embarquait régulièrement sur les flottes de l'État et revenait hiverner à Goa, se reposant, en faisant des vers, de la fatigue de ses expéditions maritimes. C'est probablement dans une de ces courses qu'il séjourna quelque temps à Damâo, où il adressa sa treizième élégie à la jeune et belle Dona Maria da Figueira, qui habitait cette ville avec son père, mestre Melchior, et qui était, à ce qu'il semble, née dans l'Inde. Quelques critiques attribuent au

séjour de Camoens à Damão, où la population indienne était assez nombreuse, et à sa résidence à
Goa, où il dut être fort mêlé aux Canarins, quelques
expressions de ses poésies qui semblent prises aux
Gymnosophistes et aux Brahmanes de l'Inde, telles,
par exemple, que la distinction qu'il fait en plusieurs endroits du *monde visible* et du *monde in-
telligible où l'on jouit de la joie et du bonheur parfait* (1). On peut rapporter aussi à cette époque ses
dernières amours. Il est probable que ce fut dans ce
temps de calme qu'il s'éprit d'une passion, que ses
biographes n'ont pas assez remarquée, pour une
belle habitante de Goa. Au sujet de cette surprise
de l'amour, il composa le sonnet suivant :

SONNET XXX.

« L'amoureux et doux petit oiseau, qui arrange ses plumes avec
son petit bec, gazouille des vers irréguliers, joyeux et vifs sur un
rameau rustique (2). Le cruel chasseur, qui se détourne du chemin
à pas silencieux et lents, ajuste sa flèche d'un œil prompt et change
l'aimable nid en un tombeau. Ainsi le cœur qui était libre, quoique
de loin prédisposé, a été frappé quand il craignait le moins de
l'être. En effet, l'aveugle archer, pour me surprendre, m'attendait caché dans vos beaux yeux. »

_____

(1) Voyez entre autres, les *Redondilhas*, sur le psaume 136.

(2) Camoens a employé plusieurs fois cette gracieuse image du
petit oiseau (*passarinho*). Dans la cançao douzième, il met la musique sans art des simples petits oiseaux que l'on entend avec
délice dans les bois touffus, au-dessous de la douce voix de sa
maîtresse ; et dans la cançao seizième, il compare ses désirs qui
s'enflamment aux passereaux qui s'excitent entre eux au chant.

La nouvelle passion de Camoens paraît avoir été partagée; mais son bonheur fut de courte durée; sa maîtresse se trouva presque aussitôt obligée de s'embarquer pour l'Europe. Notre poëte a exprimé ses regrets dans les deux sonnets suivants :

SONNET CLXVIII.

« Hélas ! amie cruelle, pouvez-vous quitter ainsi votre terre natale? Hélas ! qui vous exile du nid aimé, gloire des yeux et bonheur de la pensée? Vous allez tenter le mouvement de la fortune et affronter les vents cruels, voir des cavernes d'ondes, des montagnes de flots soulevées par un vent, puis par un autre vent ! Mais puisque vous partez sans partir, que le ciel vous départe tant de bonheur, qu'il surpasse celui que vous espérez ! Soyez seulement bien assurée de cette vérité, c'est que vous causez plus de regrets par votre départ, que vous n'emportez de désir d'arriver. »

SONNET LIII.

« Nise venait de se séparer de Montano ; mais, tout en partant, elle était demeurée au fond de son âme ; car le berger gardait constamment dans sa mémoire les traits de sa maîtresse et allégeait un peu sa peine par cette illusion. Au bord d'une plage de l'Océan indien, il s'appuyait sur un bâton recourbé et allongeait ses regards sur les eaux, qui compatissaient peu à sa perte : Puisque, malgré ma douleur et mes regrets, disait-il, celle que j'adore a voulu me quitter, je vous prends à témoin, ciel et étoiles ! Et vous, ondes, si vous êtes capables de pitié, emportez aussi les pleurs que je répands, puisque vous emportez la cause qui me les fait verser. »

J'ai dit que l'amour de Camoens fut partagé ; le sonnet suivant en est la preuve :

SONNET XCIX.

« Le rayon de cristal qui précède l'aurore aux milles teintes se répandait sur le monde, quand Nise, bergère délicate, partait du lieu où elle laissait sa vie. Soulevant ses yeux baignés de larmes, dont l'éclat obscurcissait le soleil ; s'en prenant à elle, à la destinée, au temps ; la vue fixée sur le ciel, elle disait : Lève-toi, soleil serein, lève-toi pur et brillant ! resplendis, aurore blanche et empourprée, qui égaies toute âme souffrante ! Mais quant à la mienne, sache que, dorénavant, jamais dans cette vie tu ne la verras satisfaite, et que tu ne rencontreras nulle part une bergère aussi affligée que moi. »

Cette cruelle séparation fut suivie d'une affreuse catastrophe. La jeune femme périt dans la traversée par un naufrage. Camoens a exhalé sa douleur dans les vers suivants :

SONNET CLXXIII.

« Le ciel, la terre, les vents étaient endormis ; les ondes qui s'étendent sur le sable, les poissons que le sommeil engourdit au sein de la mer, reposaient dans le silence de la nuit. Le pêcheur Aonio, couché près d'un endroit où l'eau se ridait sous la brise, prononce en pleurant le nom chéri qui ne peut plus être que prononcé : Ondes, disait-il, avant que l'amour me tue, rendez-moi ma nymphe, que vous avez faite sitôt sujette à la mort. Personne ne lui répond. La mer bat au loin la grève ; le bocage s'émeut doucement ; le vent emporte la voix qu'il jette aux vagues. »

SONNET XXIII.

« Chère ennemie, dans les mains de laquelle la fortune avait placé mon bonheur, il t'a manqué une sépulture sur la terre, pour qu'il me manquât à moi, une consolation. Éternellement les eaux posséderont ton incompréhensible beauté ; mais tant que ma vie durera, tu vivras dans mon âme ; et puissent mes vers grossiers avoir assez de durée pour te promettre une longue histoire de cet amour si pur et si vrai ! Tu seras toujours célébrée dans mes chants, et tant qu'il restera de la mémoire au monde, mes écrits seront ton inscription funéraire (1). »

Enfin, on ne peut guère douter qu'après avoir perdu cette seconde maîtresse, notre poëte, vieillissant comme Anacréon, ne se soit abandonné pour une belle esclave indienne, nommée Barbara, à un amour qui paraît avoir été plus sensuel que passionné. Dans une ode érudite (la dixième), il accumule tous les exemples qui peuvent excuser sa faiblesse; il cite Salomon, Aristote, et surtout le vaillant Achille, qui aima une captive troyenne. Cette ode, un peu pédante, ne vaut pas les *Endechas* que lui inspira ce dernier attachement, qui calmait son âme et où il croyait trouver la fin de tous ses maux :

ENDECHAS

SUR UNE ESCLAVE NOMMÉE BARBE, OU BARBARA (2).

« Cette captive qui me tient captif, puisque je vis en elle, ne veut plus que je vive. Je n'ai jamais vu de rose placée dans un bouquet qui fût plus agréable à mes yeux. Je n'ai jamais vu de fleurs dans les champs, ni d'étoiles dans les cieux, qui me parussent aussi belles que mes amours. Elle a un visage charmant, des yeux doux, noirs et languissants, et cependant meurtriers. Elle a une

---

(1) Les sonnets LXXII et CLXX me paraissent se rapporter aussi au naufrage et à la mort de cette jeune femme. — Nous croyons qu'il n'est pas sans intérêt d'avoir réuni pour la première fois ces sonnets qui sont dispersés dans les *Rimas*.

(2) Tome IV de l'édition de Paris, p. 285. — Lord Strangford (*Poems from the Portuguese*, London, 1803, in-16) appelle, je ne sais pourquoi, cette esclave *Johanna*.

grâce enchanteresse qui la rend la souveraine de celui dont elle est
l'esclave. Ses cheveux noirs font perdre au stupide vulgaire l'idée
que les beaux cheveux sont blonds. Elle a la brune couleur de l'a-
mour, et ses traits sont si doux, que la neige voudrait changer de
couleur avec elle. Elle unit une douceur agréable à une certaine
gravité; elle est étrangère, mais non pas *barbare*. Son doux maintien calme les orages; je trouve en elle la fin de tous mes maux.
Elle est la captive qui me tient captif, et puisque je vis en elle, il
faut que je vive. »

Cependant Manoel de Faria e Souza pense que
Camoens ne tarda pas à rougir de cet attachement
indigne de lui. Ce grand critique regarde le cinquième sonnet (*Dans une prison obscure et basse
j'ai été longtemps enchaîné*, etc.) comme un aveu
et un repentir de cette faiblesse momentanée. Dans
cette pièce, Camoens revient au souvenir de sa première maîtresse : « Encore à cette heure je porte,
en les traînant, les fers que la mort a brisés pour
mon malheur. » Il jette sur le cours de sa vie un
regard plein de tristesse et de résignation : « J'ai vu
des chagrins, j'ai vu des misères, j'ai vu des exils ;
apparemment cela était ainsi ordonné. » Puis revenant à sa dernière faiblesse : « Je me suis contenté
de peu, sachant bien que ce contentement était une
honte; je l'ai fait seulement pour savoir ce que
c'était que de vivre joyeux. »

J'attribuerais volontiers à cette phase de la vie de
Camoens quelques vers où la galanterie du poëte
s'exprime avec une singulière matérialité : je cite-
rai, par exemple, le sonnet XLII, où il badine sur

II.   22

une tresse de cheveux et qu'il termine par ce trait :
« Dans la règle de l'amour, souvent pour le tout
on prend une partie; » et le sonnet xxxi, où le
poëte déclare qu'il « aspire au centre de la beauté,
comme la pierre tend au centre de la terre. »

Le comte do Redondo, qui aimait assez la poésie
pour fournir à Camoens les *motes* de ses *voltas* (1),
mourut le 19 février 1564. Il eut pour successeur
Dom Antonio de Noronha, celui peut-être à qui
notre poëte avait adressé les stances sur le *Désordre
du monde* (2).

Camoens devait s'attendre à trouver un protecteur dans un homme de ce nom, et il ne paraît pas
qu'il ait eu à se plaindre de lui ; cependant ce fut
la troisième année de son administration, vers la
fin de 1567, que, contre le serment qu'il avait fait
en partant, il résolut de retourner à Lisbonne.

Comme il manquait d'argent pour le voyage, un
certain Pedro Barreto, parent de l'ancien gouverneur de ce nom, qui allait à Sofala prendre le commandement de la capitainerie de Mozambique,
charmé de la conversation de Camoens et désirant
passionnément jouir de sa compagnie, lui offrit de
le conduire jusqu'à cette ville, où il trouverait des
occasions faciles de retourner en Portugal. Notre

(1) Voyez, entre autres, tome IV, p. 243. — Les *motes* sont les
motifs, et les *voltas*, le développement.

(2) Voyez plus haut, p. 297 et suiv.

poëte accepta cette offre ; mais il ne tarda pas à se repentir de son marché. Pedro Barreto se conduisit bientôt envers son compagnon de voyage en maître exigeant. Il mit tout en œuvre pour le retenir malgré ses promesses. Je crois que la *seconde lettre* que nous avons de Camoens a été écrite à cette époque, ou peut-être dans les derniers temps de son séjour à Goa. On y lit :

« Je suis par habitude si content d'être triste , que je serais triste d'être content , parce que l'habitude devient une autre nature.... Cependant, pour vivre dans le monde je me couvre d'une autre étoffe, afin de ne pas paraître un hibou au milieu des moineaux..... Mais la douleur dissimulée portera son fruit, car la tristesse dans le cœur est comme un ver dans le drap. »

Et plus loin :

« ... Ceux qui sont princes à la fois de condition et de race, sont plus à charge que la pauvreté ; ils nous vexent tant avec leur noblesse , que nous finissons par creuser celle de leurs ancêtres, et il n'y a pas de blé si bien vanné où l'on ne rencontre un peu d'ivraie. Vous savez qu'il suffit d'un mauvais moine pour donner à parler à un couvent.... On ne peut pas avoir de patience avec l'homme qui veut qu'on fasse pour lui ce que lui-même ne veut pas faire. Le peu de reconnaissance qu'on montre pour nos services, nous ôte la volonté d'en rendre à des amis qui tiennent plus de compte de leur intérêt que de l'amitié. Priez pour lui, car il est de ceux dont je parle.

« C'est une lourde tâche de se composer un visage gai quand le cœur est triste : il en est comme d'une étoffe qui ne prend jamais bien certaine teinture ; en effet, la lune reçoit sa clarté du soleil , et le visage reçoit la sienne du cœur. En vérité, ce n'est rien donner que de ne pas mêler l'honneur à ses dons. On ne doit de remerciements qu'à ceux qui suivent ce procédé : car c'est une chose trop chèrement achetée que celle qu'il faut payer de son honneur. »

22.

Il y eut bientôt rupture ouverte entre Camoens et Barreto. Abandonné à ses faibles ressources, le poëte tomba dans la pauvreté la plus profonde. Manquant de tout, il était, dit Diogo do Couto, réduit à vivre aux dépens de ses amis. Serait-ce alors que, se composant, comme il dit, un visage gai, il réclama poétiquement de Dom Antonio de Cascaes le complément de six poules farcies, dont celui-ci ne lui avait envoyé qu'une seule moitié pour à-compte, ou qu'il rappelait par un quatrain la promesse d'une chemise qu'un autre fidalgue lui avait faite? Ne peut-on pas aussi rapporter à cette époque l'épître amoureuse qu'il composa pour un sot, qui la lui avait commandée et qui ne la paya pas? Il s'offrit, enfin, à lui une occasion de délivrance. Le *Santa Fé* et quelques autres navires, venant de Goa et allant à Lisbonne, relâchèrent à Sofala. Il se trouvait à leur bord plusieurs amis de Camoens, Duarte de Abreu, Antonio Cabral, Luiz da Veyga, Antonio Serrâo, Diogo do Couto qui a consigné ces détails dans ses *Décades,* et Heitor da Sylveira, que nous avons vu plus haut figurer dans le banquet poétique. Camoens se réjouissait de quitter avec eux ce sol inhospitalier, lorsque l'avare Barreto réclama de lui vingt mille reis (1) pour prix de son passage. Comment payer cette petite somme? Heitor da Sylveira, plus riche apparemment qu'au

---

(1) Voy. Barbosa Machado, *Bibl. Lusit.,* tome III, p. 70.

temps de son placet au comte do Redondo, y pour-
vut; ou, selon d'autres, les gentilshommes que
nous venons de nommer remirent à Barreto les
vingt mille reis. A ce vil prix, dit Manoel de Faria
e Souza, furent achetés la liberté de Camoens et
l'honneur de Pedro Barreto.

Diogo do Couto fit la connaissance intime de Camoens pendant cette relâche à Sofala. Cet historien
a consigné dans ses *Décades* un fait bien propre à
exciter nos regrets. « Cet excellent poëte, dit-il, pendant l'hiver qu'il séjourna sur les côtes de Mozambique, s'occupait de préparer les *Lusiades* pour l'impression. Je le vis, de plus, travailler avec ardeur à
un livre intitulé le *Parnasse de Luiz de Camoens.*
C'était un ouvrage rempli d'érudition, de savoir et
de philosophie : on le lui vola (1). »

Je ne sais sur quelle autorité Manoel de Faria e
Souza suppose que c'est Camoens lui-même qui
l'a détruit. Quelques écrivains, dont je partage
l'avis, ont pensé que ce manuscrit était le recueil
des *rimas varias*, qu'il préparait pour l'impression, et qui n'a été publié que quinze ans après sa
mort (2).

(1) *Decad.* VIII, l. I, cap. 28.

(2) M. Ferdinand Denis, dans son *Histoire littéraire du Portugal
et du Brésil*, rapporte, au sujet de ce livre perdu, une conjecture
de son ami, feu M. Verdier. Ce savant Portugais croyait reconnaître le *Parnasse de Luiz de Camoens* dans la *Lusitania transformada*
de Fernão Alvares do Oriente.

Ce fut, sans doute, à cette époque (1568) qu'il composa sa quatrième élégie et le sonnet ccxxvIII° (*Nymphes des bosquets du Gange*) sur la glorieuse défense de Malaca par Dom Leoniz Pereira, qu'en raison de sa bravoure et de son prénom de Leoniz, il compare à Léonidas. La nouvelle de ce brillant fait d'armes dut être apportée à Mozambique par les vaisseaux portugais venus de Goa.

Camoens s'embarqua sur le *Santa Fé*, avec ses amis, que paraît avoir accompagnés Pedro Barreto. La flottille fut en vue de Lisbonne à la fin de 1569; mais les passagers ne purent si tôt prendre terre. Le Portugal venait d'être en proie à une peste si terrible, qu'elle en a conservé le nom de *grande*. On lit dans la chronique de Sao Domingos (liv. VI, cap. 9) qu'il y eut à Lisbonne six cents morts en un seul jour du mois d'août 1569, et qu'en tout il ne périt pas moins de soixante et dix mille personnes. Camoens trouva les eaux du Tage fermées et défendues avec beaucoup de rigueur. Pendant cette quarantaine, qui dura plusieurs mois, il vit son ami Heitor da Sylveira tomber malade et mourir en vue de Cintra. Enfin, Diogo do Couto, qui était sur le *Santa Clara*, parvint à débarquer seul (avril 1570) et obtint de la cour qu'on permît à la flottille l'entrée du port. Ce fut vers le mois de mai 1570, dix-sept ans deux mois et quelques jours après son départ, que Luiz de Camoens rentra dans Lisbonne (1). Il avait alors quarante-six ans.

Il trouva cette ville dans un état bien différent de celui dans lequel il l'avait laissée. La peste avait décimé toutes les familles; les intrigues, inséparables d'une régence, avaient tout brouillé. Le jeune roi Dom Sébastien, majeur seulement depuis deux ans, gouverné, comme notre Louis XIII, par de jeunes favoris et par des prêtres, brave aussi de sa personne, et méditant déjà sa malheureuse expédition d'Afrique, répandait sa tristesse mystique sur la cour et sur le royaume. On n'apercevait plus cette joie, cette urbanité, ces jeux dramatiques, ces fêtes galantes, qui prouvaient la vigueur et la santé de l'Etat; tout parut au poëte attristé, rapetissé, penchant vers la tombe; ce fut sans doute à la vue de cette décadence et de ce marasme que, se rappelant les splendeurs passées, il composa cette magnifique épitaphe pour le tombeau de Dom Jean III (2) :

SONNET LIX.

« Qui gît dans ce grand sépulcre? Quel est celui que désignent les illustres armoiries de ce massif écusson? — Rien ! car c'est à cela qu'arrive toute chose, mais ce fut autrefois un être qui possédait tout et qui pouvait tout.

« Il fut roi, et il remplit tous les devoirs d'un roi, il fit avec un soin égal la paix et la guerre. Que la terre lui soit aussi légère à cette heure que son bras fut autrefois pesant au Maure farouche !

---

(1) Voy. M. Francisco Alexandre Lobo, ouvrage cité, p. 209.
(2) Mort en 1557.

« —Serait-ce Alexandre? —Que personne ne s'y trompe ; on estime plus celui qui sait conserver que celui qui n'a su que conquérir. — Serait-ce Hadrien, ce puissant maître du monde ?

« —Il observa mieux les lois d'en haut. — C'est donc Numa?—
Non ; c'est Jean III de Portugal, et il restera sans second. »

Faria e Souza croit que Camoens composa vers
cette époque sa onzième églogue, qui fut publiée
frauduleusement, comme plusieurs autres de ses
poésies diverses, dans les œuvres de Diogo Bernardes (1). Cette églogue est empreinte d'un profond
sentiment de tristesse.

Dès les premiers temps de son retour à Lisbonne,
Camoens se lia d'amitié avec un écrivain distingué,
le licencié Manoel Correa, curé de Saint-Sébastien
et examinateur synodal de l'archevêché de Lisbonne. C'est à ce digne et savant homme que nous
devons de connaître les traits de Camoens; il fit
faire un portrait de l'auteur des *Lusiades*, portrait
que Faria e Souza a fait graver sur cuivre et a placé
en regard du sien, dans son *Commentaire des Lusiades* de 1639. Déjà Manoel de Faria Severim avait
publié un buste de Camoens dans ses *Discursos varios e politicos*, en nous apprenant seulement que
l'original appartenait à son neveu Gaspard Seve-

(1) Ce poëte, qui n'était pourtant pas sans mérite, est accusé par
quelques critiques de s'être approprié plusieurs églogues et neuf
sonnets de Camoens, et d'avoir altéré d'autres pièces du même
poëte pour se les attribuer. Cette imputation honteuse n'est pas
absolument prouvée.

rim. Ces deux portraits diffèrent assez peu pour qu'on puisse les regarder comme les copies d'une même peinture (1). Dans l'un et l'autre les traits sont nobles et d'une expression sévère. Nous savons, d'ailleurs, par Severim, que Camoens était de taille moyenne; qu'il avait le visage plein, le front proéminent, le nez fort, la barbe et les cheveux d'un blond qui tirait sur le safran. « Quant à son humeur, dit le même écrivain, elle était gaie et facile; mais, avec l'âge, il devint *un peu mélancolique.* » Il faut convenir qu'on aurait pu le devenir à moins.

Cependant Camoens touchait au moment d'achever sa grande œuvre. Son poëme allait enfin voir le jour. Il l'avait rêvé à Coimbre, commencé à Santarem, continué à Ceuta; il en avait presque terminé six chants avant son départ pour l'Inde (2); il l'avait repris à Goa, presque achevé à Macao, revu à Sofala. En 1570, il récrivit le dixième chant à Lisbonne, et ajouta une dédicace et un épilogue, où il adressait à Dom Sébastien de mâles et sévères conseils. Honteux de voir le Portugal soumis à deux prêtres (Luiz et Martim Gonçalves da Camara, le

(1) La médaille de Camoens, frappée en 1782, a eu pour modèle un portrait peint que possédait le marquis de Niza, neuvième descendant de Vasco da Gama. Cette médaille est gravée dans l'ouvrage de M. John Adamson, tome II, p. 270.

(2) Manoel de Faria e Souza a vu un manuscrit des six premiers chants *des Lusiades,* de la même main qui avait copié les *Décades* de Jean de Barros et, par conséquent, antérieur au départ de Camoens pour Goa.

premier, confesseur du jeune roi, le second, grand
inquisiteur et ministre dirigeant), il osa dire au faible monarque :

> « Avec quel soin un roi qui veut bien gouverner ne doit-il pas
> veiller au choix de ses conseillers! Il faut qu'il ne s'entoure que
> d'hommes de conscience et de probité, doués d'un sincère amour
> de la patrie. Ce n'est pas sous l'humble et pauvre manteau de l'a-
> nachorète, à l'ombre duquel l'ambition marche souvent cachée,
> qu'il doit aller chercher des ministres. »

Toutefois, le 24 septembre 1571 (et non le 4,
comme le disent Faria e Souza (1) et M. Francisco
Alexandre Lobo), il obtint le *real alvará* qui lui
permettait d'imprimer. Quelques écrivains, notamment MM. Barreto Feio et Monteiro, ont prétendu que de nombreuses corrections et suppressions avaient été imposées à Camoens par la
censure ecclésiastique (2). Que notre poëte ait mo-
difié plusieurs parties de son ouvrage, entre autres,
quelques octaves du chant neuvième, par le conseil des religieux de Saint-Dominique avec lesquels
il était fort lié, cela nous est attesté par une note
de Manoel Correa (chant ix, oct. 71). De plus,
Faria e Souza a conservé dans son commentaire
deux assez longs fragments que Camoens paraît avoir volontairement retranchés du dixième

---

(1) *Rimas varias*, vida del poeta, § 27.
(2) *Obras completas de L. de Camões*, Hamburgo, 1834, t. II
page LV.

chant (1). Mais quant à des corrections ou suppressions qui lui auraient été *imposées* par le saint-office, il ne nous est parvenu, à cet égard, que très-peu d'indices. MM. Barreto Feio et Monteiro citent la note suivante de Manoel Correa sur l'octave 81 du chant neuvième : « Si le poëte ne s'était pas donné trop de liberté et ne se fût pas permis quelques mots qu'il aurait pu éviter, la fiction en elle-même est poétique et excellente, comme le sont toutes ses productions. C'est pourquoi on lui a fait corriger quelques octaves et on en a dénoncé (*declararão*) quelques autres (2). » Cela n'est pas très-concluant. Au reste, comme c'est dans le même chant que se trouve le fameux vers *Tra la Spiga e la man...*, on conviendra que la censure a été fort inattentive ou fort indulgente. Il faut aussi remarquer, comme une preuve de confiance peu ordinaire que le privilége s'étendait aux chants subséquents que Camoens pourrait vouloir ajouter. Enfin, en 1572, parurent les *Lusiades*.

(1) *Lusiadas comentadas por Manoel de Faria e Sousa*, Madrid, 1639, tome II, pages 418 et 428. Le premier fragment est composé de dix octaves et le second de onze. Il est surprenant que les éditeurs subséquents n'aient point reproduit ces passages qui, bien que condamnés par le poëte, ne sont pas moins dignes d'intérêt.

(2) MM. Barreto Feio et Monteiro disent avoir extrait cette note de l'édition des *Lusiades* de 1643. Dans l'exemplaire de ce livre que j'ai sous les yeux, le commentaire des octaves LXXXI et LXXXII du chant neuvième est resté en blanc. Est-ce que tous les exemplaires de l'édition de 1643 ne seraient pas semblables?

Cette épopée était la première qui eût encore vu le jour dans une langue moderne. Aux charmes d'une poésie ravissante elle joint tout le sérieux de l'histoire et tout l'intérêt d'un voyage de découvertes. Elle n'a pour théâtre qu'un vaisseau, pour horizon que le ciel et la mer, pour points de relâche que les ports de Mozambique, de Mélinde et de Calicut, où l'équipage aborde à peine; et, cependant, tel est l'art du poëte, qu'avec si peu de matière, rien n'égale la variété des tableaux qu'il fait passer sous nos yeux. On a dit souvent de Shakspeare qu'il est le meilleur historien de son pays; on en peut dire autant de Camoens. Il chante, comme l'indiquent le titre et le début de son poëme, tout ce qui fait la gloire du Portugal; mais il est l'historien et non le flatteur de sa patrie. Peintre enthousiaste des batailles d'Ourique et d'Aljubarrota, il gourmande avec rudesse ses contemporains dégénérés. Deux admirables morceaux, trop exclusivement loués, l'épisode d'Inez et la fiction d'Adamastor, sont loin, suivant moi, d'éclipser les autres parties du poëme. Il reste au lecteur des larmes pour d'autres infortunes non moins touchantes, et de l'admiration pour d'autres fictions non moins heureuses. L'apparition de l'Indus et du Gange, l'entrevue du roi de Mélinde et de Gama, qui, par la vérité du costume et des mœurs, produit une si complète illusion; les sinistres prédictions du vieux Portugais, écho des préjugés vul-

gaires, qui ne manquent jamais de protester contre
l'héroïsme; l'aventure de Velloso avec les Sauvages,
où la gaieté se mêle à l'intérêt; la scène de mer, si
bien décrite, qui précède le récit chevaleresque du
tournoi des douze Portugais; toutes ces beautés et
mille autres, gracieuses ou terribles, sévères ou
passionnées, se disputent l'admiration. Combien
surtout on partage les regrets de Gama, forcé d'ensevelir sur une grève étrangère plusieurs de ses in-
fortunés compagnons! Qu'elle sort bien du fond de
l'âme d'un poëte navigateur cette réflexion mélancolique : « Oh! que l'homme aisément trouve ici-
bas sa dernière demeure! Un peu de sable remué
sur le rivage, quelques vagues fugitives, reçoivent
indistinctement la dépouille mortelle d'un héros
ou les restes d'un obscur soldat (1)! » Dans ces
derniers temps, la critique a surtout reproché à
Camoens d'avoir employé la mythologie dans un
sujet chrétien (2) et d'avoir jeté son poëme dans le

---

(1) *Lusiadas*, cant. V, oit. LXXXIII.

(2) Cette objection a été faite à Camoens, au moment de la publication de son poëme, par des scrupules théologiques et non pas
seulement littéraires. On peut lire dans l'édition des *Lusiades*, donnée, en 1597, par Manoel de Lyra, la permission d'imprimer qui
contient une réfutation étendue de trois griefs imputés au poëte.
Le premier était de s'être servi fréquemment de l'expression *les
dieux*; le second de faire intervenir comme régulateur des événements le destin ou *Fatum*, au lieu de la providence; le troisième,
d'appliquer l'épithète de divin à des objets fort terrestres. Sur ces
trois chefs le bon examinateur, Frei Manoel Coelho (il est juste de le

vieux moule des épopées antiques. Tout en admet-
tant que ces reproches soient fondés dans une
certaine mesure, nous ferons remarquer que l'imitation des formes de la poésie antique n'est pas
moins frappante dans Milton qui est reconnu, pourtant, sans contestation, pour un génie créateur.
L'originalité absolue en poésie, comme en toute
chose, est une prétention chimérique. Homère,
Dante et Shakspeare, plus encore par leur position
chronologique que par leur génie, nous paraissent
avoir tout créé. Aucun écrivain ne peut se vanter de
ne devoir rien à personne. Au lieu de reprocher à
Camoens de s'être appliqué à reproduire les formes
de l'antiquité, la critique aurait mieux fait de louer
tout ce qu'il a su verser dans son poëme d'inspirations originales et de sentiments intimes. Ce qu'il
aurait été juste de signaler, c'était cette langue toujours naturelle et simple qui si souvent atteint la
plus haute poésie par le mot propre ; c'était cette
mélancolie mêlée à la fierté chevaleresque, deux
sentiments inconnus des anciens et rarement réunis
chez les modernes; c'était cet instinct de navigation,
cette passion de la mer qui se fait remarquer dans
chaque vers; c'était ce penchant à se mettre soi-
même en scène et à se plaindre du sort et des hommes, habitude qu'il n'a pas prise d'Homère, qui

nommer), disculpe Camoens avec autant de bon sens que de charité,
et rend l'hommage le plus complet à l'orthodoxie du grand poëte et à
la beauté de son ouvrage.

ne parle jamais de lui, ni même de Virgile qui en parle si rarement ; c'était ce mode de narration plus lyrique qu'épique qui rompt la série des faits et procède, comme Byron, le plus souvent par apostrophes et par bonds : tels sont les caractères de l'épopée de Camoens, caractères qui sont devenus comme le type de la poésie actuelle et qu'on retrouve au plus haut degré dans les écrivains les plus célèbres de notre époque.

Le succès des *Lusiades* fut immense, puisque, chose presque inouïe en Portugal, l'auteur publia une seconde édition de son poëme dans la même année (1). Son nom et même sa personne devinrent très-populaires à Lisbonne. Faria e Souza nous apprend que le peuple s'arrêtait dans les rues pour le voir passer (2).

Pedro de Mariz et Barbosa Machado racontent qu'un certain Pedro da Costa Perestrello, qui avait composé un poëme sur le même sujet, renonça à le faire paraître. De nos jours, le père José Agostinho de Macedo s'est montré moins respectueux; il n'a pas craint d'entrer en lice contre l'Homère portugais. Le succès des *Lusiades* ne se démentit pas; en 1613, suivant Pedro de Mariz, il s'en était déjà

(1) Cette seconde édition est préférable pour la correction à la première, comme l'a prouvé le savant et judicieux M. Mablin, dans sa lettre à l'Académie royale des sciences de Lisbonne sur le texte des *Lusiades*.

(2) *Rimas varias*, vida del poeta, § 34.

vendu douze mille exemplaires et, en 1624, vingt mille, suivant Severim. Le Tasse, qui n'avait pas encore publié la *Jérusalem délivrée*, adressa un beau sonnet à celui qu'il regardait comme son guide, et dont il devait bientôt être le rival (1).

Soit que les conseils adressés par Camoens au jeune roi eussent déplu, soit que les finances de l'Etat fussent obérées par les préparatifs de la malheureuse expédition d'Afrique, la pension qu'il obtint pour ses seize années de services militaires (car je ne pense pas que son poëme ait été porté en ligne de compte) ne fut que de 15,000 reis, 100 fr. environ, ce qui représente à peu près 500 fr. d'aujourd'hui. Une clause du brevet lui enjoignait de résider à Lisbonne (*na corte*), et de le faire réviser tous les trois ans (2). Cette somme, quelle que modique qu'elle fût, lui était inexactement payée; aussi disait-il quelquefois en riant qu'il voulait demander au roi de changer ses quinze mille reis en quinze mille coups de fouet pour ses ministres.

Camoens ne fit plus que peu de vers après la

(1) C'est peut-être au sonnet du Tasse que Camoens fait allusion dans la seconde moitié de ce vers : *O Betis me oupa , e o Tibre me levante.* — Camoens a , de son côté, loué le Tasse et associé son nom à celui de Boscan dans le sonnet ccLxxx. Il est vrai que quelques critiques pensent qu'il s'agit en cet endroit du père de Torquato Tasso.

(2) Voyez Pedro de Mariz et Manoel de Faria e Souza. — Dom Jose Maria de Souza dit tous les six mois, je ne sais d'après quelle autorité.

publication des *Lusiades*. Peut-être est-ce à cette
époque qu'il composa la requête poétique qu'on
lui attribue, et dans laquelle il justifie une jeune
femme, emprisonnée dans le *Limoeiro* de Lisbonne, pour avoir été infidèle à son mari qui voya-
geait dans l'Inde. En 1575, il adressa des stances (1)
au roi Dom Sébastien, à l'occasion d'une flèche
que le pape lui avait envoyée pour l'exciter contre
les Maures. Dans sa quatrième élégie, adressée à
Dom Leoniz Pereira, le vaillant défenseur de Malaca, il recommande à la bienveillance de ce gentilhomme le livre des histoires du Brésil, qui avait
paru en 1576, et que lui dédiait Pedro de Magal-
hâes Gandavo. L'année d'après, il fit un sonnet
en l'honneur de Dom Luiz de Atayde, nommé
pour la seconde fois vice-roi de l'Inde (2).

Malgré la célébrité que lui avait donnée son
poëme, Camoens vivait dans la retraite, car sa
pauvreté était extrême. Il habitait une petite chambre dans la maison attenante à l'église du couvent
de Santa Anna des religieuses franciscaines, au
bout d'une petite rue qui conduisait à la maison
des jésuites. C'est probablement au voisinage de
ces religieuses qu'il faut attribuer son cxliv[e] sonnet, adressé à une très-jeune et jolie personne qui
prenait l'habit de cette maison.

(1) On a déjà prévenu que les *estancias* sont de véritables épîtres.
Ces sortes de pièces sont composées de strophes en nombre inégal,
mais toutes de huit vers.

(2) Sonnet cxcxi, inséré dans les œuvres de Diogo Bernardes.

Dom Sébastien, marchant contre l'Afrique, ne choisit pas l'auteur des *Lusiades* pour son poëte. Diogo Bernardes obtint l'honneur de cette charge, qu'il paya par une longue captivité chez les Maures. Malgré une aussi injuste préférence, Camoens s'apprêtait, suivant Faria e Souza, à chanter cette campagne qui fut si funeste à son pays.

Il était alors honorablement reçu dans la famille du comte de Vimioso et surtout dans celle de Dom Gonçalo Coutinho. Il passait même souvent des mois entiers dans le domaine de ce dernier à Vigueiras (1); malheureusement une mission diplomatique paraît avoir éloigné ce seigneur de Lisbonne, et priva Camoens de son meilleur appui.

Cependant, la verve de notre poëte, jusque-là si abondante et si facile, commençait à tarir. Pedro de Mariz rapporte qu'un homme riche et de qualité, Dom Ruy Dias da Camara (Faria e Souza l'appelle Dom Ruy Gonçales) lui commanda une traduction des psaumes de la pénitence. La besogne n'avançait pas. L'acheteur s'en plaignit durement au poëte, qui lui répondit avec douceur : « Quand je faisais des vers, j'étais jeune, bien portant, amoureux, entouré de l'affection de beaucoup d'amis et de la faveur des dames; cela me réchauffait et animait ma verve. Aujourd'hui je n'ai plus d'esprit; je n'ai plus cœur à rien. Voici mon

_____

(1) Voy. Barbosa Machado, art. D. Gonçalo Coutinho.

Javanais qui me demande deux moedas (1) pour avoir du charbon, et je ne puis les lui donner. »

Cependant il trouva encore un chant funèbre pour Dona Maria, fille du roi Dom Manoel, princesse belle et savante (2), qui mourut l'an 1578. En de meilleurs temps, l'infante Dona Maria avait établi dans son palais une académie composée de femmes, entre lesquelles brillait la célèbre Aloysia Sigea, de Tolède. Voici cette épitaphe :

SONNET LXXXIII.

« Quelle proie emportes-tu, cruelle Mort? — Un jour brillant. — A quelle heure l'as-tu prise? — Le matin. — Sais-tu ce que tu emportes? — Je ne le sais pas. — Qui t'ordonne de l'emporter? — Celui qui le sait. — Son corps, qui le possède? — La terre froide. — Qu'est devenue la lumière qui l'éclairait? — Elle est rentrée dans la nuit. — Que dit la Lusitanie? — Elle dit : Hélas! je ne méritais pas de posséder Dona Maria. — Que reste-il dans Lisbonne? — Un regret cruel (3). »

Hélas! il perdait à la mort de cette princesse la

(1) Six reis.

(2) Je me conforme ici à l'opinion de Manoel de Faria e Souza, qui fait de cette Dona Maria la fille du roi Dom Manoel. On peut cependant concevoir du doute sur ce point, en pensant 1° que cette *jeune* princesse avait cinquante-sept ans quand elle mourut; 2° que Manoel de Faria e Souza dit avoir vu un manuscrit où ce sonnet était adressé à Dona Maria de Tavora, fille de Luiz Alvares de Tavora. J'ajouterai que Camoens a dédié sa treizième élégie, datée de Damão, à Dona Maria da Figueira, fille de mestre Melchior.

(3) Cette épitaphe et celle de Dom Jean III, prouvent que Camoens affectionnait la forme du sonnet dialogué. Voyez encore les sonnets XXXVII, LXI, CLIV, CXCXVIII et cc.

dernière de ses protectrices. Bientôt il fut réduit à
vivre d'aumônes. Antonio, le Javanais qu'il avait
amené de la Chine, allait la nuit dans les carrefours mendier pour sa nourriture et pour celle de
son maître. C'est par une exagération, qu'il a sans
doute crue poétique, qu'un traducteur des *Lusiades* en vers anglais, M. Mickle, a supposé que
Camoens se plaçait sur le pont d'Alcantara, aussi
écarté que notre pont d'Austerlitz, pour demander lui-même l'aumône aux passants. En vérité,
les infortunes de Camoens sont assez grandes pour
n'avoir pas besoin que la fiction les exagère.

Faria e Souza raconte qu'une mulâtresse, nommée Barbara (1), marchande dans les rues de Lisbonne, donnait très-souvent à Camoens ou à son
Javanais un plat de ce qu'elle vendait, et quelquefois un peu d'argent. La seule consolation qu'il eût
alors était d'aller le soir au couvent de Saint-Dominique, dont sa demeure était voisine, et de
s'entretenir avec quelques religieux, entre autres,
avec les pères Foreiro et Luiz de Granada. Il allait
souvent aussi dans ce monastère entendre les leçons du professeur de philosophie morale (2); Faria

(1) Il ne faut pas confondre cette compatissante Barbara avec
la belle et séduisante esclave indienne du même nom, que Camoens
a chantée dans les *Endechas* que nous avons citées plus haut. La
vieillesse et la pauvreté du poëte rendraient cette supposition
inadmissible.

(2) Voyez Niceron, *Mémoires*, t. XXXVII, p. 253.

e Souza dit les leçons de théologie. Les paroles du biographe sont ici bien remarquables : « Ayant déposé l'épée, dit-il, il marchait appuyé sur une béquille. Il allait ainsi presque tous les jours, avec toutes ses infirmités, toutes ses années et tous ses chagrins, entendre la leçon de théologie morale, qui se donnait alors au couvent de Saint-Dominique, s'asseyant au milieu des jeunes étudiants, comme s'il eût été un d'eux (1). » Si le *Poëme de la création de l'homme* ne lui était pas, comme je pense, faussement attribué, il faudrait en rapporter la composition à cette époque (2).

Enfin, un cruel, un dernier malheur vint le frapper : il vit mourir son fidèle Javanais. Alors tout fut terminé : il n'était plus possible, dit Pedro de Mariz, que Camoens vécût, après la mort de celui-là seul qui le faisait vivre.

Il tomba gravement malade et fut transporté à l'hôpital. Conservant, dans ce moment suprême, ce sang-froid demi-résigné et demi-sarcastique que nous lui avons déjà vu, il écrivit de cet asile une lettre dont il nous est parvenu les lignes suivantes : « Qui pourra jamais dire que, sur un aussi étroit

(1) *Rimas varias,* vida del poeta, § 34.

(2) Camoens a, d'ailleurs, composé un certain nombre de poésies religieuses ; nous citerons, entre autres, l'élégie xi, le sonnet cc sur la passion du Christ; les sonnets cxcxix, cc, ccxli sur le jour de Noël ; ccxlii, au Christ sur la croix; cxcxvii et cxcxviii, sur le mystère de l'incarnation; ccxliv, à saint Jean-Baptiste; et enfin les *Estancias septimas,* adressées à sainte Ursule.

théâtre que ce misérable grabat, la fortune se soit plu à donner le spectacle d'une aussi grande infortune? Pour moi, loin d'accuser la cruauté du sort, je me range de son parti contre moi-même; car il y aurait une sorte d'impudence à vouloir tenir tête à tant de maux. »

Cette lettre adressée, selon quelques-uns, à Dom Francisco d'Almeida, ou plutôt, comme je le suppose, au comte de Vimioso, Dom Francisco de Portugal, neveu de Dom Manoel, ne le trouva pas sans pitié. Camoens sortit du refuge des pauvres. Je n'ignore pas que, suivant une autre tradition très-accréditée, Camoens serait mort à l'hôpital même. Plusieurs raisons peuvent permettre d'en douter. La première, c'est que Camoens ne fut pas enterré dans le cimetière de l'hôpital, mais dans un coin de l'église de Santa Anna, sa paroisse; la seconde, c'est que Dom Francisco envoya au logis du poëte un drap pour l'ensevelir. Enfin, Manoel Correa, énumérant (*Comment. sur le ch. X, oct.* 23) les hommes illustres morts dans l'asile de la charité, ne cite pas le nom de Camoens.

L'opinion contraire, appuyée sur l'autorité de Barbosa Machado, est confirmée par une note écrite de la main d'un pieux missionnaire, Jose Indio (1), sur un exemplaire des *Lusiades* que possédait lord Holland. Cette note est ainsi conçue : « Qu'y a-t-il

_____

(1) C'est le même Jose Indio que M. Ferdinand Denis a mis en

de plus déplorable que de voir un si grand génie aussi mal récompensé? Je l'ai vu mourir dans un hôpital de Lisbonne, sans avoir un drap pour se couvrir, lui qui avait si bravement combattu dans les Indes orientales et qui avait fait cinq mille cinq cents lieues en mer. Grande leçon pour ceux qui se fatiguent à travailler nuit et jour et aussi vainement que l'araignée qui ourdit sa toile pour y prendre des mouches ! » Je crois qu'il peut résulter de cette apostille que Jose Indio a vu Camoens malade à l'hôpital, sans qu'il faille prendre à la lettre les mots *je l'ai vu mourir.*

Ce fut pendant cette dernière et longue maladie de Camoens que la perte de la bataille d'Alcacer-Québir, arrivée le 4 août 1578, frappa de mort le Portugal. Il restait encore au poëte une larme pour sa patrie : Ah ! s'écria-t-il, du moins je meurs avec elle ! Il répéta la même pensée dans la dernière lettre qu'il ait écrite : « Enfin, disait-il, je vais sortir de la vie, et il sera manifeste à tous que j'ai tant aimé ma patrie, que, non-seulement je me trouve heureux de mourir dans son sein, mais encore de mourir avec elle. » Nous possédons même sur ce grand désastre quelques beaux vers de notre poëte, auxquels on n'a pas accordé jusqu'ici, ce nous semble, toute l'attention qu'ils méritent. Reprenant et *glosant* un sonnet composé par lui dans l'Inde et

scène dans un touchant épisode où il a resumé poétiquement toute la vie de Camoens Voyez *Scenes de la nature sous les tropiques.*

que nous avons cité (1), il en fit le texte des *Estancias quintas,* où il se représente la terre comme déjà presque toute envahie par le mahométisme, et où il ne voit de refuge que dans la cité céleste. Nous avons remarqué surtout l'octave suivante :

« Ici dans cette Babylone où s'est perdue la noblesse du peuple lusitanien, et où du grand Dom Sébastien la grandeur s'est irréparablement abattue; ici où le mensonge n'est pas une bassesse, etc.»

C'est là évidemment un chant de deuil inspiré par la défaite d'Alcacer-Québir, et ce sont là par conséquent les derniers vers qu'ait pu composer Camoens.

Il ne survécut que peu de mois au coup qui avait frappé sa patrie. Il mourut au commencement de 1579, à l'âge de cinquante-cinq ans. Il n'avait point été marié et ne laissa pas d'enfants.

Pedro de Mariz rapporte qu'il fut enterré trèspauvrement dans l'église de Santa Anna, à gauche en entrant, et sans que rien indiquât sa sépulture. Ses malheurs firent sur le public une impression si profonde, que personne ne voulut plus occuper la maison qu'il avait habitée. Elle resta vide longtemps après sa mort.

Les sinistres pressentiments de Camoens ne tardèrent pas à s'accomplir. Le Portugal, ce royaume né d'une victoire et blessé à mort dans une défaite, tomba bientôt sous le joug de Philippe II. Le mo-

(1) Voy. page 344, sonnet cxciv.

narque espagnol, visitant sa nouvelle province, s'informa du grand poëte, dont il admirait les vers, et en apprenant qu'il n'existait plus, il témoigna un vif regret.

Pedro de Mariz raconte qu'un noble Allemand écrivit à son correspondant de Lisbonne de chercher la place où Camoens était enterré, et, si ce grand poëte n'avait pas un tombeau digne de lui, il le chargeait de s'arranger avec la ville pour obtenir la permission de faire transporter ses ossements en Allemagne, avec toute la décence et le respect qui leur étaient dus. Il s'engageait à élever à l'Homère lusitanien un mausolée comparable à ceux des anciens les plus illustres.

Ce fut peut-être cette pieuse démarche faite par un étranger, qui rappela aux compatriotes de Camoens que l'auteur des *Lusiades* n'avait pas de tombe. Seize ans après sa mort, en 1595; Dom Gonçalo Coutinho, de retour à Lisbonne, fit chercher la sépulture de Camoens et la rétablit dans un endroit voisin du chœur des religieuses franciscaines. Il la couvrit d'une simple pierre presque au niveau du sol, sur laquelle il inscrivit cette épitaphe :

> Ci gît Luiz de Camoens
> prince
> des poëtes de son temps
> Il vécut pauvre et misérablement
> et mourut de même
> l'an MDLXXIX.

Et plus bas :

> Cette tombe a été construite aux frais de dom Gonçalo Coutinho
> Que personne n'y soit plus enterré.

C'est un beau résumé de la vie de Camoens que
ces deux simples lignes :

> Il vécut pauvre et misérablement
> et mourut de même.

On ne pouvait dire moins de celui qui avait
éprouvé tant d'infortunes, combattu à tant de batailles et, comme dit Jose Indio, fait cinq mille
cinq cents lieues sur mer. Je ne connais pas l'épitaphe de notre bonhomme Chapelain, lequel mourut pour s'être mouillé les jambes dans le ruisseau
de la rue Saint-Honoré, de peur de perdre son je-
ton à l'Académie, mais je parierais qu'elle était plus
longue et plus pompeuse.

Lisons celle de Boileau, telle qu'on l'a refaite
en 1815. La voici ; elle est placée dans la chapelle
Saint-Paul, le long du chœur de l'église de Saint-
Germain-des-Prés :

> Hic. sub. titulo
> Fatis. diu. jactati
> In. omne. œvum. tandem. composili
> Jacent. cineres
> Nicolai. Boileau. Despreaux etc.

Vous ne savez pas peut-être ce que veulent dire
ces expressions, *Cineres fatis diu jactati*, qu'on

pourrait à peine appliquer aux cendres de Napoléon, si on les rapportait, un jour, de Sainte-Hé-
lène (1)? Cela veut dire que les cendres de Nicolas
Boileau, d'abord placées dans la Sainte-Chapelle,
ou chapelle basse du Palais, au-dessous du lutrin
qu'il a si bien chanté, ont été transférées, en 1793,
au musée des Petits-Augustins, puis de là déposées
pour l'éternité dans une église voisine, à Saint-
Germain-des-Prés. Je préfère l'épitaphe de Camoens. — Il est vrai qu'on en a, depuis, fait à sa
gloire de bien longues et de bien mauvaises. Martim Gonçalves da Camara, qui avait été premier
ministre du roi Dom Sébastien, et qu'on peut dif-
ficilement compter parmi les protecteurs de Camoens, fit composer en l'honneur du poëte, par le
jésuite Mattheos Cardoso, professeur de belles-
lettres à l'université d'Evora, sept distiques latins
d'une emphase tout à fait scolastique :

> Naso elegis, Flaccus lyricis, epigrammate Marcus,
> Hic jacet heroo carmine Virgilius, etc.

Cette déclamation pédantesque contient cependant
un fait curieux. On doit inférer de ce vers ·

> Hunc Itali, Galli, Hispani vertere poetam,

qu'il existait dès lors des traductions italienne, espagnole et même française des *Lusiades* (2).

(1) Écrit en 1832.

(2) Baillet (*Jugements des savants*, t. IV, p 442) mentionne, en
effet, une traduction anonyme des *Lusiades* en français que le bio-

De son côté, Dom Gonçalo Coutinho, comme pour compenser ce que son inscription tumulaire paraissait avoir de trop simple, en fit faire une autre en vers latins par Dom Manoel de Souza Coutinho, depuis Frei Luiz de Souza; c'est un dialogue entre le tombeau du poëte et un passant : *Quod Maro sublimi*, etc. Elle est imprimée dans la première édition des *Rimas varias* de Camoens (1595), et depuis répétée partout. Cette édition des *Poésies diverses* de Camoens, jusqu'alors éparses et inédites, est un monument tout autrement splendide, élevé par le licencié Fernando Rodrigues Lobo Surrupita à la gloire de Camoens, sous les auspices du même Dom Gonçalo Coutinho. A la tête de ce recueil des *Rimas*, on remarque un sonnet adressé à la mémoire de Camoens par ce Diogo Bernardes, soupçonné, comme nous avons dit, de s'être approprié plusieurs pièces de notre auteur. Quoi qu'il en soit, Diogo Bernardes, grand poëte aussi, mort à Lisbonne en 1596, fut enterré dans la même église que Camoens, au couvent de Santa Anna.

Ces mots d'une inconcevable témérité, *pour l'éternité*, placés dans l'épitaphe de Boileau, me rap-

graphe Ignacio Garcez Ferreira attribue à un nommé Scharon. Pedro de Mariz cite cette première traduction française, mais sans l'avoir vue. Depuis cette époque, il y en a eu dans toutes les langues, notamment une en hébreu par Luzzetto, et même une en arabe; Calcutta, 1847, 2 vol. in-fol

pellent la dernière chose qu'il me reste à dire touchant Camoens.

Comme s'il avait été dans la destinée de cet
homme illustre de ne trouver nulle part le repos,
pas même dans le froid asile de la tombe, l'église
de Santa Anna fut renversée de fond en comble par
le tremblement de terre qui détruisit presque entièrement la ville de Lisbonne en 1755.

L'église a été rebâtie; mais personne, que je sache, n'a cherché à relever, du milieu des décom-
bres, la simple pierre qui recouvrait les restes mor-
tels du grand poëte et du grand citoyen.

LISTE DES PRINCIPAUX HISTORIENS DE CAMOENS.

DIOGO DO COUTO. — Plusieurs traits de la vie de Camoens sont
consignés dans les *Décades* de Diogo do Couto, garde supérieur des
archives de l'état de l'Inde, et continuateur de l'illustre historien
du Portugal, Jean de Barros. Il faut consulter surtout la huitième
Décade du premier livre, chapitre 28. Diogo do Couto était le con-
temporain et l'ami de Camoens. Il composa, à la prière de ce poëte,
un commentaire sur les *Lusiades*, qui n'a pas été publié. Manoel
de Faria Severim nous a transmis ce renseignement, sur l'autorité
d'une lettre adressé par Diogo do Couto à un sien ami et portant
la date de l'année 1611.

Le licencié MANOEL CORREA. — On trouve quelques détails sur la
personne de Camoens dans un des plus anciens commentaires des
Lusiades, dû au licencié Manoel Correa, ami particulier du poëte.
Manoel Correa était né à Évora; mais il habitait Lisbonne et exer-

çait les fonctions d'examinateur synodal de l'archevêché et de curé de l'église de Saint-Sébastien dans la *Mouraria* (quartier des Maures), où logeaient les parents de Camoens. Il n'est pas exact de dire, comme on a fait, que le commentaire de Manoel Correa, imprimé pour la première fois à Lisbonne (Pedro Crasbeeck, 1613, in-4°), peu après la mort de l'auteur, soit le plus ancien commentaire des *Lusiades*. L'édition de ce poëme de 1594 est, s'il faut en croire son titre, accompagnée d'annotations de divers auteurs. Cette édition, que je n'ai pas vue, existe à Londres au Musée Britannique. De plus, Correa dit lui-même dans l'avertissement placé à la tête de l'édition de 1613, que ce sont les mauvais commentaires qu'on a imprimés sur les *Lusiades* qui l'ont engagé à mettre le sien au jour : « J'avais, ajoute-t-il, composé ces annotations à la requête d'un de mes amis, sans avoir aucune intention de les faire imprimer. Si j'avais eu ce dessein, je l'aurais exécuté pendant la vie de Luiz de Camoens, qui m'en pria avec beaucoup d'instance. » Dans plusieurs endroits de son commentaire, et notamment chant premier, oct. I; chant cinquième, oct. XVIII; chant sixième, oct. XL; chant septième, oct. LXXXI; chant neuvième, oct. XXI; chant dixième, oct. CXIX, Correa donne des renseignements sur Camoens et s'autorise de choses que le poëte lui a dites. Cet écrivain était, d'ailleurs, un homme d'un savoir solide et entretenait une correspondance avec les principaux érudits de son temps entre autres avec Juste Lipse. On trouve dans les épîtres latines de ce dernier une lettre adressée au licencié Manoel Correa, pleine d'affection et d'estime (*Epist. 99 centur. ad Ital. et Hispan.*). Il a laissé plusieurs ouvrages imprimés et, suivant l'usage des Portugais, un plus grand nombre encore de manuscrits.

PEDRO DE MARIZ. — Le premier biographe de Camoens est un bibliothécaire de l'Université de Coimbre, Pedro de Mariz, qui plaça une vie de notre poëte devant le commentaire du licencié Manoel Correa, commentaire que l'auteur, en mourant, l'avait autorisé à étendre et à corriger. Un biographe de Camoens, M. John Adamson, dont nous parlerons plus bas, est tombé à cet égard dans quelque confusion. Il avance (*Memoirs of the life and writings of Luis de Camoens*, t. I, p. 19) que Manoel Correa composa une vie de Camoens, publiée par Pedro de Mariz après la mort de l'au-

teur. Cette assertion est inexacte. Correa n'a point composé de vie
de Camoens. Il suffit, pour lever les doutes à cet égard, de jeter les
yeux sur l'édition des *Lusiades* de 1643 (Lisboa, Pedro Crasbeeck,
in-4°), où la vie de Camoens, sous la simple forme d'une lettre
adressée *aux amateurs de la poésie*, est signée du nom de Pedro de
Mariz. Le biographe anglais appuie son opinion de l'autorité de Manoel de Faria e Souza (*Rimas varias de Luis de Camoens, vida del
poeta*) et de celle de Barbosa Machado (*Bibliotheca Lusitana*, t. III,
p. 232); mais Barbosa ne parle dans l'endroit cité, que du commentaire de Correa et mentionne (p. 595) la vie de Camoens, comme
l'œuvre de Pedro de Mariz. M. John Adamson ajoute que ce fut à
la prière de Camoens que Manoel Correa entreprit son travail. Cela
n'est pas non plus tout à fait exact. Nous venons de voir que,
Correa composa son commentaire à la requête d'un sien ami, et
que Camoens le pressa, non de l'écrire, mais de le publier.
M. John Adamson, dans le second volume de son ouvrage (p. 296),
a traduit très-exactement cette fois la phrase de Manoel Correa,
sans s'apercevoir qu'elle contredisait ce qu'il avait avancé dans le
tome premier, p. 19. D'ailleurs, Pedro de Mariz, selon M. Francisco Alexandre Lobo, n'a montré que peu de savoir et encore
moins d'intelligence dans son travail. Ce document, respectable
parce qu'il sort d'une main contemporaine, renferme même plusieurs observations malveillantes, qui ne pouvaient partir de la
main d'un ami. Cette vie a été réimprimée, et peut-être amendée
dans la seconde partie des *Rimas de Camoens* (Lisboa, Pedro Crasbeeck, 1646, in-4°), édition précieuse dont la Bibliothèque royale
ne possède que la première partie (Lisboa, Crasbeeck, 1607, in-4°),
contenant les *Lusiades*, mais que je crois complète dans la bibliothèque publique de Bruxelles. C'est par une erreur évidente que l'éditeur des Œuvres de Camoens, publiées à Lisbonne en 1779-1780,
3 volumes in-8°, avance (t. I, p. 4) que la notice de Pedro de Mariz
a été réimprimée dans l'édition des *Rimas* de 1604. Il faut très-
certainement lire 1616. Toutes les réimpressions faites sur l'édition
de 1779-1780 ont eu le tort de reproduire cette fausse date.

MANOEL DE FARIA SEVERIM. — Après le premier et insuffisant
essai biographique de Pedro de Mariz, un antiquaire érudit, le docteur Manoel de Faria Severim, chantre d'Evora, publia en 1624,

dans l'ouvrage intitulé *Discursos varios e politicos*, une vie de Camoens plus étendue et plus exacte, qui a été réimprimée dans l'édition des *Lusiades*, Lisboa, 1720, in-folio. Cette édition, qui renferme en outre la reproduction du commentaire de Manoel Correa, est malheureusement très-peu correcte, et fautive surtout pour les noms propres. Manoel de Faria Severim est le premier qui essaya d'extraire des œuvres mêmes du poëte les renseignements sur les parties obscures de sa vie. Gaspar de Faria Severim, neveu de Manoel, a composé en latin un court éloge de Camoens, que son oncle a traduit en portugais et placé à la suite de la vie du poëte. Il faut remarquer ici qu'un ecclésiastique nommé Manoel Pires de Almeida, a laissé une vie manuscrite de Camoens à la tête d'un commentaire sur les *Lusiades*, en quatre volumes in-folio, également manuscrit. Comme il légua ce travail à Manoel de Faria Severim et à son neveu Gaspar, on a pu croire que ces deux historiens de Camoens avaient profité des recherches de Manoel Pires; mais celui-ci n'étant mort qu'en 1653, cette supposition est inadmissible.

MANOEL DE FARIA E SOUZA. — Malgré le travail très-recommandable de Manoel de Faria Severim, un autre écrivain, Manoel de Faria e Souza, un des plus laborieux et des plus célèbres polygraphes portugais, pensa, non sans raison, qu'il restait encore beaucoup de choses à éclaircir dans la vie et dans les œuvres de Camoens. Il publia en espagnol une vie de ce poëte, qu'il plaça devant son volumineux commentaire sur les *Lusiades*, écrit aussi en espagnol (Madrid, 1639, quatre tomes en deux volumes in-folio). Manoel de Faria e Souza laissa, de plus, une seconde vie manuscrite de Camoens, laquelle diffère, à quelques égards, de la première. Cette seconde vie plus abrégée fut imprimée à Lisbonne en 1685-1689, à la tête de son ample commentaire sur les *Rimas varias* de Camoens, cinq tomes en deux volumes in-folio (1).

(1) Ces cinq tomes ne contiennent qu'une partie des *Rimas*, les tomes VI, VII et VIII, qui renferment la suite des églognes, les redondilhas, les trovas, les comédies et les œuvres en prose, n'ont pas été publiés. on les a conservés longtemps dans la Bibliothèque du couvent de Nossa Senhora da Graça, d'où ils ont dû passer dans le dépôt central qu'on a formé à Sao Francisco da Cidade, des livres et manuscrits provenant des couvents de la province d'Estramadure, après la suppression des ordres monastiques. Les éditeurs de 1779-1780, qui ont suivi le

Manoel de Faria e Souza a composé encore une autre vie de Camoens. C'est une églogue en vers intitulée *Cintra*, formée presque en entier de passages extraits des œuvres mêmes du poëte. Ce centon très-vague, comme on le pense bien, n'a pas été imprimé, ainsi que le semble croire M. John Adamson (*Memoirs of the life*, etc., t. II, p. 332), dans l'édition des *Lusiades* de 1639, non plus que dans celle des *Rimas* de 1685. Je trouve pour la première fois cette églogue insérée dans le quatrième volume des *Obras* de Camoens, imprimées en 1779-1780, et je conjecture que l'éditeur, Thomas Joseph de Aquino, aura extrait ce poëme d'un des trois volumes manuscrits de Faria e Souza, conservés alors au couvent de Nossa Senhora da Graça. Manoel de Faria e Souza a fait suivre cette pièce de quelques notes explicatives, écrites en espagnol, où l'on trouve diverses anecdotes sur l'auteur des *Lusiades*. Cela fait donc, de bon compte, trois vies de Camoens dues à cet écrivain, indépendamment de la part assez grande qu'il a donnée dans son *Asia Portuguesa* aux actions militaires de notre poëte.

LE PÈRE NICERON. — Ce biographe a inséré dans ses *Mémoires pour servir à l'histoire des hommes illustres* (tom. XXXVII, p. 244-260), une courte vie de Camoens. Cette notice, que Niceron tenait d'un Portugais instruit, renferme, au milieu d'assez nombreuses inexactitudes, plusieurs renseignements fort utiles.

IGNACIO GARCEZ FERREIRA. — Cet écrivain a mis à la tête d'une édition des *Lusiades*, publiée à Naples (1731-1732, 2 vol. in-4°), une vie abrégée et assez peu satisfaisante, au jugement de M. John Adamson. Cette notice a été plusieurs fois reproduite, notamment dans l'édition de 1759 (Paris, Didot; Lisbonne, chez Dubeux et Bonardel, 3 vol. in-12). Malheureusement on n'a pas fait le même honneur à plusieurs dissertations qui accompagnent cette vie dans l'édition de Naples et que je regrette de n'avoir pu consulter.

THOMAS JOSEPH DE AQUINO. — L'abrégé de la vie de Camoens, inséré dans l'édition de 1779-1780, et vraisemblablement composé

texte de Manoel de Faria e Souza, ont consulté ces trois précieux volumes. Ignacio Garcez Ferreira a cru que la mort de Manoel de Faria e Souza avait empêché l'achèvement de l'édition des *Rimas varias*. C'est une erreur; Manoel de Faria e Souza était mort dès le 3 juin 1649

par l'éditeur, Thomas Joseph de Aquino, ne renferme ni faits nouveaux ni conjectures remarquables. Thomas Joseph de Aquino est tombé dans la faute qu'a renouvelée M. John Adamson, d'attribuer au licencié Manoel Correa, la vie de Camoens composée par Pedro de Mariz.

Nous ne pouvons, malgré l'autorité du catalogue des auteurs portugais du Père Bluteau, compter João Franco Barreto au nombre des biographes de Camoens. João Franco Barreto n'a donné qu'une table des noms propres qui se rencontrent dans les *Lusiades* et des arguments en vers pour chaque chant de ce poème.

La petite notice anonyme de l'édition donnée par Michel Rodrigues (Lisboa, 1772, 3 vol. in-12) n'offre rien de remarquable.

DOM JOZE MARIA DE SOUZA BOTELHO. — Il faut consulter la *vida* de Camoens publiée par cet admirateur éclairé du poëte, dans sa belle édition des *Lusiades* (Paris, F. Didot, 1817, in-4°, et 1819, in-8°). Cette vie a été mise en français par M. Millié, à la suite de sa traduction (Paris, 1825, 2 vol. in-8°).

FRANCISCO ALEXANDRE LOBO, évêque de Viseu. — Il est profondément regrettable que l'important travail de ce savant prélat, *Memoria historica e critica a cerca de Luiz de Camoens*, inséré en 1824 dans le recueil des Mémoires de l'Académie Royale des Sciences de Lisbonne (p. 158-279), n'offre pas peut-être une impartialité d'appréciation égale à la solide érudition dont il est plein.

Enfin, je dois mentionner une dernière vie portugaise de Camoens, placée par MM. BARRETO FEIO ET MONTEIRO à la tête du tome second des *Obras completas* de Camoens (Hamburgo, 1834, 3 vol. in-8°). Cette notice est remplie de conjectures et de paradoxes qui auraient eu besoin d'être appuyés de preuves plus solides.

A ces diverses biographies de notre poëte, il faut joindre l'article instructif, quoique insuffisant, de BARBOSA MACHADO, dans la *Bibliotheca Lusitana* (t. III, p. 70-76), et les articles encore moins satisfaisants de NICOLAS ANTONIO, dans la *Bibliotheca Hispana nova* (t. II, p. 20), et de JOAO SOARES DE BRITO, dans le *Theatrum Lusitaniæ litterarium*, ouvrage qui n'est encore que manuscrit. L'article *Camoens* du catalogue des écrivains portugais, placé par M. FONSECA en tête du Dictionnaire de l'Académie de Lisbonne, contient plutôt l'appréciation du génie poétique de Camoens, que des renseignements sur sa vie et sa personne.

Je n'ai pas eu jusqu'ici l'occasion de consulter l'ouvrage intitulé : *Retratos e bustos dos Varões e Donas que illustrarão a nação Portugueza* (Lisboa, 1806, in-4°), que cite M. John Adamson et qui doit contenir un article sur Camoens. J'ignore même si cet ouvrage diffère ou non de celui que le même M. John Adamson indique de la manière suivante : *Retratos e elogios dos Varões e Donas Portuguezes.*

Deux poëtes anglais, M. MICKLE et lord STRANGFORD, ont fait précéder, l'un sa traduction des *Lusiades*, l'autre sa traduction de quelques poésies diverses (*Poems from the Portuguese*, London, 1803, in-16), d'une courte notice sur le poëte.

La vie la plus étendue et la plus complète de Camoens, est celle qu'a publiée M. JOHN ADAMSON, sous le titre de *Memoirs of the life and writings of Luis de Camoens*, London, 1820, 2 vol. in-12.

En Allemagne, le célèbre Tieck a publié une biographie poétique de Camoens. Ce morceau a été traduit en italien par A. Pellegrini dans la *Rivista Viennese*, t. IV, 1840.

En France, MORERI, CHAUFFEPIÉ et la *Biographie universelle*, par la plume éloquente de MADAME DE STAEL, ont donné des articles très-incomplets et quelquefois fautifs sur la vie de Luiz de Camoens.

Ce qu'ont écrit sur le même sujet RAPIN, BAILLET, DUPERRON DE CASTERA, LA HARPE et même VOLTAIRE, ne mérite pas la confiance que de pareils noms semblent commander. Outre l'épisode de *Jose Indio*, dont nous avons parlé, M. FERDINAND DENIS a publié en 1841, pour servir d'introduction à la traduction des Lusiades de la *Bibliothèque d'élite*, un morceau intéressant intitulé *Camoens et ses contemporains.*

XXXIII.

ANTONIO VIEYRA,

PRÉDICATEUR ET MISSIONNAIRE PORTUGAIS (1).

(Globe, 22 décembre 1827.)

Antonio Vieyra (2) n'est pas seulement le premier
prédicateur de sa nation, le Massillon du Portugal. L'universalité de son génie semble rappeller
Bossuet. Grand théologien, humaniste exercé, né-
gociateur habile, écrivain politique plein de hardiesse et de force, parlant et écrivant les principales langues de l'Europe et six au moins des
idiomes primitifs du Brésil, il ne fut pas seulement
homme de cabinet et d'études; il fut homme d'É-
tat en Europe et apôtre en Amérique. Plusieurs
voyages diplomatiques en France, en Angleterre et
en Hollande, deux séjours à Rome, quatre traversées au Brésil, onze visites dans toutes les résidences

(1) Une partie de la notice suivante, insérée dans le *Globe* du 21
juillet 1827, fut supprimée par la censure. Cette rigueur s'adressait particulièrement, comme on peut le voir par le blanc laissé dans
cette feuille, au beau fragment du sermon de Vieyra, traduit par
l'abbé Raynal. Ce morceau parut dans le *Globe* du 22 décembre
1827. Nous le reproduisons ici avec de nouveaux développements.
(*Note de 1842*).

(2) J'emploie l'orthographe du temps; on écrit aujourd'hui Vieira.

des missions du Maranhâo, vingt-deux navigations
sur des fleuves aussi étendus que la Méditerranée,
quinze mille lieues faites à pied dans les déserts du
Nouveau-Monde, ne sembleraient pas avoir pu lui
laisser le loisir d'être écrivain. Cependant Vieyra
est compté, à juste titre, parmi les gloires littéraires du Portugal, et l'on ne sait ce que l'on doit
le plus admirer des immortelles productions de
son génie ou des six cents lieues de pays qu'il a
conquises à l'Evangile et à la civilisation.

Cet homme illustre naquit à Lisbonne, le 6 février 1608. Il n'avait pas encore huit ans lorsqu'il
suivit au Brésil son père Christophe Vieyra Ravasco, qui allait à la Bahia remplir des fonctions publiques. Il fit les plus brillantes études au collége
des jésuites et fut admiré dès-lors pour son génie
précoce. Ayant entendu un sermon, dont il fut
vivement touché, comme il nous l'apprend (1),
il prit, malgré sa famille, la résolution d'entrer
dans la Compagnie de Jésus. La nuit du 5 mai 1623,
à peine âgé de quinze ans, il quitta secrètement la
maison paternelle, pour se rendre au couvent des
jésuites, où il reçut l'habit de l'Ordre, le 6 mai 1625.
Il fit vers, le même temps, le vœu secret de se consacrer à la conversion et à l'émancipation des sauvages et des esclaves tant de l'Afrique que de l'A-
mérique. Dans cette vue, tout en professant la

(1) Voy. *Sermâo VI*, tome VII de la collection.

rhétorique au collége de Fernambouc et en com-
mentant les métamorphoses d'Ovide et les tragédies
de Sénèque, il s'appliqua à apprendre la langue
Bunda (1) et plusieurs des dialectes du Brésil. Il fut
ordonné prêtre en décembre 1635. Avant et depuis
cette époque jusqu'en 1640, il se livra, avec une
ardeur vraiment apostolique et avec un succès immense, à la prédication. Il prononça, en 1640, le
fameux sermon *pour le bon succès des armes du
Portugal contre celles de la Hollande,* dont nous
citerons plus bas quelques fragments. Pendant
plusieurs années, Vieyra fut chargé de la rédaction de la lettre latine annuelle que, dans chaque province, la Compagnie adressait au général
de l'Ordre (2). En 1641, après la restauration de
la maison de Bragance et le rétablissement de la
nationalité portugaise, il fut choisi pour accompagner à Lisbonne et aider de ses conseils le jeune
Dom Fernand de Mascarenhas, fils du vice-roi,
chargé d'aller complimenter Dom Jean IV. Ce
prince charmé, comme toute la cour et comme
toute la population de Lisbonne, de l'éloquence du
père Vieyra, l'attacha à l'éducation de l'infant Dom
Pèdre et le nomma son prédicateur en 1644. La
faveur royale attira à l'illustre religieux quelques

(1) Langue parlée à Angola

(2) Le recueil des lettres annuelles écrites par le Père Vieyra
(*cartas annuaes da Provincia do Brazil*) se trouve manuscrit à Lisbonne dans la Bibliothèque de M. le Vte de Santarem.

contradictions de la part de sa Compagnie. Le roi,
l'ayant su, lui fit offrir un évêché; mais fidèle à son
vœu, Vieyra répondit qu'il n'échangerait pas contre toutes les mitres du royaume la pauvre robe de
la Compagnie de Jésus. On voit par le recueil de
ses lettres (1) qu'il prit à cette époque une part fort
active aux affaires publiques et aux discussions du
conseil-d'État. Il paraît notamment avoir beaucoup
contribué à l'établissement des deux compagnies
des Indes orientales et occidentales (2). Il était consulté même sur les opérations militaires (3). Le roi
ayant reconnu combien le génie du père Vieyra
était propre aux affaires, le chargea de plusieurs
négociations délicates. Il l'envoya une première
fois, en 1646, à Paris et à La Haye, puis il le ren-
voya l'année suivante dans ces deux capitales (4),
en passant par Londres. Il le désigna pour accompagner Dom Luiz de Portugal au congrès de West-
phalie et voulut l'accréditer comme son ministre
en Hollande. Mais le père Vieyra refusa cette haute

(1) *Cartas do Padre Antonio Vieyra*, Lisboa, 1735, 3 vol. in-4°.
— Plusieurs de ces lettres sont de véritables mémoires relatifs aux
affaires d'État. — M. Jose Ignacio Roquete a publié à Paris en 1838,
un abrégé de ce recueil, sous le titre de *Cartas selectas*, en un volume in-12, et l'a fait précéder d'une notice intéressante sur l'auteur que nous avons souvent consultée.

(2) Voy. Recueil de lettres, t. II, L. 98, et *Cartas selectas*, p. 116.

(3) Même recueil, t. II, L. 1, et *Cartas selectas*, p. 94.

(4) Voy. une lettre datée de Paris du 25 octobre 1647 (Recueil de
lettres, t. II, L. 2, et *Cartas selectas*, p. 207.)

position, comme ne lui paraissant pas compatible avec son état.

De retour à Lisbonne, à la fin d'août 1649, il quitta de nouveau cette ville, le 10 janvier suivant, pour se rendre à Rome, où il devait tâcher d'entamer une négociation pour le mariage de l'Infant Dom Theodosio avec la fille de Philippe IV, et où il était chargé d'une mission encore plus délicate relative à la couronne de Naples. Obligé de quitter Rome, sans avoir réussi, il retourna à Lisbonne en novembre 1650. Pendant les deux années suivantes, il fut de nouveau en butte aux tracasseries de son Ordre et menacé même d'exclusion. Pour mettre fin à ces mésintelligences et accomplir le vœu qu'il avait fait dans sa jeunesse de se consacrer à l'instruction des sauvages, Vieyra s'embarqua pour le Brésil, le 22 novembre 1652, muni d'une licence royale d'affranchissement pour les nouveaux convertis. Une tempête l'ayant forcé de relâcher au Cap-Vert, il fut très-affligé de l'abandon spirituel où il trouva les habitants de la côte de Guinée et d'Angola. Il en écrivit au roi, déjà malade, et parvint à lui inspirer de tels scrupules, que deux missions furent établies, l'une par les religieux de *da piedade*, au Cap-Vert, l'autre par les carmélites déchaussés, à Angola (1).

(1) Je tire ces détails d'un manuscrit de la Bibliothèque royale (fonds français, n° 2022), dont je dois l'indication à M. le Vte de Santarem. Ce volume contient , parmi plusieurs ouvrages du

Il arriva dans la capitainerie du Maranhâo, le 17 janvier 1653, accompagné de plus de trente religieux. Malgré le mauvais vouloir et l'opposition violente de la population européenne, il commença avec fruit ses travaux apostoliques; mais il fut bientôt tellement entravé, qu'il dut, l'année suivante, s'embarquer secrètement pour Lisbonne, afin de porter plainte au roi contre les obstacles que l'avarice des colons et la connivence des capitaines-généraux du Maranhâo et du Pará suscitaient aux travaux des missionnaires (1). Quoique obligé de tenir son projet caché, il ne put s'empêcher d'exhaler son indignation dans le beau sermon de Saint-Antoine, qu'il prêcha trois jours avant son départ, et où d'abord sous le voile de l'allégorie, puis par une véhémente et directe apostrophe, il gourmanda l'endurcissement des colons(2). Après avoir éprouvé de graves accidents de mer, il arriva à Lisbonne en novembre 1654. Il y trouva des députés du Bré-

Père Vieyra, la défense de son commentaire sur les vers prophétiques de Bandarra, dont nous parlerons plus loin. — On peut lire encore au sujet des missions du Cap-Vert et d'Angola, une lettre datée du Cap-Vert, le 25 décembre 1652, et adressée au confesseur du roi Dom Jean IV, dans le Recueil de lettres, t. III, L. 1, et *Cartas selectas*, page 146.

(1) Il s'était déjà plaint vainement au roi à ce sujet dans une longue et éloquente lettre du 4 avril 1654. Voy. Recueil de lettres, t. I, L. 11, et *Cartas selectas*, p. 177.

(2) Ce sermon, un des plus admirés du Père Vieyra, se trouve dans le t. II de la collection

sil, venus exprès pour s'opposer à l'affranchissement des Indiens que les missionnaires réclamaient
comme indispensable à leur conversion. Ayant défendu et gagné cette noble cause et obtenu d'écla-
tants succès dans la chaire, Vieyra quitta Lisbonne
le 16 avril 1655 et retourna dans ses déserts. Ce fut
alors que, se livrant à toute l'ardeur de son prosé-
lytisme et mieux secondé par les autorités portugaises (1), il conquit au christianisme, en moins
de six ans, la plupart des peuplades qui erraient
dans le Seará, le Maranhâo, le Pará et le long du
fleuve des Amazones. Il fit élever seize églises et
composa lui-même un catéchisme en six langues
pour l'usage des néophytes. Il soumit enfin au Portugal et à l'évangile les Nheegaïbas, qui le reçurent
en triomphe le 5 août 1659 (2).

Cependant, les colons, de plus en plus irrités des
préjudices que le succès des missionnaires faisait

(1) Dans une lettre datée du 1er septembre 1658, le Père Vieyra
remercie la reine, veuve de Dom Jean IV, de la protection qu'elle
accorde aux missions du Brésil. Voy. Recueil des lettres, t. I, L. 15,
et p. 15 des *Cartas selectas*.

(2) Voy. *Copia de huma carta para el rey sobre as missoens do
Seará, do Maranhâo, do Para et do grande rio das Amazonas*;
Lisboa, 1660, in-1º, et dans le t. XIV de ses sermons, p. 266. — Je
ne sais si cette pièce, citée ainsi par Barbosa, est la même que la
lettre adressée au jeune roi, Dom Alfonse VI, qui se trouve dans
le Recueil de lettres, t. II, L. 2, et p. 23 des *Cartas selectas*. Dans
cette lettre, ou plutôt dans ce rapport, daté du 11 février 1660, on
voit que les sauvages Nheegaïbas avaient donné a Vieyra le sur-
nom bien mérité de *Padre grande*.

éprouver à leur coupable cupidité, embarquèrent
de force, en 1661, Vieyra et ses compagnons et les
renvoyèrent à Lisbonne, sous prétexte qu'ils s'entendaient avec les Hollandais pour enlever le Brésil
au Portugal. Cette absurde accusation tombait
d'elle-même; mais ce voyage n'en fut pas moins pour
Vieyra la cause de nombreux malheurs. Alfonse VI
avait succédé à Dom Jean IV. De jeunes ambitieux
s'étaient emparés de l'esprit du roi mineur. Consulté par la régente, Vieyra fut d'avis d'exiler les favoris. Ce coup d'autorité fut frappé le 27 juin 1662,
et une remontrance, dont la reine-mère confia,
dit-on, la rédaction à la plume de Vieyra, fut lue
solennellement au jeune roi, en présence des grands
corps de l'État (1). Mais Alfonse ayant repris presque aussitôt le gouvernement des mains de sa mère,
les favoris redevinrent maîtres (2) et firent relé-
guer Vieyra au Porto, puis à Coimbre. Alors, à
l'instigation de la nouvelle cour, d'anciennes ini-
mitiés se réveillèrent. Déjà, en 1552, les jésuites
portugais mécontents d'une mesure qu'ils avaient

(1) On peut lire cette pièce dans le quatrième volume des lettres
de notre auteur, p. 321, et dans les *Cartas selectas*, p. 373. — Ce
quatrième volume n'a paru qu'en 1827, à Lisbonne, sous le titre
suivant : *Cartas do P. Antonio Vieyra a Duarte Ribeiro de Macedo;*
il est rempli de détails intéressants pour l'histoire politique du
Portugal.

(2) Voyez le récit de ces événements dans la *Relation des trou-
bles arrivés à la cour de Portugal*, par Frémont d'Ablancourt,
p. 98 et suiv.

crue conseillée par lui (1), avaient voulu l'exclure
de leur société comme novateur. Cette fois, on in-
crimina un ouvrage rempli d'un patriotisme un peu
chimérique, comme il est aisé d'en juger par le
titre : *Esperanças de Portugal*, *quinto Imperio do
mundo* (2), et, de plus, on l'accusa d'avoir émis
soit dans la conversation, soit dans la chaire, des
propositions contraires à la foi. Croirait-on que ni
la gloire ni les services éminents qu'il avait rendus
au christianisme et à son pays n'empêchèrent ce
grand homme d'être poursuivi, en 1663, par l'inquisition? Il se défendit chaleureusement et son
éloquence ne lui fit pas défaut (3) ; mais le tribunal

---

(1) Les jésuites de Portugal ne formaient qu'une seule province;
le roi décida qu'elle serait partagée.

(2) Cet ouvrage bizarre, écrit au Brésil en 1659, est un commentaire sur quelques prophéties en vers du fameux savetier-poëte
Bandarra. Voici le titre de ce livre , d'après le MS. de la Bibliothèque royale (fonds français, nᵒ 2022) : *Esperanças de Portugal
quinto imperio do mundo* , *primeira e segunda vida del rey D.
João IV*, *escriptas por Gonsalianes Bandarra.* Une copie de cet ouvrage se trouve à Lisbonne dans la Bibliothèque de M. le Vᵗᵉ de
Santarem ; elle a été donnée à son père par le célèbre juriscon-
sulte Pascoal Jose de Mello.

(3) Voy. dans le MS. de la Bibliothèque royale (fonds franç. nᵒ 2022)
deux pièces apologétiques, 1ᵒ *Petição que o Padre Antonio Vieyra
da Companhia de Jesus fez ao tribunal do conselho geral do Santo
Officio* 1665; 2ᵒ *Defeza do livro intitulado Quinto imperio que he jun-
tamente a segunda apologia do livro* CLAVIS PROPHETARUM *de regno
Christi* , *que o P. Ant. Vieyra offereceo aos senhores Inquisidores es-
tando prezo* (Ces deux morceaux , fort étendus l'un et l'autre, contiennent beaucoup de faits importants pour la vie de Vieyra jusqu'à

du Saint-Office n'était pas de ceux sur lesquels le
prestige de la parole pût quelque chose. Emprisonné le 2 octobre 1665, on crut lui faire grâce,
lorsqu'on l'élargit, le 24 décembre 1667, après
vingt-six mois de détention, en le dispensant de
figurer dans la cérémonie de l'auto-da-fé. On le re-
légua à Pedroso, et l'on n'eut pas honte de lui inter-
dire la prédication (1). Heureusement la révolution
de palais (scandaleuse à bien des égards) qui, quelques mois après cette sentence, amena la déposition
d'Alfonse VI et la régence de son frère, rendit à
Vieyra de puissants protecteurs qui le rappelèrent à
Lisbonne. Il fut même relevé, au mois de juin 1668,
des peines portées contre lui. Aussi, avant la fin de
cette année, prononça-t-il, dans la chapelle royale,
un discours beaucoup plus politique que religieux,
à l'occasion du jour anniversaire de la naissance

l'année 1665). — On imprima à Lisbonne, en 1757, un ouvrage du
Père Vieyra intitulé : *Carta apologetica*, qui fut condamné par un
édit de la censure royale, le 10 juin 1768. Voy. *Deducção chronologica*, t. IV, appendix, p. 289.

(1) On trouve dans le manuscrit de la Bibliothèque royale (fonds
franç. n° 2022), le texte entier de la sentence rendue contre Vieyra
par l'Inquisition de Coimbre. Cette pièce fut lue à l'accusé dans la
salle du Saint-Office, le vendredi 23 décembre 1667, après midi et
publiée, le samedi matin, dans le collége des Jésuites : « On a employé à la lire deux heures un quart », dit un post-scriptum joint à
la copie. — Cet arrêt est imprimé, avec quelques légères variantes,
dans le recueil intitulé : *Deducção chronologica*, prova num. XLV.
L'auteur de ce recueil a aveuglément accueilli les imputations les
plus violentes des adversaires du Père Vieyra.

de la reine (1). Le 6 janvier suivant, il improvisa dans le même lieu, à l'occasion de la naissance de l'infante Isabelle, un discours où se montre en-core plus, suivant moi, l'habileté du courtisan que la gravité de l'orateur chrétien (2). Enfin, il rem-porta, cette même année (1669), un de ses plus grands succès oratoires, en prononçant son fa-meux panégyrique de Saint-Ignace dans l'église de Saint-Antoine à Lisbonne. Cependant, malgré l'ad-miration générale qui l'entourait et la bienveil-lance particulière que lui portait le Régent, dont il avait été le maître et le confesseur, Vieyra crut

(1) Vieyra a intitulé ce discours *Sermão historico e panegyrico* Il en existe une traduction française par le Père Ant. Verjus, sous le pseudonyme de Saint-André, intitulée *Discours historique, pour le jour de la naissance de la sérénissime reine de Portugal, où il est traité des grands événements arrivés l'année dernière dans ce royaume-là.* Paris, 1669. in-4°. Cette ingénieuse apologie des évé-nements de 1668, eut le plus grand succès à la cour de France, notamment, dit-on, auprès de Turenne et du grand Condé.

(2) *Sermão gratulatorio e panegyrico,* etc. Ce discours a été tra duit en français par le Père Verjus jésuite, sous ce titre : *Discours de conjouissance sur la naissance de l'Infante de Portugal, prononcé devant toute la cour assemblée dans la chapelle royale pour y chan-ter le* TE DEUM; Paris, Cramoisy, 1671, in-4°. — Il n'est pas inutile de remarquer que le Père Verjus avait joué un rôle très-actif dans l'intrigue qui enleva à Alfonse VI sa couronne et sa femme, et fit passer l'une et l'autre à son frère Dom Pèdre. C'est ce même jé-suite Verjus qui apporta, à point nommé, à Lisbonne, la dispense du légat qui permit à Dom Pèdre d'épouser, sans délai, la reine sa belle-sœur. Voyez l'ouvrage de Frémont d'Ablancourt

prudent d'aller passer quelque temps à Rome (1),
où il avait d'ailleurs à poursuivre plusieurs affaires
qui intéressaient au plus haut point l'Église de
Portugal, notamment la canonisation des *quarante
martyrs* (2). Il s'embarqua donc le 15 août 1669, et,
après avoir été forcé par une tempête de relâcher à
Marseille, il arriva dans la capitale du monde chrétien, un peu avant la mort de Clément IX et l'intro-
nisation de Clément X, deux grands spectacles
auxquels il assista et qu'il a décrits (3). Il séjourna
à Rome, comblé de louanges et d'hommages, jusqu'au 22 mai 1675. Ce fut dans cet intervalle qu'il
composa un petit écrit, qui n'a été publié qu'en
1821, intitulé *Noticias reconditas...*, c'est-à-dire :
*Notes secrètes adressées au souverain Pontife
Clément X, sur la manière dont l'Inquisition de
Portugal procède envers ses prisonniers* (4). Pen-

(1) Dans une lettre adressée à la reine d'Angleterre et datée de
Rome, le 21 décembre 1669, Vieyra se plaint amèrement du peu
de gratitude que Dom Pèdre lui témoigne. Cela peut expliquer son
départ de Lisbonne. Voy. Recueil de lettres, t. II, L. 62, et *Cartas
selectas*, p. 160.

(2) Il s'agissait de quarante missionnaires jésuites, qui, le 15
juillet 1570, se rendant au Brésil, furent massacrés et jetés à la
mer par un chef calviniste, nommé Jacques Soria.

(3) Recueil de lettres, t. II, L. 64 et 63 et *Cartas selectas*, p. 243
et 246.

(4) On lit un peu plus bas sur le titre que, « par suite des informations contenues dans ce mémoire, l'Inquisition fut suspendue pendant sept ans en Portugal, de l'année 1674 à l'année 1681. » Je ne

dant les six années de son séjour à Rome, Vieyra
ne cessa d'occuper la chaire évangélique. L'admiration qu'il excita fut si générale et si vive, qu'on
le pressa de toutes parts de prêcher en italien. Il
s'y refusa longtemps et ne céda qu'à l'ordre de ses
supérieurs (1). Il ne fut pas moins éloquent dans
cette langue étrangère, qu'il ne l'était en employant
sa langue natale. Il eut souvent le pape, les cardinaux et surtout la reine Christine pour auditeurs.
Celle-ci fut si frappée de la hardiesse et de l'originalité de sa parole, qu'elle voulut se l'attacher et
le nommer son prédicateur; mais Vieyra ne soupi-
rait qu'après le moment de reprendre ses travaux
de missionnaire. De plus, le climat de Rome avait
altéré sa santé, et l'air du Portugal lui était devenu
nécessaire pour la rétablir. Ce fut alors qu'il reçut
du Saint-Siège une distinction peut-être unique et
qui n'est pas une des moindres singularités de sa

crois pas cette assertion exacte. Nous verrons tout à l'heure Vieyra
retourner à Lisbonne en 1675, muni d'un bref du pape qui l'enle-
vait à la juridiction des inquisiteurs portugais. Cette précaution eût
été tout à fait inutile, si l'Inquisition avait été suspendue dans ce
royaume. — Nous mentionnerons , à propos de l'Inquisition , une
pièce de Vieyra que Barbosa n'a pas citée; elle est intitulée : *Lettre
écrite de Rome à un religieux portugais, sur les changements apportés aux usages de l'Inquisition de Portugal.* C'est la dernière
pièce du manuscrit de la Bibliothèque royale, fonds franç. , n° 2022.
—Vieyra dit en plaisantant, dans une lettre du 26 septembre 1673,
qu'en Portugal , il vaut mieux être inquisiteur que roi.

(1) Voy. Recueil de lettres, t. II, L. 73, et *Cartas selectas*, p. 271.

vie. Un bref de Clément X, du 17 avril 1675, non seulement le releva des diverses censures qu'il avait encourues, mais, pour l'avenir, le plaça en dehors de la juridiction des inquisiteurs portugais et le soumit à la seule congrégation romaine des cardinaux (1). Muni de cette sauve-garde, il arriva à Lisbonne, à la fin de 1675. Nous le voyons alors souvent consulté par Dom Pèdre et par son Conseil, comme il l'avait été par Dom Jean IV et par la régente. En 1678, il reçut, par l'entremise du général des jésuites, une nouvelle et plus pressante invitation de la reine de Suède qui désirait l'avoir pour confesseur. On peut lire dans le recueil de ses lettres (2), le refus ferme et respectueux qu'il opposa à cette flatteuse insistance, alléguant sa santé affaiblie, son insuffisance et le poids croissant des années. Conformément au désir de Dom Pèdre et sur l'ordre exprès de Jean Paul Oliva, son général, il commença l'impression de ses sermons, dont le premier tome parut en 1679. Enfin, fatigué du

---

(1) Voici l'intitulé qui précède ce bref transcrit textuellement : « Exemptio Antonii Vieyra Lusitani presbyteri regularis Societatis Jesu ad ejus vitam a quacumque jurisdictione Tribunalis S. Officii Portugalliæ ac immediate subjecto (lis : *immediata subjectio*) Congregationi S. Officii de Urbe in quibusdam causis ad d. Tribunal spectantibus, quæ contra d. Vieyra ex quacumque causa moveri possent in d. Tribunali S. Officii Portugalliæ. » Voy. *Bullarium Romanum,* Hieron. Meinard., Rom., 1733, t. VII, p. 312.

(2) Voy. t. III, cart. 55, et *Cartas selectas*, p. 137-141.

monde et aspirant à la solitude, il résolut de se
retirer au Brésil. Il partit, pour la dernière fois,
du port de Lisbonne le 27 janvier 1681.

Arrivé à la Bahia, il s'établit dans une *Quinta*, ou
habitation rurale, appartenant à la compagnie de
Jésus et appelée *Tanque*. Là il se livra sans relâche
aux soins que demandait l'impression de ses œuvres oratoires, qui se continuait à Lisbonne. Mais
des circonstances imprévues le forcèrent encore
à sortir de sa retraite et à rentrer dans la vie mili-
tante. Un conflit s'étant élevé, en 1682, entre son
frère, Bernard Vieyra Ravasco, Secrétaire-d'État,
et le gouverneur, il crut devoir intervenir, et cette
affaire fut pour lui, pendant plusieurs années,
une cause de tourments, d'injures et de persé-
cutions violentes. Malgré ses quatre-vingts ans,
il chercha, comme il avait toujours fait, des con-
solations dans l'exercice de la prédication. Il prononça, le 11 septembre 1684, l'oraison funèbre
de la reine Dona Maria Francisca Izabel (1) et fit,
en 1689, deux sermons, l'un sur la naissance, l'autre sur la mort de l'infant, fils de la reine Dona
Maria Sofia (2). Il avait été, le 17 janvier 1688,
nommé, par le général des jésuites, visiteur de la

---

(1) *Sermão nas exequias da Rainha N. Senhora D. Maria.
Francisca Izabel de Saboya na Misericordia da Bahia.* Lisboa; 1685,
in-4°.

(2) Voy. Recueil de lettres, t. III. L. 70 et 79, et *Cartas selectas,*
p. 321 et 323.

province et supérieur de toutes les missions de
l'Amérique du Sud. Il passa ses dernières années
à la Bahia, où il habitait une petite maison avec un
jardin, dans un des faubourgs. Ce grand homme
tint exactement son vœu de pauvreté. Il ne possédait aucune propriété et se servit, dit-on, quatorze ans du même manteau. Il continua jusqu'au
dernier moment de sa vie d'être en correspondance
avec les têtes couronnées; parmi ses lettres nous
en voyons une adressée à la reine d'Angleterre,
datée de la Bahia, le 24 juin 1697 (1); il mourut,
dix-sept jours après, le 11 juillet de cette même
année, dans un état presque complet de cécité, à
l'âge de plus de quatre-vingt-neuf ans.

On trouve dans les ouvrages comme dans la vie
aventureuse du père Vieyra un caractère poétique,
qui est d'ailleurs le trait dominant de presque
tous les écrivains portugais. Nous citerons pour
preuve l'extrait d'un sermon que cet ardent missionnaire prononça, en 1640, dans l'église de Notre-
Dame da Ajuda, à la Bahia, pendant la lutte si
opiniâtre et si glorieuse que le Portugal soutint
contre la Hollande pour la possession du Brésil.
Ce morceau est empreint de toute la pieuse hardiesse et de toute la fervente singularité d'un aussi
vigoureux caractère. « C'est, dit l'abbé Raynal
(dont nous empruntons la traduction, quoique fort

_____

(1) T. III, cart. 93, et *Cartas selectas*, p. 346.

abrégée et un peu affaiblie) le discours le plus extraordinaire que l'on ait peut-être jamais entendu
dans aucune chaire chrétienne (1). »

Vieyra, après avoir pris pour texte la fin du
psaume 18, où David, s'adressant à Dieu, lui dit :
Réveille-toi, Seigneur! pourquoi t'es-tu endormi?
continue en ces termes :

« . . . . C'est ainsi , qu'en protestant plutôt qu'en priant , le
Prophète-Roi parle à Dieu. Le temps et les circonstances sont les
mêmes... Ce ne sont donc pas les peuples que je prêcherai aujourd'hui. Ma voix et mes paroles s'adresseront plus haut. J'aspire,
dans ce moment, à pénétrer jusque dans le sein de la divinité.
C'est le dernier jour de la quinzaine que, dans toutes les églises
de la métropole, on a destiné à des prières devant les sacrés autels;
et puisque ce jour est le dernier, il convient de recourir au seul
et dernier remède. Les orateurs évangéliques ont travaillé vainement à nous amener à résipiscence : puisque nous avons été sourds,
puisqu'ils ne nous ont pas convertis, c'est toi, Seigneur, que je
convertirai... Ignores-tu que l'hérétique , enflé des succès que tu
lui accordes, a déjà dit que c'est à la fausseté de notre culte qu'il
doit ta protection et ses victoires? Et que veux-tu qu'en pensent les
gentils qui nous environnent , le Talapoin qui ne te connaît pas encore , et l'inconstant Indien à peine mouillé des eaux du baptême?...
Ne nous as-tu donc donné ces contrées que pour nous les ôter? Si
tu les destinais au Hollandais, que ne l'appelais-tu quand elles

---

(1) Voyez Raynal, *Histoire philosophique et politique des deux
Indes;* Paris, Amable Coste , 1820, t. V, p. 37.— M. Raynouard a
élevé , à tort, dans le *Journal des Savants* du mois de mars 1827,
quelques doutes sur l'authenticité de ce sermon. Le texte se trouve
dans le *Recueil des sermons du Père Vieyra;* Lisbonne, 1679-1696 ,
15 vol. in-4°, troisième partie, p. 467. Il a pour titre : *Pelo bom
successo das armas de Portugal contra as de Hollanda.*

étaient incultes? L'hérétique t'a-t-il rendu de si grands services,
et sommes-nous si vils à tes yeux que tu ne nous aies tirés de notre
contrée que pour être ici ses défricheurs, pour lui bâtir des villes,
pour l'enrichir de nos travaux?... Job, écrasé de malheurs, con-
teste contre toi : tu ne veux pas, sans doute, que nous soyons
plus insensibles que lui. Il te dit : « Puisque tu as décidé ma perte,
consomme-la, tue-moi ; anéantis-moi ; que je sois inhumé et réduit en poussière, j'y consens. Mais demain tu me chercheras, et
tu ne me trouveras plus. Tu auras des Sabéens, des Chaldéens,
des blasphémateurs de ton nom ; mais Job, mais le serviteur fidèle
qui t'adore, tu ne l'auras plus... » — A ton avis, La Hollande te
fournira des conquérants apostoliques qui porteront, au péril de
leur vie, par toute la terre, l'étendard de la croix ! La Hollande
t'élèvera des temples qui te plaisent, te construira des autels sur
lesquels tu descendes ! Oui, oui ; le culte que tu en recevras, ce
sera celui qu'elle pratique journellement à Amsterdam, à Middle-
bourg, à Flessingue, et dans les autres cantons de cet enfer humide et froid.

« Je sais bien, Seigneur, que la propagation de ta foi et les intérêts de ta gloire ne dépendent pas de nous, et que, quand il n'y
aurait point d'hommes, ta puissance, animant les pierres, en sus-
citerait des enfants d'Abraham. Mais je sais aussi que, depuis
Adam, tu n'as pas créé d'hommes d'une espèce nouvelle ; que tu te
sers de ceux qui sont, et que tu n'admets à tes desseins les moins
bons qu'à défaut de meilleurs... Si nous sommes assez malheureux
pour que le Hollandais se rende maître du Brésil, ce que je te recommande avec humilité, mais très-sérieusement, c'est d'y bien
regarder avant l'exécution de ton arrêt. Pèse scrupuleusement ce
qui pourra t'en arriver. Consulte-toi pendant qu'il en est temps encore... Avant le déluge, tu étais aussi très-courroucé contre le
genre humain. Noé eut beau te prier pendant un siècle, tu persis-
tas dans ta colère. Les cataractes du ciel se rompent enfin ; les
eaux surmontent les sommités des montagnes ; la terre entière est
inondée, et ta justice est satisfaite. Mais, trois jours après, lorsque les corps surnagèrent, lorsque tes yeux s'arrêtèrent sur la
multitude des cadavres livides, lorsque la surface des mers t'offrit
le spectacle le plus triste, le plus affreux spectacle qui eût jamais

affligé le regard des anges, que devins-tu? Frappé de ce tableau,
comme si tu ne l'avais pas prévu, tes entrailles s'émurent de douleur. Tu te repentis de ce que tu avais fait souffrir au monde (1).
Tu eus des regrets sur le passé; tu pris des résolutions pour l'avenir. Voilà comme tu es; et puisque c'est là ton caractère, pourquoi ne te ménages-tu pas en nous épargnant? Lorsque tes temples
seront dépouillés, tes autels détruits, ta religion éteinte au Brésil,
et ton culte interrompu; lorsque l'herbe croîtra sur le parvis de
tes églises, le jour de Noël viendra sans que personne se souvienne
du jour de ta naissance; le Carême, la Semaine Sainte viendront,
sans que les mystères de ta passion soient célébrés. Les pierres de
nos rues pleureront, comme pleurèrent celles de Jérusalem détruite. Plus de prêtres, plus de sacrifices, plus de sacrements.
L'hérésie s'emparera de cette chaire où je parle, et la fausse doctrine infectera les enfants des Portugais. Un jour on demandera aux
descendants de ceux qui m'entourent : *Jeunes garçons, de quelle
religion êtes-vous?* et ils répondront : *Nous sommes calvinistes.
Et vous, jeunes filles?* et elles répondront : *Nous sommes luthé-
riennes.* Alors tu t'attendriras, tu te repentiras; mais puisque le
regret t'attend, que ne le préviens-tu?... »

Certes, ni Bossuet, ni Bourdaloue, ni Bridaine ne
nous offrent rien de plus audacieux que cette surprenante allocution, rien que l'on puisse mettre
au-dessus de cette véhémente et respectueuse prise
à partie.

Outre ses sermons, qui remplissent douze volumes in-4" (2), Vieyra a composé un grand nom-

---

(1) L'abbé Raynal a traduit : « Tu te repentis d'avoir fait le
monde. » C'est un léger faux sens que nous avons dû corriger, ainsi
que deux ou trois autres expressions inexactes.

(2) Lisbonne, 1679-1718. — Les tomes XIII et XIV, que je n'ai
pas été à même de consulter, renferment des ouvrages historiques
et politiques. Le tome XV, que j'ai eu entre les mains, contient

bre d'écrits, dont on trouve l'indication dans
Barbosa. Ceux de ses autres biographes que j'ai pu
consulter (1) n'en ont cité que la moindre partie.
Nous ne croyons pouvoir mieux compléter l'idée
que nous avons essayé de donner de cet homme
extraordinaire, qu'en transcrivant ici les titres de
quelques-uns de ses ouvrages, que nous n'avons
pas encore mentionnés : 1" Lettre du Père Vieyra au
provincial du Brésil sur les motifs qui lui ont fait
quitter Lisbonne en 1652; 2° Rapport au Conseil
ultra-maritime (le ministère des colonies) sur les
affaires du Maranhâo, rédigé à Lisbonne en 1678;
3° Relation de la mission de la Serra de Ibiapaba;
4° Vœux relatifs aux difficultés qu'éprouvent les
habitants de Saint-Paul au sujet de l'administration
des Indiens , opuscule écrit à la Bahia et daté du
12 juin 1694. (Ces quatre mémoires, et plusieurs
autres non moins importants, ont été réunis dans le
Recueil publié par le Père André de Barros, intitulé
Vozes Saudosas da eloquencia, do espirito, etc.
do Padre Ant. Vieyra; Lisboa, 1736, in-4°); 5°

l'*Historia do futuro.*—Un grand nombre des sermons du Père
Vieyra ont été traduits en espagnol, en italien et en latin. Son *Avent*,
entre autres, a paru, il y a peu d'années, en allemand à Leipsick.—
Anselmo Caetano Munhoz a donné en deux volumes in-4° des mor-
ceaux choisis du Père Vieyra, sous le titre de *Vieira abbreviado;*
Lisboa, 1746.

(1) Je regrette d'avoir connu trop tard l'existence de l'ouvrage de
M. Fr. Alexandre Lobo, évêque de Viseu, intitulé : *Discurso historico
e critico acerca do P. Ant. Vieira e das suas obras. (Note de 1842.)*

Apologie des larmes d'Héraclite, badinage philosophique composé en italien, pendant son dernier
séjour à Rome; 6° L'Art de voler, critique piquante
de tous les genres de roueries politiques et diplomatiques (1); 7° Discours sur la comète qui parut
à la Bahia, le 27 octobre 1694 (2); 8° L'Histoire de
l'avenir. (Ces deux ouvrages de Vieyra témoignent,
comme le livre sur le Cinquième Empire et la *Clef
des Prophètes*, d'une étrange faiblesse de ce grand
homme. Il croyait à la possibilité de découvrir l'a-
venir et même un peu à l'astrologie judiciaire.

Parmi les nombreux ouvrages manuscrits qu'il
a laissés nous ne citerons que les suivants : 1° De
la manière de gouverner les Indiens dans le grand
Pará; 2° Comment, en 1655, les Indiens furent pris
et traités en esclaves; 3° Politique du diable (je ne
sais si cet ouvrage traite du Saint-Office ou des
manœuvres des colons); 4° Mémoire politique
adressé au roi Dom Pèdre II, au sujet de la con-
vocation des Cortès pour établir un tribut qui ser-
vît à combler le déficit, écrit au nom des paysans
da la Serra da Estrella; 5° Description de Lisbonne; 6° Description du Maranhâo; 7° *Parecer*

_____

(1) Barbosa ne cite pas cet ouvrage anonyme, qui pourrait bien
ne pas appartenir à Vïeyra.

(2) On peut lire dans le tome II de son Recueil de lettres et p. 402
des *Cartas selectas*, une lettre adressée, en 1665, à l'infant Dom Theodosio, où se rencontraient déja les mèmes idées superstitieuses sur les
comètes.

politico, etc. Opinion politique sur la question de la guerre ou de la paix avec la Hollande pour la possession de Fernambouc : cet écrit est connu sous le nom de *Papel forte* ; 8° Instruction et réponse au sujet de l'affaire de Naples ; 9° État des services rendus pendant trente-huit ans à la couronne de Portugal par le père Antonio Vieyra, pour venir à l'appui de la requête de son neveu Gonzalo Ravasco Cavalcante et Albuquerque, Secrétaire-d'État du Brésil ; 10° Une série de mémoires sur la situation des juifs et des nouveaux convertis en Espagne et en Portugal. (Les ouvrages qui composent les six articles précédents se trouvent à Lisbonne dans la précieuse bibliothèque de M. le V^le de Santarem, avec diverses autres pièces et une vaste correspondance du même auteur, qui remplit à elle seule plusieurs volumes); 11° Conseils pour bien mourir; 12° Commentaire sur les tragédies de Sénèque..... Nous nous arrêtons : l'imagination est effrayée à la vue de si prodigieux travaux. Peut-être, à part soi, plus d'un de nos lecteurs rougit-il, comme nous, du dédain que nous avons si longtemps montré pour une littérature qui a produit de si remarquables écrivains. Peut-être aussi s'étonnera-t-on qu'il nous ait fallu profiter d'un intervalle de liberté de presse pour glisser dans un recueil littéraire l'éloge d'un homme qui honore à ce point le christianisme et l'humanité.

XXXIV.

RÉSUMÉ

DE

L'HISTOIRE LITTÉRAIRE DU PORTUGAL,

SUIVI DU RÉSUMÉ DE L'HISTOIRE LITTÉRAIRE DU BRÉSIL,
PAR M. FERDINAND DENIS (1).

(*Globe*, 16 juin 1827.)

Nous faisons sonner bien haut nos progrès dans
l'étude des littératures étrangères. La vérité est
qu'au moins en ce qui concerne le Portugal, notre
érudition n'est encore que bien peu profonde. De
tous les écrivains de cette nation, nous ne connaissons guère que Camoens, et, de tous les ouvrages de ce poëte, on ne lit à-peu-près que *les
Lusiades*. Ce serait, cependant, un étrange phénomène qu'une littérature composée d'un seul ouvrage. Le temps n'est plus où un grand écrivain
pouvait dire, en résumant dans une tranchante
épigramme une opinion qui était alors partagée
par tout le monde : « Le seul bon livre espagnol
est celui qui montre le ridicule de tous les autres (2). » On sait à présent que des productions
aussi éminentes que celles de Cervantès ou de Ca-

(1) Un vol. in-18.
(2) *Lettres persanes.*

moens supposent avant elles des essais multipliés et
après elles des efforts non moins nombreux. Les littératures, dont il n'est parvenu jusqu'à nous qu'un
ou deux chefs-d'œuvre, ressemblent à ces pays
lointains dont nous connaissons les capitales par
des plans plus ou moins fidèles et dont nous ignorons tout le reste, bien que rempli d'une foule de
lieux intéressants encore, mais moins considérables
et moins célèbres. C'est à l'histoire littéraire, qui
procède par analyses et par extraits, qu'il appartient de nous faire connaître peu-à-peu ces lieux
ignorés. L'histoire de la littérature portugaise a été
écrite par l'abbé Andrès, Sané, Bouterwek et Sismondi, sans compter les ouvrages nationaux de
Barbosa, de Soares de Brito, et l'introduction du
Dictionnaire de l'Académie. Malheureusement,
l'ouvrage italien de l'abbé Andrès, ainsi que la partie relative au Portugal dans celui de Bouterwek,
n'ont point été traduits en français; le livre très-
estimable, d'ailleurs, de M. de Sismondi n'est pas,
en ce qui touche le Portugal, aussi complet qu'il
pourrait être, et la mort a empêché M. Sané de
continuer la série d'articles intéressants qu'il avait
commencé d'insérer dans *le Mercure étranger.* On
voit que M. Ferdinand Denis s'est trouvé avoir plutôt à composer une histoire nouvelle qu'à *résumer*
les travaux de ses devanciers.

Une chose nous a frappé surtout dans l'examen
des richesses poétiques, historiques et oratoires du

Portugal; c'est moins encore le mérite et l'originalité des œuvres que la romanesque et aventureuse destinée des écrivains. On retrouve avec surprise dans la vie de chaque auteur portugais le mélange d'infortunes extraordinaires et de talent qui émeut si vivement dans l'histoire de Camoens. Ce qui nous avait jusqu'ici paru dans ce grand homme une réunion de malheurs exceptionnelle, est, pour ainsi dire, la vie commune et habituelle de ces génies entreprenants et inquiets. Le même enthousiasme, la même fougue de passion et de courage, qui ont signalé les découvertes, les conquêtes et jusqu'à la chute du Portugal, se retrouvent dans le caractère, la conduite et le tour d'esprit de la plupart des écrivains de cette nation.

Aussi, que d'aventures romanesques, que d'histoires tragiques! C'est Macias frappé, en chantant sa maîtresse, par le fer d'un mari jaloux; c'est Bernardin Ribeiro, amant hardi de la fille du grand roi Dom Manoel; c'est Christophe Falcão, emprisonné pour s'être marié contre la volonté de sa famille; c'est Diogo Bernardès, qui combattit à Alcacer-Kébir et survécut si peu à ce désastre; c'est Rodriguès Lobo, englouti dans le Tage, qu'il avait si souvent chanté; c'est Francisco de Moraes, assassiné à la porte d'Évora; c'est Bandarra, savetier-poëte, qui ne fut pas moins maltraité par l'inquisition que par la fortune; c'est Joaquim de Foyos, amant d'une Laure, comme Pétrarque, et,

comme Abeilard, séparé d'elle par le cloître; c'est
un Jean de Barros, un Damião de Goes, un Fernand
Lopès de Castanheda, historiens qui se préparèrent
à leur grave mission par de longs et laborieux voyages et dont le dernier surtout fut si peu récompensé,
qu'il était, quand il mourut, bedeau dans une petite église de Coimbre; c'est un Pedro Antonio Correa Garção, mort en prison, persécuté par le ministre Pombal, qui protégeait les lettres à la façon
de Richelieu; c'est un Mendès Pinto, voyageur
passionné qui, dans le cours de sa vie errante,
fut treize fois captif et vendu dix-sept fois; c'est
un Corte Real, un Luiz Pereira Brandão, tous deux
poëtes et guerriers comme Camoens, et tous deux
faits prisonniers à la bataille d'Alcacer-Kébir; c'est
un Braz Mascarenhas, défenseur intrépide du Brésil
contre les Hollandais, et qui, pour toute récompense, fut jeté dans un cachot; c'est un Francisco
Manoel de Mello, accusé d'assassinat et renfermé
pendant neuf ans dans la *Torre Velha*; c'est une
Marianne d'Alcoforada, religieuse dans un couvent de l'Alem-Tejo, d'où elle écrivit à un officier français ces lettres si passionnées et si touchantes, que son indigne amant eut l'infamie de
faire traduire et de publier; c'est un Francisco Diaz
Gomès, mort dans toutes les douleurs et tout l'héroïsme de la pauvreté; c'est un Antonio Joze, que
sa verve comique, le charme et l'innocente vivacité de son esprit ne purent préserver de la main

du Saint-Office et des flammes de l'auto-da-fé de
1745; c'est un Manoel Maria Barbosa du Bocage,
parent de la femme célèbre de ce nom, poëte,
guerrier, voyageur, qui s'éteignit à trente-cinq
ans, comme notre Millevoye; c'est un Maximiano
Torrès, persécuté comme *afrancezado* et mort au
lazaret da Trafaria, en 1809; enfin, c'est un Francisco Manoel do Nascimento, qui est venu vivre et
mourir au milieu de nous, pour échapper aux
derniers bûchers des inquisiteurs.

On pense bien que quelque chose de l'esprit
aventureux et romanesque de ces écrivains a dû
passer dans leurs ouvrages. Toutes les productions
de la littérature portugaise se distinguent par un
enthousiasme guerrier, par une ardeur mélancolique propre au climat, en un mot, par une couleur
à demi orientale qui forme, en quelque sorte, la
transition de la poésie européenne avec la poésie
arabe, et fait confiner ces deux littératures, comme
les deux idiomes et les deux rivages.

Les premiers monuments de la poésie portugaise, les *cancões* de Gonzalo Hermiguès et d'É-
gas Moniz, comme plus tard les vers du roi Dom
Pèdre, le justicier, semblent déjà dénoter la ten-
dance que les poëtes de cette contrée devaient
avoir un jour à exprimer les sentiments chevaleresques et les plaintes de l'amour malheureux (1).

(1) S'il faut en croire la tradition, Égas Moniz mourut de douleur de l'infidélité de la belle Violante, à qui ses vers sont adressés.

La triste aventure d'Inès, qui a fourni tant de touchantes inspirations aux muses du Tage, qui a été chantée en romances, en vers héroïques, en tragédies, a été pour le Portugal ce que furent pour la Grèce les malheurs de la famille d'Atrée. Dom Pèdre lui-même exhala en vers ses regrets, que de sanglantes représailles devaient seules apaiser. Voici une complainte que l'on attribue à ce prince, et dont M. Balbi a publié le texte (1).

« Celui qui vous a tuée, madame, a besoin de la protection puissante du sort et des astres, puisqu'il n'a pas craint de nous causer tant de tristesse et tant de douleur à vous et à moi.

« Et puisque je n'ai pu arriver pour empêcher votre triste fin, je vous reçois, ma vie, comme maîtresse et comme reine de ces royaumes et de moi.

« Ces blessures mortelles qu'on vous a faites à cause de moi, elles n'ont point terminé une seule vie, elles en ont frappé deux.

« La vôtre, qui ne fut point coupable, est déjà achevée, et la mienne, qui demeure encore, sera pour jamais remplie de l'angoisse des tristes souvenirs.

« Oh! cruauté affreuse, injustice énorme! vit-on jamais dans les Espagnes une mort si cruelle et si triste?

« On contera comme une merveille la sincérité de mon cœur. Puisque vous êtes morte de cette manière, je serai la tourterelle qui est veuve de sa compagne.

« Soyez en repos, madame, puisque je vous reste en ce monde; votre mort, si je vis, sera bien vengée : c'est pour cela que je veux vivre ; si ce n'était pas ainsi, il me vaudrait mieux, madame, mourir tout de suite avec vous.

_____

(1) *Statistique du Portugal*, t. II, Appendix, p. VII.

« Qu'est-ce que j'ai? où me suis-je ensanglanté, madame? Je
vous ai donné la mort et vous me l'avez donnée. Sang de mon
cœur, cœur qui m'appartenait et que l'on a frappé, qu'est-ce qui a
pu vous déchirer sans raison? A celui-là, je lui arracherai le
sien. » (1)

Les chants de ces trouvères et surtout ceux de
Macias (2), tous consacrés à l'amour, comme l'indiquent assez son genre de mort et sa simple épitaphe (*Aqui yace Macias el enamorado*, Ci-gît
Macias, celui qui aima), imprimèrent le caractère
de l'élégie amoureuse à toutes les compositions qui
suivirent. Cette première impulsion, jointe à la
beauté du sol et du climat portugais, porta bientôt
vers le genre pastoral une nation chez qui la
poésie était plutôt le résultat d'un instinct physique qu'un calcul de la volonté ou un acte de
réflexion. Bernardin Ribeiro acquit le premier une
grande renommée dans l'églogue à la fois descrip-
tive et passionnée, et il ne fut peut-être surpassé
dans ce genre que par Diogo Bernardès, qu'on sur-
nomma le Théocrite portugais. On sera peut-être

(1) Je me suis permis de changer quelques mots à la traduction
de M. Denis. Voy. *Résumé de l'histoire littéraire du Portugal*,
p. 13 et 14.

(2) Ce poëte, né en Galice, est compté parmi les fondateurs de
la poésie espagnole, ainsi que parmi ceux de la poésie portugaise.
Il a écrit dans l'idiome galicien, que l'on regarde comme le type
du portugais. — Lope de Vega a tiré de la tragique aventure de
Macias le sujet d'une pièce intitulée *Porfiar hasta morir* (persévérer
jusqu'à la mort), qui a été traduite dans la collection *des chefs-
d'œuvre du théâtre étranger*.

surpris de trouver déjà dans Bernardin Ribeiro,
qui écrivait à la fin du xve siècle, cette teinte mélancolique et rêveuse qui fait le caractère de la
poésie anglaise et de quelques écrivains français
de notre siècle.

La gloire de Sà de Miranda et d'Antonio Ferreira
fut d'avoir su polir le langage et d'avoir fixé les
règles métriques de la poésie ; leur tort fut d'avoir
introduit l'imitation des anciens dans la littérature
portugaise, jusque là moderne et naïve. Camoens
vint ensuite et put réunir en un seul faisceau toutes
les qualités éparses dans ses devanciers. Il apprit à
ses contemporains et à ses successeurs à joindre les
peintures guerrières et les plus hautes conceptions
épiques aux chants d'amour et aux descriptions
champêtres. Habile également dans la poésie élégiaque, lyrique, épique, satirique, pastorale et
dramatique, il couvrit son front de tous les lauriers, et il offre dans ses œuvres comme un abrégé
de toute la littérature de son pays.

Depuis Camoens, la poésie épique fut cultivée à
l'égal de la poésie élégiaque et bucolique. Un grand
nombre d'épopées parurent. Le *Naufrage de Sepulveda* et le *Second siége de Diu* de Corte Real ;
l'*Elegiada*, où Luiz Pereira déplore la catastrophe
d'Alcacer-Kébir et la disparition du Charles XII
portugais; l'*Affonso Africano* de Quebedo; l'*Ulys-
sea* de Gabriel Pereira de Castro ; la *Conquéte de
Malaca* de Sà de Menezes, premier poëme où l'on

JI.   26

ait osé se passer des fictions mythologiques; le *Vi-riato* de Braz Mascarenhas; l'*Henriqueida* du comte da Ericeira, élève de Boileau, dont il n'apprit pourtant pas, sans doute, à faire, comme on le raconte, quatre mille vers en vingt-quatre heures; enfin l'*Oriente,* où un auteur vivant, M. Jozé Agostinho de Macedo, a eu la témérité de repasser sur les traces des *Lusiades,* prouvent une grande fécondité, sinon une grande richesse.

La plupart, cependant, de ces compositions renferment des beautés du premier ordre. Rien n'est plus touchant que l'endroit du *Naufrage de Sepulveda* où le poëte nous montre cet infortuné enterrant de ses mains, dans le sable, le corps de sa femme et de son enfant. Peu de morceaux même de Camoens sont plus pathétiques, et nous ne connaissons que les funérailles d'Atala qui soient d'un effet plus déchirant que celles de Lianor.

A cette école épique succéda l'école à la fois philosophique et lyrique de Diniz da Cruz e Silva, auteur de l'*Hyssope* (le Goupillon), poëme satirique imité du *Lutrin*, et dont l'apparition doit étonner plus que la vogue en pays d'inquisition (1).

(1) M. Balbi se trompe en avançant que cet ouvrage ne fut publié que vers 1817. Nous avons sous les yeux une édition de Londres (Paris) 1802. Ce poëme parut ensuite à Lisbonne en 1808, puis en 1817 et 1821 à Paris. Il a été traduit très-élégamment en français par notre plus savant helléniste, dont nous ne nous croyons pas permis de lever plus ouvertement l'anonyme.

Diniz excella principalement dans le genre lyrique, et fut suivi dans cette carrière par presque tous les poëtes modernes. Un des plus célèbres, et qui a droit d'intéresser plus particulièrement la France en sa qualité de traducteur des *Martyrs* de M. de Châteaubriand, est ce Francisco Manoel do Nascimento, qui vécut longtemps parmi nous, et dont la dépouille mortelle repose non loin de celle de l'abbé Delille. La cause de son exil et de ses malheurs est écrite dans chaque page de ses ouvrages; tous sont empreints d'une verve excessive d'indépendance et de philosophie. Il salua d'un chant généreux le triomphe de la liberté américaine; et certes c'est une mélodie aussi douce qu'inattendue que d'entendre un hymne en l'honneur de Guillaume Penn, de Franklin et de Washington, sortir d'une lyre portugaise.

XXXV.

DU THÉATRE EN PORTUGAL.

(Globe, 28 juin 1827.)

Si la poésie dramatique n'était pas aussi naturelle aux hommes que la poésie épique ou lyrique, si on ne la trouvait pas chez tous les peuples, chez ceux même qui n'ont pu avoir entre eux aucune espèce de relation, aux Indes, au Pérou, à la Chine, dans les îles de la mer du Sud, il serait assez curieux de rechercher si le théâtre portugais ne tire pas son origine de ces *mourarias*, danses et exercices mauresques, qui, venus des Arabes, servaient de divertissements aux grands du royaume pendant les xiie et xiiie siècles.

Ce qui, du moins, n'est pas douteux, c'est que les premiers drames ont été, en Portugal, comme partout, consacrés d'abord et mêlés aux cérémonies religieuses. Les *autos* étaient, comme nos *mystères* et nos *diableries*, représentés dans les églises ou dans les lieux attenants, et succédaient au service divin, dont ils étaient la suite et le complément. Cette sorte de mélange et de confraternité bizarre dura en Europe jusqu'un peu après la Réforme. Ce fut alors seulement que s'arrêta ce paganisme renaissant et que s'établit, pour l'amusement du peuple, l'usage des pièces d'invention ou tirées de l'histoire profane.

Gil Vicente, auteur d'un grand nombre d'*autos* et de comédies, fleurit sous Dom Manoel et Dom Jean III, au moment où s'opérait la séparation du drame liturgique et du théâtre mondain. Il y contribua puissamment lui-même, et fut un des créateurs de l'art dramatique proprement dit. Ce poëte cependant n'est pas, même après les Italiens, le plus ancien dramatiste de l'Europe. En Espagne, Henrique de Villena avait composé, dès 1414, une comédie allégorique pour le mariage de Ferdinand I⁰ᵉʳ. Notre farce de *Patelin,* et beaucoup de nos *moralités* et de nos *soties* du xvᵉ siècle, sont antérieures au premier ouvrage de Gil Vicente, que l'on croit être de 1504. La gloire de ce poëte est dans l'originalité et la multiplicité de ses productions. Il précéda Lope de Vega et Calderon de près d'un siècle. Aussi a-t-on droit de s'étonner que M. de Schlegel n'ait fait aucune mention de ce père du théâtre romantique.

Les œuvres de Gil Vicente furent publiées par son fils, cinq ans après sa mort, en 1562 (1). Elles sont divisées en cinq livres et comprennent des autos, des comédies, des tragi-comédies, des farces et des pantomimes. La réputation de cet auteur

(1) En un volume in-folᵘ. — Une seconde édition également fort rare a été imprimée en 1585 in-4°.

s'étendit au-delà du Portugal. Erasme, que l'on aurait tort de prendre pour un pédant, à cause du bonnet et de la robe noire dont ses portraits sont affublés, apprit le portugais tout exprès pour lire ce poëte. On verra par l'échantillon suivant, que le malin érudit dut trouver dans le Plaute portugais bon nombre de ces mordantes épigrammes contre les grands et le clergé, qui lui étaient si familières à lui-même.

Dans un *auto*, dont M. Bouterweck a cité quelques fragments et dont il a donné une courte analyse, un séraphin, messager du ciel, invite les habitants de la terre à une foire qui se prépare en l'honneur de la Vierge :

« A la foire! s'écrie-t-il, à la foire! églises, monastères, pasteurs des âmes, papes endormis, achetez des étoffes, changez de vêtements, reprenez les tuniques de peau de vos prédécesseurs (1), changez cette physionomie de brillante santé; ministres de celui qui a été crucifié, rappelez-vous la vie des saints pasteurs du temps passé, princes élevés, empires brillants, gardez-vous de la colère du Seigneur des cieux ; achetez en quantité la crainte de Dieu à cette foire de la Vierge, maîtresse du monde, exemple de paix, guide des anges, lumière des étoiles. A la foire de la Vierge, dames et demoiselles! vous devez savoir qu'on apporte à ce marché les choses les plus belles. »

Le diable, qui a aussi ses marchandises à vanter, vient bientôt, et il a une dispute avec l'envoyé du ciel. Il est sûr d'avance du goût des hommes pour ce qu'il va leur vendre. Il leur apporte les vices et

---

(1) Nous modifions ici la traduction de M. Denis.

les moyens de satisfaire leurs passions. Par une bizarrerie plus grande que tout le reste, c'est Mercure qui appelle Rome, comme représentant l'Église, pour être juge dans ce débat. Celle-ci offre la paix de l'âme ; mais le diable ne veut pas l'accepter, et Rome s'éloigne pour faire place à deux paysans, dont l'un veut vendre sa femme. Une paysanne, de son côté, voudrait bien être débarrassée de son mari : ce sont précisément les deux époux, et ils se reconnaissent. C'est dans cette rencontre et ces discussions bouffonnes que semble résider le comique de la pièce. Mais, à coup sûr, le dénoûment qui se prépare est aussi imprévu que peu conforme à nos habitudes théâtrales. Le diable vient encore offrir des marchandises aux paysannes; il ne peut les tromper : une d'elles redoutant sa maligne influence le met en fuite en prononçant le nom de Jésus. Bientôt le séraphin reparaît. C'est en vain qu'il offre ses vertus à vendre : au village comme à la ville, on leur préfère l'or ; toutefois on espère en la générosité de la Vierge, à laquelle appartiennent toutes les marchandises, et la pièce finit par une chanson populaire en son honneur (1).

Les deux éditions de Gil Vicente sont devenues si rares, même en Portugal, surtout depuis le trem-

(1) Voy. le *Résumé* de M. Denis, p. 156 et suivantes et M de Sismondi, *Littératures du midi de l'Europe*, t. IV, p. 452, 3ᵉ édit.

blement de terre de 1755, qui détruisit un si grand nombre de bibliothèques, qu'il ne nous est parvenu de cet auteur que de courts fragments (1). Cette excessive rareté explique et justifie peut-être le silence de M. Guillaume de Schlegel.

Sà de Miranda et Antonio Ferreira portèrent l'imitation des anciens dans le drame, comme ils l'avaient introduite dans les autres genres de poésie. C'est à Ferreira qu'est due la première comédie de caractère qui ait paru en Europe, *le Jaloux* (*O Cioso*). On voit que si Ferreira professait l'imitation des anciens, il ne tenait pas moins les yeux ouverts sur ses compatriotes. La jalousie, qu'il s'est appliqué à peindre dans sa pièce est, sans contredit, une des passions à laquelle les Portugais sont le plus enclins. Voici comment Ferreira a représenté les tourments de *Julio*, qui a été forcé de s'éloigner un moment de sa femme :

« Ah ! que de peines il m'en coûte pour sortir de cette maison ! mon corps va dans les rues, et mon âme reste en sentinelle aux fenêtres. Ce qui me fait porter le plus envie aux rois et aux princes, c'est qu'ils sont assez heureux pour que les gens d'affaires et les passe-temps viennent les trouver dans leurs habitations. Si je ne craignais d'établir une coutume étrange, je fermerais les portes et je ferais mettre quelques traverses à ces fenêtres; mais à cause des

----

(1) Un exemplaire de l'édition de 1562 existe à Lisbonne dans la bibliothèque de M. le Vte de Santarem.—Depuis que ceci est écrit, il a paru, en 1834, à Hambourg, une réimpression de Gil Vicente, faite, par MM. Barreto Feio et Monteiro, sur le précieux exemplaire de la Bibliothèque de Gottingue; 3 vol. in-8°. (*Note de* 1842.)

sots, il faut que cela reste comme cela est. Je ne garderai pas, comme mon trésor, mon honneur et ma renommée! Ils en rient, les aveugles; ils ne voient pas quelle différence il y a entre une femme et une bourse; ils meurent sur un peu d'or trouvé dans la terre; ils creusent pour l'obtenir; ils le cachent, ils veillent sur lui; ils le gardent comme des reliques et ne se permettent pas même d'y toucher; et la femme, qui est bien un autre trésor, ils l'abandonnent, ils la dédaignent, ils semblent l'offrir aux larrons; ils appellent impertinent un homme d'esprit qui estime sa femme, qui est éperdu d'amour pour elle. Gens peu expérimentés dans les choses de ce monde, ces fausses idées n'entrent que dans votre maudite cervelle! Qui a parcouru les terres étrangères, agira comme je le fais! Oh! que l'expérience est une bonne maîtresse! c'est pour cela que cet auteur avait tant raison de dire que les gens d'esprit recevaient plus de profit des sots que les sots des gens d'esprit. Les imprudents m'ont instruit, et je n'en trouve pas un seul qu. veuille être instruit par moi.

« Laissons vivre à leur manière ces gens si sûrs de leur fait. Je ne veux me fier qu'à moi et à mes yeux. Ce n'est pas encore une garde trop sûre; mais je n'en ai pas d'autre. Ma femme, depuis le moment où elle est venue avec moi aux portes de l'église, ne doit sortir que pour entrer dans la fosse. Si je meurs le premier, et qu'elle soit assez heureuse pour cela, alors elle pourra mener joyeuse vie. Je puis croire que mes enfants sont les miens; quant aux autres, les mères le savent; et cependant au moment où je fais la garde la plus exacte, il me semble, comme si c'était un fait exprès, que je vois passer continuellement par cette rue les galants, les amoureux, les fainéants, les gens à figure suspecte, et que j'entends plus que de coutume les tapages qui se font ordinairement durant la nuit, les cris, les sifflets, les concerts et mille autres inventions, tandis qu'il ne se passe rien dans les autres endroits. Où a-t-on jamais vu de la fumée sans feu (1)...? »

---

(1) Traduction presque textuelle de M. Ferd. Denis. — On peut lire la pièce entière, traduite par le même auteur, dans le *Théâtre européen*. (*Note de 1842*.)

L'Europe ne doit pas seulement à Ferreira la première comédie de caractère; elle lui doit encore la seconde tragédie régulière, c'est-à-dire composée dans le système des trois unités et sans aucun mélange de scènes comiques. L'*Inez* de cet auteur n'est postérieure que de bien peu d'années à la *Sophonisbe* du Trissin. La simplicité de la pièce de Ferreira est tout-à-fait antique. « C'est, dit M. Sané, une noble émanation du théâtre grec. » Rien, cependant, n'a moins la couleur antique que le sujet d'*Inez* ; et il faut se hâter de dire à la gloire de Ferreira, qu'il a conservé à cette histoire plus de vérité locale et de naturel qu'on n'en devait attendre d'un poëte classique et plus , certainement, que n'ont fait tous ceux qui ont dramatisé cette légende après lui (1).

Jusqu'en 1580, époque fatale où le Portugal fut absorbé par la couronne d'Espagne, le théâtre de Lisbonne ne fut, comme on voit, inférieur à aucun de ceux de l'Europe. La perfection que la langue avait alors atteinte, promettait au Portugal des succès dramatiques égaux à ceux qu'obtinrent, au XVIIe siècle, l'Espagne, l'Angleterre et la France. La conquête espagnole anéantit ces espérances. L'art du théâtre ne peut, comme certains autres, se développer dans l'isolement et le silence. Il lui faut

(1) Voy. la traduction de cette tragédie par M. Ferd. Denis , dans le *Théâtre européen*. (*Note de 1842.*)

la présence et le patronage d'une cour ou d'un peuple. Il n'y eut bientôt plus ni cour ni peuple en Portugal. Tout esprit de nationalité fut détruit par la conquête; tout sentiment patriotique soigneusement étouffé. Sous l'influence monacale et jésuitique, la presse fut livrée au plus complet esclavage. On poussa l'impudeur jusqu'à mutiler les anciens chefs-d'œuvre. Ce fut un crime d'inquisition que de lire les livres défendus, et tous le furent (voyez les *Indices expurgatorii*). Il fallait trois permissions pour imprimer un ouvrage : celle de la censure royale, celle de l'évêque, et celle de l'inquisition. On voit, par les dates des permissions annexées aux publications de cette époque, qu'il s'écoulait souvent plusieurs années avant qu'on pût obtenir cette triple autorisation. Que l'on juge par là des entraves qui durent peser sur le théâtre. Il y succomba; et quand de loin en loin on accordait au peuple quelques rares divertissements scéniques, on faisait choix de pièces espagnoles. Jouées d'abord dans le palais du vice-roi, les œuvres de Lope de Vega et de Calderon envahirent peu à peu le Portugal, comme les armées de Philippe II avaient soumis ses villes et son territoire.

Après la restauration de la monarchie portugaise, en 1640, le royaume, remonté au rang de nation, mais dépouillé de ses trésors, de ses arsenaux et de ses colonies, avait à réparer bien des pertes, avant de songer à reconquérir sa supériorité litté-

raire. L'éclat que jetait alors la scène française fut
une nouvelle cause de retard pour le théâtre portugais. Les traductions de nos meilleurs ouvrages
dramatiques se multiplièrent. Peu d'écrivains nationaux osèrent soutenir cette redoutable concurrence. Fernand de Menezes et Simon Machado ha-
sardèrent presque seuls quelques pièces. Nous ne
pensons pas que l'on puisse regarder comme un
équivalent des emprunts que le Portugal nous faisait alors ces tragi-comédies latines que le père Macedo composa pour la cour de Louis XIV, et qui
y furent représentées. Nous avons sous les yeux
celle d'*Orphée, acta coram rege*. Elle est dédiée au
cardinal Mazarin, et destinée moins, je pense,
aux plaisirs de la cour, qu'à l'éducation du jeune
roi. Elle n'est point dialoguée; c'est un poëme partagé en actes et en scènes, un simple programme
de divertissement écrit en vers hexamètres.

L'établissement à Lisbonne d'un théâtre italien,
sous Dom Jean V, et le goût dominant des Portugais pour la musique, apportèrent un nouvel obsta-
cle aux progrès de l'art théâtral. Enfin, sous le ministère du comte da Ericeira, on vit paraître à Lisbonne quelque chose qui ressemblait à un théâtre
portugais. C'étaient, il est vrai, des espèces d'opé-
ras-comiques ornés de décorations et de toute la
pompe des opéras d'Italie; mais ces pièces, écrites
par Antonio Joze, dont le génie original et bizarre
plaisait, tout en ne se pliant à aucune loi, attirè-

rent le public en foule. Gil Vicente parut avoir enfin trouvé un successeur. Parmi les quinze ou vingt
pièces d'Antonio Joze, toutes assaisonnées d'une
gaîté malicieuse et populaire, on distingue *la Vie
d'Esope*, *les Enchantements de Médée*, *la Chute
de Phaéton* (1) et *la Vie du grand Don Quichotte*.
M. Denis a traduit cette dernière pièce dans la
collection du *Théâtre étranger*. Il est triste et curieux de lire dans cet ouvrage la définition bur-
lesque que fait de la Justice ce poëte, qui eut
bientôt si fort à se plaindre de ses procédés. Sancho
Pansa, devenu gouverneur d'une île, répond à un
de ses administrés qui vient lui demander justice :

« Huissier, allez ouvrir le tiroir de mon secrétaire; et là, parmi
plusieurs bagatelles que j'y ai rassemblées, vous trouverez une
image représentant la Justice, vous la donnerez à cet homme afin
qu'il s'en aille.

L'HOMME.

Je ne veux pas de justice en image.

SANCHO.

Mais, ivrogne, ne savez-vous pas que dans cette île la Justice
n'existe qu'en peinture? Huissier, mettez-moi cet homme à la
porte : il n'y a aucune raison dans ce qu'il demande. »

---

(1) M. Denis n'aurait pas dû traduire *Precipicio de Faetonte* par
le *Précipice de Phaéton* : c'est là plutôt une transcription qu'une
traduction. Voy. *Chefs-d'Œuvre des théâtres étrangers; Théâtre
portugais*, p. 360.

Et ailleurs :

L'HUISSIER.

« Puisque vous venez de nous parler d'épée et de justice, dites-
nous, monseigneur, pourquoi l'on peint cette divinité avec les yeux
couverts d'un bandeau, tenant une épée d'une main et des balances
de l'autre. Votre Grâce, qui n'ignore rien, saura sans doute nous
l'apprendre.

SANCHO.

Grand bien me fasse ! Huissier, soyez attentif. Vous saurez d'a-
bord que la justice est une chose peinte, qu'il n'existe pas une
femme semblable dans le monde, et qu'elle n'est pas plus de chair
et d'os que madame Dulcinée du Toboso, ni plus ni moins. Cependant, comme il était nécessaire d'avoir cette figure sur la terre pour
faire peur aux grandes personnes comme l'ogre effraie les petits enfants, on représenta une femme vêtue à la Melpomène, parce que
la justice s'achève toujours par une tragédie. On lui mit un bandeau,
parce qu'on dit qu'étant louches, ses yeux sont sujets à ne chasser
que d'un côté. Et comme la Justice doit être sans défaut, pour qu'on
ne s'aperçût pas de celui-là, on lui banda vitement les yeux. Le
glaive à sa main signifie qu'elle doit tout enlever à la pointe de l'é-
pée, c'est-à-dire à tort ou à raison. Les docteurs qui parlent sur
cette matière ne déclarent point si c'était un glaive flamboyant, un
espadon ou un fleuret, mais je comprends de moi-même, et pour
moi, que la lame était de papier, la croix comme celle des shires,
la garde de verre, le pommeau d'épices et la poignée de métal (1)...
Il y a quelque temps, j'étais ferré sur cet article ; mais les chevale-
ries errantes du seigneur Don Quichotte m'ont obligé a fermer mes
livres et même à en déchirer les feuillets (2). »

_____

(1) Le texte contient ici une suite d'équivoques a peu près in-
traduisibles.

(2) L'expression portugaise signifie encore _mettre flamberge au
vent_.

On sera aussi surpris qu'épouvanté de la fin tragique d'Antonio Joze, brûlé dans l'auto-da-fé de 1745, quand on saura que ce malheureux ne se livra dans ses écrits ni dans sa conduite à aucun écart répréhensible, et ne se départit même jamais de la précaution alors en usage de joindre à ses œuvres une profession de foi, où il déclarait formellement ne pas croire aux divinités païennes qu'il mettait en scène.

Ce restaurateur du théâtre national eut, comme Gil Vicente, son Ferreira. Garçao donna une petite pièce intitulée *le Nouveau théâtre*, qui est une critique des pièces irrégulières d'Antonio Joze. Il la fit suivre d'une comédie classique en un acte, *l'Assemblée*, dont le sujet a quelque ressemblance avec celui d'une comédie jouée récemment en France *Luxe et indigence*.

Après la mort d'Antonio Joze, les poëtes de son école tracèrent de nombreuses esquisses de mœurs nationales, sous le nom d'*intermèdes* (1), sorte de pièce dont malheureusement M. Denis ne nous a fait connaître que quelques titres; de leur côté, les classiques ne mettaient pas moins d'activité dans leurs publications érudites. D'une part, ils traduisaient les ouvrages bons et médiocres de notre théâtre, et, d'une autre, ils imitaient la manière de nos grands maîtres dans de pâles copies, qui ne valaient

(1) Voyez *Collecção de entremezes escolhidos*, 1816.

pas leurs traductions. L'Académie des sciences de Lisbonne, dans un but fort louable et surtout fort patriotique, offrit une prime d'encouragement à ce genre de travail, et couronna, en 1788, *Osmia*, tragédie dont madame la comtesse do Vimieiro était l'auteur, et qui rappelait assez exactement la coupe et la facture des pièces de Voltaire. L'*Inez* de João Baptista Gomes, la *Conquête du Pérou* et le *Viriate* de Manoel Caetano Pimenta de Aguiar, ont au plus haut degré ce mérite ou ce défaut.

On voit que le véritable théâtre portugais, le théâtre indigène, est tout entier dans Gil Vicente et les poëtes de son école, recueillis par Affonso Lopes da Costa (1), et dans Antonio Joze et les intermèdes de ses successeurs. C'est là qu'il faut le chercher et l'étudier. Il est fâcheux que l'excessive rareté des premiers, et peut-être aussi la difficulté de tous, aient réduit les personnes qui se sont livrées à cette étude à ne nous donner de ces auteurs que d'insuffisants extraits. Cette partie peu connue de la littérature *romantique* est une terre presque vierge, que nous essayerons d'exploiter un jour, et qu'il nous suffit pour aujourd'hui d'avoir indiquée.

(1) Ce recueil est très-rare.

XXXVI.

PROSATEURS PORTUGAIS.

(*Globe*, 21 juillet 1827.)

Les vies des prosateurs portugais n'ont été ni moins aventureuses, ni mêlées de moins de vicissitudes romanesques que celles des poëtes; les mêmes causes développèrent en eux les mêmes qualités. Aussi peut-être, n'existe-t-il aucune littérature où la différence des deux genres soit aussi peu marquée. On pourrait même affirmer que, jusqu'à ces derniers temps, les Portugais n'ont pas eu, à proprement parler, de prosateurs. Tant que dura le souvenir des victoires remportées sur les Maures et celui de la période encore plus mémorable qui étendit si loin le nom et la puissance du Portugal, romanciers, historiens, orateurs, en un mot, tout ce qui usa de la parole ou de la plume, fut poëte.

Tel a été ce Vasco de Lobeyra, auteur d'un des premiers et des plus célèbres romans de chevalerie. On ne doute plus aujourd'hui que Lobeyra n'ait composé, au milieu du quatorzième siècle, les quatre premiers livres de l'*Amadis*, qui traduits dans presque toutes les langues, et notamment en italien, par Bernardo Tasso, père de Torquato, exercèrent une remarquable influence sur

II.

les destinées poétiques de l'Italie. Pendant les deux siècles suivants, le Portugal fut inondé, comme l'Espagne, d'une foule de suites ou de copies de ces ingénieuses fictions. Il ne nous siérait pas de nous montrer plus sévères que le curé de don Quichotte, qui, livrant aux flammes la bibliothèque chevaleresque de son extravagant paroissien, fit non-seulement grâce à l'*Amadis*, comme au meilleur et au plus ancien livre de ce genre, mais refusa encore d'abandonner au bras séculier, je veux dire à la colère de la gouvernante du bon hidalgo, l'histoire de *Palmerin d'Angleterre* : « Ce livre, dit le curé à maître Nicolas, est considérable par deux raisons : l'une, qu'il est excellent de lui-même; l'autre qu'on le croit composé par un savant roi de Portugal (1). Il est plein d'imagination et d'art, et mériterait (ajouta-t-il avec presque autant d'emphase qu'en aurait pu déployer sur ce sujet le possesseur lui-même) d'être conservé dans un coffre aussi précieux que celui qu'Alexandre trouva dans les dépouilles de Darius et où il renferma les œuvres d'Homère. »

On a vu que sous l'influence de Bernardin Ribeiro, une sorte de manie bucolique s'empara au xv⁰ siècle du parnasse portugais : la prose s'as-

---

(1) Soares de Brito, biographe fort exact, rejette, ainsi que Barbosa, la tradition populaire que paraît adopter Cervantès. Francisco de Moraes est l'auteur de *Palmerin d'Angleterre*.

socia à cet engouement. Bernardin Ribeiro, après avoir rimé cinq églogues d'une mélancolie un peu monotone, composa un roman pastoral en prose, intitulé *Menina e Moça*, où il raconte, en les déguisant, ses propres aventures. Ce roman, qui ne fut imprimé qu'après la mort de l'auteur, servit de modèle à la *Diane* de Montemayor et donna plus tard naissance à l'*Astrée* et à sa nombreuse postérité. Dans quelque juste discrédit que soient tombés, de nos jours, les romans de chevalerie et les romans pastoraux, il n'est pas moins remarquable que l'on doive au Portugal les premiers modèles de ces deux genres de composition, qui, quoi qu'on puisse dire, ont fait pendant deux siècles, en Europe, les délices de tous les esprits délicats et polis, depuis l'aimable et surprenante Diane de Poitiers, à qui Nicolas d'Herberay dédia la première traduction française de l'*Amadis*, jusqu'à madame de Sévigné, dont on connaît le faible pour *les grands coups d'épée*, et qui ne savait pas se déprendre *de la glu* de *Cléopâtre* et de *Cyrus*.

Les historiens eux-mêmes ne se sont pas toujours garantis en Portugal de la contagion poétique. On serait tenté quelquefois de les prendre pour les continuateurs des romanciers ou pour les émules des poètes épiques. Ce brillant défaut a, jusqu'à un certain point, sa raison dans la nature vraiment merveilleuse des faits qu'ils avaient à raconter. Les Maures chassés de l'Europe, des mers inconnues traversées, des empires immenses découverts, quelques soldats opposés à des nations et ces nations soumises, les richesses des deux Indes s'accumulant dans Lisbonne; enfin, des succès inouïs, des climats nouveaux, des actes de courage et de désintéressement incroyables : voilà ce qui s'offrit à la plume des historiens portugais; voilà ce qui passionna l'imagination brillante de Jean de Barros et ce qui imprime à ses récits un caractère si imposant d'exaltation et de grandeur.

A l'élégance de son langage, qui fait encore aujourd'hui autorité en Portugal, Barros joignait ce tour d'esprit enthousiaste, si conforme au génie de sa nation. Il révéla le premier aux Portugais d'Europe les merveilles que leurs compatriotes opéraient en Asie. Le commencement de ses *Décades* parut un an avant le départ de Camoens pour Goa (1), et il est permis de croire que cette lecture ne fut pas sans influence sur l'âme ardente du poëte. Un des plus judicieux critiques portugais, Francisco Dias Gomes, pense même que le grand nombre de locutions heureuses dont Barros enrichit la langue, prépara ce haut style épique dont se servit bientôt après le chantre des *Lusiades*.

Barros n'aurait été ni de son pays, ni de son siècle, s'il eût fait profession de cette impartialité qui est devenue l'honneur et le caractère de notre

_____
(1) 1553, voy. plus haut, page 304.

âge. Malgré ses préjugés, et peut-être même à cause de ses préjugés, cet écrivain mérite une confiance entière. « Comme il partage, dit M. de Sismondi, toutes les passions de ses compatriotes, ce qu'ils ont fait, il l'eût fait lui-même, et il se plaît à le conter. » Aussi peint-il involontairement, avec une vérité frappante, et en se comprenant lui-même dans le tableau, les vices et les vertus des conquérants de l'Inde. Leur indomptable courage, leur amour pour la gloire, pour la nouveauté, pour les périls, ne se montrent pas dans ses récits avec une plus naïve évidence que leur cupidité, leur férocité et leur aveugle fanatisme. Ces nègres qu'on enlève pour les faire esclaves, ou qu'on massacre sans provocation; ces Maures que l'on va traquer dans des climats ignorés, pour les détruire comme des bêtes fauves; ces Indiens qu'on noie par milliers dans les mers de Calicut et de Cochin, ne croyez pas qu'il les plaigne : ce ne sont que des infidèles, des musulmans, des idolâtres. Il ne trouve ni une larme pour de telles victimes, ni un cri d'indignation contre leurs bourreaux. Les Fénelons sont rares dans tous les siècles, et c'était apparemment assez de gloire pour le Portugal d'en avoir déjà produit un au milieu de l'intolérance de cette époque.

Le vénérable évêque de Sylves, HIERONYMO OSO-RIO, historien latin du grand roi Dom Manoel, mérite ce beau titre de *Fénelon*, ou plutôt de *Las Casas* du Portugal. Comme le vertueux prélat es-

pagnol, Osorio ne fut pas tout-à-fait exempt des
préjugés de son siècle. Mais l'humanité reconnais-
sante n'oubliera pas qu'il sut décrire et plaindre
avec un cœur d'homme les effroyables souffrances
des Juifs bannis de leurs foyers et séparés de leurs
enfants, qu'il exhorta constamment le peuple à la
tolérance, et qu'il osa dire la vérité aux rois.

La vie de Dom Manoel avait été écrite un peu auparavant et en portugais, par Damião de Goes,
garde de la Torre do Tombo. M. Ferd. Denis n'a extrait de la chronique de cet auteur qu'un passage de
peu de lignes, mais qui peint d'une manière frappante l'époque où s'introduisit à Lisbonne le faste
oriental. Damião de Goes décrit de la manière suivante le cortège qui accompagnait Dom Manoel,
quand il se promenait dans la ville :

« Ce roi fut le premier de l'Europe qui possédât des éléphants
d'Asie. Il en avait cinq, quatre mâles et une femelle. Quand il che-
vauchait ou se promenait à pied dans la cité, ces animaux marchaient devant lui; ils étaient précédés eux-mêmes d'un *ganga* ou
rhinocéros, assez éloigné d'eux pour qu'ils ne l'aperçussent point.
Derrière les éléphants, on voyait marcher immédiatement devant
le roi un cheval persan caparaçonné et monté par un chasseur du
même pays, lequel portait en croupe une once dressée à la chasse;
cet animal avait été envoyé par le roi d'Ormus au monarque portugais. Celui-ci en fit présent depuis au pape Léon, en y joignant un
éléphant et le rhinocéros. C'était avec cette pompe, des timbales et
des trompettes faisant retentir les airs, que le roi traversait fort souvent la ville. »

Il ne faut pas oublier, en lisant les détails de cette
pompe un peu puérile, que c'est sous le règne et

grâce au génie actif de ce grand homme que furent
changées les voies du commerce et que se renou-
vela la face de l'Europe.

Les prosateurs de l'époque suivante (le xviie siècle) se trouvèrent placés dans des conditions beaucoup moins favorables. Asservi au dedans par
l'Espagne, mal défendu au dehors par ce maître
jaloux, le Portugal vit peu-à-peu lui échapper
toutes ses conquêtes. La décadence des lettres
suivit de près la perte de l'indépendance et de la
liberté. Nous avons vu la poésie portugaise ne se
relever qu'à peine, même après la restauration de
1640. Les historiens seuls, à cette époque de renaissance, retrouvèrent une partie de leur enthousiasme, comme s'ils devaient former à eux seuls
toute la littérature d'un peuple qui n'existait plus
que dans ses souvenirs. Le style de la plupart d'entre eux est plein de noblesse et de pureté. Nous
distinguerons plus particulièrement Frei Luiz de
Souza, et Duarte Nunes de Lião, auteur estimé
d'une *Description du Portugal* et des *Chroniques
des rois* (1). Mais la palme du genre historique,
pendant le xviie siècle, appartient à JACINTO FREIRE
DE ANDRADA, biographe de Dom Jean de Castro,

(1) Je ne sais d'après quelle autorité M. Ferd. Denis avance qu'i.
n'a paru de ces *chroniques* que la première partie. J'ai sous les
yeux la seconde, qui comprend les règnes de dom Jean I, de dom
Duarte et de dom Alfonse V; cette suite a été imprimée a Lisbonne
en 1780, 2 vol. in-4. Barbosa indique une édition in-folio de 1645.

quatorzième vice-roi de l'Inde. Jamais plus magnifique sujet ne fut plus dignement traité. Quelques
critiques ont reproché à cet écrivain l'abus des
couleurs brillantes. Mais quand il y a tant d'éclat
et, pour ainsi dire, tant d'exagération dans le courage, il faut bien que le style de l'historien se teigne,
en quelque sorte, d'héroïsme, sous peine d'infidélité et presque de sacrilége. Nous allons citer deux
morceaux de cette histoire qui nous paraissent propres à donner une idée de l'écrivain et du héros.

La forteresse de Diu était détruite : il fallait la
rebâtir ; mais l'argent manquait. Dom Jean de
Castro écrivit à la ville de Goa une lettre dont voici
quelques passages :

« Seigneurs magistrats, juges et peuple de la tres-noble et toujours loyale ville de Goa, je vous ai écrit, ces jours passés, par Simon Alvarès, les nouvelles de la victoire que Notre Seigneur m'a
accordée sur les capitaines du roi de Cambaya. Je ne vous ai rien
dit des peines et des grands besoins dans lesquels je me trouvais,
pour que vous pussiez jouir sans mélange du plaisir de la victoire.
Maintenant il est nécessaire de ne vous rien dissimuler... La forteresse de Diu est renversée de fond en comble... Il faut la rebâtir,
sans qu'on puisse profiter d'un seul palme de mur... De plus, les
Lasquerins se mutinent pour obtenir leur paie... Je vous demande
donc avec instance de vouloir bien me prêter vingt mille *pardaos* (1).
Je vous promets comme chevalier, et vous jure sur les saints évangiles, de vous les rendre avant un an, lors même qu'il me survien-
drait de nouvelles peines et des besoins plus grands que ceux qui

(1) Cinquante mille francs, qui en feraient aujourd'hui environ
deux cent cinquante mille.

m'assiégent aujourd'hui. J'ai fait déterrer Dom Fernand, mon fils, que les Maures ont tué dans cette forteresse, où il combattait pour le service de Dieu et du roi notre maître. Je voulais vous envoyer ses ossements pour gage. Mais ils se sont trouvés dans un tel état qu'on ne pouvait les tirer de terre. Il ne me restait donc que mes propres moustaches, et je vous les envoie par Diogo Rodrigues de Azevedo. Vous devez déjà le savoir, je ne possède ni or, ni argent, ni meubles. Je ne possède aucuns fonds de terre sur lesquels je puisse assurer mon emprunt. Je n'ai qu'une sincérité sèche et brève que Dieu m'a donnée, ... etc... »

Est-il besoin d'ajouter que sur ce noble gage Dom Jean de Castro obtint l'argent qu'il demandait? Ce grand homme, se sentant atteint de la maladie dont il mourut, fit appeler les principaux habitants de Goa, et leur parla en ces termes :

« Seigneurs, je vous dirai sans honte que le vice-roi de l'Inde manque, durant sa maladie, des choses que le plus pauvre soldat trouve dans un hôpital. Je suis venu dans l'Orient pour servir; je ne suis point venu y faire le commerce. C'est à vous-mêmes que je voulus donner les ossements de mon fils; c'est à vous que je remis ma moustache. Je n'avais rien à vous offrir comme gage de ma parole, ni tapisseries, ni vaisselle précieuse. Aujourd'hui il n'y a pas dans cette maison assez d'argent pour acheter une poule : car dans les diverses expéditions que j'ai faites, avant de dépenser l'argent de leur roi, les soldats trouvaient le salaire du gouverneur, et l'on ne doit pas s'étonner que le père de tant d'enfants soit devenu pauvre. Je vous demande donc que, tant que durera cette maladie, vous m'assigniez sur les revenus royaux une honnête pension, et que vous nommiez quelqu'un qui m'alimente au moyen d'une taxe modeste. »

Puis, demandant un missel, il jura sur les évangiles que jusqu'au moment présent il ne devait pas au trésor royal une seule creusade ; que jamais il

n'avait rien reçu de chrétien, juif, maure ou idolâtre, et que, pour soutenir l'honneur de son rang
et de sa personne, il n'avait jamais eu d'autre mobilier que celui qu'il avait apporté d'Europe ; que
l'argenterie qu'il avait fait venir de Portugal était
depuis longtemps dépensée, et qu'il n'avait jamais
eu le moyen d'acheter un autre matelas que celui
que l'on voyait à son lit. Seulement il avait fait
faire à son fils Dom Alvaro une épée garnie de
quelques pierres de peu de valeur pour passer en
Portugal. Il pria les assistants de prendre acte de
ses paroles, pour que, si l'on venait à lui trouver
quelque chose de plus, le roi le fit punir comme
un parjure. Ce discours fut inscrit dans les registres de la ville de Goa, et c'est sur ce document
authentique et sur d'autres, tirés de la même
source, qu'a travaillé Jacinto Freire de Andrada.

Il n'y a pas jusqu'aux orateurs chrétiens qui,
habitués à évangéliser les tribus errantes de la côte
d'Afrique et du Pará, n'offrent dans les hardiesses
de leurs prédications, remplies d'allégories et de
paraboles, plutôt la marche poétique et turbulente
de Job et des prophètes que la gravité didactique
qu'on exige, en d'autres pays, de l'enseignement
religieux. Qu'il nous suffise de rappeler ici le nom,
déjà connu de nos lecteurs, du plus éloquent prédicateur portugais, du père Antonio Vieyra.

Enfin, quand le Portugal, qui s'était répandu
dans toutes les parties du globe, fut rentré sans

retour dans les limites que la diplomatie européenne lui fixèrent à la fin du xviiᵉ siècle, un en-
gourdissement profond et léthargique succéda à
ces grands mouvements. Les historiens portugais
de cette époque brillèrent du dernier reflet de la
gloire nationale; mais le xviiiᵉ siècle fut terne et
silencieux. Les encouragements prodigués aux lettres par le marquis de Pombal, et la création de
l'Académie des Arcades firent bien éclore artifi-
ciellement quelques fleurs poétiques; mais la prose,
qui est l'expression de la vie réelle et l'interprète
véritable de la pensée sociale, resta muette. Après
les plus brillantes prémices, après les songes dorés
d'une jeunesse aventureuse, il fallait, en quelque
sorte, au génie portugais un intervalle de repos,
pour se résigner à prendre une direction nouvelle,
direction modeste désormais, comme la destinée
du pays lui-même.

En contact continuel de négoce et d'amitié avec
l'Angleterre et la France, ces deux patries du commerce, de la science et de la liberté, le Portugal
résolut d'entrer dans la voie du perfectionnement
intellectuel, qui, comme la force physique au
moyen âge et la navigation au xvᵉ siècle, est aujourd'hui le grand instrument de la richesse et de
la puissance. A Lisbonne, comme partout, la cause
du progrès social rencontra des antagonistes, et,
comme partout, elle en triompha. La reine Marie
respecta les établissements fondés par son père.

L'oncle de la reine, le duc de Lafoens, obtint, en
1779, la réorganisation de l'Académie des sciences.
Dès-lors le succès des idées progressives fut assuré.
Une révolution soudaine s'opéra dans les esprits.
Des mémoires sur tous les objets d'utilité publique
furent composés ou traduits. Le Portugal ne fut plus
seulement une colonie commerciale anglaise ; ce
fut une succursale intellectuelle de l'Angleterre et
surtout de la France. Les bibliothèques des grands
seigneurs et des couvents, les archives publiques et
particulières furent soigneusement explorées. Une
foule de livres restés manuscrits furent publiés par
ordre de l'Académie et aux frais du gouvernement.
Des journaux, composés à l'exemple des revues
anglaises et françaises, répandirent l'instruction
dans toutes les classes. Depuis 1649 jusqu'à 1800,
une seule gazette avait suffi à la curiosité du
royaume : dès 1809, on comptait treize feuilles publiques, seulement à Lisbonne, et le nombre s'en
élevait à dix-sept en 1821. Cette nouvelle ère de
la littérature portugaise sera-t-elle aussi féconde en
heureux résultats que l'ont été les précédentes?
Nous l'espérons. Ce que l'on peut dire dès à présent, c'est qu'après un siècle entier d'oubli, les
regards de l'Europe se tournent de nouveau sur ce
peuple, qui semble créé pour tous les genres de
gloire, et qui, depuis l'expulsion des Maures jusqu'à l'édit de 1757, depuis le départ de Vasco da
Gama jusqu'à la proclamation de Dom Pedro, s'est

toujours jeté, pour ainsi dire, à l'avant-garde de
l'Europe et semble, autant par son génie que par sa
position géographique, être la sentinelle avancée
des plus précieux intérêts du continent (1).

(1) Il ne faut pas oublier que ceci a été écrit en 1827. (*Note de 1842*).

XXXVII.

DE LA LITTERATURE BRÉSILIENNE.

(Globe, 22 novembre 1827.)

Au Résumé de l'histoire littéraire du Portugal,
M. Ferdinand Denis a joint le Résumé de l'histoire
littéraire du Brésil, cette vaste colonie, aujourd'hui
sortie de tutelle, et qui n'a retenu de sa première
condition qu'un prince de la maison de Bragance
et la langue de Camoens. Ce coup-d'œil jeté par
M. Denis sur la littérature brésilienne est, sans contredit, la partie la plus neuve de son travail. L'abbé
Andrès, Sismondi, Bouterwek, Sané, se sont peu
ou ne se sont point occupés du Brésil. Il n'était pas
possible que M. Denis imitât leur indifférence : il
a visité cette belle contrée, dont il a tracé des peintures pleines d'intérêt et de vie dans un livre intitulé *Scènes de la nature sous les tropiques* (1) : il ne
pouvait pas manquer de nous faire connaître la
littérature de cette nation.

Quand on a sous les yeux des vues du Brésil, et
qu'on feuillette, par exemple, le magnifique ou-

(1) Un vol. in-8°

vrage que publie M. Rugendas ; quand on se représente la force et la splendeur de la nature dans
cette partie de l'Amérique, ces vastes forêts vierges,
ces fleuves qui ressemblent à des méditerranées,
cette immense étendue de rivages baignés par l'O-
céan, ce soleil aussi pur et plus ardent que celui
de la Grèce, on rêve sous ces palmiers et sous ces
bananiers gigantesques une poésie originale, jeune
et grandiose , comme les autres productions de
cette terre féconde. Quelle triste surprise n'éprouve-
t-on pas en ne trouvant guère dans la littérature
brésilienne que de chétives imitations de la vieille
poésie de l'ancien monde ! Les personnes qui ont
étudié les poëtes de l'Amérique du nord ont éprouvé
à peu près le même mécompte. Il semble que le
joug colonial se soit étendu jusque sur les esprits.
et que l'émancipation du génie n'ait pu que suivre, et encore bien lentement, celle des institutions
et du sol. Ce n'est pas que le climat du Brésil et
son ciel si beau soient déshérités de la poésie. Au
rapport de tous les voyageurs, le Brésilien est naturellement disposé à recevoir les impressions poétiques. Il semble que le génie particulier des différentes races dont il descend se retrouve mêlé en
lui. Tour à tour ardent comme l'Africain, chevaleresque comme le guerrier des bords du Tage,
rêveur comme l'Américain, il réunit les divers in-
stincts poétiques de l'Arabe, du Portugais et du sauvage. Mais que peut un naturel, même exquis, où

manque jusqu'à la plus simple culture? Quelques
récits merveilleux faits en commun, quelques
chants mélancoliques accompagnés de la guitare,
quelques improvisations fugitives, tels ont été
longtemps et tels devaient être les seuls résultats
de l'inspiration poétique dans un pays où un si petit nombre d'habitants sait écrire. Dans la plupart
des États de l'Amérique du sud, les livres étaient
prohibés ou venaient s'enfouir dans les bibliothèques des couvents. Ce n'était donc qu'à l'ombre de
ces obscures retraites que pouvaient se former quelques rares écrivains. Cela seul explique comment
les poëtes du Brésil, favorisés d'une nature si extraordinaire et si belle jusque dans sa profusion,
n'ont reproduit longtemps dans leurs écrits que
notre médiocre nature européenne. Ils calquaient
les images des poëtes portugais, comme, chez nous,
les clercs et les moines, seuls représentants classiques de la poésie nationale, ont longtemps calqué
les seules images favorites des poëtes de la Grèce et
du Latium.

Cependant, quelques écrivains du Brésil ont
essayé, surtout dans ces derniers temps, de se
soustraire à l'influence de la métropole. Nous ren-
voyons nos lecteurs à l'ouvrage de M. Denis. Ils y
verront les efforts que firent Bento Teixeira Pinto,
Manoel Botelho de Oliveira, Jean de Brito, dans le
xviie siècle; et Gonzaga da Costa, Pereira de Souza
Caldas et quelques autres dans le xviiie, pour

élever à une existence qui lui fût propre la poésie
brésilienne. Aujourd'hui nous n'avons dessein de
parler que de deux poëmes composés vers le milieu
du dernier siècle, et qui, par le choix du sujet et
l'originalité de plusieurs détails, offrent un commencement de physionomie américaine.

Le premier de ces ouvrages est dû à Frei José de
Santa Rita Durão. Il est intitulé *Caramurú*. Il contient le récit des aventures romanesques d'un jeune
Européen qu'une tempête a jeté sur les côtes du Brésil. Fait prisonnier et réservé pour les repas des
sauvages, une cuirasse étincelante qu'il a sauvée,
un fusil et quelques autres merveilles de l'Europe,
causent tant d'admiration aux Brésiliens, que, de
leur prisonnier, Diogo Correa devient bientôt leur
maître. Le bruit de son mousquet le fait surnom-
mer *Caramurú*, c'est-à-dire fils du tonnerre. Voulant répandre la foi parmi les Indiens, il se fait
d'abord instruire de leur religion, ce qui amène
naturellement l'exposition des antiques croyances
de ces peuples. L'amour qu'il inspire à la fille d'un
chef voisin allume la guerre entre la peuplade qu'il
commande et celle d'un autre chef, épris de la
même beauté sauvage. Bientôt les armées sont en
présence. Le poëte en fait le dénombrement à la
manière homérique. Mais il y a dans cette peinture
des traits de mœurs locales curieux à noter. Ici ce
sont les Caetes que des cicatrices horribles défigurent, là les Margates au front teint de noir :

« Cupaïba , qui porte une redoutable massue, Cupaïba guide
cette nation cruelle. Dans l'ardeur de la bataille , le malheureux
qu'il embrasse est presque dévoré vivant. Autour de sa poitrine on
voit suspendus de longs colliers formés des dents de ses victimes ;
dans leurs tours nombreux , ils lui tiennent lieu de vêtement. . .

« Sambambaia conduit une autre troupe. Les siens sont si habiles à lancer la flèche, que l'oiseau traversant les airs ne peut l'é-
viter. Le manteau qui couvre ce chef est tissu de plumes , une ceinture de plumes entoure ses flancs ; des plumes , enfin , fixées sur son
visage , lui donnent l'apparence d'une nouvelle espèce de monstre.

« Il est suivi de dix mille Maques. C'est une nation endurcie .
aussi utile à l'agriculture que vaillante dans une bataille. Ces Indiens ont pris soin de fournir des vivres aux autres guerriers. Les
uns rôtissent l'aïpi ; d'autres apprêtent le manioc ; ceux-ci cuisent
sous la cendre les blanches pipocas.

« Dix mille Petiguares suivent le brave Sergipe. Ils portent des
massues tranchantes, de bois de fer ; ils lancent des balles au
moyen de l'arc à deux cordes (1). . .

« Grand Pécicava , tu ne manquais pas au rassemblement. On te
voyait guider le Carijo, venu des pays aurifères ; et ces feuilles d'or
qui te servent d'ornement , tu les as recueillies sur les rives de
ton fleuve. . .

« La renommée a dit qu'au pied des hautes montagnes qu'ils habitaient autrefois, ces guerriers, parmi les pierres qui ornaient
leurs lèvres, portaient de brillants diamants. Les uns les rempla-
çaient par des topazes à la couleur d'or ; les autres se paraient de
saphirs ou de rubis enflammés. Ces pierres, ils les dédaignent, et
nous les aimons. Je ne sais qui se trompe. . .

---

(1) L'usage de cette arme est généralement répandu au Brésil.
Voyez le *Voyage* du prince de Newied , et *le Brésil, ou Mœurs et
coutumes des habitants de ce royaume;* par MM. Hipp. Taunay et
Ferd. Denis.

« Venait ensuite un guerrier redoutable qui avait tracé avec le feu sur sa poitrine hideuse deux tigres combattants. C'est le brave Tatou, qui remplit ses ennemis d'épouvante lorsqu'il combat avec sa redoutable tacape (1)

« Sous ses ordres on voit marcher douze mille Itatès, formant dix lignes séparées. Habitants des bords des cataractes, le bruit des eaux les a assourdis. Leurs maracas (2) suspendus à de longues piques, leur servent de drapeaux ; ils les agitent dans les airs, et leur retentissement remplace le roulement des tambours (3). »

Nous nous arrêtons, dans la crainte de fatiguer les lecteurs. Mais nous ferons remarquer combien ces peintures sont variées. Nous ne pouvons nous empêcher de regretter, avec M. Denis, qu'il ne se soit pas encore trouvé au Brésil un romancier tel que Cooper, qui ait fait revivre dans des récits animés toutes ces tribus, dont les restes errent encore dans les déserts du Mato Grosso et sur les bords de l'Amazone.

Après la victoire, qui reste à Diogo Correa, le jeune Européen veut rendre la liberté aux prisonniers, qui sont menacés d'être dévorés. Mais ceux-ci repoussent cette offre comme une insulte. Un d'eux, qui se dispose au sanglant sacrifice, est en proie aux insectes. Diogo lui témoigne de la com-

(1) Sorte d'épée brésilienne.

(2) Le maraca était un instrument sacré, formé d'une coloquinte creusée ou d'un coco, dans lequel on introduisait des graines retentissantes ou des cailloux.

(3) *Caramarú*, ch. IV, oct. 15 et suiv. — Nous avons employé la traduction de M. Denis, avec quelques changements.

28.

passion; mais le sauvage écarte de son front avec
sa main l'essaim qui bourdonne, et répond avec un
sourire : « D'où vient ta surprise, Européen? Pourquoi donner à ces membres misérables une condition plus douce? Ce corps ne m'appartient plus.
Je l'anime, il est vrai; mais il est à mes ennemis. »

Ce poëme est rempli de pareils contrastes entre
l'humanité européenne et l'héroïque barbarie de
ces peuplades. Bientôt même, comme l'auteur
d'*Atala* et des *Natchez*, José de Santa Rita renouvelle la source de ces oppositions en reportant la
scène de son poëme dans notre hémisphère. Dévoré
du désir de revoir l'Europe, Diogo s'embarque,
avec sa compagne américaine, sur un vaisseau
français. L'auteur conduit les deux voyageurs à
Paris. L'étonnement de la jeune sauvage, jetée brus-
quement dans le centre de la civilisation la plus
raffinée, est assez bien peint; mais dans cette seconde partie, comme dans la première, l'originalité, l'intérêt, la poésie manquent trop à l'ouvrage.
La prolixité d'un style sans nerf et sans art détruit
presque tout ce qu'il y a de nouveauté réelle dans
le sujet, dans les caracteres et dans l'action.

La seconde épopée brésilienne qui nous semble digne d'attention est le poëme de l'*Uraguay*
dirigé contre les jésuites, et que pourtant un jé-
suite, Basilio da Gama, a composé. Le sujet est
la guerre des missions, qui eut lieu vers 1710, par
suite de la cession que l'Espagne fit de ces pro-

vinces au Portugal, cession à laquelle, comme on
sait, ces religieux ne voulurent pas se soumettre.
Le but de l'auteur est de perpétuer la mémoire de
l'audacieuse théocratie qu'avait voulu fonder dans
les déserts cette conquérante Société. La partie
polémique de l'ouvrage, qui descend quelquefois à la satire, n'est aujourd'hui d'aucun intérêt,
malgré la demi-résurrection de la Société. Trop
préoccupé de sa haine, l'auteur a malheureusement
négligé de jeter du jour sur l'organisation intérieure de ces missions, et d'éclaircir le mystère de
cette civilisation improvisée, qui brilla si promptement et fut encore plus promptement éteinte. Mais
on remarque dans le poëme brésilien quelques caractères bien tracés et surtout quelques peintures
heureuses de cette partie du Nouveau-Monde, où
des plaines incultes et monotones s'étendent au
loin et où d'uniformes pâturages couvrent l'espace
que les forêts n'ont pas envahi.

Nous avons été particulièrement frappé d'un
passage où Basilio da Gama représente la manière
dont un chef indien incendie le camp ennemi. L'armée portugaise campait au bord d'un fleuve, au milieu d'une vaste plaine. On était parvenu au temps
de la sécheresse, et les roseaux légers que l'humi-
dité du sol fait croître couvraient une étendue de
plusieurs lieues. L'Indien pasteur est dans l'habitude de mettre le feu à ces plantes : les roseaux brûlent tant que le vent favorise l'incendie, et l'herbe

qui renaît sous leur cendre nourrit une multitude de
bestiaux. C'est l'aspect présenté par le désert au moment de l'incendie, que le poëte va peindre. Il avait
dû plus d'une fois être témoin de ce spectacle. La
nuit est triste; le ciel est chargé de nuages; on entend au loin le murmure du fleuve et le bruit du
vent. Cacambo, le héros indien du poëme, cherche
vainement le sommeil; l'ombre de Cépé, son compagnon, guerrier mort récemment, lui apparaît :

« Fuis dans nos forêts, s'écrie l'ombre, si tu n'as pas assez de
courage pour résister; mais s'il te reste quelque valeur, incendie
auparavant ces tristes plaines. Que les Portugais paient ton sang et
le mien. » Il dit et disparaît dans les nuages; il secoue au-dessus des
tentes une torche fumante, et signale ainsi son passage par un sil-
lon de lumière. L'Indien courageux s'éveille; il saute hors de son
hamac; il saisit sans retard son arc et ses flèches. Il foule déjà la
terre de son poids rapide; il veut affronter le trépas sur le large
fleuve et le combattre corps à corps. Il a devant lui l'image de son
ami, dont il entend la voix. Il suspend à un arbre les plumes qui
forment sa parure, son arc, ses flèches et son carquois retentis-
sant. Il se dirige vers l'endroit où le fleuve tranquille étend ses ondes sur l'arène rougeâtre; il entre dans l'eau jusqu'à la poitrine,
lève les mains et les yeux vers le ciel, que la nuit l'empêche de
voir, et livre son corps aux vagues. Le fleuve de la patrie sait déjà,
dans sa grotte limoneuse, quel est le dessein du guerrier : il relève son
urne et veut que ses eaux coulent plus lentement. Enfin l'heureux Indien a touché l'autre rive sans être aperçu. Il cherche avec précaution l'endroit d'où vient le vent; puis, selon l'usage du pays, il
frotte deux morceaux de bois l'un contre l'autre; il excite la flamme,
qui bientôt s'attache aux feuilles légères et se propage en un moment. Cacambo laisse aux vents le soin de faire le reste. Il fuit cette
lumière dangereuse; mais dès que la flamme commence à éclairer
la nuit obscure, il est aperçu par les gardes. Il ne s'en effraie pas:
du haut d'un rocher, il se précipite de nouveau dans l'onde, et va

jusqu'aux sables, visiter les profondeurs du fleuve. En vain des
cris s'élèvent-ils du côté des Portugais ; en vain la foule pressée
court-elle au bord du fleuve : l'Indien étend ses bras nerveux ; il
fend, en soufflant, les vagues écumantes et, s'arrêtant un instant sur
les eaux au moyen de ses mains qu'il agite, il tourne le visage,
contemple, dans les eaux tremblantes, l'image du furieux incendie
et s'applaudit de son ouvrage (1). »

Quoique l'on reconnaisse dans ce morceau plus
d'une imitation maladroite des anciens poëtes épiques, il y a cependant dans l'action du sauvage, et
dans le paysage sur lequel le récit se dessine, une
teinte d'originalité que la rhétorique de l'ex-jésuite
n'a pu tout-à-fait effacer.

Au reste, il ne faut pas croire que ces déserts incultes et ces immenses plaines couvertes de roseaux
arides soient un spectacle absolument particulier
au Nouveau-Monde. La guerre, l'oppression, la
barbarie, ont, à diverses époques, donné la même
physionomie à plusieurs parties de l'Europe. On
est frappé de surprise en songeant qu'il y a peu de
siècles, les campagnes aujourd'hui si riches qui
avoisinent Paris offraient un aspect presque aussi
sauvage. On peut en juger par un passage du onzième chapitre du livre Ier des Mémoires de Philippe
de Comynes que nous allons transcrire en l'abré-
geant. Nous espérons qu'on nous pardonnera cette
digression, en faveur de la singularité du récit de
l'historien. Voici d'abord le titre :

(1) *Canto terceiro*, v. 63 et suiv.

« *Comment les Bourguignons, estant pres de Paris, attendans la bataille, cuyderent des chardons qu'ilz veirent que ce fussent lances debout.* »

. ... « Sur la fine poincte du jour, vint messire Poncet de Riviere devant ledict pont de Charenton, et monseigneur Du Lau d'autre part, devers le bois de Vincennes jusques à notre artillerie, et tuèrent ung canonnier... Tost fut armé monseigneur de Charolois... Ce bruict d'artillerie faisoit croire de tous les deux costez quelque grant entreprinse. Le temps estoit fort obscur et trouble, et nos chevaulcheurs, qui s'estoient approchez de Paris, veoient grant quantité de lances debout, ce leur sembloit, et jugeoient que c'estoient toutes les batailles du Roy qui estoient aux champs et tout le peuple de Paris... Les chevaulcheurs sailliz de Paris s'approchoient tousjours, pourcequ'ilz veoient reculer les nostres, qui encores les faisoient mieulx croire. Lors vint le duc de Calabre, là où estoient l'estendart du conte de Charolois, et la plupart des gens de bien de sa maison pour l'accompaigner, et sa banière preste à déployer...; et là, nous dict à tous ledict duc Jehan : « Or çà, nous sommes à ce que nous avons tous désiré; voylà le Roy et tout le peuple sailly de la ville; et marchent, comme dient nos chevaulcheurs; et pour ce, que chascun ait bon vouloir et cueur... » Nos chevaulcheurs avaient ung petit reprins de cueur voyans que les aultres estoient foibles : si se raprocherent de la ville et trouverent encores ces batailles au lieu où ilz les avoient laissées, qui leur donna nouveau pensement. Ilz s'en approcherent le plus qu'ilz peurent; mais estant le jour ung peu haulsé et esclarcy, ilz trouverent que c'estoient grans chardons. Ilz furent jusques aupres des portes et ne trouverent riens dehors; incontinent le manderent à ces seigneurs, qui s'en allerent ouyr messe, et disner : et en furent honteulx ceulx qui avoient dict ces nouvelles; mais le temps les excusa... »

N'est-il pas curieux de retrouver, au temps de Louis XI, entre Paris et Charenton, l'image des savanes américaines?

XXXVIII.

ROMANS PORTUGAIS ET BRESILIENS,

TRADUITS PAR M. EUGÈNE DE MONTGLAVE.

CARAMURÚ, ou *la Découverte de la Bahia*, roman–poëme brésilien,
par José DE SANTA RITA DURÃO (1).

(*Glôie*, 23 décembre 1819.)

Il n'a encore paru de ce recueil, qui doit contenir
la traduction de presque tous les grands ouvrages
d'imagination écrits en portugais sous une forme
épique ou romanesque, que deux livraisons, comprenant *le Caramurú* et *Palmerin d'Angleterre*.
Quoique le traducteur, M. Eugène de Montglave,
ait cru devoir prendre de fort grandes libertés avec
ces deux ouvrages, nous n'en regretterions pas
moins vivement qu'il ne nous donnât point *le Siége
de Diu* et *le Naufrage de Sepulveda* de Corte Real,
l'*Uraguay* de l'ex-jésuite Basilio da Gama, *le Cla-
rimond* de Jean de Barros, et les autres romans et
poëmes qu'il nous a fait espérer. Tout ce qui tend
à répandre de plus en plus parmi nous la connaissance des littératures voisines est un service rendu
à la nôtre. Il est bon qu'on puisse lire dans son ensemble *le Caramurú*, ce poëme brésilien qui n'était

(1) Trois vol. in-12.

jusqu'ici connu en France que par les extraits qu'en a donnés M. Denis dans son *Précis de la littérature portugaise et brésilienne.*

Et d'abord, levons l'équivoque que présente le mot de *brésilien.* Il ne s'agit ici, en aucune façon, d'ouvrages composés dans l'ancien idiome américain. *Le Caramurú,* malgré son titre indigène, n'est qu'un poëme écrit en vers portugais, à la fin du dernier siècle, par un religieux né au Brésil (1). Certes, rien ne serait plus précieux que des fragments de vraie poésie brésilienne. Toutes les relations des premiers missionnaires s'accordent à nous montrer les peuplades du Nouveau-Monde comme étant passionnées pour la musique et pour la poésie. « Les sauvages du Brésil, dit l'un d'eux, se plaisent par-dessus toute chose à la douceur du chant; ils font consister dans cette jouissance toute la félicité humaine (2). » Les Brésiliens en étaient donc probablement arrivés, lors de l'invasion portugaise, à cette première époque poétique que l'on peut appeler lyrique; mais ils n'en étaient pas encore aux longs poëmes. La Grèce, à demi-sauvage et privée, sinon de la connaissance, au moins de l'usage facile de l'écriture, offre peut-être le seul exemple d'une poésie qui débute, ou peu s'en faut, par deux

(1) La seule édition que nous connaissions de ce poëme est de 1784, Lisbonne, chez Jean Joseph Dubeux. Un vol. in-8°.

(2) *Chronica da companhia de Jesu do estado do Brasil,* pello Padre Simão de Vasconcellos. Lisboa, 1663. in-folio, liv. I, p. 106.

épopées; et encore ce phénomène a-t-il paru si peu
croyable que l'érudition moderne commence à ne
plus voir dans ces deux prétendus poëmes que les
romanceros de la Grèce aux temps héroïques. Quoique ce qui regarde la littérature primitive des Brésiliens, ou plutôt leurs chants populaires, comme on
dirait aujourd'hui, fût peut-être légitimement en
dehors du cadre que s'était tracé M. de Montglave,
nous n'en regrettons pas moins qu'il n'ait pas cru
devoir faire de cette recherche l'objet de quelques
pages dans son *introduction*.

Au reste, ce qui subsiste aujourd'hui de cette
poésie indigène doit se réduire à peu de chose.
Voici quelques notes que nous avons prises autrefois sur ce sujet dans nos lectures. D'abord dans
l'Histoire (très-curieuse et très-véridique) *d'un
voyage fait en* 1556, par Jean de Léry, *en la terre
du Brésil,* on rencontre plusieurs fragments des
chansons, ou, comme ce bon ministre protestant
les appelle, quelques échantillons des *chantreries*
des sauvages (1). Léry a poussé le soin jusqu'à noter ces airs (2), dont la modulation est fort simple.
Par malheur, les fragments de paroles qui les accompagnent ne sont que d'un ou deux vers, et
quelquefois même ne consistent qu'en une inter-
jection répétée. On ne peut pas douter, néanmoins,

(1) Voyez Jean de Léry, cinquième édition, Genève, 1611, in-8°,
p. 174 et *passim*.

(2) Ce ne sont, je crois, que les refrains.

que les Indiens n'eussent des chansons plus étendues. Montaigne nous a conservé quelques passages de deux morceaux de ce genre, qu'il tenait d'un
homme qui avait demeuré dix ou douze ans, au
Nouveau-Monde, *en l'endroit où Villegagnon prit
terre*. Voici le premier fragment : c'est le chant de
mort d'un prisonnier que ses ennemis s'apprètent
à dévorer.

« Qu'ils viennent hardiment trestous et s'assemblent pour disner
de moy, car ils mangeront quant et quant leurs pères et leurs
ayeux qui ont servi d'aliment et de nourriture à mon corps.

« Ces muscles, cette chair et ces veines, ce sont les vostres,
pauvres fols que vous estes ; vous ne reconnoissez pas que la sub-
stance des membres de vos ancestres s'y tient encore : savourez-les
bien ; vous y trouverez le goust de votre propre chair. »

On trouve dans le *Caramurú* les mêmes idées
placées aussi dans la bouche d'un prisonnier; mais
Santa Rita Durão a eu, selon moi, le tort de ne leur
point donner la forme lyrique. Montaigne, outre
ce fragment, cite le passage suivant d'une chanson
d'amour :

« Couleuvre, arrête-toy ; arrête-toy, couleuvre, afin que ma sœur
tire sur le patron de ta peinture la façon et l'ouvrage d'un riche
cordon que je puisse donner à m'amie. Ainsi soit en tout temps ta
beauté et ta disposition préférée à tous les autres serpents (1) »

Ce premier couplet servait de refrain à cette chan-
sonnette, dont malheureusement Montaigne ne

(1) Montaigne, Essais, liv. I, chap. 30.

nous a pas donné la suite. On lit dans la Vie du
R. Père Joseph de Anchieta que ce savant et zélé
missionnaire, premier instituteur des sauvages et
auteur d'une grammaire et d'un dictionnaire brésiliens, remplaça par des paroles édifiantes et chrétiennes les paroles licencieuses et lascives que les
Indiens se plaisaient à chanter. Cet échange, dit
son naïf biographe, eut lieu au grand profit des
âmes : car, ces chants immodestes ayant à peu près
cessé, on n'entendit plus résonner par les chemins
que de pieux cantiques (1). Que sont devenus ces
premiers chants du Brésil qui, comme ceux des
Klephtes et les anciennes romances de l'Espagne,
nous révéleraient d'une manière certaine les pensées, les superstitions, les haines, les amours de
ces peuples si peu connus? Peut-être pourrait-on
retrouver quelques traces de cette poésie primitive
parmi les peuplades qui errent encore insoumises
dans les déserts du Paraguay, comme on a découvert dans ces derniers temps des textes enfin
authentiques des poésies ossianiques dans les rochers des Hébrides et les bruyères de l'Irlande (2).

(1) Voy. *Vida do R. P. Joseph de Anchieta*, composta pello Padre
Simão de Vasconcellos. Lisboa, 1672, in-folio, p. 26, et *Chronica
da companhia de Jesu*, liv. I, p. 135.

(2) Ce fut Klopstock qui le premier, en 1747, fit mention des
poésies d'Ossian dans le *Wingolf*. Macpherson publia à Edimbourg,
en 1760 : *Fragments of ancient poetry, collected in the Highlands
of Scotland*, in-12; et, en 1762, *Fingal epic poem, and others*

Peut-être aussi Jean de Léry, qui entendait et parlait la langue des sauvages (1); le célèbre Antonio
Vieyra, qui écrivit des livres de piété dans les six
principaux dialectes de ces contrées; le Père Joseph de Anchieta et Salvador Rodrigues, qui intro-
duisirent les langues latine, espagnole et portugaise,
et jusqu'à la représentation des *autos,* parmi ces
sauvages, ont-ils recueilli et conservé quelques
monuments de cette poésie et de cette langue dans
laquelle eux-mêmes se sont essayés. Il ne serait pas
impossible, en fouillant avec un peu d'intelligence
et de soin dans les bibliothèques des anciens couvents de jésuites à Lisbonne et à la Bahia, de retrouver quelques-uns de ces curieux échantillons. Il est
vrai qu'il est fort à craindre que ces précieuses reliques n'aient été dispersées ou détruites à l'époque
de la violente et tyrannique persécution exercée

poems, *by Ossian, translated from the Gaelic language,* 2 vol. in-4°.
Ce n'est qu'en 1807 que sir John Sinclair fit paraître à Londres, en
trois volumes in-8, le texte gaélique, auquel Robert Mac Farlan
joignit une traduction latine. Mac-Gregor Murray donna, en 1818,
à Edimbourg, un texte plus complet. Mais toutes ces publications
n'offraient encore que des traductions en vieil écossais de l'original
Erse. On a seulement depuis 1823 acquis la certitude que cet original existe manuscrit dans une bibliothèque irlandaise. Voyez
Mone, *Histoire du paganisme dans l'Europe septentrionale.* Leipsick
et Darmstadt, 1823, t. II, p. 475.

(2) On trouve dans le Voyage de Léry un curieux colloque d'un
missionnaire arrivant en la terre du Brésil avec un sauvage Toupi-
nambou. L'auteur a fait suivre cet entretien, qui renferme les mots
les plus usités, de quelques règles de syntaxe.

par le marquis de Pombal contre les jésuites du
Portugal et du Brésil. Mais peut-être aussi ont-elles
échappé, ou ont-elles été transportées à la *Torre do
Tombo*, dépôt des archives du Portugal. Au lieu
de s'opposer si à contre-temps à la régénération de
l'Europe, les jésuites de nos jours feraient mieux
d'essayer de mériter la reconnaissance des peuples
par d'utiles travaux. Pourquoi ne recherchent-ils
pas dans les archives de leur Ordre tout ce que les
registres de leurs héroïques prédécesseurs doivent
contenir d'instructif? Cela vaudrait mieux que de se
livrer à d'impuissantes menées contre nos institutions. Que sait-on même? peut-être les vieilles nations de l'Europe, comme autrefois les jeunes tribus
indiennes, se laisseraient-elles prendre par des récits et par des chants? Mais revenons au *Caramurú*.

Ce poëme est, on le sait, l'ouvrage d'un religieux,
José de Santa Rita Durâo, né au village de Cata-
Preta, dans la province de Minas Geraes. Comme
la plupart de ses compatriotes, Durâo imite avec
une déplorable servilité les écrivains de la métropole. Il faut se résigner, nous l'avons dit, à ne trouver que des parodistes de Virgile, d'Horace et de
Camoens, sur cette terre vierge et en face de cette
nature originale et vigoureuse; et cependant, le
Brésilien de nos jours n'est pas plus que ses aïeux
européens ou sauvages, dépourvu de l'instinct musical et poétique. Le talent même de l'improvisation n'est pas moins répandu au Brésil qu'en Por-

tugal. Mais les chants sans art, dans lesquels se
dépose tout ce qu'il y a d'émotions exaltées ou rê-
veuses en ces contrées, ne sont confiés que bien
rarement à l'écriture.

Quoique José de Santa Rita nous assure dans sa
préface que l'amour de la patrie l'a seule engagé
à écrire ; quoique, dans son poëme et dans les
notes qui l'accompagnent, il fasse de louables efforts pour mettre en lumière tout ce qu'il a pu
apprendre sur les mœurs, les croyances et les traditions des nombreuses tribus brésiliennes, il est
généralement loin de nous satisfaire, et même d'é-
galer le peu que les voyageurs nous ont appris sur
ces sujets. Conçoit-on qu'ayant vécu (s'il faut en
croire M. de Montglave) toute sa vie au Brésil, ce
bonhomme n'ait recueilli lui-même presque aucun
fait, et appuie tout ce qu'il avance d'une érudition
de seconde ou de troisième main? Dans ses notes
(que le traducteur a bien fait de supprimer le plus
souvent) on voit que Bruzen de la Martinière (1) est
sa grande autorité. En vérité, nous avons quelque
peine à concilier cette absence de presque toute observation personnelle avec ce que M. de Montglave
nous raconte de la vie de Santa Rita Durâo. Nous
savions , et lui-même nous l'apprend, qu'il faisait

____

(1) José de Santa Rita appelle, on ne sait pourquoi, cet auteur o
Padre de la Martinière. M. Bruzen de la Martinière, géographe de
S. M. C. Philippe V, est mort en 1749, âgé de quatre-vingt-trois
ans, après avoir été marié trois fois.

partie de l'ordre des ermites de Saint-Augustin.
M. de Montglave ajoute que cet ordre portait les
lumières de l'Évangile dans les profondeurs du
désert. Cela est possible; mais, s'il en est ainsi, comment se fait-il que Durâo ne consigne ni dans ses
notes ni dans son poëme les choses merveilleuses
et pleines d'intérêt qu'il n'a pu manquer d'apprendre au milieu de tant de courses? Pourquoi
s'en réfère-t-il toujours à l'article espagnol inséré
dans *la Martinière* ? Cela rend un peu suspecte,
nous devons le dire, la source où M. de Montglave a
puisé ce qu'il nous apprend sur la vie de son auteur.
Aucune histoire littéraire, aucune biographie que
nous connaissions, n'a donné de notice sur José de
Santa Rita, et le peu de faits rapportés par son traducteur est d'une nature assez extraordinaire pour
faire naître quelque doute. Nous supposons que
M. de Montglave doit cette notice à des renseignements oraux; mais il devait alors le dire, ou,
dans le cas contraire, citer ses autorités. Après
avoir métamorphosé en roman et coupé en chapitres, à la Walter Scott, la languissante épopée de
Santa Rita Durâo, il pourrait bien être soupçonné
par quelques lecteurs peu crédules d'avoir étendu
ses libertés romancières jusqu'à la biographie de
son auteur.

A vrai dire, si l'on jugeait du poëte seulement par
son ouvrage, on serait tenté de refaire sa vie tout
autrement que ne nous la donne M. de Mont-

glave. Suivant lui, Durâo aurait eu à combattre les passions les plus fougueuses et à lutter contre un amour que la religion et la prière purent à peine dompter. Espèce de Fénelon plein de tendresse, Durâo montrerait dans tout le cours de son livre, et même dans les nombreux sermons qu'il a laissés (1), un goût faiblement réprimé pour les peintures voluptueuses; et ce combat perpétuel de ses inclinations contre ses devoirs serait, suivant M. de Montglave, un des attraits les plus piquants de son poëme. Nous ne savons si c'est là une illusion de traducteur; mais nous n'avons rien aperçu de semblable dans le *Caramurú*. Au contraire, les amours de Paraguaçu et l'épisode des Brésiliennes qui suivent Diogo à la nage nous paraissent ce qu'il y a de plus faible et de plus glacé dans le poëme. Les simples chroniques, où est rapportée la mort de la jeune sauvage qui se noie en suivant le vaisseau qui emportait son amant, sont plus touchantes que le froid narré du poëte. Il nous semble évident que le bon ermite de Saint-Augustin a fait et voulu faire un poëme théologique : c'est toujours à l'explication des vérités mystiques et à l'enseignement

(1) Nous ne voyons indiqué qu'un seul sermon de cet auteur. prononcé à Leiria à l'occasion de l'attentat commis sur la personne du roi Dom Joseph en 1758. Comment M. de Montglave, qui en connaît un grand nombre, ne nous apprend-il ni le lieu ni la date de l'impression ?

des dogmes du christianisme qu'aboutit le très-
petit nombre d'inventions qu'il se permet. Et ce
n'est pas à la façon de Dante, de Milton et de Klopstock, que Durâo fait de la poésie théologique :
c'est à la manière, et à la manière très-affaiblie, de
saint Grégoire de Nazianze et de saint Paulin, des
exemples desquels il s'autorise dans sa préface. Cependant il lui est arrivé de trouver dans une tradition populaire l'idée d'un épisode religieux qui ne
manque ni de poésie ni de grandeur. Il raconte
qu'avant la découverte de l'Amérique un moine
a été transporté miraculeusement au Brésil. Ce
messager céleste arrive au moment de l'agonie d'un
vieil Indien. Par un second miracle, cet Indien
aveugle comprend les instructions du missionnaire
et reçoit pieusement le baptême avant d'expirer.
Changé en une statue de pierre, le sauvage prédestiné est transporté dans l'île du Corbeau, une des
Açores. Cette figure placée sur un roc solitaire, la
main étendue vers le Brésil, semblait, avant la découverte de l'Amérique, avertir les Européens
qui naviguaient dans ces parages qu'il existait par-
delà l'Océan un monde qui attendait la lumière de
l'Évangile (1).

(1) Il existe, dit-on, dans la bibliothèque d'un grand seigneur
portugais un fragment manuscrit du célèbre historien Jean de
Barros sur la découverte de cette statue.

(*Note de M. de Montglave.*)

29.

Le premier chant, d'où M. Ferdinand Denis avait déjà extrait cet épisode, contient les aventures d'un jeune Portugais qu'une tempête a jeté sur les côtes du Brésil. Menacé d'être dévoré comme ses compagnons par les Indiens, tantôt il les charme par les sons nouveaux de sa guitare, tantôt il les terrifie par le bruit de son mousquet, double prodige qui porte bientôt Diogo Correa à la souveraineté de toutes les tribus sauvages. Le récit de ses dangers, de ses amours et des guerres qui suivent son élévation, excite dans la première partie du poëme un intérêt vif et romanesque. Mais dans les chants suivants, le voyage du cacique en Europe avec la jeune Brésilienne qu'il a choisie pour femme, leur présentation à la cour de France, le baptême de Paraguaçu, à laquelle Marie de Médicis sert de marraine, tout ce texte, fécond en contrastes si bien saisis par l'auteur des *Natchez,* n'inspire que fort peu de traits piquants ou profonds au narrateur brésilien. Le retour de Diogo à la Bahia, comme celui de Robinson dans son île, n'est qu'un hors-d'œuvre froid et fastidieux. Il est vrai de dire qu'à défaut d'incidents et d'action, cette dernière partie abonde en renseignements sur les mœurs, la géographie, l'histoire civile et naturelle du Brésil. Si les premiers chants ont l'intérêt d'un roman, les derniers ont celui d'un voyage. Mais d'intérêt poétique il n'y en a malheureusement nulle part. Durào n'est pas seulement dépourvu du génie qui invente

et qui ordonne; il manque même du talent d'écrire
qui rajeunit ce qu'on imite; son style n'a ni la pureté, ni l'harmonie, ni l'éclat qui pourraient seuls
faire pardonner des inventions aussi médiocres; la
diction est lâche et incorrecte; les vers hérissés
d'élisions choquantes. M. de Montglave a donc pu
sans scrupule tailler à sa guise dans cette étoffe,
qui n'a par elle-même presque aucune valeur.
Il a su la rendre quelquefois moins pesante, et
lui imprimer une sorte de grâce par des coupures faites avec goût. Quelquefois aussi il enjolive
son auteur et le surcharge d'une broderie un peu
commune.

Post-scriptum. Ce qui précède était imprimé,
quand nous sommes parvenu à nous procurer la
*Bibliotheca historica de Portugal e seus dominios
ultramarinos, nova edição, Lisboa,* 1801, in-4°,
dans laquelle nous avons trouvé une notice sur Frei
José de Santa Rita Durâo. Cette notice a confirmé
pleinement nos conjectures sur la vie fort peu brésilienne de cet auteur. José de Santa Rita, selon le
biographe portugais, naquit à Cata Preta, d'une
famille originaire de la Bahia. Il fut reçu docteur
en théologie à Coimbre, ce qui prouve qu'il quitta
fort jeune son pays natal. Il prêcha en 1758, à
Leiria, se rendit à Rome en 1762, puis revint en
Portugal en 1777. L'année suivante, il prononça
à l'université de Coimbre un discours, qui fut
imprimé cette même année (1778) in-4°. Enfin,

en 1781, le *Caramurú* parut à Lisbonne. Il nous
semble que depuis son arrivée à Coimbre jusqu'à
la publication de son poëme, il a eu assez peu de
temps à donner aux courses apostoliques que son
traducteur prétend qu'il a faites *dans les profondeurs du désert.*

XXXIX.

CHRONIQUE DE GUINÉE,

PAR GOMES EANNES DE AZURARA (1).

HISTOIRE DU LIVRE ET DE L'AUTEUR. — COUP-D'ŒIL SUR LA
VIE DE L'INFANT DOM HENRI.

(Journal des Savants, juillet 1841.)

Malgré les malheurs qui ont progressivement
amoindri la fortune du Portugal, ce royaume n'est
pas resté en arrière des efforts tentés depuis un demi-siècle, par tous les États européens, pour tirer
de la poussière des archives les documents inédits
relatifs à leurs annales. Depuis 1779, l'Académie des
sciences de Lisbonne a mis et continue à mettre en
lumière, avec le plus grand zèle, une série de monuments qui ne sont ni moins nombreux, ni moins
importants que ceux qu'ont publiés les diverses
compagnies chargées de recherches analogues en

---

(1) Voici la traduction complète du titre : *Chronique de la découverte et de la conquête de la Guinée*, écrite par Gomes Eannes de
Azurara, publiée pour la première fois par M. le V^le da Carreira,
précédée d'une introduction et accompagnée de notes par M. le
Vte de Santarem, avec un glossaire pour l'éclaircissement des
mots hors d'usage (par J. I. Roquete); Paris, Aillaud, 1841, 1 vol.
in-8".

France, en Belgique, en Piémont, etc. Il est vrai
que, dans aucun autre pays peut-être, la matière
de ces publications n'était aussi abondante qu'en
Portugal. Ce nid de hardis marins, qui s'est maintenu, pendant près d'un siècle, au rang de puissance de premier ordre; ce petit et glorieux royaume, qui a passé aux yeux des peuples de l'Orient
pour *la capitale de l'Europe,* arrêté dans le cours
de ses prospérités par le désastre d'Alcacer-Kébir,
alors qu'une foule d'historiens éloquents ache-
vaient à peine de tracer le tableau de ses victoires
d'Afrique et d'Asie, se trouva, depuis 1580 jusqu'à
la restauration de 1640, condamné, par la conquête espagnole, au silence aussi bien qu'à l'inac-
tion. De là ces nombreuses relations historiques
des xve et xvie siècles, restées forcément manuscri-
tes, et qui n'ont pu voir le jour que longtemps
après leur composition.

La chronique de la découverte de Guinée, que
M. le vicomte da Carreira, ambassadeur de Portugal en France, vient de transcrire et de publier à
Paris, où se trouve le manuscrit original, est une
de ces précieuses reliques du xve siècle. Composée
en 1452, elle éclaire d'un témoignage contempo-
rain un des plus importants chapitres de l'histoire
de la navigation moderne. Cette chronique contient
le plus ancien récit des expéditions dirigées par les
caravelles portugaises sur les côtes occidentales de
l'Afrique, depuis l'année 1418, et, plus spéciale-

ment, depuis 1433 jusqu'à 1448 (1). Or ces expéditions, inspirées et conduites par le génie de l'illustre infant dom Henri, ouvrent la série de découvertes qui nous ont enfin appris à mieux connaître l'étendue de ce globe que nous habitons et sur la configuration duquel on n'avait encore acquis, au milieu du xvᵉ siècle, que des notions fort imparfaites.

Le manuscrit d'Azurara, que possède la Bibliothèque royale, est un petit in-folio, sur vélin, de 159 feuillets à deux colonnes, d'une belle exécution calligraphique. Les premières pages contiennent une lettre datée du 23 février 1453, et qui porte pour suscription : « Lettre que Gomes Eanes Dazurara (2), commandeur de l'ordre de Christ, a écrite au seigneur roi, en lui envoyant ce livre. » Suit la table des chapitres, au nombre de quatre-vingt-dix-sept. Ici se trouve placée une grande miniature représentant l'infant Dom Henri. M. Aillaud, en éditeur soigneux, a eu l'heureuse idée de la faire lithographier; mais, quoique cette copie soit satisfaisante, on ne peut, cependant, à la vue de l'original, s'empêcher de souhaiter que le burin, et surtout le pinceau, se hâtent de reproduire complétement

(1) Cadamosto n'entreprit, avec les vaisseaux de l'Infant, l'expédition dont il nous a laissé le récit, qu'en 1455.

(2) Dans le dernier chapitre de la Chronique, l'auteur se nomme une seconde fois, mais avec une variante qu'il faut noter, Gomes Eanes de Zurara.

cette excellente peinture, avant que le temps et les mains profanes aient achevé d'en effacer la vie qui semble encore l'animer. Vient ensuite le corps de l'ouvrage, précédé d'une rubrique ainsi conçue : « Ici commence la chronique où sont écrits tous les faits notables qui se sont passés en la conquête de Guinée par ordre de très-haut et très-honoré prince et très-vertueux seigneur l'infant Dom Henri, duc de Viseu et seigneur de la Covilhâa, grand-maître et gouverneur de l'ordre de Christ, etc... » Le volume se termine par les lignes suivantes : « Cette œuvre a été achevée le dix-huitième jour de février, dans la bibliothèque (*livrarya*) que le roi Dom Alfonse a faite à Lisbonne. Ce premier volume a été écrit par Jean Gonçalvez, écuyer, et écrivain des livres dudit seigneur roi... l'an du Christ MCCCCLIII. »

On voit que ce volume n'est que la première partie de l'histoire de la conquête de Guinée. Le chroniqueur déclare, en effet, dans son avant-dernier chapitre, que, s'il a cru devoir terminer le premier livre à l'an 1448, époque de la majorité du roi Dom Alfonse, il se propose d'en composer un second, et de conduire son récit jusqu'à la fin des découvertes. L'auteur des excellentes notes historiques et géographiques qui accompagnent le texte imprimé, M. le vicomte de Santarem, expose (page 456) les raisons qui le portent à croire que la continuation promise par Azurara n'a point été écrite.

Cependant, les mêmes circonstances singulières
qui ont, comme nous allons le dire, dérobé jusqu'à nos jours, le premier volume de cette histoire
aux regards du monde savant, ne peuvent-elles pas
tenir cachée au fond de quelque bibliothèque la
seconde partie de l'ouvrage, que l'auteur, encore
vivant et garde des archives de Lisbonne en 1472,
a eu tout le loisir de composer?

La destinée du manuscrit qui nous occupe est
vraiment surprenante. Exécuté avec beaucoup de
luxe, et déposé dans la bibliothèque d'Alfonse V,
ce livre ne se trouvait déjà plus en Portugal au milieu du xvi⁰ siècle. L'illustre Jean de Barros, qui
transcrit souvent dans ses Décades des passages de
cette chronique, se plaint de n'en avoir possédé
que des fragments sans suite et sans ordre (1). Damiâo de Goes n'a même pu se procurer ces lambeaux informes dont Barros s'était servi (2). Enfin,
les hommes les plus versés dans la littérature de la
Péninsule avaient perdu les traces et presque le
souvenir de cet ouvrage. L'Académie des sciences
de Lisbonne elle-même, dans la notice qu'elle a
consacrée à Azurara, au tome second de sa collection des livres inédits relatifs à l'histoire du Portugal, ne cite point la chronique de Guinée dans la
liste qu'elle donne des œuvres de cet écrivain. Ce

(1) Barros, *Dec.* I, liv. II. c. 1.
(2) Damiâo de Goes, *Chron. do princ. D. João*, c. vi, p. 9.

n'est que vers la fin de l'année 1837, que M. Ferdinand Denis, feuilletant le supplément du catalogue
des manuscrits français et étrangers de la Bibliothèque royale, remarqua un titre ainsi conçu : « C'ıro-
nique de la conquête de Guinée, in-folio, en portugais, n° 236. » Il eut la curiosité de voir ce livre et
trouva, dans les premières lignes du premier feuillet, le nom de Gomes Eannes d'Azurara. Grâce
aux informations qu'il donna sur-le-champ, et qu'il
a depuis consignées dans un livre intitulé *Chroniques chevaleresques de l'Espagne* (1), la littérature portugaise est rentrée en possession de ce
précieux document.

Il serait difficile de tracer avec certitude l'itinéraire que ce beau volume a dû suivre pour arriver, de la *librairie* d'Alfonse V, dans la Bibliothèque royale de France. Il fut acquis le 12 août
1740 par cet établissement, avec d'autres manuscrits qui avaient appartenu au maréchal d'Es-
trées (2): On lit, sur une des pages restées en blanc
au commencement du volume, le nom de Francisco
de Solís, et, à la fin du volume, la note suivante
écrite en espagnol : « Cette chronique de Guinée a
fait partie de la bibliothèque du seigneur Dom
Juan Lucas Cortes (que Dieu ait son âme), membre
du conseil royal de Castille, l'an 1702. » Nous

---

(1) T. II , p. 42 et suiv.
(2) Voy. *Revue de Bibliographie analytique*, janvier 1842.

avons remarqué une autre note également espagnole en marge du premier feuillet et signée Fray
D° de Carvajal. Cette note ordonne de déclarer ce
qu'il peut y avoir dans ce livre de contraire à la foi,
suivant l'ordonnance du Saint-Office de 1640. M. de
Santarem suppose, avec beaucoup de vraisemblance, que, vers l'année 1457, Dom Alfonse fit
présent de cette chronique à son oncle, le roi de
Naples, Alfonse le Magnanime (1), et l'envoya à ce
prince instruit, et curieux des découvertes, par
l'ambassadeur Martim Mendes de Berredo (2). Le
savant critique appuie cette conjecture sur un passage de Frei Luiz de Souza, qui, dans l'histoire de
saint Dominique, composée au commencement du
xviiᵉ siècle, dit avoir vu à Valence (3), parmi les
effets du duc de Calabre, dernier descendant en
ligne masculine de la maison de Naples, un volume
contenant la relation des découvertes de l'Infant,
orné des emblèmes (4), armes et devise de ce
prince, et dont la description s'accorde exactement
avec l'état du manuscrit de la Bibliothèque royale.

(1) *Introduction*, p. xiii et xiv.

(2) Voy. sur ce personnage, l'ouvrage de M. de Santarem : *Qua-
dro elementar das relações diplomat. de Portugal*, t. I, p. 303.

(3) Voy. *Histor. de S. Domingos*, part. I, liv. VI, cap. xv,
p. 332, édit. de 1623.

(4) Dom Henri ajoutait quelquefois à sa devise deux pyramides,
comme un emblème des grands travaux exécutés par lui dans des
vues désintéressées.

L'auteur de cette histoire, Gomes Eannes d'Azurara, ainsi nommé d'un des deux bourgs de ce nom (1), n'est pas seulement un chroniqueur exact et diligent, c'est encore un écrivain plein d'élévation et d'élégance. Chevalier profés dans l'ordre de Christ, il obtint dans la suite plusieurs commanderies importantes. Suivant Matthieu de Pisan, poëte lauréat et précepteur d'Alfonse V, Gomes Eannes d'Azurara, comme tous les Portugais de son temps, consacra sa jeunesse à la carrière des armes et ne s'appliqua que dans un âge mûr à l'étude des lettres, de l'astrologie (2) et de l'histoire (3). Il donna bientôt de si notables preuves de capacité, qu'en 1454 Alfonse le nomma son historiographe, ou, comme on disait, *chronista mor* du royaume, et garde des archives réunies dans la *Torre do tombo*, en remplacement de Fernand Lopes, auquel le poids des années ne permettait plus de vaquer à ses fonctions (4). Un acte authentique de 1454 prouve

(1) Azurara de la Beira et Azurara du Minho. Gomes Eannes paraît être né dans le premier de ces bourgs, d'après une pièce citée dans la *Collecc. de livros ined.* t. II, p. 209.

(2) Azurara mêle, en effet, beaucoup d'astro'ogie à ses histoires. Voy. *Chronica de Guiné*, p. 48, 49, 147, 296.

(3) Matthieu de Pisan, que quelques-uns croient fils naturel de Christine de Pisan, a donné ces détails dans sa version latine de l'*Histoire de la prise de Ceuta*, composée par Azurara. Voy. *Coll. de livros ineditos* (t. I, p. 27).

(4) Voy. *Ibid.*, t. II, p. 208. Les deux charges de *chronista mor* et de garde des archives paraissent avoir été presque toujours réu-

qu'en cette année Azurara remplissait, de plus,
l'emploi de bibliothécaire de Dom Alfonse (1).
Matthieu de Pisán rapporte qu'Azurara, pour rendre la bibliothèque de ce monarque utile aux savants, prêtait libéralement aux personnes lettrées
les livres dont elles avaient besoin. C'est là une des
plus anciennes mentions qui ait été faite d'une bibliothèque de souverain mise, d'une façon aussi
véritablement royale, à la disposition des particuliers (2). On ignore l'année précise de la mort,

___

nies. C'est ce qui me porte à croire qu'Azurara, créé *guarda mor*
de la *Torre do tombo* le 6 juin 1454, fut en même temps nommé
chronista mor. Cependant Barbosa affirme que Gomes Eannes n'eut
le titre d'historiographe qu'après la mort de Fernand Lopes, qui
aurait aussi conservé une de ces deux charges.

(1) Voy. *Collec. de livros ined.*, t. II, p. 209.

(2) Lors du récolement de la bibliothèque du Louvre, après la
mort de Charles V, on inscrivit en marge de l'inventaire, dressé
en 1373 par Gilles Mallet, la cause de l'absence de beaucoup de livres. On lit souvent cette note : « Donné ou baillé à monss. d'Anjou, à madame de Bourgongne, à monss. de Valois, » et autres
grands personnages. On trouve quelquefois simplement : « A la
royne, à monss. d'Orléans, à mons. de Bussy, », etc.... Ce qui a
fait penser que ces ouvrages n'étaient pas donnés, comme les premiers, mais *prêtés*. Quant aux indications de prêts formelles, il n'y
en a que deux, savoir: 1° « De Meliagant, de Lancelot, de Tristan,
en prose, en bien grant plat volume à deux coulombes. Presté à mons
Domont, 28e de janvier 1382. — 2° Un très-bel Psaultier en gran
volume, escrit de grosses lettres et anciennes, qu'on a donné au
Roy à Nogent le Roy, a une chemise blanche à queue, a deux fer-
moers d'argent. Presté par le Roy a messire Philippe de Maizieres
sa vie durant. » Voy. M. Van Praet, *Inventaire de l'ancienne bibliothèque du Louvre*, p. 64 et 137.

comme celle de la naissance de Gomes Eannes d'A-
zurara. On sait seulement par un acte officiel, cité
dans la trop courte notice de Barbosa, qu'il remplissait encore les fonctions d'archiviste de la *Torre
do tombo* en 1472. Il ne cessa de jouir de la faveur
d'Alfonse V. Une lettre adressée par ce prince à son
chronista mor, qui était allé à Alcacer-Seguir étudier le théâtre des exploits du comte Dom Edouard
de Menezes, cette lettre éloquente et familière,
écrite en entier de la main du roi (1), ne fait pas
moins d'honneur au monarque qu'à l'historien.

Je ne puis passer sous silence une tradition fort
accréditée en Portugal, et qui, si elle était prouvée,
serait de nature à ternir la mémoire de cet écrivain. En 1459, les Cortès assemblées à Lisbonne
réclamèrent la réforme des archives et décrétèrent
la suppression des papiers et documents inutiles,
qui rendaient les recherches dans la *Torre do
tombo* ou, comme on disait, dans la *Tour des par-
chemins* (2), aussi dispendieuses que longues et
difficiles. Gomes Eannes d'Azurara, alors garde de
cet établissement, dut exécuter cette mesure. Il
s'acquitta, dit-on, de ce fâcheux devoir avec assez
peu de ménagement pour que l'époque de son ad-

(1) Cette lettre est imprimée devant la chronique du comte Dom
Edouard de Menezes, composée par Azurara et retouchée par Ruy
de Pina. *Collecç. de livros ineditos*, t. III, p. 3.

(2) Alfonse V appelle ainsi cet établissement dans sa lettre auto-
graphe à Azurara. *Collecç. de livros ined.* t. III, p. 6.

ministration soit restée dans la mémoire des personnes vouées aux études diplomatiques, comme une ère de destruction ; on dit encore proverbialement *la proscription de Gomes Eannes d'Azurara* (1). Cependant, n'est-il pas possible que la tradition ait un peu exagéré les torts du docte historien ? Je me bornerai à produire, à sa décharge, le témoignage que Matthieu de Pisan se plaît à rendre à son esprit d'ordre et de conservation : « Bibliothecam Alphonsi strenue disposuit atque ornavit, omnesque scripturas regni prius confusas mirum in modum digessit, ita ut ea quibus regi et ceteris regni proceribus opus est, confestim discernantur (2). » Jean de Barros, juge si compétent en pareille matière, proclame Azurara le type achevé de l'archiviste, *hum luminar do archivo real*. Il le déclare digne de toutes louanges pour avoir fait copier les pièces les plus importantes qui se trouvaient dans les layettes des règnes de Dom Pedre 1er, de Dom Fernand et de Dom Jean Ier (3). La rédaction précipitée de ces extraits, malheureusement bien insuffisants, comme le remarque l'auteur de

(1) M. Ferdinand Denis, qui raconte ce fait curieux dans ses *Chroniques chevaleresques de l'Espagne et du Portugal* (t. II ,. p. 52 et 53) , cite pour garant de cette tradition M. le Vte de Santarem , un des plus savants successeurs de Gomes Eannes d'Azurara dans les hautes fonctions de *guarda mor* de la *Torre do tombo*.

(2) Matthæus de Pisano, *loc. cit.*

(3) Barros , cité dans la *Collecç. de livros inedilos*, t. II , p. 208.

la notice consacrée à Azurara par l'Académie des
sciences de Lisbonne, était peut-être le seul adou-
cissement qu'il ait été permis au garde de la *Torre
do tombo* d'apporter au décret dont l'exécution
lui était confiée (1). Mais revenons à la chronique.

Quand on a mission de rendre compte d'un ouvrage tel que celui-ci, où presque chaque mot offre
une information nouvelle, et où l'histoire, la géographie, l'ethnographie, l'histoire naturelle, ont à
puiser de si précieux renseignements, on ne sait,
au milieu de tant de richesses, sur quel point diriger plus particulièrement la vue, ni dans quel ordre commencer un tel examen. Cependant, en
recueillant l'impression que m'a laissée la lecture
de cette chronique, il me semble que toutes les
choses intéressantes qu'elle renferme se divisent
naturellement en deux parts : d'un côté, ce qui se
rapporte au caractère, à la personne, au génie de
l'infant Dom Henri; de l'autre, ce qui concerne les
contrées découvertes, leur position géographique,
leurs habitants, leurs productions, etc. Nous allons
suivre cette division, et nous occuper d'abord de
ce qui peut nous faire mieux connaître l'infant Dom

---

(1) Ces extraits ne seraient-ils pas le livre que Barbosa mentionne
dans la liste des œuvres d'Azurara, sous le titre de : « Compilação
de varias escrituras, ordenações, cartas, casamentos, contratos,
armadas, festas, obras, doações, mercês, assim por registro da
chancellaria e fazenda, como por contas de todo o reyno? »

Henri, un des plus grands caractères des temps
modernes.

  Lorsqu'on songe à l'extension rapide et gigan-
tesque que prit, à la fin du xv⁰ siècle, la puissance
du Portugal, quand on voit les habitants de cette
étroite lisière de la péninsule hispanique, presque
sans territoire, sans population, sans industrie,
sans finances, devenir tout à coup une grande nation maritime, conquérir les îles et les côtes occidentales de l'Afrique, trouver le chemin de l'Inde
par le cap de Bonne-Espérance, créer des empires
et fonder des capitales à deux mille lieues de leurs
foyers, on est tenté de ne considérer ces prodiges
que comme un jeu de la fortune, un accident glorieux, une suite de heureux hasards. Ce serait là,
cependant, un jugement très-erroné. La puissance
du Portugal a été le produit de plus d'un siècle de
patience, de sages mesures, de travaux intelligents.
On a écrit un beau livre sur les causes de la grandeur et de la décadence des Romains ; il y en aurait
un autre non moins beau, et peut-être plus utile,
à composer sur les causes de la grandeur et de la
décadence du Portugal.

  La raison première de la fortune maritime de ce
royaume fut sa position géographique. Placés à
l'extrémité du continent européen, les Portugais
semblaient avoir mission d'explorer les eaux encore
inconnues qui venaient battre leurs rivages. Aussi,
à peine furent-ils parvenus à assurer leurs frontiè-

res contre les Castillans et contre les Maures, qu'ils tournèrent toutes leurs pensées vers la mer. Seulement les esprits vulgaires ne songeaient qu'à la Méditerranée; il fallait un homme de génie pour arrêter ses regards sur l'Océan, à qui les Arabes avaient donné le nom de *Mer ténébreuse.*

Le promoteur de ces grandes entreprises, celui qui conçut la belle idée de chercher des terres et des mers au-delà des tropiques et de l'équateur, qui, le premier, s'en occupa profondément, qui nourrit ce dessein pendant plusieurs années avant d'essayer de le mettre à exécution, qui y rapporta toutes ses études, et y consacra, pendant quarante ans, toute l'énergie de l'esprit le plus enthousiaste, le plus éclairé, le plus patient, ce fut un jeune prince, placé sur les marches d'un trône où il ne devait pas monter, et qui sut, comme le prince Noir, se créer une renommée supérieure à celle des rois; c'était le troisième fils de Dom Jean Ier (1), l'infant Dom Henri, dont un poëte anglais a pu dire : « L'esprit de la navigation, qui reposait encore sous les eaux, à sa voix étendit les ailes et plana jusqu'aux rivages les plus éloignés (2). »

Il semble que Gomes Eannes d'Azurara fut pré-

(1) Dom Jean Ier avait eu six enfants de sa femme, la reine Philippe, cinq fils et une fille. Henri, qui naquit le cinquième, était, comme nous l'apprend Azurara, le troisième des fils survivants.

(2) Thomson, *Saisons*, chant II, v. 1006 et suiv.

destiné à être l'historiographe de ce grand homme. Chargé par Alfonse V de terminer la chronique de Dom Jean Ier, laissée inachevée par Fernand Lopes, il dut prendre cette histoire au siége de Ceuta, dans lequel Dom Henri, à peine sorti de l'adolescence, gagna si glorieusement ses éperons de chevalier, ainsi que le titre de duc de Viseu et de seigneur de la Covilhãa(1). Dans deux autres chroniques, celles des rois Dom Édouard et Dom Alfonse (2), Azurara expose la part importante que Dom Henri prit aux affaires du royaume et à la funeste et glorieuse expédition de Tanger. Enfin, dans la chronique qui nous occupe, il raconte les efforts que l'Infant ne cessa de faire pour reconnaître et conquérir la côte de Guinée, agrandir le commerce du Portugal et trouver enfin, au-delà du continent de l'Afrique, une route pour arriver aux Indes.

Un an après la prise de Ceuta (1416), l'Infant, qui avait acquis une si haute réputation militaire, que le pape, l'empereur et les rois de Castille et d'Aragon lui offraient à l'envi le commandement

(1) Azurara, *Chron. del rey Dom João I*, 3ª parte, cap. c, p. 276, et *Chron. de Guiné*, cap. v, p. 27.

(2) Ces deux ouvrages, retouchés par Ruy de Pina, sont imprimés dans le tome premier de la Collection des livres inédits. C'est la coutume des historiens portugais de retoucher les ouvrages de leurs prédécesseurs; Azurara lui-même en a usé ainsi, dans sa Chronique de Guinée, envers le docte et éloquent Alfonse Cerveira, dont il cite textuellement et avec éloge plusieurs beaux passages.

de leurs armées (1), au lieu de céder à ces flatteuses avances, au lieu de se mêler aux intrigues et aux plaisirs de la cour de Lisbonne, se retira, plein de ses grands projets, au fond du royaume d'Algarve, sur le rocher le plus avancé du cap de Saint-Vincent, dans une maison de plaisance qui porta d'abord le nom de *Rapozeira* (2), puis de *Villa do Infante* (3), qu'elle changea en celui de *Tercena naval* quand le prince eut creusé à ses pieds un bon port (4), établi des chantiers de construction et fondé plusieurs autres établissements de marine. La ville ou le bourg qui peu à peu se forma autour de cette résidence, reçut le nom de *Sagres*, en mémoire de la dénomination de *promontorium Sacrum*, qu'avait eue autrefois le cap de Saint-Vincent. De cette silencieuse demeure, dont les fenêtres s'ouvraient sur un immense horizon, Dom Henri pouvait promener à la fois ses regards sur Ceuta, sur la Méditerranée et sur cette autre mer, pleine de mystères, dont il franchissait l'étendue en espérance. On eût dit qu'il avait choisi cette retraite

(1) *Chron. de Guiné*, cap. VI, p. 40.

(2) Cadamosto, qui, en 1455, eut une entrevue avec l'Infant, nous apprend qu'il trouva ce prince au cap Saint-Vincent, dans un lieu appelé *Rapozeira*.

(3) Le mot *villa*, en portugais et en espagnol, ne signifie pas une maison de plaisance, mais un bourg, ou quelque chose de moins que *cidade*. Madrid même, bien que capitale du royaume, ne porte que le titre de *villa*.

(4) *Chron. de Guiné*, cap. V, p. 33-35.

pour pouvoir, sans sortir du royaume, veiller de
l'œil sur le double rivage de l'Afrique dont le roi,
son père, lui avait confié le département (1).

C'est de ce point extrême de l'Europe, de ce
rocher battu par les deux mers, que l'Infant fit appel à tous les hommes de cœur et de science, Portugais ou étrangers, les conviant à venir partager
la gloire et les profits de ses travaux. Lui-même
employait la plus grande partie des jours et des
nuits (2) aux études les plus ardues, aux mathématiques, à l'astronomie, à la géographie, comparant
toutes les notions cosmographiques et géographiques que nous ont laissées les anciens, Hérodote,
Aristote, Pline, Ptolémée, avec les écrits des cosmographes et des voyageurs du moyen âge, Alfer-
gani, Marco Polo, Pierre d'Ailly, Honoré d'Au-
tun ; confrontant les textes aux informations orales
qu'il avait recueillies sur l'Afrique pendant la campagne de Ceuta, et qu'il s'efforçait de compléter
en interrogeant les Éthiopiens, les Persans, les
Arabes, que sa bonne fortune lui permettait de
rencontrer (3). On voit dans Azurara que Dom Henri
ne négligeait rien pour se procurer des instruments
de mathématiques et de navigation, des portulans,

(1) Voy. *Chron. de Guiné*, cap. v, p. 29, et l'excellente note de
M. le Vᵗᵉ de Santarem. Le département des affaires d'Afrique fut
continué à l'Infant par son frère et par son neveu.

(2) *Ibid.*, cap. IV, p. 24, et cap. VI, p. 44.

(3) *Ibid.*, cap. LXX, p. 278.

des cartes marines; améliorant celles-ci d'après les données de la science et, plus tard, d'après les observations de ses capitaines (1). Pendant quarante ans le palais de Sagres fut le rendez-vous des hommes les plus habiles. L'Infant y appela, entre autres, Jacques de Majorque, célèbre par ses connaissances dans l'art nautique, et voulut qu'il y professât cette science. Sagres devint ainsi une véritable école de navigation. Il faut lire dans Azurara comment l'Infant donnait lui-même, avant leur départ, des instructions aux chefs de ses caravelles, leur remettant des cartes, leur enseignant l'usage et l'utilité de la boussole (*agulha*) (2), et combattant par des raisonnements et par la vue de la fameuse sphère que l'infant Dom Pedre, son frère, lui avait apportée, dit-on, de ses voyages, les préjugés invétérés et les frayeurs superstitieuses qui empêchaient les plus intrépides marins de cette époque de se risquer à franchir le terrible cap Bojador.

Je n'ignore pas qu'il s'est élevé, vers le milieu du xviiᵉ siècle, une vive et sérieuse controverse, qui n'est pas encore terminée, au sujet de la priorité

---

(1) Dom Henri enjoignait à ses capitaines de lever des cartes marines. Voy. *Chron. de Guiné*, cap. lxxvi, p. 360. Lui-même paraît avoir tenu un journal des découvertes faites par ses ordres. Voy. Barbosa (art. *Dom Henrique*, t. II, p. 433 et suiv.) Malheureusement ce journal ne nous est pas parvenu.

(2) *Chronica de Guiné*, cap. ix, p. 56-59. — Lisez, au chapitre x, une belle allocution adressée par l'Infant à ses marins.

de ces expéditions. Je m'abstiens, pour le moment, de toucher à cette question, qui demande un examen spécial. Je dirai seulement que, lors même que des navires étrangers ou portugais auraient, avant ceux de Dom Henri, sillonné ces mers, toujours est-il incontestable que ces navigations, vraies ou fausses, n'avaient laissé aucune trace, et que, seules, les expéditions de Dom Henri ont mérité, par l'esprit de suite qui les a dirigées et par les grands résultats qui les ont suivies, de prendre place dans la mémoire et la reconnaissance du genre humain.

Les terreurs et les résistances que l'infant Dom Henri eut à vaincre étaient un mélange d'erreurs populaires et d'erreurs savantes. Les uns disaient que l'Afrique n'avait été créée que pour les bêtes féroces; qu'au delà du cap Bojador on ne devait plus trouver d'êtres humains, puisque, suivant Aristote, Pline, Virgile et Ovide, la zone torride est inhabitable, privée d'eau, d'arbres et de verdure. D'autres disaient que, dans ces parages, la mer est si basse qu'à une lieue de terre on trouve à peine une brasse de profondeur; que les courants sont si rapides, qu'un navire qui a passé une certaine limite ne peut plus revenir en arrière, ce qui est bien démontré par le vide qui existe sur toutes les cartes à partir de ce point funeste (1). Quelques

_____

(1) *Chron. de Guiné*, cap. VIII, p. 50-55; cf. cap. LXXVI, p. 339 cap. LXXVIII, p. 372.

autres niaient la possibilité des antipodes, s'appuyant sur l'autorité de Lactance et de saint Augustin. La plupart redoutaient par-dessus tout que la chaleur du climat ne les changeât de blancs en nègres (1). A ces craintes des esprits faibles se joignaient les murmures des gens envieux et chagrins, qui, blessés qu'on voulût dépasser les bornes anciennes, traitaient les desseins de l'Infant de dangereuses curiosités et de dispendieuses chimères (2). Ce grand homme, cependant, surmonta les appréhensions des uns par l'appât des récompenses, les clameurs des autres par le succès. Quand on vit un jour rentrer dans le port de Lisbonne les caravelles de l'Infant, revenant de la côte d'Afrique chargées de Nègres et de poudre d'or, les sarcasmes se changèrent en applaudissements, et les murmures en bénédictions publiques (3).

Il est juste de dire que Dom Henri trouva un puissant secours dans deux excellentes mesures prises un siècle avant lui par un des plus grands rois du Portugal, Dom Denis. Ce prince occupait le trône au moment où l'on proscrivit dans toute la chrétienté l'ordre du Temple. Cette association militaire, qui rendait chaque jour de si grands services au Portugal dans les guerres contre les Mau-

(1) Voy. Francisco de S. Luiz, *Reflexões geraes acerca do Infante Dom Henrique*, Lisboa, 1840; in-8º.

(2) *Chron. de Guiné*, cap. XVIII. p. 103.

(3) *Ibid.*, cap. XXXVI, p. 182, et 183

res, parut au sage monarque digne de toute sa
protection. Au lieu d'emprisonner les Templiers,
comme on faisait ailleurs, il favorisa leur retraite.
Puis, ayant mis les propriétés de l'Ordre sous le sé-
questre, il prit avec les rois de Castille et d'Aragon
l'engagement de ne pas permettre au pape de disposer de ces biens dans leurs royaumes respectifs, sans
leur commun consentement. Bientôt après, Denis
fit reparaître les chevaliers; puis, par d'habiles
négociations auprès du saint-siége, il obtint, en
1319, une bulle qui réintégrait les chevaliers du
Temple dans leurs biens, dans leurs principaux sta-
tuts, dans leur costume même, à la seule condition
de changer le nom proscrit de Templiers en celui
de Chevaliers de Christ. Cependant ce même roi
Denis, qui donnait des soins tout particuliers à l'a-
griculture, fit planter près de Leiria une vaste forêt
de sapins, sur des terrains incultes et voisins de la
mer. Eh bien, par un singulier enchaînement de
circonstances, quand, un siècle plus tard, l'Infant
Dom Henri voulut créer une marine en Portugal,
il trouva tout prêts pour la construction de ses
navires les sapins de la forêt de Leiria, et, pour le
seconder dans ses projets de découvertes, le drapeau, les biens, la valeur des Chevaliers de l'ordre
de Christ, dont il était le huitième grand-maître (1).

(1) Voy. sur la transformation des Templiers en Chevaliers ce

En effet, les dépenses si considérables, et, pendant douze années, si infructueuses, que nécessitèrent les armements de Dom Henri, furent supportées tant par ses biens personnels que par les revenus de l'Ordre qu'il gouvernait. Aussi fut-ce sous la bannière des chevaliers de Christ que se firent toutes les expéditions. Même, quand, après les premiers succès, des particuliers et des compagnies s'offrirent à l'Infant pour continuer les découvertes, il leur fut enjoint d'arborer sur leurs navires le drapeau de l'Ordre(1). On voit dans un atlas manuscrit, fait à Messine en 1567, les vaisseaux portugais portant sur leurs voiles la croix peinte des chevaliers du Temple (2). Enfin ce furent presque tous des membres de l'ordre de Christ qui commandèrent les caravelles de l'Infant. En effet, le dessein que poursuivait ce prince n'était pas seulement scientifique et commercial ; il était encore, et par-dessus tout, religieux. Sur les côtes occidentales de l'Afrique, c'étaient encore les infidèles qu'il s'agissait d'atteindre dans leurs plus lointains repaires ; c'étaient des âmes qu'il s'agissait de conquérir ; ce qu'on espérait trouver par la route de l'Océan, c'était l'empire chrétien, que,

Christ, Brandâo, *Chronica del rey Dom Denis,* et un article de M. Joze Correa de Serra, dans les *Archives littéraires de l'Europe,* t. VII, p. 273-288.

(1) *Chron. de Guiné,* cap. XVIII, p. 106.
(2) *Ibid.*, cap. XXXVII, p. 185 et note 2.

sur la foi de Marc Paul, on supposait exister dans
l'Inde, et qui préoccupait toutes les imaginations
sous le nom de royaume du Prêtre Jean (1). Sans
doute, des pensées moins désintéressées, des espérances moins chimériques agissaient sur les intrépides et grossiers marins qui servaient les desseins
de l'Infant; une passion effrénée du gain fut trop
évidemment, comme nous le verrons, presque leur
seul mobile; mais il n'en était pas ainsi des principaux chefs, ni surtout de Dom Henri. Il est impossible de ne pas reconnaître dans l'âme de ce grand
homme le plus admirable assemblage des lumières
du savant, de l'énergie du patriote et de l'ardente
charité du missionnaire chrétien.

Je ne crois pas pouvoir mieux faire connaître
cette époque singulière de progrès scientifique et
de foi naïve, qu'en traduisant quelques pages de
cette chronique, qui feront apprécier, d'ailleurs,
autant que le peut une traduction, le mérite de
Gomes Eannes d'Azurara comme écrivain.

COMMENT L'AUTEUR DONNE LES RAISONS DE LA PITIÉ QU'IL ÉPROUVA
POUR LES CAPTIFS, ET COMMENT SE FIT LE PARTAGE. (2)

« O toi, père céleste, qui, de ta main puissante, et sans mouvement de ta divine essence, gouvernes l'innombrable population
de ta cité sainte; toi, qui tiens immobiles tous les essieux des mon-

_____

(1) *Chronica de Guiné*, cap. VII, p 46 et 47.
(2) Une partie de ce morceau a été traduite par M. Ferdinand
Denis dans ses *Chroniques chevaleresques de l'Espagne et du Por-*

des supérieurs, qui sont séparés en neuf sphères : toi, qui allonges ou abréges à ton gré le cours des âges ; que mes larmes, je t'en supplie, ne pèsent point comme une faute sur ma conscience, car ce n'est pas à cause de la loi qu'ils suivent, mais à cause de leur condition d'hommes que je me sens contraint de verser des pleurs sur leurs peines. Certes, si les animaux, dans leur sentiment brutal, compatissent, par un instinct naturel, à la souffrance de leurs semblables, que veux-tu que je fasse, moi, avec mes sentiments d'homme, lorsque j'ai devant les yeux cette troupe misérable, et que je me rappelle qu'elle est de la génération des fils d'Adam?

« Le lendemain, huitième jour du mois d'août (1444), de grand matin à cause de la chaleur, les marins commencèrent à préparer leurs bateaux et à y faire descendre les captifs, comme il leur avait été ordonné. Quand ils furent tous rassemblés dans le champ qui est hors de la ville, ce fut un merveilleux spectacle ; car, s'il y avait parmi ces Maures quelques hommes d'une raisonnable blancheur, beaux et bien proportionnés, il y en avait de moins blancs, d'autres presque mulâtres ; et même il y en avait plusieurs aussi noirs que des Éthiopiens et d'une si affreuse difformité tant de visage que de corps, que ceux qui les regardaient pouvaient penser qu'ils avaient sous les yeux des images de l'hémisphère inférieur (de l'enfer). Mais quel eût été le cœur assez dur pour n'être pas touché de compassion à la vue de cette troupe? Les uns avaient la tête basse et leur visage était baigné de larmes quand ils se regardaient ; les autres gémissaient douloureusement, et, levant les yeux au ciel et les y tenant fixés, jetaient des cris plaintifs, comme s'ils avaient demandé du secours au père de la nature ; d'autres se frappaient le visage avec leurs mains et se jetaient à plat sur la terre ; plusieurs se lamentaient en manière de chant, suivant l'usage de leur pays ; et, bien que leurs paroles ne fussent pas intel-

---

tugal, t. II, p. 41-49. Je me suis cru obligé d'adopter dans plusieurs passages, un sens différent du sien. J'ai exposé mes raisons dans des notes du *Journal des Savants*, que je ne crois pas nécessaire de reproduire ici, non plus que diverses observations sur le texte.

ligibles pour nous, elles exprimaient bien clairement l'excès de leur tristesse. Mais voici que, pour mettre le comble à leur douleur, surviennent ceux qui étaient chargés de faire le partage. Ils commencent à les éloigner les uns des autres, car, pour rendre les parts égales, il était indispensable de séparer les fils des pères, les femmes des maris, les frères des frères. On n'avait point égard aux liens qui unissaient les parents ou les amis; il fallait que chacun allât où l'envoyait le sort. O puissante fortune, qui diriges ta roue dans tous les sens et qui donnes aux choses de ce monde la mesure qu'il te plaît, mets, du moins, devant les yeux de ces pauvres créatures quelque connaissance des choses dernières, pour qu'elles puissent recevoir un peu de consolation dans leur détresse! Et vous qui travaillez à ce partage, jetez un regard de pitié sur tant de misères! voyez comme ils se serrent les uns contre les autres, de sorte que vous pouvez à peine les désunir! Qui pourrait accomplir cette séparation sans une extrême douleur? Car, dès qu'on avait mis les pères d'un côté et les fils d'un autre, ceux-ci s'élançaient de toute leur force et couraient vers eux. Les mères serraient leurs enfants entre leurs bras et se jetaient contre terre pour les couvrir de leurs corps. Elles allaient au-devant des blessures sans pitié pour leur chair, afin d'empêcher qu'ils ne leur fussent arrachés. Aussi eut-on grand'peine à finir le partage, parce que, outre le travail que donnaient les captifs, le champ était rempli de gens, tant du lieu que des villages et des districts voisins, qui laissaient ce jour-là reposer leurs bras, où réside, cependant, tout leur espoir de gain, uniquement pour voir cette chose si nouvelle, devant laquelle les uns pleurant, les autres élevant la voix, faisaient un si grand tumulte qu'ils jetaient le trouble parmi ceux qui s'occupaient du partage. L'Infant était là, monté sur un puissant cheval et accompagné de ses gens, répartissant ses grâces comme un homme qui, pour sa part, ne s'embarrassait guère d'amasser un grand trésor. En effet, il distribua sur-le-champ les quarante-six âmes qui lui étaient échues pour son cinquième. On voyait bien que sa principale richesse était en sa volonté accomplie. C'était, effectivement, pour lui une ineffable satisfaction que de contempler le salut de ces âmes, qui, sans lui, auraient été à jamais perdues. Et, certainement, cette pensée n'était pas vaine; car, comme nous l'avons dit, dès que ces étrangers avaient acquis la connaissance de notre langue, ils se faisaient chrétiens sans effort. Et moi, qui ai réuni ces histoires dans ce volume, j'ai vu, dans la ville de Lagos, de jeunes hommes et de jeunes filles, fils et petits-fils de ces captifs, venus au monde dans ce pays-ci, aussi bons et aussi véritables chrétiens que s'ils descendaient, depuis le commencement de la loi de Jésus-Christ, de génération en génération, de ceux qui les premiers reçurent le baptême.

« Cependant les larmes que versaient alors les captifs étaient très-abondantes, surtout quand le partage fut achevé, et que chacun prit possession de son lot. Quelques-uns vendirent leur part d'esclaves, que les acquéreurs emmenèrent dans d'autres endroits. Il arriva de là que le père restait à Lagos, pendant que l'on conduisait la mère à Lisbonne et le fils dans un autre lieu. Cette seconde séparation doublait leur désespoir. Ceux, au contraire, qui restaient ensemble se trouvaient moins malheureux, car le proverbe a dit : *Solatio est miseris socios habere pœnarum.* Cependant ils ne tardèrent pas à acquérir la connaissance du pays et à y trouver une grande abondance. Comme ils se montraient beaucoup moins endurcis dans leur croyance que les autres Maures, et qu'ils venaient de bon gré à la loi de Jésus-Christ, on les traitait avec douceur, et l'on n'établissait aucune différence entre eux et les serviteurs libres nés en Portugal. Il y a plus : on faisait apprendre des métiers à ceux qu'on achetait dans un âge encore tendre; on mettait en liberté et on mariait à des femmes du pays ceux en qui l'on avait reconnu de l'aptitude à gérer les biens, et on leur donnait une bonne dot, comme si ces esclaves eussent été remis par la propre volonté de leurs père et mère à ceux qui les mariaient ainsi, ou que les maîtres se crussent obligés à cette libéralité, pour reconnaître ce qu'ils devaient à leurs bons services. On vit des veuves honorables, qui avaient acheté de jeunes captives, les traiter comme leurs filles, et leur laisser par testament une partie de leur fortune ; de sorte qu'elles purent faire, par la suite, de très-bons mariages, étant considérées absolument comme des femmes libres. Qu'il me suffise de dire que je n'ai jamais vu mettre à aucun de ces captifs des fers comme aux autres esclaves, et que je n'ai connu aucun d'eux qui ne se soit fait chrétien, et qui n'ait été très-doucement traité. Plusieurs fois, j'ai été invité par des maîtres à assister au baptême et au mariage de ces étrangers, et, dans ces occasions, ceux dont ils étaient naguère les esclaves ne déployaient pas moins d'appareil que s'il se fût agi de leurs fils ou de leurs parents. Aussi ces captifs se trouvèrent-ils bientôt dans une situation bien différente de l'état de perdition de l'âme et du corps où ils vivaient dans leur pays. Leurs âmes, quand ils étaient païens, étaient privées de la clarté de la sainte foi ; vivant comme des brutes, leurs corps étaient dépourvus des avantages dont jouissent les créatures raisonnables. Ils ne savaient ce que c'était que le pain et le vin ; ils ne connaissaient ni les étoffes pour se vêtir, ni l'abri des maisons ; et, qui pis est, leur ignorance était si profonde, qu'ils n'avaient aucune notion du bien, et ne savaient que vivre dans une oisiveté bestiale. Lorsque, à leur arrivée dans notre pays, on leur eut fait prendre des mets artificiels, et qu'on leur eut donné de quoi se couvrir, leur ventre se mit à enfler, et ils devinrent souffrants et malades jusqu'à ce qu'ils se fussent habitués au climat. Quelques-uns, cependant, ne purent supporter ce changement de régime et moururent, mais chrétiens. Quatre choses distinguaient ces captifs des Maures pris dans nos parages. La première, c'est qu'une fois arrivés en Portugal, jamais ils ne cherchaient à s'enfuir. Au contraire, ils ne tardaient pas à oublier tout à fait leur pays, à mesure qu'ils apprenaient à mieux connaître la bonté du nôtre. La seconde, c'est qu'ils se comportaient en serviteurs loyaux, soumis et sans malice ; la troisième, qu'ils étaient moins enclins que les autres à la luxure ; la quatrième, enfin, qu'après avoir pris l'habitude de se vêtir, ils mettaient dans leur toilette une grande recherche, au moins intentionnelle. En effet, ils aimaient beaucoup les habits de couleur tranchée ; et telle était leur passion pour la parure, qu'ils ramassaient les franges qui tombaient des vêtements des habitants de ce pays, et les cousaient aux leurs, comme si c'eût été la chose la plus élégante du monde. Enfin, le mieux était qu'on pouvait, comme je l'ai dit, les diriger facilement vers le chemin de la foi ; et que, après y être entrés, ils s'attachaient à la véritable croyance, dans laquelle ils finissaient leurs jours. Or voyez quelle récompense doit être celle de l'Infant en présence de notre Seigneur Dieu, pour avoir amené ainsi au véritable salut non-seulement ces captifs, mais une foule d'autres, dont il sera fait mention dans la suite de cette histoire ! »

La chronique de Guinée est écrite presque tout entière de ce ton simple, grave, quelquefois pittoresque. Ce qui ajoute à l'intérêt des récits, c'est qu'en beaucoup d'occasions, et particulièrement en ce qui se rapporte à l'Infant, l'historien peut dire, j'ai entendu, j'ai vu. Il était notamment dans le palais de Dom Henri, le jour où quelques capitaines y amenèrent de pauvres habitants des Canaries, enlevés par trahison, et que ce prince fit reconduire dans leur île avec des présents (1).

Je dois, avant de finir ce qui concerne Dom Henri, consigner ici un doute, que je suis un peu surpris d'émettre le premier. Dans les dernières lignes du fragment qu'on vient de lire, on a pu remarquer que l'auteur exalte les mérites de l'Infant en présence de Dieu, de manière à faire croire que ce prince jouissait déjà, dans le ciel, de la récompense de ses vertus. Ce passage n'est pas le seul, dans la chronique, qui puisse suggérer la même idée. Le second chapitre, intitulé *Invocation de l'auteur*, semble, d'un bout à l'autre, être adressé à la mémoire ou à l'âme bienheureuse du pieux Infant. Dans les chapitres v et vi, pleins de réflexions

---

(1) *Chronica de Guiné*, cap. LXIX, p. 332-334, et cap. LXXXVIII, p. 443.

édifiantes sur les mérites de Dom Henri, Azurara, en énumérant tout ce que l'Infant a fait pour le service de Dieu et l'honneur du royaume, emploie constamment la forme du passé. Il va même jusqu'à parler de la *sépulture de ce grand et honoré duc* (1). Or, la chronique de Guinée porte, comme je l'ai dit, la date du mois de février 1453 sur son premier comme sur son dernier feuillet. D'une autre part, tous les historiens, et Azurara lui-même dans sa chronique du roi Alfonse V, retouchée par Ruy de Pina, s'accordent à dire que l'infant dom Henri est mort à Sagres, au mois de novembre 1460. Il est vrai que Ruy de Pina ajoute que ce prince avait alors cinquante-sept ans, ce qui est inconciliable avec la date de 1460, l'Infant étant né le 4 mars 1394. Il faut donc qu'on se soit trompé sur l'année de la mort de Dom Henri, ou que les historiens aient employé une ère différente de celle de la chronique de Guinée, ou que je m'abuse sur le sens et la portée des passages que je signale. Je ne prétends pas, assurément, qu'Azurara ait dit en termes formels, que Dom Henri fût mort quand il écrivait; mais, dans les endroits que j'indique, il n'y a pas une seule des expressions de l'écrivain qui ne le suppose. Enfin, je le demande, est-il croyable que, dans un livre fait en l'honneur d'un prince vivant, on lui parle à plusieurs reprises de sa sépulture?

(1) *Chronica de Guiné*, cap. VI, p. 43.

Puisque j'ai prononcé le mot de sépulture, je dois dire que celle de l'Infant subsiste encore aujourd'hui. On peut la voir, quoiqu'un peu dégradée, dans le monastère royal de la Batalha (1), bâti, comme on sait, par Dom Jean Ier, en mémoire de la victoire d'Aljubarrota. Les gravures ajoutées à la description de ce monument (description que Murphy a extraite et traduite de l'histoire de saint Dominique, de Frei Luiz de Souza) peuvent donner une idée assez exacte de cette abbaye et, en particulier, de la chapelle qui contient les restes de Dom Jean Ier, de sa femme et de leurs quatre fils. Le mausolée royal occupe le centre de la chapelle : les tombes des quatre infants sont adossées au mur du fond. On remarque, couchée sur une de ces tombes, l'effigie d'un guerrier vêtu de son armure et la tête nue ; cette statue de pierre est celle de Dom Henri. Au-dessous est tracée la fameuse devise, qu'il a si bien justifiée : *talant* (2) *de bien faire.*

(1) Le monastère de la Batalha a souffert du tremblement de terre de 1755, et plus encore de la présence des troupes anglaises et françaises.

(2) Ces mots sont écrits de cette façon et en lettres d'or, au-dessous du portrait de l'Infant, en tête du manuscrit de la Bibliothèque royale. Candido Lusitano (Francisco José Freire), qui a inséré l'épitaphe de Dom Henri dans l'histoire de ce prince, écrit *talaint*, ainsi que Frei Luiz de Souza (*Historia de S. Domingos*, part. I, liv. VI, cap. 15). — Il faudrait voir le tombeau de Dom Henri, pour décider si cette orthographe appartient au monument, ou si elle ne vient pas plutôt de l'inattention des deux auteurs.

Plus bas sont trois écussons. Le premier contient les armes de Portugal unies à celles du prince; le second la croix et le collier de l'ordre de la Jarretière; le troisième la croix de l'ordre de Christ.

Frei Luiz de Souza a cru trouver, dans un ornement architectural de ce tombeau, un argument à l'appui d'une opinion historique que je crois fausse. Quelques personnes pensent que Dom Henri, nommé par Azurara(1), *le prince sans couronne*, fut cependant élu roi de Chypre. Frei Luiz de Souza voit une preuve de cette royauté dans la couronne qui décore, suivant lui, la tête de la statue couchée sur le tombeau. Or, en examinant, dans l'ouvrage de Murphy, la gravure du mausolée, on ne voit sur la tête de ce prince, rien qui ressemble à une couronne. Ce qui a pu induire en erreur, c'est un petit dôme de pierre à jour qui surmonte la tête de Dom Henri et s'étend sur son visage comme une visière de casque (2). M. le Vte de Santarem a, d'ailleurs, très-bien démontré que l'Infant n'a pu être élu roi de Chypre, et que ceux qui ont voulu accréditer cette opinion ont vraisemblablement confondu Henri, prince de Galilée, fils de Jacques Ier, roi de Chypre, avec Henri, fils de Jean Ier, roi de Portugal (3).

(1) *Chronica de Guiné*, cap. IV, p. 20.
(2) Voy. Murphy, *Plans, elevations*, etc., *of the church of Batalha*, in-fol°.
(3) *Chronica de Guiné*, cap. IV, p. 20, note 1.

Il nous reste à examiner les découvertes faites sur divers points du littoral de l'Afrique occidentale par les capitaines de Dom Henri, et à voir comment ces expéditions, entreprises dans un but de philanthropie chrétienne, ont donné naissance à une des plaies du genre humain, à la traite des nègres et à toutes ses suites odieuses et anti-chrétiennes.

XL

CHRONIQUE DE GUINÉE.

DÉCOUVERTE DES CÔTES DE L'AFRIQUE OCCIDENTALE.

(Journal des Savants , décembre 1841.)

On vient de voir combien Gomes Eannes d'Azurara a déposé dans sa Chronique de Guinée, de précieux et intimes renseignements sur les travaux et les vertus de l'infant Dom Henri; mais cet écrivain ne s'est pas contenté de nous mettre dans la confidence des pensées, plutôt jusqu'ici devinées que bien connues, du précurseur de Vasco da Gama et de Christophe Colomb; il ne s'est pas borné à nous raconter les veilles savantes de l'Infant, ses jeûnes austères, ses études infatigables, son célibat rigide, cette réunion, enfin, d'enthousiasme et de science, de dévotion et de philosophie, de patience et d'activité, qui font de ce créateur des connaissances hydrographiques et nautiques en Europe, une des plus originales et, à la fois, des plus nobles figures du xvᵉ siècle. Après nous avoir montré dans ce prince, l'âme, en quelque sorte, de ces vastes entreprises qui devaient amener, en moins d'un siècle, la découverte de plus de la moitié du globe, Gomes Eannes d'Azurara s'est appliqué à nous faire connaître les hommes plus ou moins habiles, plus ou moins désintéressés, instruments de ces grands travaux, tous gens de cœur et de tête, qu'il a connus personnellement pour la plupart (1), et qui, sans avoir été guidés, à beaucoup près, par des motifs aussi respectables que ceux qui dirigeaient leur maître, méritent, néanmoins, une part dans l'estime publique et un souvenir de l'histoire.

Le premier des capitaines de l'Infant qui entra avec succès dans la carrière des découvertes est Gil Eannes, né à Lagos, écuyer de Dom Henri, et élevé, comme presque tous ceux qui suivirent son exemple, dans l'école et le palais de Sagres. Commandant une simple barque, il essaya d'abord vainement, en 1433, de dépasser les îles Canaries. Plus hardi ou plus heureux l'année suivante (1434), et ayant reçu de Dom Henri une boussole, des cartes et les instructions les plus précises, Gil Eannes parvint à doubler le cap Bojador, qu'aucun marin n'avait encore osé franchir, et rapporta à Sagres, en témoignage de la terre nouvelle qu'il avait touchée, et où il n'avait pas rencontré d'habitants,

---

(1) Azurara nous apprend (cap. xxx, p. 156, et cap. xxxiv, p. 173), qu'il composa la *Chronique de Guinée,* non-seulement sur les meilleurs documents écrits, notamment sur l'histoire inédite d'Alfonse de Cerveira, mais encore sur les récits des *descobridores* eux-mêmes, dont il avait connu et consulté plusieurs.

quelques plantes tropicales, entre autres, des roses de Sainte Marie.

Enchanté de ce premier succès, qui, après quinze ans d'infructueux efforts, venait confirmer ses prévisions, l'Infant se hâta d'armer un barinel, espèce d'embarcation à rames, dont il confia le commandement à son échanson, Alfonse Gonçalvez Baldaya, que Gil Eannes fut chargé d'accompagner avec sa barque. Ils doublèrent de conserve le cap Bojador et prirent terre à cinquante lieues au-delà, dans une baie qu'ils nommèrent l'*anse des Rougets*. Ils aperçurent, cette fois, sur le sable des pas d'hommes et de chameaux; mais ce renseignement fut le seul résultat de leur voyage. L'Infant les chargea d'une seconde expédition, en 1436, et leur recommanda d'aller aussi loin qu'il leur serait possible et de ne rien épargner pour s'emparer de quelques naturels; car la double pensée de Dom Henri était toujours de découvrir de nouvelles terres et de sauver des âmes. Alfonse Gonçalvez et son compagnon poussèrent jusqu'à cent vingt lieues au-delà du cap Bojador et jetèrent l'ancre dans une baie qu'ils nommèrent plus tard *la baie des Chevaux*. Là, Alfonse Gonçalvez, ayant fait descendre à terre deux jeunes gens de l'équipage, leur ordonna de reconnaître à cheval l'intérieur du pays. Ces jeunes cavaliers, qui n'avaient guère plus de dix-sept ans, firent environ sept lieues dans les terres, en côtoyant les bords du fleuve. Parvenus à cette distance, ils aperçurent enfin dix-neuf Maures, armés de petites lances appelées *zagaies*. Pleins d'ardeur, ils s'élancent au milieu de cette troupe, et, quoiqu'un des jeunes gens eût été blessé au pied dès le commencement de l'action, ils ne songèrent à la retraite que quand ils virent la nuit près de venir. Sur leur rapport, Alfonse Gonçalvez, espérant faire quelques captures et satisfaire ainsi au désir de son seigneur, remonta le fleuve jusqu'à l'endroit où l'engagement avait eu lieu; mais il ne trouva aucun des combattants de la veille, et dut se contenter de tuer sur le rivage un très-grand nombre de loups marins, dont il fit transporter les peaux sur les navires. Cependant, voulant, à défaut de prises, faire au moins quelques découvertes, il descendit jusqu'à une anse où l'on remarquait un rocher, dont la forme fit donner à ce lieu le nom de *port de la Galère*. Là, ils aperçurent des filets tendus par des pêcheurs; mais ils ne purent voir ni prendre aucun homme.

Pendant les quatre années qui suivirent, c'est-à-dire de 1437 à 1440, l'infant Dom Henri fut détourné de ses projets de découvertes par la funeste expédition de Tanger, à laquelle il prit une part si glorieuse, puis par la mort du roi son frère, Dom Édouard, et surtout par les dissensions qui troublèrent la minorité de son neveu, Alfonse V. Durant le cours de ces quatre années, Dom Henri envoya sur la côte occidentale d'Afrique deux seuls vaisseaux, qui ne rapportèrent de ces contrées que des peaux de loup marin.

Ce n'est qu'en 1441 que l'Infant devait, suivant la belle expression d'Azurara, recueillir les premiers fruits de ses laborieuses semences. Malgré les malheurs récents du royaume et les murmures qu'excitaient tant de dépenses, jusque-là sans résultat, l'Infant crut devoir équiper un petit navire, dont il confia le commandement à un gentilhomme de sa chambre, Antoine Gonçalvez, à qui il ne donna d'autre ordre officiel que de rapporter de l'huile et des peaux de loup marin. Mais la jeunesse et le rang de cet officier font supposer à notre auteur qu'Antoine Gonçalvez pouvait bien avoir reçu de Dom Henri d'autres instructions confidentielles. En effet, dès qu'il eut rempli les intentions ostensibles de l'Infant, il assembla son équipage, composé de vingt et une personnes, et les exhorta à tenter quelque chose au-delà de leur mission, et surtout à tâcher de ramener à leur seigneur quelques captifs. Antoine Gonçalvez n'eut pas, comme on peut le croire, beaucoup de peine à décider ses compagnons. Neuf d'entre eux furent débarqués sur le rivage et se mirent à parcourir le pays. Après une course longue et pénible, ils aperçurent enfin des pas d'hommes, et ils évaluèrent cette troupe à quarante ou cinquante personnes; mais, se trouvant épuisés par la marche, par la chaleur et par le manque d'eau, ils crurent, après avoir

tenu conseil, devoir regagner le navire. Par bonheur, ils rencontrèrent, chemin faisant, un nègre
qui conduisait un chameau, et une négresse isolée, et les firent prisonniers sans coup férir.

Cependant, peu après le départ d'Antoine Gonçalvez, l'Infant avait fait partir de Lagos une caravelle, petit bâtiment portant ordinairement deux
voiles latines (1). Il avait confié le commandement
de ce navire à un jeune chevalier, élevé dans son
palais et nommé Nuno Tristam, et lui avait donné
pour instruction expresse de dépasser le *port de la
Galère* le plus qu'il pourrait et de faire des prisonniers de quelque manière que ce fût. Cette seconde
expédition arriva justement au mouillage où se
trouvait Antoine Gonçalvez et les deux captifs.
Nuno Tristam avait à son bord, pour lui servir
d'interprète, un Arabe pris sur la côte de Barbarie;
mais ce Maure ne comprit rien au langage des deux
nègres. Cependant, Nuno Tristam ne put se décider à repartir pour le Portugal sans s'être signalé,
lui aussi, par quelques prouesses. Il exposa à Antoine Gonçalvez que bien que les deux prises qu'il
avait faites dussent combler l'Infant de joie, cependant il serait mieux de ramener un plus grand
nombre de prisonniers, et d'aller à la recherche de
la troupe dont ils avaient, la veille, aperçu les
traces. Cet avis fut adopté; on redescendit à terre,

_____

(1) Voy. *Chron. de Guinée*, cap XXXVI, p 182.

et, après s'être partagé en trois bandes, on se mit
à battre le pays, comme pour une chasse. Enfin,
on rencontra les nègres en nombre considérable,
hommes, femmes et enfants. La petite troupe des
Portugais se précipita au milieu de cette foule au
cri de *Portugal et saint Jacques !* La plupart des
sauvages prirent la fuite. Parmi ceux qui voulurent se défendre avec leurs zagaies, trois furent
tués, plusieurs furent blessés et dix faits prisonniers (1). De retour au navire, Antoine Gonçalvez,
à la demande de ses compagnons, fut armé chevalier de la main de Nuno Tristam, ce qui a fait nommer ce lieu le *port du Chevalier.* Puis on partagea
les prises entre les deux équipages, et Antoine Gonçalvez fit voile vers le Portugal, tandis que Nuno
Tristam, suivant les instructions de Dom Henri,
continua sa route au-delà du *port de la Galère.* Sa
caravelle ayant éprouvé quelques avaries, il la fit tirer à terre et réparer, dit l'auteur, aussi tranquillement qu'il aurait pu faire au milieu du port de Lisbonne; puis il reprit la mer, et ne fit voile pour le
Portugal qu'après être parvenu jusqu'au cap Blanc.

On se figure aisément la joie que dut éprouver
Dom Henri, en apprenant les résultats du voyage
de ses deux braves officiers. Dans sa pieuse et pré-
voyante politique, il ne perdit pas un moment pour

(1) Parmi ces nègres captifs il se trouva un Maure, le seul dont
l'interprète arabe pût comprendre le langage. Voy. *Chron. de
Guiné*, p. 82 et 84.

annoncer au saint-siége (1) les succès qu'il venait
d'obtenir et qu'il se promettait de poursuivre contre les infidèles et les idolâtres. Il demanda au
pape, par l'organe d'un ambassadeur spécial (le
conseiller de la couronne, Ferdinand Lopez d'Azevedo), outre sa bénédiction et des indulgences, la
concession pour le royaume de Portugal, de toutes
les terres qu'il avait découvertes sur la côte occidentale d'Afrique comme grand-maître de l'ordre
de Christ, et de toutes celles qu'il pourrait découvrir dans la suite, depuis le cap Bojador jusqu'aux
Indes inclusivement. Cette concession, octroyée par
Eugène IV (2), et qui doit nous paraître étrange,
mais qui était conforme au droit public du xv⁰ siècle, fut confirmée en 1454, par Nicolas V (3). En

(1) Jean de Barros, mentionnant dans son histoire (Dec. I, liv. I,
cap. vii) l'ambassade envoyée au pape par Dom Henri en 1441,
nomme ce pape, Martin V. C'est une erreur évidente. Martin V
mourut, comme on sait, le 20 février 1431.

(2) Cette bulle d'Eugène IV ne se trouve ni dans le *Bullarium
magnum* ni dans le *Bullarum amplissima collectio*. Le fragment de
cette pièce, traduit et cité par Azurara (p. 90-92), ne contient que
des éloges donnés au zèle et aux vertus de l'infant Dom Henri et
des indulgences très-étendues pour lui et ses compagnons. Quant
au surplus, Azurara renvoie à l'histoire générale du royaume.

(3) On peut lire ce bref dans les deux collections citées plus haut,
sous la date *du 8 janvier* 1454. La concession y est formelle; de plus,
Nicolas V confirme certains priviléges antérieurement octroyés par
Eugène IV et Martin V; mais il ne relate point la concession que,
suivant une note de M. le Vᵗᵉ de Santarem, il aurait faite lui-même
à Dom Henri et au Portugal, par un bref *du 8 janvier* 1450.

même temps , l'infant Dom Pèdre , régent du royaume, accordait à son frère le *quint* de toutes les prises qui seraient faites sur la côte occidentale d'Afrique , défendant à qui que ce fût de naviguer dans ces mers, sans l'autorisation expresse de Dom Henri.

Dès lors , c'est-à-dire depuis 1441 , la cupidité des négociants et des armateurs, tant étrangers que nationaux, venant en aide aux généreux projets de l'Infant , les autorisations d'aller chercher fortune dans ces terres nouvelles se multiplièrent et amenèrent, en peu d'années , la découverte et la prise de possession du cap Vert, de la Gambie, et même de la Guinée jusqu'au delà de l'équateur. Des sociétés commerciales se formèrent, sous la protection des caravelles de l'ordre de Christ , pour l'exploitation de ces parages, d'où l'on était sûr de rapporter de la poudre d'or, des peaux de loup marin , des dents d'éléphant , des œufs d'autruche (1), et malheureusement aussi des nègres, la plus déplorable et la plus lucrative des denrées fournies par la côte d'Afrique. Aussi bientôt, au lieu de la petite barque de Gil Eannes et du barinel d'Alfonse Gonçalvez, vit-on voguer vers ces contrées des flottes de six, de quatorze et même de cinquante et une caravelles.

(1) Azurara nous apprend qu'on servit un jour des œufs d'autruche sur la table de l'Infant, et qu'ils étaient aussi bons et aussi frais que s'ils venaient d'être pondus dans sa basse-cour. (*Chron. de Guiné*, cap. XVI, p. 97.)

Je voudrais pouvoir raconter dans leur ordre, et d'après notre chroniqueur, toute cette intéressante série d'expéditions, avec leurs minutieux incidents; mais l'espace me manquerait; et, d'ailleurs, ces récits, dépouillés de l'originalité naïve dont les embellit le narrateur, risqueraient de paraître bien monotones. Ce serait toujours une poignée de Portugais intrépides et bien armés, qui emploient toutes les ruses usitées par les chasseurs pour surprendre et saisir le plus grand nombre possible de sauvages. On verrait toujours quelques Européens assaillir des troupeaux d'hommes nus et à peine armés (1), au cri de *Saint Jacques! Saint George! Portugal!* On verrait toujours de pauvres nègres, frappés de surprise à la vue des navires portugais, prenant tantôt les barques à rames pour de gros poissons à grandes nageoires. tantôt les caravelles pour des oiseaux monstrueux ou d'énormes cétacés (2). On verrait ces malheureux n'échapper, la plupart du temps, à leurs agresseurs, que grâce à

(1) Les sauvages surpris par les Portugais n'avaient guère à leur opposer que leurs petites lances ou zagaies; mais ils étaient mieux armés quand ils avaient le temps de se préparer au combat. Leurs armes offensives étaient alors des flèches empoisonnées; leurs armes défensives, des boucliers faits d'oreilles d'éléphant. Voy. *Chron. de Guiné*, cap. LX, p. 281.

(2) Les Portugais tombèrent eux-mêmes dans une erreur à peu près semblable. Ayant vu, à une certaine distance, un radeau chargé de nègres qui se servaient de leurs jambes comme de rames, ils les prirent de loin pour des oiseaux. *Ibid*, cap. XVII, p. 101.

la légèreté de leur course et à leur nudité, qui n'offrait que peu de prise (1). On verrait, enfin, avec compassion, la sollicitude de ces nègres pour leurs enfants, que, dans leur trouble, ils cachaient quelquefois sous des plantes marines, espérant les dérober ainsi aux mains de leurs impitoyables ravisseurs (2). Mais, quoique la résistance opposée par ces pauvres gens fût presque toujours assez faible et ordinairement impuissante, Azurara décrit, cependant, une rencontre où tout l'avantage de la lutte est du côté d'un Guinéen, espèce de Samson ou d'Hercule sauvage. Cette circonstance nous a paru assez curieuse et assez rare pour nous engager à traduire en partie ce singulier épisode.

L'auteur, après avoir raconté l'arrivée d'un navire portugais à l'embouchure du Sénégal, que l'on prenait alors généralement pour le Nil (3), nous montre huit hommes de l'équipage faisant, sous la conduite d'Étienne Alfonse, une reconnaissance dans le pays, et trouvant à la porte d'une cabane, un jeune nègre et une petite négresse, qu'ils enlèvent. Puis il continue comme il suit :

(1) La coutume des femmes était d'avoir la tête et le visage soigneusement couverts d'une mantille et le corps nu, mais orné de bijoux et d'anneaux. Voy. cap. LXXVI, p. 363.

(2) Voy. cap. XIX, p. 111.

(3) Pour la confusion du Niger et du Nil, voyez surtout le chapitre LXI, p. 293. Azurara, comme tous les cosmographes du moyen âge, croyait que la Guinée confinait à l'Égypte. Voy. cap. XXXI, p. 160.

« Il serait bon, dit Étienne Alfonse à ses compagnons, de parcourir un peu cette terre, pour voir si nous ne trouverions pas le père et la mère de ces enfants ; car il n'est pas vraisemblable, d'après leur âge, qu'on les ait laissés ici, pour s'écarter bien loin. — Ses compagnons lui répondirent qu'il pouvait aller, avec l'aide de Dieu, où bon lui semblerait ; qu'ils ne faisaient pas difficulté de le suivre. Ils marchaient donc ainsi depuis quelque temps, lorsque Étienne Alfonse crut entendre des coups de hache ou de quelque autre instrument de fer, dont on se servait pour équarrir du bois. A ce bruit, il s'arrêta pour s'assurer de ce qu'il entendait, et il recommanda aux autres la même attention. Bientôt, tous reconnurent qu'ils avaient près d'eux ce qu'ils cherchaient : « Camarades, dit Étienne Alfonse, laissez-moi aller devant ; car, si nous avançons tous ensemble, nous aurons beau marcher avec précaution, il est certain que nous serons découverts, et qu'avant que nous ayons atteint celui, quel qu'il soit, que nous entendons, il aura, s'il est seul, trouvé moyen de pourvoir à sa sûreté ; tandis que, si j'approche doucement et caché, je puis le surprendre, avant qu'il ne m'ait aperçu. Toutefois, que votre marche ne soit pas si lente, que votre aide me manque, si d'aventure j'en ai besoin et que je me trouve en danger. » Cela convenu, Étienne Alfonse suivit son chemin, et grâce à la prudence avec laquelle il posait sans bruit ses pas, et à l'attention que le Guinéen portait à son travail, ce dernier ne s'aperçut de l'arrivée de l'étranger que quand celui-ci se fut élancé sur lui d'un bond ; je dis d'un bond, car Étienne Alfonse était de petite taille et mince de corps, tandis que le nègre était de haute stature et puissant. Aussi Étienne Alfonse s'étant attaché fortement à ses cheveux, et le Guinéen s'étant redressé, le Portugais se trouva enlevé de terre, les pieds ne touchant plus le sol. Ce nègre, qui avait la conscience de son courage et de sa force, regardait comme un accident ridicule de se voir ainsi presque subjugué par une aussi chétive créature, et, cependant, il éprouvait intérieurement quelque terreur, ne sachant pas bien ce que ce pouvait être. Mais, quelque peine qu'il se donnât, il ne put jamais se débarrasser de l'étreinte du Portugais, tant était grande la vigueur avec laquelle celui-ci se tenait cramponné à ses cheveux. On eût dit, en voyant ce combat, la ténacité d'un lévrier hardi attaché à l'oreille d'un puissant taureau. Cependant, pour dire la vé-

rité, le secours de ses compagnons commençait à paraître un peu
tardif à Etienne Alfonse ; je crois même que, dans son cœur, il se
repentait de son entreprise ; et si, dans cette occurrence, il avait pu
faire un traité, il aurait, je le suppose, considéré comme avantageux de renoncer au bénéfice, pourvu qu'on l'eût assuré contre tout
dommage. Ils en étaient là tous deux de cette lutte acharnée, quand
arrivèrent les Portugais, qui saisirent le Guinéen par les bras et par
le cou pour le garrotter. Alors Étienne Alfonse, pensant que son ennemi était au pouvoir de ses compagnons, lâcha prise ; mais le Guinéen ne se sentit pas plus tôt la tête libre, qu'il secoua vivement les
bras, et, ayant renversé à droite et à gauche ceux qui le tenaient, il
se mit à fuir. Les efforts des Portugais pour l'atteindre n'eurent aucun succès, car l'agilité de ce sauvage était incomparable. En courant ainsi, il se jeta dans un bois rempli de broussailles, où les nôtres se mirent à le chercher, tandis qu'il avait déjà gagné sa cabane, dans l'intention de mettre ses enfants en sûreté et de prendre
son arme, qu'il avait laissée auprès d'eux. Mais sa première douleur n'avait rien été en comparaison de l'extrême affliction qu'il
éprouva en voyant l'absence de ses enfants, qui n'étaient plus dans
la cabane ; et, comme il lui restait encore un peu d'espoir de les
retrouver cachés dans quelque endroit des environs, il regarda de
tous côtés pour voir s'il ne les découvrirait pas. Or, sur ces entre-
faites, parut Vincent Dyaz : c'était un marchand de Lagos, principal capitaine de la caravelle et propriétaire de la barque dans laquelle la troupe était descendue à terre. Croyant sortir pour faire un
tour de promenade sur la plage, comme il avait coutume de faire à
Lagos, il n'avait pas songé à prendre d'autres armes que la gaffe de
son bateau. A la vue de ce promeneur, le Guinéen, enflammé de la
plus terrible colère, se dirigea sur lui. Vincent Dyaz, voyant la
course furieuse de ce sauvage, comprit que, pour sa défense, il aurait été convenable d'être mieux armé ; mais, jugeant que la fuite,
loin de pouvoir le servir, ne lui serait que préjudiciable, il attendit
le choc sans donner aucun signe de crainte. Le Guinéen, s'élançant
sur lui, le frappa violemment au visage avec sa zagaie et lui em-
porta presque toute la mâchoire. En retour, le nègre reçut une
blessure, moindre pourtant que celle qu'il venait de faire. Et
comme leurs armes ne suffisaient pas à un si grand combat, ils

les jetèrent et se saisirent au corps. Pendant qu'ils luttaient ainsi , roulant l'un sur l'autre et se disputant la victoire, Vincent Dyaz vit venir un autre Guinéen, qui était dans cet âge où l'adolescence approche de la virilité. Ce jeune homme accourait en aide à son compagnon , qui, malgré sa vigueur et son courage, et bien que poussé au combat par le plus violent désespoir, n'aurait pas laissé que d'être pris sans ce secours. En effet, la crainte de ce nouvel adversaire força Vincent Dyaz à abandonner le Guinéen, au moment même où les Portugais survinrent ; mais déjà le nègre était hors de ses mains. Aussitôt, comme des hommes habitués à la course, les deux sauvages cherchèrent leur salut dans la fuite, redoutant peu les Portugais , qui essayèrent bien vainement de les poursuivre... (1). »

Parmi les nombreux détails que nous sommes contraints de passer sous silence, et qui intéressent soit la géographie , soit l'ethnographie, soit l'histoire des plantes et des animaux (2), soit la chronologie des découvertes (3), il y en a quelques-uns que nous regrettons plus particulièrement d'être obligé de négliger , et que nous croyons devoir au moins signaler à l'attention de nos lecteurs. De ce nombre sont deux histoires , que leur ressem-

(1) *Chron. de Guiné*, cap. LX, p. 283–288.

(2) Voyez, entre autres documents de ce genre , sur les oiseaux et les poissons d'Afrique , cap. LIX, p. 275 ; sur la chasse de l'antilope, cap. LXXV, p. 357 et 358; sur la pêche de la tortue, cap. XLVII, p. 221 et 222.

(3) M. le Vte de Santarem , dont les notes jettent tant de jour sur cette importante partie de la *Chronique de Guinée*, vient de traiter à fond ce sujet dans une dissertation pleine de science et de logique , intitulée : *Memoria sobre a prioridade dos descobrimentos Portuguezes na costa d'Africa occidental*, 1 vol. in-8°. L'auteur a donné une édition française et plus étendue de cet intéressant travail.

blance rend d'autant plus frappantes. La première
est celle d'un vieux nègre qui, de sa propre volonté, résolut d'aller à Lagos et de visiter Dom
Henri (1). La seconde est celle de l'écuyer Jean Fernandes, qui, ayant été autrefois prisonnier chez
les Maures de la Méditerranée, et ayant appris
chez eux la langue berbère (2), voulut rester aux
environs de la rivière d'Or, afin d'étudier la configuration du pays, les mœurs des habitants, et de
pouvoir donner plus tard des informations exactes
à l'Infant. Il faut lire dans Azurara le récit de ce
séjour de sept mois chez les sauvages ; il faut voir,
d'un côté, la joie des Portugais en retrouvant leur
compatriote, qu'ils prennent, à la première vue,
pour un Africain, et, d'un autre côté, les regrets
des gens du pays, dont le Portugais avait su gagner
l'affection (3). Toute cette histoire est d'autant plus
curieuse que notre auteur en avait connu personnellement le héros, et tenait tous les détails de sa
bouche même (4).

Un autre épisode plein d'intérêt est la mort dans
les sables de l'île d'Arguin, de Gonçallo de Sin-

(1) Voy. *Chron. de Guiné*, cap. XXIX, p. 152.

(2) Jean Fernandes ne put se faire entendre des nègres au moyen
de cette langue.

(3) On peut, à l'occasion des regrets des Guinéens, lire dans
Azurara de bien belles paroles sur l'égalité des éléments qui consti-
tuent l'homme. Voy. *Chron. de Guiné*, cap. XXXV, p. 174, 175.

(4) *Chron. de Guiné*, cap. XXXIV, p. 173.

tra (1), qui, malgré les avis de tous les siens, se jeta dans un péril évident, « comme un homme que la mort aurait convié à chercher là sa fin (2). » Ce qu'il y a surtout d'admirable dans ce récit, c'est l'héroïsme de deux gentilshommes de la chambre de l'Infant. Ces jeunes gens, au lieu de se sauver à la nage, périrent volontairement près de leur chef, lequel ne sachant pas nager, ne put éviter la marée qui montait et qui lui ôta les moyens de faire retraite.

On voit, par cet exemple, que Gomes Eannes d'Azurara n'enregistre pas seulement les prouesses et les victoires de ses compatriotes ; il expose aussi leurs fautes et ne leur épargne pas les bulletins de leurs désastres, tristes souvenirs, d'où il sait toujours tirer d'utiles conseils (3). Il semble même que, dans ces occasions, qui sont de beaucoup les plus rares, le génie naturellement tragique de l'historien acquière plus d'élévation et s'empreigne d'une singulière éloquence (4). On en jugera par le récit de la mort de Nuno Tristam, dont nous allons donner la traduction textuelle.

---

(1) On écrirait aujourd'hui *Gonçalo de Cintra*.

(2) *Chron. de Guiné*, cap. xxvii, p. 141.

(3) Voyez notamment, cap. xxviii, p. 147, les salutaires avis qu'Azurara adresse aux navigateurs.

(4) Notre chroniqueur ayant à parler de plusieurs Portugais tués sur le champ de bataille, emploie cette belle expression : « Les corps restent là, et les âmes vont voir les choses de l'autre monde. »

COMMENT MOURUT NUNO TRISTAM EN LA TERRE DE GUINÉE ET
QUELS FURENT CEUX QUI PÉRIRENT AVEC LUI.

« Hélas! faut-il que j'inscrive et enregistre en ces si courtes
paroles, le souvenir de la mort d'un aussi noble chevalier que fut
Nuno Tristam, dont je vais raconter la fin dans ce chapitre, fin
prématurée et déplorable, que je ne pourrais rappeler sans larmes,
si je ne savais presque certainement, par la considération de la
justice divine, l'éternelle félicité dont jouit son âme? En effet, il
me semble que je devrais passer pour un envieux parmi les vrais
catholiques, si je pleurais la mort d'un homme que Dieu a daigné
faire participer à son immortalité. Du moins est-il certain que,
comme il a acquis de la gloire dans ces contrées, car j'ai commencé
ce livre par le récit des prises qu'il a faites, ainsi je veux le terminer par le récit de sa mort, et offrir à son âme divine le premier
siége de la gloire céleste, comme à celui qui a donné l'exemple
d'aller chercher la mort dans ces contrées pour le service de Dieu.
En effet, ce noble chevalier ayant une connaissance parfaite des
grands desseins de notre vertueux prince, comme un homme qui,
depuis la plus tendre enfance, avait été élevé dans sa maison, le
voyant s'efforcer d'envoyer sans relâche des vaisseaux au pays des
negres et encore au delà s'il le pouvait, apprenant même que déjà
plusieurs caravelles avaient atteint le fleuve du Nil(1), et entendant
rapporter beaucoup de nouvelles de ce pays-là, il lui sembla que,
s'il n'était pas un de ceux que l'Infant envoyait dans cette contrée,
et s'il ne prenait aucune part à ces grandes choses, il ne serait pas
digne de recevoir le nom d'homme de bien. Dans cette pensée, il
fit construire et armer une caravelle, se mit en route et, sans relâcher en aucun endroit, se dirigea vers la terre des nègres. Dé-
passant donc le cap Vert, il alla soixante lieues plus loin, et trouva
un fleuve sur les rives duquel il lui sembla que devaient habiter
quelques peuplades. Dans cette pensée, il fit mettre à la mer deux
barques qui reçurent vingt-deux hommes, savoir, l'une dix et l'autre douze. Ils commencèrent ainsi à remonter le cours du fleuve à
l'aide de la marée, et se dirigèrent vers des maisons qu'ils voyaient

(1) Toujours le Nil pour le Niger

à leur droite. Mais, avant d'avoir pu descendre à terre, ils virent venir de l'autre côté douze bateaux, dans lesquels il y avait environ soixante-dix ou quatre-vingts Guinéens, tous noirs et armés d'arcs; et comme l'eau augmentait, un des bateaux des Guinéens passa et déposa ceux qu'il portait sur l'autre rive, d'où cette troupe se mit à assaillir de flèches les Portugais des deux barques, tandis que les nègres, qui étaient restés dans les bateaux, s'efforçaient d'arriver jusqu'aux nôtres. Dès qu'ils se trouvèrent à portée, ils vidèrent leur funeste arsenal, tout rempli de poisons, sur le corps de nos compatriotes, et les suivirent ainsi jusqu'à ce que ceux-ci eussent rejoint la caravelle, restée hors du fleuve en pleine mer. Cependant ceux des nôtres qui montaient les barques furent percés par ces flèches empoisonnées, de sorte qu'avant d'avoir pu remonter dans la caravelle, quatre avaient déjà perdu la vie. Les autres, cependant, blessés comme ils étaient, attachèrent les barques au bord du navire et se disposèrent à appareiller, voyant la dangereuse situation où ils se trouvaient; mais ils ne purent lever les ancres à cause de la grêle de flèches qui les assaillait. Force leur fut donc de couper les câbles, les seuls qui fussent à bord, et de mettre à la voile, en abandonnant les barques qu'il ne leur fut pas possible de hisser. Ainsi, des vingt-deux hommes qui avaient quitté la caravelle, il n'en échappa que deux, savoir : André Dyaz et Alvaro da Costa, tous deux écuyers de l'Infant et natifs d'Évora ; les dix-neuf autres moururent de ce poison, si artificieusement composé, que la plus légère blessure, pourvu qu'elle tirât une goutte de sang, causait immanquablement la mort. Dans cette rencontre périt le noble chevalier Nuno Tristam (1), regrettant la vie, parce qu'il n'avait pas pu tirer la rançon de sa mort en vaillant homme. Là périt encore un autre chevalier, Jean Correa, et, près de lui, Édouard de Hollande et Diego (2) Machado, hommes nobles et jeunes, élevés dans

---

(1) En souvenir de cette catastrophe, la rivière a reçu le nom de Nuno Tristam, comme on le voit sur presque toutes les cartes anciennes.

(2) *Diego* pour *Diogo*. Azurara emploie constamment cette forme castillane.

la maison de l'Infant, et aussi d'autres écuyers et gens de pied, élevés de la même manière, ainsi que des marins et d'autres gens qui
servaient sur le vaisseau. Il me suffira de dire qu'ils étaient vingt et
un en tout, car, des sept qui restèrent dans la caravelle, deux furent blessés en voulant lever les ancres. Aussi, qui pensez-vous
qui puisse à présent diriger ce navire, lui faire reprendre sa route
et l'éloigner du milieu de ce peuple maudit? Les deux écuyers qui
survécurent, comme je l'ai dit, n'échappèrent pas entièrement à ce
désastre : ayant été blessés, ils approchèrent très-près de la mort,
et la maladie les tint gisant pendant vingt jours, sans qu'il leur fût
possible durant tout ce temps d'être d'aucun secours à leurs compagnons, qui travaillaient à faire cheminer la caravelle et qui n'é-
taient pas plus de cinq, savoir : un mousse assez peu habile dans
l'art nautique, un jeune gentilhomme de la chambre de l'Infant,
appelé Airas Tinoco, parti en qualité d'écrivain, un jeune Guinéen,
fait prisonnier avec les premiers captifs recueillis dans cette contrée, et, enfin, deux enfants, qui avaient suivi quelques-uns des
écuyers morts dans ce désastre. Certainement il y avait lieu d'avoir
compassion des peines qu'ils éprouvaient à cette heure. Non-seulement ils pleuraient la perte de leur si vaillant capitaine, celle de
leurs compagnons et de leurs amis; mais ils s'effrayaient de sentir
autour d'eux d'aussi abominables ennemis que ceux dont les mortelles blessures avaient, en un si court espace de temps, tué tant
et de tels hommes; surtout ils étaient affligés de se trouver si dépourvus de tous les moyens de salut. En effet, le mousse, en qui
résidait leur principale espérance, confessa clairement son peu de
science, disant qu'il n'était pas capable de régler la marche d'un
navire ni de diriger les manœuvres d'une manière utile, mais que,
s'il était guidé par un autre, il tâcherait d'exécuter tout ce qui
lui serait ordonné. O grand et suprême secours de tous ceux qui
sont abandonnés et frappés de tribulations! Toi qui ne refuses jamais de venir en aide à qui t'invoque dans sa misère, tu as entendu
les cris de détresse de cette petite troupe qui poussait des gémissements vers toi, tenant les yeux fixés sur les nuages et te conjurant
de les sauver! Tu as bien montré que tu entendais leurs prières,
quand, en si peu de temps, tu leur as envoyé ton secours céleste,
donnant de la force et du génie à un aussi frêle jeune homme, né

et élevé à Olivença, qui est un bourg de l'intérieur des terres et fort éloigné de la mer. En effet, ce jeune homme, averti par une grâce divine, dirigea le navire, ordonnant au mousse de gouverner au nord, en inclinant un peu du côté du levant, c'est-à-dire faisant route vers le nord-est ; parce qu'il comprenait que dans cette direction devait se trouver le Portugal, qu'ils désiraient tant revoir. Ayant ainsi tâché de s'orienter pendant une partie du jour, ils allèrent près de Nuno Tristam et des autres blessés et les trouvèrent morts. Alors il fallut bien se décider à les jeter à la mer. Quinze y furent jetés le jour même ; quatre autres étaient demeurés dans les barques, et les deux qui restaient furent lancés dans les flots le lendemain. Je n'essayerai pas de dire quelles durent être leurs pensées, quand ils livrèrent ces corps à l'immensité des eaux, leur donnant pour sépulture le ventre des poissons. Mais, aussi bien, que nous importe de quelle façon l'on ensevelit nos corps, puisque, dans notre propre chair, nous devons voir notre Sauveur, suivant ce que nous annonce la sainte Écriture ? Alors ne vaut-il pas autant reposer au sein des mers que dans la terre, et être mangé par les poissons que par les oiseaux ? Le principal est de diriger constamment notre pensée sur nos œuvres, car c'est par leur mérite qu'après la mort nous trouverons la vérité de toutes les choses que nous n'avons vues ici-bas qu'en images ; et, puisque nous confessons tous et croyons que le pape est notre vicaire-général et suprême pontife, et qu'il a la puissance de nous condamner ou de nous absoudre, comme nous l'enseigne l'Évangile ; puisque nous devons croire, en véritables catholiques, que ceux qu'il absout et qui remplissent les conditions qui leur ont été imposées sont placés dans la compagnie des saints : par toutes ces raisons, nous pouvons justement dire sur ceux qu'on vient d'abandonner aux vagues : *Beati mortui qui in Domino moriuntur !* Et, cependant, vous recevrez la récompense de Dieu, vous tous qui lirez cette histoire, si vous faites commémoration de la mort de ces braves dans vos prières ; car, puisque c'est pour le service de Dieu et de leur prince qu'ils ont péri, leur mort a été celle des bienheureux. Le jeune homme qui dirigea le vaisseau se nommait, comme je l'ai dit, Airas Tinoco. Dieu répandit tant de grâce dans son esprit, que, pendant deux mois consécutifs, il sut régler la marche du navire, in-

certain, cependant, de savoir quelle serait la fin ; car, pendant
toute la durée de ces deux mois, ils n'aperçurent point la terre. Au
bout de ce temps, ils eurent en vue une fuste armée qui leur causa
un grand effroi, appréhendant qu'elle ne fût montée par des Maures ; mais, quand ils reconnurent qu'elle appartenait à un corsaire
de Galice, appelé Pierre Falcom, ils ressentirent bien de la joie, et
beaucoup plus encore quand ils surent qu'ils étaient près des côtes
du Portugal, à la hauteur d'un lieu qui dépend de la maîtrise de
Saint-Jacques, et appelé *Sines*. C'est ainsi qu'ils arrivèrent à Lagos, d'où ils se rendirent près de l'Infant pour lui raconter les terribles événements de leur voyage, lui représentant la multitude de
flèches par lesquelles leurs compagnons avaient été tués. L'Infant
éprouva un grand déplaisir de la perte de tant de bons serviteurs,
qu'il avait presque tous élevés, et, quoiqu'il fût bien persuadé du
salut de leurs âmes, il ne put refuser sa tristesse à ces enveloppes
humaines, qui avaient été nourries en sa présence pendant un si
grand nombre d'années. Appréciant et déplorant aussi, comme leur
seigneur, la mort qu'ils avaient reçue pour son service, il prit, depuis ce moment, un soin particulier de leurs femmes et de leurs
enfants (1). »

Qu'il me soit permis, en finissant, de félici-
ter les savants éditeurs de cette chronique de la
manière dont ils se sont acquittés de leur tâche.
Malgré la beauté vraiment royale du manuscrit
d'Azurara, la langue portugaise du xv⁰ siècle est
si différente de la langue actuelle, que la publication de ce monument ne laissait pas que d'offrir d'assez graves difficultés. M. le Vᵗᵉ da Carreira,
à qui est due la transcription du manuscrit, nous
semble les avoir presque toujours habilement sur-
montées. En confrontant le texte imprimé avec le

(1) *Chron. de Guiné*, cap. LXXXVI, p. 399-405.

manuscrit, nous n'avons remarqué qu'un fort petit nombre de différences, qui, pour la plupart, ne doivent être imputées qu'à l'imprimeur. Je dois me hâter d'ajouter que ces très-rares et très-légères imperfections n'empêchent pas la *Chronique d'Azurara* d'être un des livres étrangers sortis des presses françaises qui offre le moins de prise à la critique. Quant aux notes historiques et géographiques, commentaire indispensable d'un pareil ouvrage, elles sont toutes écrites, comme l'*Introduction*, due également à M. le Vte de Santarem, avec une connaissance de la matière et une fermeté de style qui décèlent, à la fois, la plume de l'érudit consommé et l'expérience de l'homme d'Etat.

XLI.

DES ROMANS ET DU THÉATRE A LA CHINE.

(*Journal des Savants*, mai 1842.)

Tant que nous n'avons connu la Chine que par les relations des voyageurs, le recueil des Lettres édifiantes, la traduction des livres canoniques, les éloges systématiques de Voltaire et la mauvaise humeur du commerce et de la diplomatie britanniques, nous n'avons eu, touchant les 142 millions d'hommes jaunes qui habitent entre la Tartarie, le Thibet et la mer du Sud (1), que des

(1) Ce chiffre, donné par M. Klaproth dans l'aperçu statistique de la Chine qu'il a joint au Voyage à Pékin de Timkowski, est de beaucoup le plus faible de tous ceux qui ont été mis en avant. Le P. Amiot porte à plus de deux cents millions la population de la Chine. Le rédacteur du Voyage de lord Macartney l'a évaluée à trois cent trente-trois millions. Enfin, les derniers recensements officiels portent ce chiffre à trois cent quatre-vingt-dix millions. Voyez sur ce point si controversé, l'opinion du Rév. R. Morrison et de M. Abel Rémusat, *Journal des Savants*, novembre 1818 et juillet 1827; voyez aussi un article de M. Édouard Biot, même journal, mai 1838, et une brochure de M. G. Pauthier, intitulée *Documents statistiques officiels sur l'empire de la Chine*, traduits du Chinois, Paris, 1841, in-8°, de laquelle il résulte qu'en l'année 1812 le chiffre officiel de la population de la Chine était de plus de trois cent soixante et un millions d'habitants.

notions partiales, contradictoires et incomplètes.
D'abord, sur la foi de quelques voyageurs des xiii^e
et xive siècles, des Marc-Pol, des Plan-Carpin, des
Mandeville, le riche royaume de Cathay apparut,
aux yeux éblouis des pauvres populations de l'Occident, comme la patrie étincelante des rubis, des
saphirs et des émeraudes. Cette renommée, quelque peu fabuleuse, subsistait même encore quand
l'Arioste chantait, à la cour de Ferrare, les amours
et les trésors de la belle Angélique. Plus tard, nos
savants missionnaires se plurent, comme les conquérants du nouveau monde, à peindre sous les
plus brillantes couleurs la Chine, le Japon, le
royaume de Siam, qu'ils espéraient promptement
soumettre au christianisme. Placé à un tout autre
point de vue, le patriarche de Ferney, attribuant
à la nation chinoise la sagesse de quelques-uns de
ses anciens philosophes, s'amusa, pour nous faire
honte, à nous représenter ces 142 millions d'hommes
comme 142 millions de Confucius et de Meng-tseu.
Enfin, de nos jours, les agents de la compagnie
des Indes orientales établie à Macao et à Canton,
outrés de voir les Européens journellement victimes
de la mauvaise foi des petits trafiquants de la fron-
tière, abusèrent, comme l'auteur de la *Philosophie de l'histoire*, de la permission de conclure du
particulier au général, et dénoncèrent cette population de philosophes et de sages comme un ramas
immonde de fourbes, de faussaires et de fripons.

Les livres mêmes publiés à titre de simple renseignement prirent, sous l'influence de ces préoccupations exclusives, une teinte très-prononcée de partialité. Un recueil de planches coloriées, publié à Londres en 1801, et représentant les nombreux supplices usités à la Chine, fit penser aux personnes trop promptes à juger qu'il n'y a pas de peuple plus cruel ni plus sanguinaire que le peuple chinois. Certains albums venus de Péking, et qui contiennent des scènes d'intérieur d'une licence digne du musée secret de Naples, ont fait regarder les mœurs chinoises comme plus corrompues et plus savamment dépravées que ne le furent jamais celles des cours de Tibère ou de Henri III. Au gré de l'optique variable des préjugés et des passions, la Chine a donc été, suivant les uns, un élysée peuplé de sages ; sa police était le chef-d'œuvre et le modèle de l'administration paternelle et patriarcale; suivant les autres, *le fouet et le bâton* sont les deux seuls moyens de gouvernement efficacement employés dans le Céleste Empire (1); opinions qui semblent fort opposées, et qui, après tout, ne sont peut-être pas absolument contradictoires.

Il y a, comme on voit, dans tous ces jugements si divergents et si tranchés, une extrême précipitation et un abus manifeste d'une des plus utiles,

---

(1) Voy. Montesquieu, *Esprit des lois*, liv. VIII, ch. xxi.

mais des plus périlleuses facultés de l'esprit humain, de l'induction. A ce compte, que ne dirait-on pas, en Chine, de nous autres Européens, si quelque voyageur (un des quatre Chinois, par exemple, que nous avons vus à Paris en 1829) avait rapporté dans sa patrie une représentation de tous les supplices qui ont été successivement usités en Europe, sans distinction de lieux ni de temps? Et que penseraient de la pudeur des dames françaises les prudes de la ville de Péking, si l'on mettait sous leurs yeux ces images de beautés négligemment vêtues qu'on voit exposées aux vitres de nos marchands d'estampes? Seraient-elles fondées à croire que tels sont le maintien et la mise habituels des Parisiennes? Assurément cette conclusion générale, tirée de faits tout particuliers, serait le comble de l'impertinence; et cependant nous n'avons pas procédé d'une autre façon jusqu'à présent à l'égard de la Chine. Pour avoir voulu juger prématurément ces peuples lointains et si imparfaitement observés, nous nous sommes fait, à trois ou quatre reprises, une Chine absolument imaginaire, tantôt resplendissante de palais de porcelaine incrustés de diamants, de perles fines et d'escarboucles, tantôt habitée par des sages et gouvernée par des rois vraiment philosophes; tantôt livrée à toutes les brutalités du despotisme et aux excès d'une population de bandits, de débauchés et de mendiants Et encore n'avons-

nous parlé que des fausses opinions des érudits.
Que serait-ce, bon Dieu ! si nous descendions aux
préjugés de l'ignorance? Ce qu'on entend vulgaire-
ment par le mot *Chinois* est à peine croyable. Con-
fondant tous les récits, toutes les époques, toutes
les professions, agglomérant tout ce que l'on a
jamais raconté de fables sur la Chine, le bon public européen s'est formé de ces traits épars une
idée monstrueuse, et qui est tout ce qu'on peut
imaginer de plus grotesque, de plus incohérent,
de plus impossible. A-peu-près comme si l'habitant de Péking, réunissant par la pensée ce qu'il
peut avoir appris de nos institutions et de nos
mœurs depuis neuf ou dix siècles, cumulait et
perpétuait nos préjugés, nos folies heureusement
si fugitives, et à cette somme de ridicules et de
vices attachait de bonne foi l'idée d'Européen.
Il est très-probable qu'on en use de la sorte à notre
égard dans le Royaume du Milieu, et le profond
mépris que nous renvoient nos honorables antipodes vient, sans doute, de ce procédé qui les dé-
figure si étrangement eux-mêmes à nos yeux.

Cependant, si jamais nation eut besoin d'être
étudiée époque par époque, c'est assurément la
nation chinoise, de toutes peut-être celle qui,
malgré plusieurs révolutions intérieures et plusieurs conquêtes étrangères, a opéré avec le plus
de régularité son développement social, et chez
laquelle s'est déroulé, avec le moins de lacunes, le

curieux travail de la civilisation laissée à ses propres forces. En effet, seul de tant de peuples, qui
tous ont plus ou moins erré sur la surface du
globe, le peuple chinois est demeuré sédentaire
et a conservé dans ses mœurs, dans ses rites, et
jusque dans sa langue, la profonde empreinte
des âges qu'il a traversés. En même temps qu'il
emploie, depuis près de neuf siècles, l'imprimerie (1), ce dernier perfectionnement qu'ait reçu
l'art de communiquer la pensée, il a gardé l'usage
de l'ancienne écriture figurative, sortie d'un type
idéographique, et n'a pas perdu, comme nous,
toute habitude de la langue hiéroglyphique, premier et ingénieux rudiment de la transmission des
sentiments et des idées.

Ce n'est que depuis assez peu de temps que les
savants européens ont songé sérieusement à re-
placer les choses sous leur véritable jour, et à faire
enfin justice de cette double infidélité qui ne nous

---

(1) C'est l'opinion que M. Abel Rémusat a émise dans le *Journal
des Savants* de septembre 1820. Cependant l'édition des *Neuf King*
de l'an 952, édition qui, suivant M. Rémusat, est le début de l'art
typographique à la Chine, était *imprimé avec des planches de bois;*
d'où l'on doit conclure qu'en 952 on ne connaissait encore en Chine
que l'impression xylographique. Les Chinois ont connu un peu plus
tard les caractères mobiles de bois, de terre cuite et même de métal; mais il n'est pas bien prouvé que l'usage de ces derniers n'ait
pas été importé par les Européens. Voy. M. Rémusat, *Journal des
Savants*, novembre 1818 et octobre 1821.

a jusqu'ici montré la Chine que de profil. On s'est mis, avec la plus louable ardeur, à multiplier les documents et les traductions, à comparer les faits, à distinguer les époques, à classer chronologiquement les usages; (car en Orient, quoi qu'on en ait dit, les coutumes ont varié avec les siècles, et la prétendue immobilité des institutions et des modes asiatiques n'est qu'une illusion d'optique due à notre extrême éloignement). Par suite de cette direction meilleure donnée aux études orientales et chinoises, nous commençons à revenir de beaucoup d'opinions hâtives et erronées, que nous nous étions faites sur les peuples qui habitent derrière la grande muraille. Grâce à l'activité croissante des savants français et au zèle de la société anglaise de traductions orientales, nous commençons à connaître un peu moins mal l'intérieur de ce pays et même de ces demeures si obstinément fermées aux étrangers. Aussi bientôt (et quoi qu'il arrive de la collision survenue entre la Chine et l'Angleterre), la société chinoise nous sera-t-elle presque aussi bien connue que celle de Paris et de Londres, et alors peut-être serons-nous effrayés de la ressemblance.

Cette importante réforme dans la manière d'étudier l'état intellectuel et moral du Céleste Empire est due principalement à un savant et ingénieux sinologue, qui a rendu, pendant sa trop courte carrière, les plus éminents services aux lettres

33.

orientales , à M. Abel Rémusat. Non-seulement cet
homme illustre s'était voué à éclaircir, par de savantes dissertations, les difficultés les plus graves
de la langue et de la littérature chinoises ; il pensa,
de plus, et avec raison, que le meilleur moyen
d'arriver à bien connaître un peuple, c'est de demander à ce peuple des renseignements sur lui-
même ; en d'autres termes, il crut qu'il fallait étudier et traduire les plus beaux monuments scientifiques et littéraires de la Chine, y compris les ouvrages d'imagination. Je n'ignore pas que quelques
partisans trop exclusifs de la statistique et de la
science ont essayé de jeter de la défaveur sur les
notions, à leur avis, peu rigoureuses, qui ressor-
tent des compositions de simple littérature. Je suis
loin, sans doute, de vouloir exagérer l'importance
de ces notions ni surtout leur étendue ; mais il me
semble difficile de ne pas reconnaître que les peuples déposent le plus ordinairement le secret de
leur génie dans les ouvrages d'imagination. Ne
croyez-vous pas, par exemple, que, si l'on tra-
duisait en chinois le Tartufe, le Misanthrope, le
roman de Gil-Blas ou celui de Clarisse Harlowe,
les lettrés de Péking ne fussent plus près d'avoir
une idée juste de l'Angleterre et de la France, que
s'ils ne connaissaient ces deux royaumes que par
des fragments de la Géographie de Pinkerton ou
des extraits de l'Encyclopédie de d'Alembert ? Un
roman de passion et une comédie de mœurs sont

une révélation imprévue qui met en lumière des faits psychologiques ou sociaux, inaperçus jusque-là dans la société même au sein de laquelle ils se passent. Je ne nie pas assurément qu'il ne soit très-utile de traduire des livres de philosophie, de législation, de sciences et d'arts ; je ne nie pas, non plus, l'utilité ni surtout l'agrément des bonnes relations de voyage ; mais quel étranger pourra jamais se flatter d'observer un peuple aussi bien que ce peuple s'observe lui-même? Cheminant sur les grandes routes, au fond d'une chaise à porteurs, toujours observés, et, le plus souvent, éconduits avec la plus imperturbable et la plus impatientante politesse, à peine en relation avec une ou deux classes d'habitants, les voyageurs européens en Chine peuvent bien avoir été vivement frappés de tel ou tel usage entrevu, de telle ou telle pratique qui saute aux yeux ; mais ils ne peuvent savoir que bien imparfaitement l'empire que ces usages et ces pratiques exercent sur les sentiments de la nation. Au contraire, les poëtes et les romanciers indigènes, en plaçant leurs acteurs dans les différents rapports qui naissent de la vie civile et en les faisant parler et agir d'après les sentiments intimes qu'ils leur supposent, nous enseignent, à leur insu, comment les usages influent sur le cœur humain, et jusqu'à quel point ils modifient les idées, les sentiments et les passions. Quand on est parvenu à savoir quelle opinion un peuple se forme de la lai-

deur et de la beauté morales, on est bien près de
connaître à fond ce peuple. Sans doute, la poésie,
comme certains instruments d'optique, grossit
tout ce qui passe dans son foyer. On se tromperait
beaucoup, à la Chine, si l'on venait jamais à y
croire, par exemple, en prenant à la lettre Destouches et Marivaux, que les bourgeois de Paris ne
sont servis que par des Frontins et des Lisettes.
Mais qu'importe? N'est-il pas aisé de réduire à leur
valeur ces exagérations sans conséquence? Les
deux points extrêmes, l'idéal et le grotesque, une
fois connus, la réalité s'en déduit aisément toute
seule. N'eût-on, sur les mœurs du règne de
Louis XV, d'autres documents que la *Nouvelle
Héloïse* de Rousseau et le Théâtre de société de
Collé, il n'y a pas d'homme d'esprit qui ne pût
aisément deviner ce que fut la vie réelle au xviii^e
siècle; il ne lui faudrait que tirer une moyenne,
pour trouver presque à coup sûr les Lettres de
mademoiselle de Lespinasse ou les Mémoires de
madame d'Épinay.

Nos missionnaires, qui ont, d'ailleurs, si bien
mérité de l'humanité et des lettres, ont, par une
prédilection fort naturelle, plutôt dirigé leurs études vers la grammaire, la philosophie, les sciences
naturelles, que vers la poésie et la littérature proprement dite. C'est à eux, pourtant, que nous devons la première connaissance des productions légères et romanesques des Chinois. Outre ce que le

père Semedo (1) nous a appris de la versification chinoise, le père Dentrecolles a le premier traduit quatre jolis *contes* (2), qu'on ne peut pas tous appeler *moraux*, car le dernier n'est autre que la célèbre et piquante aventure de la Matrone d'Éphèse; ce qui prouve que les Chinois ont connu les anciennes fables milésiennes, supposition plus vraisemblable, comme l'a si finement remarqué M. Rémusat, que d'imaginer qu'un second modèle ait pu fournir, au bout de l'Asie, le sujet de ce récit satirique. Au milieu du dernier siècle (en 1761), le docteur Hugues Percy, évêque de Dromore, publia à Londres une traduction assez peu fidèle d'un célèbre roman chinois, qu'il intitula *Hau-Kiou-Choaan*, et qu'il qualifia avec raison de *pleasing history* (3). Eidous, sur la version anglaise, mit en français ce roman, qui fut publié à Lyon en 1736 et réimprimé à Paris en 1828, sous le titre de l'*Union bien assortie*. Un agent supérieur

(1) Voy. *Histoire universelle de la Chine*, Ire partie, ch. II, p. 82, trad. franç.

(2) Ces contes, joints à quelques historiettes, ont été insérés par le P. du Halde dans sa *Description de l'empire de la Chine et de la Tartarie chinoise*, t. III, p. 290 et suiv.

(3) Le traducteur des trois premières parties est un Anglais nommé Wilkinson, mort en 1736; il paraît avoir travaillé sur une traduction portugaise. Ce qui est certain, c'est que la quatrième partie de ce roman était en portugais dans le manuscrit qui tomba entre les mains de l'évêque de Dromore; le docteur Percy traduisit lui-même en anglais ce dernier volume sur la version portugaise.

de la compagnie anglaise des Indes orientales à Canton, M. John Francis Davis, habile sinologue, aux travaux duquel nous rendrons plusieurs fois hommage dans cet article, retraduisit en 1829, sur le texte original, le *Hao-kieou-Tchouan*, qu'il intitula *The fortunate union*. Enfin, au commencement de cette année, un jeune sinologue de notre pays, M. Guillard d'Arcy, vient de débuter très-heureusement dans la carrière des traductions chinoises par une version nouvelle de ce roman, qu'il a intitulé plus exactement *la Femme accomplie* (1). Il avait paru à Londres, en 1814, et plus récemment, en 1822 (2), plusieurs Nouvelles et poésies légères tirées du chinois par sir Georges Staunton, à qui l'Europe doit des communications d'un ordre tout autrement grave, entre autres, la traduction du Code pénal de la Chine. M. J. Fr. Davis traduisit et publia, en 1815, à Canton, et en 1816, à Londres, quelques contes moraux, dont un, les *Trois étages*, fut mis en français par M. Bruguière de Sorsum (3). En 1824, M. Perring

(1) *Hao-Khieou-Tchouan*, ou *la Femme accomplie*, roman chinois, traduit sur le texte original, par M. Guillard d'Arcy. Paris, 1842, in-8°, chez Benj. Duprat.

(2) *Miscellaneous notices relating to the China*, etc. 2ᵈ edit. in-8°.

(3) *San-iu-leou*, ou *les Trois étages*, Paris, 1819, à la suite de la comédie intitulée *Lao-seng-eul*. Cette nouvelle est précédée d'observations intéressantes du traducteur français sur les romans chinois, et de l'analyse de quelques-uns de ceux que possède la Bibliothèque royale, d'après la notice manuscrite du P. Foureau.

Thomas, imprimeur de la compagnie anglaise des Indes orientales à Macao, fit paraître à la fois dans cette ville et à Londres un volume in-8°, qui renfermait une sorte de poëme narratif, ou plutôt un roman en vers de sept syllabes, suivi de quelques poésies lyriques (1). Il promettait, en même temps, la traduction d'un roman historique fort étendu et fort estimé en Chine, intitulé l'*Histoire des trois royaumes*, promesse qu'il n'a malheureusement pas tenue (2). Enfin, en 1826, M. Abel Rémusat, jaloux de rendre à la France une supériorité qu'elle semblait avoir perdue depuis les PP. Prémare et Dentrecolles, publia sa charmante traduction du roman des *Deux Cousines*, à laquelle les juges compétents ne reprochent qu'un peu trop de liberté dans la manière dont sont rendus les morceaux écrits en vers.

A son exemple, M. Stanislas Julien entremêla, comme délassement, à ses traductions d'ouvrages de philosophie et de science, des versions d'ouvrages poétiques et même romanesques. Nous lui devons la traduction d'un conte moral, intitulé l'*Héroïne de la piété filiale*, qu'il plaça, en 1827, à la tête d'un recueil de *contes chinois* empruntés au P. Dentrecolles, et traduits de MM. Davis et

(1) *Hao-tsian*, *chinese courtship in verse*, *etc.*

(2) M. Théod. Pavie s'occupe, dit-on, en ce moment de traduire cet ouvrage sous les auspices du ministère de l'instruction publique.

Thoms (1). Un peu plus tard , M. Stanislas Julien
traduisit un fragment du roman historique vainement promis par M. Thoms, l'*Histoire des trois
royaumes;* plus , deux jolies Nouvelles intitulées *la
Peinture mystérieuse* et *les Deux frères de sexes
différents;* suivies de quelques pièces de poésie
pleines de grâce et d'intérêt : *la Fille soldat,* romance; *la Religieuse qui pense au monde,* ballade ; *la Mort d'une épouse,* élégie ; et *le Village
de Kiang* (2). Nous lui devons encore *Blanche
et Bleue* ou *les Deux Couleuvres-Fées* (3), roman
écrit au commencement de ce siècle, et où le merveilleux n'ôte rien à la fidélité des caractères et à
la vérité des mœurs. Enfin, un des élèves les plus
distingués de M. Stanislas Julien, M. Théodore Pavie, a publié, en 1839, un recueil dans le genre
fantastique, intitulé *Choix de contes et nouvelles ,
traduits du chinois* (4), charmantes fantaisies que
l'on croirait sorties de la plume de Hoffman.

Telles sont, à l'heure qu'il est, nos richesses en
ce qui concerne les contes et les romans originai-
res de la Chine. Voyons à présent ce que nous
possédons de pièces de théâtre venues de la même
contrée.

(1) Trois vol. in-18, Paris, 1827, avec une spirituelle préface de
M. Abel Rémusat.

(2) *Mélanges de littérature chinoise,* à la suite de *Tchao-chi-kou-
eul,* ou *l'Orphelin de la Chine,* drame, Paris, 1834, 1 vol. in-8°.

(3) Paris, in-8°, 1834.

(4) In-8°, chez Benjamin Duprat.

Jusqu'en 1816 nous n'avions en Europe, pour tout échantillon du théâtre chinois, que l'*Orphelin de la famille de Tchao*, tragédie mêlée de vers et de prose, très-incomplétement traduite par le P. Prémare, qui avait cru devoir omettre presque tous les morceaux écrits en vers (1). M. J. Fr. Davis traduisit, en 1816, en suivant la même méthode, c'est-à-dire en supprimant les morceaux destinés au chant, une comédie, d'ailleurs très-intéressante et très-curieuse, intitulée *Lao-seng-eul*, ou *le Vieillard qui obtient un fils* (2). M. Bruguière de Sorsum, en 1819, la mit en français, mais sans pouvoir remplir les vides qu'y avait laissés M. Davis. Celui-ci, en 1829, fit connaître à l'Europe une troisième pièce du théâtre chinois, *les Chagrins dans le palais de Han* (3), tragédie qui, de l'avis des meilleurs juges, est supérieure à *l'Orphelin de Tchao* par l'intérêt des situations, l'élévation du caractère de l'héroïne et la grandeur vraiment poétique de la catastrophe. Mais ce bel

(1) Cette tragédie, qui a fourni à Voltaire l'idée et le sujet de son *Orphelin de la Chine*, a été insérée par le P. du Halde dans sa *Description de la Chine*, t. III, p. 339 et suiv., et réimprimé dans le tome VI des *Extraits divers de divers auteurs*, avec la lettre du P. Prémare, sur le théâtre des Chinois et d'autres annexes.

(2) *Laou-seng-urh, or an Heir in his old age, a Chinese drama*, London, 1817, in-16.

(3) *Han-koong-tseu, or the sorrows of Han*, Chinese tragedy, translated from the original; with notes, London, 1829, in-4°. avec une planche lithographiée ; réimprimé in-8° à la suite du roman *The fortunate union*.

ouvrage nous est malheureusement parvenu, comme les deux premiers, privé des passages écrits en vers, c'est-à-dire des morceaux du tour le plus élevé et le plus pathétique.

Ainsi, jusqu'à l'année 1829, l'Europe n'avait pu lire, et encore imparfaitement, que trois ouvrages dramatiques chinois.

M. Stanislas Julien, dont on connaît la profonde érudition et l'infatigable activité, résolut, au milieu de nombreuses publications d'un ordre tout-à-fait différent, de nous montrer, enfin, un drame traduit du chinois, sans aucune suppression ni lacune. Il publia donc, en 1832, aux frais de la société anglaise de traductions orientales, une comédie en prose et en vers, intitulée *Hoei-lan-ki*, ou *l'Histoire du cercle de craie*. En 1834, il traduisit sur le texte, en y ajoutant la partie lyrique, la tragédie de *l'Orphelin de Tchao*, redevenue ainsi tout-à-fait nouvelle. De plus, il a inséré dans *l'Europe littéraire* le premier acte d'un drame très-célèbre et très-étendu, intitulé *Si-sian-ki*, ou *l'Histoire du pavillon d'Occident*, et il nous a fait connaître, mais par une simple analyse, une comédie de caractère dont le titre seul éveille plus d'une comparaison piquante, *l'Avare*, que toutes les personnes curieuses des productions théâtrales ont lue à la suite de *l'Aulularia*, dans la traduction de Plaute de M. Naudet.

Les choses en étaient à ce point quand M. Bazin

aîné, un des plus habiles élèves de M. Stanislas Julien, entreprit d'ajouter à ce que nous savions de
l'art dramatique en Chine. Il a publié, dans ce but,
sous les auspices du gouvernement, un volume intitulé *Théâtre chinois* sous les empereurs mongols, renfermant quatre pièces complètes (1), et
tout récemment, en 1841, un drame volumineux
et très-célèbre, mêlé, suivant l'usage, de récitatif
et de chant, intitulé *le Pi-pa-ki*, ou *l'Histoire du
luth* (2). On voit qu'en bien peu de temps, et à lui
seul, M. Bazin a mis à notre portée plus de pièces
du théâtre chinois, que n'en avaient traduit avant
lui tous ses illustres et laborieux prédécesseurs.

A quelle époque a eu lieu l'introduction de l'art
théâtral en Chine? Cet art a-t-il parcouru, dans
ces contrées, les mêmes phases qu'il a suivies en
Europe ? Quelles sont les formes, quel est l'appareil des représentations dramatiques en Chine? Graves questions, dont plusieurs ont été souvent con-
troversées entre les *lettrés* chinois eux-mêmes, et
dont on ne peut guère espérer de trouver la complète solution en Europe. Nous allons, cependant,
essayer d'exposer, en peu de mots, ce que les recherches successives des plus savants sinologues,
y compris M. Bazin, nous ont appris sur ces points
divers.

(1) In-8°, chez Benj. Duprat.
(2) In-8°, chez le même.

En Chine, comme dans tous les pays du monde, les vers ont été la langue des plus anciens monuments littéraires, et ces premiers monuments ont été surtout consacrés au culte. M. Davis nous apprend que le symbole qui désigne les compositions de cette première époque est le mot *chi* (vers), caractère formé de *yen* (parole) et de *ssé* (temple), « pa-« role du temple (1). » La musique est toujours et partout contemporaine de la poésie. En Chine, l'usage de cet art est si ancien, que, sous l'empereur Chum (plus de 2200 ans avant notre ère), il existait déjà une surintendance de la musique (2). Nous trouvons même que l'art musical entrait, comme en Grèce, dans la science du gouvernement et de la morale. La tradition dit, presque dans les mêmes termes que Platon et Aristote : « La con-naissance des tons et des sons a des rapports intimes avec la science du gouvernement, et celui-là seul qui comprend la musique est capable de gouverner (3). » Quant à la danse, il ne nous est pas permis de douter qu'elle n'ait fait originairement partie du culte religieux en Chine. On lit dans le rituel chinois (*Li-ki*) qu'on juge des mœurs d'une nation par ses danses (4). Les anciens ballets en

(1) Voy. J. Fr. Davis, *Lao-seng-eul*, traduit par M. Bruguière de Sorsum, Paris, 1819, in-8°, introduction, p. 3.

(2) Voy. dans le *Chou-king* le chapitre intitulé *Chum-tien*, fol°. 19, versô.

(3) M. Bazin, *Théâtre chinois*, p. IX.

(4) Tchin-hao, *Comment. sur le Li-ki*, p. 1 et suiv.

Chine étaient, pour la plupart, figurés, et représentaient les mêmes scènes qu'on retrouve dans la choristique grecque, *les travaux du labourage* (1), *les joies de la moisson, les fatigues de la guerre, les plaisirs de la paix.* Les costumes des acteurs variaient de forme et de couleur suivant les cérémonies religieuses, qui consistaient principalement en sacrifices aux montagnes, aux rivières et à la terre (2). Nous rencontrons, comme on voit, au début de la société chinoise, les principaux éléments du drame que nous avons appelé ailleurs *le drame religieux* (3), à savoir la poésie, la musique et l'art des gestes, ou la danse, employés dans une vue pieuse et morale. Nous ignorons s'il subsiste aucun monument de ce genre de drame. M. Bazin n'en a pas aperçu la moindre trace dans les pièces du répertoire des Youen, qu'il a lues ou parcourues. On concevrait fort aisément, d'ailleurs, que le drame religieux n'eût atteint que d'assez faibles développements chez un peuple où, depuis des milliers d'années, il n'existe pas, à proprement parler, de culte public, et où l'on a confusément mêlé aux anciennes croyances indigènes, non-seulement la doctrine panthéis-

---

(1) Voyez, entre autres (*Anabas.*, lib. VI, cap. 1), la description d'une danse muette, demi-bucolique et demi-militaire, que Xénophon nomme Καρπαία, *la danse des récoltes.*

(2) Voy. le P. Gaubil, notes sur le *Chou-king*, p. 329.

(3) *Les origines du théâtre moderne*, t. I, p. 66 et suiv.

tique de Confucius, mais les superstitions du bouddhisme importées de l'Inde. Cependant je rappellerai que M. de Guignes a remarqué, dans son Voyage à Péking, qu'en certains endroits les habitants disposent l'entrée intérieure des pagodes pour y élever des théâtres (1), à-peu-près comme chez nous, au moyen âge, on dressait des échafauds pour les mystères dans le parvis des cathédrales. M. Davis nous apprend aussi que les représentations dramatiques font partie du cérémonial des fêtes annuelles, et notamment de celles qui ont conservé un caractère religieux (2).

Quant à la seconde forme du drame, à la forme aristocratique, c'est-à-dire aux représentations scéniques qui ont lieu dans les maisons des magistrats et des gens riches, elle n'a jamais cessé d'être en vogue, et elle est encore aujourd'hui si répandue dans le Céleste Empire, que de très-habiles critiques ont prétendu qu'elle était à peu près la seule que le théâtre eût reçue dans cette contrée. En effet, depuis la dynastie des Souï, et peut-être antérieurement, les empereurs ont entretenu, dans le palais, des chanteurs et des comédiens, et ont formé une espèce d'*académie de musique*, que plusieurs de ces monarques dirigeaient eux-mêmes. L'empe-

(1) Voy. M. de Guignes, *Voyage à Péking, Manille et l'Ile-de-France, de* 1784 *à* 1801. Paris, Imprimerie impériale, 1808, t. II, p. 321.

(2) Voy. J. Fr. Davis, *The Chinese*, t. II, p. 185.

reur Hiouen-tsong, de la dynastie des Thang, un des principaux promoteurs, sinon l'introducteur du théâtre en Chine (l'an 720 de notre ère), avait coutume d'exercer lui-même une troupe de chanteurs dramatiques dans le *Jardin des poiriers*, d'où est venu l'usage, qui subsiste encore, de désigner, dans les compositions élégantes, les comédiens par l'expression d'*élèves du Jardin des poiriers* (1). Par suite de l'importance morale et politique que l'on attribua longtemps, en Chine, à la musique, les fondateurs des diverses dynasties chinoises ont presque tous inauguré leur avènement au trône par l'introduction dans l'empire d'une nouvelle musique et, par conséquent, d'une nouvelle espèce de drame.

Quelques écrivains, entre autres Ma-touan-lin, dans l'Examen général des monuments écrits (2), attribue à Wen-ti, fondateur de la dynastie des Souï (l'an 581 de notre ère), l'introduction, non pas des ballets ni des pantomimes, usités dès les temps les plus reculés et déjà même sous le fondateur de la dynastie des Chang (1766 avant notre ère), mais celle du drame proprement dit et, en

(1) Voy. Gonçalves, *Dictionn. portugais-chinois,* au mot *Comediante.*

(2) Voy. le *When-hien-thong-khao,* sect. xv, p. 1, verso. — Un autre écrivain, Han-hiu-tsee, dit aussi que le drame commença à fleurir sous la dynastie des Souï. Voyez la préface du Répertoire des cent pièces composées sous les empereurs mongols, p. 3, édition de la Bibliothèque de l'Arsenal.

particulier, des pièces nommées *Hi-khio*. Sous cette
dynastie, on appelait les jeux dramatiques *Kang-
kiu-hi* (amusements des rues paisibles). D'autres
rapportent l'introduction du drame en Chine à
l'empereur Hiouen-tsong, de la dynastie des Thang
(l'an 720 de notre ère). Sous ces princes on connut
les drames historiques appelés *Tchhouen-khi*, et
on nomma les jeux scéniques *Li-youen-yo* (musique
du Jardin des poiriers). Sous les Song (960 à 1119
de notre ère), on perfectionna les *Hi-khio*, et on
appela les spectacles *Hoa-lin-hi* (amusements des
forêts en fleurs). Un de ces princes, Hoeï-tsong,
prit surtout une très-grande part aux perfection-
nements du théâtre. Sous les Kin et les Youen, empereurs mongols ou Genghis-Khanides (1123 à
1378 de notre ère), on joua les *Youen-pen* et les
Tsa-ki. Les représentations théâtrales s'appelaient
alors *Ching-ping-lo* (joie de la paix assurée). Enfin,
sous les Ming (1384 à 1573) et sous les empereurs
de la dynastie actuellement régnante, on préféra
les pièces appelées *Nanssé*, et l'on se jeta peu à peu
dans le goût dépravé des parades licencieuses et
bouffonnes. C'est peut-être de cette époque que
date l'extrême discrédit dans lequel l'art dramatique paraît être tombé à la Chine, discrédit que
rien, dans ce que nous avons vu jusqu'ici, n'autorise à supposer. Au contraire, l'introduction du
drame régulier, sous la dynastie des Thang ou des
Souï, eut l'avantage de faire négliger les danses

lascives des baladins, amusements proscrits par
Tchhing-thang, dès l'an 1766 avant notre ère (1),
et dont le goût toujours renaissant fit blâmer l'empereur Siouen-wang, l'an 827 avant Jésus-Christ,
et exclure des honneurs funèbres un autre empereur dont le nom n'est pas venu jusqu'à nous.
Ce n'est donc pas aux pièces régulières du théâtre
chinois, aux *Tchhouen-khi,* aux *Hi-khio,* aux *Tsa-
ki,* ni aux comédiens qui jouaient dans ces pièces,
que peuvent s'appliquer les jugements sévères rapportés par le P. Cibot (2), et répétés d'une manière
trop générale par M. Rémusat (3). Ces invectives
contre le théâtre, empruntées aux écrits des mora-
listes, ne s'adressent qu'aux jeux et aux danses des
bateleurs qui ont précédé et suivi les beaux temps
de l'art dramatique.

M. Morrison nous a conservé cette remarquable
définition du drame sérieux chez les Chinois :
« L'objet qu'on se propose dans le drame sérieux
(probablement dans les *Tchhouen-khi*) est de présenter les plus nobles enseignements de l'histoire
aux ignorants qui ne savent pas lire (4). » C'est

(1) Voy. le P. Cibot, *Mémoires concernant les Chinois,* t. VIII,
p. 223. Cette proscription a fait croire que la tragédie et la comédie
existaient en Chine, non pas, il est vrai, plus de 3000 ans, comme
a dit Voltaire, mais près de 2000 ans avant notre ère. On a confondu les ballets proscrits par Tchhing-Thang avec le drame parlé.

(2) Le P. Cibot, *ibid.*

(3) *Journal des Savants,* janv. 1813.

(4) Morrison, *Dictionnaire anglais-chinois,* au mot *Drama.*

34.

apparemment pour se distinguer de cette classe de spectateurs , qu'à la cour de Péking, comme dans les salles à manger des principaux magistrats et des riches négociants (1), on préfère depuis long-temps aux drames instructifs des farces indécentes, qui concourent avec les marionnettes, les ombres mécaniques et les feux d'artifice, à l'amusement des convives. Ce qu'il y a de plus singulier, c'est que les représentations deviennent d'un genre plus bas et plus vulgaire, en raison inverse du rang des spectateurs. Ainsi, à la cour de Péking et en présence de l'empereur, l'ambassadeur de Russie, Ysbrandt Ides, assista, en 1692, à de vraies parades de bateleur, tandis que, sur sa route et non loin de la grande muraille, un gouverneur de ville avait fait jouer devant lui une pièce régulière (2).

Néanmoins, dans les grandes villes, les spectacles destinés au peuple, c'est-à-dire les pièces jouées dans les tavernes, dans les cours d'auberge, et, les jours de solennités publiques, en pleine

(1) Les salles à manger des Chinois sont disposées comme les *triclinia* des anciens. On y voit ordinairement trois tables, qui ne reçoivent de convives que d'un côté ; tout le milieu de la salle reste libre pour le jeu des comédiens ou des jongleurs. On peut voir la représentation d'une de ces salles à manger dans un volume de peintures chinoises conservé au cabinet des Estampes de la Bibliothèque royale et intitulé *Recueil historique des principaux traits de la vie des empereurs chinois*, t. I.

(2) M. Davis, *Lao-seng-eul*, traduit en français par M. Bruguière de Sorsum, introduction, p 18 et 19.

rue sur des tréteaux appelés *Hi-thaï* (tours pour
les comédies), assez semblables aux théâtres qu'on
élève en pareil cas dans nos Champs-Élysées (1),
ne sont pas toujours, au rapport des voyageurs,
d'une nature fort exemplaire ni fort édifiante. Ces
représentations populaires ont assez souvent pour
sujet des histoires de maris libertins trompés par
leurs maîtresses. Ces pièces offrent, la plupart du
temps, des situations si libres, et les acteurs mettent dans leur jeu tant d'action et de vérité, que la
scène devient d'une indécence intolérable (2). Cependant, on n'a pas entièrement perdu l'usage des
pièces historiques. Des voyageurs ont encore vu,
dans ces dernières années, représenter à Canton
des drames tirés des anciennes annales chinoises,
qui paraissaient produire sur la foule des assistants
une vive impression d'intérêt et de plaisir (3).

On a trop répété que les Chinois n'ont pas de
théâtre public. Il est vrai que les spectacles ne sont
pas, à la Chine, quotidiens et permanents comme
dans nos grandes villes. Mais on se tromperait

(1) On peut voir la curieuse représentation de plusieurs de ces
baraques chinoises ou théâtres forains dans un ouvrage que possède
la Bibliothèque royale, intitulé *Wan-cheou-ching-tien*, et qui contient la description figurée des fêtes qui eurent lieu dans les rues de
Péking à l'occasion de l'anniversaire de la naissance de l'empereur.

(2) M. de Guignes, *Voyage à Péking*, etc., t. II, p. 322-325.

(3) Voy. le capitaine Laplace, *Voyage de la Favorite autour du
monde*, t. II, p 166 et suiv.

beaucoup si l'on croyait ne trouver dans ce vaste
empire, que des tréteaux en plein vent, élevés en
une couple d'heures. Il y a, dit M. Bazin, dans le
nord de la Chine, des édifices publics consacrés
aux exercices de la musique, du chant et de la
danse, et qui, durant les jours de spectacle, sont
appropriés aux besoins des représentations dramatiques. Timkovski nous apprend même qu'il existe
à Péking une rue appelée *la rue des Théâtres*. On
« mpte en cet endroit six théâtres situés l'un près
de l'autre, où l'on joue, presque tous les jours,
des drames mêlés de chant, depuis midi jusqu'au
soir (1). Il est vrai que, dans les provinces du sud,
il n'y a, suivant M. Bazin, que des tréteaux élevés
par souscription et temporaires. Cependant, une
relation récente nous donne, d'un théâtre ainsi
dressé à Canton, une idée assez favorable. Nous
croyons devoir transcrire ici une partie de cette
description :

« . . . A l'extrémité d'une avenue déserte, nous découvrîmes une
vaste cour entourée d'échafaudages garnis de spectateurs, et au
fond, sur un théâtre en plein vent comme les loges, les acteurs
étaient à débiter leurs rôles; la rivière et ses innombrables bateaux
formaient le dernier plan du tableau. Songer à traverser la foule
qui encombrait le parterre (la cour), était chose impossible. Nous
entrâmes dans une maison que nous traversâmes, après avoir payé
une demi-gourde chacun, et nous arrivâmes sur un des échafaudages qui se trouvaient de plain-pied avec le premier étage de la mai-

_____

(1) Timkovski, *Voyage a Péking*, t II, p. 174, et le plan n° 17.

son. Il y avait plusieurs banquettes disposées en gradins; nous nous plaçâmes sur les plus élevées pour mieux juger de l'ensemble du spectacle. Voici quelle était à peu près la disposition du théâtre : un enclos plus long que large était bordé, sur ses grands côtés, par deux galeries couvertes, élevées sur des poteaux, et où se trouvaient assis les spectateurs payants ; la scène, supportée aussi sur des piliers et couverte non pas en nattes, comme les galeries, mais en toiles peintes, formait un des petits côtés du rectangle, et s'étendait sur le bord de l'eau ; enfin un mur, qui joignait la maison par laquelle nous étions entrés à une autre maison située en face, et formant, comme celle-ci, le prolongement de l'amphithéâtre, complétait la clôture de l'enceinte, laissant seulement une porte ouverte à la foule qui entrait *gratis* dans le parterre...

« ... Je remarquai d'abord vis-à-vis de nous, au milieu de toutes ces graves têtes de Chinois portant calotte noire ou chapeau conique, quelques têtes de femmes, dont la coiffure, ornée de fleurs et d'épingles d'or, ne différait pas de celle des batelières. Leur costume, quoique très-simple, était cependant plus soigné ; mais bien qu'elles eussent *le petit pied*, ces belles aux yeux obliques devaient être d'une classe inférieure, les femmes des classes élevées ne se montrant jamais en public. Du côté où nous nous trouvions, mais tout-à-fait à l'extrémité, il y avait aussi trois ou quatre jeunes filles ; on semblait craindre de nous voir approcher d'elles. A nos pieds, sur les banquettes voisines, de bons bourgeois de Canton. établis sur le même banc depuis le matin peut-être, mangeaient des fruits et des bonbons, que distribuaient des marchands ambulants ; d'autres fumaient tranquillement... Tout ce monde m'intéressait beaucoup ; mais ce qui était réellement étonnant, ce que nous ne pouvions nous lasser de regarder, c'était le parterre. Figurez-vous des milliers de Chinois, qui se sont mis nus jusqu'à la ceinture pour ne pas déchirer leurs habits, et qui ont roulé autour de leur tête leur longue queue, de peur qu'elle ne soit tiraillée dans la foule, se ruant, se pressant dans cette enceinte jusqu'à ne former qu'une seule masse compacte, un seul bloc de corps humains parfaitement joints, dont tous les vides ont été calés, pour ainsi dire, avec d'autres corps d'hommes ; imaginez ensuite, s'il est possible, l'effet d'un semblable tableau pour un spectateur placé aux premières loges. C'est une mer de têtes tondues de la même forme et de la même couleur ; on dirait la tête d'un seul homme répétée mille fois par un miroir à facettes. Tantôt calme ou agitée d'un mouvement insensible, la surface de cette mer présente l'aspect d'un tapis jaunâtre moiré de nez camus et d'yeux bridés qui grimacent à l'envi ; tantôt ses flots, quelque temps endormis, soulevés tout à coup par une cause inconnue, se heurtent, se poussent et se repoussent avec une force irrésistible, avec un bruit sourd, un murmure confus de voix qui rient, jurent, pleurent, menacent. Les lourds poteaux qui supportent le théâtre résistent alors à peine aux secousses imprimées par ces vagues vivantes (1)... »

C'est dans une salle et sur un théâtre à peu près semblables, qu'ont été représentés à Macao, en 1833, les principaux opéras de Rossini, exécutés par une troupe d'artistes napolitains, qui séjournèrent environ six mois dans cette ville, avant de se rendre à Calcutta et de poursuivre leur singulier voyage de circumnavigation dramatique. Hâtonsnous d'ajouter, à l'honneur des oreilles chinoises, que la musique de l'illustre compositeur obtint, devant cet étrange auditoire, autant de succès que parmi nous (2).

(1) *Journal d'un officier de marine*, dans la *Revue des Deux-Mondes* du 15 septembre 1840, p. 854 et suiv.

(2) Voy J. Fr. Davis, *The Chinese*, t. II, p. 186 et 187.

FIN DU SECOND VOLUME.

TABLE DU SECOND VOLUME.

IMPRIMÉ CHEZ PAUL RENOUARD.
rue Garancière, n. 5

ERRATA DU SECOND VOLUME.

Page 89, ligne 20 : 5129, *lisez* 1529.
— 109, ligne 20 : Centlivra, *lisez* Centlivre.
— 132, ligne 8 : De là l'indispensable nécessité, *lisez* ce qui impose la nécessité.
— 135, ligne 22 : entouré du peuple, *lisez* entouré de peuple.
— 143, ligne 9 : sur son héros, *lisez* sur le héros.
— 159, ligne 14 : *effacez* le génie de, *devant les mots :* l'homme qui.
— 201, ligne 10 : n'ilibertés, *lisez* libertés.
— 201, ligne 11 : mite pas, *lisez* n'imite pas.
— 243, ligne 14 : Claudius, Drusus, *lisez* Claudius Drusus.
— 277, ligne 16 : Saint, *lisez* sainte.
— 278, ligne 21 : *après les mots* Duperron de Castera, *ajoutez* d'après Manoel de Faria e Souza.
— 328, ligne 19 : Comonos, *lisez* como nos.
— 349, ligne 20 : oit. I.   III, *lisez* oit LXXXIII.
— 373, ligne 24 : il fit vers, le même temps, *lisez* il fit, vers le même temps.
— 406, ligne 10 : Bouterweck, *lisez* Bouterwek.
— 432, ligne 18 : *effacez* seuls *avant* représentants.
— 446, ligne 28 : (2), *lisez* (1).
— 454, ligne 3 : Il a eu assez, *lisez* Jose de Santa Rita Durâo a eu assez.
— 496, lignes 27 et 28 : une erreur à peu près semblable, *lisez* une erreur semblable.

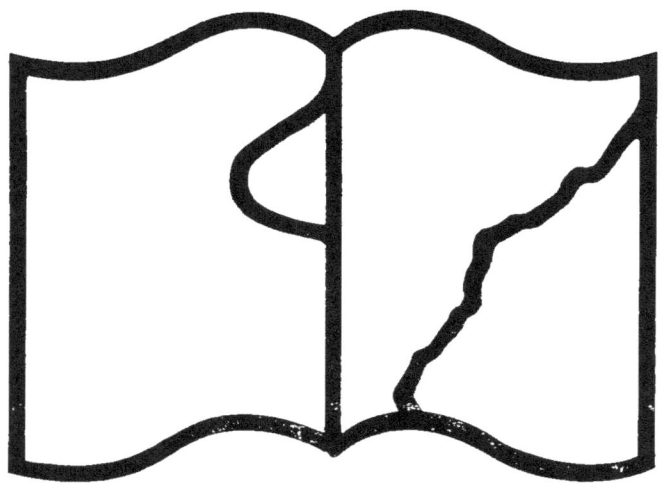

Texte détérioré — reliure défectueuse

NF Z 43-120-11

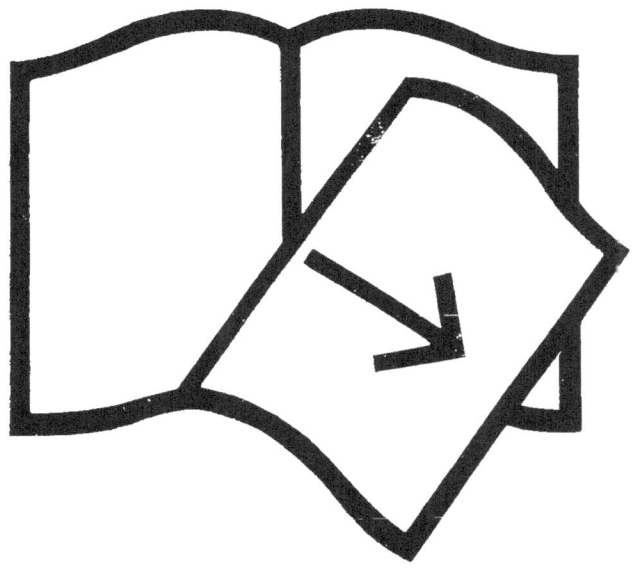

Documents manquants (pages, cahiers...)

NF Z 43-120-13

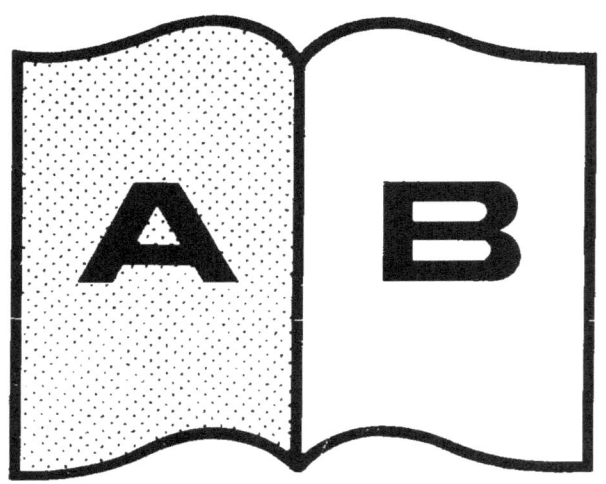

Contraste insuffisant

NF Z 43-120-14